GRACIA
Y
GLORIA

JENNIFER L. ARMENTROUT

GRACIA Y GLORIA

EL HERALDO III

Traducción de Aida Candelario

Plataforma Editorial

Título original: *Grace and Glory*, publicado en inglés, en 2021, por Inkyard Press, Canadá.

Copyright © 2021 by Jennifer L. Armentrout
Translation rights arranged by Taryn Fagerness Agency
and Sandra Bruna Agencia Literaria, SL
All rights reserved

Esta es una obra de ficción. Los nombres, los personajes, los lugares y los eventos son producto de la imaginación de la autora o son utilizados de manera ficticia. Cualquier parecido con personas reales, vivas o muertas, establecimientos comerciales, eventos o lugares es una coincidencia.

Primera edición en esta colección: octubre de 2021
Tercera edición: septiembre de 2023

© de la traducción, Aida Candelario, 2021
© de la presente edición, Plataforma Editorial, 2021

Plataforma Editorial
c/ Muntaner, 269, entlo. 1.ª – 08021 Barcelona
Tel.: (+34) 93 494 79 99
www.plataformaeditorial.com
info@plataformaeditorial.com

Depósito legal: B 16678-2021
ISBN: 978-84-18582-92-9
IBIC: YF

Printed in Spain – Impreso en España

Realización de cubierta y fotocomposición:
Grafime

El papel que se ha utilizado para imprimir este libro proviene
de explotaciones forestales controladas, donde se respetan
los valores ecológicos y sociales y el desarrollo sostenible del bosque.

Impresión:
Podiprint

Reservados todos los derechos. Quedan rigurosamente prohibidas,
sin la autorización escrita de los titulares del *copyright*, bajo las sanciones establecidas
en las leyes, la reproducción total o parcial de esta obra por cualquier medio o procedimiento,
comprendidos la reprografía y el tratamiento informático, y la distribución de ejemplares
de ella mediante alquiler o préstamo públicos. Si necesita fotocopiar o reproducir
algún fragmento de esta obra, diríjase al editor o a CEDRO (www.cedro.org).

Para todos los sanitarios, personal de emergencia y trabajadores esenciales que han trabajado de forma incansable y sin cesar para salvar vidas y mantener abiertas las tiendas, a pesar de suponer un gran riesgo para sus propias vidas y las de sus seres queridos. Gracias.

Uno

Zayne se encontraba apenas a unos metros de mí mientras la brisa sorprendentemente fresca de julio le alzaba las puntas del pelo rubio de los hombros desnudos.

O eso era lo que yo creía estar viendo.

Me estaba quedando ciega poco a poco. Mi campo de visión ya se encontraba gravemente restringido y prácticamente carecía de visión periférica. Con el tiempo, solo podría ver a través de un agujerito. Para complicar aún más las cosas, se me habían formado cataratas en ambos ojos, lo que hacía que mi visión central estuviera borrosa y mis ojos fueran aún más sensibles a la luz. Se trataba de una enfermedad genética conocida como retinosis pigmentaria y ni siquiera toda la sangre angelical que me corría por las venas podía evitar que la enfermedad progresara. Cualquier tipo de luz brillante me complicaba la tarea de ver y las cosas no mejoraban cuando había poca luz, pues eso hacía que todo se volviera impreciso y difícil de ver por la noche.

Así que, al contar únicamente con las farolas del interior de Rock Creek Park para iluminar el sendero situado detrás de mí, era bastante posible que no estuviera viendo lo que yo creía. También había tenido que pasar por un traumatismo de aúpa hacía apenas unos días (sufrí una paliza de proporciones épicas a manos del psicópata del arcángel Gabriel, también conocido como el Heraldo de los monólogos eternos), así que a saber qué le había causado eso a mis ojos.

O a mi cerebro.

Zayne podría ser una alucinación causada por el daño cerebral o la pena. De hecho, cualquiera de esas dos cosas tenía más sentido. Porque ¿cómo iba a estar Zayne frente a mí? Estaba... Ay, Dios, había muerto, su cuerpo ya se habría convertido en polvo a estas alturas, como les ocurría a todos los Guardianes al morir. El vínculo que nos unía, que lo convertía en mi Protector y nos proporcionaba fuerza y velocidad a ambos, se volvió en nuestra contra en cuanto reconocí con sinceridad que me había enamorado de Zayne. Él se había visto debilitado físicamente y Gabriel se había aprovechado de eso. Lo oí pronunciar sus últimas palabras. «No pasa nada». Presencié cómo exhalaba su último aliento. Sentí que aquel hilo que nos conectaba como Protector y Sangre Original se rompía dentro de mí.

Zayne había muerto.

Estaba muerto.

Pero podía verlo allí mismo, de pie frente a mí, y percibí un aroma a nieve recién caída y menta... menta fresca. Era más intenso que antes, como si el aire de verano estuviera empapado de invierno.

Debido a ese olor, durante un momento, me pregunté si se trataría de un espíritu: es decir, alguien que había muerto y cruzado. Cuando las almas que habían avanzado hacia el más allá regresaban para comprobar cómo les iba a sus seres queridos, la gente solía notar un olor que les recordaba a la persona que había fallecido. Un perfume. Pasta de dientes. Un puro. Una fogata. Podía ser cualquier cosa, porque el cielo... el cielo tenía un olor especial: olía a lo que más deseabas, y yo deseaba que Zayne estuviera vivo más que nada en este mundo.

Ahora mismo, podía notar el olor del cielo.

Sin embargo, incluso con mi birria de vista, podía darme cuenta de que Zayne no era un espíritu. Era de carne y hueso... de resplandeciente carne y hueso. Su piel poseía un tenue brillo luminoso del que carecía antes.

Empecé a marearme mientras miraba fijamente unos ojos que ya no eran de un azul superpálido. Ahora eran de un tono intenso y vibrante que me recordó a esos breves momentos durante el crepúsculo cuando el cielo se teñía de un profundo matiz azul zafiro. Los Guardianes no tenían los ojos así, ni brillaban como uno de esos viejos muñecos Gusiluz que Jada había encontrado una vez en el ático cuando éramos niñas.

Y los Guardianes no tenían, ni de coña, la clase de alas que brotaban de los anchos hombros de Zayne. No eran alas de Guardián, que a menudo me recordaban a cuero liso. Ah, no, estas tenían plumas... Plumas blancas y densas con vetas doradas que relucían con fuego celestial, con gracia.

Solo había dos cosas en este mundo y más allá, aparte de Dios, que poseyeran esa potente y todopoderosa gracia en su interior. Yo era una de esas cosas.

Pero Zayne no había sido un Sangre Original como yo ni tampoco había sido como los escasos humanos que contaban con un ángel encaramado en su árbol genealógico, lo que les proporcionaba una gracia diluida y mucho menos poderosa que les permitía ver fantasmas y espíritus o demostrar otras habilidades psíquicas. Durante toda mi vida, me habían dicho que yo era la única Sangre Original, una descendiente de primera generación de un ángel y una humana, pero eso no era del todo cierto. Estaba Sulien, el hijo de Gabriel, pero Zayne lo había matado, así que supuse que había recuperado mi estatus de persona excepcional. Todo eso era irrelevante porque Zayne había sido un Guardián.

El otro único ser con esa clase de gracia y alas era un ángel, pero Zayne tampoco había sido eso.

Pero ahora tenía sin ninguna duda alas de ángel... Alas de ángel emplumadas que relucían con gracia.

—¿Trin...? —dijo, e inhalé bruscamente.

Ay, Dios, era su voz, y tuve la sensación de que me temblaba todo el cuerpo. Yo habría renunciado a casi cualquier cosa por oír su voz de nuevo, y ahora estaba ocurriendo.

Di un tambaleante paso adelante.

—Puedo... sentirte —añadió con la voz cargada de confusión mientras me miraba fijamente.

¿Se refería al vínculo del Protector? Busqué el hormigueo de reconocimiento, el rastro de emociones que no procedían de mí. No encontré nada. No había hilo. Ni vínculo.

Ya no era mi Protector.

—Trinity —repitió en voz baja, y me di cuenta entonces. El tono de su voz. Sonaba raro. Reflejaba más que simple confusión—. Ese nombre... significa algo.

El corazón me dio un vuelco.

—Porque es mi nombre.

Zayne inclinó la cabeza hacia las sombras, pero yo todavía podía sentir su mirada. ¿No... no se acordaba de mí? Me invadió la preocupación. No tenía ni idea de cómo había regresado ni de por qué se parecía a un ángel; pero, si le había pasado algo que afectaba a su memoria, me encargaría de ayudarlo. Lo resolveríamos juntos. Lo único que importaba era que estaba vivo. Di otro paso mientras levantaba el brazo...

Primero Zayne se encontraba a unos metros de distancia y luego, de pronto, estaba justo frente a mí, bloqueando el mundo que se extendía detrás de él con esas alas increíbles. Se había movido más rápido de lo que podría hacerlo cualquier Guardián... más rápido incluso que yo.

Di un respingo de sorpresa y aparté la cabeza. En el fondo de mi mente, yo sabía que Zayne (que era consciente de cómo funcionaba mi vista y lo difícil que me resultaba seguir la trayectoria de un objeto en movimiento) no se habría movido así. Pero era evidente que le pasaba algo a sus recuerdos y...

Zayne me agarró la mano mientras bajaba la barbilla e inspiraba profundamente. Se estremeció y levantó la cabeza. Abrí los ojos como platos. Al tenerlo ahora tan cerca, pude distinguir las conocidas líneas y ángulos de su cara, pero los vi... los vi con más claridad, y eso tampoco tenía sentido. Sus alas bloqueaban la luz de la luna y el resplandor de las farolas de los alrededores no se encontraba lo bastante cerca como para explicar cómo podía verlo tan bien. Sus facciones estaban demasiado nítidas y tenían... tenían ese brillo debajo...

—¿Crees que puedes enfrentarte a mí, pequeña nefilim? —me soltó.

Eh... ¿Qué?

Todos mis sentidos se pusieron en alerta máxima mientras mis ojos continuaban clavados en él.

—¿Pequeña...? —repetí.

Mi piel y mis músculos, que se encontraban en proceso de

curación, protestaron ardiendo con intensidad cuando Zayne me empujó contra su pecho. Me apretó la cintura con un brazo que parecía estar hecho de acero. Me sujetaba con una fuerza aplastante, pero, aun así, el contacto de su cuerpo contra el mío me dejó hecha un lío: dispersó mis pensamientos y silenció las campanas de advertencia que habían empezado a sonar con fuerza. Zayne inclinó la cabeza de nuevo y todo mi cuerpo se puso tenso por la expectativa. Estaban pasando un montón de cosas raras, pero él me iba a besar y a mí nunca dejaría de apetecerme...

Zayne hundió la cara en mi pelo e inspiró hondo una vez más.

—Tu olor... lo conozco. Me llama. ¿Por qué?

—¿Porque... eh... me conoces? —sugerí.

—Tal vez —murmuró. Durante un momento, se limitó a abrazarme y empecé a considerarlo una buena señal—. Pero... reconozco la gracia. Es poderosa. Como la de un arcángel —dijo, escupiendo la última palabra como si estuviera hablando de algún tipo de enfermedad incurable.

Pero ¿qué diablos...?

Giré la cabeza, incapaz de levantar los brazos, que permanecían atrapados en mis costados.

—Zayne, soy yo —insistí, intentando encontrarle sentido a lo que estaba ocurriendo—. Trinity.

Él se quedó increíblemente inmóvil.

—Hay algo importante... Tu nombre, tu olor —me interrumpió, y se estremeció una vez más mientras me sujetaba con menos fuerza—. Siento demasiadas cosas. Toda la codicia y la gula, el rencor y el odio. Están dentro de mí, me llenan.

Eso... eso no sonaba nada bien.

—Pero tu olor es maravilloso. Embriagador. Me resulta familiar —repitió.

Zayne movió la cabeza y sentí su boca contra mi mandíbula. Me quedé sin aliento y mis sentidos se vieron abrumados por el estallido de sensaciones en conflicto. A mi cuerpo le entusiasmaba tener a Zayne tan cerca, pero no a mi cerebro ni a mi corazón.

—Suéltame y averiguaremos qué está pasando.

No me soltó.

Se rio.

Y esa risa... no se parecía en nada al sonido que yo adoraba y atesoraba. Sentí escalofríos por toda la piel, y no en un sentido agradable y divertido. Su risa sonó fría, incluso cruel, y no había ni una sola parte de él que fuera cruel.

—Suéltame, Zayne.

—Deja de llamarme así.

Mi corazón trastabilló.

—Ese es tu nombre.

—No tengo nombre.

—Si, claro que sí. Es Zayne...

—Y te soltaré cuando me dé la gana —me interrumpió—. ¿Y sabes qué, pequeña nefilim? No me apetece.

Vale. Yo quería a Zayne con todo mi ser... lo quería más que a nada. También me preocupaba muchísimo su estado mental en ese momento. Quería ayudarlo, y lo haría, pero la verdad era que estaba empezando a hacerme cabrear.

—Deja de llamarme «pequeña nefilim» —le advertí.

—Es lo que eres.

—Lo que soy es una Sangre Original, pero no me llamo de ninguna de esas dos formas. Soy Trinity o Trin. —Me retorcí intentando liberarme. Un sonido grave que me recordó a un animal brotó del fondo de su garganta—. Suéltame o te juro por Dios...

—¿Dios? ¿Lo juras por Dios? —Soltó otra carcajada—. Dios nos ha abandonado a todos.

Me quedé atónita. Me invadió una desenfrenada mezcla de alivio, confusión, irritación y algo mucho más intenso y devastador. Por primera vez desde que conocía a Zayne, sentí miedo en sus brazos.

Se me heló el cuerpo y mi sistema de alarma personal reaccionó ante el ramalazo de miedo. En el fondo de mi ser, mi gracia cobró vida.

Zayne bufó (bufó de verdad) como un furioso gato salvaje. Se convirtió en un enorme y furioso gato salvaje en cuanto la gracia palpitó en mi interior. Qué cosa más rara.

El instinto tomó el control. Retorcí el cuerpo, haciendo caso omiso del dolor de todas las heridas a medio curar, y levanté la rodilla para asestarle un golpe en la ingle.

O, al menos, lo intenté.

Zayne anticipó el movimiento. Mi rodilla se estrelló contra su muslo. Una oleada de ira y un pánico que crecía rápidamente se apoderaron de mí al mismo tiempo que la gracia me presionaba, exigiendo que la liberase, pero la reprimí. Zayne estaba confundido y acababa de regresar de entre los muertos con alas de ángel, así que no me apetecía hacerle «demasiado» daño. Mi gracia haría más que eso. Lo mataría.

Conseguí soltar un brazo y le asesté un puñetazo en la mandíbula, lo bastante fuerte como para que una llamarada de dolor me recorriera los nudillos, y él sonrió. Sonrió como si ni siquiera le hubiera pegado, y la curva de sus labios tenía algo muy raro. Era gélida e inhumana.

—Ay —murmuró—. Vas a tener que esforzarte más.

Arremetí con la palma de la mano, golpeándolo debajo de la barbilla. Él soltó un gruñido de dolor mientras me empujaba (no, me arrojaba) a un lado. Choqué contra el suelo varios metros más atrás, con un grito agudo. Todavía no me había sobrepuesto del asombro, lo que amortiguó la punzada de una nueva oleada de dolor, cuando alcé la mirada hacia él y me di cuenta.

Este era Zayne, pero no lo era.

Él nunca me lanzaría como un frisbi. Aunque me lo mereciera, y bien sabía Dios que podía ser extremadamente irritante, Zayne nunca haría eso. Podía darle una patada justo en la cara y él nunca movería ni un dedo contra mí de ninguna manera que pudiera hacerme daño.

Dominé el dolor y la confusión y me puse de rodillas...

Entreví un borrón de piel y alas doradas, demasiado rápido para poder seguirlo con la vista, y luego Zayne me agarró desde atrás por el cuello de la camiseta. Me levantó en el aire. Me quedé colgando a más de un metro del suelo.

Joder.

Sus alas se alzaron y se extendieron. Eran enormes y preciosas. Y también muy aterradoras en ese momento. ¡Zayne me sostenía allí como si yo no fuera más que una niña a la que le hubiera dado una pataleta! Una niña pequeña, además.

Y eso activó mi «modo zorra».

Le lancé una patada y lo golpeé en el estómago. Él aflojó la mano con la que me agarraba la camiseta y luego, de repente, salí volando.

Aterricé sobre el vientre al estrellarme contra el suelo una vez más. El dolor me atenazó las costillas al mismo tiempo que el aire escapaba bruscamente de mis pulmones. Vale. Eso era lo que se sentía de verdad cuando te lanzaban como si fueras un frisbi. Ahora conocía la diferencia. Era bueno saberlo. Me di la vuelta con un gruñido y empecé a sentarme. No llegué muy lejos. Él apareció allí, encima de mí, con la cara pegada a la mía. Aquellos brillantes ojos azules eran como fragmentos de hielo. Su mirada me heló el cuerpo, el alma.

—Zayne, por favor...

Me agarró la barbilla y me clavó los dedos en la piel.

—Deja de llamarme así.

—Ese es tu nombre...

—No lo es.

—Entonces ¿cómo se supone que debo llamarte? —grité—. ¿Imbécil?

Una comisura de sus labios se alzó.

—Puedes llamarme muerte. ¿Qué tal suena eso?

Me invadió un montón de miedo, pero lo disimulé.

—¿Que qué tal suena? Suena bastante estúpido.

Se le heló la sonrisita de suficiencia.

Lancé un puñetazo.

Su mano salió disparada y me agarró la muñeca. Zayne ni siquiera había apartado los ojos de los míos... ni siquiera me había soltado la barbilla.

—Esto me resulta familiar.

—¿Que te diga que algo que has dicho suena estúpido? Porque debería...

—No. —Entornó los ojos—. Esto. Pelear.

—¡Eso es porque hemos entrenado juntos! Hemos peleado entre nosotros —contesté a toda prisa, intentando superar el pánico y la ira—. No para herirnos. Nunca para herirnos el uno al otro.

—Nunca para herirnos el uno al otro —repitió él despacio,

como si no consiguiera entender cómo encajaban esas palabras. Giró la cabeza hacia un lado mientras cerraba los ojos—. Esto no es... —Me clavó los dedos, apretando hasta que pensé que se me astillaría la mandíbula—. Me conoces. Eres importante.

Me tragué el miedo.

—Porque... porque nos conocemos. Estamos juntos. Tú nunca harías esto. Nunca me harías daño.

—¿De verdad? —Sonaba aún más confundido—. ¿Y eso por qué? Eres una nefilim. Posees la gracia de un arcángel.

—Eso da igual. Nunca me harías daño porque me quieres —susurré con voz quebrada. Se me llenaron los ojos de lágrimas—. Por amor. Ese es el motivo.

—¿Amor? —Dio un respingo como si se hubiera quemado y me soltó la barbilla—. ¿Te quiero?

—Sí. ¡Sí! Nos queremos, Zayne, y podemos arreglar lo que te ha pasado, sea lo que sea. Podemos resolverlo juntos, nosotros...

—¿Nosotros? —Me rodeó el cuello con la mano, ejerciendo una fuerza que estaba a punto de resultar mortal—. No hay ningún nosotros. No hay Zayne —escupió—. Soy Caído.

No hubo tiempo para que esas palabras surtieran ningún daño ni para que cobraran sentido. Su mano se cerró hasta que solo pudo pasar una mínima cantidad de aire. No estaba segura de si seguiría apretando o no. De ser así, ¿Zayne había regresado a la vida solo para matarme? Parecía apropiado de una manera irónica. Si ese resultaba ser el caso, evidentemente iba a estar supermuerta y supercabreada, pero también se me rompería el corazón. Porque, cuando él se recuperara de lo que fuera esto, saber lo que había hecho volvería a matarlo.

No me merecía eso.

Ni él tampoco.

Lo que hice a continuación resultaba difícil de explicar. Mis manos se alzaron de forma inconsciente. Coloqué mis dedos temblorosos contra su mejilla y presioné la palma de la mano contra su pecho. Piel contra piel.

Zayne parpadeó y me soltó al mismo tiempo que retrocedía bruscamente. Un breve atisbo de confusión nubló sus ojos brillantes mientras yo me giraba hacia un lado, inspirando el maravilloso oxígeno. No estaba segura de qué hizo que me liberara, qué le impidió aplicar un poquito más de presión. Me alegraba demasiado de volver a respirar, así que la verdad era que eso no me importaba en este momento.

Me puse tensa cuando su mano se cerró sobre mi hombro, pero lo único que hizo fue colocarme de espaldas. Fue casi… tierno.

—¿Qué…? —Sacudió la cabeza de nuevo, haciendo que algunos mechones de pelo rubio se balancearan—. ¿Por qué no me atacaste? ¿Por qué me tocaste? Puedo sentir el poder en ti. Puedes pelear contra mí. No ganarás, pero es mejor que quedarte ahí tumbada.

Mejor que no matarlo, quise decir, pero incluso yo podía darme cuenta de que no tenía sentido hacerlo. Razonar con él no iba a funcionar. Podía pregonar a los cuatro vientos que estaba enamorada de él y no iba a suponer ninguna diferencia. Tenía que largarme de ahí, ir a algún lugar seguro para averiguar qué diablos estaba pasando. Detestaba lo que estaba a punto de hacer, pero no había otra alternativa.

Me llevé la mano al muslo y desenfundé la daga de hierro que había permanecido oculta bajo la camiseta larga.

—¿Por qué no peleas contra mí? —exigió saber—. Eres el enemigo. Deberías pelear contra mí.

Ni siquiera pude procesar el hecho de que me llamara «el enemigo».

—No pelearé contra ti porque te quiero, maldito idiota.

Mis dedos envolvieron el mango de la daga mientras en sus facciones se dibujaba la expresión que siempre me dedicaba cuando yo hacía algo que él no podía entender, lo cual solía ocurrir a menudo. Se me desgarró el corazón.

—Lo siento —susurré.

Zayne volvió a ladear la cabeza.

—¿El qué?

Me incorporé de la tierra y la hierba, trazando un arco alto con el brazo. El filo de la daga lo alcanzó debajo de la barbilla. Me aseguré de que el corte fuera rápido y superficial, solo pretendía aturdirlo.

Zayne retrocedió a trompicones, con su hermoso rostro crispado de furia. Se agarró la garganta y dejó escapar un rugido que me provocó escalofríos hasta en el alma. Me puse de pie de un salto y no vacilé. Salí pitando como si me persiguiera el mismísimo diablo.

Corrí y corrí, abriéndome paso a ciegas entre el tráfico y casi atropellé a innumerables personas mientras mis zapatillas aporreaban el pavimento. Fue asombroso que no me arrollara ningún coche. Me dolía todo el cuerpo, pero no aflojé el paso. Ni siquiera sabía adónde iba...

«Sígueme».

Di un traspié cuando aquella voz, que sin lugar a dudas no era la mía, resonó a mi alrededor. Reduje la velocidad; respiraba con dificultad. La molesta luz amarilla de las farolas proyectaba sombras siniestras a lo largo de las aceras. Las caras y los cuerpos no eran más que borrones sin forma, los cláxones sonaban en la calle y la gente gritaba.

«Sígueme, Sangre Original».

O bien me estaba volviendo loca (algo que en mi humilde e imparcial opinión sería completamente comprensible en ese momento) o de verdad estaba oyendo una voz en mi cabeza.

Pero ¿oír voces en la cabeza no significaba también que te estás volviendo loco?

«Sígueme, hija de Miguel. Es la única esperanza que tienes de restituir al que cayó por ti».

Una imagen repentina de lo que me había parecido una estrella cayendo en picado hacia la Tierra se formó en mi mente. Zayne. Había sido Zayne.

Caído.

Me dijo que lo llamara Caído.

Comprendí lo que significaba eso, pero era imposible.

«Sígueme».

La voz... parecía exudar poder. Yo no sería capaz de imaginar algo así. Tragué saliva con la garganta seca mientras miraba a mi alrededor a toda velocidad y de forma errática, sin ver nada. Zayne había regresado de entre los muertos... Había regresado y era diferente, muy al estilo de *Cementerio de animales*, y con alas, pero había regresado. Era él, y estaba vivo, así que bien podía estar oyendo una voz real en mi cabeza.

Todo era posible a esas alturas.

Pero, si la voz era real, ¿cómo demonios se suponía que debía seguir algo que no podía ver?

En cuanto ese pensamiento había terminado de formarse, oí: «Confía en tu gracia. Ella sabe adónde ir. Ya estás a medio camino de donde debes estar».

¿Confiar en mi gracia? Casi suelto una carcajada, pero jadeaba demasiado para hacerlo. ¿Sería posible que ya estuviera a medio camino de donde tenía que estar? Lo único que había hecho era correr...

Había estado corriendo a ciegas.

Había corrido sin pensarlo de forma consciente. Igual que cuando toqué a Zayne. El instinto había tomado el control las dos veces, y el instinto y la gracia eran exactamente lo mismo.

Estaba dispuesta a intentar cualquier cosa que me ayudara a descubrir qué le había ocurrido a Zayne.

Aceleré el ritmo, eché a correr y avancé en línea recta hasta que giré a la izquierda. No había ningún motivo. Simplemente tomé una calle y luego seguí adelante. Luego giré a la derecha. Empezó a llover, a un ritmo constante. No tenía ni idea de adónde me dirigía. El corazón me aporreaba las costillas al doblar una esquina concurrida. No había vuelto a oír la voz y, justo cuando empezaba a temer haberla imaginado, vi... la iglesia al otro lado de la calle, que iba volviéndose más nítida poco a poco. La iglesia, que estaba construida de piedra y contaba con numerosas torres y agujas, parecía salida de la época medieval. Cada parte de mi ser sabía que allí era adonde me habían conducido. Cómo o por qué, no tenía ni idea.

Me pareció reconocer la iglesia mientras subía los anchos escalones, pasando entre dos farolas encendidas. ¿San Patricio o algo así? La luz de la luna se reflejó en la cruz situada sobre la entrada y, durante un momento, pareció brillar con una luz celestial.

Realicé una inspiración entrecortada al pasar bajo la hornacina. La lluvia me bajaba por un lado de la cara y me chorreaba de la ropa. Tenía un pegote de sangre debajo de la boca. ¿Era mía? ¿De Zayne? No estaba segura. Tenía el presentimiento de que tal vez me había roto una costilla, que era probable que acabara de curarse, pero no me dolía. Quizá porque estaba sintiendo tantas cosas al mismo tiempo que no quedaba sitio para que mi cuerpo suplicara un descanso.

—Que sea lo que Dios quiera —murmuré, acercándome a la puerta, y luego me detuve.

Se me erizó todo el vello del cuerpo y la sensación de inquietud aumentó tanto que me resultó difícil tragar saliva. Abrí las pesadas puertas sin saber qué esperar y entré en el edificio construido hacía más de dos siglos. De inmediato, un hormigueo eléctrico danzó sobre mi piel, como si me advirtiera de que… de que ese no era mi sitio.

Un vástago de cualquier ángel, y más aún de un arcángel, se consideraba algo muy malo, a pesar de que básicamente fui creada para luchar por todos los piadosos. No debería sorprenderme demasiado que todos mis instintos me exigieran que diera media vuelta y me fuera.

Pero no lo hice.

Los músculos se me agarrotaron cuando una pequeña puerta situada a mi derecha se abrió con un chirrido. Salió un joven sacerdote envuelto en una túnica blanca con ribetes rojos.

Me saludó con un gesto de la cabeza.

—Por aquí, por favor.

No estaba segura de si debería sentirme agradecida de que por lo visto me esperasen o muy asustada, pero hice que mis pies se pusieran en movimiento. En silencio, seguí al sacerdote por un pasillo estrecho. Mientras avanzábamos, él se detenía cada pocos metros para encender velas. Si no lo hubiera hecho, era probable que me hubiera chocado contra una pared.

La estatua de san Brandán el Navegante custodiaba la entrada a la nave de la iglesia. Sostenía un barco en una mano y un báculo en la otra. Santa Brígida se encontraba frente a él, con una mano sobre el corazón.

Tuve la espeluznante sensación de que las estatuas me observaban mientras el sacerdote me conducía hacia el presbiterio. Mis pasos vacilaban a medida que mis ojos descifraban despacio lo que veían.

Había cuatro ángeles de piedra arrodillados en el suelo, con las alas plegadas. Sostenían en las manos unos cuencos de lo que supuse que sería agua bendita, ya que dudaba que estuvieran recolectando agua de lluvia o algo así.

El sacerdote se hizo a un lado y me indicó con un gesto que avanzara. Entré en el presbiterio con el corazón en la garganta. Justo delante, una cruz de casi cuatro metros colgaba sobre el altar mayor, portando tanto a Jesús crucificado como a Jesús resucitado.

Noté una brisa gélida y, la siguiente vez que exhalé, mi aliento formó nubes de vapor. Qué... raro. Igual de raro que el intenso aroma a sándalo que acompañaba al aire frío. Me di la vuelta y descubrí que el sacerdote ya no estaba. Había desaparecido.

Genial.

No quería parecer sacrílega ni nada por el estilo, pero no me apetecía quedarme sola en ese sitio. Empecé a pasar por delante de los ángeles de piedra...

Los ángeles alzaron las cabezas inclinadas al mismo tiempo y tendieron los cuencos.

Madre mía, casi me muero del susto. El estómago me dio un vuelco y contuve el impulso de regresar corriendo por el pasillo mientras la piedra rechinaba contra la piedra. Los ángeles separaron un brazo del cuenco y lo movieron despacio para señalar a la derecha del altar. Sentí escalofríos por toda la piel al girarme despacio.

Ahogué una exclamación.

Lo vi de pie delante del altar, vestido con una especie de túnica blanca y pantalones que nadie podría comprar en Amazon. El contorno de su cuerpo pareció titilar mientras él adquiría forma corpórea por completo. Desde las puntas de los rizos de color rubio blanquecino hasta sus pies descalzos, se trataba de lo más hermoso que había visto en mi vida.

Abrí la boca para hablar, pero entonces sus alas se desplegaron de su cuerpo, abarcando dos metros y medio como mínimo en cada dirección. Eran tan luminosas y blancas que relucían en la penumbra. Se movían sin hacer ruido, pero la potencia de esas alas agitó el aire y me echó el pelo hacia atrás a pesar de que nos separaban varios metros. Entorné los ojos y me incliné hacia delante. ¿Qué había en la punta de cada ala? Algo se...

Ay, Dios.

Había ojos en las puntas de las alas. ¡Cientos de ojos!

Se me erizó la piel y dirigí la mirada de nuevo a su cara, pero tuve que apartarla rápidamente. Me resultó doloroso: la pureza de su belleza me atravesó la piel y puso de relieve cada pensamiento oscuro que hubiera tenido alguna vez.

Supe lo que era... Qué tipo de ángel era.

Un Trono.

Mirarlos suponía dejar al descubierto todos los secretos que tuvieras guardados y ser juzgado por cada uno. Y a mí me estaban juzgando ahora. Toda la actitud del ángel, desde su forma de ladear la cabeza hasta el modo en que sus brillantes ojos azules me atravesaron la piel y los músculos, me indicó que lo estaba viendo todo.

Y no estaba impresionado.

Había muerte en aquellos ojos de cristal. No la clase de muerte de «pasar a la siguiente etapa de la vida» o «encontrarse ante las puertas del cielo», sino el vasto vacío de la muerte final: la muerte del alma.

Respiré hondo y me dispuse a hablar.

El ángel abrió la boca.

Un estruendo ensordecedor sacudió las vidrieras y los bancos, y alcanzó una octava que ningún humano podría emitir ni soportar. Me doblé en dos y me cubrí los oídos con fuerza. Fue como si un millar de trompetas resonaran a la vez y me sacudieran hasta la médula. El sonido retumbó a través del presbiterio y rebotó dentro de mi cráneo hasta que estuve segura de que me iba a estallar la cabeza. Una sustancia caliente y húmeda me goteó de los oídos y me bajó por las manos.

Cuando pensé que ya no podría soportarlo más, el sonido cesó.

Estaba temblando cuando bajé las manos manchadas de sangre y levanté la cabeza. El ángel me miró sin piedad mientras sus alas continuaban moviéndose en silencio.

—Eso ha sido una pasada —dije con voz ronca.

Él no habló, y el largo silencio me resultó insoportable.

—Me convocaste aquí —añadí, preparándome para otro gemido sobrenatural. No se produjo. Ni tampoco una respuesta—. Dijiste que era la única forma de ayudar a Zayne.

Nada de nada todavía.

Y simplemente estallé. Todo el dolor, el miedo, la pena e incluso la alegría de ver a Zayne de nuevo me invadieron.

—Hablaste dentro de mi cabeza, ¿no? Me dijiste que viniera a verte.

Silencio.

—¿No puedes oírme? ¿Tu propio grito hizo que te estallaran los tímpanos? ¿O es que esto te divierte? ¿Se trata de eso? ¿El hecho de que Gabriel esté intentando acabar con este mundo y el cielo no te parece lo bastante entretenido? ¡Maldito seas! —grité, dejándome la garganta en carne viva—. Vale. ¿Simplemente quieres quedarte aquí plantado mirándome? Puedo hacer lo mismo. Mejor aún, ¿qué tal si salgo ahí fuera y empiezo a contarle a todas las personas con las que me cruce que los ángeles son reales? Puedo demostrarlo. Solo tengo que dejarles entrever mi gracia. Luego puedo presentarles algunos demonios y cuando termine…

—Eso no será necesario. —Habló con una voz sumamente musical e infinitamente amable, sin rastro de humanidad. Resultaba tan contradictorio que hice una mueca—. Estás aquí por él, el que murió protegiéndote.

Entonces me estremecí.

—Sí. Pero está vivo.

—Ya lo sé.

—No es el mismo.

—Por supuesto que no.

Empecé a temblar. Me temblaba todo el cuerpo.

—¿Qué le ha pasado? ¿Cómo es que está aquí?

El Trono ladeó la cabeza.

—Llevó a cabo un acto de abnegación y sacrificio al acudir en tu ayuda. Lo hizo guiado por el amor más puro. Se le restituyó su antigua gloria.

—¿Antigua gloria?

No tenía ni idea de qué me estaba hablando.

El Trono asintió con la cabeza.

—Pero te eligió a ti. Eligió caer.

 Dos

Tuve la sensación de que la habitación daba vueltas mientras empezaba a asimilar lo que me estaba diciendo el Trono. Aquello no tenía sentido, pero sabía a qué se refería el ángel al decir que Zayne había caído. Sabía a qué se refería Zayne cuando dijo que lo llamara Caído.

Lo que no entendía era cómo era posible.

Tuve que respirar hondo varias veces para calmarme antes de volver a hablar.

—Zayne era un Guardián y mi Protector. ¿Cómo pudo caer si nunca fue un ángel?

Las alas del Trono se alzaron y luego se asentaron.

—¿Qué crees que eran los Guardianes antes de que los recubrieran de piedra? ¿Pensabas que el Creador los hizo aparecer de la nada por aburrimiento?

Empecé a fruncir el ceño. Sí, eso era justo lo que pensaba.

—No. Dios no estaba simplemente aburrido. Lo que vosotros llamáis Guardianes fueron en otro tiempo los guardianes del hombre, y eran magníficos, pero fracasaron. Cedieron a la tentación del pecado y el vicio. Cayeron.

—No lo entiendo. Me contaron...

—¿Que los Guardianes exterminaron a los Caídos de la faz de la tierra? —Esbozó una leve sonrisa—. Reescribieron su historia. ¿Puedes culparlos por querer ocultar su vergüenza? —Bajó del altar, lo que hizo que me pusiera tensa—. Enterraron sus actos tan hondo que muchas generaciones han nacido y han ido al cielo sin llegar a conocer su verdadero pasado. Los arcángeles y los Alfas despojaron a algunos Caídos de sus alas y de su gracia. Otros escaparon al infierno. Pero los que no huyeron y reconocieron su pecado recibieron su castigo. Fueron sepultados en piedra.

—¿Vivos? —susurré.

—Se convirtieron en la advertencia de que el mal estaba por todas partes y nadie, ni siquiera los ángeles de Dios, era inmune a él.

—Se convirtieron en las primeras gárgolas de piedra. —Inspiré bruscamente, horrorizada al pensar que alguien hubiera quedado atrapado en piedra—. ¿Cuánto tiempo?

—Siglos —respondió el Trono, encogiéndose de hombros.

Me quedé boquiabierta. ¿Siglos atrapados en piedra? ¿Cómo consiguió alguno de ellos salir de eso con la mente intacta?

—Pero, debido al aumento de la población de demonios, Dios intervino y los Alfas les dieron a elegir a algunos de los sepultados: ser libres para luchar contra los demonios y proteger al hombre o permanecer sepultados.

Eso no se parecía mucho a la libertad ni a una elección, pero ¿qué sabía yo?

—Aquellos que aceptaron esa elección se convirtieron en los primeros Guardianes. Su verdadera forma de piedra estaba destinada a servir de recordatorio y se les devolvió la forma humana para que pudieran pasar desapercibidos entre los humanos. Les extirparon la gracia de todas formas para que no hubiera riesgo de que se rebelaran y crearon un linaje que continuaría protegiendo al hombre y sirviendo a la voluntad de Dios —me explicó—. Eso es lo que son de verdad los Guardianes.

De pronto, pensé en lo que el príncipe demonio me había dicho el día que fuimos al aquelarre para recuperar a Bambi, su familiar. «Menos mal que los Guardianes aniquilaron a los Caídos hace eones, ¿eh?» Luego Roth se había reído entre dientes como si supiera algo que yo desconocía. ¡Roth lo sabía! Por eso hacía constantemente comentarios maliciosos sobre los Guardianes.

—Un momento. ¿Y los que no aceptaron la elección? ¿O no se les ofreció? —pregunté—. ¿Qué les pasó?

—Ya sabes la respuesta a eso.

Inspiré bruscamente. Sí, lo sabía. Pero no quería que fuera verdad.

—Siguen sepultados.

—Así es.

Dios mío.

El Trono me miró fijamente.

—Luego, cuando un Guardián muere, es juzgado. Será conducido a la paz eterna o se le concederá la gloria. Podrá renacer como era antaño.

Averiguar cómo los Guardianes se habían convertido en lo que eran me dejó estupefacta y me surgieron preguntas. Por ejemplo: ¿cómo rayos habían mantenido eso en secreto los demonios? Si Roth sabía la verdad, algo que apostaría a que era así, entonces no podía ser el único. Pero, por el momento, solo me importaba Zayne.

—Así que, cuando dices que fue restituido, ¿te refieres a que se convirtió en… un ángel?

El Trono asintió con la cabeza.

—Zayne tenía alas, grandes y esponjosas alas de ángel, y tenía gracia. Un montón. Creía que los Caídos no tenían alas ni gracia.

Eso era lo que siempre me habían contado, e incluso Roth lo había dicho. Lucifer era el único que había conservado sus alas y su gracia, porque lo habían expulsado antes de que Dios comprendiera que habría que hacer eso.

—No todos reciben la redención. Solo a aquellos que de verdad lo merecen o se los considera útiles se les restituye su gloria, y se les conceden gracia y alas. Él fue elegido —repitió el Trono—. Fue restituido.

Abrí la boca, pero me quedé sin palabras cuando al fin lo comprendí de verdad. Zayne se había convertido en un ángel, un ángel real, y luego había caído…

¿Cómo pudo haber hecho eso?

Me dieron ganas de volver allí, encontrarlo y darle un bofetón. No es que no estuviera agradecida. Quería que Zayne regresara. Estaba preparada para acudir al Ángel de la Muerte para ver qué podía hacer, pero Zayne se había convertido en un puñetero ángel en el cielo. Los ángeles solían resultar bastante inútiles en el esquema general, pero eran ángeles. Yo no tenía ni idea de qué se sentiría al ser un ángel de sangre pura, pero tenía que ser asombroso. Tenía que ser como... volver a casa.

Nunca me hubiera atrevido a apartar a Zayne de eso. La emoción me embargó al mismo tiempo que las lágrimas me hacían arder los ojos. Aparté la mirada i apreté los labios. ¿Cómo podían quedarme todavía lágrimas después de haber llorado tanto? ¿Cómo pudo Zayne hacer eso? Verlo esa noche había sido como un sueño hecho realidad, pero ¿a qué precio? Él... él había caído por mí y no parecía reconocerme.

—Deberías querer llorar —comentó el ángel con suavidad.

Giré la cabeza bruscamente hacia él. Percibí una tristeza en su voz y en su sonrisa que me sorprendió. Siempre había creído que los ángeles carecían de emociones, pero lo que oí en sus palabras era real.

—Zayne había logrado lo que muy pocos han conseguido por su cuenta —dijo el Trono—. En su lugar, yo me habría quedado en el cielo. Habría ayudado a asegurar que ya no se pudiera acceder al cielo, sellando las puertas antes de que cualquier alma corrupta pudiera entrar.

—¿Sellar las puertas? —repetí mientras parpadeaba para contener las lágrimas.

Él asintió con la cabeza.

—Muchos de nosotros opinamos que este mundo —contestó mientras extendía los brazos— se ha convertido en una causa perdida. Que será imposible detener a Gabriel y lo único que podemos hacer es evitar que su mácula nos alcance.

Me lo quedé mirando, atónita.

—Básicamente, ¿queréis poner en cuarentena al cielo para mantenerlo apartado de la tierra?

—Pero, en cambio, aquí estoy —dijo, como si eso disculpara el hecho de que había ángeles que, en esencia, querían lavarse las manos de aquel maldito desastre llamado Gabriel que ellos mismos habían creado.

Lo único que podría haberme distraído de lo absolutamente exasperantes que eran los ángeles fue lo que el Trono añadió a continuación.

—A Zayne se le presentaron muchas opciones. Podía avanzar hacia la paz eterna. Una vez renacido, podría permanecer en el cielo para proteger las puertas. Podría haber elegido entrenar con nuestros ejércitos para la batalla final que llegará independientemente de lo que logre Gabriel. Podría haber elegido regresar a la tierra en el momento adecuado, cuando sería más necesario. Pero eligió regresar contigo, luchar a tu lado ahora y siempre, aunque le advertimos que, si regresaba ahora, caería. —Soltó una carcajada corta que sonó como el viento en las montañas—. Aunque él no hubiera admitido tan abiertamente lo que quería o no le hubiéramos presentado esas opciones, sabíamos que habría encontrado la manera de volver contigo.

¿Y no era eso lo que Zayne me había prometido? Que, pasara lo que pasase, encontraría la forma de regresar conmigo.

—Así que cayó, y a un Caído solo lo pueden despojar de sus alas y su gracia cuando ha quedado ligado a la tierra. Ningún ángel con el poder para hacerlo intentará tal cosa en estos tiempos. —Hizo una pausa—. Además, esperábamos que, incluso como Caído, seguiría siendo… útil para nuestra causa. Que conservaría quién era, en su corazón, y podría ayudar a derrotar a Gabriel. Le advertimos que se quemaría al reentrar.

—¿Qué significa eso exactamente? ¿Cómo que se quemaría al reentrar?

—Cuando cayó, perdió su gloria y se vio expuesto a lo peor del alma humana: avaricia, lujuria, gula, pereza, soberbia…

—Ira, envidia. Lo pillo —lo interrumpí y, si no me hubiera enfrentado ya a Gabriel y si mi padre no fuera el mismísimo arcángel Miguel, podría haberme acobardado ante la mirada que me dirigió el Trono—. Zayne dijo algo sobre que sentía demasiadas cosas. Fue como… No sé. Algunas cosas sobre mí parecían resultarle familiares, pero lo que estaba sintiendo lo bloqueaba o algo así. Parecía poder sentir la gracia dentro de mí. Me atacó.

—Eso es porque, cuando cayó, no solo fue testigo del pecado de la humanidad, sino que se vio expuesto a la ira y la amargura de aquellos que cayeron antes que él.

Abrí la boca y luego la cerré. No podía… ni siquiera era capaz de comprender eso, ni siquiera podía empezar a entender lo que Zayne debía de estar sintiendo.

—Le advertimos de que la caída podría sobrecargar sus

sentidos e infectarlo, que era posible que borrara quién era, pero él estaba dispuesto a correr el riesgo de convertirse en algo tan vil y malvado como cualquier demonio por ti.

Sus palabras fueron como una puñalada en el corazón.

—Cuando te vio esta noche, sintió tu gracia. La pureza presente incluso en tu sangre sucia lo llamó —prosiguió, y ni siquiera pude reunir la energía suficiente para ofenderme por la parte de la sangre sucia—. En su estado en conflicto, y con la ira y la amargura de todos los que cayeron antes que él, lo más probable es que te considerase uno de los hermanos que lo habían expulsado del cielo. Pensará lo mismo de los Guardianes. Cuanto más tiempo permanezca en ese estado, más probable es que actúe guiado por la violencia que se filtra por cada uno de sus poros. Se convertirá en un peligro no solo para ti o para los Guardianes, sino para los humanos... para los inocentes. —El Trono suspiró—. Un Caído que todavía posee su gracia es un enemigo muy peligroso, por muy despejados que tenga el corazón y la mente. Teníamos la esperanza de que reentraría indemne. Nos equivocamos. Por eso estamos aquí.

Esas cuatro palabras sonaron muy definitivas.

Un peso insoportable me presionó el pecho. Qué tonta fui al creer que mi corazón ya no podía soportar más dolor. Me había equivocado. Mi corazón seguía allí, rompiéndose de nuevo. Zayne había renunciado a todo para estar conmigo y, por un espantoso giro del destino, al parecer se había convertido en algo que él habría detestado.

—Entonces ¿no hay esperanza? —pregunté, y mi voz sonó queda y cansada—. ¿No volverá a ser quien era antes? ¿No se recuperará de esto?

El ángel retrocedió y la luz que lo rodeaba se desvaneció despacio.

—Siempre hay esperanza si uno tiene fe.

Fe. Casi me eché a reír en ese momento; pero, si me reía, era probable que nunca me detuviera. El joven sacerdote tendría que llamar a alguien.

Si el sacerdote siguiera aquí. Parecía haberse esfumado.

La forma del Trono empezó a parpadear, pero luego se solidificó.

—Lo has hecho bien a pesar de tus defectos. Muchos creían que no sobrevivirías a tu primera batalla con Gabriel.

Caray. Eso me hizo sentir mucho mejor.

—Aunque tu padre creía en ti.

—Ah, ¿sí? —dije, y la incredulidad repicó como la campana de una iglesia en mi voz.

Me pareció que el ángel sonreía de nuevo, pero, como su brillo había perdido intensidad, sus facciones estaban borrosas.

—Por eso te ha concedido un regalo.

—¿Un regalo? —pregunté con cautela.

Yo no quería un regalo. Quería recuperar a Zayne... El Zayne al que conocía y amaba. No el psicópata trastornado que estaba ahí fuera haciendo Dios sabe qué.

Haciendo cosas que destruirían a Zayne por completo, porque él era bueno hasta la médula.

—Ya se te ha concedido el regalo. —El ángel extendió la mano y me rozó la mejilla con los dedos. Me recorrió un cosquilleo de electricidad, lo que provocó que mi gracia despertara y los bordes de mi vista se volvieran blancos—. Lo que hay dentro de ti es el regalo. Es a la vez gracia y gloria, un poder que está más allá de lo que tu mente puede comprender y, sin embargo, ese poder te pertenece. Úsalo para atravesar el corazón encerrado en el caos.

Lo miré fijamente mientras caía en la cuenta de a qué se refería.

—La espada de Miguel.

El ángel dio un paso atrás y aquellos ojos de sus alas parpadearon al unísono.

—¿Me estás diciendo que se supone que debo usar la espada de Miguel contra Zayne? —pregunté, alzando la voz—. ¿Apuñalarlo en el corazón con ella? ¡Eso lo mataría!

—Tu gracia nunca podría hacerle daño a lo que aprecias. Solo puede restituir.

Eso parecía una tontería de *jedis*.

—¿Y se supone que debo fiarme de tu palabra sin más? —exigí.

En cuanto invocaba la gracia, esta destruía. Demonios. Humanos. Guardianes. Incluso ángeles. ¿El Trono esperaba que me creyera que, porque estaba enamorada de Zayne, la espada de Miguel no le haría daño cuando podía atravesar la piel de un Guardián como si no fuera nada más que agua? Yo le tenía cariño a Misha y mi gracia había acabado con su vida.

—¿No tienes fe?

Abrí la boca para responder.

—Ya conozco la respuesta. —Sus alas resplandecieron y todos aquellos ojos me miraron directamente—. Era una pregunta retórica, Sangre Original. Tú, la hija de uno de los arcángeles más poderosos, siempre has carecido de fe. —Me sonrió—. Menos mal que ni Dios ni tu padre han carecido nunca de fe en ti.

Di un respingo, estupefacta.

—No fracases, Sangre Original. Necesitarás a Zayne para derrotar a Gabriel. Lo necesitarás todo para derrotar al Heraldo —dijo el Trono, y me pregunté si sabría dónde estaban Roth y Layla en ese momento. Decidí ser prudente y no mencionar eso siquiera mientras el intenso brillo dorado envolvía al ángel. Los ojos empezaron a llorarme y a dolerme—. Puede que ya sea demasiado tarde para él. Muchos de los que cayeron estaban demasiado perdidos incluso después de ser sepultados como para ofrecerles la opción de la redención. Espero por tu bien que ese no sea el caso. Gabriel sería la menor de tus preocupaciones. Tu Caído, en su estado actual, puede matarte. Así que ten cuidado. Resultaría muy desagradable que murieras a manos del que cayó para estar contigo.

¿Desagradable?

Se me ocurrían palabras mucho más descriptivas: espantoso, desgarrador, retorcido, angustioso, trágico...

Exhalé bruscamente.

—Y si funcionara... —comencé a decir y luego me corregí—. Si lo consigo, ¿Zayne volverá a ser un ángel? —pregunté, sintiendo una opresión en el corazón por un motivo completamente diferente.

Los ángeles no tenían emociones. O, al menos, eso era lo que yo había creído siempre, y Gabriel prácticamente lo confirmaba. Si restituía a Zayne, no lo recuperaría. No como antes. Pero él estaría bien. Estaría vivo y eso... eso tenía que bastar.

El Trono me observó en silencio durante un par de segundos.

—Muchos creen que los demonios son incapaces de amar, ¿no es así? Ya que no poseen un alma humana.

Un escalofrío de inquietud me recorrió el cuerpo. ¿El ángel me estaba leyendo la mente?

Dios, esperaba que no.

Pero los demonios podían amar. Roth estaba enamorado de Layla y él era el Príncipe Heredero del Infierno.

El ángel ladeó la cabeza.

—Al contrario de lo que se cree y de lo que algunos de nuestros hermanos incluso asegurarán, los ángeles no somos incapaces de experimentar emociones, Sangre Original. Simplemente sentimos las cosas... de manera diferente. Para los más antiguos entre nosotros resulta difícil, pero no somos incapaces de sentir amor, lujuria u odio. Los que cayeron son la prueba. Gabriel es la prueba de eso ahora.

Mientras lo miraba fijamente, me di cuenta de que tenía razón. Los ángeles que cayeron lo hicieron porque cedieron ante un montón de emociones humanas y Gabriel... se había vuelto loco de celos y de amargura. Me invadió el alivio...

—Pero Zayne no se convertiría en ángel. No se convertiría en Guardián. Seguiría siendo lo que es ahora —continuó el Trono—. Un Caído que está ligado a la tierra, con un pie en el cielo y el otro en el infierno. Solo hay otro ser que fue rechazado por el cielo y conservó su gracia.

Se me cayó el alma a los pies.

—Lucifer.

—Y ya ves cómo le fue.

Tras ese comentario extremadamente inquietante y la que posiblemente fuera la arenga más desmotivadora de la historia, el Trono se desvaneció, y se llevó consigo el aire gélido y el aroma a sándalo.

No sabría decir cuánto tiempo me quedé allí plantada, con la mirada clavada en el Santísimo Sacramento, mientras mi mente oscilaba entre ser incapaz de creer lo que el Trono me había dicho que debía hacer y saber de forma innata que no había más alternativa.

Y lo segundo era cierto, tanto si el Trono tenía razón como si no.

Me di la vuelta despacio. Los ángeles de piedra tenían las cabezas inclinadas de nuevo sobre los cuencos. Alcé la mirada y la dirigí hacia los bancos. No podía permitir que Zayne se convirtiera en algo que lo habría horrorizado, un monstruo que acabaría mancillando y destruyendo todo lo bueno que hubo en él. No estaba dispuesta a permitirlo, porque, para él, ese sería un destino peor que la muerte.

En realidad, no había alternativa.

Dejé escapar un profundo suspiro; pero, con la siguiente inspiración que realicé, se apoderó de mí una determinación férrea que mitigó el dolor y reemplazó el intenso agotamiento. Una diminuta chispa de esperanza avivó la energía febril que me invadía en ese momento, pero sabía a lo que me enfrentaba.

O bien salvaba a Zayne o lo mataba.

O… él me mataba a mí.

Tres

Había un montón de cosas en las que debía centrarme en este momento. Durante la inminente Transfiguración, para la que solo faltaban unas semanas, Gabriel planeaba crear una brecha entre la tierra y el cielo para que el demonio Bael y las almas que pertenecían al infierno pudieran entrar en el cielo. Debía encontrar un modo de detenerlo. Ese era mi deber como Sangre Original (lo que llevaba esperando toda la vida), pero era consciente de que no podría derrotar a Gabriel sola. Por eso Roth y Layla estaban intentando traer a Lucifer a la superficie. Por eso el Trono había dicho que necesitaba a Zayne para derrotar a Gabriel. Debería dedicarme a trazar un plan por si Roth y Layla fracasaban, pero Zayne… era la prioridad ahora.

Mi deber tendría que esperar, y me daba igual que eso cabreara a Dios.

Así que lo primero que hice al salir de la iglesia fue sacarme el móvil del bolsillo trasero. Por suerte, el trasto había sobrevivido a que me zarandearan como si fuera una muñeca de trapo.

La luz de la pantalla me hizo entrecerrar los ojos mientras abría la lista de contactos. En algún momento, Zayne había añadido el número de Nicolai a la agenda de mi teléfono. «En caso de emergencia», me había dicho una noche mientras estábamos cazando al Heraldo y al demonio Bael.

Si eso no era una emergencia, no sabía qué podría serlo.

Debía advertir a Nicolai y al clan sobre Zayne, por si se encontraban con él. Si no me recordaba a mí, dudaba de que los reconociera a ellos.

Tensé los dedos alrededor del teléfono con el corazón apesadumbrado. Nicolai, el líder del clan de Guardianes de Washington D. C., respondió al segundo tono.

—¿Diga?

—¿Nicolai? Soy Trinity —dije, manteniéndome alerta por si acaso Zayne decidía que no dejar que los humanos lo vieran no ocupaba un puesto destacado en su lista de prioridades—. Necesito que nos veamos. Es una emergencia.

—¿Va todo bien? —me preguntó. La preocupación era evidente en su voz.

Nicolai me había visitado más de una vez, junto con Danika, mientras me curaba. Danika y él estaban... ¿saliendo? En realidad, los Guardianes no tenían citas. Se conocían y se emparejaban, pero Nicolai y Danika estaban rompiendo con esa tradición.

—Mierda —añadió un momento después—. Qué pregunta tan estúpida. ¿Las cosas van todo lo bien que es posible?

—Bueno... —Alargué la palabra mientras observaba las caras borrosas de la gente que pasaba y que sostenía sus paraguas como si tuviera la esperanza de detener la lluvia que caía de lado. Lo que necesitaba decirle no era algo de lo que se pudiera hablar por teléfono—. Más o menos. Y más bien no. Necesito hablar contigo en persona.

—¿Estás en el apartamento? Puedo llegar en veinte minutos.

—No estoy allí. Estoy en la iglesia de San Patricio, creo.

Ese comentario fue recibido con un momento de silencio.

—¿Quiero saber qué estás haciendo ahí?

—Probablemente no, pero te lo contaré todo.

—Vale. Dame un segundo. —Oí crujir unos papeles y luego me dijo—: Dez debería estar cerca de ahí. Le diré que te recoja en coche. —Se produjo una pausa mientras me preguntaba si Nicolai tenía anotados los horarios de los Guardianes—. ¿Estás sola?

—Estoy libre de demonios —contesté, manteniendo la voz baja.

—¿Es sensato que andes por ahí sola?

Tenía la mente demasiado ocupada como para que esa pregunta me irritara, así que respondí:

—Probablemente no. Dile a Dez que lo estaré esperando.

Terminé la llamada y me mantuve bajo una hornacina mientras sopesaba cómo iba a contarle a Nicolai que Zayne estaba vivo y todo lo que implicaba eso. No creí que él supiera la verdad sobre lo que era Zayne, pero el Trono no había dicho que fuera algo que debía permanecer en secreto.

Me apoyé contra la pared y noté que me empezaban a doler las sienes mientras vigilaba. Recorrí rápidamente y con mirada recelosa el flujo constante de personas y vehículos, esperando que Dez recordara que mi vista no era demasiado buena. No me apetecía nada acabar subiéndome al coche equivocado.

Tras unos diez minutos, un todoterreno de color oscuro se detuvo junto al bordillo y, un momento después, la ventanilla del acompañante bajó. No pude ver dentro del vehículo, pero reconocí la voz.

—¿Trinity? —me llamó Dez.

Gracias a Dios que se había acordado. Eché a andar a toda prisa, pero reduje la velocidad ya que nunca podía calcular la distancia entre escalones con poca luz. Logré bajar la escalera sin caerme y partirme la cara, aunque me di de bruces con una persona mientras me abría paso por la acera abarrotada. Me había acostumbrado a caminar por las calles con Zayne, que despejaba la acera como si fuera una especie de Moisés sexi. De alguna manera, se las arreglaba para guiar la marcha a pesar de que permanecía a mi lado en lugar de caminar delante de mí.

Abrí la puerta del todoterreno con el corazón en un puño y subí. «Lo recuperaré. Lo lograré», me prometí mientras ocupaba el asiento de cuero con un sonido húmedo.

—Lo siento. —Hice una mueca al cerrar la puerta—. Estoy empapada.

—No te preocupes —contestó él.

Le eché un vistazo al Guardián. Era joven, apenas unos cuantos años mayor que Zayne. Tenía los gemelos más monos que había visto en mi vida. La niña, Izzy, estaba aprendiendo a transformarse. También tenía la manía de morderle los dedos de los pies a la gente, lo cual resultaba extrañamente adorable.

—Nicolai me dijo que necesitabas hablar con él. Que era una emergencia.

Asentí con la cabeza mientras me abrochaba el cinturón.

—Gracias por recogerme... —Me interrumpí al mirar por la ventanilla del acompañante.

Había un hombre mayor en el bordillo. A primera vista parecía normal. Vestido con pantalones oscuros y una camisa blanca de botones, podría haber sido cualquiera de los numerosos hombres de negocios que se encontraban a su alrededor, esperando para cruzar la calle. Salvo porque él no sujetaba un paraguas y la lluvia parecía no tocarlo mientras permanecía allí, mirándome a través de la ventanilla. La mitad de su cabeza tenía un aspecto... hundido, era una masa ensangrentada de huesos y carne. El hombre me miraba fijamente con una expresión de horror absoluto grabada en el lado de su cara que no estaba destrozado.

Lo reconocí.

Era Josh Fisher: el senador que había ayudado a Gabriel y a Bael al comprar Cumbres en la Colina con el pretexto de renovar el instituto para convertirlo en un centro para atender a niños con enfermedades crónicas. En realidad, el terreno en el que se encontraba ese instituto era básicamente una Boca del Infierno salida directamente de *Buffy* y situada justo en medio de un nudo de poder espiritual donde se cruzaban varias líneas ley poderosas. Gabriel necesitaba tener acceso al instituto para acceder a lo que aguardaba en el suelo debajo del edificio. Ya había creado allí el portal que, con el tiempo, se convertiría en la entrada al cielo.

Y Gabriel y Bael habían encontrado a la persona perfecta para ayudarlos. El senador Fisher se había apuntado de inmediato, todo ello en un intento desesperado por reunirse con su difunta esposa. Nunca quise sentir lástima por aquel hombre, pero, ahora más que nunca, me compadecí de él. Ahora entendía cómo esa clase de pérdida y pena empujarían a alguien a hacer lo impensable.

Pero ahora el senador estaba muerto. O bien había saltado por la ventana de su ático o lo habían arrojado.

—Mierda —susurré.

—¿Qué? —Dez se apartó del bordillo—. ¿Qué estás mirando?

Retorcí el cuello, a punto de pedirle que detuviera el vehículo; pero, en un abrir y cerrar de ojos, el senador Fisher había desaparecido. Maldita sea. Me recosté contra el asiento. Fisher había delatado al Heraldo y a Bael tras unos minutos de «charla» con Zayne, pero podría haberse guardado información... Información que podría estar más dispuesto a compartir ahora que estaba «supermegamuerto».

—Era el senador Fisher —contesté.

Solo unos pocos Guardianes sabían qué era yo: Dez y Nicolai eran dos de ellos. Gideon, otro Guardián, solo sabía que podía ver fantasmas; pero, después de todo lo que había pasado con Zayne, estaba convencida de que todo el clan estaba al tanto de que era una Sangre Original.

—¿No está muerto...? Un momento. —Me miró cuando llegamos a un semáforo—. ¿Quieres decir que has visto su fantasma?

—Sí y no... no tenía muy buen aspecto.

Me pegunté si el senador me habría estado buscando al mismo tiempo que mantenía la mirada pegada a las ventanillas en busca de algún indicio de un ángel caído que tal vez estuviera pirado. No podría verlo venir hasta que ya fuera demasiado tarde, pero eso daba igual.

—Si alguien es un fantasma, eso significa que no ha avanzado, ¿verdad? Y los espíritus son los que han cruzado —dijo Dez, cuya hipótesis era correcta.

—Así es. —Me apreté las rodillas con los dedos helados—. No puedo decir que me sorprenda que Fisher no haya avanzado.

—Probablemente porque le da miedo adónde va a ir.

—Sin duda.

Se hizo el silencio entre nosotros mientras Dez conducía. Las titilantes luces de la ciudad dieron paso a tramos de oscuridad a medida que cruzábamos el Potomac. El silencio no duró mucho.

—¿Vas bien? —me preguntó.

Asentí con la cabeza.

—¿Cómo están tus heridas?

—Bien —contesté, apretándome las rodillas con los dedos mientras reprimía el estallido de irritación. Dez no estaba siendo simplemente amable. Él era amable, como Zayne. No debería molestarme que mostrara preocupación—. Parece peor de lo que es.

—Qué alivio, porque tengo que ser sincero contigo: parece doloroso.

—No fue muy... divertido al principio.

En realidad, había sido un infierno. No solo el proceso de que la piel desgarrada se cerrara o los huesos destrozados se soldaran, sino que la peor parte había sido despertar y recordar que Zayne de verdad se había ido. Soportaría con mucho gusto mil horas de mi cuerpo sanando una y otra vez para no tener que experimentar la fría y desgarradora realidad de la muerte de Zayne.

Y existía la posibilidad de que tuviera que pasar por eso de nuevo.

Inspiré bruscamente y me aflojé las rodillas.

—Sé... sé que Zayne significaba mucho para ti —dijo Dez un momento después, y yo cerré los ojos con fuerza. El movimiento me provocó un tirón en la piel sensible y aún a medio curar—. Sé que tú significabas mucho para él. Zayne significaba mucho para todos nosotros. —Realizó una inspiración temblorosa y tuve que hacer acopio de toda mi fuerza de voluntad para no contarle justo entonces lo que estaba pasando, pero solo quería tener que explicarlo todo una vez—. Él era...

Zayne lo era todo.

Dez se aclaró la garganta.

—Era el mejor de nosotros. Creo que nunca se dio cuenta de eso, y estoy seguro de que no entendía que todos lo habríamos apoyado si hubiera asumido el mando después de su padre. Nos daba igual lo que hubiera ocurrido en el pasado. Puede que le faltara una parte de su alma, pero él... él tenía más alma que la mayoría de nosotros.

Lo miré, y deseé que Zayne estuviera ahí para oír eso, pero Dez tendría la oportunidad de decírselo. Solo me hacía falta... apuñalarlo en el corazón con la espada de Miguel.

Dios mío.

Aparté la mirada y dejé escapar un suspiro entrecortado.

—A Zayne le molestó eso durante un tiempo, lo de no asumir el papel de líder del clan, pero había acabado aceptándolo. Se... se dio cuenta de que la persona en la que se estaba convirtiendo no encajaba con muchas de las cosas en las que creían los otros Guardianes. Y le parecía bien. De verdad.

—¿Te dijo eso?

—Sí.

—¿Se refería a la postura de «matar a todos los demonios en el acto» que tienen la mayoría de los Guardianes? No todos opinamos así. Yo no. Ni tampoco Nicolai.

Ya me lo había imaginado, teniendo en cuenta que habían trabajado con Roth y Cayman en el pasado.

—Pero lo entiendo —continuó Dez—. Sobre todo, después de lo que pasó con Layla. No hubo vuelta atrás después de eso.

No, no la hubo. No cuando el padre de Zayne y casi todo el clan habían estado dispuestos a matarla después de que ella le arrebatara por accidente una parte de su alma. Ellos la habían criado y deberían haber sabido que los actos de Layla no eran malintencionados, solo reflejaban estupidez tanto por parte de ella como de él.

Los celos por la relación anterior de Zayne y Layla habían desaparecido hacía mucho tiempo. Al igual que la extraña mezcla de amargura que rodeaba el hecho de saber que se suponía que debería haber sido yo quien se criara junto a él.

Nada de eso importaba ya y me fastidiaba haber malgastado tiempo en eso.

—Por cierto —comentó Dez—. Estas sangrando.

—¿Qué? —Levanté la mano y me toqué la barbilla. Se me mancharon los dedos. Así que sí era mi sangre. Me limpié los dedos en los vaqueros—. No es nada.

—Ajá —murmuró él.

Por suerte, Dez no volvió a hablar después de eso, pero el trayecto hasta el complejo de los Guardianes pareció durar una eternidad. Cuando por fin nos detuvimos delante de la enorme casa, casi salgo disparada del todoterreno. Dez hizo lo mismo. Empecé a avanzar.

Y, de inmediato, tropecé con el primer escalón, que no había visto.

Recobré el equilibrio con un suspiro y luego eché a andar con cuidado. Dez me rodeó para abrir la puerta y entramos. Mis ojos tardaron un momento en adaptarse a la luz brillante del vestíbulo mientras seguía a Dez hacia el despacho de Nicolai. Por el camino, nos cruzamos con unos cuantos Guardianes que salían a patrullar de noche o regresaban. La forma en la que nos rehuyeron me indicó que probablemente se habían enterado de la verdad sobre mí.

Debería sentirme preocupada. Había algunos Guardianes a los que no les hacía demasiada gracia que hubiera una Sangre Original por ahí. En gran medida, se debía a una historia que había caído en el olvido en su mayor parte, una historia que yo ni siquiera conocía hasta que Thierry (el líder del clan de las tierras altas del Potomac al que consideraba más mi padre que a Miguel) me la contó. Por lo visto, tuvo que ver con un vínculo y condujo a una rebelión. Un montón de Guardianes murieron, los vínculos con los Guardianes se cortaron y los Sangre Originales se extinguieron.

Hasta que llegué yo.

Y hasta que llegó Sulien.

Pero él estaba muerto, así que, en fin, hasta que llegué yo.

Cuando Dez abrió la puerta, vi primero a Nicolai. El líder más joven que había tenido el clan estaba sentado detrás del mismo tipo de escritorio que solía utilizar Thierry. Una cicatriz bastante impresionante le recorría la cara, lo que aumentaba su aire de tío duro. La Guardiana de cabello oscuro y brillante que permanecía de pie a su lado también lo hacía parecer más imponente. Danika no se parecía a ninguna Guardiana que yo conociera. Ni siquiera podía compararla con Jada, que también era audaz. Danika sencillamente no seguía las normas arcaicas que rodeaban a las mujeres de su raza y el hecho de que Nicolai no intentara volver a encerrarla en esa jaula dorada hacía que el líder del clan me cayera aún mejor.

Gideon también estaba presente, de pie al otro lado de Nicolai, y sostenía su móvil en la palma de la mano. Zayne siempre se refería a él como el experto en tecnología del clan, mientras que yo lo consideraba el *hacker* y manitas del clan.

Gideon me observó avanzar y me pregunté si estaría pensando en aquella vez, estando aquí con Nicolai y Zayne, cuando se enteró de que yo podía ver fantasmas. Entonces creyó que me corría una pizca de sangre de ángel por las venas. Basándome en el pequeño paso atrás que dio, supuse que ahora sabía que contaba con muchísima.

Nicolai levantó la cabeza y el pelo castaño, que le llegaba hasta los hombros, le cayó hacia atrás. Se dispuso a hablar, pero Danika se le adelantó.

—¿Estás herida, Trinity? —me preguntó con la voz cargada de preocupación mientras se enderezaba.

Negué con la cabeza, deseando haber hecho una pausa para limpiarme la sangre de la cara.

—Es leve.

—Puedo avisar a mi hermana —me ofreció, y se apartó del escritorio—. Te sangran los oídos. No soy médico, pero eso no parece leve.

Mierda.

También me había olvidado de eso.

—No hace falta. —Le eché un vistazo a la silla e hice ademán de sentarme, pero recordé que estaba empapada. Ya había estropeado bastante tapizado hoy—. Estoy bien.

Me dio la impresión de que Danika quería oponerse.

—Si estás segura... —Miró a Gideon—. Estábamos a punto de irnos...

—No pasa nada. No tenéis que marcharos. —Me crucé de brazos—. Probablemente sea mejor que todos oigáis esto de primera mano.

—¿Lo que sea que tienes que decirnos explica por qué tienes peor aspecto que la última vez que te vi? —me preguntó Nicolai.

Fruncí los labios. A mí me parecía que tenía mucho mejor aspecto que la última vez. Aunque, pensándolo bien, no me había mirado en un espejo.

—Pues sí.

—Vale. —Nicolai señaló la silla con un gesto de la cabeza—. Por lo menos, siéntate. Me da igual que la mojes.

Me senté, dándole las gracias con un murmullo. El alivio que me invadió de inmediato supuso un indicio de que el comentario de Nicolai sobre mi aspecto probablemente no se alejaba demasiado de la realidad.

—No sé cómo decir esto aparte de soltarlo sin más —anuncié mientras Dez se apoyaba contra la pared—. Zayne está vivo.

Cuatro

Todos se quedaron inmóviles, me pareció que incluso dejaron de respirar, y nadie dijo nada durante tanto tiempo que me disponía a repetirlo cuando Dez reaccionó al fin.

—Eso es imposible, Trinity —contestó con voz suave y demasiado amable.

—Creedme, ya sé cómo suena, pero está vivo. Lo vi. Hable con él. Lo toqué. Es de carne y hueso y tiene alas —les aseguré—. Está vivo, pero no es exactamente la misma persona. Es un ángel caído y todavía cuenta con sus alas y un montón de fuego celestial. De gracia.

Nicolai y Danika me miraron perplejos y supuse que tanto Dez como Gideon estarían haciendo lo mismo.

—Y, en parte, él tiene la culpa. —Me señalé a mí misma—. Y el Trono con el que acabé hablando después de ver a Zayne tiene la culpa de que me sangren los oídos.

A Gideon se le escapó el teléfono de la mano, que chocó contra el suelo con un ruido sordo.

—Probablemente sea mejor que lo dejes ahí porque solo acabo de empezar —le sugerí.

—Vale —susurró Gideon.

—Zayne me encontró en Rock Creek Park, pero no me reconoció del todo. Primero pareció hacerlo, pero luego no lo consiguió, y se puso en plan *El club de la lucha* conmigo. Me las arreglé para escapar... Bueno, más bien le hice un corte y hui. Y, mientras corría, oí una voz en mi cabeza que me dijo que fuera a la iglesia.

Frente a mí, Nicolai parpadeó despacio.

Yo era consciente de lo descabellado que sonaba todo esto, pero aun así seguí adelante.

—Ahí es donde vi al Trono, y a un grupo de espeluznantes ángeles de piedra, que no vienen al caso a pesar de que verlos moverse me obsesionará el resto de mi vida. El Trono me contó lo que pasó.

Y entonces les repetí todo lo que me había contado el Trono hasta llegar a lo que me tocaba hacer. Que le habían dado a Zayne a elegir. Que se quemó al reentrar. Y que, en su estado actual, consideraba que los Guardianes y cualquier ser con gracia era el enemigo. Les dije que el Trono me había advertido de que Zayne… podría convertirse en un peligro para la gente inocente. Cuando terminé, lo único que me apetecía era regresar ahí fuera para encontrarlo.

Encontrarlo antes de que se convirtiera en lo que me advirtió el Trono… Antes de que hiciera algo por lo que nunca pudiera perdonarse.

—Zayne… recuperó su gloria, aunque… no estoy muy segura de lo que significa eso, y cayó para poder… —Se me quebró la voz y se me tensó todo el cuerpo. Espiré despacio por la nariz mientras me ardían los ojos—. Cayó para regresar y luchar a mi lado… Por mí.

—Es el alma —intervino Gideon con voz ronca, y captó mi atención—. La gloria es básicamente el equivalente de un alma humana, pero para los ángeles.

Ah.

Eso tenía sentido.

Y también hacía que fuera mucho peor, porque ¿eso significaba que Zayne había perdido su alma?

—La gloria es el motivo por el que nosotros, los Guardianes, tenemos un alma pura —prosiguió Gideon, que parecía que necesitaba sentarse—. Sin ella, Zayne sería…

Pensé en lo que dijo el Trono y sentí ganas de vomitar.

—¿Sería como un espectro?

Gideon asintió con la cabeza y, si no hubiera estado sentada, probablemente me hubiera desplomado. Los espectros eran humanos a los que habían despojado de sus almas después de morir. Algunos demonios eran capaces de hacerlo. A veces ocurría cuando un fantasma permanecía demasiado tiempo aquí y se negaba a avanzar. No había un plazo que determinara cuánto suponía demasiado tiempo. Era diferente para cada fantasma. Podía suceder sin más. En cualquier caso, los espectros eran increíblemente peligrosos, vengativos y rencorosos. Eran el odio y la amargura personificados. Pura maldad.

—Pero eso no puede ser lo único que le pasa a un Caído —alegué—. El Trono dijo que esperaban que Zayne saliera indemne de la caída. Esperaban que resultara útil en la batalla contra Gabriel incluso después de que eligiera caer. La falta de gloria o alma o lo que sea no debe ser lo único que guía el comportamiento de un Caído. —Todos me estaban mirando fijamente—. Espero con todo mi ser que me creáis.

—Lo que dices tiene que ser cierto. Es la única forma de que estés al tanto de nuestro origen. —Gideon se giró hacia Nicolai—. Es la única forma.

Nicolai asintió despacio y luego se recostó en el asiento mientras se pasaba una mano por la cabeza y se agarraba la nuca.

—De verdad ha regresado —dijo.

—Sí. De verdad. —Fruncí el ceño—. ¿Los dos sabíais que, originalmente, los Guardianes eran ángeles caídos?

—Me enteré cuando asumí este puesto. Me lo dijeron los Alfas —contestó Nicolai, refiriéndose a la clase de ángeles que se comunicaba con los Guardianes.

—¿Qué? —Danika se giró hacia él—. ¿Lo sabías? —Me dio la impresión de que estaba a punto de pegarle—. ¿Y no me lo contaste?

—Hay muchas cosas que no te he contado. —La expresión en la cara de Danika hizo que se echara hacia atrás—. Que no puedo contarte.

Ella cruzó los brazos sobre el pecho.

—¿En serio?

—¿Y por qué no estás cabreada con él? —añadió Nicolai, señalando a Gideon.

—Porque él no duerme en la misma cama que yo —le espetó ella.

¡La leche!

Hora de cambiar de tema a una conversación menos incómoda.

—¿Como te enteraste? —le pregunté a Gideon—. Supongo que esto es algo que los líderes de los clanes suelen llevarse a la tumba.

—Pues sí, pero yo... tengo acceso a muchos documentos antiguos: cartas y diarios de... bueno, de hace mucho tiempo. Encontré los diarios de uno de los Guardianes de la segunda o tercera generación. Ahí es donde leí sobre el tema, y le pregunté a Abbot al respecto —me explicó, refiriéndose al padre de Zayne—. Me lo confirmó.

—Así que Zayne está... —Danika se llevó la mano a la boca y ese tuvo que ser el momento exacto en el que comprendió de verdad que Zayne estaba vivo—. ¿Qué... qué aspecto tiene?

—El mismo... salvo por las alas. Son blancas y están veteadas de gracia. Sus ojos también son de un azul muy intenso. El color parece irreal. —Me miré las manos sucias—. Tenía buen aspecto. Perfecto, en realidad. —Tragué saliva con dificultad—. Es muy poderoso... Incluso más que yo.

—Porque es un ángel caído que todavía conserva su gracia —dijo Dez, que tenía pinta de haber estado pasándose los dedos por los rizos color caoba durante toda la conversación—. Es básicamente un ángel.

—No un ángel cualquiera. —Gideon me miraba fijamente—. Por lo que pude deducir, la mayoría de los que cayeron pertenecían a la segunda jerarquía. Eran Potestades: la primera orden de ángeles que creó Dios. Eran como guerreros de élite que protegían el reino humano y el celestial. De eso descendemos. Zayne es una Potestad y por eso la gracia se podía ver en sus alas. Tiene tanta como un arcángel.

Genial.

¿Por qué no podían proceder de... qué sé yo, ángeles de la guarda o los que simplemente cantaban sobre Dios o algo así? Pero, no, tenían que ser guerreros de élite.

—Una Potestad caída —susurró Nicolai, que ahora se estaba pasando la mano por la cara—. Madre mía. Sería prácticamente imparable. El clan ya está en alerta máxima con todo el lío del Heraldo..., de Gabriel, pero debemos asegurarnos de que estén al tanto de lo de Zayne y de que resultará… impredecible en este momento.

—Me encargaré de que todos lo sepan —dijo Gideon.

Me destrozó pensar que hubiera que advertirles a los Guardianes de que se mantuvieran alejados de Zayne. Por eso decidí venir aquí, pero…

—Todavía no se ha vuelto malo del todo. Había una parte de él que sí me reconoció. No son ilusiones mías, porque podría haberme causado daños graves. Podría haberme matado, pero no lo hizo. Sigue ahí dentro y el Trono me dijo qué debía hacer para hacerlo volver antes de que sea demasiado tarde. Solo tengo que…

—¿Qué? —me preguntó Dez.

—Solo tengo que… No estoy segura de cómo no acabará matándolo lo que se supone que debo hacer.

—Voy a necesitar detalles, Trinity —me pidió Nicolai.

Me froté las palmas de las manos contra las rodillas.

—El Trono dijo que mi gracia nunca le haría daño a alguien que me importara. Que debía usarla para atacar un corazón encerrado en el caos.

—La espada de Miguel. —Nicolai enarcó las cejas—. Imagino que eso significa que se supone que debes apuñalarlo en el corazón con la espada de Miguel.

—Más o menos.

—¿Y eso no lo matará? —preguntó Danika, abriendo mucho los ojos.

—Eso es lo que me pregunto yo, pero el Trono se puso en plan: «Debes tener fe».

—Me cuesta creer que el Trono te mintiera —opinó Gideon.

—¿En serio? —repuso Dez—. Los ángeles no suelen mentir directamente, pero desde luego omiten gran parte de la verdad.

—Pero los Tronos son diferentes. Son emisarios de la verdad y profetas de la mentira —argumentó Gideon mientras yo pensaba en todos aquellos ojos espeluznantes—. Si el Trono le dijo eso, entonces tiene que ser verdad.

—Sea verdad o no, tengo que hacerlo. —Dejé las manos inmóviles—. Zayne está ahí fuera ahora mismo y no tengo ni idea de lo que está haciendo. Con suerte, se estará echando una siesta o comiendo comida poco saludable. Lo más probable es que no sea así y el Trono... me advirtió de que ya podría ser demasiado tarde. Que todas esas cosas que Zayne sintió cuando cayó, lo que está sintiendo ahora, ya podrían haberlo... infectado.

Danika apartó la cabeza y supe que, al igual que yo, no podía soportar esa idea.

Realicé una inspiración temblorosa.

—Si no intento hacerlo regresar y no corro ese riesgo, se volverá malvado. Va a hacer cosas que Zayne no haría nunca.

—Ya lo ha hecho, por lo que parece —comentó Nicolai con suavidad, mirándome, y supe lo que veía. Nuevos moretones.

La verdad que contenían sus palabras me dolió.

—No puedo permitir que se convierta en un monstruo. No le haré eso. No dejaré que le pase eso. No puedo.

—Estoy de acuerdo —dijo Dez sin vacilar ni un segundo.

—Entonces ¿cuál es el plan? —Nicolai apoyó las manos sobre el escritorio—. ¿Qué toca ahora?

¿Ducharme? Estaba cubierta de tierra y barro. Y sangre. Pero dudaba que Nicolai se refiriera a eso. También dudaba que hubiera tiempo para eso.

—Saldré a buscar a Zayne. Me encontró una vez y supongo que me encontrará de nuevo. El Trono dio a entender que se sentiría atraído por mi gracia. Luego lo... lo haré volver.

—Muy bien. —Nicolai se volvió hacia Dez—. Pongámonos en marcha.

Tardé un momento en darme cuenta de lo que significaba eso.

—No podéis salir a buscarlo. Os avisé de que ha vuelto para que os mantengáis alejados de él.

Nicolai se giró hacia mí.

—Estamos en esto contigo. Si sales a buscar a Zayne, te acompañaremos.

—Gracias, pero no creo que sea prudente. Zayne...

—Está confundido. Puede que incluso suponga un peligro para nosotros. Sí, lo sé. Todos lo sabemos, por eso no deberías estar ahí fuera sola.

—Eres una Sangre Original —añadió Gideon—. Eso es genial. Y también es algo que debería haber deducido, sobre todo teniendo en cuenta que Zayne era tu Protector. Eres fuerte y letal por derecho propio, pero él es un ángel caído, Trinity. Puede que no haya caído del todo, en el sentido de que no lo hemos perdido por completo, pero te enfrentas a una clase de ángel muy poderoso que tal vez no pueda evitar causarte graves daños. No puedes hacer esto sola, y dudo que Zayne te permita acercarte a él y apuñalarlo sin más. Vas a necesitar que lo distraigamos.

Me puse tensa, conmovida por el hecho de que no estuvieran dispuestos a quedarse al margen y también completamente aterrada.

—Mirad, agradezco la oferta, pero no he venido a pedir ayuda...

—Ya lo sé. Todos lo sabemos —contestó Nicolai—. Viniste a advertirnos que no nos acercáramos a él, y te lo agradezco, pero no te estoy ofreciendo nuestra ayuda. Ya la tienes.

Se me formó un nudo en el pecho mientras me inclinaba hacia delante.

—¿Y qué pasará si Zayne mata a alguno de vosotros?

—Correríamos ese riesgo —afirmó Nicolai.

—Con mucho gusto —añadió Dez y, cuando me giré hacia él vi que Gideon asentía con la cabeza—. Arriesgaríamos nuestras vidas con mucho gusto para ayudar a hacerlo volver.

—Oír eso es genial. Todos sois increíbles. En serio. Pero ¿y si pasa eso? ¿Y luego consigo hacerlo volver? —pregunté, recorriendo la habitación con la mirada—. ¿Cómo creéis que afectará eso a Zayne?

Todos los presentes guardaron silencio.

—Ya va a tener que lidiar con suficientes cosas desagradables. —Esperé que dichas cosas fueran mínimas y se limitaran a zarandearme; pero, conociéndolo, eso le haría mucho daño—. No nos interesa empeorarlo.

—Tienes razón —dijo Danika—. No nos interesa empeorarlo, pero tampoco vamos a quedarnos sentados sin hacer nada. —Se acercó y se sentó a mi lado—. Creo que conozco a Zayne bastante bien —prosiguió, y era cierto. Eran amigos y, en algún momento, podrían haberse convertido en algo más. Eso era lo que quería el padre de Zayne—. Si esto le estuviera pasando a cualquier Guardián, él no se quedaría al margen. Lo sabes. Él estaría allí, asegurándose de volver a casa y de no empeorar el lío en el que estuviera el otro, al igual que cualquiera de nosotros.

—Pero no podéis garantizar eso. Ni siquiera yo puedo garantizarlo —argüí.

—Y tú no puedes garantizar que esto funcione —respondió ella—. Que Zayne sobrevivirá siquiera a esto.

Un aire frío me llenó el pecho.

—Tienes razón. ¿Queréis estar ahí para presenciarlo?

—No —contestó Nicolai—. Queremos estar ahí para apoyarte por si esto no funciona.

 Cinco

No hubo manera de convencer a Nicolai ni a los demás de que lo más inteligente y sensato era que se quedaran en casa. A ver, ni que el caos fuera a abatirse sobre la ciudad si lo hicieran. Desde que apareció el Heraldo, la actividad demoníaca había disminuido mucho. Podrían pasarse los próximos días viendo Netflix. Había cosas muy interesantes en ese servicio de *streaming*, según Cayman, el demonio que era una especie de mando intermedio en el mundo demoníaco. Cuando salí del apartamento esa tarde, se había quedado frito viendo una especie de documental sobre un tipo con un peinado *mullet*, grandes felinos y un asesinato.

Pero a los Guardianes no les iba ese tipo de vida.

Así que, después de tomarme un momento para lavarme la sangre de la barbilla y debajo de las orejas, me encontré caminando sin rumbo fijo por Rock Creek Park con Dez a mi lado y varios Guardianes más en las inmediaciones. Gideon se había quedado en el complejo para conectarse a las comunicaciones de la Policía por si recibían alguna llamada que pudiera darnos una pista sobre el paradero de Zayne. Nicolai estaba por ahí en algún sitio, aunque había salido después de Dez y yo para «hablar» del tema con Danika. Ella quería ayudar. Nicolai se oponía rotundamente. Yo no tenía la menor idea de quién había ganado la batalla, pero me hubiera atrevido a apostar que había sido Danika.

Antes de ir al parque, pasamos por el apartamento por si acaso Zayne se acordaba de algún modo de la policía y para que yo pudiera avisar a Cayman y a mi fantasmal compañero de piso, Cacahuete, de que estaba vivo.

Ninguno de los tres estaba en el apartamento.

Supuse que Cacahuete estaría con aquella nueva amiga que podía verlo (algo que todavía debía ocuparme de comprobar) o por ahí haciendo lo que fuera que hicieran los fantasmas en su tiempo libre y no muerto, así que Dez y yo nos dirigimos al parque. En realidad, Cayman me había enviado un mensaje justo antes de que llegáramos allí. No tenía ni idea de cómo había conseguido mi número de teléfono, pero me había escrito un mensaje que decía: «¿Sigues viva?». Contesté con un rápido «Sí» y luego recibí una respuesta exigiendo pruebas de que era yo y no un «arcángel gilipollas» con mi móvil.

Respondí con un mensaje en el que ponía «Me tienes miedo».

«Sí. Eres tú. Cuídate. Roth se cabrearía si te matan mientras estoy de guardia».

No tuve ni la más remota idea de cómo responder.

Pero todo eso parecía haber ocurrido hacía una eternidad.

La frustración se había apoderado de mí cuando pasamos, por la que debía ser la centésima vez, por delante del banco en el que estaba sentada cuando llegó Zayne. En esa ocasión me detuve y escudriñé la oscura línea de árboles. Por lo menos había dejado de llover. El aire seguía siendo extrañamente frío para estar en julio.

Dez, que iba apenas unos pasos por delante de mí, se dio la vuelta. En su forma de Guardián, su piel era de color gris oscuro y tan dura como el granito, y los dos gruesos cuernos que le separaban el pelo podrían perforar el acero. Mantenía sus grandes alas parecidas al cuero plegadas por si acaso me chocaba con una y me sacaba un ojo. En ese momento, la mayor parte de su cuerpo se fundía con la noche.

—¿Ves algo?

—Godzilla podría estar escondido entre esos árboles y yo no podría verlo.

—Lo siento. Me refería a si sientes algo.

—No. —Apoyé las manos en las caderas—. O ya no está en el parque o está guardando las distancias.

—¿Te pareció de los que guardan las distancias? —me preguntó Dez, cuya voz sonaba más áspera en su verdadera forma.

—No especialmente, pero ¿qué sé yo? Es el primer ángel caído que conozco. —Sacudí la cabeza mientras mi mirada se posaba en el contorno del banco—. Creo que tenemos que buscar en otros sitios. —O yo debía estar aquí sin Guardianes que me hicieran de niñeros, porque podría existir una pequeña posibilidad de que Zayne no se acercara por eso—. ¿Dónde? No tengo ni idea.

—Podría estar en cualquier parte de la ciudad.

—Señalar lo evidente no resulta demasiado útil —respondí.

Dez se rio entre dientes mientras caminaba hacia mí. Para ser tan grande, se movía con tanto sigilo como un fantasma. Zayne también era así.

Una aguda punzada de dolor me atravesó el corazón.

«Él también es así».

—Pero podríamos intentar pensar como Zayne —propuso, y se detuvo lo bastante cerca de mí como para dejar de ser un borrón de sombras. Ahora era una masa oscura con la forma de un Guardián. Eso estaba mejor—. Y ya sé que no tenemos ni idea de lo que podría estar pasándole por la cabeza, pero sabemos lo que se le pasaría por la cabeza si alguna parte de él todavía estuviera operativa, y sabemos dónde suele congregarse el mal.

Clavé la mirada donde debía estar aproximadamente su cara mientras meditaba esa sugerencia.

—Buena idea. —Solté un suspiro—. Está bien. Si todavía hay una parte de Zayne operativa, creo que iría… iría al apartamento, pero ya estuvimos allí y no había ni rastro de él. Creo que iría a… —Me froté la cadera dolorida con la palma de la mano—. ¡La casa del árbol! La que está en el complejo. Era importante para él.

—Le diré a Gideon que lo compruebe. —Se sacó el móvil del bolsillo trasero de los pantalones de estilo militar que, de algún modo, no se hicieron trizas cuando se transformó—. ¿Algún otro sitio?

—¿Un lugar en el que vendan bocadillos sin pan? —sugerí, y el tirón que noté en el corazón amenazó con hacer que me desplomara—. ¡La heladería! Pero no estará abierta. Aunque supongo que podría colarse. —Me devané los sesos—. Creo que solía gustarle pasear por el parque que rodea la Explanada Nacional.

—Le acabo de enviar un mensaje a Gideon para que compruebe la casa del árbol. Nosotros podemos peinar los otros sitios.

—¿No crees que también deberíamos comprobar la casa del árbol?

—Gideon comprobará la zona con sensatez. Lo hará sin dejarse ver —me aseguró Dez—. Y, si Zayne está allí, nos avisará.

Supuse que iba a tener que fiarme de su palabra. Otro lugar me vino a la mente.

—Mierda. ¿Y Stacey? Son muy amigos. ¿Crees que la buscaría?

—Si no pareció reconocerte del todo, dudo que fuera a por ella —dijo, lo cual fue un alivio—. Pero haré que vigilen su casa.

—¿Y los lugares adonde... adonde van los malvados? —pregunté mientras nos dirigíamos hacia la salida del parque—. No es que Zayne sea malvado. Pero podría ser... malvado de forma inconsciente.

—No creo que Zayne sea malvado. Si lo fuera, no sé si seguirías en pie.

No me hizo falta concentrarme para sentir las manos de Zayne alrededor de mi cuello, apretando... Unas manos frías. No estaba segura de si me habría matado si no lo hubiera tocado, pero se había detenido. Si ya fuera un caso perdido del todo, no habría pasado nada cuando lo toqué.

—Irían adonde hay gente. A esta hora de la noche, estarían por los bares y las discotecas —añadió Dez—. Hay una discoteca a la que van muchos de ellos. Roth tiene o tenía un apartamento encima. Él podría echar un vistazo, pero no tengo ni idea de si un Caído iría allí... Si los demonios pueden sentir lo que es o lo que podría hacerles.

Teniendo en cuenta que ninguno de los Guardianes tenía ni idea de dónde se encontraban Roth y Layla en este momento, murmuré algo por el estilo de que le diría a Roth que comprobara esa discoteca.

Dez volvió a adquirir su forma humana mientras nos acercábamos al todoterreno aparcado. Cuando se puso una sencilla camiseta de color oscuro que había cogido de algún sitio de la zona del asiento trasero, me pregunté cuántas exactamente tendría guardadas.

Luego nos pusimos en marcha y me dije que no debía hacerme ilusiones. Lo cual era más o menos lo mismo que decirme que no me comiera toda la bolsa de patatas fritas.

Aunque ya hacía mucho tiempo que la mayoría de la gente se había ido a la cama, todavía había tráfico, pero llegamos a la heladería en un tiempo récord y redujimos la velocidad para que Dez comprobara el edificio. No había luces encendidas. Ni indicios aparentes de allanamiento. Mi esperanza sufrió un duro golpe, pero solo estábamos dando palos de ciego al ir allí. Diez minutos después, llegamos a nuestro segundo destino.

La Explanada Nacional.

Había una sorprendente cantidad de gente por allí a esas horas de la noche. Dez permaneció en su forma humana cuando echamos a andar y no tardé mucho tiempo en sentir un intenso cosquilleo de reconocimiento en la nuca.

Mis sentidos se agudizaron mientras observaba a un grupo apiñado debajo de un árbol. No pude distinguir las facciones de ninguno, pero sabía qué estaba sintiendo.

—Hay demonios aquí.

Dez siguió mi mirada.

—Ya los veo.

No parecieron fijarse en nosotros al pasar.

—Creo que son Esbirros —opiné.

Se trataba de demonios de nivel inferior que eran prácticamente los bromistas del mundo demoníaco, la encarnación viviente de la ley de Murphy. A los Esbirros les gustaba trastear con las cosas, sobre todo con los aparatos electrónicos. Aunque, si alguien se quedaba atrapado en un atasco porque uno de ellos se aburría y había decidido toquetear los semáforos de varias manzanas, supuse que algunas personas no los considerarían simples bromistas inofensivos.

—Los mantendré vigilados —me informó Dez.

Lo miré.

—¿No quieres enviarlos a los ardientes círculos del infierno?

Él resopló mientras la brisa le apartaba el pelo de la frente.

—Si no le están haciendo daño a nadie, no tengo nada contra ellos. ¿Y tú?

Volví la mirada hacia ellos y apenas pude distinguirlos de las sombras de los árboles.

—Ya sabes que crecí en la comunidad de las tierras altas del Potomac. Evidentemente. —Dez había ido con Zayne cuando Nicolai llegó antes de la Investidura, donde los Guardianes que habían estado entrenándose se convertían en los guerreros que protegían las ciudades—. Siempre me educaron para creer que todos los demonios eran malos, pero Zayne…. me hizo ver que ese no era siempre el caso. Es curioso que un Guardián fuera la fuente de esa actitud progresista, pero luego conocí a Roth y a Cayman y…

¿Cómo diablos podía describir al mismísimo Príncipe Heredero del Infierno y a un demonio negociante que cumplía los anhelos y los deseos de los humanos a cambio de fragmentos del alma de dichos humanos? No eran precisamente ciudadanos respetables ni nada por el estilo.

—No son buenos *per se*, pero son… cuidadosamente malvados —añadí. ¿Cuidadosamente malvados? Puse los ojos en blanco—. Eso probablemente me convierte en una Sangre Original muy mala.

Dez se rio entre dientes.

—Nunca había oído a nadie describirlos así, pero entiendo a qué te refieres. Hay maldad necesaria en el mundo, ¿verdad? Un equilibrio entre el bien y el mal que debe mantenerse para que se cumpla el acuerdo entre Dios y Lucifer. Mientras nadie se pase de la raya, es lo que hay.

Dez tenía razón. Los demonios eran necesarios y también cumplían una función. Eran la encarnación del fruto prohibido. Sus susurros, regalos y manipulaciones eran pruebas a las que se enfrentaban todos los humanos. Los demonios hacían que los humanos ejercieran el libre albedrío. Hacer el bien o hacer el mal. Hacer limonada con los limones o armar la de Dios es Cristo. Perdonar o buscar venganza. Ser el que echa una mano o el que golpea. Educar o desinformar. Amar u odiar. Ser parte de la solución o parte del problema. Mantenerse en la senda de la rectitud eterna o descarriarse hacia la condenación eterna.

Había todo un mundo de grises entre cada una de esas opciones y lo que la gente hacía en esa zona gris era lo que determinaba dónde acababan.

El problema era que muchos demonios se pasaban de la raya. Estaban aquellos a los que les habían ordenado quedarse en el infierno, pero subían a la superficie, como los demonios Feroces y los Trepadores Nocturnos y otros que nunca podrían hacerse pasar por humanos. Luego estaban los demonios de Nivel Superior, que casi nunca respetaban ese equilibrio.

Tampoco estaba muy segura de que Roth o Cayman no se pasaran de la raya.

Pero qué más daba.

No me encontraba ahí por ellos.

Se suponía que debía estar ahí por el Heraldo. El arcángel Gabriel, que había lanzado una bomba nuclear sobre ese frágil equilibrio. Pero ¿en ese momento? Estaba ahí por Zayne.

Dez y yo recorrimos la Explanada Nacional durante bastante rato, pero no fue precisamente un paseo por el parque. Me dolía pensar que Zayne tenía planeado enseñarme ese lugar, llevarme a los museos y esas cosas, pero así fue como visité por primera vez la Explanada Nacional.

Pero eso todavía podía ocurrir y, además, tampoco podía ver nada más allá de unos metros por delante de mí y formas imprecisas. Podía fingir que no había ido, porque, con cada minuto que se convertía en diez, quedaba claro que Zayne no estaba ahí.

Lo cual dejaba únicamente los bares y las discotecas... donde se habrían reunido los humanos. Según Dez, nos quedaba menos de una hora antes de que cerraran.

Ni siquiera me apetecía preguntarle a Dez por qué creía que un Caído buscaría humanos, pero tuve que hacerlo cuando llegamos a Dupont Circle, donde las calles estaban iluminadas con letreros y el brillo constante de los focos.

—¿Por qué crees que un Caído se sentiría atraído por la misma zona que un demonio?

Me mantuve cerca de Dez mientras pasábamos por delante de varios bares abarrotados, vigilando continuamente por si una puerta se abría de repente o me cruzaba con algún borracho tambaleante al que le costara más que a mí caminar por la acera.

—No hay mucha información sobre los Caídos —contestó Dez mientras yo me fijaba en un grupo de chicas que avanzaban riéndose por la acera—. Pero sí recuerdo qué hizo que Dios los persiguiera.

—¿Aparte de tener hijos nefilim cada cinco segundos? Y, sinceramente, no me parece que sea para tanto, porque aquí estoy.

—Creía que no te gustaba ese término.

—No me gusta.

Supuse que sonrió, porque las risitas de las chicas con las que nos cruzamos se interrumpieron por completo mientras se lo quedaban mirando. Dez no pareció darse cuenta.

—No puedo responder a eso, pero los Caídos se sentían atraídos por los humanos de la misma forma que les ocurre a los demonios. Cuando todavía eran ángeles celestiales con todas las de la ley, trabajaban codo con codo con los hombres para lograr un modo de vida mejor; sin embargo, en cuanto cayeron, usaron su carisma y encanto para... bueno, deleitarse en el pecado.

Se me revolvió el estómago. Ni siquiera quería plantearme la idea de Zayne deleitándose en el pecado.

—¿Los ángeles caídos poseían la misma clase de talentos que algunos demonios de Nivel Superior?

Él vaciló y supe que esa era mi respuesta.

—Eso creo.

Ay, Dios.

Los demonios de Nivel Superior podían convencer a las personas para que hicieran todo tipo de cosas perturbadoras empleando solo palabras.

Mi mirada se dirigió despacio hacia una cafetería que permanecía abierta toda la noche. Había unas cuantas personas sentadas en las mesitas del interior y un puñado haciendo cola. Dos hombres jóvenes se dirigían hacia la puerta con vasos desechables en las manos. Detrás de ellos, un niño demasiado pequeño para estar en la calle a esa hora de la noche los seguía. El crío se encontraba demasiado lejos para poder distinguir sus facciones, pero supe que se trataba de un espíritu. ¿Quizás era su hijo? ¿Un hermano menor? No estaba segura, pero comprendí que había cruzado y ahora había regresado.

Reduje la velocidad cuando los jóvenes salieron al húmedo

aire nocturno. El pequeño espíritu se lanzó de repente hacia delante, rozando al pasar al que tenía la piel muy morena. El tipo tropezó y bajó la mirada mientras el espíritu pasaba de largo y desaparecía en un abrir y cerrar de ojos.

—¿Estás bien, Drew? —le preguntó el otro, tocándole el brazo.

—Sí. Eh... —Drew clavó la mirada en el lugar donde había desaparecido el niño—. Sí, claro. Todo va bien.

Me los quedé mirando mientras me preguntaba cuánto habría sentido Drew o de cuánto podría ser consciente. Las personas solían ser capaces de sentir la presencia de un fantasma, sobre todo si hacían eso espeluznante y molesto de atravesar a la gente. Y, dependiendo de lo activo y fuerte que fuera el fantasma, incluso podrían entreverlo. Los espíritus, sin embargo, eran diferentes. La gente solía captar ese aroma familiar. A veces, sentían una calidez repentina o se acordaban de manera inexplicable de la persona que había fallecido. Sentir a uno de forma tan intensa como el hombre llamado Drew me hizo pensar que debía tener un poco de sangre angelical corriéndole por las venas.

Dez se había detenido, así que me puse en marcha de nuevo. Mi estómago vacío rugió y me di cuenta de que no tenía ni idea de cuándo había comido por última vez. Por lo general, durante estas patrullas, ya me habría zampado el equivalente a la comida de tres días y la mitad de lo que fuera... lo que fuera que hubiera elegido Zayne.

Perdí el apetito de inmediato.

El tráfico peatonal aumentó en cuanto los bares comenzaron a cerrar, lo que complicó mucho la labor de caminar por las aceras, pero me mantuve cerca de los negocios. Aproximadamente al mismo tiempo, sentí la presencia de demonios. Sin embargo, no fue nada serio como un demonio de Nivel Superior y la creciente frustración se estaba convirtiendo rápidamente en desesperación.

¿Dónde podría estar Zayne? Alcé la mirada hacia el cielo, pero no vi nada más que oscuridad. ¿Que estaría haciendo? Seguí caminando penosamente, negándome a reconocer los dolores y las molestias que no había sentido antes, pero que ya estaban dejando notar sus horribles efectos. ¿Y si se marchaba de la ciudad? Me invadió el pánico, que dio paso a una sensación de impotencia. Dios, ni siquiera podía plantearme eso. No podía. No lo haría.

Los minutos se convirtieron en otra hora. Las calles se quedaron en silencio. El tráfico se redujo. Cada paso se volvió más lento.

Dez se detuvo por fin.

—Trinity —dijo con voz cansada y apesadumbrada—. Ya es la hora.

Yo sabía a qué se refería, pero aun así le pregunté:

—¿De qué?

—De volver a casa. —Se acercó y se detuvo a mi lado—. Podemos retomarlo mañana, pero, si Zayne está por aquí, no quiere que lo encuentren. —Hizo una pausa—. Necesitas descansar, Trinity. Encontrarlo cuando estás muerta de agotamiento no le hará ningún favor a nadie.

Él tenía razón, pero yo quería oponerme. Quería quedarme ahí hasta encontrar a Zayne, pero asentí con la cabeza y seguí a Dez de regreso al todoterreno. Me subí al asiento del acompañante, cerré los ojos y le rogué a quienquiera que estuviera escuchando que Zayne siguiera todavía en la ciudad, que estuviera a salvo y que no fuera demasiado tarde.

Seis

Casi había amanecido cuando entré renqueando en el apartamento tenuemente iluminado. Me quedé inmóvil mientras la puerta del ascensor se cerraba detrás de mí, incapaz de moverme mientras miraba a mi alrededor.

Todo lo que vi me recordó a Zayne. No al Zayne caído, sino a mi Zayne.

Las vigas de metal expuestas del techo y las paredes desnudas le daban al apartamento un aire muy industrial. La mayor parte de la sala de estar estaba ocupada por un enorme sofá modular gris lo bastante ancho para que dos Guardianes se tumbaran uno al lado del otro. Las sencillas mesitas auxiliares y la mesa de centro con acabado cromado carecían de cualquier toque personal. Había un saco de boxeo colgando sobre unas colchonetas de entrenamiento enrolladas en la esquina de una zona que supuse que normalmente se usaba de comedor. Al bajar la mirada, vi unas zapatillas de Zayne junto a la puerta, colocadas allí para cuando saliera a correr. Nadie las había tocado en los días posteriores a su muerte. Ni Roth ni Layla. Ni ninguno de los Guardianes que habían estado entrando y saliendo del apartamento. Alcé la mirada con el corazón dolorido.

Bueno, casi todo me recordó a Zayne. El televisor encendido en la habitación vacía no era algo que habría hecho Zayne. Eso era cortesía de Cayman, el demonio negociante, o de Cacahuete, el fantasmal compañero de piso. Las bolsas enrolladas de patatas fritas, las latas de refresco vacías sobre la isla de la cocina y los platos del fregadero sin lugar a dudas no eran cosa de Zayne. El desorden era el resultado de las numerosas personas que habían estado ahí, pero el paquete de galletas Oreo rajado por la mitad era, sin duda, cosa mía.

Si Zayne estuviera ahí para ver esto... probablemente suspiraría y luego se pondría a limpiar como si hubiera que descontaminar el apartamento. Eso hizo que se me dibujara una sonrisa en los labios.

Y me provocó otra punzada en el pecho.

Tras quitarme las zapatillas, me obligué a alejarme de la puerta, me dirigí al sofá arrastrando los pies y encontré el mando a distancia. Apagué el televisor y, al ser incapaz de soportar el silencio, volví a encenderlo cinco segundos después.

Luego me dirigí al pasillo estrecho y corto que conducía a dos dormitorios. El de la izquierda estaba vacío. Zayne había dicho que esa era su habitación para cuando me cabreara con él. Solo había una cama y él la había colocado en mi habitación, pero mi habitación era en realidad «nuestra» habitación. Me quedé mirando la puerta entreabierta. Permanecí allí durante lo que me pareció una eternidad antes de abrir la puerta.

No me atreví a levantar la mirada. No pude hacerlo... no pude mirar directamente las estrellas que Zayne había colocado en el techo. Apenas pude lidiar con el tenue y suave resplandor que emitían. Mantuve la mirada baja mientras exploraba la pared a tientas hasta que encontré el interruptor de la luz, luego pasé junto a la cama sin hacer y rebusqué entre la ropa que se desbordaba de mi maleta hasta que encontré un pijama limpio.

Entré en el cuarto de baño y encendí la luz mientras empujaba la puerta para cerrarla detrás de mí. En el espejo, me vi por primera vez desde que salí del apartamento.

El pantalón del pijama se me escapó de los dedos y cayó al suelo sin hacer ruido. Lo dejé allí mientras avanzaba. Mi reflejo me dejó atónita.

Mi pelo oscuro se había secado formando una masa greñuda, pero eso no era nada nuevo. Ni tampoco los moretones azulados a medio curar que tenía en las mejillas y debajo de los ojos. Lo que me llamó la atención fueron los nuevos, los moretones de un tono más violáceo que me recorrían la barbilla. Los nuevos que se habían unido a los que se me estaban curando alrededor del cuello.

Cerré los ojos y apreté la mandíbula, contuve el grito que iba creciendo en mi interior. Quería gritar hasta que me doliera la garganta y me zumbaran los oídos. Quería gritar hasta que no pudiera volver a sentir nada nunca más, porque eso no estaba bien. No era justo. Ni para mí ni para Zayne. Si no era demasiado tarde, si podía hacerlo volver y Zayne se acordaba de esto, él se...

Esto mataría una parte de él.

Dios mío. Echaba de menos a Zayne.

Echaba de menos a Jada.

Echaba de menos a Thierry y a Matthew.

Echaba de menos al tonto de Cacahuete.

Pero sabía que, si hablaba con Jada o con Thierry y Matthew, se preocuparían por mí, por todo esto, y no quería hacerles eso. Sobre todo cuando no había nada que pudieran hacer. A fin de cuentas, no podían venir. Con Gabriel merodeando por ahí, era demasiado peligroso.

Sin embargo, había una parte pequeña e infantil de mi ser que quería no solo rebobinar el tiempo, sino también cambiar el pasado por uno en el que todos estuviéramos en... una barbacoa o algo así. Incluso Cayman estaría allí y Cacahuete estaría haciendo algo raro, como fingir comerse el perrito caliente que alguien se estaba comiendo de verdad.

Pero no podía rebobinar el tiempo ni cambiar el pasado.

Me aparté del espejo, notaba un peso en el corazón y el pecho, abrí el grifo de la ducha y dejé que el agua se calentara. Me quité la ropa sucia y entré. El aire escapó entre mis dientes apretados cuando el chorro caliente alcanzó raspones viejos y nuevos. Lo soporté mientras observaba cómo el agua rosada y marrón giraba en el desagüe hasta que se aclaró. Me lavé el pelo dos veces y sobrecargué la esponja con tanto gel de baño que el líquido con aroma a piña y mango me bajó por el brazo. Cuando terminé, el cuarto de baño era una cesta de frutas llena de vapor.

Después de ponerme el pijama, cogí el peine de Zayne y me desenredé el pelo, con la esperanza de que existiera la posibilidad de que eso le molestara más adelante. Salí del cuarto de baño, agarré la almohada y la manta y las llevé a la sala de estar. Convertí la esquina del sofá en una cama y me acomodé, envolviéndome con la manta. La manta tenía un olor dulce, como a chocolate y al vino dulzón que a Matthew le gustaba beber. Olía a Bambi, la familiar de Roth. La serpiente de casi dos metros se había pasado los últimos días acurrucada a mi lado, con la cabeza apoyada sobre mi pierna mientras me curaba. Supuse que lo hizo porque la ayudé a regresar con Roth. La almohada, sin embargo…

Giré la cabeza y apreté la mejilla contra la almohada. Olía a menta fresca. Me ardieron los ojos cuando cerré los párpados con fuerza.

Todavía había esperanza.

Zayne estaba vivo.

No era demasiado tarde.

Eso fue lo que me repetí a mí misma una y otra vez hasta que empecé a quedarme dormida. Tuve la impresión de que solo habían transcurrido unos minutos antes de que me despertara de repente.

—¡Trinnie! —me gritó una voz directamente en la cara.

Me incorporé bruscamente y mi corazón salió disparado hasta algún lugar en las inmediaciones del techo mientras abría los ojos de golpe. La forma fantasmal de Cacahuete flotaba a un metro del suelo.

—Dios mío —dije con voz ronca, parpadeando varias veces. La atenuada luz del día entraba por las ventanas—. Creo que me has provocado un infarto.

—¿A ti? ¿Que te he provocado un infarto a ti? —chilló y menos mal que el 99,5 por ciento de la población no podía oírlo—. ¿Dónde has estado toda la noche? Volví a casa y te habías ido. Seguí regresando una y otra vez y luego pasó aquello.

Me aparté el pelo de la cara y esperé a que se me aclarara la vista. Cacahuete tenía el pelo oscuro alborotado, como si hubiera estado dentro de un túnel de viento. La camiseta del concierto de Whitesnake era tan *vintage* como sus zapatillas Chuck Taylor rojas; pero, cuando me fijé en sus pies, me di cuenta de que su cuerpo era completamente transparente de rodillas para abajo.

Enarqué las cejas.

—¿Qué hora es?

—No lo sé. Estoy muerto. ¿Tengo pinta de llevar reloj o necesitar uno?

—Bueno, crees que necesitas tu propio cuarto de baño, así que ¿por qué no ibas a creer que necesitas un reloj? —masculle.

—Eso es diferente —arguyó mientras descendía. Fue como si la mesa de centro devorase la mitad de su cuerpo—. El hecho de que esté muerto no significa que no necesite privacidad.

—Como si tú respetaras la privacidad de los demás.

Cogí mi teléfono, que estaba sobre la mesita auxiliar. Toqué la pantalla y comprobé que solo habían pasado unas pocas horas desde que me había quedado dormida. Ni por asomo las necesarias para descansar de verdad.

Pero el tiempo suficiente para que Zayne se metiera en todo tipo de problemas.

—¿A quién le importa la privacidad en este momento? Has estado fuera toda la noche y pasó... pasó algo. —Cacahuete, que no era dado a atenuar el dramatismo, se golpeó las mejillas con las manos—. Pasó aquello.

—¿Qué pasó? —le pregunté mientras apartaba la manta y me ponía de pie.

Conociéndolo, lo que sea que lo tenía agobiado probablemente fuera algo normal. Por ejemplo, «aquello» podía ser el ruido de la nevera funcionando.

—Algo superraro, tía.

Noté los huesos y los músculos rígidos cuando me dirigí a la cocina arrastrando los pies y con la sensación de que tenía cien años.

—¿Qué pasó, Cacahuete?

Abrí la puerta de la nevera y cogí una Coca-Cola.

El fantasma se apartó flotando de la mesa de centro y se giró hacia la cocina. La parte inferior de su cuerpo se volvió más sólida.

—No sé qué era —contestó mientras yo abría la lata y me la llevaba a la boca—. Pero fui arrastrado hacia la nada.

La burbujeante delicia carbonatada me bajó por la garganta y me provocó un agradable ardor, al mismo tiempo que él hablaba. Casi me atraganto al tragar con dificultad.

—¿Qué? ¿La nada?

Cacahuete se acercó lo suficiente para darme cuenta de que tenía los ojos como platos.

—Sí. Eso es justo lo que he dicho. Yo estaba abajo, pasando el rato con Gena —me explicó y tomé nota mental de que ahora sabía que la niña vivía en una de las plantas inferiores... una de las numerosas plantas inferiores. Por alguna razón preocupante, Cacahuete se mostraba muy evasivo cuando se trataba de esa niña—. Y, luego, fue como si una cuerda invisible me atrapara y vi un intenso destello de luz blanca, pero fue como si la luz estuviera... ¿cayendo? Pensé: vaya por Dios, voy a ir al más allá, lo quiera o no.

Lo miré fijamente y di otro sorbo mientras me preguntaba si era posible que los fantasmas se drogaran. Y, si era así, iba a tener que hablar con él.

—Pero no era el más allá. No. De repente, me encontré en un lugar supergris y estancado, con toda esa gente a la que no había visto nunca. Y me refiero a un montón de gente. —Atravesó la isla de la cocina y se situó a mi lado, a cinco centímetros de distancia—. ¿Ves lo cerca que estamos?

—Eh... Sí.

—Así de abarrotado estaba ese sitio. Estábamos todos apretujados en este mundo de nada, invadiendo el espacio personal los unos de los otros. Estaba muy confundido y acojonado... superacojonado. Dondequiera que estuviera, no molaba nada. Luego, un momento después, me mandaron de vuelta a aquí. Pero ese sitio estaba... —Flotó hacia atrás, sacudiendo los hombros—. Estaba vacío, Trinnie. Estaba lleno de gente, pero vacío.

La niebla de sueño y agotamiento se despejó mientras lo observaba. Esa no era una de sus habituales reacciones exageradas ante algo sumamente normal y corriente. Cacahuete estaba hablando en serio y...

Bajé la lata de refresco.

—¿Dices que viste un estallido de luz brillante que caía? ¿Más o menos a qué hora?

—No lo sé. ¿Unas horas después del atardecer? No estaba prestando demasiada atención. —Empezó a elevarse—. Estaba viendo «Ejercicios para caniches con humanos» en YouTube.

Fruncí el ceño y me dispuse a preguntarle qué era eso, pero sacudí la cabeza para librarme de esa idea.

—¿Y no sabes adónde fuiste?

—No, Trinnie. A ver, no estoy seguro de que fuera justo ese sitio —contestó mientras se acercaba mucho a uno de los ventiladores del techo.

—¿Qué sitio crees que era?

—Ya sabes, ese sitio. —Llegó al ventilador. Las aspas le atravesaron la parte superior de la cabeza—. El purgatorio. Fui arrastrado hacia el purgatorio.

Vale. No me esperaba que dijera eso.

—¿Estás seguro?

—Nunca he estado allí, así que podría equivocarme. No tiene pinta de ser un lugar nada guay —contestó mientras el ventilador seguía girando a través de su cabeza. Ver eso resultaba muy perturbador—. Pero así es como me imagino que debes sentirte en un lugar tan chungo. Como si no hubiera esperanza y solo hubiera… nada.

—Eso suena… raro —murmuré, preocupada.

Era muy poco probable que lo que le había sucedido tuviera algo que ver con Zayne, pero ¿que una luz brillante que caía lo arrastrara hacia lo que podría ser el purgatorio más o menos al mismo tiempo que llegó Zayne? Aunque no estuviera relacionado, ¿podría volver a ocurrir? Cacahuete podía ser un plasta de mucho cuidado, pero… bueno, yo lo quería como imaginaba que uno acababa queriendo a un hermano pesado o algo así.

Supuse que tendría que añadir eso a la lista cada vez más larga de cosas por las que agobiarme.

—En fin, evidentemente me quedé superacojonado y vine a buscarte, pero no estabas aquí. —El ventilador del techo le estaba atravesando ahora la cara—. ¿Qué estabas haciendo? ¿No estarías cazando demonios o al Heraldo de las gilipolleces?

¿El Heraldo de las gilipolleces? Casi suelto una carcajada.

—No, no estaba cazando. Solo necesitaba salir, despejarme la mente y… —Fruncí el ceño—. Ya sé que tengo mala vista, pero puedo verte. ¿Puedes hacer el favor de apartarte del ventilador? Creo que no te das cuenta de la pinta tan rara que tiene eso.

—Oh, perdona. —Volvió a descender e incluso se sentó en

el taburete, cruzando una pierna sobre la otra, adoptando una pose muy formal y correcta—. Así que ¿necesitabas un poco de paz mental? ¿Encontraste la paz que buscabas?

—Eh... Sí y no.

Rodeé la isla y me senté a su lado. Entonces me di cuenta de que se había hundido en el asiento, hasta la cintura. Aparté la mirada de esa imagen, coloqué el refresco sobre el posavasos y me preparé para las ciento una preguntas con las que, comprensiblemente, estaba a punto de bombardearme.

—Anoche vi a Zayne.

—¿En seriooooo? —dijo Cacahuete, alargando la palabra antes de que yo pudiera continuar.

—Ya sé cómo suena, pero es verdad. —Lo miré a los ojos, que resultaban visibles en cierto sentido—. Está vivo, Cacahuete, y es un ángel caído.

Ahora el fantasma me estaba mirando como supuse que yo lo había mirado a él momentos antes. Se lo conté todo, lo cual me llevó como una hora más o menos, porque tuve que repetir algunas cosas constantemente. Empecé a comerme las Oreo que habían quedado sobre la isla aproximadamente al llegar a la parte de que Zayne no me había reconocido y casi me había terminado todo el paquete cuando llegué a lo de que debía apuñalarlo en el corazón. Cacahuete estuvo alucinando todo el tiempo, desapareciendo y reapareciendo. Volvió a flotar hacia el techo y atravesó el ventilador. Luego dio tumbos por el apartamento, pero por fin había regresado a la isla y parecía haberse calmado.

—Así que eso fue lo que estuve haciendo anoche. —Me terminé la Coca-Cola—. Lo estuve buscando con Dez. Evidentemente, no lo encontramos.

Cacahuete me miró fijamente.

—Y yo que pensaba que Gabriel era el peor de tus problemas.

Se me escapó una risa ahogada.

—Ya somos dos. —Me estiré para coger la caja de barritas de muesli. No las había comprado yo, pero tampoco creía que lo hubiera hecho Zayne, porque eran de esas poco saludables con trocitos de chocolate—. Ni siquiera puedo pensar en el Heraldo en este momento ni en cómo diablos se supone que debo detenerlo antes de la Transfiguración.

—O seguir viva hasta entonces —comentó Cacahuete.

Lo fulminé con la mirada mientras le daba un mordisco a la barrita.

—¿Qué pasa?

—Eso no me ayuda —dije con la boca llena de muesli y chocolate.

—Solo represento el papel de capitán Obvio, ¿vale? Ya sé que no es útil, pero es que no sé cómo ser útil. ¡Ah! Un momento. Tal vez podría preguntarles a los otros fantasmas si lo han visto —propuso mientras se lanzaba hacia delante y se adentraba hasta la mitad de la isla.

Clavé la mirada en las migas con un suspiro y mis temores más sombríos escaparon de mis labios.

—No tengo ni idea de dónde está, ni si sigue siquiera en la ciudad. Qué estará haciendo o si es demasiado tarde.

—Tiene que estar en la ciudad —afirmó Cacahuete—. Y no puede ser demasiado tarde. Ni siquiera lo pienses. No te ayudará ni a ti ni a él.

Al principio no reaccioné ante la respuesta sorprendentemente tranquila y comedida del fantasma. Luego asentí con la cabeza.

—Ya lo sé, pero me cuesta mucho no pensar así. Me es imposible no pensar en encontrarlo y tener que pelear con él de verdad. No porque sea tan fuerte, sino…

—Sino porque estás enamorada de él —añadió Cacahuete en voz baja.

Hice un gesto afirmativo con la cabeza.

—Ni siquiera… —Inspiré bruscamente por la nariz y lo intenté de nuevo—. Ni siquiera puedo pensar en cómo será usar la espada de Miguel contra él, aunque funcione.

Transcurrió un momento y luego el fantasma me preguntó:

—¿Qué vas a hacer? No hace falta que respondas. Ya sabes lo que tienes que hacer. Tienes que encontrarlo.

Extendió el brazo y colocó la mano sobre la mía, que estaba apoyada sobre el mármol gris y blanco. Su mano atravesó la mía, haciendo que se me pusiera la carne de gallina.

—Lo sé. —Y así era—. Pero si no funciona... si lo hago y eso lo mata...

—Si pasa eso, en el fondo de tu ser sabes que será lo correcto. Dolerá una barbaridad. Dolerá más que electrocutarse, y lo digo por experiencia. Pero Zayne... no debería ser malo. Él no es así. Es excepcional. Es un buen tío. Demasiado bueno para ti.

Me reí, porque era verdad.

—Pero tienes que intentarlo, Trinnie.

Me dispuse a responder mientras bajaba la mirada hacia donde su mano se encontraba junto a la mía. Ya no estaba hundida en el mármol. Estaba sobre la mía, como una mano normal, y no debía haber dormido lo suficiente, porque habría jurado que podía podía sentir su mano. Eso era imposible, pero notaba un roce fresco que parecía muy sólido. Tangible. Alcé los ojos despacio hacia los suyos.

—Tienes que encontrar a Zayne. Tienes que ocuparte de él —me dijo y, durante un momento, se volvió completamente corpóreo. Fue casi como si se tratara de una persona de carne y hueso sentada a mi lado y no se parecía... a Cacahuete. Su piel era casi... luminosa y sus ojos eran demasiado brillantes, como si hubiera una luz blanca detrás de ellos—. Y luego, después de eso, tienes que detener al Heraldo. Si no, nada de esto importará. Ni ahora ni incluso después de la muerte.

Siete

Horas después de mi conversación con Cacahuete, todavía tenía los nervios de punta. Incluso cuando salí a recorrer las calles con Dez horas después esa tarde y hasta bien entrada la noche, no pude deshacerme de esa sensación. No se trataba de que Cacahuete hubiera dicho nada que yo no supiera ya, pero había algo en su forma de decirlo.

O en él, que me resultó diferente.

Sin embargo, segundos después, había vuelto a ser el rarito de siempre.

Me froté la mano derecha mientras resistía el impulso de darle una patada a un cubo de basura situado cerca cuando Dez y yo llegamos a un cruce. Tenía la sensación de que, a esas alturas, ya habíamos recorrido cada manzana de la ciudad. También combatí el impulso de comprobar mi teléfono, algo que había estado haciendo prácticamente cada diez minutos.

Había intentado ponerme en contacto con Cayman esa tarde, llamando al número desde el que me había escrito, más de una vez, pero no obtuve respuesta. Basándome en la primera reacción de todos al enterarse de lo de Zayne, supuse que no debería darle la noticia con un mensaje. Pero el demonio no me había devuelto las llamadas. Ni siquiera había contestado a mi mensaje.

Por supuesto, mi mente se había centrado de inmediato en el peor de los casos. Zayne había encontrado a Cayman de algún modo y había hecho algo horrible propio de un ángel caído, y eso me iba a poner triste, porque aquel demonio tonto me caía bien. Layla se iba a poner muy triste y luego Roth iba a querer matar...

El teléfono de Dez sonó de repente.

—Es Gideon —me explicó mientras respondía—. Cuéntame.

«Por favor. Por favor, que haya alguna pista». A esas alturas me valía cualquier cosa, aunque solo fuera algún tipo de rumor. Nadie había visto a Zayne (ni nosotros ni ninguno de los Guardianes que también estaban peinando la ciudad en busca de algún rastro de él) y, no solo eso, yo no había sentido ni a un solo demonio durante todo el rato que llevaba ahí, ni siquiera a un Esbirro. Su presencia en la ciudad había disminuido desde la llegada de Gabriel, pero siempre había sentido uno como mínimo.

—¿Qué? Sí. Eso podría significar algo —dijo Dez, y se giró mientras yo me obligaba a permanecer en silencio—. De hecho, no estamos demasiado lejos. Lo comprobaremos.

—¿Qué pasa? —exigí saber en cuanto bajó el teléfono—. ¿Gideon ha averiguado algo?

—No quiero que nos hagamos ilusiones, pero Gideon oyó que la policía recibía una llamada extraña.

—No me hago ilusiones —mentí. Desde luego que me las hacía—. ¿Qué clase de llamada?

—Alguien acaba de llamar diciendo que vio a un ángel darle una paliza a un hombre.

Parpadeé una vez y luego dos.

—Ese... ese sin duda podría ser Zayne. —Hice una pausa—. Con lo que espero que sea una razón muy buena para darle una paliza a alguien.

—O podría ser alguien borracho o drogado —respondió Dez—. Gideon dijo que le sorprendería que la policía se pasara siquiera por el parque para comprobar la llamada.

—¿Dónde está el parque? ¿Dijiste que está cerca?

Dez se giró hacia su izquierda.

—A unas dos manzanas...

Eché a correr en esa dirección mientras la palabrota que soltó Dez me resonaba en los oídos. No aflojé el paso. Él me pisaba los talones. Atravesamos el cruce (que por suerte estaba vacío) y el corazón me palpitó como loco cuando las paredes de ladrillo del parque aparecieron más adelante. Seguí corriendo hasta que vi la entrada.

La entrada estaba cerrada. Una verja iba desde el suelo hasta la parte superior del arco de piedra.

Me tragué un chillido de furia y retrocedí hasta el borde de la acera al mismo tiempo que Dez llegaba. La pared medía unos dos metros y medio, puede que tres.

Era factible con un poco más de espacio. Eché un vistazo hacia la calle que había detrás de mí para asegurarme de que estaba vacía y me situé corriendo en el medio.

—Trinity... —empezó a decir Dez.

Empleé el suelo para impulsarme y corrí a toda velocidad hacia la pared, moviendo los brazos y las piernas con fuerza. Se me tensaron los músculos de todo el cuerpo. A algo más de un metro de distancia, salí disparada del suelo, elevándome en el aire. Hubo un momento en el que me sentí como si estuviera volando. Ingrávida.

Había calculado bien la distancia.

Más o menos.

Superé la pared y pasé por encima.

¡Mierda!

Me preparé para un aterrizaje violento y choqué contra el suelo con ambos pies. La vibración del impacto me subió por las piernas, me cruzó las caderas y me recorrió la columna. Esa clase de caída seguramente le habría roto un hueso o la columna a un humano. Si yo estuviera en plena forma, ni me habría inmutado. Sin embargo, no me encontraba demasiado en forma, así que el aterrizaje me dolió. Mucho. Pero todos los huesos importantes estaban intactos. Me incorporé, tras haber aterrizado en cuclillas, a la vez que Dez salvaba la pared, descendiendo con mucha más elegancia y suavidad que yo. Sin ni siquiera mirar, supe que eso significaba que se había transformado en su forma de Guardián.

Oí otra palabrota a mi espalda mientras mis zapatillas aporreaban las piedras del sendero. Recorrí la pasarela iluminada por farolas solares, pasé corriendo junto a la clase de árboles que me recordó a la Navidad y llegué de repente a un claro muy iluminado. El sonido del agua que brotaba de una enorme fuente parecía moverse al ritmo de mi pulso. Más allá había... Entrecerré los ojos.

«Tiene que ser una broma».

Había como un millón de escalones al otro lado de la fuente y, aunque podía distinguir su contorno, no estaban ni por asomo tan iluminados como esa zona. Maldita fuera mi...

—¡Para! —me gritó Dez.

Me detuve de golpe y, al bajar la mirada, vi que por poco tropiezo con un bulto tirado en el suelo. Un bulto que sin duda era un cuerpo.

—Maldita sea —susurré, retrocediendo un paso bruscamente.

Había un hombre en el suelo. No pude distinguir qué llevaba puesto, debido a la... la sangre que le salía de... Entorné los ojos. Oh. Un montón de sangre había manado de donde antes estaban sus ojos.

Se me revolvió el estómago.

—¿Te... eh... parece que le han... quemado los ojos?

—Sí —fue la respuesta cortante. Dez mantuvo las alas plegadas cuando se arrodilló para comprobar el pulso del hombre—. Está muerto.

No me pareció que hiciera falta confirmarlo.

—No significa que haya sido Zayne —dijo Dez antes de que yo pudiera expresar mis temores. Levantó la cabeza hacia mí—. Algunos demonios pueden cambiar de aspecto. Ya lo sabes.

Así era.

—Pero ¿por qué iba un demonio a cambiar de aspecto y usar alas de ángel?

—¿Porque son así de retorcidos? Para engañar a alguien haciéndole creer que está viendo a un ángel cuando en realidad está viendo a una pesadilla cobrar vida. Déjame ver si puedo averiguar quién es esta desdichada alma.

Miré a mi alrededor mientras Dez colocaba al tipo de costado con cuidado para buscar su cartera. Inspiré hondo y retuve el aire. Me ardían los ojos. Al igual que la nariz y la garganta. No iba a llorar. Ni hablar. Llorar no solucionaba nada. Dez podía tener razón. Un demonio podía haber hecho eso. No tenía por qué significar que había sido Zayne.

Porque, si se trataba de eso, y Zayne ya había quitado una vida, entonces ya era...

El aire situado detrás de Dez se onduló.

Ladeé la cabeza. Podría ser cosa de mis ojos. Estaban agotados.

Un momento después, supe que no eran mis ojos.

Fui consciente de repente de la presencia de un demonio (un demonio muy poderoso) al mismo tiempo que el ambiente se cargaba de electricidad estática.

—¡Dez! ¡Cuidado! —grité, poniéndome en movimiento.

Salté por encima del cuerpo y me interpuse entre el portal y Dez. El aire se agitó a mi alrededor mientras el Guardián se ponía en pie y se giraba.

Un viento caliente y fétido me apartó el pelo de la cara a la vez que una masa enorme y descomunal tomaba forma en el espacio situado delante de mí. Durante un momento, pensé que se trataba de un Sicario Infernal o de un Trepador Nocturno, y aunque nadie se alegraría de ver a ninguno de esos dos seres, yo sí. Sentí un latido de gracia a modo de respuesta, que se mezcló con toda la ira y la desesperación y estalló exigiendo violencia.

Sin embargo, en cuanto el demonio tomó forma por completo, supe que no era un Sicario Infernal ni un Trepador Nocturno. Este demonio era algo que yo no había visto nunca.

Tenía la piel de un tono blanco lechoso y el cuerpo sin pelo. La cabeza con forma de bala era... bueno, consistía en un ojo de color rojo carmesí, dos agujeros del tamaño de una moneda que supuse que eran una nariz y una gigantesca boca redonda llena de hileras de diminutos dientes de tiburón.

Parecía un gusano gigante... Un gusano gigante y musculoso con dos brazos y dos piernas.

—¿Qué rayos es esto? —pregunté.

—Un gul —gruñó Dez—. Son carnívoros. También les gusta comer almas. Desde luego, tienen prohibido estar en la superficie. Es el primero que he visto en persona.

Bajé la mirada y quise desinfectarme los globos oculares con lejía.

—¿Se puede saber por qué los demonios siempre van desnudos?

El gul abrió la boca y emitió gruñidos indescifrables y chillidos agudos.

—Lo siento. —Dez desplegó las alas—. No hablo gusanodemonio.

Los sonidos se volvieron más ruidosos y luego... luego se convirtieron en palabras. Palabras con un tono fangoso que oí con toda claridad.

—Hemos venido a por la nefilim.

Puse los ojos en blanco. Debía haberlos enviado Gabriel. Supuse que quería tenerme a su tierno y amoroso cuidado hasta la Transfiguración.

—Sangre Original. El término adecuado es Sangre Original.

—Nos da igual —contestó el gul y, antes de que me diera tiempo a preguntar por lo de «nos», todo el lado izquierdo de su cuerpo se estiró y se desprendió otro gul.

—Pero ¿qué cojo...? —Cerré la boca de golpe cuando se desprendió otro del lado derecho de su cuerpo.

—Creo que no incluyeron la parte de la duplicación en los libros de texto —comentó Dez.

—¿Tú crees?

El que se encontraba a la derecha del gul principal se lanzó directamente a por Dez. Pero el Guardián era rápido y giró para escapar de sus garras. Los otros dos vinieron hacia mí.

Yo todavía llevaba las dagas de hierro encima, pero la gracia tiraba de mí. Deseaba usarla. Ya había dejado atrás la idea de usar la gracia solo en el peor de los casos, pues me había dado cuenta de que lo que me habían enseñado y cómo me habían entrenado había supuesto un obstáculo mucho mayor que mis ojos.

No obstante, el problema con eso era que ya no contaba con un Protector vinculado. No tenía de dónde obtener fuerzas para evitar la debilidad que se apoderaba de mí después de usar la gracia. Lo más probable era que me sangrara la nariz, lo que posiblemente atraería más demonios hacia mí a pesar de que no había ocurrido la noche anterior.

Pero no usar mi gracia en ese momento estaba bien.

Estaba encantada de dedicarme a apuñalar.

Reprimí la gracia y desenfundé las dagas. La adrenalina avivó mis sentidos cuando los guls se abalanzaron hacia mí. La expectativa se apoderó de mí y se me tensaron los músculos. Sabía que debía mantener cierta distancia entre nosotros para que no acabaran situándose fuera de mi reducido campo visual, así que aguardé hasta el último momento posible y luego giré y lancé una patada. Mi zapatilla golpeó al gul en cierto lugar innombrable. El ser dejó escapar un chillido y se dobló en dos mientras yo volvía a incorporarme de un salto.

El otro gul se movió a una velocidad inquietante e intentó agarrarme con unas manos del tamaño de mi cabeza. Me agaché para pasar por debajo de su brazo, me di la vuelta y le hundí la daga en el centro de la espalda, justo donde estaría el corazón. Arranqué el arma de un tirón y esperé el estallido de llamas que señalaría su muerte.

El gul se giró, abrió la boca y rugió directamente en mi cara.

—¡Hala! —Se me llenaron los ojos de lágrimas—. Menudo aliento…

—¡La cabeza! —me gritó Dez mientras aterrizaba detrás de un gul y le rodeaba el cuello con un brazo—. Tienes que separarle la cabeza del cuerpo.

Hice una mueca.

—Puaj. Qué asco.

Solté un gemido cuando del gul situado delante de mí se desprendió otro.

—Ah, venga ya.

Miré a mi alrededor mientras Dez clavaba sus garras en un lado del cuello del gul. Al divisar el borde de la fuente detrás del demonio, me lancé hacia delante.

El gul número tres se había recuperado de mi golpe bajo, más o menos, y se dirigía hacia mí arrastrando los pies. Me agaché, lancé una patada y lo golpeé en las piernas; lo derribé. El gul cayó con fuerza al mismo tiempo que yo me incorporaba a toda velocidad y echaba a correr. Me subí de un salto al borde de la fuente, que medía algo más de un metro de alto, y di media vuelta.

—¡Ay, Dios mío! —exclamé, señalando hacia la entrada—. ¡Mira! ¡Qué montón de carne sabrosa!

El estúpido gul situado delante de mí se giró hacia donde había señalado. Brotaron llamas del demonio de Dez y percibí un olor a alcantarilla atascada cuando salté de la fuente. Aterricé sobre la espalda del gul y le rodeé el cuello con el brazo mientras sus brazos empezaban a girar con rapidez. Un puño rollizo me golpeó un lado de la cabeza, pero no me solté y le clavé la daga en un lado del cuello, justo debajo de mi brazo.

Manó sangre podrida a borbotones a medida que yo seguía presionando, deslizando la daga por el cuello del gul mientras este se sacudía. La daga chocó contra la columna vertebral y, caray, tuve que hacer uso de toda la fuerza que apenas me quedaba en el brazo. Mientras el demonio giraba, vi que el gul número cuatro se abalanzaba sobre Dez como si fuera un jugador de fútbol americano.

En cuanto sentí que la cabeza se aflojaba, usé las rodillas y salté impulsándome en el gul como si fuera un trampolín. Aterricé a unos metros de distancia al mismo tiempo que el cuerpo que tenía delante estallaba en llamas…

—¡Uy! —exclamé cuando la cabeza que sostenía se incendió. La lancé lejos de mí y me estremecí.

Una mano pesada me agarró por el pescuezo y, por segunda vez en dos días, me levantaron en el aire. La única diferencia era que, esta vez, quien me sujetaba no me había dejado deslumbrada.

Solo muy asqueada.

El aire situado delante de mí empezó a deformarse y el corazón me dio un vuelco. Oh, ni hablar… No iba a hacerme desaparecer de ahí con un espeluznante truco de magia.

Eché una mano hacia atrás para agarrar el brazo que me sujetaba, levanté las piernas hacia el pecho y luego las estiré balanceándolas hacia atrás. Estrellé los pies en el vientre del gul, haciendo que me soltara.

Caí, pero giré en el último momento para aterrizar sobre la cadera. Ese pobre hueso casi no daba más de sí. El dolor en las caderas hizo que me moviera más despacio cuando me tumbé de espaldas, gimiendo.

Cuando todo eso terminara, me iban a incluir en los libros de récords como una de las personas más jóvenes en necesitar un reemplazo de cadera.

Antes de que me diera tiempo siquiera de ponerme en pie,

el gul apareció en mi campo visual. Me apoyé en los codos y lancé una patada. El gul me agarró el tobillo.

—¡Mierda! —solté.

Me senté y empecé a agitar el brazo con la daga mientras el demonio me atraía hacia él. El aire se cargó de electricidad una vez más.

Este gul no era tan tonto. Vio venir el movimiento y, enseguida, alzó todo mi cuerpo en el aire. Me sacudió como si fuera un sonajero. Mi gracia despertó de nuevo y esta vez no la detuve. Si no la usaba, este cretino me llevaría a través de algún portal y estaba segura de que no quería ir adondequiera que condujese. Los bordes de mi vista se volvieron blancos…

El gul me soltó sin previo aviso y caí al suelo como si fuera un saco de patatas. Aterricé primero sobre el hombro y luego las sobre costillas, gruñendo. Por lo menos no se me habían caído las dagas. Así que, ¿bien por mí?

También iba a necesitar un reemplazo de costillas, si es que eso existía. La gracia se replegó mientras yo plantaba la mano en la hierba y empezaba a incorporarme.

Algo pasó rodando a mi lado. Algo blanco y con forma de bala. Chocó contra el borde de la fuente.

Era una cabeza de gul.

Me quedé mirando como una tonta cómo se prendía fuego mientras dejaba escapar un suspiro de cansancio.

—Gracias, Dez —dije, a punto de tumbarme para tomarme un respiro.

—No he sido yo —contestó él, cuya voz era poco más que un susurro.

Las comisuras de los labios se me inclinaron hacia abajo mientras observaba el cemento chamuscado del borde de la fuente. El olor a inodoro portátil usado en exceso se desvaneció y me envolvió un aroma diferente: un aroma más fresco y vigorizante.

Menta fresca.

Mi corazón dio un traspié.

Me giré de espaldas despacio y luego sobre el otro costado, y levanté la mirada. Lo primero que vi fueron unos pies descalzos. De algún modo, estaban limpios. No sabría decir por qué me fijé en eso, pero lo hice. ¿Cómo seguía teniendo los pies limpios? ¿Había estado volando todo este tiempo? Alcé la mirada y, al tenerlo tan cerca, me di cuenta de que los pantalones que llevaba estaban hechos de la misma clase de tejido que los del Trono, un tejido que parecía increíblemente bien confeccionado. Seguí subiendo la mirada. El vientre y el pecho seguían estando desnudos. Entonces vi las alas, unas alas maravillosamente blancas surcadas de gracia, que estaban desplegadas y bloqueaban todo lo que había detrás de ellas.

Zayne se erguía sobre mí, observándome con unos ojos demasiado azules para ser reales, demasiado fríos para ser los suyos.

—Zayne —susurré.

Él no se movió.

—Esa cosa te iba a matar —comentó.

El corazón me empezó a martillear dentro del pecho.

—Probablemente. Con el tiempo —contesté.

Zayne ladeó la cabeza.

—No lo podía permitir.

Eso estaba bien. Eso estaba más que bien, en realidad. El alivio comenzó a apoderarse de mí...

—Si tienes que morir —continuó—, me parece que lo apropiado es que sea a mis manos.

Ocho

Vaya.

El alivio y la creciente sensación de esperanza duraron poco, se estrellaron y ardieron de manera espectacular.

—Qué romántico —mascullé haciendo caso omiso del doloroso vacío que me provocaron esas palabras.

—¿Tú crees? —me preguntó de un modo monótono y apático que me resultó a la vez desconcertante e impresionante—. Después de todo, dijiste que morí por tu culpa. ¿No deberías tú entonces morir por mi culpa?

—Dije que moriste por mí, no por mi culpa —lo corregí.

—¿Dónde está la diferencia? —Giró la cabeza apenas unos centímetros y pude ver que no tenía ninguna herida debajo de la barbilla. No le había hecho un corte profundo, pero ya se había curado—. Yo en tu lugar no haría eso.

No pude ver más allá de sus alas, pero me fue fácil suponer que Dez había estado a punto de hacer algo muy valiente y muy estúpido. Y que había hecho caso a la advertencia.

—Buena decisión —dijo Zayne, volviendo a posar la mirada en mí.

Hubo un breve momento en el que pude echarle un buen vistazo al tono dorado de su piel: la luminosidad que no había estado presente antes de que Gabriel lo matara. Era un brillo sutil que la mayoría de la gente probablemente no notaría, pero se trataba de su gracia.

Se me revolvió el estómago. Zayne sin duda contaba con muchísimo fuego celestial y yo sabía que, si algún Guardián se enfrentaba cara a cara con él, para servir de distracción para permitirme atacar, no sobreviviría. Si Dez iba a por él...

Pensé en la mujer de Dez, Jasmine, y en lo amable que había sido conmigo, y en sus bebés gemelos. Dez debería de estar muy lejos de aquí.

Pero Zayne se encontraba delante de mí y no me quedaba más remedio que intentarlo, por muy arriesgado que fuera. Por muy egoísta que fuera.

Me las arreglé para mantener la voz inexpresiva cuando dije:

—Te hemos estado buscando.

—Ya lo sé.

—Ah, ¿sí? —Me esforcé para disimular lo inquietante que me había parecido esa respuesta—. ¿Por qué has esperado hasta ahora para hacérnoslo saber? La última vez que te vi, te encaraste conmigo.

—Así es —contestó sin emoción—. Pero he estado ocupado.

Mi corazón fue presa del terror. ¿Había más cuerpos, pero todavía no los habíamos encontrado?

—¿Con el tipo muerto que está detrás de nosotros? ¿Ocupado con ese tipo de cosas?

Zayne se arrodilló después de dejarse caer y plegar las alas tan rápido que solté una exclamación ahogada. Nuestras caras estaban apenas a unos centímetros de distancia y, al estar tan cerca, pude comprobar que el color de sus ojos no era lo único diferente. Vi el resplandor sobrenatural de la gracia en el fondo de sus pupilas.

—¿Lamentas su muerte? —quiso saber, y la pregunta me sobresaltó. El hecho de que estuviera arrodillado de espaldas a Dez nos indicó a los dos que no consideraba al Guardián como una amenaza ni por asomo—. ¿Crees que tuvo una muerte injusta?

—¿Por qué lo mataste?

—¿Importa?

—Sí, importa.

Me miró con frialdad.

—Ese hombre, si es que se le podía llamar así, no era más que el peor de los depredadores. Sentí todo su pecado.

El corazón me dio un vuelco.

—¿Qué... qué quieres decir?

—Puedo sentir el pecado de los humanos: sus pensamientos más oscuros e íntimos —repitió con un tono que sugería que no creía que yo tuviera dos dedos de frente. Su mirada se desplazó rápidamente hacia el cuerpo situado detrás de mí e insulté mentalmente al Trono por olvidarse de informarme de este nuevo talento de Zayne—. Ese hombre no solo tenía pensamientos sobre niños. Tenía recuerdos de lo que había hecho.

Até cabos y acabé notando el sabor de la bilis en la garganta. No estaba segura de si estaba bien o mal sentir un poco de alivio al saber que el hombre no había sido un buen tipo. Matar estaba mal y todo eso; pero, si lo que afirmaba Zayne era cierto, no podía sentir demasiada lástima por él. Simplemente, no sabía qué significaba eso para Zayne.

Ni para mí.

Pero qué más daba.

—Estás tomando una mala decisión —comentó Zayne, sacándome de mi ensimismamiento. Me estaba mirando, pero no me hablaba a mí.

¿Qué estaba haciendo Dez?

—Me siento sumamente magnánimo en este momento —añadió—. Pero da un paso más y será el último que des.

¿Tenía ojos en la nuca? No estaba segura, pero aquella fría amenaza contenía el peso de la verdad. Estaba claro que era su última advertencia.

Lo miré fijamente mientras trataba de conciliar el hecho de que, incluso con aquella voz monótona y el brillo depredador de sus ojos, se parecía a Zayne. Sí, algunas cosas eran diferentes. El resplandor y las alas. Pero no conseguía asimilar lo cambiado que estaba. ¿Cómo pudo su caída borrarlo todo? ¿La gloria, su alma, era tan poderosa? ¿Quedaba algún recuerdo de su vida anterior dentro de él o solo sensaciones imprecisas vinculadas a una conciencia a la que ya no estaba conectado? ¿Por eso yo le resultaba familiar, pero no sabía por qué? ¿Ni le importaba? ¿O esa era la razón por la que había matado al gul, por la que no me había partido el cuello, porque esa conciencia todavía lo guiaba de una forma primaria y básica que él no podía entender? ¿Era demasiado tarde?

—¿Sigues ahí dentro? —susurré.

Un destello de emoción hizo que se le tensara la piel alrededor de los ojos y la boca. ¿Confusión? Eso me pareció. Me recordó a cómo se había quedado mirándome cuando le toqué la mejilla en lugar de golpearlo.

Si Zayne estuviera perdido del todo, en ese momento no sentiría confusión. Al menos, eso fue lo que pensé... lo que tenía que pensar.

—¿Todavía sientes demasiado? —le pregunté, recordando lo que él y el Trono me habían dicho sobre su caída—. ¿Sabes lo que eras antes de esta noche? ¿Quién eras?

Él no dijo nada.

—Eras un Guardián, como él. Eras mi Protector, vinculado a mí. Moriste protegiéndome. ¿No te acuerdas de eso?

El pecho de Zayne se elevó al inspirar bruscamente.

—Lo hiciste porque me quieres, no por ningún vínculo ni deber —añadí a toda prisa—. ¿No recuerdas nada antes de caer? ¿Recuerdas siquiera cómo te llamas?

—Ya te dije cómo puedes llamarme —gruñó, haciendo que un escalofrío me recorriera la piel.

—¿Cómo? ¿Muerte? ¿Caído? No te llamas así. Te llamas Zayne —dije, embutiendo todo lo que sentía en esas palabras. Todo mi amor y miedo por él, toda mi esperanza y mi dolor—. ¿Recuerdas cómo se llama? ¿Ese Guardian? Es como un hermano para ti...

—Basta. —Giró el cuello de un lado a otro y cerró los ojos un instante—. Esto es irrelevante. Da igual quién fuera...

—¿Cómo va a dar igual? —argüí—. No puedes ser solo ira y odio. Eso no puede ser lo único que eres. No empezaste a existir en cuanto aterrizaste en el parque. Tenías toda una vida. Eres amable, bueno y justo. Amas. Y sufres. Y...

—¡No soy nada de eso! —rugió mientras sus alas se movían bruscamente y se desplegaban de par en par.

El resplandor luminoso se volvió más intenso, palpitaba con tanta fuerza que noté una punzada de dolor en los ojos. Una luz de color blanco y dorado brotó de sus brazos, de ambos brazos...

Pasaron varias cosas a la vez.

Supe que estaba invocando su gracia y, aunque sentía curiosidad por ver qué clase de arma produciría, no fui tan estúpida como para averiguarlo. Dez gritó su nombre, gritó algo más y Zayne se dio la vuelta. Los bordes de sus alas me rozaron la mejilla con una suave caricia mientras se alzaban por encima de mí. Tomé nota de eso para obsesionarme con ello luego, sorprendida de que no me hubiera golpeado en la cabeza con las alas. Zayne estaba concentrado en Dez, de espaldas a mí, y este era el momento. Estaba distraído y yo no podía permitir que llegara hasta Dez. Esa era mi oportunidad de hacerlo volver o...

O darle paz.

Zayne se alejó de mí y recurrí a mi gracia. Me invadió cuando al fin la liberé, haciendo que los bordes de mi vista se volvieran blancos. Un torrente de gracia me bajó por el brazo derecho mientras me ponía en pie de un salto...

Zayne se dio la vuelta tan rápido que fue casi increíble. Me agarró el brazo derecho antes de que la gracia pudiera llegarme siquiera a la muñeca. Me hizo girar, rodeándome la cintura con fuerza con el otro brazo y apretándome contra él. El contacto de su piel fría me dejó impresionada cuando me atrapó el brazo izquierdo contra el costado.

—Va a ser que no.

La espada de Miguel llameaba con intensidad, escupiendo y chisporroteando fuego celestial, pero Zayne me sujetaba con una fuerza asombrosa. Apenas podía mover la muñeca. Él se había dado cuenta de que estaba invocando mi gracia. Me había quedado más que atónita y estaba alucinando directamente.

—¿Cómo lo supiste?

—Pude sentir cómo cobraba vida. Puedo sentirla ahora, dentro de ti. Llamándome —contestó mientras presionaba su fría mejilla contra la mía—. Es un fuego que me recorre la sangre y los huesos. ¿Cómo no iba a saberlo?

—Qué habilidad tan estupenda e inoportuna —le espeté, resistiendo a duras penas el impulso de gritar. El Trono había insinuado eso, pero podría haber sido mucho más claro sobre a qué se refería con lo de que Zayne podía sentir mi gracia.

—¿A que sí? —Extendió la mano sobre mi cadera—. Ibas a atacarme mientras te daba la espalda. ¿No se suponía que me querías?

Mientras el corazón me aporreaba las costillas, fui plenamente consciente de lo cerca que estaba su mano de la empuñadura de la daga y de cómo me sujetaba la muñeca. No apretaba lo suficiente como para hacerme daño. Me pareció importante recordarlo.

—Claro que te quiero. Te quiero más que a nada...

—Eso no parece reflejar mucho amor. —Arrastró la barbilla por mi mejilla mientras movía la cabeza apenas unos centímetros—. Puede que no valores tu vida, porque juraría que acabas de moverte después de que te advertí que no lo hicieras. ¿Quizá valores más la de ella? Si sigues moviéndote, la mataré y luego a ti.

El Guardián se quedó inmóvil, pero brotó de él un gruñido grave y retumbante.

Zayne se rio entre dientes y el sonido fue tan gélido que me estremecí.

—¿Se supone que eso debería asustarme?

—Sí. —Dez cerró las garras, apretando los puños—. Debería.

—Pues no me asusta.

Tiré para liberar el brazo, pero no conseguí hacer nada con la espada. Solo alcancé espacio vacío.

—No me vas a matar.

—Ah, ¿no?

—De lo contrario, ya lo habrías hecho —dije con los dientes apretados, sin dejar de forcejear.

—Puede que me guste jugar contigo. —Movió la cabeza de nuevo, deslizando la mejilla por la mía de un modo sorprendentemente familiar y completamente diferente—. Puede que me acabe aburriendo. ¿Puede que no? Pero lo que sí sé es que te vas a agotar si sigues empleando tu gracia, pequeña nefilim.

—Por supuesto que tenías que acordarte de eso en lugar de todo lo demás.

Empleé todas mis fuerzas, que eran muchas, para tirar de su brazo y liberarme. Solté un grito de frustración. No me había movido ni un centímetro.

—Pareces enfadada, pequeña nefilim.

—¡No se dice nefilim! ¡Se dice Sangre Original!

Levanté la pierna y le asesté un pisotón en el pie descalzo.

Zayne soltó una exclamación, más bien de sorpresa que de dolor, pero el brazo que me rodeaba la cintura se aflojó lo suficiente. Me solté y estrellé el brazo izquierdo contra el que sujetaba el mío. Los dedos de Zayne resbalaron unos centímetros al mismo tiempo que yo giraba para pasar por debajo de su brazo y se lo retorcía. Los bordes de unas plumas suaves me hicieron cosquillas en la mejilla mientras una forma oscura aterrizaba a mi lado. Dez intentó agarrar el brazo de Zayne, enseñando los dientes.

Me encontraba a punto de liberarme (a punto de usar la espada de Miguel) y, un instante después, salí volando de nuevo por los aires. Mi gracia se desvaneció con un chisporroteo cuando choqué contra la hierba. El impacto fue brutal, pero podría haber sido peor. Podría haber sido como el de Dez.

El Guardián se estrelló contra uno de los pilones de la fuente, agrietando la piedra. Se desplomó dentro del agua.

Zayne nos había lanzado a los dos como si fuéramos aviones de papel; pero, de algún modo, yo acabé en una zona mucho más blanda y benigna para el cuerpo. Dez se encontraba en su forma de Guardián. No le pasaría nada; pero, si yo hubiera chocado contra la fuente a esa velocidad, me habría caído redonda.

Empecé a invocar mi gracia. La noté arder débilmente en mi pecho, justo debajo del corazón. No debería sentirme tan agotada. Tenía que deberse al hecho de que mi cuerpo todavía se estaba curando de la paliza de Gabriel, porque no debería estar tan hecha polvo.

Unas alas me agitaron el pelo, lo que me sirvió de advertencia de que Zayne estaba cerca. Me coloqué rápidamente de costado e incliné la cabeza hacia atrás. Él se irguió sobre mí, con la gracia recorriendo sus alas extendidas. Nuestras miradas se encontraron y luego se mantuvieron fijas. Zayne me observó, ensanchando las ventanas de la nariz, mientras yo me ponía en pie con dificultad, sin interrumpir el contacto visual. Las oportunidades de liquidarme fueron inagotables. En cualquier momento, Zayne podría acabar con mi vida antes de que me diera cuenta siquiera de lo que estaba pasando. Pero no realizó ningún movimiento en mi contra. Tal vez fuera tonta ingenuidad o desesperación, pero me invadió la esperanza. Si estuviera perdido del todo y no me considerase nada más que una amenaza y un reto (y, por lo visto, uno muy mediocre en ese momento), Zayne acabaría conmigo.

Pero no lo hizo.

Ladeó la cabeza mientras yo avanzaba hacia él, pero no se movió. Di otro paso, con el corazón revoloteándome como un pájaro enjaulado, y luego otro más, sin detenerme hasta que solo nos separaban unos centímetros.

No sabría decir qué se apoderó de mí. Tal vez se me habían desprendido algunas neuronas importantes. Tendría sentido teniendo en cuenta la cantidad de veces que me habían zarandeado de acá para allá durante la última semana. O tal vez era demasiado estúpida para seguir viva.

—¿Me vas a matar ahora?

Un músculo le palpitó en la mandíbula.

Cada una de mis inspiraciones era demasiado superficial, demasiado rápida.

—Podrías hacerlo, ¿verdad? Sin despeinarte. ¿Por qué no lo has hecho?

Él abrió ligeramente los ojos.

—¿Quieres morir?

Negué con la cabeza.

—Te quiero a ti. Eso es lo que quiero. Quiero recuperarte.

Zayne frunció el ceño y luego vi que su mirada se posaba en mi boca. El destello depredador de sus facciones cambió, se volvió intenso de un modo completamente diferente. Reconocí esa mirada de forma innata y la repentina tensión de la necesidad, del deseo. Fue una de las primeras reacciones humanas que le había visto desde que regresó. Separó los labios, pero no supe si estaba a punto de decir algo o no. Me moví más rápido de lo que pensé que podía en ese momento. Levanté las manos y le sujeté las frías mejillas mientras me estiraba de puntillas. Bajé su cabeza hacia la mía y presioné mis labios contra los suyos.

Lo besé.

La sensación fue la misma en algunos aspectos. Noté su piel suave bajo mis manos. La forma y el contorno de sus labios eran los mismos. Todavía sabía a aire fresco matutino. Pero ahí acababan las similitudes. Él no se movía. Sus labios estaban demasiado fríos. No estaba segura de si él estaba respiraba mientras yo ladeaba la cabeza, rezando y suplicando para obtener alguna reacción que demostrara que Zayne seguía ahí dentro, que no se había convertido por completo en esa criatura inhumana.

No hubo ninguna.

Noté el ardor de las lágrimas en los ojos. Lo besé una y otra vez mientras se me humedecían las mejillas...

Entonces Zayne cambió.

Su boca cedió bajo la mía, ablandándose y abriéndose. Ladeó la cabeza, alineando su boca con la mía de forma más completa, y tuve ganas de gritar «aleluya», pero eso habría sido raro y contraproducente en ese momento. Y lo que menos me interesaba era comportarme así. Sentí el roce de su lengua, que no estaba fría. Se me enardeció el cuerpo. No se trataba únicamente de que yo lo estuviera besando. Él me estaba devolviendo el beso, que no siguió siendo suave ni dubitativo. Se hizo más profundo, se volvió ávido y salvaje, devorador y potente. Una oleada de escalofríos me recorrió la piel. Un sonido profundo y retumbante brotó del fondo de su garganta y el acaloramiento se volvió aún más intenso. Las yemas de sus dedos me tocaron la mejilla, el pelo. Apoyó la mano contra mi cara y noté que su piel fría se calentaba contra la mía...

Zayne apartó la cabeza tan de repente que casi pierdo el equilibrio. Abrí los ojos, aturdida, y descubrí que se encontraba a unos metros de distancia, bajo una de las brillantes farolas del parque. Incluso yo podía ver que su pecho subía y bajaba de forma tan brusca como el mío.

—Sigues ahí dentro —susurré.

Él giró la cabeza hacia la izquierda y luego hacia la derecha, estirando los tendones del cuello mientras cerraba los ojos.

—No sé a qué te refieres.

—No pasa nada —contesté, secándome las lágrimas de la cara con manos temblorosas—. Porque él sí lo sabe.

—¿Quién? —me preguntó con voz ronca.

—Zayne.

Abrió los ojos de golpe. Sus alas se alzaron y trazaron un arco alto, y, durante un largo momento, pensé que me había equivocado en todo. Iba a usar la ardiente gracia que le corría por las alas contra mí, y aquel Trono se iba a sentir muy decepcionado conmigo.

—Estoy harto de jugar contigo —me advirtió—. La próxima vez que te vea, te mataré.

Y, con eso, agitó sus potentes alas y emprendió el vuelo. Se elevó tan rápido que parecía una estrella ascendiendo en lugar de cayendo. Salió disparado hacia el cielo nocturno, convirtiéndose rápidamente en nada más que un recuerdo.

Dez salió de la fuente chapoteando y soltó un gruñido al pisar el suelo.

—¿De verdad lo acabas de besar así sin más?

—Pues sí.

No aparté los ojos del cielo nocturno. Las formas más oscuras de las nubes que persistían desde la tormenta del día anterior se estaban despejando. Un calor húmedo me goteó de la nariz. Levanté la mano para limpiarme la sangre antes de que cayera al suelo.

—Sinceramente, ni siquiera sé qué decir al respecto.

—Él sigue ahí dentro.

Entrecerré los ojos y luego cerré el derecho, el de las cataratas más gruesas.

Se produjo un momento de silencio.

—¿Estás segura de eso, Trinity? Porque ese ser no se comportaba para nada como Zayne.

Las vi. Diminutas motitas de luz. Vi las estrellas.

—Sí. Estoy segura.

Nueve

Por segunda noche consecutiva, regresé renqueando al apartamento vacío en plena noche. Me quité las zapatillas junto a la puerta, dejé la tarjeta de acceso sobre la encimera y luego fui directamente a la ducha. Esta vez, solo giraron en el desagüe tierra y trocitos de hierba que acabaron de algún modo en mi pelo. Nada de sangre. Lo consideré una mejora mientras me ponía una de las camisetas limpias de Zayne. Servía bastante bien para dormir y, en ese momento, dudaba que a él le importara.

Recogí la manta y la almohada que había dejado en el sofá y las llevé de vuelta al dormitorio… al que se suponía que era nuestro dormitorio. Cerré la puerta usando una dolorida cadera y me giré hacia la cama. El suave resplandor blanco que llegaba del techo no alumbraba lo suficiente, pero avancé arrastrando los pies y entrecerrando los ojos en medio de la penumbra…

Me golpeé la rodilla contra el armazón de la cama. Me provocó un profundo dolor punzante.

—Mierda.

Mientras intentaba superar el intenso y desagradable dolor, dejé caer la manta sobre la cama y lancé la almohada hacia la cabecera. Luego me acosté y, después de respirar hondo, levanté la vista hacia el techo. La punzada que me atravesó el corazón fue como una puñalada mientras recorría con la mirada la tenue luz de cada estrella repartida al azar por el techo.

Allá en las tierras altas del Potomac tenía estrellas en el techo de mi habitación. A algunas personas podría parecerle de un mal gusto increíble, pero a mí me resultaba muy difícil ver las de verdad. La mitad de las veces que creía ver una estrella, en realidad estaba viendo las luces de un avión o una torre de telefonía móvil. Algún día, un momento que me daba cuenta de que se acercaba con rapidez, alzaría la mirada hacia el cielo y ya no sería capaz de ver algo tan simple y maravilloso como un cielo cubierto de estrellas.

Zayne sabía lo importante que era para mí poder ver estrellas, aunque fueran falsas, brillando en la oscuridad. Lo que había hecho al colocarlas en el techo, durante una época en la que yo estaba convencida de que me odiaba y, por lo tanto, se arrepentía de haber aceptado el vínculo del Protector, era una de las cosas más bonitas que alguien podría haber hecho por mí. Ese era el Zayne que yo sabía que seguía dentro del ángel caído.

Sentí esperanza.

No una esperanza ilusoria, sino real. Estaba convencida de que no era demasiado tarde. Zayne había tenido innumerables oportunidades para matarme. Desde el momento que llegó hasta que despegó como un cohete hacía más o menos una hora, podría haberme causado graves daños. Y, si me quería ver muerta, cargarse a aquel gul no había ayudado en ese sentido.

Por otro lado, lo de «yo debería ser quien te mate» no resultaba demasiado tierno; aunque tal vez, cuando nos lanzó a Dez y a mí, no había sido coincidencia que yo acabara en una zona mucho más blanda. O que, cuando se giró, había evitado noquearme con sus alas. Quizá lo había hecho todo de forma inconsciente, pero no podía entenderlo en su estado actual.

¿Y el hombre al que había matado? Técnicamente, el jurado todavía estaba deliberando el veredicto. Antes de marcharnos del parque, Dez encontró el carné del hombre y le pidió a Gideon que comprobara si podía descubrir algo sobre aquel tipo. Si lo que Zayne había afirmado era cierto, no le había quitado la vida a un inocente. Podría pasarme todo el día discutiendo la semántica de si matar a alguien estaba justificado, pero ni que los Guardianes no hubieran matado otras veces a humanos malvados que no solo habían estado ayudando a demonios, sino también cometiendo actos horrendos de forma activa. Así que, de momento, sin arrepentimientos en ese sentido.

Lo importante era que Zayne seguía allí dentro. Solo me hacía falta averiguar cómo diablos solucionar eso.

Me subí la manta hasta la barbilla mientras observaba las estrellas. Encontrar a Zayne parecía casi imposible. ¿Iba a tener que ponerme en peligro con un demonio para que volviera a aparecer? No se me daba bien el papel de damisela en apuros, así que no me pareció que ese plan fuera a funcionar. No solo eso, ¿y si Gabriel acababa echándome el guante? Aunque se me ocurriera una forma de atraer de nuevo a Zayne, ¿cómo podría usar la espada de Miguel? Puesto que él podía sentirme invocar mi gracia, no existiría el factor sorpresa. Iba a tener que luchar con él e imponerme de algún modo. Iba a tener que darlo todo de mí para lograrlo. Sería como luchar de nuevo con Gabriel, y ya sabía cómo había terminado esa vez.

Ojalá pudiera encontrar algo que no solo lo atrajera hacia mí, sino que también lo dejara inconsciente.

Suspiré. Sabía que los deseos que les pedías a las estrellas no obtenían respuesta, pero estaba dispuesta a intentarlo...

Abrí los ojos como platos. Fue entonces, mientras contemplaba el suave brillo de la Constelación de Zayne, cuando se me concedió mi deseo en forma de idea.

Había una persona que supuse que podría hacer que Zayne viniera hasta mí, quisiera él o no. Y, si alguien sabía cómo incapacitar a un ángel caído, tenía que ser ella.

La Bruja Suprema.

Me fue imposible dormir después de descubrir lo que esperaba que fuera un modo de llevar a Zayne adonde me hacía falta.

Bajé las piernas de la cama, llena de energía, y encendí la lámpara de la mesita de noche. El único problema era que no tenía ni idea de dónde estaba aquel hotel al que me había llevado Roth cuando nos reunimos con los brujos. Después de todo, no había podido ver ninguno de los letreros de las calles ni tuve la previsión de preguntar cómo se llegaba hasta allí. También existía la posibilidad de que la Bruja Suprema ya se hubiera marchado de la ciudad, como el resto del aquelarre. Bueno, los que seguían vivos.

Tampoco podía preguntárselo a Roth ni a Layla, ya que supuse que los móviles no tenían cobertura en el infierno. Era probable que Gideon pudiera averiguar la dirección, pero no estaba segura de querer situar a lo que quedaba del aquelarre en el radar de los Guardianes. Vale, ahora mismo tenían problemas mayores, como todos, pero los brujos, sin duda, estaban incluidos en la lista de los Guardianes de seres a los que matar. Algunos brujos (concretamente Faye) se lo merecían después de proporcionarle un hechizo al senador que básicamente convertía a los humanos en carne de cañón, pero no todos.

Solo los que querían usar partes de mi cuerpo.

Pero existía la posibilidad de que, después de todo esto (si es que había un después), los Guardianes fueran a por los brujos. Por mucha falta que me hiciera esa información, no podía hacerles eso.

Sin embargo, conocía a cierto demonio que no me había devuelto las llamadas y que se había presentado en el hotel para romper el contrato que liberó a Bambi.

Al darme cuenta de que había dejado el teléfono en la cocina, me levanté, fui hacia la puerta y la abrí.

El hormigueo que me estalló en la base del cráneo fue repentino e intenso. Me llevé la mano al muslo y descubrí que no llevaba las dagas de hierro encima. ¿Estaban en la cómoda? No. En la encimera del cuarto de baño. Mierda.

Pero contaba con mi gracia. La notaba palpitar en mi pecho, aunque no con tanta intensidad como de costumbre. Me hacía falta tiempo y descanso, pero no iba a tener ninguna de las dos cosas.

El espacio despejado del estrecho pasillo se deformó. Invoqué mi gracia, deseando con todas mis fuerzas que no se tratara de otro espeluznante gul e intentando no agobiarme por las repercusiones de que un demonio estuviera a punto de aparecer de la nada en el apartamento.

Un segundo después, había un demonio de pelo oscuro delante de mí. Me invadió el alivio al reconocer a Cayman.

Volví a reprimir la gracia.

—He estado a punto de matarte. ¿Cómo has entrado?

—Desde que me invitaron a entrar, puedo venir cuando

me plazca. —Me soltó esa bomba informativa como si tal cosa mientras se apartaba un mechón de pelo de la cara—. Y, sí, antes de que lo preguntes, de ahí proviene el mito de los vampiros. Que necesitan permiso para entrar. Y, no, los vampiros no existen. Los demonios sí.

No tenía pensado preguntarle por el tema de los vampiros, ni tampoco recordaba que Zayne ni yo le invitáramos a entrar en ningún momento. También dudaba muchísimo que a Zayne le hiciera mucha gracia enterarse de ello, pero, en ese momento, eso daba igual.

—He estado intentando ponerme de alguna manera en contacto contigo.

—Ah, ¿sí? Bueno, verás, he estado ocupado corriendo por toda la maldita ciudad para sacar a todos los Esbirros al mismo tiempo que intentaba seguir con vida —me explicó.

Ahora que lo mencionaba, parecía un tanto hecho polvo. Por lo general, iba bastante acicalado, pero la camiseta negra del grupo BTS estaba arrugada y tenía un desgarrón en el cuello, y no sabría decir si el agujero en la rodilla de sus vaqueros era un tema de moda o no.

—Por eso no he sentido a ningún demonio esta noche. ¿Por qué? —Me pregunté qué más podría estar yendo mal—. ¿Qué está pasando?

—¿Que qué está pasando? —Alzó bruscamente sus cejas negras—. ¿Lo dices en serio? Como si no lo supieras.

Se acercó y capté un olor a… ¿madera quemada? Y sus ojos, que normalmente tenían un tono dorado, ahora eran como carbones encendidos.

—¿Qué has hecho, Trinity?

Fruncí el ceño.

—Pues… no tengo ni idea de a qué te refieres. No he hecho nada y, sin embargo, aquí estás, invadiendo mi espacio personal. ¿Debo recordarte que me tienes miedo?

—Sí, eras una de las criaturas más malotas que recorrían estas calles y solía tenerte miedo, pero eso fue hasta que conocí a cierto ángel caído con un montonazo de gracia celestial y que, por lo visto, tiene amnesia y siente una repentina y enorme aversión hacia todos los demonios.

—Ah —susurré, poniéndome tensa—. Te refieres a Zayne.

—¿Ah? ¿Eso es lo único que tienes que decir? ¡Sí! Me refiero a Zayne, que resulta que es un puñetero ángel caído muy muy poderoso, por si no me has oído la primera vez.

—Te he oído. Por eso he estado intentando ponerme en contacto contigo. No tenía ni idea de que fuera a ir a por ti o ningún demonio, pero intenté avisarte. Y no contestaste.

Él entornó los ojos.

—No me gusta hablar por teléfono.

—¡Te envié un mensaje! —repliqué—. Y cito textualmente: «Necesito hablar contigo. Es importante».

—Y, como te dije, estaba un poco ocupado intentando mantenerme con vida.

Me crucé de brazos.

—¿Y cómo se supone que iba a saberlo?

—¿No se te ocurrió dejar un mensaje? Algo como: «Oye, mi demonio negociante favorito, Zayne ha vuelto. Es un Caído, así que más te vale poner pies en polvorosa».

—No creí que debiera decir eso en un mensaje de texto o de voz teniendo en cuenta que nadie me ha creído la primera vez que se lo he contado —razoné—. Y no tenía ni idea de que Zayne iría a por ningún demonio.

—¡Por supuesto que irá a por demonios! —exclamó como si eso fuera algo que yo ya debería haber sabido—. Es evidente que es un Caído reciente. Van a por absolutamente cualquier ser con una pizca de poder y, sobre todo, odian a los demonios. Tardan décadas en superar esa actitud de «sigo siendo mejor que vosotros, simples demonios», que, por cierto, ¿de dónde crees que les viene a los Guardianes? Y por ese motivo pocos de ellos se unieron al equipo del infierno.

—Un momento. —Lo miré fijamente—. ¿Sabías qué eran los Guardianes originalmente?

—Pues claro, Trinity. Pues claro. —Se dio la vuelta y se dirigió a la cocina. Las luces se fueron encendiendo a su paso—. Huir como alma que lleva el diablo te abre el apetito, así que me estoy muriendo de hambre.

—Si Roth y tú lo sabíais, ¿cómo rayos lograsteis mantener la boca relativamente cerrada? —le pregunté, siguiéndolo—.

¿Cómo es que los demonios no lo han estado pregonando a los cuatro vientos?

—No todos los demonios lo saben —contestó Cayman mientras levantaba los dedos y una caja de galletitas saladas con queso volaba por la habitación hacia su mano.

Vaya, yo quería tener esa habilidad.

—Solo los más antiguos y los que están más conectados con el Jefe están al tanto del verdadero origen de los Guardianes. Pregonarlo a los cuatro vientos iría en contra de ese molesto tema de la fe ciega, ¿no? Eso cabrearía al de arriba y al de abajo. Nadie tiene tiempo para eso. —Abrió la caja mientras se dejaba caer en el sofá—. Y todos los Guardianes que han averiguado su origen preferirían morir antes que admitir que provienen de aquellos que cayeron —me explicó, repitiendo casi lo mismo que me había dicho el Trono—. Los Guardianes fueron quienes reescribieron qué fue de los ángeles caídos. Enterraron su oscuro secretito.

—Vale. Genial. Lo sabes todo sobre los ángeles caídos, pero aun así te equivocas. —Me desplomé en la esquina del sofá—. Yo no hice nada. Zayne eligió caer.

Cayman giró la cabeza hacia mí y deseé poder saber si sus ojos habían perdido aquel tono negro rojizo.

—¿Me lo cuentas?

Y se lo conté.

Le conté todo lo que sabía, hasta llegar a momentos antes, cuando caí en la cuenta de que la Bruja Suprema podría ayudar.

—Entonces ¿crees que lo que me dijo el Trono es cierto? ¿Que mi gracia no matará a Zayne, sino que lo hará volver?

—¿Sinceramente? No tengo ni idea —admitió mientras dejaba la caja vacía sobre la encimera. Comprendí perfectamente que se hubiera comido la caja entera de galletitas—. Nunca he sabido de ningún Caído que se convirtiera en otra cosa aparte de un Guardián o un pez gordo allá abajo. ¿Y en cuanto a los que están en mi equipo? Los que llegaron al infierno con las alas y la gracia intactas no las conservaron mucho tiempo. Nuestro Jefe no es tan tonto como para permitir que algo casi tan poderoso como él viva en el mismo prefijo 666. Los despojó de sus alas, quitándoles por lo tanto la gracia. Incluso así, esos Caídos siguen siendo superpoderosos. Ni siquiera Roth quiere meterse con uno de ellos. Por suerte para él y todos nosotros, disfrutan muchísimo con su trabajo.

—¿Los ángeles caídos que están en el infierno tienen trabajo?

—Todo el mundo tiene trabajo, Trin, la Sangre Original. Los llamamos Jueces. Se dedican a asegurarse de que las personas muy malas se pasen la eternidad deseando haber tomado mejores decisiones vitales. Pero la cuestión es que hace muchísimo tiempo que no cae ningún ángel, desde el Imperio bizantino concretamente, y luego está Layla. Ella es lo más parecido a un Caído, pero no del todo.

—¿Eh? ¿No se suponía que era mitad Guardiana y mitad demonio?

—Sí y no. En pocas palabras, le dieron la sangre de uno de los originales... ya sabes, uno de los primeros ángeles en caer, igual que a su madre. Pero, repito, no es una auténtica Caída. Ni tampoco Lilith.

Yo desconocía eso y tuve la sensación de que había mucho más que contar.

—En fin, no es que yo sea un experto en lo que es posible para un Caído reciente que conserva sus alas y su gracia, así que no puedo asegurar si ese Trono dice la verdad o no. Confío en los ángeles menos que en la mayoría de los demonios, pero es algo muy dulce.

Alcé la mirada bruscamente hacia él.

—Que cayera por ti. Eso es... eso es una pasada, muchacha. Amor del auténtico. Ya sabes que Roth se saltó las órdenes del Jefe para estar con Layla. —Se inclinó hacia delante—. Eso equivale a que un ángel caiga, y lo que Zayne siente por ti es amor real y profundo.

—Ya lo sé —susurré, hundiéndome en los cojines del sofá.

—Y llámame tonto demonio romántico, pero quiero creer que todo es posible con esa clase de amor —añadió mientras se echaba hacia atrás y apoyaba el tobillo sobre la rodilla.

—Yo también lo creo. —Tenía que hacerlo. Solté un suspiro de cansancio—. ¿Zayne mató a algún demonio?

—Sí. Un par. Vale, más de un par. Para ser sincero, se cargó una casa entera.

—¡Ay, no! —exclamé, pasándome nerviosamente la mano por la cara.

Cayman se rio entre dientes.

—Mírate, compadeciéndote de demonios muertos. Eres una birria de Sangre Original, ¿sabes?

—Sí, lo sé, pero a Zayne no le iba matar... Bueno, a demonios que no fueran malvados de verdad.

—Sí, lo sé. Es un Guardián progresista —dijo, y dejé caer la mano—. O lo era. En fin, no te preocupes. No eran demonios «no tan malvados». Despachó a unos que se lo tenían merecido. Se estaban volviendo descuidados y estaban desdibujando las normas. Los que estaban en esa casa no eran más que una manada de demonios Feroces.

—Podías haber empezado por ahí, ¿sabes?

Los demonios Feroces se parecían a ratas gigantes que caminaban sobre dos patas y comían de todo, incluyendo personas... y sus huesos.

—Y tú podrías haber empezado por «mi novio ahora es un ángel caído» —replicó y me pareció ver una sonrisa en su cara—. Así que supongo que estamos en paz.

—Supongo que sí. Siento que Zayne te persiguiera. Lo digo en serio.

—Lo sé. Y no me lo tomo como algo personal. —Hizo una pausa—. Y fue bastante sexi.

Lo miré y enarqué las cejas.

—¿Qué pasa? Zayne, el ángel caído, está tan bueno que se sale de la escala. No puedo evitarlo. —Se encogió de hombros—. Soy un demonio.

—Estoy segura de que a Zayne le alegrará saber que sigues siendo su fan número uno —dije con ironía.

—Oh, yo no soy su fan número uno. Sino Bambi.

—¿Qué? —Levanté la mano—. Espera. No contestes. No tengo la mente preparada para lidiar con esa información.

Cayman soltó una risita y fue tan espeluznante como me imaginaba que sería la risita de un demonio.

—Por cierto, ¿se ha pasado por aquí desde que cayó? Si es así, me encanta charlar contigo, pero voy a tener que salir pitando de aquí.

—Todavía no. No sé si es porque no se acuerda de dónde vive o si está evitando el apartamento.

—En cualquier caso, lo considero una ventaja. —Apoyó un brazo en el respaldo del sofá—. Y tú también deberías.

Lo haría, salvo por el hecho de que, si Zayne viniera aquí, me resultaría mucho más fácil encontrarlo. Sin embargo, eso no ayudaría en cuanto a pillarlo desprevenido.

—Bueno, ¿sabes si la Bruja Suprema sigue en ese hotel? —Volví a encaminar la conversación y me resultó raro ser la persona que se encargara de eso cuando normalmente era yo quien hacía que todo el mundo se desviara del tema—. ¿Y puedes decirme dónde está el hotel?

—Puedo llevarte al hotel, pero no tengo ni idea de si la Bruja Suprema sigue por aquí, y tendrás que arreglártelas sola en cuanto llegues. Me pareces una medio ángel muy guay, pero no me relaciono con los brujos a menos que me llamen para negociar un trato. No quiero cabrear a uno de ellos sin querer y que ciertas partes innombrables de mi cuerpo a las que les tengo cariño se me caigan o me acabe pasando algo igual de horrible.

—Es comprensible.

—Y, antes de que exijas que te lleve allí ahora mismo o cuando salga el sol, te puedo asegurar que no encontrarás a la Bruja Suprema disponible a estas horas ni en ningún sitio que no sea con su familia un domingo.

Ni siquiera me había dado cuenta de que mañana era domingo. U hoy. Lo que fuera.

—¿Los brujos consideran el domingo un día de descanso?

—Sí. Y también algunos demonios.

Pues vale.

—Tu mejor opción es intentarlo el lunes por la tarde. —Apoyó los pies sobre la mesa de centro y levantó la mano. El mando a distancia voló hacia él—. Descansa un poco. Yo montaré guardia.

Aunque no me veía capaz de dormir para nada, necesitaba descansar, pero Cayman no podía quedarse ahí.

—Deberías irte —le dije.

Él arqueó una ceja.

—¡Qué maleducada!

—No es que no quiera que estés aquí. Pero no es seguro para ti —razoné—. Zayne no ha venido aquí todavía, pero eso no significa que no lo haga. Incluso a ti te preocupaba eso, y, si estoy dormida cuando llegue, estás muerto.

—Y si estás dormida cuando llegue, estás muerta —señaló el demonio.

—Todavía no me ha matado y ha tenido muchas oportunidades. No creo que vaya a venir, pero, si estás aquí, no voy a poder descansar preocupándome de que te maten mientras disfruto de mi sueño reparador. Tienes algún lugar al que ir, ¿verdad?

Asintió con la cabeza.

—Tengo sitios en los que Zayne no ha estado.

—En ese caso, ve allí. Te enviaré un mensaje por la mañana.

Cayman me observó un momento.

—¿Esto significa que te caigo bien? ¿Que me tienes cariño? ¿Que le vas a poner mi nombre a algún futuro bebé?

Puse los ojos en blanco.

—Yo no iría tan lejos.

—Pero te caigo bien. —Me señaló con el mando a distancia y luego a sí mismo—. Una pequeña Sangre Original se preocupa por la seguridad de un demonio. Sin lugar a dudas, el mundo se va a acabar.

—Lo que tú digas. —Esbocé una amplia sonrisa—. Largo de mi casa.

—Es un apartamento.

—Cierra el pico.

Cayman se echó a reír mientras se levantaba del sofá.

—No te voy a mentir. Preferiría encontrarme muy lejos de donde esté el Caído pero supersexi de Zayne, así que procura que no te maten entre ahora y mañana.

—Haré lo que pueda.

—Hasta luego, colega.

Cayman me hizo el símbolo de la paz con los dedos y luego hizo ese truquito de demonio de desaparecer sin más.

Me dio mucha envidia.

Después de asegurarme de que la puerta estuviera bien cerrada, regresé a la cama arrastrando los pies y, en cuanto mi cabeza tocó la almohada, me quedé dormida.

No sabría decir qué me despertó, pero algo lo hizo. Me senté, desorientada. Todavía estaba oscuro fuera y la Constelación de Zayne iluminaba la habitación con una luz tenue. Recorrí la habitación con la mirada, deseando que mis ojos cooperasen.

De pronto, noté una serie de cosquilleos entre los omóplatos que borró los restos de confusión tras el sueño.

Había un demonio cerca.

¿Cayman había regresado? Lo puse en duda mientras apartaba la manta y me levantaba. La camiseta prestada se deslizó más abajo de mis caderas y muslos mientras estiraba la mano para coger las dagas...

Mierda, seguían en el cuarto de baño. Fui allí a toda prisa y las agarré de la encimera. Me dirigí a la sala de estar. La luz del techo de la cocina se había quedado encendida, cortesía de Cayman, y pude comprobar que no había nadie en el apartamento. No obstante, la sensación persistía, hormigueándome entre los hombros. ¿Había un demonio en un apartamento cercano?

¿Y dónde diablos estaba Cacahuete?

Me disponía a ir hacia la puerta cuando lo oí: el sonido de algo dando golpecitos y arañando un cristal. Me giré despacio hacia las ventanas que iban del techo al suelo. No pude ver nada más que oscuridad y una lejana luz borrosa, pero eso no significaba que no hubiera algo arañando las ventanas.

—Ay, Dios —masculle, avanzando poco a poco.

Teniendo en cuenta que estábamos a una altura considerable en el edificio de apartamentos, estaba segura de que ahí afuera no había un animal peludito y bastante inofensivo.

Aferré las dagas de hierro con más fuerza mientras pasaba junto al sofá y mis pasos se volvieron más lentos. Sin duda había algo ahí fuera: las sombras eran más densas. Volví a oír el espeluznante golpeteo, seguido del sonido de algo afilado clavándose en el grueso cristal.

Me detuve delante de la ventana, entrecerrando los ojos mientras me inclinaba hacia delante y apretaba la cara contra el frío...

Unos ojos rojos como carbones encendidos situados sobre unas fosas nasales chatas y cubiertas de pelo me devolvieron la mirada.

Solté un grito y me aparté de la ventana de un salto. Comprendí de pronto por qué parecía que las sombras se movían. Lo que había visto eran alas y, sin lugar a dudas, había algo peludo al otro lado de las ventanas.

—Imps —murmuré, soltando un profundo suspiro.

La última vez que los vi, los había enviado el Heraldo. Lo que significaba que, si estaban ahí en ese momento, Gabriel sabía dónde me encontraba.

No es que fuera una sorpresa precisamente, pero daba miedo. Y era irritante.

Porque yo solo quería dormir, hablar con la Bruja Suprema y curar a mi novio un tanto psicótico. ¿Era pedir demasiado? Tal vez si me limitaba a ignorar al imp acabaría yéndose.

El ser estrelló un puño con garras contra la ventana y sacudió todo el cristal.

Supuse que no.

Aquella maldita cosa iba a romper la ventana, puede que incluso la hiciera añicos, y no me apetecía nada tener que ocuparme de eso.

Me aparté de la ventana con un suspiro. El imp volvió a golpear el cristal.

—Sí, sí. Te oigo. Quieres jugar. Pues jugaremos.

Descalza, medio desnuda y sin que me importara siquiera, entré en el ascensor y pulsé el código de la azotea. Tenía la esperanza de que no hubiera nadie más allí y me sentí aliviada al descubrir que parecía vacía cuando las puertas se abrieron sin hacer ruido.

Yo nunca había estado ahí arriba, pero recordé que Zayne me había dicho una vez que ese lugar estaba pensado para servir de zona verde para los inquilinos. Unas guirnaldas de luces solares brillaban con suavidad, colgadas de postes altos conectados a toldos blancos que se extendían sobre grandes franjas de la azotea. Había una piscina por alguna parte, si el olor a cloro servía de indicio. Se me puso la piel de gallina mientras sorteaba con cuidado las tumbonas y las mesas redondas. Podría ser por mis ojos, pero desde luego no vi ninguna zona «verde» al merodear por la azotea. Una brisa fría meció los toldos mientras me acercaba al cristal que impedía que la gente se cayera de la azotea.

Di unos golpecitos en el cristal con la daga de hierro y grité:

—Estoy aquí arriba esperando. Date prisa, por favor. Estoy cansada y de mal humor.

Silencio, y luego oí un chillido grave. Respiré hondo al mismo tiempo que me apartaba de la barrera de cristal. Las luces solares y la de la luna apenas aportaban suficiente iluminación para permitirme ver, pero me las arreglaría. Ya me había enfrentado a condiciones peores con mucho menos entrenamiento.

Un segundo después, una forma oscura se elevó por el lateral del edificio y pasó por encima de la barrera de cristal. Aterrizó sobre dos patas con garras a unos treinta centímetros de mí y, durante un momento, deseé con todas mis fuerzas no haber podido ver al imp.

Aquel ser debía haberse caído de un árbol demoníaco y haber chocado contra un montón de ramas espantosas por el camino. Me recordó a un murciélago gigante que podía caminar cuando levantó unas alas casi translúcidas y soltó un chillido.

Le hundí la daga de hierro en el pecho.

—Imbécil —murmuré mientras las llamas envolvían al demonio.

Los imps tenían fama de violentos y sus garras eran bastante tóxicas para los humanos y los Guardianes, pero no destacaban precisamente por su inteligencia, como acababa de quedar demostrado.

Di media vuelta, bostezando, y emprendí el camino de regreso a la puerta, con la mente ocupada con ensoñaciones de la suave almohada que olía a Zayne. Solo había dado dos pasos cuando una sombra cayó del cielo y aterrizó sobre la azotea con un fuerte ruido sordo, y luego otra y otra más...

Había siete imps delante de mí, con los cuerpos encorvados. Puede que ocho.

Me detuve de golpe y abrí mucho los ojos cuando uno de ellos siseó. Los imps nunca viajaban solos. Se me había olvidado.

—Yo soy la imbécil —susurré, y retrocedí mientras la gracia palpitaba en mi interior.

Uno de ellos avanzó tambaleándose y me eché al suelo. Cuando su brazo extendido pasó por encima de mi cabeza, me levanté rápidamente y le enterré la daga en la espalda. Noté una bocanada de calor al mismo tiempo que me giraba y le clavaba la daga en el pecho a otro.

Un ala surcó el aire, en medio de una llamarada, y se estrelló contra mi costado, lo que me hizo caer de lado. Tropecé con una tumbona que salió de la nada, en serio, y aterricé sobre... césped blando.

Anda, mira, había encontrado la zona verde.

Me levanté de un salto, recorrí la oscura azotea con la mirada y me di la vuelta a toda prisa, con el corazón palpitándome con fuerza, mientras buscaba algún indicio de los imps. Tenían que quedar cinco o seis. No estaba segura. Me resultaba difícil contarlos.

Una mancha borrosa de pelo apelmazado y destellos rojos apareció delante de mí. El imp estaba demasiado cerca. Salté hacia atrás y agarré la tumbona que acababa de atacarme. La levanté y se la lancé al imp.

El demonio soltó un chillido cuando la silla de metal lo golpeó en la cara. Me detuve, pues nunca había oído salir un sonido como ese de un imp.

—¡Qué sonido más mono! Me recuerdas a un juguete para perros.

El imp apartó la tumbona de un golpe y arremetió contra mí.

Me hice a un lado con agilidad y le asesté al demonio un tajo en la garganta con la daga. Me rodeó un asfixiante olor a azufre mientras pasaba renqueando sobre los restos de la silla.

—Pero tu olor no es mono. —Sentí arcadas—. Ni tienes una pinta nada mona...

Unas garras me sujetaron la parte posterior de la camiseta y, un instante después, me elevé en el aire, muy por encima de la azotea y ascendiendo rápido. La camiseta demasiado grande se me subió mientras el imp volaba sobre la azotea. Empecé a escabullirme de la prenda. Me invadió el pánico. ¿Qué bragas me había puesto? Ay, Dios, eran las que llevaban escrito «Miércoles sexi» en el culo. Me iba a matar al caerme de esta maldita camiseta y me encontrarían despachurrada en la acera con unas bragas en las que ponía miércoles y hoy era domingo.

La gente iba a pensar que llevaba días usando las mismas. El forense se iba a quedar horrorizado.

No podía permitir que pasara eso.

Todavía sobre la azotea, tracé un arco alto y amplio con las dagas, y las deslicé por los brazos del imp.

El demonio soltó un chillido al mismo tiempo que un chorro de sangre caliente y húmeda me salpicaba la coronilla y luego empecé a caer, y rápido. Experimenté una perversa sensación de *déjà vu*, pero esta vez no había un Protector que me salvara. Esta caída no me mataría, pero dolería mucho, porque me iba a romper un montón de huesos, y acababa de curarme.

Al menos, no creía que esa caída me mataría. Mi corazón trastabilló mientras me preparaba para el dolor...

Un brazo me rodeó de pronto la cintura y detuvo la caída libre de forma tan repentina que se me escapó el aire de los pulmones. Me convertí en un yoyó y salí propulsada hacia arriba tan rápido que todo mi cuerpo sufrió un espasmo. Se me abrieron las manos y se me escaparon las dagas, que cayeron a la azotea, mientras mi espalda entraba en contacto con un pecho duro que estaba más frío que el aire.

Me envolvió un aroma a menta fresca.

El corazón me latía rápido y con fuerza cuando giré la cabeza y vi unas esponjosas plumas blancas con vetas doradas que hendían el aire.

Zayne me había atrapado.

Daba igual de dónde hubiera salido o por qué estaba ahí. Me atrapó, como había hecho antes, y eso suponía otra prueba más de que seguía allí dentro.

—Me has salvado —dije con voz entrecortada—. Otra vez.

—¿En serio?

—Evidentemente —logré contestar, pues apenas podía respirar en medio de las ráfagas de viento frío mientras miraba por encima del hombro.

Unos ojos de un intenso tono azul e iluminados por la gracia se encontraron con los míos.

—Bah.

Empecé a fruncir el ceño.

—¿Qué significa «bah»?

Zayne viró hacia la izquierda y se apartó del camino de un imp.

—Significa esto.

Y me soltó.

Me dejó caer.

Diez

Zayne me dejó caer de verdad.

Me quedé demasiado atónita para gritar siquiera mientras caía en picado. Oí un chillido al mismo tiempo que la forma oscura de un imp se dirigía a toda velocidad hacia mí. Menuda mierda si un maldito imp acababa salvándome la vida.

Zayne atrapó al demonio en el aire...

El impacto del agua me atenazó los pulmones cuando se estiró para tragarme, arrastrándome hacia abajo. El cloro me hizo arder los ojos y la nariz.

Había encontrado la dichosa piscina.

Me hundí hasta el fondo de la piscina como un saco de piedras mientras una furia al rojo vivo me invadía y le prendía fuego a mi gracia. Los bordes de mi vista se volvieron blancos a la vez que plantaba los pies en el fondo de la piscina y daba una patada. Nadé hacia arriba, impulsada por una rabia pura y sin restricciones. Salí a la superficie, aspirando bocanadas de aire, y grité:

—¡Gilipollas!

La risita que obtuve como respuesta me cabreó aún más. Puede que hubiera sufrido una laguna de memoria provocada por la ira, porque ni siquiera sabría decir cómo salí de la piscina. Avancé chapoteando, con el agua corriéndome por el cuerpo y la camiseta pegada a ciertas partes innombrables. Una oleada de calor me bajó por el brazo, seguida de un remolino de fuego blanco. La gracia brotó de mi mano, escupía llamas, mientras mis dedos se curvaban alrededor de la empuñadura caliente que se estaba formando contra la palma de mi mano. La espada me resultó pesada, pero intrínsecamente familiar.

Un imp cayó del cielo y aterrizó delante de mí. Abrió la boca.

—Cierra el pico —gruñí mientras atravesaba al demonio con la espada de Miguel. Mi atención estaba centrada únicamente en las alas de color blanco y dorado situadas más adelante.

Alguien estaba a punto de perder unas bonitas plumas.

Un imp estalló en llamas mientras Zayne se giraba hacia mí. Abrió la boca como si fuera a decir algo, luego cerró la mandíbula de golpe y bajó la barbilla junto con la mirada.

—Eso no ha molado nada —le espeté.

—Apestabas a sangre de demonio —respondió con esa voz monótona suya. Ladeó la cabeza. —Estás muy mojada, pequeña nefilim.

Al fijarme en que su mirada se había quedado clavada en dos zonas muy privadas que se veían con toda claridad a través de la camiseta empapada, caí en la cuenta de que no me supondría ningún problema apuñalarlo en el corazón en ese momento.

En absoluto.

—También estoy muy cabreada.

Sujeté la empuñadura con las dos manos mientras blandía la espada hacia delante. La gracia chisporroteó y crepitó, cargando el aire.

—Se nota. —Zayne se movió a toda velocidad y me agarró las muñecas antes de que la espada pudiera alcanzarlo—. Y eso me excita.

Dejé escapar un grito de rabia mientras me inclinaba hacia atrás y apoyaba el peso de mi cuerpo en un pie. Lancé una patada y lo golpeé en el vientre.

Zayne gruñó, pero no me soltó.

—Ay. —Giró el brazo, haciendo que me diera la vuelta. Me apretó contra él y el frío de su piel se filtró a través de la fina camiseta mojada—. ¿No nos encontrábamos en este mismo dilema hace solo unas horas?

Un fuego blanco crepitó y palpitó mientras yo forcejeaba para liberarme.

—¿Cuándo dijiste que me matarías la próxima vez que me vieras? —contraataqué—. En cambio, me salvaste.

—Pero todavía te estoy viendo. —Bajó la barbilla y me rozó la mejilla—. ¿Verdad?

—Sí, y la noche aún es joven. —Eché la cabeza hacia atrás, pero él esquivó el golpe—. ¿Se puede saber qué haces aquí?

—Estaba vigilando tu casa.

Me puse rígida. Bueno, ahora sabía que recordaba dónde vivíamos.

—Eso da grima.

—Ah, ¿sí?

—Sí, y además te equivocas. Es nuestra casa.

Me apretó las muñecas con más fuerza.

—No sé de qué hablas.

—Claro que no. Sigue diciéndote que me vas a matar o que no me salvaste porque necesitabas hacerlo. Lo que sea que te haga sentir bien.

Me rodeó la cintura con el otro brazo.

—Tú me haces sentir bien.

Experimenté una oleada de calor bastante vergonzosa en respuesta a sus palabras, a cómo su voz había cambiado por fin, y se había vuelto más ronca, más profunda. No sabría decir si, en ese momento, estaba más enfadada conmigo misma o con él.

—Te vas a agotar. —Deslizó los labios por la curva de mi mandíbula, lo que hizo que un escalofrío bastante inapropiado me danzara por la piel—. ¿Y luego qué, pequeña nefilim? Sin gracia. Sin dagas. Todo se reducirá a ti y a mí.

—Todo se ha reducido siempre a ti y a mí, Zayne.

Ya fueran mis palabras o el hecho de usar su nombre lo que lo sobresaltó, aflojó las manos lo suficiente como para permitirme liberar la muñeca izquierda. Me aparté de él y, durante un segundo, la espada de Miguel palpitó con intensidad entre nosotros.

Él sonrió entonces y el corazón me dio un vuelco, porque era una de sus sonrisas de antes. Cálida. Encantadora. Amable. Familiar.

—En ese caso, puede que te mantenga con vida. Te tendré en una jaula, mi pequeña y bonita nefilim. Puedes ser mi mascota.

¿Su mascota? Parpadeé. Imposible, no podía acabar de sugerir lo que me había parecido.

—Puede que te corte las... —empecé a decir.

Zayne tiró bruscamente de mí e intenté mantenerme firme, pero mis pies resbalaron sobre el borde mojado de la piscina. Un repentino hormigueo me recorrió los hombros.

Zayne me hizo girar hacia un lado. Echó las alas hacia atrás mientras mi mirada se dirigía enseguida hacia las crecientes sombras que se movían rápidamente por la azotea, hacia nosotros.

Las sillas y las mesas se elevaron en el aire y volaron hacia los lados a medida que dos ciclones de... humo rojo y negro venían hacia nosotros.

Entorné los ojos.

—Pero ¿qué rayos...?

El humo se expandió y luego se dispersó dejando ver la piel lisa y cérea de los demonios, sus ojos sin pupilas y con forma ovalada y los agujeros que tenían a modo de fosas nasales sobre unas bocas anchas y crueles.

Eso no eran guls. Eran demonios Buscadores a los que solían enviar para recuperar cosas de valor para el infierno.

¿Cómo diablos había conseguido Gabriel que se pusieran de su parte?

Los demonios se detuvieron con un patinazo al ver... A mí no. A Zayne.

—Caído —susurró uno de ellos con voz gutural.

Zayne alzó las alas. No lo vi, pero sentí que me agitaban el pelo al elevarse por encima de nosotros.

El otro demonio Buscador soltó una palabrota.

—No me apunté para esto —dijo, luego dio media vuelta y echó a correr mientras el humo rojo y negro lo envolvía.

Pues vale.

Zayne despegó del borde de la piscina como un cohete. El demonio Buscador no llegó muy lejos.

Le eché un vistazo al otro demonio, que empezó a avanzar. Era evidente que yo no lo impresionaba tanto.

—Te vienes conmigo, nefilim.

Ahora me sentía bastante ofendida.

—No compliques las cosas —me ordenó el demonio—. Solo conseguirás acabar haciéndote daño.

—¿En serio? —La espada de Miguel latió con intensidad—. Madre mía —masculé, dando un paso a un lado—. Esta noche está siendo un asco.

Blandí la espada. El demonio Buscador era rápido, pero yo lo era más. Él retrocedió de un salto, pero giré mientras levantaba la espada y lo golpeé en el vientre. La ardiente hoja lo atravesó como si sus huesos y músculos no fueran más que papel de seda.

—Maldita sea —farfulló el demonio justo antes de que las llamas envolvieran los... trozos de su cuerpo.

—Qué últimas palabras tan estimulantes —comenté mientras me daba la vuelta.

El otro demonio Buscador tuvo el mismo final. Más o menos. Se oyeron un montón de... golpes y desgarros en los que no quise pensar siquiera.

Me temblaron los brazos a la vez que la gracia me palpitaba en el centro del pecho. No debería haberme agotado todavía, pero me faltaba poco. Normalmente, podía aguantar más tiempo, aunque, claro, no es que estuviera descansando mucho. Me quedaban fuerzas suficientes para hacer lo que debía. El corazón se me aceleró de nuevo mientras un calor húmedo se me acumulaba debajo de la nariz. Zayne ya había sentido mi gracia, así que recurrir a ella no lo alertaría de lo que me proponía.

Este era el momento ideal. Eso fue lo que me dije mientras echaba a andar por la azotea hacia él. Ni siquiera necesitaría a la Bruja Suprema. Él se encontraba ahí y, aunque tenía ganas de asestarle un buen puñetazo, Zayne estaba allí dentro. Tenía que estarlo. ¿Por qué, si no, me estaba vigilando? ¿Por qué, si no, había aparecido, no una, sino dos veces, para ayudarme? Estaba allí dentro y me proponía liberarlo, de una forma u otra.

Una presión me atenazó el pecho cuando aquellas alas magníficas se echaron hacia atrás sin hacer ruido. Zayne me miró por encima del hombro. Una comisura de la boca se le curvó hacia arriba mientras se mordía el labio inferior.

Mi estúpido corazón dio un traspié y mis pasos vacilaron apenas un instante.

Y eso fue lo único que hizo falta.

Zayne era muy rápido, demasiado rápido, y, aunque yo hubiera estado en plena forma, no habría supuesto ninguna diferencia. Me agarró el brazo antes de que me diera tiempo siquiera a levantar la espada.

El brillo presente bajo su piel se volvió más intenso cuando bajó la cabeza y se situó a apenas unos centímetros de la espada de Miguel.

—Estas sangrando.

No tuve ocasión de responder.

Me rodeó con el otro brazo y me apretó contra él. Sentí que sus músculos se tensaban y se flexionaban. Durante un momento, pensé que iba a elevarse en el aire y a llevarme con él. Para meterme en una jaula como dijo.

Pero no salió volando. Saltó de lado y comprendí qué se proponía un segundo después. Perdí el contacto con la gracia. La espada de Miguel se desmoronó justo antes de que chocáramos contra el agua.

Nos hundimos juntos, en medio de una maraña de piernas y remolinos de burbujas. Su mirada se encontró con la mía a través de la avalancha de agua mientras descendíamos más y más. Sus labios se movieron al hablar. Madre mía, ¿los ángeles eran en parte peces o algo así? ¿Había branquias en esas plumas?

Se me ocurrió una pregunta mejor. ¿Zayne me iba a ahogar? Sería muy fácil, teniendo en cuenta lo fuerte que me sujetaba. Me sería imposible liberarme.

Antes de que esa pregunta pudiera dar paso al pánico, Zayne nos alejó del fondo de la piscina. Cuando salimos a la superficie momentos después, me soltó. No me volví a hundir, pues me encontré en un extremo menos profundo, donde el agua me llegaba a la cintura.

Retrocedí, respirando con dificultad, mientras me pasaba la mano por debajo de la nariz. Bajé la mirada y el tenue rastro del amanecer que iba invadiendo el cielo me permitió comprobar que el brillo más oscuro de la sangre no estaba presente en mis dedos.

Mi corazón trastabilló de nuevo. ¿Zayne... sabía o recordaba lo que provocaría mi sangre? ¿Por eso nos arrojó a los dos al agua?

Alcé la vista y lo vi... observándome. Ninguno de los dos habló mientras yo retrocedía hasta chocar contra la pared de la piscina. Él se encontraba cerca y vi sus rasgos con más claridad de la que debería. Había una tensión en sus labios, algo que yo apenas había empezado a comprender, pero que reconocí de todas formas. El corazón me martilleaba ahora por una razón completamente diferente. Zayne se acercó más mientras hendía el agua con las alas a su espalda. Me puse tensa, pero no me moví.

Se detuvo delante de mí y tuve que inclinar la cabeza hacia atrás para mirarlo a los ojos.

—¿Por qué me besaste antes?

La pregunta me pilló desprevenida y tardé un momento en contestar.

—Porque quería... llegar hasta ti.

Unas densas pestañas que yo no debería ser capaz de ver descendieron y ocultaron su mirada.

—Ah, ¿sí? —me preguntó con voz más suave. Más... más similar a la de Zayne que nunca.

Me invadió un estremecimiento de reconocimiento.

—Estás aquí —murmuré con voz ronca mientras levantaba las manos del agua.

Ni siquiera sabía lo que estaba haciendo hasta que lo hice y coloqué las manos contra su pecho.

Él pareció inspirar bruscamente ante el contacto, al mismo tiempo que yo pegaba las palmas de las manos contra su piel demasiado fría. No lo aparté. Simplemente... simplemente lo toqué.

—Dime si llegué hasta ti —susurré mientras los bordes de la camiseta salían flotando y amenazaban con subir hasta la superficie.

Su mirada ascendió hasta la mía y aquel brillo... aquel resplandor de su piel y sus ojos ardió con más intensidad. Casi dolía mirarlo, pero no aparté la vista.

—No sé por qué estoy aquí —dijo.

Me negué a creer eso.

—Sí lo sabes. En cierta medida, lo sabes.

Sus rasgos se tensaron y luego se volvieron borrosos cuando bajó la cabeza hacia la mía y contestó:

—Entonces dime por qué.

Once

¿Cómo podría explicárselo de una forma que me escuchara o me entendiera, cuando ya se lo había dicho antes? Que era porque lo quería y él me quería a mí, pero las palabras... las palabras no parecían tener ningún significado.

Y no sabría decir si por eso hice lo que hice a continuación. Si fue para llegar hasta él como había ocurrido antes o si me impulsaba la desazón que notaba en la parte baja de mi ser, o si se trató simplemente de mi insensata impulsividad que seguía el mantra de actuar primero y pensar después.

El por qué no importaba cuando alcé la boca hacia la suya. Lo único que importaba era que eso me parecía lo correcto a pesar de que él se dedicaba a amenazarme con matarme o con meterme en una jaula, y antes me habían dado muchas ganas de apuñalarlo en el corazón. De verdad. En ningún mundo normal, nada de eso estaría bien ni por asomo. Lo que me disponía a hacer desde luego que no. Más de una persona se rasgaría las vestiduras, pero eso... nada de eso era normal. No éramos normales, y aquí las normas, reglas y expectativas no tenían término medio, no eran blancas o negras. Eran grises, y nos estábamos ahogando en ellas. Pero yo sabía que, cuando me besó antes, todavía había una parte de Zayne allí dentro que me reconoció... que nos reconoció, y todo lo que significábamos el uno para el otro. Llegar hasta esa parte de Zayne valía la pena.

En cuanto mis labios tocaron los suyos, me estremecí... Él se estremeció. El beso... no se pareció en nada al del parque. No hubo ningún tanteo vacilante ni la esperanza de obtener una reacción por su parte. Ya estaba ahí, y su reacción fue inmediata.

—Te... te necesito —dijo con voz ronca.

—Siempre me tienes, Zayne.

Su boca presionó la mía y el beso me supo a agua y menta fresca. Familiar y, sin embargo, desconocido.

Y ese beso, el roce de sus labios, de su lengua... todo se convirtió enseguida en algo más, algo más profundo e intenso. Y todo se descontroló enseguida de forma espectacular.

Su brazo me envolvió y el mío le rodeó el cuello. Me aparté de la pared y me apreté contra él, y luego Zayne me inmovilizó de nuevo contra la pared, haciendo que el peso y la sensación de su cuerpo dispersaran cualquier pensamiento antes de que pudiera formarse. Hundí los dedos en los mechones mojados de su pelo y su mano se encontraba bajo el agua, deslizándose por mi muslo y mi cadera, por debajo de los bordes flotantes de la camiseta y más arriba, hasta llegar exactamente a lo que le había llamado la atención antes. Arqueé la espalda al mismo tiempo que una especie de sonido estrangulado escapaba de mis labios.

Ese sonido se vio atrapado en el enloquecedor y vertiginoso beso, y se perdió entre todos los sonidos bajos que llegaron a continuación. El calor me quemaba por dentro, calentaba la piel de Zayne y le prendía fuego a mi sangre. Levanté las piernas y le rodeé la cintura con ellas, y me mecí contra él mientras nos besábamos una y otra vez hasta que me faltó el aliento, y no me detuve ahí. Nos impulsaba una especie de necesidad primaria, algo que iba más allá de lo físico, y era como bailar peligrosamente cerca de un precipicio: la forma en la que su lengua se movió con la mía, la forma en la que sus manos exploraron y se demoraron en las curvas y valles de mi cuerpo, moviéndose sobre piel desnuda y luego descendiendo más para deslizarse bajo las finas barreras de ropa. Su mano se abrió y se cerró allí, instándome a moverme, pero no hizo falta que me animara a hacerlo. Y ahora esto se parecía mucho a inclinarse sobre ese precipicio: la forma en la que me agarré a su piel, a sus hombros y brazos, intentando acercarlo más, y la forma en la que me moví y me retorcí, apretándome contra él hasta que la palpitante desazón se convirtió en algo tan intenso que resultó casi doloroso. Se reflejó en la forma en la que tiré de la resbaladiza cintura empapada de sus pantalones y en la manera en la que mis caderas se sacudieron cuando él destrozó la ropa.

A continuación, caímos girando y dando tumbos por ese precipicio.

Ya no había vuelta atrás de eso, de él, y, fuera cual fuera el resultado, yo no querría hacerlo. No me arrepentiría de eso, porque se trataba de él. Era Zayne quien me abrazaba y me tocaba y era él quien creaba aquella tensión en lo más profundo de mi ser. Esa espiral de sensaciones ya estaba apretándose y retorciéndose cuando Zayne me apartó de la pared de la piscina, cuando la inmensa presión de su cuerpo empujó más y más adentro, hasta que sus caderas se encontraron con las mías. Experimenté una molestia fugaz, una repentina sensación de estar llena que hizo que me pusiera tensa y jadeara contra su boca, pero fue Zayne quien se mantuvo inmóvil y fue un sonido entrecortado lo que escapó de su boca. Y luego él se movió. Nos movimos, y no hubo nada lento mientras nos tomábamos el uno al otro.

Y su boca nunca se apartó de la mía. Nunca dejé de besarlo, ni siquiera cuando nuestros cuerpos se unieron, ni ahora cuando se mecían juntos, y, cuando la espiral se desenrolló, liberando un torrente de placer intenso y palpitante, mis gritos cayeron en sus labios mientras él se estremecía a mi alrededor, dentro de mí.

Solo cuando la locura disminuyó, mucho después de que los últimos estremecimientos sacudieran nuestros cuerpos, nuestros labios se separaron por fin. No hablé. Él tampoco, pero me mantuvo pegada a él, con los brazos cruzados sobre mi espalda, y yo seguí aferrándome a sus hombros. Zayne se movió y deslizó la frente contra la mía antes de dejarla caer sobre mi hombro. Me rozó la piel con los labios y noté un suave mordisco.

Abrí los ojos mientras el pulso se me ralentizaba. En lo primero que me fijé fue en su ala. Estaba tan cerca de mi cara que pude comprobar que cada sección de plumas se componía en realidad de varias plumas más pequeñas. Pude ver la fina red de venas que relucían debido a la gracia.

Levanté una mano. Rocé con las puntas de los dedos aquella suavidad aterciopelada...

Zayne levantó la cabeza de golpe y su mano fue aún más rápida. Me agarró la muñeca y me apartó los dedos.

—No hagas eso —me advirtió mientras su otro brazo se tensaba a mi alrededor—. Son...

El corazón se me aceleró de nuevo.

—¿Son qué?

Escudriñó mi mirada, pero no dijo nada durante un buen rato. Se limitó a sujetarme así durante lo que me pareció una pequeña eternidad.

—Ahora lo sé — me dijo—. Por qué vengo a ti. Es por esto.

Brotó una chispa de esperanza en mi interior, pero luego entorné los ojos.

—No es por lo que acabamos de hacer.

—Ah, ¿no? —Su brazo se tensó de nuevo mientras me apretaba con firmeza contra él y me hacía soltar una exclamación ahogada—. Es por esto. —Una expresión de arrogancia se reflejó en sus facciones, pero se desvaneció enseguida cuando volvió a apoyar la frente contra la mía—. Esto es «más».

Entonces no solo brotó una chispa de esperanza. Se encendió una hoguera entera.

—Es más —repetí.

—Lo sé.

Me soltó la mano y la cintura y me agarró por las caderas. Me apartó con una amabilidad sorprendente, al menos para esta... versión de Zayne. Sus manos permanecieron allí un momento y luego se alejaron. Retrocedió un paso y el brillo de su piel fue disminuyendo hasta volverse tenue.

—Por eso tienes que mantenerte alejada de mí, porque te haré daño. Aunque no quiera hacerlo ni sea mi intención, lo que se está apoderando de una parte de mí te hará daño. Mantente lejos de mí.

A continuación, desapareció en medio de una lluvia de gotitas de agua.

Volví a desplomarme contra la pared de la piscina mientras clavaba la mirada en el lugar donde había estado Zayne.

«Lo que se está apoderando de una parte de mí te hará daño».

Esas palabras eran importantes. Implicaban reconocimiento. Suponían otra prueba más de que, en el plano funcional,

Zayne seguía allí dentro. No es que yo necesitara muchas pruebas más.

Sus palabras me provocaron un escalofrío, pero mi corazón... Me apreté el puño contra el pecho. Ya no me dolía tanto como antes.

No sabría decir cuánto tiempo me quedé en la piscina, pero el tono gris perlado del amanecer había empezado a extenderse por el cielo antes de que me moviera por fin. No encontré ni rastro de mis bragas... ni de mi capacidad para tomar decisiones cruciales cuando salí de la piscina.

¿Me arrepentía de lo que acababa de pasar? No. ¿Debería? Algunas personas podrían pensar que debería hacerlo, e incluso yo tuve que admitir que no había sido una decisión vital muy buena mientras caminaba descalza por la azotea y localizaba mis dagas junto a la dichosa «zona verde» que era del tamaño de una caja. ¿Había perdido la oportunidad de usar la espada de Miguel cuando Zayne estaba... distraído? Probablemente no. Aparte del hecho de que yo estaba igual de distraída, estaba segura de que él, aun así, me habría sentido invocando mi gracia.

Introduje el código del apartamento mientras mi mente repasaba todo lo ocurrido. Teniendo en cuenta que no habíamos... que no habíamos usado protección y no teníamos ni idea de si crear un bebé era algo que podía ocurrir entre nosotros antes, y mucho menos ahora, eso no había sido precisamente lo más inteligente. Mierda, yo ni siquiera sabía si los Sangre Original podían reproducirse. Lo poco que sabía no incluía lo de las semillitas en la barriga.

Pero había pasado.

Nada iba a cambiar eso.

Y no me quedaba más remedio que incluirlo a la creciente lista de cosas de las que preocuparme, junto con el hecho de que tanto Zayne el Caído como los secuaces de Gabriel sabían dónde encontrarme exactamente.

Madre mía, en realidad me sentí agradecida de que Jada no estuviera ahí, porque se lo soltaría todo en menos de cinco segundos y ella... bueno, ella tendría mucho que decir al respecto.

Pero mi mente no podía hacerle frente a eso en ese momento. Ni siquiera podía pensar de verdad en lo que acababa de pasar. Me puse una camiseta seca de Zayne, volví a meterme en la cama y me quedé dormida con las dagas sobre la almohada, junto a mi cabeza.

Me pasé durmiendo buena parte del domingo, despertándome solo para contestar mensajes y usar el cuarto de baño. Hasta entonces no me había dado cuenta de que, en realidad, no le había proporcionado a mi cuerpo todo el tiempo que necesitaba para curarse. Era probable que mi cuerpo necesitara más tiempo, pero uno de esos mensajes a los que había contestado era de Dez.

Había ocurrido algo en el peor instituto del mundo. Dez tenía planeado contarme más detalles cuando pasara a recogerme, pero, teniendo en cuenta lo que estaba pasando allí, supuse que lo que fuera que hubiera ocurrido no me dejaría buen sabor de boca.

Por suerte, no hubo más visitas de demonios ni ángeles caídos mientras estuve prácticamente sin conocimiento, pero no estaba segura de cuánto duraría ese aplazamiento. El apartamento podría haberse visto comprometido y, aunque lograra que Zayne recobrara la cordura, era posible que no pudiéramos quedarnos allí.

Pero ya me preocuparía de ese problema más adelante. Al igual que de lo que había hecho con Zayne de madrugada y de si Cacahuete de verdad se había visto arrastrado momentáneamente hacia el purgatorio.

Vi a Cacahuete después de ponerme unos vaqueros y una camiseta holgada lo bastante larga como para ocultar mis dagas. Me preguntó por los arañazos en la ventana y, cuando le conté que los había hecho un demonio intentando entrar, soltó un chillido y desapareció.

No había vuelto a verlo ni oírlo desde entonces.

Después de comerme una caja entera de beicon para microondas (D. E. P., arterias), bajé a reunirme con Dez.

Entrecerré los ojos a pesar del cielo nublado y me acerqué con cautela al todoterreno negro que permanecía con el motor arrancado junto a la acera. Esperé que fuera Dez y que no estuvieran a punto de secuestrarme.

La ventanilla del pasajero bajó y pude ver la cara borrosa de Dez.

—Eh —me llamó—. Sube.

Abrí la puerta y trepé al asiento del acompañante. Le eché un vistazo y pensé de inmediato en Zayne y en aquella piscina. Al sentir que me ardían las mejillas, agradecí que él estuviera concentrado en incorporarse al tráfico. En serio, no podía permitirme pensar en nada de eso en ese momento.

—Bueno, ¿qué pasa con el instituto? —le pregunté mientras me inclinaba hacia atrás y me sacaba un coletero del bolsillo. Sujeté el coletero con la boca y luego me recogí el pelo.

El pelo me olía a cloro.

Puaj.

—¿Aparte de nada bueno? No estoy muy seguro. La jefa de Policía se puso en contacto con nosotros hace una hora más o menos en relación con algo que le parece que se corresponde más con nuestra especialidad.

La relación entre los Guardianes y la Policía era extraña, ya que el noventa y nueve por ciento del mundo no sabía la verdad debido a unas normas estúpidas. Que yo supiera, solo aquellos en los niveles más altos de los cuerpos policiales conocían qué cazaban de verdad los Guardianes. La mayoría de la gente lo averiguaba a través de cierto nivel de exposición a los demonios. Se habían hecho excepciones a las normas y se había puesto al corriente a algunas personas después de que demostraran que se les podía confiar la verdad. Yo no conseguía entender cómo alguien podría demostrar que era tan digno de confianza, pero Thierry me dijo una vez que funcionarios de todos los estados y dentro de cada agencia federal de seguridad, desde el FBI hasta el Departamento de Defensa, y todas las agencias de inteligencia intermedias, estaban al tanto de que, sin lugar a dudas, había demonios entre nosotros. Matthew había dado a entender que existía un cuerpo «superextrasecreto» dentro de una de las agencias que se ocupaba de la actividad demoníaca. Yo no tenía ni idea de si eso era cierto; pero, si lo era, ¿se habían dado por vencidos con todo el asunto de Gabriel?

De ser así, la verdad era que no podía culparlos.

—Por lo visto, recibieron varios avisos sobre personas desaparecidas de parte de familiares de obreros de la construcción que estaban trabajando en el instituto el sábado —continuó Dez—. Ninguno de los obreros regresó a casa ni contesta al teléfono.

—Ay, Dios —farfullé con el coletero en la boca mientras me recogía la maraña de pelo y la trenzaba rápidamente.

Aquel instituto estaba abarrotado de almas perdidas. La mayoría de ellas habían sido fantasmas que no habían avanzado y se habían convertido en espectros vengativos y furiosos. Suponían una amenaza para cualquiera que estuviera en ese instituto, pero no eran lo único que había allí. El instituto estaba lleno hasta los topes de gente sombra (la esencia que dejaba un demonio al morir) y esos seres eran mucho más peligrosos y aterradores que un espectro con un mal día el peor lunes del mundo. En resumen, todos los fantasmas, espectros y gente sombra estaban atrapados allí, esperando a que el portal se abriera para poder entrar al cielo e infectarlo como un brote muy grave de varicela. No me cabía en la cabeza cómo diablos podía trabajar alguien en ese edificio, pero la farsa de la reforma marchaba a toda vela. Incluso los humanos que no creían en fantasmas tenían que sentir que ese instituto tenía algo raro.

—Y que lo digas. —Dez asintió con la cabeza a la vez que reducía la velocidad del todoterreno al llegar a un paso de peatones—. Una unidad fue a comprobarlo y perdieron contacto con ellos después de que entraran en el edificio.

Lo miré mientras me ataba el extremo de la trenza.

—Eso no pinta bien.

—Pues no.

—Y déjame adivinar: tienes más malas noticias que contarme.

—Sí. Otra unidad fue a comprobar cómo estaban. Dos agentes entraron en el edificio y solo salió uno.

Arqueé las cejas.

—¿El instituto se comió a su compañero?

—Según el poli, una masa negra gigante absorbió a su compañero y lo hizo desaparecer en el techo.

Me quedé boquiabierta.

—Así que el instituto sí se comió a su compañero. Madre mía. —Negué con la cabeza—. Tienen que cerrar ese sitio.

—Estoy de acuerdo, y eso fue lo que le dije a la jefa de Policía. Como es probable que vaya a ser una especie de escenario del crimen, eso evitará que entre gente por el momento. La jefa está investigando qué puede hacer para detener las obras a más largo plazo.

Dez giró a la derecha y avanzamos unos treinta centímetros antes de detenernos de nuevo. Fruncí el ceño mientras miraba por la ventanilla. ¿Por qué rayos había tanto tráfico un domingo por la tarde?

Él tenía una pregunta mejor.

—¿Por casualidad viste una masa negra gigante la última vez que estuviste allí?

Resoplé.

—No, pero vi un montonazo de fantasmas y gente sombra. No soy una experta en gente sombra, pero puede que hagan eso: absorber a alguien a través del techo.

—Esto va a ser divertido —comentó—. Supuse que, como tú podías verlos y nosotros no, era buena idea traerte.

Asentí. Tenía sentido.

—Y tiene que estar pasando algo allí. Aunque parezca una locura, los obreros llevan allí bastante tiempo sin mayores problemas. Y, antes de eso, la escuela de verano, ¿no? Y, que yo sepa, lo único que ha pasado es que empujaron a un chico por las escaleras. Así que, ¿qué puede haber cambiado ahora? —Lo medité—. Aunque también está el tema del espíritu de Sam. Regresó para advertirle a Stacey que se mantuviera alejada del instituto, porque sintió que estaba a punto de pasar algo malo. Supuse que lo que estaba sintiendo era el portal.

—¿Quizá querían vaciar el instituto como parte de los preparativos para la Transfiguración? —sugirió Dez—. Pero eso no tiene mucho sentido. —Se pasó una mano por el pelo—. Quedan dos semanas como mínimo.

Miré por la ventanilla mientras me preguntaba si algo habría provocado que los fantasmas y la gente sombra se volvieran más violentos. ¿O simplemente se trataba de la naturaleza siguiendo su curso? Cualquier fantasma o espectro se volvería más peligroso cuanto más tiempo permaneciera atrapado.

—Estás muy callada.

—Lo siento. Solo estaba pensando.

—¿En Zayne?

Me encogí de hombros. No le había contado mis planes de acudir a la Bruja Suprema, pero decidí no hacerlo. Sería mejor no compartir esa información hasta el día siguiente. Tenía el presentimiento de que Dez intentaría disuadirme o se invitaría a acompañarme.

El Guardián se quedó callado un momento.

—Nicolai no quería que te avisara de esto.

—¿Qué? —pregunté, girándome hacia él.

—Con todo lo que está pasando con Zayne, le preocupa que estés distraída.

¿Yo? ¿Distraída? Casi suelto una carcajada.

—En primer lugar, siempre estoy distraída. Vivo en un estado constante de distracción. —Levanté dos dedos—. En segundo lugar, lo admito. Zayne es mi prioridad. Me da igual que esté bien o mal. Pero lidiar con el Heraldo sigue siendo mi deber. Esto es para lo que me han... criado. —Hice una mueca. ¿Criar? Eso sonaba fatal—. Esto es para lo que me han entrenado. Si está pasando algo relacionado con el Heraldo, tengo que estar al tanto. Puedo separar lo que está pasando con Zayne y con el Heraldo. Y en último lugar... —Me quedé mirando los tres dedos que había levantado y luego bajé la mano—. No tengo un último punto. Solo tengo el uno y el dos.

Dez sonrió.

—Ya lo sé, pero le preocupa que esto pueda ser una trampa. Un plan de Gabriel para intentar atraerte.

—Podría ser —dije, y él me echó un vistazo—. No sé si cree que los Guardianes me involucrarían o no. Puede que sí lo piense, pero ni que no supiera dónde vivo. Anoche aparecieron por allí unos imps y otros demonios.

—¿Qué? ¿Y no lo habías mencionado hasta ahora?

Abrí mucho los ojos cuando Dez pegó un frenazo. Un coche rojo más pequeño se había situado de pronto delante de él.

—No es para tanto. Me ocupé de ellos.

—¿Que no es para tanto? No estás a salvo allí si Gabriel sabe dónde vives.

—Es probable que Gabriel haya sabido siempre dónde vivo

y, por algún motivo, envió a sus secuaces a por mí anoche —señalé.

—Puedes quedarte con nosotros...

—¿Y poneros en peligro? ¿A tu mujer e hijos? ¿Eso es lo que estás sugiriendo? —Lo vi apretar la mandíbula—. Porque ¿qué le impide encontrarme allí? No estoy dispuesta a correr ese riesgo. Y creo que tú tampoco.

Permaneció en silencio mientras guiaba el todoterreno por la colina bordeada de árboles.

—No deberías estar allí sola.

—No estoy sola. Tengo a Cacahuete.

Dez me miró.

—Es un fantasma —le expliqué, encogiéndome de nuevo de hombros.

—Ni siquiera sé qué decir a eso.

—No hay nada que decir. —Di golpecitos con el pie en el suelo del vehículo—. Agradezco tu preocupación. Incluso la de Nicolai. Pero estoy bien donde estoy y si eso cambia... —era muy posible que ocurriera—, os avisaré.

—Entiendo por qué no quieres marcharte del apartamento.

—Ah, ¿sí? —le pregunté, enarcando una ceja.

—No quieres marcharte por si acaso Zayne regresa. Quieres estar allí.

Abrí la boca, pero la volví a cerrar de golpe mientras clavaba la mirada en el tono azul oscuro del cielo. Tenía el corazón en un puño. No quería poner a nadie más en peligro y sabía que podría llegar un momento en el que tendría que marcharme del apartamento, pero Dez también tenía razón. Quería estar allí por si Zayne, de algún modo, se recuperaba sin mi intervención. Quería estar allí por si venía a buscarme.

Aunque no fuera para acurrucarnos.

Si Dez supiera que Zayne ya había estado en el apartamento (en la azotea del apartamento, para ser exactos), probablemente me ataría de pies y manos y me encerraría.

Y yo era consciente de que estaba siendo irracional. Sabía que debería recoger mis bártulos de una vez y esconderme, pero ¿cuándo había hecho lo más lógico y sensato? Nunca. Empecé a mordisquearme la uña del pulgar. Pero tal vez a la noche siguiente, a esas horas, dispondría de una forma de neutralizar a Zayne para poder hacerlo volver.

O liberarlo.

—Tienes que tener cuidado, Trinity —empezó a decir Dez.

—Ya lo tengo.

Más o menos. Noté un peso en los hombros cuando el instituto apareció ante nuestra vista. Había un coche patrulla oficial aparcado fuera, al lado de otro coche negro sin distintivos. Nunca pensé que me alegraría tanto de ver un instituto embrujado.

Dez se detuvo detrás del vehículo sin distintivos. Cuando apagó el motor y se giró hacia mí, el instinto me dijo que se estaba preparando para algún tipo de charla profunda.

—¡Mira! ¡Una policía! —exclamé.

Me desabroché el cinturón de seguridad y abrí la puerta rápidamente. Casi me caigo del todoterreno.

La policía se encontraba de pie fuera del sedán sin distintivos, hablando por teléfono. Ya fuera mi grito o la asombrosa salida/caída del vehículo lo que captó su atención, la alta mujer negra se volvió hacia mí.

La saludé con la mano con bastante desenfado.

—¿Ha llamado a los Cazafantasmas? Si es así, aquí estamos.

La mujer bajó el teléfono despacio y se giró hacia Dez.

—Capitana Washington, esta es Trinity. —Ya parecía cansado—. Ella... eh... nos asesora.

—¿En serio? —El tono de la jefa de Policía rebosaba duda.

—Es una experta en este tipo de cosas —insistió Dez.

—«En ocasiones, veo muertos».

La jefa de Policía abrió la boca y tardó un momento en decir:

—En realidad, me parece genial, ¿sabes?

Se me dibujó una amplia sonrisa.

—Bueno, ¿qué está pasando ahí dentro, capitana Washington? —le preguntó Dez mientras me lanzaba una mirada que pude interpretar con claridad.

Cierra el pico.

—No tengo ni la más remota idea, Dez. Tengo tres agentes desaparecidos y otro sentado en su coche patrulla —contestó. Se guardó el móvil en el bolsillo delantero de los pantalones de *sport* oscuros y el *blazer* de manga corta se le echó hacia atrás, dejando ver la pistola que llevaba enfundada al costado—. Lo único que hace es rezar.

—¿En serio? —comenté, alzando las cejas.

La jefa de Policía me dedicó una breve mirada mientras asentía con la cabeza.

—No ha dicho gran cosa. Lo único que sé es que no consiguieron pasar del vestíbulo antes de que atraparan al agente Lewis.

—¿Una masa negra en el techo? —aclaró Dez.

—Sí, y quiero que sepáis que el agente Lee lleva treinta años en el cuerpo. Hay muy pocas cosas que lo asusten. —Apoyó las manos en las caderas y levantó la mirada hacia el instituto—. Nunca lo había visto así. Creo que vio lo que asegura que vio. Por eso os avisé; pero, como les dije a los otros, no puedo prometer durante cuánto tiempo podré conseguir que seáis los primeros en encargaros de esto. Tengo agentes desaparecidos, y aunque el segundo aviso no se dio por radio, el primero sí.

—¿Los otros...? —pregunté con el ceño fruncido.

Una sombra cayó desde lo alto y aterrizó con un fuerte golpe sordo delante de mí. Dejé escapar un chillido a la vez que retrocedía de un salto. Lo único que vi fue la piel dura y gris de un Guardián.

—¡Dios mío! —exclamé.

—Lo siento —fue la brusca respuesta que recibí mientras unas alas de piel suave se echaban hacia atrás de golpe. El Guardián puso algo de espacio personal, más bien un metro, entre nosotros. La cabeza de pelo oscuro se inclinó. Sus cuernos eran del color de la obsidiana pulida—. No pretendía asustarte.

—No pasa nada. —Levanté la mirada hacia la azotea con los ojos entrecerrados. Había otro Guardián encaramado a la cornisa. Luego bajó y se reunió con el primero. Este tenía el pelo de color castaño más claro, muy corto, y cuernos, como el anterior—. Llueven gárgolas.

—Esperamos como pediste —dijo el primer Guardián y, cuando me recuperé del mininfarto, me di cuenta de que llevaba puesta una camiseta. Mientras permanecía en su forma de Guardián con las alas desplegadas.

Qué curioso.

—No hemos oído nada que venga de ahí dentro —añadió el otro Guardián mientras yo daba un paso hacia un lado para ver mejor.

La camiseta que llevaba el primer Guardián tenía dos aberturas verticales a ambos lados de la columna. Espacio más que suficiente para que salieran sus alas. Era absurdamente ingenioso, y también embarazoso, teniendo en cuenta que a nadie más parecía habérsele ocurrido ese método.

—Ni un solo sonido —confirmó el primer Guardián mientras me miraba.

Uní las manos y le dije con una sonrisa:

—Me gusta tu camiseta.

Él se giró un instante hacia Dez y luego tragó saliva.

—¿Gracias?

—¿Es una... asesora? —preguntó la capitana Washington—. ¿En calidad de qué aparte de ver muertos?

—De esa clase —contesté señalando hacia el cielo que se iba oscureciendo al mismo tiempo que permitía que la gracia palpitara en mi interior.

Por lo general, la gente no tenía ni idea de qué era yo. Hasta que les dejaba entrever un poco de mi gracia. No estaba segura de qué veían o si se trataba de una sensación (algo que apelaba a cualquier instinto de supervivencia que tuvieran), pero la capitana Washington retrocedió un paso y chocó contra el guardabarros del sedán.

Y no tenía pinta de ser una mujer que diera un paso atrás a menudo.

—Genial. Genial —susurró tras carraspear—. Deberíais entrar todos.

—Encontraremos a sus agentes —le prometió Dez, y pensé que probablemente no había sido muy sensato decir eso.

Dez me agarró de la camiseta al pasar y me llevó con él.

—Creía que se suponía que no debías revelar lo que eres —comentó en voz baja.

—Ella no sabe qué soy, y los Guardianes ya lo saben, así que da igual.

Inspiré hondo y alcé la mirada por fin hacia el instituto propiamente dicho.

De inmediato, deseé no haberlo hecho. Las luces estaban encendidas en el interior y creaban un resplandor que resultaba bienvenido y, sin embargo, grotesco. Se me erizó toda la piel del cuerpo. Al igual que antes, sentí que miles de ojos me observaban a pesar de que las ventanas iluminadas de la primera planta estaban vacías.

Seguían ahí: los fantasmas, los espectros y la gente sombra. Y estaban aguardando.

Doce

Subí los anchos escalones con cuidado, pues no quería tropezar y romperme el cuello delante de la jefa de Policía. Eso estropearía por completo la imagen de tía dura que le había dado. Mi paso sosegado no tenía nada que ver con la espeluznante sensación que me hacía hormiguear la piel. Por supuesto que no. Para nada.

Cuando llegamos a la entrada cubierta del instituto, realicé una breve inspiración y miré a los dos Guardianes. La sensación de que me observaban se multiplicó por diez.

—Me parece que no os conozco a ninguno de los dos.

—Solo nos hemos visto de pasada —contestó el de la camiseta ingeniosa—. Me llamo Jordan. —Luego señaló con la cabeza al otro Guardián—. Ese es Teller.

El Guardián de pelo más claro me saludó con un gesto de la cabeza.

—Mucho gusto. —Volví a centrar mi atención en el instituto—. Espero que seáis listos y me hagáis caso cuando os digo que deberíais quedaros aquí fuera.

—Ni lo sueñes —sentenció Dez con voz áspera, pues se había transformado mientras subíamos los escalones.

—Ya sé que tú no eres listo. Pero espero que ellos sí. —La tensión se me instaló en la nuca—. No vais a poder ver lo que hay ahí dentro a menos que sean seres muy poderosos. Puede que tengáis suerte, o mala suerte, y consigáis ver a la gente sombra, si ellos quieren que los vean. En cualquier caso, es probable que no podáis hacer gran cosa.

—Ya lo sabemos —respondió Teller mientras examinaba las ventanas—. Pero no vamos a dejarte entrar ahí sola. Ya es bastante malo que estés aquí siquiera. Nic nos va a dar una buena patada en el culo solo por eso.

—No vas a disuadirnos —confirmó Jordan—. Vamos a entrar contigo. Discutir solo lo retrasará, ¿y de qué servirá eso?

De nada. Porque, si alguien seguía con vida ahí dentro, necesitaba que lo rescatasen. Peor aún, supuse que la jefa de Policía tendría que hacer algo para sacar a sus agentes, lo que significaba que entraría más gente, y eso era lo último que nos faltaba.

—Vale. Si necesitáis años de terapia por culpa de esto, no digáis que no os lo advertí —dije mientras me ponía en marcha.

El pie se me enganchó de inmediato en un escalón que no vi. Di un traspié hacia delante y recobré el equilibrio cuando Dez me agarró del brazo.

—¿Estás bien? —me preguntó Jordan.

—Sí. —Suspiré—. Se podría decir que estoy legalmente ciega… de hecho, estoy legalmente ciega —admití, sorprendiéndome al decir la verdad.

—Mierda —murmuró Jordan—. Nunca me habría dado cuenta.

—¿En serio? —dije sin acabar de creérmelo.

Me pareció ver una media sonrisa.

—Simplemente di por hecho que no eras muy observadora.

—Bueno, eso también es verdad —comentó Dez.

Puse los ojos en blanco, pero… me parecía imposible que acabara de confesarles a unos completos desconocidos que no podía ver bien. Siempre me guardaba mis problemas de visión o les restaba importancia como si no fueran gran cosa, lo que solía provocar que acabara chocándome con algo afilado y doloroso o que no pudiera leer las instrucciones e improvisara con resultados desastrosos. Me había costado eones contárselo a Zayne, aunque le confiaría mi vida, incluso ahora. Ni siquiera sabía por qué me mostraba tan reacia a contárselo a la gente.

Vale, eso era mentira.

Sabía exactamente por qué.

No quería que la gente pensara que mi falta de visión me volvía débil o que no era capaz de arreglármelas. No quería que sintieran lástima ni compasión por mí. Quería que me vieran a mí y no a la chica que se estaba quedando ciega, pero la cuestión era que yo era así: una Sangre Original que sabía pelear y estaba lista para luchar, a la que le encantaba ver maratones de viejas comedias de los años noventa y echaba de menos a su madre, que sabía lo que se sentía al perder y que estaba loca y profundamente enamorada. También era la chica que se estaba quedando ciega. Lo que me estaba ocurriendo no definía quién era, pero formaba parte de quién era.

No tenía ni idea de por qué había tardado unos diecinueve años en comprenderlo, pero me sentía muy madura. Estaba sonriendo cuando entré en el instituto.

La sonrisa no me duró.

En cuanto la puerta se cerró detrás de nosotros, el aire pareció espesarse y arremolinarse a nuestro alrededor. Avancé examinando continuamente las vitrinas vacías y las puertas cerradas de las taquillas. Se me volvió a poner la piel de gallina de golpe mientras aguzaba el oído. Mis pasos se volvieron más lentos a medida que me esforzaba por escuchar…

—¿Es cosa mía o aquí dentro hace un frío que pela? —preguntó Jordan.

Casi esperaba ver mi aliento al respirar, pero no estaba concentrada en eso. Ladeé la cabeza, con el ceño fruncido, y escuché un momento más.

—Supongo que vosotros no oís eso.

—Yo no oigo nada más que la voz que susurra en mi cabeza que este sitio da mal rollo —masculló Teller—. Y es mi propia voz.

Eso me hizo sonreír.

—Yo oigo… parloteo.

—¿No ves nada? —me preguntó Dez mientras se giraba hacia mí.

Negué con la cabeza.

—Todavía no. —Levanté la mirada hacia lo que parecía ser un techo normal—. El poli al que se comió el techo…. Solo consiguieron llegar hasta aquí, ¿verdad?

—Así es —respondió Jordan.

Me giré hacia mi derecha y se me tensó todo el cuerpo. Las

puertas que conducían al gimnasio estaban cerradas y las luces de dentro estaban encendidas, pero recordé lo que había detrás de esas puertas la última vez. Un gimnasio lleno de muertos que no estaban jugando al baloncesto.

—Se llega al portal por ahí, ¿no? —preguntó Jordan.

Hice un gesto afirmativo.

—Estoy segura de que todos estáis deseando verlo, pero no creo que sea sensato bajar allí a menos que sea necesario. La última vez, había un montón de gente sombra. Maté a muchos, pero apuesto a que los han sustituido.

—Están protegiendo el portal —afirmó Teller.

—Sin duda están...

Una forma oscura pasó por detrás de las ventanas de las puertas del gimnasio y, un segundo después, apareció una cara. Era gris y se deformó al abrir la boca y dejar escapar un grito silencioso.

Vi otro fantasma, en este caso colgando boca abajo. El enmarañado pelo oscuro le ocultaba la cara. Una mano arañó el cristal. Su piel estaba llena de manchas y tenía un antinatural tono oscuro.

—¿Quiero saber qué estás mirando? —me preguntó Dez.

—Una habitación llena de horrores.

Exhalé con fuerza y me dirigí hacia el gimnasio. Se me erizó el vello de los brazos al mismo tiempo que mi gracia vibraba y palpitaba. Estiré la mano hacia el pomo.

—¿No deberíamos buscar arriba ya que absorbieron al agente a través del techo? —sugirió Teller.

Podríamos hacerlo, pero tuve el presentimiento de que no sería necesario.

—Quedaos aquí fuera hasta que os dé el visto bueno.

Abrí las puertas de par en par, esperando que me hicieran caso.

Y los fantasmas se propagaron por el pasillo, y me rozaron al pasar y me atravesaron mientras yo miraba hacia dentro. La última vez que estuve ahí, las luces estaban apagadas. No había podido ver lo que había dentro y creí que había sido una pesadilla hecha realidad.

Me había equivocado.

Verlo fue mucho peor.

El gimnasio estaba atestado de fantasmas. Los que daban vueltas sin rumbo fijo parecían los más… frescos. Algunos casi parecían vivos, pues habían fallecido de forma natural o por causas que no resultaban visibles. Me dio la impresión de que no eran conscientes de los otros que los rodeaban y ni siquiera se giraron hacia la puerta abierta. Tuve el horrible presentimiento de que no estaban ahí la última vez. Se me partió el corazón al verlos. Los habían conducido hasta ahí de algún modo y luego los habían atrapado dentro mediante las barreras de protección angelicales. Eran buenas personas que probablemente nunca tendrían la oportunidad de avanzar.

Un hombre con una camiseta blanca con una especie de gráfico azul en el pecho y vaqueros azules caminaba de acá para allá, tirándose del pelo castaño.

—No lo entiendo. No lo entiendo —farfullaba una y otra vez.

Aparté la mirada de él. ¿Los otros, sin embargo?

Uf.

Llevaban muertos bastante tiempo y habían estado atrapados ahí lo suficiente como para estar a punto de convertirse en espectros. Su piel tenía un color malsano (gris o céreo) y la mayoría mostraba heridas sumamente repugnantes. Agujeros en la cabeza y el pecho. Heridas de bala. Gargantas degolladas. Caras abotargadas y con moretones. Cuerpos hinchados y deformes.

Sonrieron, plenamente conscientes de nuestra presencia y apestando a pura malevolencia.

—Pero ¿qué…? —Jordan agitó las alas mientras miraba a su alrededor. Un hombre con un asqueroso agujero ensangrentado en la cabeza acababa de atravesarlo. Los ojos azules del Guardián se abrieron como platos—. ¿Un…? ¿Sabes qué? No contestes. No quiero saberlo.

Tragué saliva bruscamente antes de levantar la cabeza y deseé no haberlo hecho.

—Dios mío.

Pululaban por el techo como un millar de cucarachas, y se arrastraban sobre las vigas y unos sobre otros. Cubrían las paredes y las gradas apiladas.

Un fantasma pasó flotando a mi lado y se adentró en el pasillo. Por desgracia, pude verlo con todo detalle. Se trataba de una chica joven: no era mayor que yo cuando murió. Tenía la garganta y el pecho desgarrados, lo que dejaba a la vista un tejido denso y gelatinoso. Parecía como si un demonio Feroz la hubiera atrapado, pero unas venas ennegrecidas le cubrían los hombros y la parte superior de los brazos. ¿Tal vez había sido un Trepador Nocturno? Las garras y los dientes de esas criaturas eran venenosos y, sin lugar a dudas, había algo muy malo dentro de la chica. Sus pies no tocaron el suelo cuando se detuvo delante de Dez.

—¿Habéis venido a recoger a vuestros muertos? —le preguntó con una voz tenue y cantarina—. ¿O habéis venido a morir?

—No puede verte ni oírte —le dije al fantasma—. Pero yo sí, así que déjalos en paz.

Dez me miró a la vez que la cabeza de la chica se giraba bruscamente hacia mí. La saludé con la mano.

—Sí. Hola. ¿Dónde está la gente?

Teller y Jordan se miraron mientras otro fantasma se apartaba penosamente de la multitud más densa, arrastrando una pierna destrozada que le colgaba de unos cuantos tendones fibrosos. Era mayor y tenía la sencilla camiseta manchada de sangre.

—Estamos aquí —susurró—. Justo delante de ti.

—Vosotros no. La gente que trabajaba aquí. ¿Y los polis? —aclaré—. ¿Los que, con suerte, todavía siguen vivitos y coleando?

—Esto es raro de narices —murmuró Teller.

—Aquí no hay nadie vivo —gruñó el hombre—. Ni siquiera vosotros. Ya estáis muertos y...

—Bla-bla-bla. Lo que tú digas, tío. Se supone que no deberías estar aquí. Es probable que fueras una buena persona que debería haber avanzado, pero aquí estamos. No te lo voy a tener en cuenta a menos que me des un motivo. —La chica muerta intentó agarrarme la trenza. Le lancé una mirada de advertencia—. Ni se te ocurra pensar en tocarme —le advertí e invoqué mi gracia hasta que los bordes de mi vista se volvieron blancos—. No solo exorcizaré tu culo para echarte de aquí, sino que acabaré contigo. De forma permanente. Así que apártate, joder.

La chica echó los labios hacia atrás mientras soltaba un gemido bajo que los Guardianes parecieron oír. Se detuvieron y se giraron hacia nosotras.

Arqueé las cejas.

—Ah, eres antigua, ¿no? Llevas mucho tiempo muerta. Qué guay. Estoy superimpresionada. ¿Por qué no me dices dónde está la gente?

La chica se deslizó hacia atrás y la cabeza le colgó formando un ángulo antinatural.

—Están justo detrás de ti.

—No me refiero a la gente con la que he venido. —Se me estaba agotando la paciencia—. Evidentemente.

—Yo tampoco —canturreó ella.

Noté un cosquilleo en la nuca. Me di la vuelta y lo primero que vi fue a Dez y a los demás esperando en el pasillo. Teller se tocó la cara como si estuviera intentando deshacerse de un pelo suelto. No se trataba de un pelo. Uno de los fantasmas le estaba tocando la mejilla con los dedos.

Los fantasmas podían ser así de espeluznantes.

Alcé la mirada despacio por encima de las puertas, hacia el enorme marcador...

Ay, Dios mío.

Estaban colgados de la parte superior del marcador, con las cabezas inclinadas, los brazos flácidos y las piernas balanceándose con suavidad. Eran... una docena. Nueve iban vestidos con vaqueros. Tres llevaban uniformes de color azul oscuro.

Di un paso atrás, haciendo caso omiso de la frialdad que se apretujaba contra mí. Uno de ellos tenía el pelo largo y castaño. Llevaba vaqueros y una camiseta blanca con algo azul estampado en la parte delantera. Se me cayó el alma a los pies al mirar a mi espalda y localizar al hombre que caminaba de un lado a otro. Tragué saliva con dificultad.

Era él. Uno de los obreros desaparecidos.

—¿Qué está pasando? —me preguntó Dez, que se había detenido en la entrada.

—He encontrado a las personas desaparecidas. —Carraspeé—. Supongo que a todas.

Dez avanzó dando grandes zancadas y atravesó directamente a una mujer mayor hinchada debido a la descomposición.

—Pero ¿qué…? —Se interrumpió al levantar la mirada—. Dios mío.

Un fantasma se rio mientras otro salmodiaba:

—Dios me ama, sí, me ama…

Algo rápido y negro como el carbón salió disparado de la masa de fantasmas. Una persona sombra. Maldita sea. La mayoría de los fantasmas no podían causar mucho daño. Los espectros eran harina de otro costal, pero ¿la gente sombra? Podían hacer daño y podían matar.

—¡Cuidado! —grité, girándome hacia el pasillo.

—¿Qué diablos…? —exclamó Teller, cuyas alas se arquearon detrás de él, mientras Jordan se daba la vuelta.

Joder, podían ver a la gente sombra, igual que los demonios.

Teller se elevó del suelo, pero no fue lo bastante rápido. La persona sombra se estrelló contra él, derribándolo al mismo tiempo que lo atravesaba. El Guardián cayó hacia atrás. Las taquillas traquetearon cuando se deslizó hacia abajo por ellas. Unas manchas rosadas le salpicaron la piel mientras empezaba a transformarse en su forma humana.

—¿Estás bien? —le gritó Dez.

—Madre mía —dijo Teller con voz entrecortada y tosiendo, pero mantuvo su forma de Guardián—. ¿Qué diablos ha sido eso?

—Una persona sombra —contesté, escudriñando el pasillo—. Ya se ha ido. —Detrás de mí, uno de los fantasmas soltó una risita—. Creo.

—Estoy bien. —Teller se puso de pie y sacudió las alas—. Fue como si me hubiera arrollado un tren de carga. —Se enderezó—. Un tren de carga en llamas.

—Al menos no te levantó por los aires —comenté, pensando en lo que uno de ellos le había hecho a Cayman.

—¡Hay otro! —Dez se elevó en el aire—. Está saliendo de la maldita pared.

Me giré rápidamente hacia donde señalaba y vi que uno se estaba desprendiendo del lugar donde la pared se unía con el techo.

Descendió a toda velocidad formando un ovillo y se estiró cuan alto era a medio camino del suelo. Aterrizó con forma de persona: una combinación de humo negro y sombra, con los ojos de color rojo sangre, como carbones encendidos.

—Yo me encargo —anuncié.

Avancé con paso decidido e invoqué mi gracia. Los bordes de mi vista se volvieron blancos a medida que el fuego de color dorado blanquecino se extendía por mi brazo y fluía hacia mi mano. El peso de la empuñadura se formó contra mi palma mientras la hoja brotaba en medio de chispas y llamas.

—Tampoco había visto nunca nada como eso —comentó Jordan desde atrás.

La persona sombra se lanzó hacia delante, dejando un rastro de humo negro a su paso. Pasé al ataque y le asesté un tajo en la parte central. La sombra se plegó sobre sí misma y se transformó en volutas de humo.

—Puede que sean fuertes —dije, bajando la espada de Miguel. Los fantasmas me eludieron—. Pero no son muy listas. —Me giré hacia los demás—. Tiene que haber más por aquí.

—¿Estás seguro de que estás bien? —preguntó Jordan, y Teller asintió con la cabeza. Se volvió hacia nosotros—. Están muertas, ¿verdad? ¿Las personas desaparecidas?

—Sí —gruñó Dez—. Y los polis.

Aparté la mirada de Teller y la levanté hacia los cuerpos. Se me revolvió el estómago.

—¿Por qué? —pregunté con voz ronca, mirando a la chica muerta.

—Porque esperaban que vinieras —respondió ella con voz tenue.

Mi instinto cobró vida en el mismo instante en que la puerta que conducía al sótano y el portal se abría de golpe. Experimenté una perversa sensación de *déjà vu* y me puse tensa esperando ver un montón de DAF (diablillos de aspecto feo que se parecían a ratas de treinta centímetros... Si las ratas pudieran correr sobre las patas traseras).

Eso no fue lo que entró por la puerta. Pensándolo bien, habría preferido los DAF.

Un estallido de brillante luz blanca brotó de la puerta, y cargó el aire de energía mientras se extendía por el techo y las paredes y se derramaba por el suelo. Levanté una mano para protegerme los ojos, pero la intensidad fue tan repentina y extrema que aun así me cegó por un momento.

Algo grande se estrelló contra la pared detrás de mí mientras yo bajaba la mano. Deseé con todas mis fuerzas que no fuera Dez. Parpadeé y logré aclararme la vista lo suficiente como para ver que los fantasmas se habían apartado a los lados. Mi gracia palpitó en respuesta a... al resplandor celestial.

Una forma enorme entró por la puerta y lo primero que vi fueron las alas: las enormes alas blancas con venas oscuras que las recorrían por todas partes.

El corazón se me detuvo en el pecho.

Gabriel.

Trece

El miedo me abrió de pronto un agujero en el pecho cuando Gabriel entró en el gimnasio y todos mis instintos me exigieron que me largara pitando de allí, pero me mantuve firme... me mantuve aferrada a mi gracia.

—Trinity —dijo Gabriel, y oír su voz fue como si me arañaran los nervios con clavos oxidados—. Sabía que vendrías.

Nicolai se iba a cabrear muchísimo cuando se enterase de que él tenía razón.

Eso había sido una trampa.

—Caray —dije, obligándome a emplear un tono desapasionado—. Qué entrada tan poco impresionante.

Gabriel se detuvo y ladeó la cabeza. Ahora que se encontraba más cerca, pude ver sus facciones con más claridad, y también me di cuenta de que la sustancia negra de sus venas se estaba extendiendo por los tonos cambiantes de la piel de su cuello.

Eso no podía ser bueno.

—¿Qué fue de las trompetas y los terremotos? ¿No has podido dar la talla? —pregunté y chasqueé la lengua en señal de desaprobación—. Tengo entendido que hay una pastilla para eso.

El arcángel enderezó la cabeza.

—Veo que sigues sin poder controlar la boca.

—Y apuesto a que no tienes ni idea de a qué me refería, lo que hace que mi inmaduro comentario sarcástico sea menos entretenido.

La espada de Miguel escupió fuego mientras yo retrocedía un paso con cuidado. No oí ningún movimiento detrás de mí, pero fui lo bastante sensata como para no apartar la mirada del Heraldo. Solo esperaba que los Guardianes estuvieran fuera de combate, pero no demasiado heridos.

—No te preocupes, hija de Miguel. Siempre me resultas entretenida.

—Me alegra oírlo.

Insté a mi corazón a ralentizarse. Debía conservar mis energías. Sin un Protector, me cansaría, me movería despacio y tendería a cometer errores. No había un plazo fijo que determinara cuándo ocurriría, pero, teniendo en cuenta que todavía me estaba curando, probablemente no fuera mucho tiempo.

—Seguro que sí. —Bajó las alas—. Debo admitir que me sorprende verte tan combativa. Puede que me haga falta romperte unos cuantos huesos más y matar a uno de esos Guardianes que hay detrás de ti.

Me invadió una rabia potente y la espada de Miguel destelló con intensidad.

Gabriel se rio mientras echaba la cabeza hacia atrás.

—Estás tan enfadada... Puedo saborearlo. ¿Mis palabras te hieren? ¿Es porque te quité a tu Protector? No deberías estar enfadada conmigo. Si a Dios le importase, tus pérdidas no se habrían acumulado. Debes querer venganza por la muerte de tus seres queridos.

Gabriel había matado a Zayne y había sido responsable en parte de lo que le había ocurrido a Misha e incluso a mi madre, ¿y pretendía que yo culpara a Dios? Estaba loco, pero también se me ocurrió que tal vez no estaba al tanto de la caída de Zayne y su posterior regreso. Eso podría ser beneficioso.

Si Zayne se recuperaba.

Y si yo tenía siquiera la oportunidad de intentar hacerlo volver.

—Esto no es un juego, Sangre Original. No tienes nada que ganar. Ya se terminó. ¿Por qué lo complicas? No pudiste salvar a tu Protector —dijo, y me estremecí—. Y nadie puede salvar a la raza humana, pues no están dispuestos a salvarse a sí mismos. Su tiempo ha llegado a su fin. Es imposible detenerlo.

—Otra vez esta conversación —protesté.

—Es la verdad. Lo único que debes hacer es apartarte a un

lado para verlo. Han permitido que los consuman el odio, la codicia, el orgullo y la gula. Se alimentan del dolor de los demás. Son egocéntricos por naturaleza. No hay forma de solucionar eso, Sangre Original. Ni de salvarlos.

—Hablas como si todas las personas fueran así, y no te voy a mentir: hay muchos seres humanos de mierda. Pero ¿sabes qué? Meterlos a todos en el mismo saco sería como decir que todos los ángeles son niños grandes con una rabieta porque ya no son supercoleguis de Dios.

—¿Supercoleguis? —repitió Gabriel.

—Madre mía —masculló—. Significa ser muy amigos. En serio, te lo pregunto de nuevo, ¿cómo se supone que voy a tenerte miedo cuando ni siquiera sabes lo que significa eso?

La gracia corrompida destelló.

—Pero ya tienes miedo: miedo de mí, del papel que has desempeñado en la muerte de tantos. Estás aterrorizada porque tengo razón sobre ellos. —Adoptó un aire despectivo—. La raza humana ya no merece más oportunidades. No tienen fe y están condenados, y Dios está tan perdido como sus creaciones. Déjate llevar por la ira y únete a mí. —Alzó las manos, con las palmas hacia arriba—. Seré el padre que nunca tuviste y, una vez juntos, obtendrás tu perdición.

Una carcajada brotó de mí: una risa fuerte, ofensiva y socarrona que no pude contener mientras lo miraba.

Gabriel empezó a fruncir el ceño.

—Lo siento. Sé que intentas dar mucho miedo y resultar intimidante. Pero solo te falta añadir «Luke, yo soy tu padre» y te quedaría perfecto.

—No lo entiendo.

—Por supuesto que no. —Sacudí la cabeza—. ¿Esa cosa asquerosa que tienes en las alas te ha infectado el cerebro o algo así? Porque estás chalado. —Aferré la empuñadura de la espada con ambas manos—. Tienes razón. Estoy enfadada, pero no soy tan irracional ni estúpida como para culpar a nadie más que a ti. Tú eres el único del que quiero vengarme. Puede que seas la fuente de mi rabia, pero no serás mi perdición.

Él soltó un gruñido e hizo una mueca.

—Me decepciona muchísimo oír eso, sobre todo cuando estoy siendo muy generoso al ofrecerte no una, sino dos oportunidades para ponértelo fácil. No te daré más.

Antes de que me diera tiempo a preparar una respuesta no demasiado sensata, Gabriel se me echó encima. Lo único positivo fue que no había invocado su gracia.

Fue un minúsculo detalle positivo.

Blandí la espada de Miguel, pero él me agarró las dos muñecas con sus manos.

—Conozco a alguien que se muere por pasar tiempo contigo. —Gabriel me levantó por los brazos, apartándome del suelo—. A Bael le alegrará saber que no has cooperado. Lleva tiempo deseando conocerte mejor.

El pánico amenazó con apoderarse de mí mientras mis pies colgaban en el aire. Chispas de fuego celestial chisporrotearon sin causar daños en el espacio entre nuestras caras.

—A los demonios les encanta llevarse a la boca y clavarle los dientes a cualquier cosa con sangre angelical. —Unos finos hilitos negros se filtraron en sus ojos blancos—. Solo te necesito viva. No es imprescindible que estés entera.

Reprimí el miedo y el pánico y tensé los músculos de las piernas y el vientre.

—¿Cómo voy a seguir viva si no estoy entera?

—Te sorprendería a lo que puede sobrevivir un cuerpo —gruñó—. Pero lo descubrirás muy pronto.

—Suena genial, pero voy a tener que pasar.

Levanté las piernas dobladas y luego le asesté una patada, golpeándolo con los pies en el pecho.

El golpe no le hizo daño, pero lo sorprendió. Me liberé mientras él se tambaleaba hacia atrás. Giré al caer y choqué contra el suelo sobre mi pobre cadera izquierda. Experimenté un estallido de dolor, pero no le di a mi cuerpo la oportunidad de procesarlo del todo. Lancé otra patada, dirigida a sus pies, pero él anticipó el movimiento. Situándose en mi punto ciego, me agarró de la trenza y me hizo echar la cabeza hacia atrás bruscamente.

—Esto me suena, ¿a ti no? —murmuró con suavidad—. Tienes que saber que no puedes vencerme. Que resistirte es inútil y doloroso. ¿Por qué lo intentas siquiera?

—No lo sé —contesté con voz entrecortada mientras él me tensaba los músculos del cuello—. Soy una cabeza dura.

—Aunque tengas el cráneo grueso, aun así puedo hacerlo pedazos solo con mis manos.

—Enhorabuena —dije y arremetí con la espada.

Gabriel se giró hacia un lado, pero el filo de la espada le rozó el muslo y le cortó los pantalones blancos y la piel que había debajo. Un líquido negro y oleaginoso le salpicó la pierna mientras inspiraba bruscamente.

El corazón me dio un vuelco a la vez que los ojos se me abrían como platos por la sorpresa. Le había hecho un corte.

Joder, le había hecho un corte.

Dirigí mi mirada atónita hacia la suya y vi el asombro reflejado en su cara. Gabriel era increíblemente rápido, pero le había hecho un corte. ¿Eso significaba que se estaba debilitando? Tal vez tenía algo que ver con ese pringue que le recorría las alas y las venas...

Un golpe en la mejilla me dejó aturdida. Me desplomé como un montón de ladrillos. Se me llenó la boca de sangre. La espada de Miguel se desvaneció en medio de una lluvia de chispas blancas y doradas a medida que mi gracia se replegaba. Unos diminutos destellos negros me salpicaron la vista mientras rodaba para tumbarme de espaldas.

—Ay —susurré, y parpadeé para eliminar los puntos de mi vista.

Vi un pie descalzo a unos centímetros de mi cara.

—Dios mío —farfullé, y me coloqué bruscamente de costado.

El suelo vibró debido al impacto del pisotón. Me incorporé y desenfundé las dagas. Los dedos de Gabriel me apretaron la garganta, impidiéndome respirar, mientras me levantaba del suelo una vez más. Balanceé los brazos trazando un arco amplio y le hundí ambas dagas en los hombros. Las hojas atravesaron músculos y tejidos hasta llegar al hueso.

Gabriel soltó un alarido de dolor.

—Estúpida...

Se interrumpió al oír una serie de estallidos que me recordaron a fuegos artificiales. Todo su cuerpo se sacudió y sufrió espasmos. Me soltó mientras se arrancaba las dagas. Aterricé de pie, desequilibrada, a la vez que Gabriel se giraba bruscamente. Me golpeó con las alas y me lanzó a un lado. Me caí, sufriendo arcadas, y oí aquellos estallidos de nuevo en otra rápida sucesión. Levanté la cabeza.

La capitana Washington se encontraba en la entrada y apuntaba con la pistola a Gabriel. Disparó sin vacilar y alcanzó al arcángel repetidas veces en el pecho.

El rugido de Gabriel sacudió el suelo al mismo tiempo que unas manos me agarraban por los hombros. Me dispuse a atacar, pero vi pelo de color castaño rojizo y cuernos. Dez. El Guardián tenía la cara manchada de sangre. Mientras Dez me arrastraba a un lado, me giré para localizar a Gabriel. Las balas no acabarían con él, y probablemente solo conseguirían irritarlo más.

Pero Gabriel… había subido hasta las vigas del gimnasio, donde los fantasmas se amontonaban unos sobre otros para alejarse de él. Voló hacia atrás y cruzó la puerta por la que había salido.

Se batió en retirada.

No me lo podía creer mientras respiraba con dificultad, realizando inspiraciones profundas e irregulares.

—¿Estás bien? —Dez me ayudó a ponerme de pie y luego me abrazó—. ¿Trinity?

Asentí con la cabeza mientras miraba hacia donde se encontraba la capitana Washington, que todavía sostenía su arma. Detrás de ella, Teller y Jordan se estaban poniendo de pie con gran dificultad.

—Creo que acabo de dispararle a un ángel real. Varias veces —dijo la jefa de Policía con voz ronca—. ¿Eso significa que voy a ir al infierno?

—Todo lo contrario —contesté casi sin aliento—. Lo crea o no, significa lo contrario.

Después, no tuve tiempo para preocuparme por lo cerca que había estado de que me capturasen.

La pobre jefa de Policía parecía estar en estado de *shock* y encontrar a sus agentes en el marcador no ayudó. Yo no tenía ni idea de qué le había dicho Dez ni de cómo se las iba a arreglar ella para explicarles nada de esto a sus compañeros del cuerpo, al público o a las familias de los obreros y de los agentes. No la envidiaba.

Ni a Dez.

Nicolai apareció poco después de que saliéramos del instituto y, en cuanto me vio, me dio la impresión de que tenía ganas de matar al otro Guardián.

Lo único bueno que salió de esa pequeña aventura fue la paralización de todos los trabajos de renovación del instituto y el descubrimiento del posible debilitamiento de Gabriel. Pero esas dos cosas se vieron ensombrecidas por la pérdida sin sentido de vidas. No había ningún motivo para matar a aquellos obreros o agentes y eso significaba que doce grupos de familiares y amigos nunca volverían a ser los mismos.

Me vine abajo en cuanto Dez me dejó de nuevo en el apartamento. Sabía que los Guardianes estarían patrullando en busca de Zayne y me llamarían si lo localizaban, pero el instinto me decía que ni lo divisarían. Dormí toda la noche, y me hundí en un sueño tan profundo que los horrores del gimnasio no podrían seguirme. Había dormido hasta bien entrada la tarde del lunes, pero aun así me movía a la velocidad de una tortuga de tres patas cuando por fin me obligué a levantarme de la cama.

Prepararme me llevó una cantidad enorme de tiempo. Toda clase de temas consumían mis pensamientos, desde lo que había ocurrido la noche anterior hasta mi plan de ver a la Bruja Suprema, y lo que había pasado entre Zayne y yo. No solo eso, noté todos los músculos del cuerpo entumecidos cuando me puse unos pantalones negros, que eran más bien mallas que pantalones propiamente dichos, pero contaban con unos prácticos bolsillos traseros. Mi espalda protestó cuando agarré una camiseta larga sin mangas que no solo parecía limpia, sino que también ocultaba las dagas que llevaba atadas a los muslos. Renuncié a las zapatillas y me amarré los cordones de unas botas de suela gruesa que ofrecían mucho agarre. Supuse que me iban a hacer falta.

Luego me recogí el pelo en una trenza, y utilicé el tiempo delante del espejo para centrarme en la medida de lo posible. Cualquier progreso que hubiera conseguido en cuanto a los moretones lo había perdido. Tenía pinta de haberme chocado de bruces contra un muro de ladrillos. Un buen cardenal de color azul rojizo me cubría la mejilla derecha y la comisura de la boca. Tenía un pequeño corte en el labio al que no le había sentado bien la pasta de dientes con sabor a menta, pero supuse que eso suponía una gran mejora con respecto a tener pinta de haberme chocado de bruces contra dicho muro desde veinte pisos de altura.

Giré la cabeza hacia un lado y comprobé la bonita marca de los dedos de Gabriel. Vaya por Dios, la última marca que me había dejado acababa de curarse…

Fue entonces cuando me fijé en el leve cardenal violáceo que tenía donde el cuello se unía con el hombro. Aparté el cuello de la camiseta y me incliné para acercarme más al espejo. La cara se me puso muy colorada al darme cuenta de lo que era.

Un chupetón.

—Ah, por el amor de Dios —masculé mientras se me contraía el estómago. Me volví a colocar el cuello de la prenda en su sitio.

Regresé al dormitorio y miré a mi alrededor. Casi esperaba ver a Cacahuete salir flotando de las paredes, pero no había ni rastro de él. Cogí mi móvil y solté un suspiro. Tenía un mensaje de Dez. Como era de esperar, no había ninguna pista sobre el paradero de Zayne, pero Gideon había conseguido rastrear al muerto que habíamos encontrado en el parque la otra noche. Al que Zayne había… despachado. Por lo visto, no era un buen tipo. Numerosas acusaciones en su contra terminaron con la retirada de los cargos en los tribunales, pero muchas pruebas sugerían que deberían haberlo enviado a la cárcel e incluir su nombre en múltiples listas de aviso.

Así que Zayne no había mentido y, por muy retorcido que siguiera siendo todo, eso era una buena noticia. Era consciente de que debía avisar a Dez de lo que planeaba hacer esa noche, por lo que le envié un mensaje explicándole que Cayman y yo íbamos a comprobar una pista a lo largo del día.

Mi teléfono sonó menos de un minuto después de enviar el mensaje.

A Dez no le entusiasmó precisamente la falta de detalles,

pero me las arreglé para convencerlo de que no iba a salir a buscar a Zayne sola.

Me costó un buen rato.

—¿De verdad te quedaste en el apartamento anoche? ¿No volviste a salir? —me preguntó—. ¿En serio?

—Ya viste en qué condiciones estaba. No podía ni con mi alma. Dormí toda la noche —le expliqué mientras recogía la ropa sucia y la dejaba caer en una cestita.

—Sí, desde luego parecías agotada.

Me pregunté hasta qué punto mi aspecto les parecía malo a los demás y luego, al recordar la pinta que tenía en el espejo, fruncí el ceño.

Dez se quedó callado un momento, pero después lo oí soltar un profundo suspiro y supe que se avecinaba algo que probablemente no me apetecería escuchar.

—He estado pensando mucho en Zayne, Trinity. Algo que habría preferido no tener que hacer, pero era necesario. Creo que debemos prepararnos para el hecho de que... de que puede que no regrese con nosotros.

Reprimí la oleada de ira mientras colocaba la cesta de la ropa sucia junto a la lavadora y la secadora apiladas.

—Está ahí dentro, Dez. Estoy segura.

—Quiero creerlo. Más de lo que probablemente piensas, pero a quien vimos en el parque no era Zayne.

—Sigue ahí dentro —repetí.

Lancé una cápsula de detergente dentro de la lavadora junto con la ropa mientras pensaba en lo que había dicho Zayne antes de marcharse. «Lo que se está apoderando de una parte de mí te hará daño».

—Créeme, sé que es así. Voy a recuperarlo.

—Pero tenemos que estar preparados —respondió Dez—. Solo me refiero a eso.

—Ya lo sé. —Cerré de golpe la puerta del cuarto de la colada con tanta fuerza que habría asustado a Cacahuete si estuviera cerca. Cacahuete... Se me ocurrió algo—. ¿Puedes pedirle a Gideon que compruebe algo?

—Por supuesto. ¿Qué necesitas?

—Ni siquiera sé si me podrá ayudar o no, pero hay una niña

viviendo en este complejo de apartamentos. Se llama Gena. No sé su apellido ni quiénes son sus padres. Lo único que sé es que vive en una planta inferior. Necesito saber en qué apartamento está.

—Eso va a resultar difícil solo con el nombre de una niña, pero algunos edificios de apartamentos exigen que todos los inquilinos figuren en una lista en el despacho del gerente. Veré si Gideon puede colarse en su sistema informático.

—Perfecto —contesté, aunque era consciente de que se trataba de una posibilidad remota.

—¿Quiero saber por qué te interesa esta información? —me preguntó un momento después.

—Tiene que ver con un fantasma, así que probablemente no quieras saberlo.

—Tienes razón. No quiero.

Mientras me dirigía hacia la nevera, se me ocurrió algo que no venía a cuento.

—Me estaba preguntando otra cosa. Gideon parece saber mucho sobre la historia de los Guardianes e incluso de los Sangre Original, ¿verdad?

—Sabe más que cualquiera de nosotros.

Me mordisqueé la uña del pulgar con la mirada clavada en la nevera.

—Me preguntaba si él podría averiguar si… si se había documentado que algún Sangre Original haya… ya sabes, ¿tenido un hijo? —Tierra trágame—. Me refiero a cualquier registro de que una se quedara embarazada o uno dejara embarazada a alguien.

Había tanto silencio al otro lado de la línea telefónica que probablemente habría podido oír el estornudo de un grillo.

Luego, Dez carraspeó.

—Qué pregunta tan inesperada, Trinity.

Arrugué toda la cara. Era una pregunta fortuita, y que preferiría no tener que hacer, pero planteársela a Dez era mucho mejor que llamar a Thierry o Matthew para preguntárselo.

—Es simple curiosidad.

—O es para un amigo, ¿verdad? —comentó con tono tan seco como el desierto.

—Sí. Sin duda es para un amigo. —Me giré y me incliné

para darme golpecitos en la cabeza contra el frío granito de la encimera—. Entonces ¿crees que Gideon lo sabría o podría averiguarlo?

—Puedo preguntárselo. —A continuación, hubo una pausa y lo que sonó como una puerta cerrándose en su extremo de la línea telefónica—. Mira... eh... no sé cómo decir esto aparte de soltarlo sin más.

Dejé de golpearme la cabeza contra el granito y la dejé apoyada allí.

—Pero, aunque los Sangre Original y los Guardianes sean compatibles biológicamente, creo que, después de por lo que pasaste con Gabriel, un... embarazo no sería... viable —me explicó, y me dio la impresión de que quería restregarse el cerebro con un cepillo de alambre—. Solo te lo comento, ya sabes, por si lo estás pensando; pero, si te preocupa, hay una cosa llamada prueba de embarazo, que se puede comprar prácticamente en...

—Ay, Dios, ya lo sé. —Levanté la cabeza—. Y sé que, después de lo que pasó con Gabriel, no habría ninguna posibilidad de tener que hacerle frente a ese tema.

—En ese caso, ¿por qué ibas a...? —Lo oí inspirar a través del teléfono—. Trinity.

Me morí de vergüenza otra vez.

—Vale. Bueno, tengo que...

—No te atrevas a colgar —me cortó—. Has vuelto a ver a Zayne, ¿verdad? ¿Qué rayos pasó? ¿Qué...? —Se interrumpió soltando una palabrota y, cuando volvió a hablar, su voz tenía un incómodo tono amable—. ¿Pasó algo? ¿Te hizo algo?

Ay, Dios mío, comprendí a qué se refería.

Volví a golpearme la cabeza contra la encimera.

—No pasó nada en lo que yo no participara de forma activa y sin reservas.

Obtuve más silencio a modo de respuesta.

—Qué incómodo —masculé.

—Joder, no me digas.

—Y, como dijo T. Swift, me gustaría que me excluyeran de esta historia.

—Es tu historia, Trinity.

—Ya lo sé. ¿Puedes preguntárselo a Gideon de mi parte? Porque, para ser sincera, no tengo ni idea de si eso es posible para los Sangre Original, y me gustaría saberlo.

—Por curiosidad.

—Claro.

Su suspiro fue tan fuerte que me sorprendió que no hiciera vibrar mi teléfono.

—Sí, veré si lo sabe.

—Gracias. —A esas alturas, me encontraba medio tumbada sobre la encimera—. Voy a ir a beber un poco de lejía. Te avisaré de lo que pase con nuestra pista.

—¿Trinity?

—¿Sí? —gemí.

—Ten cuidado —me dijo Dez, y empleó de nuevo una voz suave—. Simplemente… ten mucho cuidado, ¿vale? Zayne significa mucho para ti. Ya lo sé. También significa mucho para nosotros. Pero tú lo eres todo para todos los demás y, si te pasa algo, no quedará nada.

Cayman apareció poco después de la conversación más incómoda de todos los tiempos. No me permití pensar más allá del minuto siguiente mientras salíamos del apartamento. Había demasiadas cosas en el aire y demasiado dependía de lo que no estaba garantizado. La Bruja Suprema podría haberse marchado ya de la ciudad. Podría seguir en el hotel, pero pedirme algo que no pudiera darle a cambio de su ayuda; después de todo, no esperaba que me ayudara por simple generosidad. Era posible que se negara. Mantuve la mente en blanco mientras Cayman y yo bajábamos en ascensor hasta el nivel de la calle. Él no tenía coche, pero pidió un Uber Black.

—Es la única forma de ir en Uber —me dijo, enderezándose las gafas de sol, al mismo tiempo que una limusina negra se detenía junto al bordillo de la acera.

Mi pie no dejó de dar botes durante todo el trayecto hasta el hotel a medida que una energía nerviosa se acumulaba y se mezclaba con mi gracia. Me sentía expuesta como un cable eléctrico cuando llegamos al conocido hotel.

—Te esperaré en el apartamento —anunció Cayman—. Llámame cuando puedas.

—¿Esta vez vas a contestar? —pregunté mientras abría la puerta.

Él asintió con la cabeza.

—Cuentas con todo mi apoyo.

Lo fulminé con la mirada desde detrás de las gafas de sol y él seguía riéndose entre dientes cuando le cerré la puerta en las narices. Me di la vuelta mientras el elegante vehículo se alejaba del bordillo y crucé la acera para abandonar el aire aún extrañamente frío y adentrarme en la temperatura casi gélida del vestíbulo del hotel. Me dirigí directamente al ascensor y, una vez dentro, pulsé el botón de la decimotercera planta.

Retrocedí un paso para situarme frente a las puertas y me mantuve inmóvil, con las gafas de sol todavía protegiéndome los ojos y las manos a los costados. Cuando el ascensor se detuvo con suavidad, los acelerados latidos de mi corazón se calmaron por fin. Salí al pasillo, lo seguí hasta donde describía una curva y, al fin, vi el restaurante. Pude comprobar que las luces estaban encendidas detrás de los cristales tintados.

Una parte de mí no acababa de creerse que me encontrara aquí. Después de la última vez, no tenía pensado regresar nunca. En mi opinión, el interior de aquel sitio no era más que un cementerio.

Me quité las gafas de sol, me enganché una de las patillas en el cuello de la camiseta y luego miré hacia arriba y a la izquierda, donde solía haber una cámara que Roth había destruido. La habían sustituido. Otra buena señal. Abrí la puerta. No sonaba animada música *jazz*. No se oía el tintineo y el golpeteo de los platos y los utensilios. A mis ojos les costó un poco adaptarse al interior iluminado con una luz tenue, pero reconocí a la mujer situada detrás del atril de recepción, y, a juzgar por la forma en la que la mujer de cabello oscuro masculló una impresionante retahíla de palabrotas entre dientes, ella también me reconoció.

—Rowena...

—Para que lo sepas —me interrumpió—. No pienso limpiar ningún desastre esta vez. Me pasé días encontrando ceniza en lugares donde nunca debería haber ceniza.

Teniendo en cuenta que la ceniza a la que se refería eran los restos humanos de sus compañeros de aquelarre, pensé que esa cosa no debería estar en ningún sitio, pero qué más daba.

—Con suerte, esta vez no habrá motivos para dejar un desastre. ¿La Bruja Suprema está aquí?

Rowena tardó un buen rato en responder, pero luego asintió bruscamente con la cabeza. Me indicó con un gesto que la siguiera.

Gracias a Dios... y a todas las alpacas bebé del mundo.

Rodeamos la pared que ocultaba el comedor e intenté ver todo lo que pude lo más rápido posible. El restaurante tenía un aspecto muy diferente al de antes. Habían retirado todos los reservados, junto con todas las mesas y sillas. Todas menos una mesa redonda, que estaba situada debajo de una reluciente lámpara de araña y contaba con tres sillas. Una estaba ocupada.

—Listo —anunció Rowena, y luego giró sobre sus talones y regresó a la parte delantera del restaurante con paso airado.

—No te quedes ahí de pie, niña —dijo la Bruja Suprema, que estaba de espaldas a mí—. No tengo tiempo que perder. Puedes sentarte a la izquierda.

Se me puso la piel de gallina mientras avanzaba. Era evidente que mi visita no suponía una sorpresa. Tragué saliva y me dirigí a la silla que me indicó; luego me senté y pude verla con más claridad. La Bruja Suprema era vieja, tanto como para haber presenciado el comienzo del siglo anterior. Tenía el pelo del color de la nieve y su piel de un intenso tono moreno estaba cubierta de arrugas y pliegues, pero sus ojos seguían siendo tan agudos y perspicaces como siempre. Posé la mirada en la parte delantera de su brillante camiseta de color púrpura y rosado. Ponía: «LOS DÍAS QUE TERMINAN EN "S" U "O" SON DÍAS DE VINO».

La miré a los ojos.

—¿Me estabas esperando?

—Por supuesto que sí. —Sonrió, y las arrugas se volvieron más profundas—. ¿No te acuerdas? La última vez que te vi te dije que me traerías algo que no había visto nunca. Un auténtico premio.

Otra oleada de escalofríos me recorrió la piel.

—Es cierto que dijiste eso, pero no... no te he traído nada.

—Todavía no —contestó ella mientras cogía lo que supuse que era... bueno, una copa de vino—. Pero lo harás cuando me traigas al Caído.

Catorce

La incredulidad se apoderó de mí mientras miraba fijamente a la Bruja Suprema. Ella sabía lo que iba a pasar. No estaba segura de si debería estar cabreada porque no me había ofrecido ni el más mínimo aviso o de si debería estar asustada.

Probablemente debería estar asustada.

—Sé lo que estás pensando. —Estiró el brazo y me dio unas palmaditas en la mano mientras yo me ponía pálida—. No en sentido literal. Leer la mente nunca ha sido una habilidad que quisiera aprender; pero, en cuanto te vi, supe que me traerías algo muy especial.

Me dispuse a responder, pero noté una presencia... una calidez contra mi piel en medio del aire fresco. Me giré para mirar a mi izquierda y entorné los ojos, pues no estaba segura de estar viendo lo que creía.

Parecía ser un... niño que se dirigía hacia nosotras. Un niño con un montón de rizos dorados en la cabeza. A medida que se acercaba, comprobé que no podía tener más de diez u once años. Lo vi sentarse frente a mí, y me pregunté si se habría perdido y debíamos encontrar a sus padres, llamar a la poli o lo que fuera que uno hacía cuando se encontraba un niño desconocido en un sitio donde no debería haber ningún niño.

Entonces me fijé en sus ojos.

Me eché hacia atrás mientras ahogaba una exclamación de sorpresa y retiraba la mano de debajo de la de la Bruja Suprema. Sus ojos eran de un color azul vibrante, como los de un Guardián, pero las pupilas eran completamente blancas.

Se le dibujó una sonrisa en la carita.

—Hola, Trinity. —Extendió una mano pequeña. El brazo apenas le llegó al centro de la mesa—. Soy Tony. Me alegro de conocer por fin a alguien como yo.

Mi mirada bajó hasta su mano y luego ascendió hasta su cara.

—Eres un...

—No soy un Sangre Original, pero tengo un montón de sangre de ángel corriéndome por las venas, más que la mayoría —me explicó; yo simplemente parpadeé. Parecía un niño, su voz sonaba como la de un niño, pero hablaba como un adulto—. Mi abuelo era un ángel. Un Trono.

Un Trono.

Madre del amor hermoso.

¿Fue el que...?

—¿Te visitó en la iglesia? —terminó mi pensamiento—. ¿Y te puso al tanto de cómo puedes ayudar a Zayne?

Parpadeé de nuevo.

—¿Puedes leer los pensamientos?

—No. —Tony soltó una risita y entonces me recordó muchísimo a un niño pequeño—. Pero ya he visto esto.

Era un profeta. Un vidente. Uno de verdad, no uno de esos que atendían a la gente por teléfono. Tenía sentido que Tony contara con un Trono en su árbol genealógico, por lo de ver el futuro, pero ¿un abuelo?

—Sí, los ángeles suelen hacer excepciones con las normas cuando el pecado beneficia al bien mayor —dijo, contestando a la pregunta que yo no había formulado—. Como hizo tu padre. Como han hecho muchos más.

Entonces agitó los dedos.

Estiré el brazo despacio por encima de la mesa y le estreché la manita. En cuanto nuestra piel se tocó, experimenté un cosquilleo que me subió por el brazo e hizo que se me erizara el vello.

Tony esbozó una amplia sonrisa y me apretó la mano antes de soltarla. Lo vi coger un vaso.

—Zumo de manzana. Está buenísimo.

—Sí —susurré.

La Bruja Suprema se rio entre dientes, lo que atrajo mi mirada.

—Has venido por un motivo, ¿verdad, Sangre Original?

—Sí —repetí, y me recosté en el asiento. Tardé un momento, pero recobré la compostura—. Sí, así es. ¿Sabes lo que le ha pasado a Zayne?

—Sé que se le concedió su gloria y que cayó —contestó la Bruja Suprema antes de tomar un sorbo de vino.

—Se lo dije yo —anunció Tony.

—Es cierto —confirmó ella mientras mi mirada saltaba rápidamente de uno al otro—. Por supuesto, lo hizo de la forma más vaga posible.

—Oye. —Tony levantó la mano vacía—. Solo puedo ayudar hasta cierto punto. Son las normas. No las establecí yo. Pero, personalmente, creo que eso fue lo que dije, que fue, y cito: «Una nacida de la sangre de la espada sagrada sostendrá en su mano el corazón de uno nacido después de una segunda caída». —Chasqueó los dedos—. Es bastante evidente, ¿verdad?

Abrí la boca y luego la cerré.

Una comisura de la boca de la Bruja Suprema se curvó hacia arriba.

—Ah, sí, muy evidente.

Todo eso sonaba un tanto evidente ahora, pero… Sacudí la cabeza y volví a concentrarme en la bruja.

—He venido a ver si podías ayudarme de alguna forma. Necesito atraer a Zayne hacia mí y de algún modo… —Dios, odiaba incluso decir esto—. Necesito incapacitarlo sin hacerle daño para poder intentar… intentar hacer que vuelva a ser como antes. Él puede sentir cuando estoy a punto de usar mi gracia y es muy poderoso y… bueno, es impredecible. Necesito tener el control de la situación.

—¿Y si no puedes conseguir que vuelva a ser como antes? —me preguntó la Bruja Suprema—. ¿Y si lo has perdido?

Me quedé sin aliento a la vez que el dolor me oprimía el pecho. Durante un momento, no fui capaz de pronunciar lo que ya había reconocido que debía hacer.

—Haré lo que haga falta para asegurarme de que Zayne no se convierta en un monstruo al que él hubiera cazado, pero no creo que lo haya perdido. Sé que no es así. Lo sé.

—Así que… ¿tienes fe? —quiso saber Tony.

Lo miré.

—Tengo...

Me interrumpí. ¿Por qué era tan difícil de decir? La fe era... era algo escurridizo, permanecía contigo y luego se te escapaba entre los dedos antes de que te dieras cuenta. Si tuviera tiempo para psicoanalizarme a mí misma, estaba segura de que tendría algo que ver con mi padre ausente, las pérdidas que había experimentado a lo largo de los años y la injusticia generalizada de la vida, pero no tenía tiempo para todo eso. La parte importante era que sí tenía fe. Lo supe mientras miraba al niño. Había momentos en los que no la tenía. Mierda, había días enteros en los que no la tenía; pero, incluso cuando tenía dudas, y, madre mía, tenía un montón de dudas, tenía fe en que había un propósito.

Respiré hondo.

—Tengo fe. Puede que no siempre. Puede que mañana no tenga, pero me... me niego a creer que me pondrían en esta situación, con todo lo demás que está pasando, solo para perderlo de nuevo. Tengo fe en nuestro amor. Zayne tenía tanta fe en nuestro amor que cayó por mí. Tengo fe en que lo que siento por él bastará para hacerlo volver.

Tony me observó con unos ojos que parecían haber vivido varias décadas más, como mínimo. Asintió con la cabeza y quise preguntarle si la respuesta sincera había sido la correcta.

—Puedo ayudarte —anunció la Bruja Suprema.

Giré la cabeza bruscamente hacia ella y sentí que casi no podía respirar.

—¿De verdad?

Ella hizo un gesto afirmativo con la cabeza mientras tomaba otro sorbo de vino rosado con aroma a frutas.

—Necesitas un hechizo que lo atraiga hacia ti y que también lo atrape.

¿Que lo atrape? De repente, me vino a la mente una imagen de Dean y Sam Winchester.

—¿Como una trampa para ángeles? Eso parece algo salido de *Sobrenatural*.

—Ja, ja —se rio Tony—. Soy fan de Castiel. ¿Y tú?

Estuve a punto de señalar que parecía demasiado joven para

ver esa serie, pero me abstuve. Era probable que ya hubiera visto todo tipo de cosas.

—Yo soy fan de Dean.

—Cómo no —contestó el niño mientras ponía los ojos en blanco.

—No tengo ni idea de qué estáis hablando —intervino la Bruja Suprema—. Pero sí, como una trampa para ángeles, supongo. Bueno, más bien como una trampa para personas, pero eso no viene al caso.

Alcé las cejas mientras me imaginaba un pentagrama rodeado por un círculo. Estaba claro que tenía que dejar de ver la tele.

—¿Cómo creo este hechizo… trampa, lo que sea?

—Necesitarás algunas cosas —contestó la bruja, que levantó una mano e hizo un gesto con los dedos.

Un hombre se aproximó procedente de dondequiera que hubiera salido Tony. Parecía más bien un contable que un brujo propiamente dicho. Tenía la piel clara, era de mediana edad e iba vestido con un traje negro. Llevaba algo en la mano. Lo colocó sobre la mesa junto a la Bruja Suprema y le dedicó una reverencia antes de dar media vuelta y regresar por donde había venido.

La bruja cogió lo que entonces me di cuenta de que era un pequeño decantador de cristal, no más grande que la longitud de su mano.

—Hice que prepararan esto para ti hoy, ya sabes, por si acaso hoy era el día —me dijo, guiñándome un ojo, y me estremecí—. Así que todavía está fresco, pero debes usarlo esta noche.

Me lo entregó.

Lo sujeté con cuidado y giré el estrecho recipiente ovalado que tenía en la mano. Dentro había un líquido de un intenso tono dorado y… ¿y humo? ¿Humo dorado?

—¿Qué lleva?

—Un poco de esto y de aquello y probablemente mucho de lo que no querrías saber —contestó la Bruja Suprema, y la mirada que me dirigió me advirtió que sería prudente no insistir en ese tema—. Lo único que necesitas saber es que no le hará daño. Tienes que llevar eso a donde lo viste por primera vez como Caído.

—Rock Creek Park —le dije. Por supuesto que tenía que ser un lugar superpúblico.

Ella asintió con la cabeza.

—Lo abrirás esta noche, cuando el sol se retire.

—Eso sería aproximadamente a las 8:32 de la tarde, por si te lo estás preguntando —añadió Tony.

—Debes llevar contigo un objeto personal suyo y colocarlo en la tierra. El objeto debe estar recién marcado con tu sangre —me explicó la bruja, y no pude evitar esperar que todos los demonios de los alrededores estuvieran bien escondidos para que no captaran el olor de mi sangre.

Por lo visto, Tony estaba pensando lo mismo, porque giró la cabeza hacia la Bruja Suprema.

—Luego tendrás que abrir el frasco y vaciar todo el contenido sobre el objeto que has llevado. Verás formarse un círculo durante un instante. En cuanto él esté dentro del círculo, no podrá acceder a su gracia y caerá de rodillas. Asegúrate de salir del círculo antes de que desaparezca o tú también te quedarás atrapada dentro sin tu gracia ni tu fuerza. Y no quieres que pase eso.

No, no quería.

—El hechizo solo resistirá unos minutos. Los ángeles, Caídos o no, Sangre Original o no, son demasiado poderosos para retenerlos mucho tiempo. Debes actuar rápido y no debes vacilar.

—No lo haré. —Cerré los dedos alrededor del frasco e inspiré hondo. El frasco se calentó al tocarlo. Parte del pánico y la desesperanza que me habían estado abrumando desde que desperté y descubrí que Zayne ya no estaba se mitigaron—. Gracias.

Ella asintió con la cabeza.

La miré a los ojos.

—¿Y qué quieres a cambio?

La Bruja Suprema respondió sonriendo con los labios apretados.

—¿No crees que te dé esto por generosidad?

Le sostuve la mirada y sonreí también.

—No sé mucho sobre los brujos, pero sé lo suficiente sobre los humanos en general para saber que casi nada importante se da sin condiciones. ¿Cuáles son esas condiciones?

—Chica lista —murmuró Tony.

Una ceja blanca y parecida a una oruga se alzó.

—Lo que quiero, si lo logras, es que me traigas al Caído.

Aferré más fuerte el frasco.

—¿Qué quieres de él?

Los ojos oscuros de la bruja se volvieron más intensos hasta convertirse en fragmentos de obsidiana.

—Solo quiero una pluma.

—¿Solo una pluma? —Me invadió la inquietud—. ¿Qué puedes hacer con una sola pluma de un Caído?

—Un sinfín de cosas, niña. —Entonces se le dibujó una sonrisa, soñadora y nostálgica, mientras cerraba los ojos—. Cosas magníficas e imposibles.

—¿Cosas horribles? —pregunté, y odié el hecho de que mi conciencia me estuviera dando golpecitos en el hombro.

—Toda magia se puede usar para hacer cosas magníficas y cosas horribles. —La Bruja Suprema abrió los ojos—. El resultado siempre depende de quien la emplea, y yo nunca la he usado de la forma que temes contra nadie que no se lo mereciera.

Me la quedé mirando. Sabía que eso no suponía exactamente una confirmación de que la pluma de Zayne no se usaría para algo increíblemente malvado, pero tenía que fiarme de su palabra o devolverle el frasco y encontrar otra manera de igualar las tornas con Zayne. Esto último podría llevarme demasiado tiempo. Puede que nunca encontrara la manera.

—Vale —acepté. Era probable que tuviera que rendir cuentas de eso cuando llegara el día de mi juicio, pero haría cualquier cosa por Zayne. Igual qué había hecho él por mí—. Te traeré a Zayne.

—Bien —contestó ella mientras cogía la copa de vino.

—Pero para que lo sepas —añadí, esperando hasta que volvió a centrar su atención en mí—. Si le haces daño de cualquier forma, te mataré. Ni siquiera tendrás la ocasión de usar tu magia contra mí. Sucederá antes incluso de que te des cuenta.

La Bruja Suprema tomó un sorbo lento.

—No esperaría menos.

—Me alegro de que nos entendamos.

—Yo también —intervino Tony—. Porque esto se estaba poniendo superincómodo.

—Como la mayoría de las conversaciones de adultos —respondió la bruja—. Algún día lo entenderás.

—¿En serio? —El diminuto vidente parecía ofendido.

La Bruja Suprema se rio con suavidad.

—¿No tienes que irte todavía a la cama a cierta hora?

El niño entornó los ojos.

—No le gusta, pero es la verdad —me dijo la Bruja Suprema y, sinceramente, no tuve ni idea de qué contestar a eso—. Una última cosa antes de despedirnos, algo que debemos hacer muy pronto. Tengo que devolvérselo a su madre antes de que piense que se lo he robado.

—Ay, Dios mío —masculló Tony entre dientes—. Las cosas que podría contarte...

—Pero no lo harás —dijo la bruja, inclinándose, y durante un momento temí que se cayera de la silla y se rompiera una cadera o algo así. Le dio un beso al vidente en la mejilla.

Tony puso los ojos en blanco y arrugó la nariz de la misma forma que supuse que haría un niño normal de su edad. Tenía una mancha de pintalabios de color rosado brillante en la mejilla.

La bruja se volvió a sentar erguida y fijó su atención de nuevo en mí.

—Debes hacer esto tú sola esta noche. Sin amigos, demoníacos o Guardianes. Sus energías afectarían al hechizo.

Supuse que más me valía que eso funcionara, porque, si el hechizo no lo retenía el tiempo suficiente, Zayne se iba a enfadar mucho.

Me levanté de la silla y vacilé, mirando al niño.

—¿Volveré a verte?

Aquellos ojos inquietantes se alzaron hasta los míos.

—No puedo responder a eso.

Se me ocurrió el motivo. Porque, si lo hacía, eso me daría demasiada información. Podría hacerme saber que había un después en todo esto. O que no lo había. Un escalofrío me recorrió la espalda mientras asentía con la cabeza y me giraba.

—Saluda a Roth de mi parte —añadió Tony, y mi mirada se dirigió rápidamente hacia él. Se me aceleró el corazón al verlo sonreír—. Dile que a mi madre le encantaría recibir otro de esos pollos que me trajo. Él lo entenderá.

—Vale —me oí decir y luego me marché, con una leve sonrisa que me tiraba de los labios.

Tony acababa de contarme que Roth y yo volveríamos a vernos y, a menos que el príncipe demonio regresara del infierno entre ese momento y esa noche, lo cual era poco probable, eso significaba que yo sobreviviría a esa noche.

Así que, por lo menos, eso era algo.

Poner al día a Dez de todo lo que había ocurrido fue tal como me esperaba.

Dez se oponía rotundamente a la idea de que usara algo que me había dado una bruja para atraer a Zayne y no le hacía ninguna gracia que fuera a hacerlo sola. Tardé un buen rato en convencerlo de que tenía que intentarlo y, al final, cedió después de que le dijera que podía ayudar asegurándose de que no quedara ninguna persona en el parque a las siete. Le prometí que le haría saber qué había pasado en cuanto pudiera.

Al menos, esa conversación fue mucho menos incómoda que la anterior.

Cayman, por otro lado, no quiso involucrarse, de todos modos. Prometió quedarse en el apartamento.

—Llámame si el hechizo no consigue retenerlo y tienes que salir huyendo —me dijo—. Huiré contigo.

Ese comentario no resultó demasiado inspirador, aunque me dijo que probablemente no tendría que preocuparme por atraer demonios hacia mí. Cayman tenía el presentimiento de que, después de la exhibición de Zayne el sábado por la noche, la mayoría se había largado pitando de vuelta al infierno o fuera de la ciudad; sin embargo, eso no incluía a los demonios que colaboraban con Gabriel, evidentemente.

Así que, en cuanto a ese tema, tendría que cruzar los dedos.

Encontrar un objeto personal de Zayne no fue precisamente una tarea fácil, ya que no tenía muchos objetos personales aparte de las necesidades básicas. No quise coger su cepillo de dientes ni su peine, ya que tenía que mancharlo de sangre y verterle encima a saber qué, así que opté por una de sus camisetas grises sin lavar que tenía pensado volver a ponerme para dormir. La prenda todavía olía a él y me quedé allí plantada sosteniéndola contra mi cara, durante un rato que probablemente fuera inquietantemente largo.

Las horas fueron transcurriendo a paso de tortuga y, al final, no pude quedarme esperando más tiempo. Cayman me había pedido un coche y me dirigí a Rock Creek Park. Allí fue donde pasé la última hora más o menos, apropiándome del banco y aferrando la camiseta de Zayne y el frasco contra mi corazón palpitante.

«Todo irá bien».

«Todo irá bien».

Seguí repitiéndome eso, una y otra vez, mientras clavaba la mirada en el sendero vacío. No tenía ni idea de qué clase de hilos habían movido los Guardianes, pero hacía cuarenta y pico minutos, como mínimo, que había visto a la última persona. Creí que suponía un pequeño alivio poder estresarme pensando en eso para así no obsesionarme con... bueno, todo lo demás. Alcé la mirada hacia el cielo, que se iba oscureciendo poco a poco, y sentí el corazón en un puño.

La alarma que activé en mi móvil sonó, avisándome de que faltaba un minuto para que se pusiera el sol.

Me levanté del banco de un salto y fui a toda prisa hacia la zona de césped situada detrás. Coloqué la camiseta de Zayne con cuidado en el suelo al lado del frasco. Me arrodillé y desenfundé la daga. Situé la mano sobre la camiseta y apoyé la daga contra mi palma. El corazón me latía con fuerza. Me temblaban las dos manos.

«Funcionará».

«Funcionará».

«Funcionará».

La segunda alarma surgió de mi teléfono. No hubo ni un momento de vacilación mientras, encima de mí, el cielo adquiría un intenso tono azul oscuro. Deslicé la hoja por la palma de mi mano. Se me escapó un silbido de dolor al mismo tiempo que la sangre de color rojo brillante burbujeaba y brotaba. Apreté el puño mientras envainaba la daga, luego bajé la mano y la abrí. La pasé por la camiseta y manché el algodón de sangre.

Cogí rápidamente el frasco, lo destapé e incliné la botella sobre el mismo punto de la camiseta marcado con mi sangre mientras rogaba que Zayne no estuviera observándome como un acosador asqueroso.

Algo que ni siquiera me había planteado hasta entonces.

Supuse que ya era demasiado tarde para preocuparme por eso.

El líquido dorado se derramó sobre la camiseta. No había mucho, y luego salió el humo, que brilló como docenas de luciérnagas mientras descendía despacio hacia la prenda.

Un destello de luz brotó de la camiseta, que se movió a tal velocidad que lo perdí de vista. Dejé caer el frasco y me puse de pie a la vez que la luz dorada formaba rápidamente un círculo.

Di media vuelta y me impulsé... Me impulsé con fuerza con las piernas mientras el círculo se completaba. La luz palpitó y fluyó hacia arriba al mismo tiempo que yo la atravesaba de un salto. Choqué contra el suelo sobre las manos y las rodillas justo fuera del círculo mientras la luz se desmoronaba.

—Dios mío —susurré, echándome la trenza hacia atrás por encima del hombro. Había... había escapado por los pelos.

Me puse de pie y me giré. No pude ver ningún rastro de la luz. Apenas pude distinguir el bulto de la camiseta en medio de las crecientes sombras, pero ya estaba hecho.

Las farolas del parque se encendieron mientras yo permanecía allí, con el pecho subiendo y bajando con rapidez. La gracia vibraba dentro de mí y se avivaba debido a mi ansiedad.

«Por favor».

«Por favor».

«Por favor».

Alcé la mirada hacia el cielo, que ya estaba oscuro, y me esforcé por ver algo. No había nada. Ni siquiera el atisbo de una estrella. ¿Y si esto no funcionaba? ¿Y si había hecho algo mal? ¿Se suponía que debía verter el contenido primero y luego cortarme? Debería haber anotado las instrucciones, porque mi memoria...

Vi a Zayne apenas un segundo antes de que cayera del cielo y aterrizara en cuclillas aproximadamente a un metro de donde me parecía que empezaba el círculo.

Mi corazón trastabilló mientras Zayne se incorporaba. Un suave brillo blanco emanó de sus alas cuando las extendió. Creído. Se había puesto unos vaqueros desteñidos. Decidí que no me apetecía saber dónde los había conseguido o, mejor aún, a quién se los había cogido «prestados».

En ese momento, al menos.

Nos miramos el uno al otro, desde lados opuestos de lo que yo esperaba que fuera una trampa operativa. Transcurrieron demasiados segundos desaprovechados. Necesitaba conseguir que entrara en la trampa.

Avancé, apenas unos treinta centímetros.

—¿Me echabas de menos?

Él ladeó la cabeza.

—Has hecho algo. Lo sé. Sentí un impulso incontrolable de venir.

—¿No me estabas vigilando?

Negó con la cabeza.

—Ya no puedo vigilarte.

¿Porque ya no podía fiarse de sí mismo? No había tiempo para descifrarlo.

—Bueno, no quería recorrer las calles buscándote.

—Te dije que te mantuvieras alejada de mí. Que te haría daño —dijo, y su voz fue como un gruñido bajo—. Y, sin embargo, has hecho algo para traerme hasta ti. Empiezo a creer que tienes ganas de morir.

—¿Crees que puedes matarme?

Invoqué mi gracia, que respondió de golpe. Los bordes de mis ojos se volvieron blancos a la vez que una blanquecina luz dorada me brotaba del hombro y bajaba arremolinándose por mi brazo. La empuñadura de la espada de Miguel se formó contra la palma de mi mano, cálida y bienvenida. La llameante hoja apareció, crepitando y silbando.

—En ese caso, ven a por mí, Caído.

Durante un momento sobrecogedor, creí que no aceptaría el reto, que se negaría. Y, aunque eso podría suponer otra prueba más de que él seguía ahí dentro, no me interesaba que Zayne asomara en este momento. Necesitaba al Caído.

—Creo que lo que deseas no es una pelea. —Una sonrisa cruel le torció los labios—. Sino a mí.

Se me sonrojó la piel, pero levanté la barbilla.

—Puede que te desee a ti. Puede que no.

Zayne giró la cabeza de un lado al otro y luego apretó la mandíbula.

—No puedes decir que no intenté advertirte —gruñó, y se movió tan rápido que no fue más que una mancha borrosa de color dorado y blanco.

Pero vi cuándo entró en la trampa.

Una titilante luz dorada palpitó cerca del suelo, con forma de círculo. Zayne se detuvo de golpe y bajó la barbilla mientras clavaba la mirada en la luz que se desvanecía... en su camiseta.

Levantó la cabeza.

—¿Qué has hecho?

—Igualar las tornas.

Echó los labios hacia atrás y el sonido que brotó de él me provocó un ramalazo de miedo. Fue inhumano. Espantoso. Zayne cargó hacia delante y me preparé para que la trampa fallara...

Se detuvo bruscamente, con los puños cerrados, y se encontraba tan cerca que pude ver la furia grabada en sus facciones. La parte superior de su cuerpo se inclinó hacia delante. Le sobresalieron los tendones del cuello. Se le flexionaron los músculos de los hombros mientras luchaba, pero cayó de rodillas, tal como prometió la Bruja Suprema.

Unos brillantes ojos ardientes se alzaron hacia los míos. Su voz retumbó al salir de su pecho agitado:

—Has hecho trampas.

—Pues sí.

Llevé la espada hacia delante, rodeando la empuñadura con la otra mano.

Zayne entrecerró los ojos.

—¿Vas a usar eso? ¿Contra mí? ¿No se suponía que me querías, pequeña nefilim?

—Así es —susurré, con la garganta y los ojos ardiendo.

—Amor —soltó él mientras bajaba las alas y subía el pecho, como si me estuviera desafiando a hacerlo—. Haz lo que te dé la gana, nefilim, pero acierta en el blanco. De lo contrario, saldré de aquí. Luego te destruiré y no me importará.

—Pero creo que sí te importaría —le dije mientras las lágrimas desdibujaban sus facciones. Avancé—. Te quiero. Te quiero ahora y te querré siempre.

Actué antes de que él tuviera ocasión de responder a mis palabras, incapaz de permitirme pensar bien en lo que estaba haciendo. Eché la espada de Miguel hacia atrás.

«Te quiero».

Mi corazón trastabilló y luego se rompió. La siguiente inspiración que realicé no llegó a ninguna parte al mismo tiempo que una violenta tormenta de emociones brotaba de mí en forma de grito.

«Te quiero».

Arremetí hacia delante con la llameante espada dorada y la hundí en el pecho de Zayne, en su corazón.

Quince

El tiempo se ralentizó y luego pareció detenerse cuando su mirada se encontró con la mía y la sostuvo. Zayne tenía los ojos muy abiertos debido a lo que parecía asombro y, en medio de la maraña de pensamientos que se arremolinaban en mi mente, uno se volvió claro. Me pareció que él no creía que yo fuera a hacer eso. ¿El asombro que llenaba aquellos impresionantes ojos azules provenía de la parte de Zayne que se había perdido cuando cayó o de la parte de Zayne que permanecía dentro de él?

No sabría decirlo, pero notaba aquella hoja de fuego como si estuviera enterrada en mi propio pecho y me atravesara el corazón y el alma. Me invadió el pánico, que se mezcló con un dolor desgarrador. Quise hacer retroceder el tiempo. Quise regresar y no haber hecho eso nunca, porque, si no funcionaba, no estaba segura... no estaba segura de poder sobrevivir a eso, aunque hubiera sido lo correcto. Había sido una tonta al pensar que podría resistirlo... que era lo bastante fuerte, lo bastante valiente. No lo era. No era inhumana y estaba segura de que mi padre se sentiría decepcionado al darse cuenta de ello, pero era la verdad. Si eso no funcionaba, la expresión en los ojos de Zayne, el asombro y la incredulidad, me perseguirían mucho después de que mi cuerpo no fuera más que polvo. Aquello me mataría. Puede que no en el sentido físico, pero devastaría cada parte de mi ser que me convertía en quien era. No volvería a ser la misma y, en un momento de asombrosa certeza, me di cuenta de que eso era a lo que se refería Gabriel al decir que mi rabia sería mi perdición. Me convertiría en algo tan frío y atroz como Sulien.

Y entonces... entonces el tiempo volvió a ponerse en marcha.

Zayne cerró los ojos mientras echaba los brazos hacia atrás y un grito horrible hendió el aire nocturno. Sus alas se levantaron, cada hermosa y esponjosa ala se extendió por completo. Echó la cabeza hacia atrás, con lo que los tendones del cuello le sobresalieron aún más.

Un pulso de energía brotó desde el centro de su pecho, donde estaba enterrada la espada, y luego se propagó y le cubrió los hombros y los brazos con haces de ondulante luz dorada. Hubo un breve segundo en el que lo envolvió el fuego celestial y su cuerpo y sus facciones se perdieron por completo en las llamas. Ya no pude verlo.

El terror se apoderó de mí al mismo tiempo que un temblor me recorría el cuerpo. Temí que el fuego se lo tragara e intenté liberar la espada. La hoja no se movió y el sonido... Ay, Dios, el sonido que salía de Zayne... Era brutal y descarnado, y me destrozó. Con el corazón en un puño, eché hacia atrás la pierna derecha para apoyarme y tiré. La espada no cedió. Parecía estar atascada, como si ahora formara parte del cuerpo de Zayne igual que era una prolongación del mío, y nunca había ocurrido nada parecido.

El remolino de fuego llameante se replegó de repente y regresó al lugar donde la hoja estaba profundamente incrustada.

Silencio.

Sin gritos.

Sin sonidos de pájaros o insectos cercanos.

Nada.

Una energía divina se acumuló y palpitó en el punto en el que la espada tocaba su pecho. Los brazos de Zayne cayeron a sus costados, sus alas descendieron y la masa de luz blanca y dorada se extendió y envolvió toda la hoja, se agitó y se retorció de regreso a mí. El instinto me gritó que soltara la espada, pero no pude, porque la gracia era mía (era una parte de mí), y no me lo permitiría. Pero había algo más allá que no me pertenecía. Los primeros zarcillos alcanzaron la empuñadura y, luego, lo que fuera aquello me lamió los dedos y borró todo pensamiento al tocarme.

El poder celestial me golpeó en el centro del pecho y fue

como si hubiera detonado una bomba. Me cubrió todo el cuerpo, y me empapó la piel y penetró en mis músculos, se atrincheró profundamente en mis huesos y se entrelazó alrededor de mis órganos. La energía divina me dejó sin aliento, se enroscó alrededor de mi corazón y luego se instaló en mi espalda, arraigando en mis hombros. No fui capaz de procesar si lo que estaba sintiendo era dolor, un placer tan intenso que se convirtió en dolor o ambas cosas mientras me alzaba en el aire. Empecé a caer antes de poder darme cuenta de lo que estaba pasando.

No sentí el impacto contra el suelo. No vi cuándo la espada de Miguel se desmoronó ni sentí el momento exacto en el que mi gracia se replegó. Ni siquiera me di cuenta de que tenía los ojos cerrados o de que había muchas probabilidades de que me hubiera quedado inconsciente por el golpe, y tenía que haber pasado eso, porque, cuando logré abrir los ojos, tuve la sensación de que había transcurrido el tiempo y experimenté una inmensa sensación de confusión, de pérdida.

Realicé inspiraciones cortas y poco profundas mientras mis sentidos se reconstruían lenta y minuciosamente y alcé la mirada hacia un mar oscuro lleno… lleno de deslumbrantes luces centelleantes. Y había muchísimas. Miles. Millones. Numerosas e incontables constelaciones de luminosos cuerpos celestes, y pude verlas. Todas. Las vi de una manera que había olvidado hacía mucho tiempo, con una claridad que demostró que mis recuerdos no les habían hecho justicia. Eran tan hermosas, tan innumerables. Se me llenaron los ojos de lágrimas mientras yacía allí, abrumada por el simple esplendor de un cielo nocturno lleno de estrellas, cada una de las cuales representaba deseos infinitos y sueños ilimitados. No me atreví a parpadear, ni siquiera cuando todas y cada una de las luces empezaron a atenuarse hasta que no fueron más que puntos borrosos de luz lejana, hasta que eso, también, se desvaneció más allá de mi vista. Entonces cerré los ojos, pues supe de manera instintiva que se me había concedido un regalo más grande de lo que probablemente jamás podría comprender. Un último recuerdo claro que nunca se desvanecería, y sospeché que nunca volvería a ver las estrellas.

«Zayne».

Ese fue el primer pensamiento racional y coherente que tomó forma y tuvo sentido para mí.

Al abrir los ojos, no miré al cielo mientras obligaba a mi dolorido cuerpo a moverse, a responder a las órdenes que lanzaba mi cerebro. Mis músculos y nervios tardaron en actuar; pero, en cuanto parecieron captar el plan, me incorporé con dificultad sobre las rodillas y las manos. Cada fibra de mi ser se concentró en la forma oscura situada a un metro de mí.

«Zayne».

Se encontraba inclinado sobre manos y rodillas, como yo, con la cabeza gacha. Pude distinguir todavía la forma de las alas que le cubrían los hombros, apoyadas contra el suelo.

Estaba vivo.

Me eché a temblar y casi me derrumbo allí mismo, pero me las arreglé de alguna manera para mantener la compostura. Seguía vivo y respirando, pero no estaba segura de en qué estado se encontraba.

Avancé poco a poco, entrecerrando los ojos. El pelo le había caído hacia delante y le ocultaba la cara. Abrí la boca para pronunciar su nombre, pero una especie de miedo infantil silenció mi lengua.

¿Y si no había funcionado? ¿Y si de algún modo había empeorado las cosas?

Entonces Zayne se movió y su enorme cuerpo se estremeció. Levantó la cabeza despacio. Los mechones de pelo se apartaron de su cara. Tenía los ojos cerrados y sus facciones aún me parecían muy claras, incluso con la escasa luz, pero esta vez supe que se trataba del brillo luminoso de su piel, la gracia que vibraba bajo la superficie. Sus alas se agitaron y cambiaron de posición: se alzaron. La gracia seguía surcando las plumas como corrientes eléctricas. Los ojos de Zayne se abrieron, nublados y desenfocados, pero todavía eran de ese irreal tono azul cuando se posaron en mí. Se despejaron. Me puse tensa, sin poder respirar, e intenté desesperadamente prepararme para... para cualquier cosa.

—¿Trin? —susurró con voz ronca y se me escapó una exhalación entrecortada—. Trin.

Empecé a moverme, a arrastrarme hacia delante, pero de alguna manera acabé retrocediendo unos treinta centímetros.

—¿Eres...? —Carraspeé—. ¿Eres Zayne?

Aquellas hermosas alas se alzaron levemente y luego descendieron y él cerró los ojos un instante.

—Soy yo.

Una opresión se apoderó de mi pecho, lo retorció y lo apretó al mismo tiempo que un centenar de emociones diferentes estallaban dentro de mí y me inundaban. La esperanza y el anhelo se estrellaron contra la incertidumbre e incluso el miedo. ¿Y si eso era algún tipo de truco? Su voz no había sonado así cuando pronunció mi nombre antes. Reconocí ese hecho en el fondo de mi mente; pero entonces me di cuenta de que, en realidad, no me había preparado para que esto funcionara de verdad. Me daba miedo que eso no fuera real. La tristeza se mezcló con la alegría y noté el cuerpo débil.

—Soy... —Se enderezó como si fuera a ponerse de pie.

Retrocedí bruscamente y caí de culo. Fue como si no pudiera controlar mis movimientos. Una mezcolanza de emociones contradictorias me dominaba y me daba demasiado miedo la aplastante decepción si permitía que la esperanza se apoderase de mí.

Zayne se había detenido y, en el caos de mi mente, supe que eso significaba algo.

—No voy a hacerte daño. Nunca podría hacerte daño... —Se interrumpió y se le tensaron los hombros—. Pero lo hice. Te hice daño. Te... —Se meció hacia atrás, todavía de rodillas, mientras se miraba las manos—. Te hice daño...

—No. No me hiciste daño —susurré, pensando que sí hablaba como él. Había inflexión en el tono de su voz. Calidez.

—Ah, ¿no? —Cerró las manos—. Me acuerdo.

Aquellas alas se alzaron de nuevo y me sobresaltaron al estirarse hacia arriba y hacia afuera. Él apartó la mirada de sus manos y miró por encima del hombro. Soltó una palabrota entre dientes mientras la brisa agitaba algunas de las plumas más pequeñas que dejaban ver las vetas de gracia.

—Siempre... siempre me olvido de que están ahí. No son como las que tenía antes. Ni tampoco lo es transformarme. Casi todo es diferente.

Me miró de nuevo y el brillo de su piel palpitó con tal intensidad que me hizo dar un respingo. Sus alas emplumadas se plegaron y se doblaron hacia dentro, y luego... simplemente desaparecieron, como si se hubieran filtrado en su piel (en su espalda) o se hubieran desvanecido. El luminoso brillo dorado se debilitó y ante mí vi a alguien más parecido a... bueno, más parecido a Zayne y no al Caído psicópata.

—¿Esto es real? —me oí preguntar. La desaparición de las alas me hizo pensar que quizá todavía estaba tumbada de espaldas con una herida en la cabeza—. ¿De verdad funcionó? ¿Eres tú, tú de verdad? ¿Te acuerdas de mí? ¿Y no vas a... bueno, a llamarme «pequeña nefilim»?

—Esto es real. Soy real. —Su voz sonó ronca—. Odio que tengas que preguntarlo. Lo siento. Joder, lo siento muchísimo, Trin. No pude detenerme... —Bajó la mirada de nuevo hasta sus manos, que le colgaban junto a los muslos, con las palmas hacia arriba—. Eso no es verdad. Pude detenerme. Lo hice, pero fue... fue demasiado tarde. —Sacudió la cabeza sin apartar la mirada de sus manos—. Era como si faltara algo dentro de mí. Recuerdos. Acceso a ellos... a lo que me hacían sentir y lo que significaban. Me lo advirtieron y pensé que podría soportarlo. —Volvió a mirarme—. Pero soy yo. Te lo prometo, Trin. Soy yo de verdad. Pregúntame algo que solo yo recordaría.

Me lo quedé mirando, pasmada.

—No se me ocurre nada en este momento. Tengo el cerebro demasiado lleno y demasiado vacío al mismo tiempo.

Entonces él sonrió y el corazón me dio un vuelco. Era su sonrisa, cálida y abierta, y nunca pensé que volvería a ver esa sonrisa.

—Vale. Déjame pensar en algo. —Se mordió el labio inferior y, si me encontrara de pie, estaba segura de que me habrían fallado las piernas. Zayne... hacía eso constantemente, pero solo lo había hecho una vez después de caer—. Ya lo tengo. Tienes una constelación en el techo de tu habitación.

Dejé de respirar del todo entonces. Lo juro, mis pulmones se paralizaron por completo mientras me ponía de pie.

—Yo la coloqué allí —continuó, y se puso de pie despacio—. La llamé la Constelación de Zayne, y lo que pasó después de mostrarte ese techo debe ser uno de los recuerdos que más atesoro de toda mi vida. —Su voz se volvió más profunda mientras se mordía el labio de nuevo—. Me demostraste cuánto me querías. Me lo entregaste todo: tu cuerpo, tu corazón, tu confianza.

Por segunda vez, el mundo se detuvo de golpe. Me moví sin ser consciente de ello. La dolorosa protesta de mis músculos y huesos no me detuvo cuando me abalancé hacia él. O lo intenté. Mi sentido del equilibrio no funcionaba, mis movimientos eran demasiado bruscos y rígidos, y más bien me caí hacia él...

Zayne se transformó en una veloz mancha borrosa al lanzarse hacia delante, se movió tan rápido que ni siquiera tuve la oportunidad de sobresaltarme. Me atrapó, me rodeó con los brazos, y, en cuanto mis manos entraron en contacto con la piel desnuda de su pecho, lo supe.

Era él. Era su piel la que tocaban mis manos, y era cálida, ya no estaba fría al tacto. Era su aliento el que se deslizaba por mi mejilla. Era él quién me abrazaba.

Era Zayne.

Dieciséis

De algún modo, acabamos en el suelo de nuevo; pero, esta vez, Zayne estaba sentado y yo, en su regazo. Me convertí en un auténtico pulpo: le rodeé las caderas con las piernas y le apreté los hombros con los brazos.

—Te acuerdas de verdad —susurré, y hundí la cara en su cuello. Cada inspiración que realizaba estaba llena de él.

—Me acuerdo de la primera vez que te vi —dijo, y me estremecí al sentir que su mano me rodeaba la nuca—. Estabas escondida detrás de una cortina, donde se suponía que no debías estar. Estabas escuchando a escondidas.

—No estaba escuchando a escondidas —protesté, y su piel amortiguó la mayor parte de mis palabras.

Él se rio entre dientes y, aunque su risa sonó ronca y temblorosa, provocó cosas extrañas y maravillosas en mi corazón. No era aquella risa fría y apática propia de un Caído.

—Por supuesto que estabas escuchando a escondidas.

Por supuesto que sí.

—También me acuerdo de que intentaste pegarme cuando quise presentarme.

Fruncí el ceño contra su cuello.

—Eso es porque te me acercaste a hurtadillas por la noche, en medio del bosque.

—Quieres decir que no estabas prestando demasiada atención y, corrígeme si me equivoco, no era yo quien se movía a hurtadillas por ahí —bromeó.

—Te equivocas —contesté, y lo apreté más fuerte.

Él respondió depositándome un beso en la coronilla.

—Me acuerdo de la primera vez que revelaste lo que eres. Estábamos en el despacho de Thierry y me parece que Nicolai casi se atraganta al respirar. Me acuerdo de la primera vez que me provocaste un infarto. Fue después de que me contaras lo de tu vista.

Las comisuras de mis labios se inclinaron hacia arriba. No quería que él pensara que yo no era... bueno, competente después de soltarle la bomba de que me estaba quedando ciega, así que eché a correr y salté de una azotea a otra. Él se había comportado como si no le hubiera hecho mucha gracia; pero yo sabía que, en el fondo, le había gustado: le había resultado excitante y desafiante.

—Y me acuerdo de la noche en la que me ayudaste a sacarme la garra del imp. —Su voz se volvió más profunda y, esta vez, el estremecimiento que me recorrió se debió por completo al recuerdo de él y yo, en su cuarto de baño y en su cama—. Ahora me acuerdo de todo... Esos sentimientos y recuerdos forman parte de mí.

No pude hablar mientras cerraba los ojos con fuerza e intentaba controlar la avalancha de emociones. Todos mis sentidos se concentraron en la sensación de su piel bajo mis dedos. La temperatura de su cuerpo era tan cálida como antes, más caliente que la de un humano normal. Deslicé las manos temblorosas por su pecho y me detuve sobre su corazón.

Su corazón latía con fuerza contra la palma de mi mano.

Había funcionado de verdad.

El Trono no me había mentido. La Bruja Suprema no me había dado alguna bobada de hechizo. Yo no había metido la pata. Había funcionado de verdad.

Se me escaparon las lágrimas y no pude contenerlas. Mi alma se abrió de par en par y toda la angustia y la desesperación, el dolor y la pena, se estrellaron contra el alivio y la abrumadora alegría que brotaban de mí. Intenté volver a reprimirlo todo. Este era un momento feliz, un momento bueno, y no debía pasarlo ahogando a Zayne con mis lágrimas, pero no pude controlarme.

Zayne apretó la mejilla contra un lado de mi cabeza. Habló

mientras mi cuerpo se sacudía y liberaba toda la emoción reprimida que apenas me había sido posible mantener contenida desde el momento en que lo perdí. No estaba segura de qué me decía. A esas alturas, podría estar contándome que era mitad ornitorrinco y no me habría importado. Levanté las manos y hundí los dedos en los suaves mechones de su pelo.

—Tus lágrimas me están matando —me dijo, y eso lo entendí perfectamente—. Me están matando.

«Era Zayne».

«Era Zayne».

«Era Zayne».

Eso era en lo único que podía pensar mientras me embebía de él. Zayne estaba vivo, había vuelto y era él de verdad. No sabría decir cuánto tiempo transcurrió mientras él continuaba susurrándome, meciéndonos con suavidad, a la vez que yo lloraba lo bastante como para inundar toda la ciudad de Washington D. C. Al final, después de lo que me pareció una cantidad de tiempo absurda, las lágrimas disminuyeron y los temblores que me recorrían cada par de segundos cesaron. Pude respirar. Por fin pude respirar.

Zayne me apartó la cara con cuidado de su cuello. Parpadeé hasta que sus facciones se volvieron más claras y me estremecí mientras levantaba las manos y le rodeaba las muñecas con los dedos.

—Lo siento. Es que... estás vivo y eres tú, y soy tan feliz, y no puedo dejar de llorar, porque ¿y si esto es una especie de sueño superdetallado? Eso parece más probable. Te perdí y, cuando regresaste, creí... —Al encontrarnos tan cerca, pude ver sus ojos... verlos de verdad, ya que no tenía que preocuparme de que me arrojara a algún lado—. Tus ojos. —Me incliné hacia delante hasta que nuestras narices casi se tocaron. Entrecerré los míos—. Caray.

Sus manos cayeron hasta mis caderas.

—¿Qué les pasa? No los he visto.

¿No tenían espejos en el cielo? Mejor aún, ¿no se había mirado en un espejo desde que... desde que cayó? Le toqué la mejilla.

—Son superazules. Muy muy azules —le expliqué, tremendamente torpe cuando se trataba de usar palabras descriptivas—. Pero hay... una luz dorada y blanca en el fondo de tus pupilas. Solo puedo ver los bordes. Es gracia. Ya me había fijado antes, pero ¿poder verla así, con total claridad? Nunca he visto nada igual.

Sus densas pestañas descendieron y le ocultaron los ojos, mientras giraba la cabeza y presionaba la mejilla contra la palma de mi mano.

—¿Se nota mucho?

—¿De verdad no te has mirado últimamente?

—No. Me...

—¿Qué? —Cuando no respondió, guie su cara hacia la mía—. ¿Qué pasa, Zayne?

—Creo que estaba evitando mi reflejo. —Abrió los ojos, pero su mirada se centró más allá de mí—. No sé por qué. Ni siquiera sé si fue una decisión consciente o si fue cosa mía, pero en lo que me convertí... Incluso entonces no quería verme. Probablemente no tenga sentido.

—Sí lo tiene. —Una punzada de dolor me desgarró el corazón mientras le acariciaba la mandíbula con el pulgar—. ¿Te acuerdas de cómo han sido los últimos días?

No respondió durante un buen rato.

—Había mucha confusión. Un montón de sentimientos y pensamientos que no entendía, pero todo me resultaba tremendamente arrollador. Esa es la única forma en la que puedo describirlo. Y lo que sentía... —Su mandíbula se tensó contra mi mano—. Había tanta ira y arrogancia y esta... qué sé yo... ¿sensación de rectitud retorcida? Como si de pronto odiara mucho a los ángeles y a cualquier ser con gracia, pero también odiaba a los demonios... a todos los demonios. Me creía mejor que los demonios y más... no sé. ¿Como si supiera más que aquellos que no habían caído? Simplemente odiaba todo y a todos, y era como... como si fuera consciente de lo que estaba haciendo y diciendo y no conectara con ello o no lo entendiera.

Todo su cuerpo se había puesto tenso contra el mío mientras continuaba hablando.

—Me advirtieron que podría pasar, pero creí que podría soportarlo. Supongo que ya contaba con una buena dosis de arrogancia antes de que ocurriera, pero ni siquiera soy capaz de describir cómo fue verme bombardeado con todas esas... emociones potentes y violentas que de repente me parecieron lo correcto, como si siempre hubieran formado parte de mí. El hecho de creerme juez y jurado y que podía hacer todo lo que quisiera, cuando quisiera.

—Me recuerda a un montón de humanos —comenté.

Su risa fue seca y corta

—Pero me... me acuerdo de lo que he hecho —dijo, y su voz estaba teñida de culpa—. Cuando te vi después de caer... —Cerró los ojos de nuevo—. Te conocía. Cuando te vi, te conocía y sabía cómo te llamabas, y luego perdí esos recuerdos sin más. La razón por la que eras importante para mí. Eras un enemigo al que tenía que... —Unas líneas de tensión le bordearon la piel alrededor de la boca—. Al que tenía que dominar. Eso era lo único que sabía hasta que me besaste en el parque, y no sé cómo explicarlo, pero fue como si me hubiera electrocutado. De repente, me asaltaron todas estas otras emociones que no eran odio y, cuando te vi de nuevo, en aquella piscina... Todavía no entendía lo que estaba sintiendo; pero, en ese momento, lo único que sabía se reducía a ti. Lo único que sabía era que te deseaba. Que ya te había deseado antes y eso provenía de mí. De Zayne —Abrió los ojos entonces y los posó en los míos—. Joder, lo siento muchísimo, Trinity. Sé lo que hice. Sé cómo intentaste llegar hasta mí y te...

—Basta. —Le acuné la cara con las manos—. No te hagas esto. Ese no eras tú.

—Pero sí lo era —repuso en voz baja, y subió las manos por mis brazos—. Era yo, Trin. Yo estaba ahí dentro...

—Y por eso nunca me hiciste daño de verdad.

—¿Que nunca te hice daño? —La incredulidad se unió a la culpa—. Te zarandeé como si fueras una muñeca de trapo.

—Bueno, yo no diría tanto —masculló a pesar de que era cierto.

Él ignoró ese comentario.

—Te amenacé... te amenacé más de una vez. —Bajó la mirada y, cuando habló, se le quebró la voz—. Te rodeé el cuello con las manos. No consigo borrarme esa imagen de la mente.

Se me partió el corazón mientras me inclinaba hacia delante y presionaba la frente contra la suya.

—No fue culpa tuya, Zayne. Tienes que entenderlo y tienes que darte cuenta de lo que sí hiciste. Podrías haberme hecho mucho daño. Podrías haberme matado en cualquier momento, y no lo hiciste. Se debió a que estabas ahí dentro, ¿verdad? Fuiste tú quien se detuvo. Fuiste tú quien apareció y mató a ese gul y fuiste tú quien vino a la azotea.

—Te dejé caer en una piscina.

—Probablemente te dé un puñetazo por eso cuando menos te lo esperes, pero fuiste tú el que estaba en esa piscina conmigo. Fuiste tú y en lo que sea que te convirtieras después de caer, y yo también estaba allí. No me hiciste esas cosas. Hicimos esas cosas juntos porque estaba segura de que estabas ahí dentro. Puede que no supieras por qué en ese momento, pero te aseguraste de que ni tú ni nada me hiciera daño. Incluso me advertiste que me mantuviera alejada de ti. Dijiste que...

—Lo que había dentro de mí te haría daño. Lo habría hecho. Con el tiempo, no habría sido capaz de detenerme. Joder, cuando me atrapaste, quise abalanzarme sobre ti. —Sus ojos escrutaron los míos—. Y esa parte de mí se iba volviendo más fuerte por momentos.

—¿Y esa parte era la que quería zarandearme? —Hundí los dedos en su pelo—. A ver, puedo ponerme bastante insufrible, así que es probable que no fuera la primera vez.

—Lo fue. —Se estremeció—. Incluso cuando te pones particularmente insufrible.

—Lo sé. —Por supuesto que lo sabía. Era probable que pudiera darle una patada a Zayne en la cara y él se limitaría a soltar un suspiro de decepción. ¿Por qué? Porque era bueno hasta la médula. Me incliné hacia atrás para poder verle la cara—. Pero esa parte de ti que seguía ahí dentro impidió que pasara. Eso es lo único que importa. Eso es lo único que puede importar. ¿Sabes por qué?

—¿Por qué?

—Porque te devolvieron tu gloria, un alma angelical, y caíste por mí. No sé si debería darte un puñetazo o un beso. Renunciaste a ser un ángel real para estar conmigo. Caíste, asumiendo un riesgo enorme, para estar conmigo, y estás aquí. Regresaste conmigo.

—Gracias a ti. Tú me hiciste volver. —Volvió a subir las manos por mis brazos y dejó un rastro de estremecimientos a su paso—. ¿Qué hiciste? Me encontraba por ahí, considerando prenderle fuego a otra guarida de demonios —dijo, y simplemente parpadeé—. Y luego sentí un impulso incontrolable de venir aquí. ¿Cómo supiste qué tenías que hacer?

—Después de que aparecieras aquí por primera vez, una voz en mi cabeza me condujo a una iglesia y, sí, fue tan espeluznante como suena. Creí que me estaba volviendo loca, pero no se trataba de eso. Un Trono me esperaba en la iglesia. Él me dijo lo que debía hacer. —Dejé que su pelo se deslizara entre mis dedos mientras asimilaba cada línea de su cara—. Me dijo que mi gracia nunca le haría daño a lo que apreciaba, pero estaba asustada. Quería creer que funcionaría. Necesitaba creerlo, y hubo momentos en los que era así, pero... —Experimenté un atisbo de aquel pánico—. Pero tenía que intentarlo. Me repetí a mí misma una y otra vez que, aunque no funcionara, seguía siendo lo correcto. Que tú...

—¿No querría quedarme en ese estado? —terminó por mí—. Tienes razón. No lo habría querido.

El hecho de que se mostrara de acuerdo debería haberme hecho sentir mejor, pero no fue así. La idea de que podría haberlo matado me dio ganas de vomitar.

—Sabía que necesitaba atraerte y atraparte de algún modo y, al final, pensé en la Bruja Suprema. Ella me lo dio... En realidad, lo tenía preparado para mí. Ella lo sabía. Bueno, había un niño con ella. Un vidente. Él lo sabía y se lo contó y, en fin, ella me dio un hechizo, y funcionó.

Zayne alzó las cejas.

—¿Te lo dio sin más? No me malinterpretes. Estoy agradecido. Más de lo que puedo expresar con palabras. Pero un brujo nunca regala nada.

—Pues no. —Dejé caer las manos en sus hombros—. Lo hizo a cambio de una de tus plumas.

Se me quedó mirando.

—Me dio a entender que no la iba a usar para algo malo, y

la creo. —Hice una pausa—. Mas o menos. La verdad es que habría aceptado el trato con tal de que me prometiera que no sufrirías ningún daño, y eso hizo. Y ya sé que es probable que no te parezca bien y lo entiendo. De verdad que sí, pero...

—No pasa nada. —Levantó la mano despacio, asegurándose de que lo viera antes de tocarme la mejilla, y casi me echo a llorar de nuevo. Supuso una prueba más de que este era mi Zayne—. Yo habría hecho lo mismo... habría accedido a cualquier cosa. —Trazó la línea de mi mejilla con delicadeza—. Cómo me comporté me va a afectar y se me va a quedar grabado en el fondo de la mente. Estoy seguro de que algunos momentos van a ser peores que otros, pero voy a lidiar con ello. Me aseguraré de eso, porque ya se han interpuesto demasiadas cosas entre nosotros.

—Qué gran verdad —susurré.

Había tantos obstáculos entre nosotros y yo quería nuestro final feliz, como en las novelas románticas que le encantaban a mi madre. No debíamos convertirnos en otro obstáculo más.

Sus dedos se detuvieron cerca de donde mi mandíbula seguía ligeramente hinchada y amoratada.

—¿Te estoy provocando algún dolor al tocarte?

—No. Ahora mismo no siento nada malo.

—Pareces... más maltrecha que la última vez que te vi.

—Bueno... —Alargué la palabra—. Digamos que tuve un altercado con Gabriel.

Todo su cuerpo pareció quedarse increíblemente inmóvil.

—¿Cuándo?

—Anoche. —Le conté rápidamente lo que había ocurrido—. La buena noticia es que no van a permitir que entre nadie en ese instituto durante un tiempo y creo que Gabriel se ha debilitado de algún modo.

—Yo debería haber estado allí.

—Estás aquí ahora. Eso es lo único que importa. No estoy herida. Te lo aseguro.

Él hizo un breve gesto negativo con la cabeza al mismo tiempo que continuaba recorriéndome las facciones con la mirada.

—No me lo puedo creer. Porque tú... —Levantó la vista un instante, mientras su pecho se elevaba al respirar hondo, y, cuando su mirada volvió a encontrarse con la mía, habría jurado que el brillo en el fondo de sus ojos era más intenso—. ¿Cómo es que estás de pie y caminas tan rápido? —Su mirada se desplazó a lo largo de mi brazo, hasta los numerosos moretones que ya apenas se notaban. Luego entornó los ojos—. Mejor aún, ¿qué diablos estabas haciendo aquí sola la noche que regresé? ¿Incluso ahora mismo?

Reconocí ese tono. Me recordó al de la noche en la que salté de una azotea a otra sin previo aviso.

—No deberías estar aquí fuera sola. Gabriel todavía anda por ahí —continuó—. Envió a aquellos demonios a por ti. Mierda. Fueron al apartamento.

Zayne empleaba ese mismo tono cuando lo adelantaba para deambular por ahí y me metía en una zona desconocida.

—Por lo menos, la otra noche Dez iba contigo. —Frunció ligeramente los labios—. ¿Dez está bien? Creo que lo...

—¿Lanzaste a una fuente? Sí. Está bien.

Soltó un suspiro.

—Menos mal, pero ¿dónde rayos está Roth? ¿Y Layla? No deberías estar aquí fuera, Trin. Y menos aún sola, cuando no te has curado del todo, y sé que no te has curado del todo. Lo noto. Puedo sentir que tu gracia se ha debilitado.

Vale, su capacidad para sentir eso era irritante, porque era cierto, pero tuve la sensación de que Zayne se estaba preparando para soltarme un sermón de proporciones épicas, y ni siquiera podía cabrearme. Las comisuras de los labios se me curvaron hacia arriba, y me resultó raro, adecuado y maravilloso, todo al mismo tiempo.

—¿Se puede saber por qué estás sonriendo? —me preguntó, y su tono estaba cargado de incredulidad una vez más.

Se me escapó una carcajada temblorosa.

—Nunca pensé que disfrutaría al oírte soltarme otro sermón.

—Procura recordarlo la próxima vez que lo haga.

Probablemente no pasaría.

—Es que... —Realicé una inspiración entrecortada—. Cuando moriste, creí que nunca te volvería a ver.

Todas las líneas de su cara se suavizaron.

—¿Qué te prometí? Si pasaba algo, encontraría la forma de regresar contigo.

Su cara se volvió borrosa de nuevo, debido a que se me llenaron los ojos de lágrimas.

—Todavía no me puedo creer que cayeras por mí.

—La gloria no era nada comparada con tu amor. —Se inclinó hacia delante y apoyó la frente contra la mía ejerciendo apenas peso. Su aliento me rozó los labios mientras me apartaba de la cara algunos mechones de pelo que se me habían escapado de la trenza—. Hice todo lo que pude. Hiciste todo lo que pudiste. Te quiero, Trinity, y ni siquiera la muerte puede romper esa clase de vínculo.

El vínculo.

Me aparté un poco.

—No te siento —le dije, y él frunció el ceño—. Quiero decir que no he sentido el vínculo del Protector. No he sentido la tierna bolita de calidez en mi pecho desde que regresaste.

—¿Tierna... bolita de calidez? —repitió en voz baja.

—Y no... no he sentido ninguna de tus emociones. —No se trataba de que acabara de darme cuenta de eso. Simplemente no había tenido tiempo para pensarlo bien—. Ya no estamos vinculados.

—No, ya no.

Lo miré fijamente y observé el brillo sobrenatural en el fondo de sus pupilas.

—Es una buena noticia. No puedo debilitarte de nuevo y podemos estar juntos.

—Para empezar, que yo fuera tu Protector no nos impidió estar juntos —respondió con tono seco, y tenía razón, más o menos. Eso solo había retrasado lo inevitable, pero no había sido una decisión sensata. Él se había vuelto prácticamente humano—. Pero no hay normas. Desde luego, ninguna de tipo angelical. Sigo siendo un... sigo siendo un Caído. Pero ya no soy...

—¿Un psicópata?

—Sí, ya no soy eso. —Deslizó la mano a lo largo de mi trenza—. ¿Una Sangre Original va a querer estar con un Caído?

—Siempre voy a querer estar contigo, seas lo que seas —le aseguré con toda sinceridad, y su sonrisa de respuesta me llenó el pecho de una sensación dulce y arrolladora—. Pero la verdad es que echo de menos esa tierna bolita de...

Zayne se apropió de la distancia que nos separaba y, un tenso instante después, sus labios se encontraron con los míos. Me besó, y nunca dejaba de asombrarme el tumulto de sensaciones que un solo roce podía provocar. El sabor de Zayne en mis labios, en mi lengua, supuso un bálsamo para las marcas ásperas e irregulares que cubrían mi alma, y un despertar. La presión de su boca contra la mía era suave, pero reflejaba algo más, un control que estaba a punto de romperse. Me di cuenta de que él trataba de tener cuidado a pesar de que no había tenido eso en cuenta en la piscina, pero ese no había sido solo él. Este era solo Zayne. Yo no quería que se controlara. Lo deseaba a él, todo lo que tenía que ofrecer...

Zayne se echó hacia atrás de repente y se puso tenso, en el mismo instante en que un hormigueo me estalló en la nuca. Lo miré, todavía un poco aturdida por el beso.

—Lo... lo sientes, ¿no?

Su mirada se dirigió más allá de mí.

—Hay un demonio cerca —dijo.

Abrí la boca y, de todas las cosas que podría haber dicho, una cosa muy estúpida salió de mi boca.

—Los demonios no vienen al parque debido al zoológico. Me lo dijo Roth.

—Roth no lo sabe todo. —Zayne se puso de pie rápidamente y me llevó con él. Me depositó sobre mis pies con delicadeza detrás de él. Parpadeé, preguntándome cómo había logrado realizar esa maniobra y un poco celosa de que hubiera sido capaz de hacerlo, y luego me ordenó—: Quédate aquí.

Me di la vuelta.

—Pero...

—Estás herida. Yo no.

—No estoy herida. Soy la Sangre Original... Ay, Dios —gruñí, y arrugué la nariz cuando llegó hasta nosotros un olor a azufre y descomposición.

—Ese olor —confirmó Zayne.

Entrecerré los ojos mientras una forma oscura salía de la línea de árboles situados frente al sendero. Fuera lo que fuese, aquel ser medía más de dos metros y olía como las entrañas del infierno en un mal día. La gracia crepitó en mi interior. Los únicos demonios que yo conocía que fueran tan altos y olieran tan mal eran a los que no se les permitía estar en la superficie por motivos evidentes. Rogué que no fuera otro gul.

El ser pasó por debajo de la farola y suspiré al reconocer su piel del color de la piedra lunar.

Un Trepador Nocturno.

Lo cual era peor que un gul.

Se trataba del tipo de demonio con el que a uno no le interesaba meterse. Eran extraordinariamente fuertes y contaban con un veneno tóxico en la boca y las garras que podían dejar paralizada a una persona, pero este estaba... ¿encadenado? El metal le rodeaba el cuello y repiqueteaba contra el suelo, y en el extremo de la cadena...

La presión que notaba en la nuca se volvió más intensa y, un instante después, pude distinguir el contorno de otra forma. Ese ser no era tan alto ni tan ancho, pero el instinto me dijo que era mucho más peligroso que el Trepador Nocturno.

Como si hubiera salido a dar un paseo vespertino, subió despacio hasta lo alto del terraplén y cruzó la luz de la farola. Sus facciones estaban borrosas, pero supe que aquel ser tenía que ser tremendamente hermoso.

Todos los demonios de Nivel Superior lo eran.

Fruncí el ceño al darme cuenta de que el demonio sostenía el extremo de la cadena.

—¿De verdad has sacado a pasear a un Trepador Nocturno? —preguntó Zayne, y mis cejas se alzaron. Yo me estaba preguntando justo lo mismo y me alegré de que él hubiera planteado la pregunta.

El demonio de Nivel Superior se rio, pero al Trepador Nocturno no le hizo gracia el comentario. Un gruñido bajo y retumbante brotó de la criatura rabiosa haciendo que se me pusiera de punta todo el vello del cuerpo.

—Me llamo Purson —anunció el demonio de Nivel Superior con una voz llena de azufre y humo—. Soy el Gran Rey del Infierno, comandante de veintidós legiones de Trepadores Nocturnos «mascota», y he venido a por la nefilim.

Diecisiete

Inspiré hondo y luego espiré despacio.

—Ya nadie usa la palabra «nefilim» —dije por la que debía ser la millonésima vez en mi vida—. Es ofensiva y anticuada.

—¿Te parezco alguien a quien le importa si te resulta ofensiva o anticuada? —preguntó Purson. Me iba a arriesgar y suponer que no—. Pues no.

—Qué sorpresa —masculé.

Él ignoró eso.

—Quiero dejar muy claro quién soy para que no haya dramas innecesarios.

Su forma de hablar sin duda suponía mucho drama innecesario.

—Soy el buscador de tesoros ocultos y conocedor de secretos. No hay ningún lugar donde puedas esconderte que yo no descubra.

—Entonces ¿eres el Indiana Jones de los demonios? —le pregunté—. Qué guay.

—¿Indiana Jones? —repitió el demonio—. No sé quién es ese.

Arqueé las cejas.

—¿No sabes quién es Indiana Jones y se supone que debo creer que eres el conocedor de secretos y el buscador de cosas?

—Me da igual lo que creas. Si huyes de mí, no llegarás muy lejos —me advirtió Purson—. Solo vas a conseguir que me irrite y no...

—Cierra el pico —lo interrumpió Zayne—. No tengo tiempo para esto. Acabo de reunirme con mi chica y estás estropeando el momento.

Despacio, dirigí la mirada hacia Zayne...

Oh.

Oh, caray.

Vi su espalda sin alas por primera vez. Solo con la ayuda de la luz de la luna, pude distinguir un extraño dibujo a lo largo de su espalda que no estaba allí antes. Era una especie de tatuaje hecho con tinta apenas un tono o así más oscura que su piel, pero... parecía tener relieve, como una cicatriz.

—No sé quién eres. —La voz de Purson reflejaba curiosidad y eso era interesante. No podía notar qué era Zayne, pero el demonio Buscador sí pudo. Este último había huido, pero Zayne tenía las alas desplegadas en ese momento—. Pareces... diferente y, sin embargo, familiar. Sería muy interesante investigarlo, pero te estás interponiendo entre lo que necesito y yo. Por lo tanto, no eres más que el juguete mordedor personal de mi amiguito.

El Trepador Nocturno soltó una sonora carcajada.

—Me gusta mordisquear cosas que se supone que no debo.

—Lo siento —respondió Zayne—. Soy el juguete mordedor personal de una sola persona y le pertenezco a ella, así que voy a tener que pasar de la oferta. Pero te lo agradezco.

—No dije que pudieras elegir —le espetó Purson.

Yo debería estar prestando atención, pero el dibujo que recorría la espalda de Zayne me fascinaba. Puesto que no podía controlarme en absoluto ni contaba con el sentido común que dictaba que ahora no era el momento para tales tonterías, estiré la mano para tocarlo...

—Yo me encargo de esto —me dijo Zayne.

Un fuego dorado le iluminó las venas debajo de la piel y se extendió rápidamente por su espalda. Aparté la mano de golpe, sorprendida, y me quedé boquiabierta cuando un torrente de gracia le bajó por ambos brazos, fluyó bajo la piel y luego se propagó por el aire.

El fuego celestial brotó de las manos de Zayne, se agitó y giró en espiral, tomando forma y solidificándose con rapidez. Dos empuñaduras ardientes. Dos espadas llameantes de algo más de un metro y en forma de semicírculo.

El Trepador Nocturno retrocedió un paso bruscamente.

Igual que yo.

Joder, ¿había tenido eso dentro todo este tiempo? Incluso cuando era un Caído decidido a dominarme, no había desatado su gracia de esa forma.

—¿Qué habías dicho? —preguntó Zayne con indiferencia—. ¿Que no puedo elegir? Todos podemos elegir. Bueno, menos vosotros. Desde luego, no podéis elegir en cuanto a vivir o morir. Vais a morir.

Ocurrió muy rápido.

Purson soltó la cadena y el Trepador Nocturno se lanzó hacia delante, pero Zayne fue... fue como un relámpago y supuse que no habría podido seguir sus movimientos ni aunque mi vista fuera perfecta. Se encontraba delante de mí y, un instante después, se agachó para pasar por debajo del brazo extendido del Trepador Nocturno y se levantó de un salto detrás de él...

Algo cayó de la criatura y chocó contra el suelo con un plof carnoso.

Era un brazo, un brazo entero.

Vale.

Zayne podía encargarse de eso.

Por supuesto que sí.

El Trepador Nocturno echó la cabeza hacia atrás y aulló de dolor. El sonido era una mezcla entre un zorro y un lince. Zayne giró, trazó un arco por el aire con la espada en forma de media luna y atravesó directamente el cuello del Trepador Nocturno.

La criatura se desplomó hacia delante, estalló en llamas y se desintegró en una lluvia de cenizas antes de chocar contra el suelo, al mismo tiempo que Purson adoptaba su verdadero aspecto. La piel se le volvió más fina y adquirió un tono arenoso. Le brotó pelo por toda la cara, que se unió a la melena rubia. Unas toscas alas de aspecto curtido le surgieron de la espalda. Sus fosas nasales se alargaron y se aplanaron mientras su boca se ensanchaba de forma grotesca. Unos colmillos afilados aparecieron al mismo tiempo que los ojos del demonio adquirían un brillo irisado y las pupilas se estiraban en vertical.

Purson tenía la cabeza de... la cabeza de un león.

Nunca conseguiría borrar esa imagen de mi mente.

Salí de mi estupor y comencé a invocar mi gracia...

Zayne se giró hacia el demonio de Nivel Superior y se transformó, pero no se pareció en nada a cuando era un Guardián. El resplandor luminoso palpitó por su cuerpo mientras las marcas en relieve se estiraban y se desprendían de su espalda, volviéndose sólidas.

Alas. Las marcas de la espalda eran donde habían ido a parar sus alas. ¿A que era de locos?

Ahora, las alas brotaron de su cuerpo, se desplegaron y se elevaron a ambos lados de él. Doradas vetas de luz palpitaban por todas las plumas blancas como la nieve.

—Oh, mierda —dijo Purson con voz embrollada, y supuse que ese fue el momento exacto en el que se dio cuenta de lo que era Zayne.

Levantó las manos. No había ninguna de esas horribles bolas de energía que los demonios de Nivel Superior solían poder generar y controlar. Mantuvo las manos en alto en señal de rendición.

—Puedes tener todo lo que quieras. Cualquier cosa. Mis legiones, mi lealtad. Mi fidelidad —suplicó mientras hacía regresar la cadena a sus manos—. Cualquier cosa. Te lo juro. Cualquier cosa.

—Tu silencio estaría bien —contestó Zayne, y luego atacó.

Fue un movimiento elegante, un giro de piel y fuego dorados. Sus alas lo elevaron en el aire y luego lo hicieron descender, echándose hacia atrás, mientras la curva hoja llameante hendía limpiamente el aire.

Purson ni siquiera tuvo ocasión de hacer lo que fuera que planeaba hacer con esa cadena. La espada de Zayne lo golpeó en los hombros y lo atravesó de lado a lado.

—Maldita sea —masculló Purson y luego estalló en llamas, incinerado en el acto.

Esas parecían las últimas palabras favoritas entre los demonios.

Zayne se enderezó y sacudió las alas antes de plegarlas. Estas se apoyaron contra su espalda y luego… parecieron filtrarse en su piel, y dejaron atrás el dibujo en relieve de lo que en ese momento yo sabía que eran alas.

Las espadas en forma de hoz se desmoronaron y se transformaron en polvo dorado que brilló con luz tenue contra el suelo oscuro apenas unos segundos antes de desaparecer. La red de venas iluminadas se desvaneció mientras Zayne se giraba de nuevo hacia donde me encontraba, sin haber hecho absolutamente nada aparte de intentar tocarlo.

Encontré mi voz por fin.

—¿Podías hacer eso? ¿Desde que caíste, podías hacer todo eso?

—Sí.

—Me da igual lo que creas, una parte enorme de ti tenía que seguir ahí dentro cuando te las dabas de don Caído, porque podrías haber hecho eso en cualquier momento y no lo hiciste.

—Podía hacerlo. Y lo hice. Eliminé a algunos demonios de esa manera. —Se miró las manos mientras yo pensaba en aquella porquería de humano que había matado. ¿Habría habido otros humanos?—. Pero tienes razón, porque no quise hacerlo cuando se trataba de ti.

—Gracias a Dios. Eres... eres una pasada, Zayne.

Él levantó la cabeza.

—Creía que ya era una pasada antes.

—Lo eras. Eras una pasada, pero ahora eres una pasada de la leche. En este momento, tengo un poco de envidia de espada.

—No te molesta, ¿verdad?

—¿El qué?

—Lo que soy ahora. De lo que soy capaz. Porque este soy yo. —Apoyó la mano sobre su corazón mientras avanzaba y se detenía delante de mí—. Pero ahora soy diferente. Puedo sentirlo. Hay... No sé cómo explicarlo, pero hay una frialdad dentro de mí y la necesidad... la necesidad de dominar sigue ahí. No está dirigida hacia ti. Nunca volverá a estarlo, pero no sé si hay más cosas de mí que han cambiado.

Lo miré fijamente y comprendí que lo que estaba diciendo no se debía a que estuviera exagerando. Era cierto que era diferente. Su forma de hablarle al demonio no era propia de Zayne... del antiguo Zayne. Sus palabras habían tenido un tono burlón que indicaba que iba a disfrutar con lo que estaba a punto de hacer. La forma en la que se cargó al Trepador Nocturno era otro ejemplo. El antiguo Zayne no le habría cortado un brazo, habría ido directo a matar. Y el antiguo Zayne habría eliminado a Purson sin importar lo que el demonio afirmara o el trato que intentara hacer. Había diferencias y podría haber más, pero también estaba convencida de que siempre estaría segura con él. Joder, empezaba a pensar que, en realidad, había estado más segura con él cuando era Caído el Terrible de lo que había creído antes.

¿Y en cuanto a esa frialdad a la que se refería? Me pregunté si lo que estaba sintiendo sería la pérdida de su gloria, que era más o menos el equivalente de un alma humana. No estaba segura de lo que ese hecho significaba para él a largo plazo, y eso me preocupaba; pero sabía que, pasara lo que pasase, yo seguiría queriéndolo, y su falta de gloria no le impedía quererme. Descifraríamos juntos qué más podría haber cambiado.

Lo miré a los ojos.

—Lo único que me molesta es lo injusto que es que tú tengas dos espadas y yo solo una. Es un asco.

Una amplia y hermosa sonrisa apareció en la cara de Zayne. Soltó una carcajada, que sonó profunda, conocida y cálida como el sol, y me dejó sin aliento. Esa era otra cosa que no sabía si volvería a oír: su risa. Y fue preciosa.

Me temblaron los labios.

—Me da la sensación de que te estás riendo de mí.

—Te acabo de decir que sé que he cambiado y no sé exactamente cuánto, y lo único que se te ocurre es que yo tengo dos espadas y tú solo una.

—Pues sí. Es un asunto importante. Soy una persona envidiosa.

Se rio de nuevo y aquel sonido me aligeró todo el pecho.

—Solo tú responderías así.

Eso podría ser cierto.

Una brisa cálida atrapó los mechones de su pelo y se los apartó de los hombros desnudos mientras Zayne miraba a su alrededor. Ahora que lo pensaba, me di cuenta de que el frescor anormal había desaparecido del aire. No hacía bochorno ni un calor insoportable, pero la temperatura era mucho más apropiada para esa época del año.

Lo miré, y me pregunté si él tenía algo que ver con el cambio de tiempo. ¿A que sería raro? Pero no podía haber sido una coincidencia que hubiera entre cinco y diez grados menos de lo normal hasta el momento en el que volvió a ser quien era antes (bueno, en su mayor parte).

—¿Este es el… cuántos van ya… tercer demonio que ha venido a por ti? ¿Ha habido más?

—Solo los guls, los de la otra noche y este idiota —contesté, pensando que probablemente sería mejor no mencionar que dos de cada tres veces que había salido de casa me había topado con un demonio que me buscaba.

—¿Por qué no está Dez contigo?

—La Bruja Suprema me dijo que la energía de un Guardián o un demonio podría interferir en el hechizo. —Me dispuse a coger mi teléfono—. Debería llamarlo. Para contarle la buena noticia.

—Podemos hacer eso luego. Ahora mismo quiero llevarte a nuestro hogar.

Hogar.

El nuevo apartamento en el que Zayne apenas había pasado tiempo, donde había colocado estrellas fosforescentes en el techo para mí. Hogar. Sentí una opresión en el pecho. Antes eran solo paredes y un techo con mi ropa todavía medio guardada en las maletas. Las estrellas habían hecho que me pareciera algo más, pero hasta ese momento no lo había considerado mi hogar.

Antes de convertirme de nuevo en una masa llorosa, volví a concentrarme.

—Es evidente que Gabriel sabe dónde estoy. Volverá.

—Pero entonces no estarás sola —repuso él, y se me derritió el corazón—. Puede que tengamos que conseguir otro sitio en el que quedarnos si la situación se complica mucho.

Asentí con la cabeza.

—La Transfiguración… Espera, no estabas allí cuando me soltó esa parte de su interminable discurso sobre cómo planea acabar con todo.

—Estoy al tanto. —Me tomó la mano y notar su palma apretada con firmeza contra la mía fue una sensación maravillosa—. Me han puesto al corriente de algunas cosas, incluyendo la Transfiguración. Gabriel tiene planeado abrir una brecha entre la tierra y el cielo para que el demonio Bael, junto con almas que pertenecen al infierno, puedan entrar en el cielo.

Alcé las cejas.

—Pues sí que te han puesto al día. ¿Fueron los Alfas? Dios mío. Todavía me cuesta creer que de verdad has estado en el cielo... en el mismísimo cielo. —Abrí mucho los ojos y dejé de caminar—. ¿Cómo era? ¿Solo hay esponjosas nubes blancas y ángeles relajándose sin hacer nada? ¿Las almas deambulan por allí, con todo lo que puedan desear a su disposición? ¿O se parece a este sitio, pero con ángeles y almas? Se lo he preguntado a muchos espíritus, pero ninguno quiere contármelo... —El corazón me dio un vuelco—. Ay, Dios mío, ¿viste a tu padre?

Una sonrisa se dibujó en sus labios mientras me miraba y...

Ni siquiera me di cuenta de lo que estaba haciendo hasta que salté sobre él.

Zayne me atrapó mientras yo le rodeaba el cuello con los brazos y, esa vez, mantuvo el equilibrio. Me aferré a sus caderas con las piernas y habría sido imposible que él consiguiera que me soltara. No es que lo intentara. Sus brazos me envolvieron de inmediato y me abrazó tan fuerte como yo me aferraba a él.

Me invadió una emoción descarnada al ser consciente una vez más de que Zayne estaba vivo y era él; un poco diferente, pero era él. Se me llenaron los ojos de lágrimas.

—Lo siento. Vale, no lo siento. Solo necesitaba un abrazo.

Me rozó la coronilla con la barbilla.

—Este tiene que ser mi tipo de abrazo favorito.

—El mío también —contesté con voz amortiguada—. Es que... no me puedo creer que estés aquí de verdad.

El corazón me latía con fuerza y mi estómago se sumó, poniéndose a dar tumbos. Tenía ganas de reír y llorar, de quedarme callada y pensativa y, sin embargo, gritar a todo pulmón. Me sentía como si fuera a salirme de mi piel.

—Si necesitas recordarte que estoy aquí de verdad, no dudes en saltarme encima. No me importará —me aseguró—. Te atraparé.

Cerré los ojos con fuerza.

—¿Por qué tienes que decir siempre cosas tan perfectas?

—No siempre digo lo correcto. Tú lo sabes mejor que nadie.

—Así es. Por eso sé que lo que dices suele ser perfecto. Soy una experta en estas cosas.

—En ese caso, supongo que no debería discutir contigo —dijo, y su voz sonó más ronca, más áspera debido a aquello de lo que carecía antes: emoción.

—Ajá.

Lo apreté con brazos y piernas y, durante un momento, permití que la realidad se abriera paso. Había logrado ayudarlo a encontrar el modo de regresar conmigo, como me prometió, y, aunque había regresado… diferente, era él. Había un montón de cosas malas a las que todavía debíamos enfrentarnos; pero, con él a mi lado, había más posibilidades de que derrotáramos a Gabriel. Había esperanza. Había una luz al final del túnel. Zayne representaba el lado positivo y ese momento suponía una prueba de que los milagros eran posibles. Había un futuro más allá de todo eso.

Recobré la compostura y me desenredé despacio. Cuando estuve sobre mis propios pies y segura al noventa y nueve por ciento de que no iba a lanzarme de nuevo sobre él, dije:

—Vale. Necesito concentrarme. Estoy concentrada. Puedes responder a todas las preguntas sobre el cielo luego, pero volvamos a lo importante. ¿Qué te contaron los ángeles…? —Eché a andar de nuevo y arrastré a Zayne conmigo hasta que me detuve—. ¿Adónde voy, por cierto?

—Supuse que sería mejor ir en coche, ya que prefiero hablar con Nic antes de ponerme a volar —razonó, y estuve totalmente de acuerdo—. Puedo subir lo suficiente para que los humanos no se den cuenta de que mis alas no son como las de un Guardián, pero quiero asegurarme de que ninguno de los Guardianes crea que voy a matarlo.

Los Guardianes.

Lo había dicho como si ya no fuera uno de ellos, y no lo era. Evidentemente. Yo ya lo sabía, pero aun así me resultó impactante.

—Bien pensado —murmuré, y luego volví a centrarme cuando nos pusimos a caminar por el sendero—. ¿Es posible? ¿Lo que afirmó Gabriel? ¿Que Bael y las almas infectarían el cielo y que Dios cerraría las puertas?

—Sí, lo que básicamente significa que cualquier humano que muera ya no podría entrar en el cielo. Todas las almas quedarían atrapadas en la tierra y se convertirían en espectros o las torturarían los demonios. —Suspiró—. Con las jerarquías del cielo cerradas, los demonios no tendrían motivos para permanecer escondidos. La tierra se convertiría en el infierno y se perderían partes del cielo. Lo que Gabriel planea es posible.

—Tenía la esperanza de que solo estuviera delirando.

—Por desgracia, no. Algunos Alfas y otros ángeles ya quieren echar el cierre.

—Eso dijo el Trono.

Me pregunté si mi padre sería uno de ellos mientras recorría con la mirada la densa e informe línea de árboles. Experimenté un ramalazo de ira. Lo que había pasado con Gabriel no podía haber supuesto una completa sorpresa para los otros arcángeles. Tenía que haber mostrado indicios de estar fuera de control, con tendencias homicidas y destructoras de mundos. Ese tipo de cosas no aparecían de la nada. Ninguno de ellos había hecho nada. Mi propio padre ni siquiera me había dicho que Gabriel era el Heraldo y mucho menos me había preparado ni remotamente para enfrentarme cara a cara con un arcángel.

Los ángeles eran prácticamente inútiles.

Bueno, menos aquel Trono. Él había sido de ayuda. Miré de reojo a Zayne, que era técnicamente un ángel, aunque no del todo. Él no era inútil; pero numerosos ángeles, desde los del nivel más bajo hasta los arcángeles, podrían haber hecho algo aparte de mantenerse al margen, jugando al *Animal Crossing* o lo que fuera que hicieran los ángeles en su tiempo libre.

—Llevas el móvil encima, ¿verdad? —me preguntó Zayne cuando llegamos a la entrada del parque. Asentí con la cabeza y me lo saqué del bolsillo trasero—. ¿Quieres que pida que nos recojan?

—Claro.

Los focos de la entrada no eran lo bastante brillantes como para minimizar el resplandor del teléfono, así que se lo entregué con mucho gusto.

Mientras él abría la aplicación, dejé que mi mirada lo recorriera. Me pregunté qué iba a pensar el conductor cuando se subiera al coche sin camiseta. Mi mirada se entretuvo un poco en sus hombros anchos, las líneas claramente definidas de su pecho y, más abajo, en el indicio de músculos duros y firmes que la noche ocultaba en su mayor parte. Zayne siempre había estado tan en forma que me hacía sentir que me hacía falta añadir cardio o abdominales a mi inexistente rutina de ejercicios. Yo me entrenaba para luchar. Eso era suficiente ejercicio para mí, pero el cuerpo de Zayne era la prueba de que controlar lo que uno se llevaba a la boca tenía su recompensa.

Fui consciente de que, sin lugar a dudas, estaba mirándolo con demasiada intensidad, pero no me lo estaba comiendo con los ojos porque fuera un espectáculo para la vista. Eso era algo que ya había hecho cientos de veces en el pasado, pero ahora lo estaba mirando porque él estaba ahí y estaba bien. La incredulidad iba a tardar en desaparecer.

Obligué a mi mirada a regresar a su cara y pensé en que sus facciones seguían estando mucho más nítidas que antes. Con esa clase de luz, nunca me habría sido posible distinguir el ángulo de su frente ni la forma de sus labios. No habían sido imaginaciones mías. Tenía que deberse a lo que era, a la gracia que había dentro de él. Nada más a mi alrededor parecía más nítido. No me acordaba de cómo era cuando veía a mi padre, aquellas visitas infrecuentes eran demasiado breves, y me preocupaban otras cosas cuando había estado con Gabriel (como seguir viva, por ejemplo) y cuando conocí al Trono. Sin embargo, al pensar en ello, recordé que había visto aquellos ojos espeluznantes en las alas del Trono. No pensé que pudiera ser capaz de ver algo tan pequeño a esa distancia.

Mientras pedía un Uber, Zayne dejó de mover los dedos y me miró.

—Lo siento. —Me sonrojé—. Te estaba mirando como una acosadora total.

—Ya deberías saber que no me importa que me mires. —Me entregó el teléfono y, después de que me lo guardara en el bolsillo trasero, me agarró la mano y tiró de mí para apretarme contra su pecho. Me pegué a él como una lapa—. Lo siento.

—¿El qué? —pregunté, empezando a levantar la cabeza.

—¿El qué? —repitió con una risa baja mientras me acunaba

la nuca, reteniéndome allí, con la mejilla sobre su corazón—. Dejarte.

—No fue culpa tuya, Zayne. Después de todo, no lo elegiste.

—Ya lo sé, pero eso no hace que sea más fácil saber que has pasado por un infierno, físico y mental, y no pude estar a tu lado. —Su siguiente inspiración sonó entrecortada—. Quise volver contigo en cuanto comprendí que podía; pero, cuando lo hice, bueno, está claro que no ayudó una mierda.

Mis preguntas sobre qué le había pasado exactamente tendrían que esperar.

—Estás aquí ahora. Eso es lo único que importa.

—Estoy de acuerdo. —Cerró los dedos entre mi pelo—. Y no te voy a dejar. Nunca más, Trin. Nunca.

Dieciocho

El trayecto hasta el apartamento fue... interesante. El conductor, un hombre mayor, no dejaba de mirar hacia el asiento trasero, y no me pareció que tuviera mucho que ver con que Zayne fuera sin camiseta o el hecho de que yo estuviera pegada a su costado como si fuéramos trozos de velcro. Los movimientos del hombre y su parloteo, que terminó tan bruscamente como había empezado, reflejaban nerviosismo.

Cuando los ojos del conductor no estaban puestos en la carretera o se dirigían rápidamente al asiento trasero, se posaban en la cruz que se balanceaba con suavidad colgada del retrovisor.

Me pregunté si el hombre sentiría algo... sobrenatural en Zayne. Estaba segura de que no se trataba de mí. Yo no ejercía ningún efecto en los humanos. La gente tampoco parecía darse cuenta nunca cuando se encontraba con los Guardianes en su forma humana, pero sin duda alguna había... una energía alrededor de Zayne que no estaba allí antes.

Resultaba difícil de explicar, pero me recordaba a cómo el aire se cargaba de electricidad y se quedaba inquietantemente inmóvil justo antes de una tormenta espantosa o en el ojo de un huracán. Se parecía a eso. Había una quietud en Zayne incluso mientras deslizaba continuamente las yemas de los dedos arriba y abajo por mi brazo, algo que hacía que el aire que lo rodeaba pareciera estar a punto de estallar y de transformarse en energía violenta. Como si la propia atmósfera estuviera conteniendo el aliento, esperando a ver qué iba a hacer Zayne.

Molaba bastante.

Y daba un poco de miedo.

Por el camino, le envié un mensaje rápido a Dez para hacerle saber que Zayne estaba bien y que lo llamaríamos dentro de poco. Mi teléfono se iluminó de inmediato debido a aproximadamente una docena de mensajes silenciosos a los que no tuve ocasión de responder porque Zayne había inclinado la cabeza y presionado los labios contra mi sien, y el suave beso casi hace que me desmorone por completo.

Me dio la impresión de que el conductor respiró de verdad por primera vez cuando llegamos al edificio de apartamentos y Zayne abrió la puerta. Al bajarme, vi que la mirada del conductor seguía a Zayne cuando se situó debajo de una farola. La marca de las alas era tenue, pero visible para mí, así que no me cabía ninguna duda de que el hombre la vio.

Cerré la puerta mientras el conductor desenganchaba la cruz y se la llevaba a los labios.

—Está claro que tenemos que asegurarnos de que lleves camiseta en público —comenté mientras me reunía con él en la acera.

Se le dibujó una sonrisa irónica mientras entrábamos en el vestíbulo.

—¿Tú crees? —Echó un vistazo por encima del hombro—. ¿Se nota mucho?

—Bueno, yo puedo verlo, así que... —contesté mientras recorríamos el vestíbulo. Por suerte, estaba vacío y, al estar muy iluminado, pude ver la marca con más claridad—. Se parece bastante a un tatuaje hecho con tinta blanca de unas alas de ángel. Te cubre toda la espalda y parece tener un ligero relieve.

Cada pluma curva parecía haber sido minuciosamente grabada en su piel, sin descuidar ningún detalle. El leve relieve le proporcionaba el aspecto sombreado de un tatuaje normal. Volví a experimentar el intenso impulso de tocarlo mientras nos dirigíamos al ascensor. Pero, al recordar cómo había reaccionado en la piscina, me contuve.

—Es precioso, Zayne.

—Tú eres preciosa.

Levanté la cabeza bruscamente y lo encontré mirándome con una sonrisa suave y tierna en los labios. Pude sentir que las mejillas se me ponían coloradas incluso mientras resoplaba de la forma menos atractiva posible.

—He visto el aspecto que tengo ahora mismo y...

—Y estás aún más preciosa que antes. —Llevó la mano despacio hacia mi cara. Me rozó la curva de la barbilla con el pulgar—. Todos y cada uno de los moretones son un símbolo de tu fortaleza.

—Ya estás otra vez, diciendo lo correcto —murmuré.

—¿Y qué te parece este ejemplo de no decir lo correcto? —Trazó la línea de mi mejilla con un dedo y se detuvo donde yo sabía que la piel seguía teniendo un bonito tono morado azulado—. Voy a hacerle daño a Gabriel. Cada moretón que dejó, cada daño que infligió, se lo devolveré multiplicado por diez. Quiero que siga vivo y respirando cuando le despegue la carne de los huesos y le arranque los órganos del cuerpo, y luego, antes de que exhale su último aliento, quiero que seas lo último que vea antes de que tú misma lo mates.

Oh.

Caray.

El corazón me dio un vuelco. No por la fría promesa que reflejaba su voz y que aseguraba que planeaba hacer justamente eso o por la violencia que quería cobrarse, sino porque él se enfrentaría a Gabriel de nuevo. Los dos nos enfrentaríamos al arcángel, ¿y si le pasaba algo a Zayne? ¿Otra vez? Se me helaron las entrañas y el pánico comenzó a arraigar. ¿Podría convencerlo de que se tomara unas vacaciones? ¿De que no participara en eso...?

Me interrumpí allí mismo mientras lo miraba a los ojos. Todos los días existía el riesgo de que uno de nosotros sufriera una muerte prematura. Eso no había cambiado. En todo caso, en ese momento Zayne sería menos fácil de matar. Esa era una buena noticia, algo que me hacía falta recordar, pero él no me había pedido que no participara en eso.

De forma innata, estaba segura de que no me lo pediría.

También estaba segura de que necesitaba a Zayne a mi lado cuando me enfrentara a Gabriel, aunque Roth y Layla lograran reclutar a Lucifer. Y, de todas formas, Zayne no iba a hacerle caso a una petición como esa. No lo había hecho cuando se lo pedí antes y tal vez, haberse lanzado al ataque cuando lo hizo, atraído por el dolor que le transmitía el vínculo, había desempeñado un papel que había acabado conduciéndolo a la muerte.

No podría pedirle a Zayne que no permitiera que la culpa se interpusiera en nuestra forma de vivir. Y yo no podía permitir que el miedo hiciera lo mismo.

No lo haría.

Realicé una breve inspiración.

—Decir eso también fue lo correcto.

Él arqueó una ceja.

Me encogí de hombros.

—A ver, probablemente no para la mayoría, pero a mí no me supone ningún problema en absoluto que hagas justamente eso.

Esbozó una leve sonrisa.

—No debería sorprenderme que digas eso. Siempre has sido sanguinaria.

—Cierto —contesté mientras entraba en el ascensor.

Aunque tuve que admitir que no creía que el Zayne de antes hubiera dicho todo eso. Sí, habría querido herir y matar a Gabriel, pero ¿todo eso de desollarlo y arrancarle los órganos? Eso era diferente.

Lo observé mientras el ascensor subía. Con mejor iluminación, pude comprobar que tenía el mismo aspecto.

Pero no del todo.

—¿Sabes?, veo tus facciones más nítidas, más definidas. Como si enfocaran una imagen en alta resolución —le expliqué—. Ha sido así desde que regresaste.

Él se disponía a responder cuando noté que una sensación de reconocimiento se me arremolinaba en la nuca. Zayne dirigió rápidamente la mirada hacia las puertas del ascensor mientras daba un paso al frente y me obstaculizaba un poco el paso.

—Hay un demonio cerca.

—Probablemente sea Cayman. Decidió esperar aquí hasta que tuviera noticias mías. Brillas.

—¿Qué?

Me echó un vistazo mientras el ascensor disminuía la velocidad hasta detenerse.

—Tienes la piel más brillante. —Le di un golpecito en el brazo con el dedo—. Es como si tuvieras una luz tenue debajo de la piel, y creo que por eso puedo verte mejor que antes.

—¿Parezco una bombilla andante? —me preguntó mientras alzaba las cejas.

Esbocé una amplia sonrisa.

—No creo que se note demasiado. A ver, si yo puedo verlo, estoy segura de que otros también podrán, pero no creo que sean capaces de identificar de qué se trata. Probablemente pensarán que cuentas con un bonito y saludable resplandor.

Zayne abrió la boca mientras se giraba de nuevo hacia la parte delantera del ascensor y su atención se centró en el interior de la habitación al abrirse la puerta. Lo que estaba a punto de decir, fuera lo que fuese, quedó relegado al olvido cuando el demonio de pelo oscuro apareció contoneándose en nuestro campo visual. Cayman permanecía de espaldas a nosotros mientras meneaba la cabeza y balanceaba las caderas. Llevaba una bolsa de patatas fritas en una mano, y en la otra, una lata de refresco. La música que brotaba de sus auriculares tenía un ritmo conocido.

¿Eso era... *Hey Mama?*

De repente, Cayman se dobló por la cintura. Levantó el culo en el aire y lo sacudió como... como si le pagaran por ello. Y mucho dinero, además.

Me quedé boquiabierta.

—Esto no era lo que me esperaba —murmuró Zayne.

—Creo que nadie se esperaría esto.

Cayman se enderezó rápidamente, con un movimiento fluido y sinuoso, al mismo tiempo que se metía una patata frita en la boca.

El demonio sabía bailar.

Salí del ascensor sin saber si deberíamos interrumpirlo o no. Parecía estar pasándoselo muy bien mientras bailaba hacia atrás...

Cayman se giró hacia nosotros. Soltó un chillido agudo que me hizo dar un respingo. Se le escapó la bolsa de los dedos y rodajas de patatas fritas se desparramaron por el suelo.

—Ojalá se nos hubiera ocurrido grabar esto —comentó Zayne.

Se me dibujó una sonrisita de suficiencia.

—Oh, vaya. —Cayman se metió la mano en el bolsillo y el sonido de la música cesó. Se quitó los auriculares despacio mientras miraba fijamente a Zayne—. ¿Debería salir pitando ya mismo?

—¿En lugar de salir bailando? —le pregunté.

—Este no es el momento para bromas —repuso el demonio.

—Pero tengo bromas para dar y tomar.

Cayman me ignoró y bajó la voz como si Zayne no pudiera oírlo.

—No me apetece nada que se repita lo del sábado por la noche.

—Sí, lo siento —se disculpó Zayne—. No era yo mismo del todo.

—Joder, no me digas —susurró el demonio—. ¿No sientes el impulso incontrolable de darme caza y hacerme gritar como un niño pequeño?

Zayne se agachó para recoger las patatas fritas del suelo.

—No tengo ganas de hacer eso ni de escucharte gritar de nuevo. —Le echó un vistazo a la cocina y tuvo que mirar dos veces para asimilar el desorden—. Pensándolo bien...

Me mordí el interior de la mejilla.

—Lo limpiaré todo —dijo Cayman mientras levantaba las manos—. Incluso el desastre que dejó Trinity.

Miré al demonio con los ojos entornados.

Él me guiñó un ojo antes de volver a centrar su atención en Zayne.

—Vaya, angelito, qué bajo has caído. Literalmente. —Lo dijo como si acabara de hacerle a Zayne uno de los mayores cumplidos—. Me alegro de que hayas vuelto.

—Gracias —respondió el aludido—. Creo.

—Temía tener que venirme a vivir con Trinity si esto no funcionaba. Ya sabes, para mantenerla cuerda. —Hizo una pausa—. Y sedada.

Entrecerré los ojos.

—¿Quieres volver a gritar como un niño pequeño?

—Quizá luego. Ya te avisaré.

Cayman tomó un sorbo de refresco mientras Zayne lanzaba la bolsa de patatas fritas sobre la encimera.

—¿Te parezco una bombilla andante?

Me volví hacia él, poniendo los ojos en blanco.

—Ya te dije que no.

—Solo quiero asegurarme.

Me lanzó una sonrisa que no debería haber hecho que me repiqueteara el corazón, pero lo hizo.

Cayman negó con la cabeza.

—No, pero tienes un... trasfondo luminoso, ahora que lo mencionas.

—¿Lo ves?

La sonrisa de Zayne se ensanchó un poco.

—Tengo una pregunta para ti, Cayman. ¿Sientes algo cuando estás cerca de mí?

El demonio bajó la lata de refresco.

—Depende de a qué te refieras.

Al recordar cómo había reaccionado Purson ante Zayne, comprendí adónde quería llegar con esa pregunta.

—Creo que se refiere a si puedes sentir lo que es.

—¿Aparte de que las alas lo delatan? —Frunció el ceño—. ¿Dónde están, por cierto?

—Todavía las tengo.

Zayne se giró y le enseñó la espalda a Cayman. El demonio dejó escapar un silbido bajo al ver las marcas.

—De incógnito. Genial. No había visto eso desde que los ángeles trabajaban codo con codo con los hombres.

Alcé las cejas bruscamente.

—¿Cuántos años tienes?

—Los bastantes para haber visto caer civilizaciones enteras y luego renacer —contestó Cayman.

—Pues vale —murmuré.

—Pero, para responder a tu pregunta, desde luego no transmites la misma sensación que un Guardián. —Arrugó la frente mientras observaba a Zayne—. La sensación es diferente. —Ladeó la cabeza, lo que hizo que una cortina de pelo negro le cayera sobre el hombro—. Pero, si no hubiera visto las alas, no habría sabido lo que eres.

—¿Como es posible? —pregunté mientras cambiaba el peso del cuerpo de un pie al otro.

El cansancio se estaba apoderando de mis músculos. Los últimos días habían sido largos y pasarme un día durmiendo no me había ayudado tanto como pensé.

—Supongo que es lo mismo que evita que la mayoría de los demonios sientan que eres una Sangre Original. Imagino que debe tratarse de algún tipo de escudo celestial ligado a la gracia.

—¿Podrías sentir a un Caído normal… a uno sin su gracia? —quise saber, preguntándome si yo podría sentirlo.

Cayman asintió con la cabeza.

—Se parecen a… a un demonio muy poderoso. La sensación no es exactamente la misma, pero similar. —Se apoyó contra el respaldo del sofá—. Cualquier demonio digno de denominarse así será capaz de captar el aura de poder que te rodea, pero sus mentes nunca atarían cabos y llegarían a la conclusión de que el motivo sea un Caído. No ha habido ninguno deambulando por ahí desde… bueno, desde que los Guardianes salieron de sus cascarones. Evidentemente.

—Qué interesante. —Zayne me miró—. Eso podría resultar beneficioso.

—Sí, si no fuera porque tu momentito «quemadlos a todos» en plan Targaryen el sábado por la noche dejó claro que había un Caído en el lugar de los hechos… Uno con alas y gracia. Estoy seguro de que ese rumor se ha propagado por todas partes más rápido que una noticia falsa evidente en las redes sociales —explicó Cayman. Supuse que Purson no estaba incluido en el grupo de Facebook «Demonios de D. C.» o algo así—. Sobre todo, teniendo en cuenta que la sensación que transmites me recuerda solo a otro ser.

El estómago me dio un vuelco. Supe a quién se refería. A Lucifer.

—Pero ¿qué se siente? —preguntó Cayman—. Al saber de dónde vienes de verdad.

—¿Sinceramente? No me parece bien ni mal. Simplemente… tiene sentido. —Le dedicó una breve mirada al demonio—. Quién soy o incluso quién era no tiene nada que ver con unos antepasados que vivieron hace unos cuantos miles de años.

—Qué decepcionante eres —masculló Cayman.

—¿En serio? —dijo Zayne.

—Sí, porque te has adaptado muy bien. —El demonio hizo un mohín—. No es divertido meterme contigo por tus orígenes poco divinos si no te molesta.

—Lo siento. —Zayne se acercó a mí con paso decidido. Me cogió la mano y tiró de mí hacia el sofá—. ¿Te sientas conmigo?

—Por supuesto —murmuré, y agradecí no seguir de pie en cuanto mi culo se hundió en el cojín.

—Pero ahora entiendo por qué Roth dijo algunas de las cosas que dijo —añadió mientras se sentaba a mi lado—. Y también me sorprende que haya logrado guardarse esa información.

—Ya somos dos.

—Incluso Roth cumple algunas normas —dijo Cayman.

Entonces se me ocurrió algo.

—¿Sabes lo que no entiendo?

—¿Cómo es que los humanos siguen pensando que el cambio climático es una pseudociencia? —sugirió el demonio.

—Sí, eso también, pero...

—¿Los *bitcoins*? —ofreció a continuación—. Porque ni siquiera yo entiendo los *bitcoins* y eso que he visto toda clase de dinero.

Fruncí el ceño.

—No. No me refiero a los *bitcoins*. ¿Cómo acabaron creándose los futuros Guardianes? No había ninguna Caída, ¿verdad? No hay ángeles femeninos.

—¿Quién dice que no hay ángeles femeninos? —preguntó Cayman mientras se giraba hacia nosotros.

Parpadeé rápidamente.

—Nunca he visto ni oído mencionar a ninguna.

—Hay ángeles femeninos —me confirmó Zayne—. He visto algunas.

—Un momento. ¿En serio? ¿Qué aspecto tenían?

—Parecían... ángeles femeninos.

—Eso es muy útil. —Me volví hacia Cayman—. ¿Por qué es la primera vez que oigo hablar de esto? ¿Por qué no se menciona a un ángel femenino en ninguna...? Un momento. —Levanté la mano—. La verdad es que ni siquiera necesito una respuesta a eso. El patriarcado.

—Pues sí. —Cayman asintió con la cabeza—. Y eso es un constructo humano. No puedes echarnos la culpa a los demonios.

—Vale. Entonces ¿había ángeles femeninos que cayeron?

—Apuesto que no te sorprenderá oír que nunca han expulsado a un ángel femenino del cielo —dijo Cayman—. No porque nunca cuestionaran nada. En realidad, simplemente cuestionaban las cosas de una forma lógica y reflexiva en lugar de comportarse como una panda de idiotas.

—No —masculló—. No me sorprende en absoluto.

—En fin, ¿te acuerdas de cuando Dios inundó la tierra para librar al mundo de la descendencia nefilim que resultó de la época de traviesa diversión antes de que los Caídos acabaran convertidos en piedra? Bueno, pues resulta que Dios no los atrapó a todos.

Zayne me colocó la trenza sobre el hombro y dijo:

—Solo había unas pocas humanas cuya genética encajaba con la de los Guardianes, lo que les permitió quedarse embarazadas de un Guardián. Resulta que todas esas mujeres eran descendientes de los hijos de los que cayeron.

—Nefilims descafeinados —añadió Cayman.

—Sangre Original descafeinados —farfullé, mientras pensaba que todo eso sonaba potencialmente incestuoso.

Solo me cabía esperar que la primera generación de Guardianes se hubiera liado con mujeres que no fueran descendientes suyos y dejarlo así.

Además, debía preocuparme más por la funcionalidad de mi propio útero.

—Bueno, ¿y cómo fue? —preguntó Cayman. Cogió una cajita de galletas con forma de animales antes de pasar prácticamente rodando por encima del respaldo del sofá y acomodarse en la esquina—. Lo de morir, digo. Siento curiosidad. Ya sabes... porque nunca he muerto.

—Esa es una pregunta bastante impertinente —señalé.

Cayman se encogió de hombros.

—Como si tú no quisieras saberlo —dijo Zayne mientras las comisuras de los labios se le inclinaban hacia arriba.

Abrí la boca para negarlo, pero luego suspiré.

—Sí, ni siquiera voy a mentir. Tengo curiosidad.

—Lo sabía. —Se pasó una mano por la cabeza y se apartó el pelo de la cara—. Recuerdo morir. Más o menos.

—¿Más o menos? —preguntó Cayman con la boca llena de galletas.

Zayne asintió con la cabeza.

—Recuerdo estar debajo del instituto, en aquella caverna, y saber que me estaba muriendo y sentir… muchísimo miedo por ti, por lo que ocurriría cuando yo no estuviera. Podía sentir tu dolor y lo único que quería era asegurarme de que supieras que todo iría bien.

Dios mío.

Tuve que recurrir a toda mi fuerza de voluntad para no abalanzarme sobre él de nuevo.

—Y luego oí un fuerte chasquido, casi como un trueno, y vi un destello de luz intensa. Nunca había visto nada tan brillante. —Se le dibujó en la cara una expresión absorta, aunque no apartó la mirada de mí. En realidad, no lo había hecho durante más de unos segundos y me pregunté si se debía a que se sentía igual que yo. Como si, en el fondo, no pudiera creer que estuviéramos ahí. Juntos—. La luz se desvaneció bastante rápido y, cuando lo hizo, me encontraba en una especie de edificio.

—¿Un edificio? ¿En lugar de nubes? —Suspiré—. Qué decepcionante.

Una sonrisa hizo acto de presencia.

—Con el tiempo, vi nubes.

Uní las manos debajo de la barbilla.

—¿Con ángeles descansando sobre ellas?

Cayman resopló.

Zayne se rio.

—Te vas a sentir muy decepcionada, pero solo eran nubes normales en el cielo.

Tenía razón, estaba decepcionada, pero seguía sintiendo curiosidad.

—¿El cielo tiene un cielo con nubes? —Arrugué la nariz cuando él hizo un gesto afirmativo—. ¿Estás seguro de que de verdad estabas en el cielo?

—Siento mucha curiosidad por saber cómo crees que es el cielo —admitió Cayman.

Antes de que me diera tiempo a embarcarme en una descripción vívida y excesivamente detallada de ciudades en las nubes, Zayne me interrumpió:

—Desde luego que estaba en el cielo.

Lo miré.

—¿Cómo puedes estar seguro?

—Esto va a parecer una locura, pero fue por cómo era el aire... Estaba a la temperatura perfecta. Ni caliente ni frío. Con la cantidad adecuada de humedad. Fue por los sonidos de ese lugar, como en una mañana de primavera. Fue por el olor. Todo aquel sitio olía a...

Me incliné hacia delante y me pregunté a qué olía el cielo para él.

Zayne carraspeó mientras bajaba las pestañas.

—Olía de maravilla —dijo.

Me recosté en el sofá, desilusionada porque no lo hubiera contado.

—Y el edificio en el que me encontraba era como un coliseo, y estoy casi seguro de que estaba hecho de oro.

—¿Te refieres a todo?

—Sí.

—Caray —murmuró Cayman mientras se metía otro puñado de delicias ricas en hidratos de carbono en la boca—. Dios no repara en gastos.

Me pregunté si un demonio debería enterarse de algún detalle sobre el cielo; pero supuse que, si hubiera algún inconveniente, Zayne no estaría hablando tan abiertamente de ello.

—Por cierto, pude ver las nubes a través de la abertura en el techo —añadió Zayne—. Si te hace sentir mejor, el cielo tenía un increíble tono azul y las nubes parecían esponjosas.

—Como tus ojos —contesté—. El color del cielo, digo.

La sonrisa reapareció.

—Al principio estaba confundido. Sabía que estaba en el cielo. Lo sabía en los huesos, pero me... sorprendió encontrarme allí.

Evidentemente, Zayne creía eso porque le faltaba una parte de su alma, gracias a Layla. Eso ya era agua pasada, hacía una eternidad, pero no pude contener la punzada de ira que sentía cada vez que pensaba en cuánto había herido Layla a Zayne, a pesar de que había ocurrido antes de que nos conociéramos. No es que yo le guardara rencor a Layla por eso ni nada parecido.

Vale. En parte sí, pero me estaba esforzando por superarlo y ser mejor persona en general.

Solo me hacía falta mejorar mucho en ambos frentes.

—No estaba solo. Tardé un momento en darme cuenta de que había alguien allí conmigo... detrás de mí. —Zayne se echó hacia atrás y ladeó la cabeza hacia mí—. Era tu padre.

Diecinueve

Al principio creí que no lo había oído bien.
—¿En serio? ¿Mi padre?
—Sí.

Me quedé atónita un rato antes de admitir que había sido mi padre quien había acabado corrigiendo un destino que se había descarriado, no solo para Zayne y para mí, sino también para Misha. Pensar en mi antiguo Protector, mi amigo, todavía me provocaba mucho dolor. Nunca superaría del todo su traición ni haber estado tan absorta en mí misma que no me había dado cuenta de lo infeliz que era Misha.

Pero tenía sentido que Miguel, mi padre, estuviera allí. Zayne era mi Protector cuando… cuando murió. Mi asombro inicial demostraba que no estaba pensando en su presencia del modo correcto. La estaba atribuyendo a alguna especie de obligación paterna… algo de lo que él no sabía nada, aunque el Trono hubiera afirmado que mi padre tenía fe en mí.

Me aseguré de que mi voz sonara impasible cuando le pregunté:

—¿Fue él quien te contó quiénes eran originalmente los Guardianes?

—Básicamente, y sí, fue un *shock*, pero primero se aseguró de hacerme saber lo increíblemente decepcionado que estaba de que ya hubiera, como lo expresó él, «hecho que me mataran».

—¡Menudo imbécil! —exclamé, deseando tener a mi padre delante para poder asestarle una patada en la puñetera cara.

—¿Has conocido a algún arcángel que no lo sea? —comentó Cayman.

—Puesto que solo he conocido a dos, no. —Crucé los brazos sobre el pecho—. No hiciste que te mataran, Zayne.

—Bueno, supongo que eso es discutible.

Abrí la boca para soltarle una tesis sumamente detallada sobre lo equivocado que estaba.

—Sabía que me había debilitado y que debía mantenerme apartado; pero, cuando sentí tu dolor y tu miedo, tuve que hacer algo. No me arrepiento de eso —dijo antes de que yo pudiera ponerme a enumerar todas las razones por las que mi padre no tenía ni idea de lo que estaba hablando—. Me da igual cuál podría haber sido el resultado, no me arrepiento de haber acudido en tu ayuda. Le dije eso a tu padre cuando por fin cerró el pico, algo que tuve la sensación de que tardó horas en pasar, y probablemente fue así.

A pesar de la seriedad de la conversación, una sonrisa me tiró de los labios.

—¿Y cómo reaccionó al oír eso?

Visualicé en mi mente la fría expresión de desagrado e indignación del arcángel debido a que Zayne actuara basándose en sus emociones.

—Sorprendentemente bien —contestó y parpadeé mientras la imagen de mi padre se desvanecía y se convertía en humo—. Creo que respetó lo que hice, puede que incluso esperase que dijera eso. Qué sé yo. Es difícil saber lo que piensa. Tiene más o menos la misma expresión en la cara pase lo que pase.

Aquella imagen de frío desagrado tomó forma de nuevo.

—Luego me preguntó si te quería.

El corazón me dio un pequeño brinco. Yo ya sabía la respuesta, pero ¿que mi… padre preguntara eso?

La mirada de Zayne retuvo la mía.

—Le dije que estaba dispuesto a morir mil veces por ti. Que así de inmenso era mi amor por ti. Luego me preguntó qué haría para reunirme contigo. Le contesté que haría cualquier cosa.

Se me llenaron los ojos de lágrimas mientras Cayman susurraba desde su lado del sofá:

—Ojalá tuviera chocolate.

Zayne hizo caso omiso de eso y tragó saliva con dificultad.

—No pareció sorprenderle oír eso, pero me dijo que muchos de sus hermanos creen que esa clase de amor es una debilidad.

—Sus hermanos son idiotas —masapen —mascullé.

—Creo que Miguel piensa lo mismo. Él parece creer que esa clase de amor es una fortaleza si... se usa correctamente.

Mi instinto despertó y recordé que el Trono había dicho que creían que Zayne podría ser útil. Entorné los ojos.

—¿A qué se refería con eso?

—Bueno, él opina que el amor puede ejercer el efecto motivador adecuado para no fracasar en la batalla que se avecina —me explicó—. Luego me preguntó si estaría dispuesto a renacer de nuevo, aunque ese proceso no fuera... demasiado agradable. Sinceramente, no entendí a qué se refería. Al principio, pensé que estaba hablando de reencarnación, y eso me confundió muchísimo. Fue más o menos entonces cuando me contó el origen de los Guardianes.

—Parece que Miguel esperaba que cayeras —señaló Cayman.

—¿Sabes?, yo también lo he pensado. Fueron los otros quienes me explicaron que, en cuanto tuviera mi gloria, podría quedarme. Proteger el cielo. O regresar a la tierra cuando fuera el momento oportuno para ayudarte. Tu padre se mantuvo al margen sin decir nada mientras los demás intentaban venderme su opción, pero ni siquiera tuve que pensarlo. Les dije que quería volver contigo y que esa sería la única forma en la que ayudaría a luchar contra Gabriel o proteger el cielo.

—¿Negociaste con los ángeles antes de que te devolvieran tu gloria y renacieras? —le pregunté, un tanto estupefacta.

—Pues sí.

—Me sorprende que no te echaran de una patada y te enviaran allá abajo en ese momento —dijo Cayman.

—Estoy de acuerdo —añadí, y asentí con la cabeza.

En general, a Zayne no parecía afectarle la conmoción que tanto Cayman como yo estábamos sintiendo.

—Sabía que encontraría la manera de regresar contigo, de una forma u otra. Me necesitaban más de lo que yo los necesitaba a ellos.

—Eres... —Sacudí la cabeza sin saber qué decir.

—¿Asombroso? —sugirió él con un brillo en los ojos.

—Y muy humilde. —Eso me valió otra carcajada, y cada una de sus risas tenía un efecto sanador. Noté una pena menos—. ¿Fue muy duro? ¿Renacer y recuperar tu gloria?

—No fue nada —contestó, y luego apartó la mirada.

—Mentiroso —dije—. Te dolió. ¿Verdad?

—Esa pregunta es un poco tonta. —Cayman vertió unas cuantas galletitas con forma de animales en la palma de su mano—. Aparte del hecho de que tuvieron que equiparlo con alas superespeciales, lo atiborraron de gracia. Dudo que fuera como un masaje.

Lo fulminé con la mirada y el demonio respondió metiéndose el puñado de galletas en la boca.

—Necesito saberlo —le dije a Zayne—. Necesito saber por lo que pasaste.

Me recorrió la cara con la mirada.

—¿De verdad?

—Tú necesitarías saberlo si la situación fuera al revés.

Su pecho se elevó al respirar hondo y supe entonces que se había dado cuenta de que yo tenía razón.

—Fue como estar ardiendo. No solo mi piel, sino también las venas, los huesos... todo mi ser. Creí que me estaba muriendo de nuevo, y cuando pensé que no podría soportarlo más, fue cuando mis alas cambiaron. Fue como si me abrieran la piel y crecieran nuevos huesos. No fue un proceso rápido precisamente.

—Dios mío. —Me incliné hacia delante y dejé caer la frente sobre su hombro—. Lo...

—No digas que lo sientes. No tienes nada por lo que disculparte. —Me acunó la coronilla con las manos—. Sobreviví a ello. Estoy aquí. Pasaría por eso mil veces si fuera necesario.

—Qué monos sois —comentó Cayman—. Creo que me duele una muela de tanta dulzura.

—Cierra el pico —le espeté mientras levantaba la cabeza.

La mano de Zayne se deslizó hasta mi nuca mientras echaba un vistazo por encima de mi hombro.

—Puedes marcharte cuando te plazca —le soltó al demonio.

—Ni de coña. Esto es mejor que ver episodios antiguos de *The Bachelor*.

Como nuestras caras estaban tan cerca, vi que Zayne ponía los ojos en blanco antes de desplazar la mano hasta mi mejilla, donde extendió los dedos con suavidad.

—Lo que sentí no fue nada comparado con lo que temí que te estuviera pasando —me dijo en voz baja—. Fue temporal y valió la pena. Ahora estoy aquí y ya no soy ni por asomo tan fácil de matar como antes. —Apartó la mano y se recostó—. Miguel me contó lo que Gabriel planeaba hacer y lo que ocurriría si lo lograba. Me contó que tú... —Se interrumpió y sacudió la cabeza—. Da igual.

—¿Qué te dijo? —insistí cuando no respondió—. ¿Qué fue? ¿Te dijo que me moriría? ¿Que Gabriel tenía planeado usar mi sangre para crear básicamente una puerta trasera al cielo?

Un músculo se tensó en su mandíbula.

—Eso fue lo único que le hizo falta decirme. —El brillo de sus ojos se intensificó—. No va a pasar.

—Tienes razón. No pasará —coincidí incluso mientras la inquietud me brotaba en la boca del estómago.

Había algo en todo eso que no cuadraba. A Zayne se le había concedido un poder inimaginable a pesar de que mi padre y el Trono sospechaban que caería. Permitieron que ocurriera para que pudiera volver conmigo. Zayne tendría que ocuparse de Gabriel, claro, pero ¿los ángeles se mostrarían tan tolerantes con su decisión, tan generosos, después? Nada de lo que yo sabía sobre ellos lo sugería. Entonces ¿cuál era el truco? ¿El sacrificio? ¿El precio?

Me invadió el miedo. ¿Y si, después de que derrotáramos a Gabriel, venían a por Zayne? ¿Si le daban caza para despojarlo de su gracia o sepultarlo? ¿Y si su regreso era temporal?

Sin ser consciente de que yo había caído por completo en una espiral de pánico, Zayne dijo:

—Me costó un poco acostumbrarme a la gracia, saber cómo controlarla y lidiar con ella. —Se movió para colocarse la mano sobre el pecho—. Todavía no me he acostumbrado del todo. Noto una especie de...

—¿Una vibración leve y constante de energía? —terminé por él, y reprimí el pánico. Ahora, mientras teníamos público, no era el momento de preguntar cuál era el precio. Esta vez no me apetecía nada desmoronarme por completo delante de Cayman.

Zayne esbozó entonces aquella hermosa sonrisa y noté una opresión en el pecho.

—Ahora sé por qué te cuesta tanto quedarte quieta.

—¿Eso es todo? —preguntó Cayman, y captó mi atención. Había dejado la caja sobre la mesa de centro—. Te dieron una superdosis de gracia y te permitieron caer. Seamos realistas. No lo hicieron para que pudieras estar con Trinity. A la mayoría de ellos les trae sin cuidado que estéis coladitos el uno por el otro.

Era evidente que Cayman estaba pensando lo mismo que yo, pero con mucho menos pánico.

—Tienes razón. A la mayoría de los ángeles les da igual lo que Trin y yo sintamos el uno por el otro —contestó Zayne, y todo mi cerebro se centró en la parte de «la mayoría de los ángeles»—. Me permitieron caer y permanecer como una versión nueva y mejorada para luchar contra Gabriel.

—El Trono me dijo que ninguno de los ángeles que podrían despojarlo de sus alas y su gracia vendría mientras Gabriel estuviera aquí —apunté, aunque eso no despejaba la duda de qué harían en cuanto Gabriel ya no supusiera un problema.

—Les atribuyes demasiado mérito. —Cayman resopló—. Los ángeles tienen tantas pretensiones de superioridad moral como para intentar tal cosa, sin importar los riesgos. No se han presentado para arrebatarle su gracia porque él cuenta con todo el poder de un ángel, pero no está obligado a cumplir la ley angelical.

—¿Ley angelical? —Me giré hacia Zayne—. ¿Qué clase de ley?

Él miró a Cayman con el ceño fruncido.

—Creo que se refiere a su ley de combate. Por lo visto, está prohibido que un ángel ataque a otro.

—¿Incluso en este tipo de situación? —pregunté, pensando que eso no podía ser verdad—. ¿Incluso cuando uno de los suyos está intentando acabar con el cielo?

—Pues sí —me confirmó Zayne.

—¿Me tomas el pelo? —Me invadió la incredulidad—. Eso tiene que ser lo más estúpido que he oído en mi vida.

—Creen que alzarse en armas contra otro de ellos es como

alzar una espada contra Dios —me explicó Zayne—. Tampoco tenía sentido para mí, pero tu padre me dijo que todos hicieron ese juramento después de la guerra. Está claro que no pensaron a fondo esa promesa.

Al hablar de guerra, supuse que se refería a cuando sacaron a Lucifer a patadas. Procesé todo eso y, de repente, muchas cosas cobraron sentido. Cosas importantes.

Como por qué estaba yo ahí.

—Por eso... nací —anuncié y, sí, me sonó demasiado dramático, pero era dramático—. Es imposible que ni un solo ángel no viera en qué se estaba convirtiendo Gabriel. Simplemente no pudieron detenerlo, debido al juramento. Debieron darse cuenta de que este era un momento tan bueno como cualquier otro para hacer regresar a un Sangre Original y supongo que lo echaron a suertes para decidir quién sería el papá del bebé.

—Lo echaron a suertes para ver quién... —Zayne sacudió la cabeza mientras procesaba mis palabras.

—Vale. Puede que no lo echaran a suertes, pero ya pillas lo que quiero decir. —Tragué saliva con dificultad mientras me recostaba contra el cojín. De verdad me habían creado para ser un arma. Eso no era una novedad ni nada por el estilo, pero supuse que había una parte diminuta e infantil de mi ser que tenía la esperanza de que mi padre hubiera visto a mi madre y se hubiera enamorado de ella. Que hubiera habido algún sentimiento detrás de mi creación. Pero no lo hubo—. Fui un vacío legal. Con la gracia de mi padre, podría enfrentarme a Gabriel. Y Gabriel conocía mi existencia e intentó hacer lo mismo con Sulien.

—Eso no terminó bien para él —comentó Zayne con una sonrisita burlona.

No, no había terminado nada bien.

—Mientras esperaba en las tierras altas del Potomac a que me convocara, siempre pensé que era para la batalla que acabaría con todas las batallas, pero mi padre simplemente estaba esperando a que Gabriel moviera ficha. —Me froté las manos contra los muslos mientras los pensamientos se arremolinaban en mi mente—. Te hace pensar si hubo otros... Sangre Original. Quiero decir después de que todos murieran. Si mi padre había... fabricado uno cada generación o si otros...

—No creo que hubiera más —me interrumpió Zayne—. Al menos, no de Miguel. Me parece que sería propio de él mencionar a otros Sangre Original para felicitarte o insultarte.

Asentí con la cabeza y fruncí los labios.

—Tienes razón en eso.

—Miraos, atando cabos —dijo Cayman.

—Como si tú supieras algo de eso —me burlé.

—No lo sabía —respondió—. Pero lo que sí sé es que lo más probable es que Gabriel pueda arrancarle la cabeza a un Caído.

Me giré despacio hacia el demonio.

—¿Qué pasa? —Levantó las manos—. Solo estoy siendo sincero.

—Sí, me dijeron que era probable que muriera de todas formas —añadió Zayne—. Se les da genial motivar. Esa es la razón por la que algunos de ellos quieren cerrar el cielo ya, pero tenemos más posibilidades de derrotar a Gabriel juntos. Incluso Miguel lo cree.

—Todos tenéis más posibilidades si la misión de Roth es un éxito —soltó Cayman—. Esa es prácticamente la única posibilidad que tenéis.

—¿Qué? —Zayne nos miró primero a uno y luego al otro—. ¿Qué misión?

—Eh… —murmuré abriendo mucho los ojos.

—¿Todavía no lo sabe? —dijo el demonio, que tenía los ojos amarillos abiertos como platos.

—¿Saber qué? —exigió Zayne.

—No he tenido la oportunidad de contárselo —expliqué—. Todos hemos estado un tanto ocupados.

—Creo que nunca en toda mi vida me había alegrado tanto de ser el portador de noticias. —Cayman se deslizó por el sofá y se detuvo cuando estuvo a escasos centímetros de nosotros. Una sonrisa lenta y perversa se extendió por su cara y el demonio parecía sumamente entusiasmado—. Roth y Layla están intentando reclutar refuerzos. Bueno, un refuerzo en particular.

Zayne frunció el ceño aún más.

—¿Por qué tengo la sensación de que esto me va a inquietar?

—Bueeeno… —dije, alargando la palabra.

—Roth está intentando convencer al único ser que puede

enfrentarse mano a mano con un arcángel para que se involucre —añadió Cayman, e incluso yo pude ver que los ojos le brillaban de regocijo—. Alguien a quien no le supondría ningún problema romper cualquier norma celestial. Alguien que, en realidad, tiene mucha experiencia haciendo precisamente eso.

Zayne permaneció un momento en silencio.

—Por favor, decidme que lo que estoy pensando es mentira.

El demonio se llevó las manos a las mejillas.

—Depende de lo que estés pensando.

—Es imposible que Roth esté planeando traer a Lucifer a la superficie. Eso no tendría sentido, ¿verdad? —Zayne me miró y me encogí todo lo que pude en el cojín—. Porque ¿eso no pondría en marcha el apocalipsis bíblico y nos provocaría aún más problemas con los que lidiar?

—Bueeeno... —repetí—. Esperamos que Dios pase por alto su presencia, ya que estamos intentando salvar a la humanidad y el cielo, ya sabes.

—No. No lo sé —contestó Zayne mientras me miraba fijamente.

—¿Qué pasa? —Levanté las manos en un gesto de impotencia—. Lo decidimos cuando se suponía que estabas muerto.

Él parpadeó despacio.

—Y, aunque seas un ángel caído de la leche y yo sea una Sangre Original de la leche, aun así necesitamos ayuda —razoné—. Mira, de todos modos, Roth no parecía creer que fuera a ser capaz de lograrlo. Así que es probable que tengamos que idear otro plan.

—No sé yo. —Cayman se recostó en el sofá con una amplia sonrisa—. Lucifer tiene que ajustar muchas cuentas con Gabriel, ¿y si lo consigue? ¿Si salva a la humanidad y el cielo? ¿Qué creéis que supondrá eso para su ego? Nunca dejará de restregárselo a todo el mundo. Después de todo, el orgullo es su pecado favorito.

Se me ocurrían pecados mucho más divertidos, pero eso daba igual.

—¿Lucifer? —Zayne pronunció su nombre como si no lo hubiera dicho nunca—. ¿Qué rayos se supone que debemos hacer con él si sube a la superficie?

—No lo sé, pero no se va a quedar con nosotros —dijo Cayman.

—No se va a quedar con nosotros. —Le lancé una mirada hostil—. Y vosotros vivís en una mansión enorme. Tenéis espacio y todos sois demonios. —Hice una pausa—. Bueno, Layla es medio demonio o lo que sea, pero nosotros no somos demonios y vivimos en un apartamento.

—Un estado no es espacio suficiente si tienes que compartirlo con Lucifer. —Cayman apoyó el brazo en el respaldo del sofá—. Bueno, os enteraréis si lo consiguen. Lo sentiréis.

—¿Qué significa eso? —le pregunté.

Cayman se encogió de hombros.

—A Lucifer le encanta hacer una entrada triunfal.

Eso... sonaba preocupante.

—¿Sabes?, esto también me recuerda algo que necesito preguntarte. —Los ojos ultrabrillantes de Zayne se centraron en el demonio—. ¿En qué diablos estabas pensando para dejarla ir allí sola? Un demonio de Nivel Superior ha venido a por ella esta noche. Imps y demonios Buscadores vinieron aquí a por ella hace apenas dos días. ¿Y antes ese mismo día? Fueron a por ella guls.

—¿Perdón? —Giré la cabeza bruscamente hacia Zayne—. Podría haberme encargado perfectamente del Trepador Nocturno y de Purson y habría controlado a los guls y a los imps.

—Puede que sí. Puede que no. Todavía te estás recuperando y puedo notar que tu gracia no está al nivel normal —me recordó. Esa nueva habilidad suya no me gustaba nada, nada en absoluto—. Lo que menos te conviene es resultar aún más herida.

—Le hacía falta aire fresco y pasar tiempo a solas. Todo el mundo estaba encima de ella y, por si lo habías olvidado, yo tuve que salir huyendo. De ti —se defendió Cayman—. Sé que sabe cuidarse sola y no me... Un momento. ¿Has dicho Purson? —Cayman se echó hacia delante de repente—. ¿Purson vino a por ti? ¿Y guls y demonios Buscadores?

Hice un gesto afirmativo con la cabeza.

—Sí, y Purson había sacado a pasear a un Trepador Nocturno. Con una correa. Todo fue muy raro.

—Gabriel debe tener demonios buscándola —opinó Zayne.

—No. —Cayman se puso de pie—. Es imposible que Purson esté colaborando con Gabriel.

—Estuviera —lo corrigió Zayne—. Está muerto.

Cayman apretó la mandíbula.

—Purson siempre le ha sido leal a Lucifer. ¿Y los guls? Es imposible que Gabriel pudiera llegar hasta ellos para convencerlos de que se unieran a su causa. Los guls solo existen en los círculos más bajos del infierno.

—Si no fue Gabriel, entonces ¿quién? —exigí saber.

El demonio no tenía muy buena cara cuando dijo:

—Lucifer.

 Veinte

Cayman se largó del apartamento poco después de soltar esa bomba.

Supuse que iba a intentar ponerse en contacto con Roth y Layla; pero, por lo visto, se encontraban en una zona del infierno en la que Cayman ni siquiera se atrevería a entrar. Después de decirnos que quería ver si alguien sabía con certeza que fue Lucifer quien le había puesto precio a mi cabeza, se desvaneció sin más.

Esa era otra molona habilidad demoníaca que me encantaría tener.

—Lucifer —dijo Zayne en cuanto Cayman se marchó—. ¿En serio?

—Fue idea de Roth.

—Qué sorpresa.

—Pero yo estuve de acuerdo. Necesitamos sacar la artillería pesada para derrotar a Gabriel, y parecía una decisión racional en aquel momento. —Estiré mis piernas cansadas y las dejé colgar sobre el borde del sofá—. Todavía lo es. Con suerte, Cayman se equivoca y a esos demonios no los envió Lucifer. Esa complicación no nos vendría nada bien.

—¿Tú crees?

Era una complicación que podría sumar a la creciente lista de complicaciones muy reales y posibles. Solo me cabía esperar que, si Lucifer estaba detrás de esto, Roth y Layla fueran capaces de convencerlo para que se pusiera de nuestro lado y se olvidara de hacerme quién sabe qué.

—Ya sé que no crees que involucrarlo en esto sea buena idea, pero solo tendremos que… controlarlo de algún modo.

—¿Controlar a Lucifer? —Zayne se rio entre dientes mientras se pasaba una mano por el pelo y apretaba el puño—. Eso debería ser fácil. Parece la clase de tío al que se puede manejar con facilidad.

—¿Puede que solo tenga mala fama? —sugerí con una amplia sonrisa.

—¿O haya aprendido a ser un gobernante del infierno más amable y tranquilo gracias al yoga y la meditación? —añadió mientras me agarraba la trenza y tiraba con suavidad del coletero hasta sacarlo.

—Oye, han pasado cosas más raras.

Él resopló.

—Tengo el presentimiento de que va a ser como Roth, pero peor.

Otra sonrisa me tiró de los labios y, durante un momento, me distraje un poco observándolo. Me estaba destrenzando el pelo despacio. Teníamos que hablar de muchas cosas, pero empecé por lo que me pareció lo más importante.

—¿Llegaste a ver a tu padre?

Sus dedos se quedaron inmóviles alrededor de mi pelo.

—No hubo mucho tiempo para visitas. Necesité cada momento que pasé allí para aprender a controlar la gracia. —Continuó deshaciéndome la trenza—. La primera vez que la invoqué, hice un agujero en uno de los edificios. ¿Fue así para ti?

—Yo nunca hice un agujero en un edificio, pero me costaba controlarla cuando me enfadaba o me alteraba. —Le toqué el brazo—. ¿Eso significa que no pudiste ver a tu padre?

Zayne negó con la cabeza.

—No vi a nadie aparte de Miguel, otros cuantos ángeles y los Alfas.

—Lo siento. —Le rodeé la muñeca con los dedos—. Podrían haberse asegurado de que pudieras verlo… Ver a quien quisieras.

Me soltó el pelo y entrelazó los dedos con los míos.

—Me hubiera encantado ver a mi padre. Ver a Sam —dijo, refiriéndose al espíritu que había regresado para advertirnos de lo que estaba pasando en el instituto—. Pero debía asegurarme de poder manejar lo que se me concedió. —Sus densas pestañas se alzaron—. Debía regresar contigo. Eso era lo más importante.

El corazón me danzó de felicidad en el pecho y, durante un momento, solo sentí calidez y alegría. No duró mucho.

Porque ¿cuál fue el precio?

El aire se me quedó atascado en el pecho al mismo tiempo que el cortante pánico resurgía. Me aparté, liberando la mano.

—¿Qué pasa? —me preguntó Zayne mientras escrutaba mi mirada.

De repente, sentí la necesidad de moverme, así que me puse de pie. La punzada de dolor que experimenté en los hombros y la columna no fue nada en comparación con el dolor más profundo causado por el miedo.

—Necesito preguntarte algo y tienes que ser sincero.

—Siempre soy sincero contigo. —Me miró mientras se le dibujaba una media sonrisa—. Bueno, casi siempre. Hubo unas cuantas veces en el pasado en las que no fui sincero del todo.

Casi le pregunto a qué veces se refería por si eran más de las que yo creía, pero me contuve.

—Necesito que seas completamente sincero ahora, sea cual sea la respuesta.

—Por supuesto.

Noté un hormigueo en la piel mientras me ponía a caminar de acá para allá delante del televisor.

—Necesito saber la verdad, Zayne.

Se desplazó hasta el borde del sofá.

—Sí, ya lo he pillado. ¿Qué necesitas saber?

Tragué saliva para contener las náuseas provocadas por el miedo y me obligué a plantear la pregunta.

—Regresaste conmigo sin que yo tuviera que negociar o suplicar. Regresaste siendo más poderoso incluso que yo, y sí, tuve que hacer aquello con la espada de Miguel, y fue muy estresante y todo eso, pero estás vivo después de morir.

Zayne ladeó la cabeza.

—Sí. —Una pausa—. Así es.

—Te querían aquí para ayudar a detener a Gabriel, pero ¿que te dejaran caer? ¿Que no tengan ningún inconveniente en que estés conmigo? Todo eso parece demasiado bueno para ser verdad. Esto tiene que haber tenido un precio. Una trampa. —Me crucé de brazos, sin dejar de caminar delante del televisor—. Necesito saber si esto es temporal. Que estés aquí conmigo. ¿Te apartarán de mí en cuanto derrotemos a Gabriel? ¿Los Alfas y otros ángeles van a venir a por ti? ¿Para intentar arrebatarte tu gracia o sepultarte?

—No. —Lo dijo sin vacilar—. Yo temía lo mismo y, sabiendo lo que sé sobre los ángeles, no confiaba en que no hubiera una trampa. Hacer que esto fuera temporal parece algo con lo que disfrutarían. Supuse que ese sería el caso, pero esto no es temporal, Trin.

—¿Cómo puedes estar seguro?

—Porque tu padre me dijo que no lo era.

Dejé de moverme. Puede que mi corazón hubiera dejado de moverse.

—¿Dijo que podías quedarte conmigo? ¿Usó esas palabras exactas y no lo dejó a la interpretación?

—Miguel dijo que permanecería a tu lado mientras tú quisieras. —Sin apartar la mirada de mí, se inclinó para recoger una patata frita del suelo y la lanzó sobre la mesa de centro—. Y, luego, tuvo la consideración de añadir que permanecería a tu lado mientras siguiera vivo.

—¿En serio? —susurré, demasiado asustada para relajarme—. La parte de «mientras siguieras vivo» parece algo que él diría.

Zayne asintió con la cabeza.

—Esto no es temporal, Trin.

—Pero ¿por qué? —pregunté, mientras avanzaba y me detenía delante de él—. ¿Por qué iban a hacer algo tan... tan amable? —Era consciente de lo mal que sonaba eso, pero la gente creía que los ángeles eran pilares de virtud y generosidad. En realidad, les iba más enseñarle a la gente una lección a través de la pérdida y el sufrimiento, y sí, estaba convencida de que había algunos cariñosos y achuchables por ahí. Pero nunca tratábamos con los de esa clase—. Es que no parece propio de ellos.

—No lo es, pero creo que... tu padre tuvo mucho que ver con que permitieran esto. De hecho, sé que es cosa de tu padre.

—¿De verdad?

Quise creerlo, pero el historial de Miguel demostraba que no era el tipo de padre que se involucraba mucho.

O que se preocupaba.

—¿Sabes por qué pensé que Miguel esperaba verme caer? Incluso Cayman lo pensó. —Estiró las manos y las apoyó en mis caderas. Tiró de mí hacia el espacio que había entre sus piernas abiertas—. ¿Podría deberse a que comprendió que yo no estaría obligado a cumplir las normas de combate entre ángeles? Claro. Apuesto que eso fue lo que usó para convencer a los otros ángeles. Pero yo sé que fue más que eso. —Me miró fijamente y pude ver las magníficas líneas de su cara con más claridad que nunca—. La noche que me convirtió en tu Protector, me susurró algo. Creí entender lo que significaba, pero me parece que me estaba diciendo más de lo que me di cuenta.

Recordé haber visto a mi padre susurrarle algo. Cuando le pregunté a Zayne al respecto, me dijo que no era sobre el Heraldo. Luego me... bueno, me distraje, como de costumbre.

—¿Que te dijo?

—Me dijo: «Un día, mi hija te otorgará gracia y te restituirá tu gloria». Luego añadió que esperaba que hubiera aprendido a distinguir cuándo debía cumplir las normas y cuándo no. En realidad, no entendí todo aquello de la gracia y la gloria, pero supe a qué se refería con lo de cumplir las normas. Se refería a nosotros... a las normas que regían a un Sangre Original y su Protector, y sé que me estaba diciendo que no las cumpliera.

Se me escapó un suspiro tembloroso. Zayne había cumplido las normas toda su vida, ¿y qué había conseguido con eso? Había perdido a Layla antes incluso de tenerla, y daba igual que de haber estado juntos él se habría dado cuenta de lo fuertes que eran o no sus sentimientos por ella. Cumplió las normas y se distanció cada vez más de su clan. Y recordé cuando me dijo que estaba harto de cumplir las normas. Eso pasó la primera noche que estuvimos juntos.

—Pero te debilitaste porque no cumplimos las normas —razoné—. Moriste porque...

—Y me restituyeron mi gloria por ti... porque te quería. Me concedieron gracia porque te quiero. No cumplir las normas me condujo a este preciso momento, y sí, perdí mi gloria al caer, pero estoy aquí. Estoy contigo y, por supuesto, podríamos pensar que tu padre me ofreció ese aviso para que fuera más probable que yo estuviera aquí contigo para pelear contra Gabriel, pero creo que fue más que eso. Sé que lo fue. Él quiere que seas feliz y sabía que permitirme volver contigo lo lograría.

Nunca, ni en un millón de años, me habría planteado que eso era lo que le había susurrado mi padre. Tampoco me habría planteado nunca que él dedicara ni un momento a pensar en mi felicidad. Nunca.

—Miguel no puede hacer mucho por ti, teniendo en cuenta lo que es o lo que supongo que se espera de él. —Me miró fijamente con aquellos ojos de un impresionante tono azul claro—. Y no lo digo para justificar su falta de habilidades paternas en general, pero esto era algo que sí podía hacer por ti.

—Sí tienes razón, yo... ni siquiera sé qué decir —admití, y cerré los ojos con fuerza. Cuando los volví a abrir, vi unos diminutos destellos de luz—. Creo que me resulta más fácil pensar que no es capaz de hacer algo así.

—¿Por qué?

Me costó expresar con palabras lo que sentía.

—Porque... me hace pensar en lo que es tener un padre, uno de verdad que se involucra y se preocupa. Me hace querer eso.

—No tiene nada de malo querer eso.

—Ya lo sé, pero me entristece y me enfada saber que tengo un padre que no puede ser eso —admití—. Así que es más fácil pensar en él como lo que es: un arcángel que solo es capaz de sentir un frío desagrado.

Me escudriñó la cara con la mirada.

—Lo entiendo —dijo, y le creí, a pesar de que él tuvo un padre que había formado parte de su vida diaria. A quien quería y que lo quería, incluso cuando habían discrepado con vehemencia.

—Para que lo sepas —comenté, mientras dejaba escapar un suspiro y dejaba entrar la esperanza a la vez que apartaba los pensamientos sobre mi padre y me centraba en Zayne y en mí—. No tienes que preocuparte por lo que siento. Siempre querré tenerte a mi lado. Siempre.

—Ya lo sé. —Lo dijo sin una pizca de arrogancia mientras

tiraba de mí para que me sentara en su regazo. Cuando levantó las manos, lo hizo muy despacio, y se aseguró de no sobresaltarme mientras me sujetaba las mejillas con suavidad—. Han pasado seis días, cuatro horas y unos veinte minutos desde la última vez que pude hablar contigo de verdad y verte a través de mis propios ojos. Otros han tardado más tiempo. Semanas. Meses. Años. Pero esos días, horas y minutos me han parecido una eternidad. No me puedo ni imaginar cómo habrá sido para ti.

Apoyé las manos contra la cálida piel de su pecho.

—Siempre pensé que perder la vista era lo más aterrador que me podía pasar, pero luego... perdí a mi madre, y eso fue peor. Lidié con ello, pero luego perdí a Misha, y pensé que todo lo que él había hecho era lo peor que podría experimentar en toda mi vida. Me equivocaba. Cada una de esas cosas ha sido horrible o dura o me ha cambiado la vida a su manera, pero perderte fue como si me arrebataran el aire que necesitaba respirar antes de poder inspirarlo. —Me volvió a arder la garganta—. Fue espantoso, y ni siquiera me refiero a la parte de curarme. Eso fue un asco, pero estar despierta fue peor. Ser consciente de que te... que te habías ido fue la peor parte. Y, ya sabes, no sabía cómo seguir adelante, así que estaba planeando...

—¿Planeando qué?

Deslizó los pulgares con cuidado por debajo de mis ojos y fue entonces cuando me di cuenta de que estaba llorando. Otra vez. Tenía que dejar de hacer eso. Madre mía.

Recobré la compostura. Más o menos.

—Estaba planeando ir a ver a Ángel, el Ángel de la Muerte, y obligarlo a hacerte volver.

—¿Que ibas a hacer qué?

—Ir a ver a Ángel y obligarlo a hacerte volver. No sabía cómo lo lograría, pero luego... no estuve segura de si eso era lo correcto, ¿sabes? Porque ¿y si estabas en paz y te apartaba de eso? Te devolvería a la vida, ¿y para qué? ¿Para luchar contra Gabriel? ¿Para que tal vez murieras de nuevo? —Esos sentimientos, esa confusión, todavía se me acumulaban en la garganta como ácido de batería—. Pero sabía que, si sobrevivía a Gabriel, creo que no... creo que no habría sobrevivido a perderte. Una parte de mí desaparecería para siempre... la parte que te pertenece.

¿Y la noche que regresaste? Estaba en ese parque intentando averiguar qué sería lo correcto y si podría vivir conmigo misma decidiera lo que decidiese.

Zayne susurró mi nombre, bajó la cabeza y me depositó un beso en la frente y luego en la punta de la nariz.

—Me alegro de que no tuvieras que tomar esa decisión. —Me apretó contra su pecho y me envolvió con los brazos—. No habría encontrado la paz, Trin. Lo habrías sabido. Me habrías visto en forma de fantasma o espíritu. Habría regresado contigo.

Le rodeé la cintura con los brazos, con la certeza de que él tenía razón. Cuando desperté, y en los días posteriores, debería haber sabido que había pasado algo, porque no lo había visto como fantasma o espíritu.

—Creo que me daba miedo que Gabriel hubiera conseguido hacerle algo a tu alma —admití, y Zayne se puso tenso contra mí—. Ya sé que probablemente suene raro, pero es que tenía tanto miedo.

—No es raro. —Zayne guio mi cabeza hacia atrás mientras se apartaba lo suficiente para poder verme—. Sabes que siempre voy a estar aquí. ¿Recuerdas? Siempre estaré aquí para asegurarme de que puedas ver las estrellas. Soy tu… ángel caído lazarillo.

Solté una risa temblorosa mientras me inclinaba hacia delante. Zayne se encontró conmigo a medio camino y, en cuanto nuestros labios se tocaron, al fin me permití experimentar cierto alivio. Su aroma a menta fresca me rodeó. Podría seguir besándolo durante una eternidad…

Me eché hacia atrás y abrí los ojos de golpe al caer en la cuenta de repente. El corazón me dio un vuelco mientras observaba los impresionantes planos y ángulos de la cara de Zayne y pensaba en mi padre y en todos los otros ángeles que había visto. Ninguno aparentaba más de veintitantos años. Vaya, la mayoría de los demonios no aparentaban mucha más edad. No estaba segura de si simplemente envejecían increíblemente despacio o si llegaban a cierta madurez y dejaban de envejecer. Con desazón, supe de manera instintiva que ocurría lo mismo con los Caídos.

Yo envejecería cada año.

Zayne no.

Veintiuno

—¿Estás bien? —me preguntó Zayne mientras yo continuaba mirándolo fijamente, a punto de caer en otra espiral de pánico.

—¿Ahora eres... inmortal? Es decir, ¿no envejecerás?

Una expresión suave y con los párpados pesados se dibujó en sus facciones.

—Me preguntaba si ibas a comentarlo.

—Ay, no. No vas a envejecer, ¿verdad? —Dejé caer la cabeza hacia atrás con un gemido—. Y yo pensando que el hecho de que me quedara ciega y tú tuvieras que..., qué sé yo, elegirme la ropa acabaría deteriorando nuestra relación...

—¿Por qué diablos crees que eso deterioraría nuestra relación?

—Bueno, puede que no lo de la ropa, pero tú ya me entiendes.

—No. No te entiendo. —Me inclinó la cabeza hacia delante para que volviéramos a estar cara a cara—. Explícamelo.

—Si tengo suerte, me quedará suficiente vista para ver así. —Levanté el pulgar y el índice y los mantuve separados unos dos o tres centímetros—. Por mucho que odie admitirlo, voy a necesitar ayuda con muchas cosas.

Una enorme y deslumbrante sonrisa apareció en su cara, lo que me sorprendió.

Me eché un poco hacia atrás.

—¿Por qué sonríes?

—Porque acabas de admitir que vas a necesitar ayuda y eso es algo tremendo. Suponía que iba a tener que quedarme sentado viéndote chocar contra las paredes durante meses antes de que me pidieras ayuda.

Lo miré fijamente.

—Pero volviendo a lo de no sonreír —continuó—. Me ofende un poco que pienses que tu vista va a influir de alguna manera en lo que siento por ti y deteriorar nuestra relación. De hecho, me ofende mucho.

—No pretendo ofenderte, y no es que crea que no me quieres lo suficiente como para lidiar con eso, pero no puedo evitar preocuparme por ello —admití, y me sentí como si estuviera desnuda a pesar de que estaba completamente vestida—. Y, teniendo en cuenta a lo que nos hemos enfrentado…, a lo que tendremos que enfrentarnos, parece estúpido hablar siquiera de esto en este momento.

—No es estúpido —arguyó Zayne—. Es importante. Sigue.

Respiré hondo.

—Ni siquiera sé lo duro que va ser para mí. Así que ¿cómo puedes saber que no se va a volver un fastidio? Y, si pasara eso, yo no te culparía. A mí me fastidia chocarme con cualquier tontería que lleva en el mismo sitio desde el principio de los tiempos. Me fastidia intentar leer las instrucciones o la fecha de caducidad de algo y tener que adivinar lo que estoy leyendo. Así que, simplemente… no quiero sentir… —Me interrumpí mientras me encogía de hombros—. ¿Cómo hemos terminado hablando de esto?

—Tú sacaste el tema —me recordó mientras me apartaba el pelo de la mejilla—. Sé lo que ibas a decir.

—¿En serio, don omnisciente?

Una comisura de sus labios se inclinó hacia arriba. Fue una sonrisa breve.

—No quieres sentirte una carga. Eso es lo que ibas a decir. Pero, Trin, nada relacionado contigo será nunca una carga. Todo lo relacionado contigo es un puñetero privilegio.

Mi pecho.

Uf.

Se me hinchó como si tuviera un globo dentro.

—¿Por qué? —Me desplomé hacia delante y dejé caer la cabeza sobre su hombro—. ¿Por qué tienes que decir siempre lo correcto, Zayne? Aquí estoy, intentando agobiarme, y te estás interponiendo.

—¿Lo siento?

Me dio la impresión de que intentaba no reírse.

—Y, mira, mi birria de vista ni siquiera es un problema en este momento. Tú te mantendrás eternamente joven y cachas, y yo envejeceré y se me romperán las caderas. Luego tendré que convertirme en mejor persona y descubrir que, si amas a alguien, debes dejarlo ir. Y tendré que decirte que te vayas a vivir tu vida, que encuentres a alguien joven…

—Basta. —Zayne se rio entonces mientras me agarraba por los brazos y me apartaba de su hombro. Sus ojos se encontraron con los míos… Unos ojos que nunca perderían su brillo ni se volverían llorosos por la edad—. Eso no es lo que va a pasar.

—Tienes razón. —Lo fulminé con la mirada—. Nunca seré esa persona. Creo que «si amas a alguien, déjalo ir» es uno de los dichos más estúpidos que existen. Soy demasiado celosa y egoísta. Me da igual tener noventa años, aun así me voy a…

—No quiero que seas mejor persona. Me gusta que seas celosa y egoísta. —Me dedicó una amplia sonrisa como si me estuviera comportando como una tonta, y claro que él podía pensar eso, ya que era un puñetero ángel caído—. Nunca habrá otra persona para mí. Ni ahora ni cuando tengas noventa años.

—Es fácil decirlo cuando tendrás este aspecto para siempre. Con el tiempo, la gente me consideraría una asaltacunas cuando me vieran con Zayne, y habría un futuro en el que sucedería eso, porque me negaba a creer que no derrotaríamos a Gabriel.

—Es fácil decirlo porque te quiero, y eso va más allá de la piel o las caderas rotas —contestó y, sin previo aviso, se movió. Me levantó de su regazo y me colocó de espaldas, deslizando mi cuerpo debajo del suyo. Sostuvo su propio peso apoyando un brazo junto a mi cabeza—. Eso no desaparece con la edad. Se fortalecerá y se volverá irrompible. Lo sé a ciencia cierta. No habría caído si lo que siento por ti fuera tan débil. No habrías luchado por mí, no te habrías negado a rendirte si tu amor por mí fuera tan fácil de romper.

Apreté los labios formando una línea terca.

—Ya lo estás haciendo otra vez.
—¿El qué?
—Decir lo correcto.
—¿Quieres que deje de hacerlo? —me preguntó, y arqueó una ceja.
—Sí. —Suspiré—. No.
La sonrisa de Zayne se abrió paso hasta mi corazón y lo envolvió.
—Entiendo que esto te agobie, de verdad, pero eso es preocuparse por problemas futuros. Ya tenemos suficientes ahora, ¿no?
—Sí. —Levanté la mano y le toqué la barbilla. Noté su piel muy cálida—. Pero eso se parece mucho a decir que cruzaremos ese puente cuando lleguemos allí, y llegaremos allí, Zayne. Ese puente va a llegar.
—Y lo cruzaremos juntos. —Bajó la barbilla y me depositó un beso rápido en las yemas de los dedos—. Lo resolveremos juntos. Eso es lo único que podemos hacer porque acabas de recuperarme. Te acabo de recuperar. Tenemos lo que mucha gente no tiene nunca: una segunda oportunidad. Nos lo merecemos, pero aún tendremos que luchar por ello. Lo que podría pasar dentro de unos años no nos va a privar de cada día de aquí hasta entonces. Eso es lo que pasará si nos estresamos por eso ahora.

Él tenía razón. Ya había demasiadas cosas que amenazaban con arrebatarnos esa segunda oportunidad. Me resultaría difícil no preocuparme por ello, al igual que me resultaba difícil no estresarme por mi vista, pero había aprendido a no permitir que lo que acabaría pasando se interpusiera en mi forma de vivir. Al igual que Zayne no podía permitir que lo que había hecho cuando cayó cambiara quién era en ese momento.

Sus labios rozaron los míos para darme un beso dulce y suave, y abrí la boca lo dejé entrar. Las numerosas preocupaciones se quedaron por el camino. Así de poderosos eran sus besos. O, tal vez, así de poderoso era mi amor por él.

Y, Dios mío, nunca me cansaría de sentir sus labios contra los míos. Nunca dejaría de asombrarme cómo la suave e inquisitiva presión de su boca contra la mía podía provocarme una oleada de sensaciones tan enloquecedora.

Deslicé las manos hasta sus hombros y tiré de él hasta que sentí la calidez de su piel a través de mi camiseta. Las puntas de su pelo me hicieron cosquillas en las mejillas cuando le mordisqueé el labio inferior.

Un rugido de respuesta brotó de su garganta y me hizo enroscar los dedos de los pies. El beso se volvió más profundo y el aire pareció crepitar a nuestro alrededor. La forma en la que nuestras bocas se unieron tenía un cariz brusco, casi desesperado, y supuse que los dos acabábamos de darnos cuenta en ese momento de la suerte tan increíble que teníamos de poder experimentar todo eso de nuevo. No se trataba de que lo que habíamos hecho en la piscina no contara. Contaba, y eso también había sido poderoso. Aquella madrugada había demostrado que Zayne seguía allí dentro, que su amor por mí seguía guiando sus actos. Sin embargo, eso era diferente, porque éramos nosotros.

Nos perdimos un poco simplemente... besándonos. Hubo besos suaves y terriblemente dulces. Otros, provocadores y juguetones. Luego estaban los que me dejaron anhelante y sin aliento. Todos eran mis favoritos, porque era a Zayne a quien estaba besando.

Lo que deseaba más que nada era perderme en él, olvidarme de todo. Y creo que él sentía lo mismo, pero levantó la cabeza después de un último beso adictivo.

—Te he echado de menos —dijo, y su voz sonó tan entrecortada como su respiración.

—Y yo a ti —susurré, y deslicé los dedos por su mejilla. El resplandor en el fondo de sus pupilas parecía más tenue.

Zayne apoyó el peso de su cuerpo sobre un brazo y levantó la mano despacio para apartarme unos mechones de pelo de la cara.

—Cuando estuvimos juntos el domingo de madrugada... —Tragó saliva mientras recorría la curva de mi mejilla con la punta de un dedo—. No... no sé qué pensar de eso.

—¿Qué quieres decir?

—Era yo y, al mismo tiempo, no lo era. Sabía lo que estaba pasando. Era algo que yo controlaba, pero me pregunto si lo hiciste porque pensaste que tenías que hacerlo. Si pudiera volver atrás, no lo habría hecho —admitió—. No es que no disfrutara...

—Lo sé. Yo también disfruté. —Le acuné las mejillas con las manos—. No me obligaste. Yo lo inicié. Sabía lo que estaba haciendo y no pensé que tuviera que hacerlo.

—Ya sé que no te obligué, pero es que… no me sienta muy bien. En ese momento, no tenías ni idea de si la Bruja Suprema podría ayudarte. —Me rozó el labio inferior con el dedo—. Yo te acababa de tirar a una piscina y antes, esa misma noche, había peleado contigo. Te amenacé… y luego estaba dentro de ti. Podría haberte hecho daño mientras pasaba. Podría haberte hecho daño después.

—Entiendo por qué opinas eso. En serio —dije con suavidad, y era cierto. Zayne era bueno hasta la médula, incluso cuando le faltaba una parte de su alma, e incluso en ese momento, cuando era un Caído y técnicamente no tenía alma. Eso hacía que me cuestionara todo el tema del alma y cuánto influía en los sentimientos y en los actos de las personas, pero ese no era el momento adecuado para eso—. No me hiciste daño, Zayne. Tenías el control y lo que hicimos me dio esperanza. Sé lo descabellado que suena, pero fue otra prueba más de que seguías allí dentro, y me hacía falta. —Levanté la cabeza y lo besé con ternura—. No tiene que gustarte lo que pasó. Entiendo que te cueste aceptarlo. Pero no quiero que eso te haga sufrir.

Deslizó la mano por mi brazo y me rodeó la muñeca con los dedos. Me apartó la mano de su mejilla y me besó de nuevo el centro de la palma. Cuando sus ojos se encontraron otra vez con los míos, dejó escapar un suspiro entrecortado y sus hombros parecieron relajarse.

—No usamos protección.

Mi corazón dio un traspié.

—Lo sé —susurré.

Me besó la palma de la mano de nuevo.

—Los Caídos pueden reproducirse con los humanos.

—Lo sé —repetí—. Pero no sé si yo puedo. Empecé a pensar en ello después, porque… bueno, por razones obvias, y no sé si algún Sangre Original se ha reproducido alguna vez.

—No sabes mucho sobre los Sangre Original.

—Y por eso le pedí a Dez que averiguara si Gideon podía encontrar algún indicio en cualquier sentido.

Zayne parpadeó sorprendido.

—¿Le pediste a Dez que se lo preguntara a Gideon?

—¿A quién más se supone que debía preguntárselo? No creo que Thierry ni Matthew lo supieran... y no me apetece nada tener esa conversación con ellos, así que pensé en Gideon. Él sabe muchas cosas y tiene acceso a un montón de libros polvorientos que nadie lee. A menos que un ángel aparezca de pronto y responda a esa pregunta, Gideon fue la mejor idea que se me ocurrió.

—Ni siquiera consigo imaginarme cómo fue esa conversación con Dez.

—Oh, créeme, no quieres saberlo. Me gustaría fingir que nunca pasó, pero espero que averigüe algo para que podamos...

Aquellos ojos ultrabrillantes se encontraron con los míos.

—Para que podamos saberlo —terminó por mí.

Asentí con la cabeza mientras el estómago me daba tumbos sin parar, y luego me dispuse a hablar, pero me detuve.

Zayne, tan observador como siempre, se dio cuenta.

—¿Qué pasa? ¿Qué estabas a punto de decir?

Se me sonrojaron las mejillas mientras desenredaba la lengua.

—¿Qué haríamos si estuviera...? Dios mío —gemí—. Apenas soy capaz de decirlo, aunque sé que es una estupidez. Pero decirlo lo convierte en una posibilidad más real, y esa realidad es superaterradora ahora o dentro de diez años.

—Estoy de acuerdo —contestó él, y asintió.

—Pero somos adultos, ¿verdad? Básicamente. Tú más que yo, pero no es que no seamos lo bastante mayores... —Me detuve con una risa temblorosa—. ¿A quién pretendo engañar? Aunque tuviera treinta años, no me sentiría lo bastante mayor. ¿Qué vamos a hacer si lo tuyo funciona con lo mío?

Una de sus cejas se arqueó.

—Quieres decir ¿si te he dejado embarazada?

—Si nos hemos quedado embarazados —lo corregí.

—No lo sé —dijo con una risa suave y un tanto vacilante—. Tendríamos...

—¿Que resolverlo?

—Juntos. Sí.

—No puedo... Ni siquiera puedo pensar en eso —admití—. Es probable que esa sea una respuesta muy inmadura, lo cual es un indicio clave de que seré una madre horrible, pero ni siquiera soy capaz de asimilar esa posibilidad.

—Yo tampoco. Y no es que no me pareciera bien la idea... si decidieras eso —dijo, y la siguiente inspiración que realicé se quedó atascada en algún lugar de mi pecho henchido—. Simplemente no es algo para lo que me haya preparado, pero estaré preparado independientemente de lo que pase o se decida.

Parte de la tensión que no me había atrevido a reconocer se aflojó. No era que la posibilidad de estar embarazada no siguiera agobiándome. Me agobiaba, y mucho, pero no era algo a lo que tendría que enfrentarme sola. Ya no había nada a lo que tendría que enfrentarme sola.

—Así que hemos hablado de mi padre, cómo fue que te atiborraran de gracia, Lucifer, mi birria de visión, el hecho de que yo envejeceré y tú no, tu consternación por lo que pasó entre nosotros en la piscina y la posibilidad de que esté embarazada. —Sonreí de oreja a oreja—. Menuda reunión, ¿eh?

—Es perfecta —contestó, y se rio.

—Lo que tú digas.

—Lo es. —Agachó la cabeza para besarme—. Necesito darme una ducha. ¿Quieres venir conmigo?

El corazón me dio un vuelco y los músculos de la parte baja del vientre se me tensaron al mismo tiempo que unas diminutas bolitas de duda se iban amontonando en mi estómago. Nunca me había duchado con nadie. Evidentemente. Zayne era el primer chico con el que había estado completamente desnuda, por lo que mi mente me mostró de inmediato, al detalle, todas las formas en las que acabaría pareciendo y comportándome como una auténtica tonta, pero mi corazón y mi cuerpo gritaban: «¿Una ducha? ¿Con Zayne? Sí y sí, por favor».

Aquellas bolitas de mi estómago empezaron a rebotar con una energía nerviosa; pero, en ese momento más que nunca, no podía permitir que el miedo y la timidez impulsaran mis decisiones. Y menos después de aprender por las malas que el mañana no estaba garantizado.

—Vale —contesté, y esperé que mi voz no le sonara tan chillona como a mí—. Quiero decir: sí, claro. —Me sonrojé—. Me gustaría.

—¿Estás segura? —Una suavidad se había asentado en sus facciones—. No tenemos que...

—Estoy segura —lo interrumpí—. Cien por cien segura.

—Bien. —Zayne sonrió entonces, y noté un torbellino en el pecho—. Porque la verdad es que no quiero perderte de vista durante más de unos minutos. Es probable que eso suene superdependiente, pero es que... —Sus pestañas descendieron y le ocultaron los ojos—. No sé cómo explicarlo. No espero nada aparte de que estés a mi lado. Solo necesito poder verte.

—Lo entiendo. —Y, Señor, lo entendía perfectamente—. Yo siento lo mismo.

Zayne bajó la cabeza y me besó.

—¿Por qué no te adelantas y empiezas con la ducha? Voy a «desCaymanizar» la cocina primero.

Puesto que parte del desorden era culpa mía, me dispuse a decirle que no tenía que hacerlo, pero luego me di cuenta. Me estaba dando tiempo, haciendo que esto fuera menos incómodo; porque, sí, desnudarme y meterme en la ducha con él probablemente haría que me diera la risa tonta como si me faltara un tornillo.

Lo que fuera que hacía que Zayne fuera tan increíblemente atento y considerado seguía allí. Era la parte de él que lo diferenciaba de tantos y hacía que resultara muy fácil enamorarse de él a pesar de los riesgos.

Noté una opresión en el corazón mientras me estiraba y lo besaba. Lo que se suponía que era un gesto de agradecimiento se convirtió en algo un poco más intenso y transcurrió un rato antes de que Zayne se apartara de mí. Me entretuve un poco observando las marcas de su espalda, pero, al final, conseguí que mi cuerpo se pusiera en marcha.

Me dirigí a toda prisa al cuarto de baño. El corazón me latía demasiado rápido mientras me cepillaba los dientes y abría el grifo de la ducha. Experimenté una vertiginosa oleada de expectación y nerviosismo, y una aguda sensación de surrealismo, cuando me quité la ropa, la empujé hacia un rincón con el pie y luego la recogí y usé, como es debido, la cesta vacía para la ropa sucia. Reuní rápidamente las otras montañitas de ropa desperdigadas por el suelo, las lancé al sitio que les correspondía y, antes de empezar a reírme como una tonta como me había temido antes o desmayarme, me metí bajo el chorro de agua caliente.

Mis sentidos estaban tan hiperactivos que me temblaban las manos cuando me giré despacio. No se trataba de que tuviera miedo. No se trataba de que no estuviera preparada. No se trataba de nada de eso. Se trataba simplemente de que todo parecía como... como si fuera la primera vez. Lo de ducharnos juntos desde luego lo era, pero, a pesar de que habíamos experimentado todo tipo de besos y mucho más, ahora todo parecía diferente y nuevo.

El agua me pegó el pelo a la espalda y fluyó sobre mi cuerpo mientras yo miraba los numerosos cortes y moretones que se estaban desvaneciendo. Mi cuerpo era un mosaico de cicatrices viejas y nuevas, y yo sabía que cada una de esas imperfecciones era justo lo que Zayne había dicho antes: un símbolo de fortaleza. No me avergonzaba de ellas. Estaba orgullosa.

Las comisuras de los labios se me inclinaron hacia abajo cuando el agua se deslizó entre mis pechos. La piel de en medio estaba más rosada de lo normal y casi parecía un... arañazo en forma de línea recta. Me toqué la piel. Estaba sensible, pero no me dolía exactamente. No tenía ni idea de dónde había salido esa marca, así que cerré los ojos y levanté la barbilla, y dejé que la alcachofa de la ducha lavara más que solo las últimas veinticuatro horas. Pronto, Zayne y yo íbamos a tener que hablar con el clan y hacerles saber más cosas aparte de que él estaba bien. Tendríamos que empezar a trabajar en un plan B por si acaso Lucifer no estuviera interesado en alimentar su ego y salvar al mundo. Incluso con su ayuda, todavía necesitábamos descubrir dónde estaban escondidos Gabriel y Bael. Estaba el tema del instituto y el maldito portal que había debajo y del que había que ocuparse. Podría llamar a Jada ahora para que no flipara... demasiado y debía ocuparme de averiguar qué diablos estaba pasando con la tal Gena con la que Cacahuete parecía estar pasando cada vez más tiempo. También necesitaba sacar algo de tiempo para agobiarme como es debido por el hecho de que Zayne no iba a envejecer y seguir preocupándome por el gran «y sí». ¿Y si resultaba que estaba embarazada? ¿Qué significaría eso de verdad?

Bajé la mirada una vez más y agité los dedos de los pies mientras colocaba las yemas de los dedos contra mi vientre. Por más que persiguiera demonios y saltara de un edificio a otro no obtendría un vientre plano. Era probable que la comida basura tuviera mucho que ver con eso; pero, si tuviera que elegir entre un vientre plano y patatas fritas, siempre elegiría las patatas fritas. Pero, si estuviera embarazada, ¿no tendría que comer alimentos más saludables? Me estremecí, y luego apoyé las palmas de las manos contra la parte baja de mi vientre y ejercí presión...

¿Qué diablos estaba haciendo? Aparté las manos de golpe mientras hacía una mueca. Puse los ojos en blanco y me giré de nuevo hacia el chorro de agua. ¿Qué haríamos? ¿Qué podríamos hacer? Estar embarazada no podía cambiar nada. Seguiría siendo una Sangre Original. Seguiría teniendo que encontrar a Gabriel y lo que fuera que viniera después.

Todo eso era de locos para mí, porque ni siquiera sabría decir si quería ser madre, pero conocía a Zayne: sería un padre asombroso para nuestro...

¿Qué diantres sería un hijo de una Sangre Original y un Caído? ¿Mi parte humana se transmitiría? ¿El defecto genético que me había causado la retinosis pigmentaria reaparecería? Las posibilidades hicieron que se me revolviera el estómago.

Debía parar, porque ese no era el momento oportuno para pensar en nada de eso, sobre todo en cosas que tal vez nunca llegaran a materializarse.

Al oír que la puerta del cuarto de baño se cerraba con suavidad, mi pulso salió disparado hacia territorios inexplorados. Mantuve la vista al frente mientras me concentraba en respirar, algo que extrañamente requiso mucho esfuerzo.

Un leve movimiento detrás de mí arrojó ese arduo trabajo con la respiración por la borda. Piel rozó contra piel, y provocó que un tenso y potente estremecimiento me recorriera la espalda.

Pasó un momento y después sentí el ligero roce de los dedos de Zayne en los hombros, que me apartaba el pelo a un lado. Sus labios se apretaron luego contra la piel situada debajo de mi nuca y los dedos de los pies se me enroscaron contra el suelo de la ducha.

Incapaz de permanecer callada en medio del silencio supercargado de tensión, dije:

—El «desCaymanizado» no te llevó mucho tiempo.

—Solo me ocupé de la primera capa antes de impacientarme demasiado —contestó, y esbocé una amplia sonrisa—. Va a requerir otra pasada luego. Puede que una tercera, por lo que parece.

—Yo me encargaré de ambas pasadas —me ofrecí—. ¿Quieres la cosa para el pelo?

Cuando dijo que sí, agarré el bote que él usaba, que era a la vez champú y acondicionador. Si yo me pusiera eso en el pelo, se me quedaría tan seco como un nido de pájaros, y no me explicaba cómo no le pasaba eso al suyo.

Se hizo un agradable silencio en el cuarto de baño mientras nos dedicábamos a usar la ducha para lo que fue diseñada. La incomodidad se desvaneció a pesar de que yo era tremendamente consciente de cada vez que su piel tocaba la mía. Cuando se estiró a mi lado para colocar un bote en el estante y su brazo rozó el mío. O cuando me aclaré el champú y luego el acondicionador del pelo y tuve que darme la vuelta para hacerlo. Le había rozado los muslos con la cadera y él se había quedado de nuevo inmóvil como una estatua. Mantuve los ojos cerrados durante todo eso y, cuando él cogió el gel de baño, deseé tener el valor de ofrecerle ayuda, pero me daba demasiado miedo parecer una idiota, así que me mantuve callada mientras el aire lleno de vapor se llenaba del aroma mentolado del gel que él usaba y los matices más exuberantes a jazmín que provenían del gel de baño que siempre usaba yo.

Cuando se enjuagó y se situó de nuevo detrás de mí, pensé que iba a salir de la ducha, pero no lo hizo. Me quedé sin aliento cuando sus manos se deslizaron por la piel resbaladiza y todavía enjabonada de mis brazos, sobre mis codos y luego hasta mis muñecas. Hasta ese momento, ni siquiera me había dado cuenta de que había cruzado los brazos sobre la cintura. Guio mis brazos hasta los costados con una delicadeza impresionante.

Las puntas de su pelo mojado me rozaron la mejilla cuando bajó la cabeza y esta vez me depositó un beso en el lugar donde el cuello y el hombro se unían, donde me había mordisqueado la piel y me había dejado una marca.

—Lo siento —se disculpó—. Nunca había hecho eso.

—No pasa nada. Apenas se nota.

Me besó ese sitio de nuevo. Abrí los ojos, con las piernas temblorosas, mientras sus pulgares trazaban círculos lentos y perezosos por el interior de mis muñecas. Observé cómo sus manos se desplazaban desde mis muñecas hasta mi vientre. Su piel de color dorado oscuro contrastaba con los tonos más aceitunados de la mía. No apretó las manos contra mi tripa como había hecho yo antes. Evidentemente, él no era tan rarito como yo, pero me pregunté si estaría intentando imaginarse lo mismo: un vientre mucho más protuberante que la típica hinchazón por hidratos de carbono que solía lucir yo.

Un instante después, me lo confirmó.

—Si resulta que estás embarazada y decides que eso es lo que quieres, todo irá bien —dijo con la voz ronca por la emoción—. Pero antes te equivocaste en algo.

—¿Solo en una cosa?

—No serías una madre horrible.

Reprimí una carcajada.

—No me equivocaba.

—No te reconoces suficiente mérito, Trin. Serías una de las madres más feroces que hay y no te detendrías ante nada para darle la mejor vida posible a tu hijo —me aseguró—. No lo dudo ni por un segundo.

Se me escapó un suspiro entrecortado.

—Los dos. —Giré la cabeza hacia la suya—. Si los dos decidimos que eso es lo que queremos, todo irá bien.

—Cierto —contestó con voz pastosa. Sus labios se posaron en mi mejilla—. Podemos con esto, pase lo que pase.

—Así es.

Y lo creía. Estaba convencida de ello.

Un revoloteo surgió en mi pecho y fue descendiendo al sentir su mirada posada en mí desde atrás. Se me tensó todo el cuerpo.

La cabeza de Zayne se inclinó una vez más y su barbilla me

rozó un lado de la cabeza cuando su boca se dirigió hacia mi oreja.

—No soy digno de ti.

—Eso no es verdad ni por asomo.

—Sí lo es. Eres valiente y fuerte. Audaz. Eres inteligente, amable y leal. —Sus grandes manos se deslizaron hasta mis caderas—. Eres impresionante. —Me besó el cuello y me hizo estremecer—. Te quiero, ahora y siempre.

El corazón me palpitaba con fuerza cuando dejé que el instinto me guiara. Di un paso atrás, y permití que nuestros cuerpos se tocaran por completo. Zayne emitió un sonido descarnado y un ardor me inundó las venas.

Sus manos sufrieron un espasmo contra mis caderas.

—Ya te deseaba muchísimo, pero ahora siento que me estoy volviendo loco —dijo, y pude sentirlo, todo él, y no cabía duda de que sus palabras eran ciertas—. Pero sé que es probable que las cosas te resulten raras en este momento, así que por eso voy a esperar hasta que salgas y luego enfriaré el agua al máximo.

Un embriagador torbellino de sensaciones me recorrió la piel mientras me giraba en sus brazos. No me permití pensar demasiado en lo que estaba haciendo. Levanté la mirada y parpadeé para eliminar la humedad de mis pestañas. Él me miró fijamente, con la mandíbula apretada y los ojos llenos de pura necesidad. El resplandor en el fondo de sus pupilas era más vibrante. Coloqué las manos sobre su pecho.

—¿Me das un beso?

—Trin —contestó con voz áspera y aquella palabra se pareció más a un gruñido que nada que le hubiera oído decir nunca. Me estremecí cuando sus manos se tensaron alrededor de mis caderas—. Quiero hacer eso más de lo que nunca he querido hacer nada en toda mi vida, pero estoy aprendiendo rápido que siento las cosas con un poco más de intensidad que antes. Intento hacer lo correcto. Necesitas tiempo y, si te beso, no... no creo que mi autocontrol sea como solía ser. No quiero... —Gimió y se le estremeció todo el cuerpo cuando deslicé las manos hacia abajo por su vientre—. No quiero ser esa clase de persona que pierde el control.

Dejé vagar la mirada por las líneas endurecidas de sus facciones.

—Nunca podrías ser esa persona. Este preciso momento lo demuestra.

—La piscina demostró justo lo contrario.

—No es verdad —insistí—. Sé que, incluso entonces, si yo no hubiera querido hacer nada, te habrías detenido. Lo sé.

Zayne apretó los labios mientras me miraba fijamente.

—Tienes una opinión demasiado buena de mí.

—Tengo la opinión correcta de ti —lo corregí y sus ojos se transformaron en zafiros líquidos y ardientes—. Los moretones y esas cosas apenas me duelen ya. No necesito tiempo. Nada me resulta raro. ¿A ti te resulta raro algo?

Hizo un gesto negativo con la cabeza.

—Bien, porque lo que necesito es a ti, Zayne, ahora y siempre. —Noté calor en las mejillas—. Poniendo especial énfasis en la parte de ahora.

Durante un momento, pensé que se iba a negar y, entonces, planeé abalanzarme sobre él sin más. Esperé que no perdiera el equilibrio en las baldosas resbaladizas, pero luego Zayne se movió.

Bajó la cabeza y, cuando su boca tocó la mía, comprendí que no había experimentado, ni mucho menos, todos sus tipos de beso, porque en ese hubo de todo. Zayne se mostró, a la vez, infinitamente tierno y totalmente exigente. Me besó con una sensación de urgencia y, sin embargo, de una forma que me hizo sentir como si tuviéramos todo el tiempo del mundo.

Y ese beso... hizo que las entrañas se me agitaran y retorcieran hasta formar una estimulante maraña. Las sensaciones fluyeron a toda velocidad sobre mi piel y a través de mí. El corazón se me disparó y la emoción que se propagó por mi pecho fue tan intensa como el palpitar de la gracia. Zayne me besó como si quisiera borrar las horas y los días interminables que habíamos estado separados.

Bajo mis manos pude notar que se le flexionaban los músculos cuando me levantó en brazos. Lo envolví con las piernas mientras el brazo que me rodeaba la cintura me mantenía apretada contra él. Su boca nunca se separó de la mía mientras nos hacía girar. No estaba segura de cómo se las arregló para cerrar el agua y ni siquiera me di cuenta de cuándo salimos exactamente de la ducha. Hubo momentos en el cuarto de baño en los que se detuvo y me encontré apretada entre la pared y él. Luego nos pusimos en movimiento de nuevo y, poco después, mi espalda chocó contra las mantas arrugadas de la cama. Estábamos juntos, con los cuerpos resbaladizos y el pelo mojado empapando las sábanas en las que acabamos enredados enseguida, y luego nos envolvimos uno alrededor del otro. Sus manos estaban por todas partes y el calor de su boca las seguía mientras yo trazaba las líneas de su pecho y su vientre, y me deleitaba en el tacto de su piel. Su boca traviesa me arrancó sonidos entrecortados, y se entretuvo en mis pechos, y luego descendió más, por debajo de mi ombligo y aún más abajo. Cuando su boca se cerró sobre esa parte tan sensible, Zayne me devoró y yo me quedé aturdida y palpitante debido a esos besos adictivos.

Esa vez hubo una breve pausa para usar protección. No íbamos a seguir tentando a la suerte en ese sentido. Luego Zayne se situó sobre mí. Les di la bienvenida a la calidez y al peso de su cuerpo, que había echado desesperadamente de menos.

—Te quiero —susurré contra su boca mientras lo instaba a acercarse con mis manos y mis besos.

Me moví contra él y luego él se deslizó dentro de mí. No hubo más palabras a partir de ahí. No fueron necesarias mientras nos lanzábamos de cabeza hacia el deseo y la pasión, pero esas no eran las únicas cosas que había entre nosotros. Cada beso y cada caricia reflejaban alivio, aceptación y una necesidad y un deseo que iban más allá de lo físico. Y había tanto amor acumulándose entre nosotros que nos estábamos ahogando encantados en él.

Antes de eso, no había habido ni una pizca de control, pero las cosas se volvieron… se volvieron frenéticas. Alcé las caderas para ir al encuentro de sus embestidas, y Zayne situó ambos brazos debajo de mí y me levantó contra él. Los dos éramos como cuerdas estiradas al máximo, y cuando nos rompimos, lo hicimos juntos, cayendo por el borde del abismo. Al mismo tiempo que unos tensos y envolventes temblores me invadían en oleadas interminables, noté una ráfaga de aire contra la mejilla y la sensación de algo suave contra el brazo. Abrí los ojos despacio.

Eran las alas de Zayne.

Habían brotado de su espalda y en ese momento las plumas nos cubrían a los dos. Alcé la mirada y vi las estrellas en el techo, que brillaban con tanta suavidad como las alas de Zayne.

Veintidós

Un rato después, nos encontrábamos tumbados uno frente al otro. Yo me había colocado una sábana debajo de los brazos y él estaba… bueno, gloriosamente desnudo y completamente a gusto con todo ello. Probablemente porque la lámpara de la mesita de noche que él había encendido dejaba todas aquellas partes interesantes de su anatomía en penumbra. Su mano rodeaba la mía… la que me había cortado durante el hechizo. Estaba completamente agotada y no tenía ni idea de qué hora era, pero las alas de Zayne seguían desplegadas, una estaba apoyada contra su costado y la otra se encontraba detrás de él, y yo… me moría de ganas de tocar una.

Pero me estaba comportando como una adulta y me guiaba por la norma de no tocar sin preguntar. A veces, los Guardianes podían tener las alas sensibles, y uno no debía ir por ahí tocándolas así sin más. Supuse que debía ocurrir lo mismo con esas, ya que Zayne había reaccionado de forma muy enérgica cuando intenté tocarlas antes.

Dios mío, Zayne era un ángel de verdad. Bueno, un ángel caído, para ser exactos. Era extraño cómo, de vez en cuando, la realidad parecía darme una bofetada en plena cara.

—Las alas —dije, reprimiendo un bostezo—. Eso ha sido diferente.

—No sabía que pasaría —contestó mientras empezaba a apartar el ala.

—No. No las guardes. Las alas no me molestan. Solo ha sido algo nuevo.

Zayne giró mi mano y me besó el corte que se estaba curando. El resplandor en el fondo de sus pupilas parecía más tenue de nuevo.

—Y diferente —añadió.

—Sí, pero me gustan. —Me deslicé más cerca de él—. Son preciosas, Zayne.

—Gracias. —Me besó la punta de un dedo—. Déjame adivinar: ¿te dan envidia?

—Puede —contesté con una sonrisa.

Su risita profunda hizo que mi sonrisa se ensanchara.

—Supongo que todavía me estoy acostumbrando a ellas.

—¿Son diferentes de las de un Guardián?

—Sí. En realidad, todo es diferente. —Depositó otro beso en el siguiente dedo—. Permanecer en mis estados de humano y de Guardián me parecía natural a menos que estuviera herido y tuviera que entrar en un estado de curación profunda —me explicó, refiriéndose a cuando adquirían forma de piedra para dormir. Yo nunca le había visto hacer eso—. Mantener mis alas ocultas no me parece natural. Hace que me pique la espalda. Esa es la mejor forma que se me ocurre para describirlo.

—En ese caso, no las mantengas ocultas cuando no sea necesario, sobre todo cuando estés conmigo. —Les eché un vistazo y noté un hormigueo en los dedos—. Son asombrosas. Me encantaría tener alas y poder volar.

—Me aseguraré de que vueles siempre que quieras. —Me besó el dedo anular—. Quieres tocarlas, ¿no?

Le dirigí una sonrisa tímida mientras enroscaba los dedos de los pies.

—Sí. Así es. Muchísimo.

—Entonces ¿por qué no lo has hecho?

—He estado trabajando muy duro en todo el tema de no tocar sin pedir permiso, y me está matando. —Me acerqué otro par de centímetros—. Parecen tan suaves y esponjosas.

Zayne se rio entre dientes mientras bajaba mi mano e inclinaba la cabeza hacia la mía. El beso hizo que una oleada de calidez me recorriera todo el cuerpo.

—Como has trabajado tan duro, creo que te mereces una recompensa.

Mi mente saltó de inmediato al fango y chapoteó con alegría, pero luego noté un movimiento. Zayne levantó el ala y la apoyó sobre nosotros y contra mi cadera. Era tan larga que llegaba detrás de mí y su peso me recordó a una manta gruesa y acogedora. La parte superior estaba tan cerca que prácticamente podría besar una de las plumas. Inspiré bruscamente mientras abría mucho los ojos.

—¿No te importa? —le pregunté, a punto de chillar de la emoción.

—No. —Me soltó la mano—. ¿No pesa demasiado?

—Para nada.

Me mordí el labio mientras alargaba la mano y rocé con los dedos la curva de la pluma situada más cerca.

Era tan suave como me había imaginado, parecía felpilla, pero debajo de las sedosas plumas había músculos gruesos. Toda el ala de un Guardián era músculo y tendones, pero un ángel tenía... Dios mío, debían de tener cientos de músculos ocultos bajo la hermosa pelusa. Deslicé los dedos hacia abajo y me quedé sin aliento. Eso no era lo único que estaba oculto entre las plumas.

También estaba la gracia.

La gracia palpitaba por el centro de cada pluma, destelleando a lo largo de una red de delicadas venas. Parecía seguir los movimientos de mis dedos, resplandecía y luego se atenuaba.

Miré a Zayne a la cara. El brillo en el fondo de sus pupilas era más intenso. Aparté la mano.

—¿Te molesta que te toque las alas? Si es así, sé sincero. No vas herir mis sentimientos.

—No. Todo lo contrario. —Me cogió la mano y colocó mis dedos de nuevo contra la parte inferior de su ala—. Me gusta.

—¿Es relajante? ¿Como cuando acarician a un perro?

—Si otra persona hiciera esa comparación, podría ofenderme.

Sonreí.

—En cierto modo, es relajante —me explicó mientras estiraba la mano entre nosotros y la apoyaba en la curva de mi cintura—. Son muy sensibles.

—¿Más que las alas de Guardián?

Su mano se deslizó por debajo del ala hasta mi cadera.

—Mucho más. Puedo sentir cada roce a lo largo de la espalda... y en otros sitios.

—¿Otros sitios? —Le dediqué una amplia sonrisa, y me pregunté si eso era lo que había provocado su reacción en la piscina—. Qué interesante.

Zayne dejó escapar un murmullo gutural mientras me apretaba la cadera. Archivé esa información y seguí acariciándole el ala. No sabría decir cuánto tiempo transcurrió mientras mi mente divagaba. De alguna manera, terminé acordándome de lo que había visto horas antes.

—Vi las estrellas esta noche —anuncié sin venir a cuento para nada—. Me refiero a que las vi de verdad.

Su mano se había estado moviendo de forma despreocupada, subiendo y bajando por mi cintura y mi cadera, pero entonces se detuvo.

—¿Qué quieres decir?

—Sucedió justo después de que te... bueno, después de que te apuñalara en el corazón y un estallido de luz me derribara. Creo que fue tu gracia. —Al mirarlo, vi que tenía la mirada clavada en mí. Siempre era así cada vez que yo hablaba, incluso antes. Como si yo fuera la única persona en su mundo—. Cuando abrí los ojos, pude verlas todas, Zayne. Había tantas y eran muy nítidas, como supongo que deben parecerles a las personas con buena vista. Podrían haber sido imaginaciones mías; pero, aunque se tratara de eso, eran preciosas.

—No sé por qué habrías imaginado algo así. Aunque no estoy seguro de qué pudo haber ocurrido para provocar eso.

—Yo tampoco. Tus alas me recuerdan un poco a eso. Cómo la gracia titila entre las capas de plumas. Es como si las estrellas asomaran detrás de las nubes. —Mis dedos avanzaron más a lo largo de sus alas, hacia la espalda. Las plumas eran más finas allí, y los músculos de debajo, más prominentes—. Mi vista volvió a la normalidad un momento después, pero me alegro de haber podido verlas.

—Me alegro por ti... De que hayas podido verlas —dijo con voz más ronca.

Le eché otro vistazo y comprobé que aquel brillo de sus ojos era vibrante de nuevo.

—Cuanto más cerca de la espalda, más sensibilidad tienes, ¿verdad?

—Sí.

Esa única palabra sonó como si tuviera que abrirse camino entre sus dientes apretados.

La calidez que notaba en el estómago se tensó con fuerza. Me incorporé sobre el codo para poder rodearle los hombros con el brazo. La sábana se resbaló un poco mientras mis dedos se acercaban a la suave piel del anclaje y todo el cuerpo de Zayne dio un respingo.

—Qué interesante —murmuré.

—Mucho —contestó él con voz áspera, y echó la cabeza hacia atrás mientras yo deslizaba los dedos por el músculo—. Creo que me estás provocando.

—Puede ser. —Empecé a apartar la mano, pero Zayne era tan rápido como fuerte. Se movió antes de que pudiera darme cuenta siquiera de lo que estaba haciendo: se tumbó de espaldas y me colocó encima de él. De alguna manera, se había deshecho de la sábana. Cuando la piel desnuda de su pecho entró en contacto con la mía, me estremecí de placer—. Tienes una habilidad asombrosa para realizar varias cosas al mismo tiempo.

—Así es. —Un toque de arrogancia le endureció el tono. Me rodeó la nuca con la mano y atrajo mi boca hacia la suya—. Pero recuerda que tú empezaste esto.

—No me voy a quejar.

Y no lo hice.

Su ansia era evidente en la forma en la que me besó, en cómo su mano me rozó el costado del cuerpo, del pecho. Se sentó y me llevó con él. Nuestros cuerpos estaban alineados de formas muy divertidas. Eché la cabeza hacia atrás cuando sus labios trazaron una senda de besos por mi cuello. Zayne llevó las manos hasta mi cintura y me levantó unos centímetros, mientras sus labios seguían descendiendo aún más. Jadeé y me estremecí. Él me mantuvo firme mientras tiraba de mí para acercarme más a él. Alargué la mano hasta su espalda y la deslicé por la base del ala.

Zayne me bajó de nuevo, contra su pecho.

—Probablemente vas a hacer eso siempre que puedas, ¿no?

—Probablemente —admití.

—Bien.

Entonces sentí la ráfaga de aire cuando plegó sus alas a mi alrededor y la sensación de aquella suave fuerza contra mi espalda y el duro calor de su pecho apretado contra el mío tenía que ser un afrodisíaco por sí solo. Nos besamos de nuevo y los únicos sonidos en la habitación fueron los que provenían de nosotros al unirnos, al movernos juntos. No fue menos intenso que antes. Me quedé sin aliento y con la mente en blanco, y solo estaba él, lo que me hacía sentir y aquella enloquecedora y tensa avalancha.

Cuando nuestros cuerpos se relajaron por fin y nuestra respiración se calmó, nos tumbamos de nuevo de costado. Esta vez no había espacio entre nosotros. El agotamiento me perseguía, y supuse que a Zayne también. Justo antes de que me venciera el sueño, sentí el suave peso de una de sus alas al posarse sobre mí, lo que me ayudó a caer en un sueño feliz y tranquilo.

Un golpeteo lejano que parecía sonar cada vez más fuerte y más cerca no fue lo que me despertó. Fue la ausencia del maravilloso calor del cuerpo de Zayne.

Me moví y, al abrir los ojos despacio, lo vi dirigirse hacia la puerta. Ya llevaba un pantalón de chándal y estaba poniéndose una camiseta. Las alas estaban ocultas y las marcas que le recorrían la espalda no eran más que una mancha borrosa para mí.

—¿Qué es eso? —le pregunté mientras continuaban los golpes.

Zayne me echó un vistazo por encima del hombro.

—Hay alguien en la puerta.

—Suena como si estuviéramos a punto de sufrir una redada de un equipo antidrogas o algo así —farfullé, y me aparté el pelo de la cara.

Él se rio entre dientes.

—¿Cómo sabes cómo suena eso?

—Por la tele.

Me pareció que me miraba sacudiendo la cabeza.

—Duérmete otra vez. Vuelvo enseguida. Hoy no vamos a hacer nada más que dormir.

—Brujos —le recordé mientras me colocaba de espaldas—. Tenemos que ir a ver a la Bruja Suprema para darle una de tus plumas.

—Luego —respondió y, antes de que me diera tiempo a decir nada, salió del dormitorio.

Los golpes se volvieron más fuertes y luego se atenuaron cuando Zayne cerró la puerta detrás de él.

Me pregunté cómo se suponía que íbamos a conseguir una pluma. ¿Arrancándosela de las... alas? Eso parecía doloroso.

Mi mirada se deslizó hasta la ventana que iba del techo al suelo. Por la brillante luz del sol que se filtraba por debajo de las persianas, supe que tenía que ser, como mínimo, última hora de la mañana o principios de la tarde.

Aunque pasarme todo el día durmiendo sonaba maravilloso, tenía que levantarme. Había muchas cosas que hacer, comenzando con la Bruja Suprema y terminando con Gabriel.

Me estiré, bostecé, y las mejillas se me sonrojaron en respuesta a una punzada de dolor sordo en ciertas zonas. La noche anterior había sido preciosa, perfecta y...

Un grito procedente de la sala de estar me sacó del agradable y adormilado aturdimiento. Me incorporé de golpe y giré la cintura, con la vista borrosa, para buscar mis dagas mientras la gracia me palpitaba en el pecho.

—¡Ay, Dios mío! —llegó en forma de agudo chillido femenino.

El corazón me latió más despacio cuando reconocí el sonido de la voz de Danika. Mierda. Nos habíamos olvidado de llamar para darles más detalles. Me sentí culpable. Eran prácticamente la familia de Zayne y deberíamos haber encontrado tiempo. Estábamos tan absortos el uno en el otro y en la alegría de reunirnos que no habíamos pensado en nadie más.

Bueno, eso no era del todo cierto. Habíamos hablado brevemente de Gabriel y de Lucifer.

Me deslicé hasta un lado de la cama y miré casualmente hacia abajo. La sábana se había resbalado y me dejaba el torso al descubierto. Me quedé inmóvil en el borde de la cama, con los pies apoyados contra el frío suelo de madera.

—Pero ¿qué demonios...? —susurré.

La marca que había visto en mi torso cuando me estaba duchando se había oscurecido hasta adquirir un apagado tono rosado. Toqué con suavidad la línea recta que se extendía entre mis pechos, justo encima del vientre. Tenía un ligero relieve, como un verdugón. En los extremos de la línea, donde anoche parecía haber manchas, en ese momento había un círculo nítido y sombreado en un extremo y otro vacío en el otro extremo.

No tenía ni idea de qué podía haberlo causado, pero la piel no me dolía. Tenía que ser una especie de arañazo.

Una carcajada procedente de la sala de estar me llamó la atención. Me olvidé de la extraña marca y me levanté a toda prisa de la cama antes de que alguien abriera la puerta. Aunque dudaba que Zayne lo permitiera. Cogí otra camiseta sin mangas, larga y oscura, y unas mallas y ropa interior limpias y me metí rápidamente en el cuarto de baño. No me molesté en ducharme, solo me cepillé los dientes, me restregué la cara hasta que se me quedó rosada y, después de peinarme con rapidez, me recogí el pelo en un moño que seguramente se desharía en menos de una hora.

Abrí la puerta del dormitorio, descalza, y recorrí el pasillo en silencio. La brillante luz del sol entraba a raudales en el apartamento y, aunque mis ojos tardaron un momento en adaptarse, vi que Danika estaba allí, con su largo pelo oscuro reluciendo a la luz del sol, y… quien supuse que debía de ser Dez, basándome en los reflejos rojizos del pelo, de pie junto a Zayne. Deseé poder ver la expresión del Guardián, porque había plantado un puño en la isla de la cocina, como si necesitara apoyarse en algo.

Nicolai también estaba ahí, con una mano en el hombro de Zayne y la otra en su mandíbula. Le hablaba demasiado bajo para que yo lo oyera, pero verlos ahí hizo que se me encogiera el corazón. Eran más que amigos. En cierto sentido, eran hermanos, y me di cuenta de que el hecho de que Nicolai lo estuviera viendo después de temer haberlo perdido para siempre suponía un momento potente que hizo que el aire pareciera más denso.

Tuve la ligera sensación de que me estaba inmiscuyendo, así que me dirigí a la sala de estar sin hacer ruido. Solo logré dar unos dos pasos. Zayne se apartó de Nicolai, casi como si pudiera sentirme. Caí en la cuenta de nuevo de con qué claridad podía verlo comparado con los demás. Vale, sus facciones eran como mirar por una ventana empañada, pero pude ver que sus labios se curvaban en una sonrisa. Pude ver la forma en la que entornó los párpados y sentir el peso de su mirada.

Tenía que deberse a la gracia que había dentro de él. Ese era...

Un movimiento borroso me sobresaltó y me giré al mismo tiempo que Danika se abalanzaba sobre mí. No tuve tiempo de prepararme. Un segundo después, me envolvió en un abrazo cálido y fuerte que olía a rosas. Me levantó los pies del suelo.

Aquella chica era fuerte.

—Lo lograste —me dijo con voz ahogada—. Nos lo has devuelto. Lo lograste.

No supe qué decir. «De nada» me pareció una forma extraña de responder, así que lo único que pude hacer fue devolverle el abrazo y eso... eso me gustó.

—Creo que podrías estar estrujándola —comentó Nicolai, cuya voz sonó cerca.

—¿Te estoy estrujando? —me preguntó Danika.

—No.

Una risa se abrió paso alrededor del sorprendente nudo que se me había formado en la garganta.

—Bien —contestó ella. Me apretó más fuerte y luego me soltó.

Alcancé a ver cómo Danika se limpiaba las mejillas antes de que un ligero toque en el brazo me hiciera levantar la mirada hacia Nicolai.

Como solo se encontraba a unos centímetros de mí, pude ver que sus azules ojos de Guardián estaban vidriosos y la emoción se iba acumulando en ellos.

—Gracias —me dijo con voz ronca.

Ay, Dios, el nudo de mi garganta se expandió cuando asentí con la cabeza. Él también me abrazó, no tan fuerte como Danika, y, cuando dio un paso atrás, Dez estaba allí. Cuando me rodeó con los brazos, lo sentí temblar.

—Me asusté, muchacha. —Él también tenía la voz rota, y noté que me ardían los ojos y la garganta. Uf. Las emociones eran un asco. No quería echarme a llorar... otra vez—. Cuando no tuvimos noticias vuestras, pensé...

—Lo siento —susurré—. Es que nos...

—No. No es necesario que te disculpes. Lo entiendo. Si fuéramos Jasmine y yo, llamar a alguien sería lo último que haríamos —dijo con una risa ronca, y me puse colorada—. No sé qué esperábamos encontrar cuando vinimos, pero no podría alegrarme más de veros a los dos.

—Lo mismo digo —murmuré y sentí vergüenza en cuanto esas palabras salieron de mi boca, porque eso no tenía sentido.

—Creo que Trin ya ha tenido suficientes abrazos. —Zayne apareció allí de repente y me liberó con suavidad del abrazo de Dez. Me acercó a su costado y me rodeó con el brazo—. Deberíamos haber llamado. Lo lamento. —Detecté una pizca de falta de sinceridad que no era nada propia de Zayne y que, sin embargo, me hizo girarme para disimular una sonrisa—. Estábamos algo ocupados.

—No cabe duda —comentó Nicolai.

Ay, madre mía.

Me ardía la cara cuando Zayne me miró.

—¿Quieres algo de beber? —me ofreció—. Me pareció entrever zumo de naranja y agua entre las cajas y cajas de refrescos.

Me aparté.

—¿Sigues empecinado en lo del agua?

Zayne se pasó los dientes por el labio inferior mientras me miraba fijamente.

—Siempre viene bien beber más agua.

Puse los ojos en blanco.

—Ahora eres un ángel caído. Bebe alguna sabrosa delicia carbonatada. Vive un poco.

Inclinó la cabeza y me rozó los labios con los suyos. Luego me cogió la mano y me la apretó mientras me guiaba hacia la cocina.

—Siéntate.

Yo seguía absorta en el beso, así que cogí un taburete y me senté. El antiguo Zayne podía toquetear y, a veces, coquetear delante de los demás. Incluso se había quedado atrapado en alguna ocasión en la creciente tensión que existía entre nosotros y se había olvidado al parecer de que no estábamos solos, pero ¿mostrarse así de audaz? Esa era una nueva faceta suya.

Me gustaba esa faceta.

Zayne me miró a los ojos y el ardor de su mirada fue inconfundible. Tuve que preguntarme si había adivinado lo que yo estaba pensando mientras se mordía el maldito labio y luego se giraba hacia la nevera.

—¿Queréis algo, chicos?

Oí un coro de noes mientras jugaba con un posavasos, consciente de que tenía la cara roja como un tomate en ese momento.

Y, sinceramente, me traía sin cuidado.

—Un ángel caído. —Danika y los demás se reunieron con nosotros en la isla de la cocina—. Todavía no me puedo creer que estés aquí. Vi tu... —Se quedó callada y supe adónde había ido su mente. Ella y otros habían presenciado cómo el cuerpo de Zayne se convertía en nada más que polvo, como les ocurría a los Guardianes al morir. Inspiró de forma entrecortada—. Me cabreé mucho contigo, aunque sabía que no era culpa tuya.

—Es... diferente verte ahí de pie. —Dez apoyó los brazos cruzados sobre la isla y se inclinó hacia delante—. Así que, si me quedo mirándote demasiado tiempo, es por eso.

—¿Estás seguro de que no es por mi asombroso pelo? —le preguntó mientras cerraba la puerta de la nevera. Por supuesto que había elegido el zumo de naranja en lugar del refresco—. Sé que siempre has envidiado mi maravillosa melena.

—Sí... —contestó Dez, alargando la palabra—. Es justo por eso.

Zayne se rio entre dientes mientras lograba encontrar dos vasos limpios y nos servía una bebida.

—¿A todos os parece raro verme? Imaginaos cómo es morir, pero luego despertar.

A pesar de que todo el tema de su muerte me ponía de los nervios, parecía fascinar por completo a los Guardianes. Él respondió a todas sus preguntas, pero de la manera más vaga posible. En ese momento no estaba dispuesto a entrar en muchos detalles sobre cosas de las que había hablado conmigo, e incluso con Cayman. Mientras me bebía el zumo, tuve la sensación de que Zayne no quería revivirlo todo por tercera vez y eso no tenía que ver con la confianza. Esos Guardianes que se encontraban en la cocina eran como una familia para él. Al igual que Gideon, aunque no estuviera ahí.

—Basándome en lo que dijo Dez sobre ti, debo admitir que, ahora que te veo, estoy un poco decepcionado —comentó Nicolai.

—Caray —exclamó Danika, que se giró para mirar a Nicolai.

—Lo siento —contestó él, y entorné los ojos, pues me pareció verlo sonreír—. Pero ¿dónde están esas alas de las que Dez no dejaba de hablar cada cinco segundos?

Sonreí con el vaso pegado a la boca.

—No fue cada cinco segundos —masculló Dez—. Más bien cada veinte segundos o así.

—Todavía las tengo —dijo Zayne. Se giró y observó la encimera situada detrás de él. Cogió algo.

—¿Son… invisibles? —preguntó Danika.

—Solo cuando es necesario.

Zayne se inclinó sobre la isla y, al bajar la mirada, vi mis gafas. No tenía ni idea de que me las había dejado en la cocina.

Las cogí y sonreí.

—Gracias.

Él asintió con la cabeza mientras me las ponía. Las caras de los Guardianes se volvieron un poco más claras, pero no demasiado. Las gafas solo ayudaban hasta cierto punto con las cataratas y la retinosis pigmentaria.

—Entonces ¿es cosa de magia? —preguntó de nuevo Danika.

—Más o menos. Por lo visto, es una especie de magia angelical de la vieja escuela que se usaba antaño cuando los ángeles trabajaban codo con codo con los hombres. Permanecen ocultas hasta que las necesito.

—Parecen un tatuaje en su espalda —añadí tras terminarme el zumo de naranja—. Mola un montón y, sí, las alas son tan alucinantes como sin duda os habrá contado Dez.

—No estoy muy seguro de haber usado la palabra «alucinante» —murmuró el aludido.

—Puede que no usaras esas palabras exactas. —Nicolai apoyó una cadera contra la encimera—. Estoy bastante seguro de que dijiste algo como que te distrajiste tanto al ver esas jodidas alas enormes que ni siquiera te diste cuenta de que te había lanzado a la fuente hasta que te hundiste bajo el agua.

El suspiro de Dez podría haberse oído en el apartamento de al lado.

—Perdona por eso —dijo Zayne mientras rodeaba la isla y se situaba detrás de mí—. No pensaba con claridad.

—Nunca lo hubiera imaginado —respondió Dez con tono seco—. Pero no hace falta que te disculpes. De todas formas, me hacía falta un baño.

Solté una carcajada mientras Zayne colocaba las manos sobre mis hombros.

—Para serte sincera, se contuvo.

—Oh, lo sé. Podría haberme hecho daño de verdad —coincidió Dez.

—El hecho de que Dez saliera vivo de esa reunioncita demuestra que seguías allí dentro —afirmó Nicolai.

A lo que Zayne contestó:

—Sí.

«Pero apenas» quedó flotando, sin decir, en el espacio situado entre todos nosotros. Zayne inclinó la cabeza y me dio un beso en la sien, justo encima de la patilla de las gafas.

—Tenía mis dudas —admitió Dez, lo que me sorprendió—. Detestaba sentirme así, pero estaba intentando prepararme por si... por si no regresabas con nosotros.

—No te guardo rencor por ello —le aseguró Zayne, y yo sabía que era cierto.

—Bien. —Me pareció que Dez sonreía—. La próxima vez, procura avisarme antes de lanzarme a una fuente.

Zayne se rio.

—Dalo por hecho.

Siguieron dale que dale, tomándose el pelo el uno al otro, hasta que Nicolai los interrumpió.

—También hemos venido por un asunto oficial sobre el Heraldo.

Eso captó mi atención.

—¿Ha pasado algo?

Esperaba que no, aunque no me habría enterado porque había estado supercentrada en Zayne, lo que probablemente me convertía en una birria de Sangre Original.

Pues vaya.

—No, que sepamos, pero hemos descubierto algo —anunció Nicolai.

—En realidad, fue idea mía —intervino Danika con una sonrisa—. Veréis, me puse a pensar en todo esto de las líneas ley y cómo Gabriel las está usando para abrir ese portal. Básicamente, son líneas de energía, ¿verdad?, y la energía se puede alterar. Como cualquier otra cosa.

—Me gusta adónde vas con esto —dijo Zayne mientras me apretaba los hombros con suavidad—. Parece que otra persona debería haberse presentado al puesto de líder del clan.

Una media sonrisa se formó en la cara de Nicolai.

—Yo habría votado «por supuesto» a eso.

Danika resopló.

—Como si eso fuera siquiera una opción. La mitad del clan... no, la mitad de la maldita población de Guardianes se cagaría encima ante la simple idea de que una mujer dirija un clan.

Eso era triste.

Y cierto.

Parte de la mentalidad de los Guardianes hacia las mujeres de su especie podía achacarse a su arcaica estructura social. La otra mitad se debía a que demasiados demonios no eran estúpidos.

Por desgracia.

Los demonios sabían que la única forma infalible de doblegar a los Guardianes era ir a por la siguiente generación. Las mujeres y los jóvenes de los clanes se habían convertido en blancos. Las ubicaciones de las comunidades en las que vivían eran secretos bien protegidos. Por eso el hecho de que Danika soliera salir por ahí resultaba sorprendente.

Aunque los Guardianes también tenían creencias superarcaicas. Sí, la situación era más peligrosa para las mujeres y los bebés; pero, si recibieran entrenamiento para luchar y defenderse, como Danika y Jada, no serían objetivos tan fáciles.

Un día, y ese día llegaría pronto, iban a tener que cambiar.

—No sé por qué estamos todos aquí plantados fingiendo que Danika no dirige ya el cotarro —comentó Dez desde donde se encontraba.

Eso hizo que a ella se le dibujara otra amplia sonrisa y que

Nicolai asintiera con la cabeza en silencio. Me gustaban como pareja. Mucho.

—En fin, empecé a investigar un poco sobre las líneas ley y qué podría alterarlas, ya que no podemos entrar y hacer volar por los aires sin más el instituto y el portal —continuó Danika, y tenía razón.

Como el portal estaba tan cargado de energía celestial, acabaríamos llevándonos por delante la mitad de la ciudad, por no decir toda, si intentáramos hacer algo así, lo que tendría como resultado una gran pérdida de vidas humanas.

Y, posiblemente, que se descubriera todo el pastel.

—No pude encontrar nada en internet aparte de algunas cosas muy raras que no tenían sentido —dijo Danika, lo que hizo que volviera a centrar mi atención en ella—. Así que recurrí a nuestro propio servicio de internet personal.

—¿Gideon? —conjeturó Zayne.

Ella hizo un gesto afirmativo.

—Le pregunté si sabía algo y, al principio, no estaba seguro de nada, pero se encerró en la biblioteca un par de horas y salió con una respuesta.

Mientras me preguntaba si Gideon habría encontrado una respuesta a mi pregunta superpersonal sobre reproducción, la esperanza brotó en mi pecho. Intenté impedir que arraigara.

—¿Encontró algo? —pregunté.

—Pues sí. —La mirada de Danika saltó entre Zayne y yo—. Turmalina negra, hematita y ónice negro.

—¿Eh? —murmuré.

—Gemas. —Las manos de Zayne se apartaron de mis hombros—. ¿Te refieres a gemas?

—Sí. Ya lo sé, suena a jerigonza mágica —dijo Dez mientras me miraba—. Pero sabemos que la jerigonza mágica funciona de verdad, ¿no?

Sí.

Sí, así era.

Nicolai le dio un golpecito con el codo a Danika.

—Cuéntales el resto.

—Esas gemas pueden bloquear la energía, de todo tipo, y Gideon tiene la teoría de que la cantidad suficiente podría llegar a alterar la energía de las líneas ley —nos explicó Danika—. Lo que nos permitiría destruir el portal sin hacer explotar la capital del país; pero, aunque no fuera así, sin duda lo inutilizaría de modo que el Heraldo ya no podría usarlo.

Veintitrés

—Eso es un notición —susurré, y coloqué las manos sobre el frío granito—. Un notición de narices.

La sonrisa de Danika era tan grande que pude verla mientras ella encogía un hombro.

—No sabría decir si es un notición o no, ya que no elimina por completo el problema de Gabriel, pero por lo menos podría impedirle llevar a cabo sus planes.

—Poder pararle los pies es un notición —le aseguré, y asentí con la cabeza con empatía por si le hacía falta el refuerzo extra—. Eres un genio.

—Eso es lo que yo le digo. —La voz de Nicolai estaba cargada de calidez—. Dos veces al día, como mínimo, y tres veces los miércoles.

Me pareció que Danika se sonrojaba.

—Vas a tener que cambiarlo a cuatro veces los miércoles.

—No hay problema —murmuró Nicolai.

Una descarga de energía me hormigueó por las venas y se mezcló con mi gracia. Me bajé del taburete y me puse a caminar de acá para allá.

—¿Qué cantidad necesitaríamos? ¿De esas gemas? —pregunté. Ya se me habían olvidado dos de los nombres—. Ónice y... ¿cuáles eran las otras dos?

—Turmalina negra y hematita —contestó Zayne, porque, por supuesto, se acordaba.

—Mucha. —Danika giró la cintura—. Varias toneladas de fragmentos pequeñitos o un trozo muy grande de esas cosas.

¿Varias toneladas? Crucé un brazo sobre el vientre.

—¿Dónde podríamos encontrarlas? —preguntó Zayne.

—Dudo que la respuesta vaya a ser Amazon —mascullé.

—No si queremos asegurarnos de que sean auténticas —respondió Dez con una sonrisa—. La turmalina negra se extrae en Brasil y en otros lugares del mundo, pero la mayor parte proviene de África. Y, no, no lo sabía hasta ayer.

—¿África? —Me detuve un segundo—. ¿Brasil? ¿Cómo se supone que vamos a hacernos con esa cosa?

—Me he puesto en contacto con algunos de los clanes de esas regiones para ver cuánta pueden conseguir y cuánto tiempo tardarían en hacérnosla llegar —explicó Nicolai.

—¿Cómo podrían hacernos llegar varias toneladas o un trozo grande? —Empecé a caminar de un lado a otro de nuevo—. Dudo que sea algo que puedas meter en un avión.

—Supongo que lo enviarían por barco. —Zayne miró a Nicolai—. ¿Verdad?

Cuando el líder del clan asintió con la cabeza, Zayne me dirigió una sonrisa rápida.

Puse los ojos en blanco.

—¿Y las otras? El ónice y...

Mierda, se me había olvidado el nombre de la otra de nuevo.

—La hematita. —Zayne alargó la mano y me atrapó el brazo. Me aparté la mano y, por lo tanto, la pobre uña del pulgar de la boca.

—Hay mejores noticias en ese sentido. La hematita se puede encontrar en Estados Unidos. En Yellowstone, para ser exactos —nos explicó Danika mientras se apoyaba en la isla—. No deberíamos tener problemas para conseguirla, y el ónix negro tampoco, ya que también se puede encontrar en varios estados. La única duda es la cantidad disponible. Con suerte, sabremos algo pronto.

—Gideon ha estado hablando por teléfono con todas y cada una de las personas que tienen acceso a cualquiera de esas dos gemas en Estados Unidos mientras esperamos recibir noticias sobre la turmalina —dijo Nicolai—. Eso es lo que está haciendo ahora. Tiene el teléfono prácticamente pegado a la oreja.

—¿Creéis que podremos conseguir suficiente cantidad?

—quise saber. Mantuve la mano apartada de la boca y emprendí de nuevo la tarea de desgastar el suelo.

—Gideon cree que es posible. —Dez echó la cabeza hacia atrás y la apoyó contra la pared—. La pregunta va a ser: ¿podremos conseguir lo que necesitamos a tiempo?

—La Transfiguración es dentro de unas pocas semanas. El seis. —Empecé a mordisquearme la uña de nuevo, pero me detuve—. Un viernes.

—¿Qué día es hoy? —preguntó Zayne.

—Veinte —respondió Danika.

Zayne frunció el ceño mientras volvía a posar la mirada en mí.

—Así que disponemos de un poco más de dos semanas. Tu idea de unas pocas semanas es distinta de la mía.

—Unas pocas son dos como mínimo —razoné—. Disponemos, como mínimo, de dos semanas y pico.

—Y vamos a ir muy justos de tiempo. —Nicolai se cruzó de brazos—. Es factible. Pero por los pelos.

«Factible» era mejor que «ja, ja, ni de coña».

—Si podemos conseguir suficiente cantidad de estas gemas a tiempo, ¿qué debemos hacer con ellas?

—Esa es la parte sencilla —nos dijo Danika—. Puesto que el portal está justo en el medio del nudo de líneas ley, solo tenemos que colocarlas alrededor del portal e interrumpir las líneas.

—¿La parte sencilla? —Me detuve y me giré hacia ella—. Supongo que te refieres a alrededor del portal y no solo del instituto, ¿no?

Danika asintió con la cabeza.

—Eso no va a tener nada de sencillo. —Levanté la mano y me enderecé las gafas cuando empezaron a resbalárseme por la nariz—. Aparte del hecho de que nuestro amigo y vecino, el arcángel homicida, debe tener el instituto vigilado, ese sitio es como un aterrador bocadillo de fantasmas y espectros muy cabreados a modo de pan y gente sombra a modo de carne rancia.

—Dejando de lado esa descripción tan rara, Trin tiene razón —apuntó Zayne.

—Lo sabemos —respondió Nicolai—. Y ahí es donde entramos nosotros para ayudar. Es imposible que los dos solos consigáis meter tanto peso allí.

Eso era cierto y no tenía sentido oponerse. Necesitábamos toda la ayuda que pudiéramos conseguir.

—Pero aún será factible —añadió Zayne.

Asentí.

—Sí. Totalmente factible, aunque es probable que necesitéis terapia intensiva después, porque, aunque no podréis ver la mayor parte de lo que hay allí, esos seres se encargarán de hacerse notar sin ninguna duda.

—Me muero de ganas —comentó Dez sin una pizca de entusiasmo—. Entonces, si logramos cerrar el portal...

—Lo lograremos —lo interrumpió Danika.

—Vale. Cuando logremos cerrar el portal —comenzó Dez de nuevo—, todavía habrá que encargarse de Gabriel.

—Eso me toca a mí —dije, y levanté la mano—. Y a Zayne —añadí antes de que pudiera hacerlo él—. Vosotros no podéis acercaros a él. No pretendo aguaros la fiesta, pero Gabriel mataría a cualquier Guardián en un abrir y cerrar de ojos.

—También tiene razón en eso. —Zayne me agarró otra vez del brazo, pero esta vez me detuvo. Me guio hasta un taburete—. Me estoy agotando de solo mirarte.

—No quisiera poner en duda la formidable suma de una Sangre Original y un Caído —dijo Nicolai mientras me sentaba en el taburete—. Pero ¿bastará con vosotros dos?

—Por lo visto, no seremos los únicos... —Las manos de Zayne se posaron sobre mis hombros—. Un momento. No lo saben, ¿verdad?

Fruncí los labios al mismo tiempo que echaba la cabeza hacia atrás.

—¿Saber qué? —preguntó Dez.

Zayne bajó la mirada y la clavó en mis ojos.

—¿No se lo has contado?

—No me pareció muy prudente hacerlo. —Entorné los ojos—. Y es probable que siga sin ser buena idea contarlo, Zayne.

—¿Contarnos qué? —exigió saber Nicolai.

Zayne curvó una comisura de los labios hacia arriba y tenía el mismo aire de perversa expectativa que Cayman cuando el demonio le contó nuestros planes. Se mordió el labio inferior.

—Zayne —le advertí.

—Demasiado tarde. —Me depositó un beso rápido en los labios antes de que me diera tiempo a decir ni una palabra más—. A Trin, junto con Roth y Layla, se le ocurrió la espectacular idea de conseguir refuerzos.

—Lo de los refuerzos no suena mal —dijo Dez, que parecía confundido.

—Oh, espera a saber de quién se trata —respondió Zayne—. Y, para que lo sepáis, yo no tuve nada que ver. Pasó cuando se suponía que estaba muerto.

Empujé el codo hacia atrás, pero él esquivó el golpe con facilidad, y se rio.

—No sé qué te hace tanta gracia —le solté.

—Estoy empezando a preocuparme —comentó Nicolai.

Zayne me apretó los hombros.

—Cuéntaselo.

—Te voy a dar un puñetazo —le advertí—. Luego, cuando no haya nadie delante, para que no crean que tengo un problema de ira.

—Lo estoy deseando —contestó él, y entornó sus densas pestañas—. Luego, cuando estemos solos, para que nadie piense que soy un depravado cuando me excite que intentes darme una paliza.

Se me abrieron mucho los ojos mientras me invadía un agradable rubor… Un momento. ¿Intentar darle una paliza?

—Para que lo sepáis —nos interrumpió Nicolai—, ahora no estáis solos, así que…

Aparté la mirada de la de Zayne y solté un suspiro ruidoso.

—En este momento, Roth y Layla están intentando reclutar a Lucifer para que nos ayude a luchar contra Gabriel.

Los tres Guardianes se nos quedaron mirando mudos de asombro… o completamente horrorizados. Una de dos.

Entonces Dez se apartó de la pared.

—No te refieres a «ese» Lucifer. ¿Verdad?

—¿Hay otro Lucifer del que yo no esté al tanto? —pregunté, y recorrí la estancia con la mirada—. Sí, ese Lucifer.

—No puedes hablar en serio —susurró Danika.

Dez dejó de moverse.

—Sí que lo dices en serio.

—Pues sí —confirmó Zayne.

—En mi defensa, a Roth se le ocurrió esta idea durante la fase de mi vida en la que Zayne estaba muerto. Ahora bien, el tema de si eso tuvo algo que ver o no con que yo accediera a seguir adelante con esta idea potencialmente muy mala está totalmente abierto a debate. —Levanté la mano cuando Nicolai bajó la cabeza al otro lado de la isla—. Y, mirad, es imposible que Zayne y yo podamos derrotar a un arcángel...

—Bueno, eso no lo sabemos a ciencia cierta —intervino Zayne—. Ya que un Caído y un Sangre Original nunca se han unido contra un arcángel. Pero... *carpe diem*, ¿verdad?

Apreté los labios.

—Estoy... atónito —contestó Dez, y sacudió la cabeza—. Sinceramente, no sé qué decir. ¿En serio Roth y Layla están intentando reclutar a Lucifer? ¿El único ser en todo el mundo que se me ocurre que sea peor que un arcángel empeñado en destruir a la humanidad?

Para no saber qué decir, desde luego tenía mucho que decir.

Me dio la sensación de que Danika parpadeaba despacio.

—Creo que necesito sentarme.

—Ya estás sentada.

—Oh. —La Guardiana tragó con dificultad—. Pues vale.

Fruncí ligeramente el ceño y me pregunté si Danika estaba bien.

Nicolai encontró al fin su voz, lo que condujo a las mismas preguntas que se le habían ocurrido a Zayne cuando se enteró del plan de sumar a Lucifer a la partida. ¿Nos habíamos vuelto locos? ¿Esto desataría el bíblico fin de los tiempos? ¿Cómo podríamos controlarlo? Todas eran preguntas válidas.

—¿Qué se supone que haremos con él cuando esté en la superficie? —exigió saber Nicolai.

—Eh... —contesté—. Todavía no lo hemos decidido.

El líder del clan me miró fijamente.

—Fundamentalmente porque ni siquiera estamos seguros de si se va a apuntar a la fiesta —razoné—. Y porque he estado bastante ocupada con este de aquí. —Señalé a Zayne con el dedo—. Así que no he tenido mucho tiempo para estudiar a fondo todo el asunto.

Zayne resopló detrás de mí.

—Estudiar las cosas a fondo habría resultado útil, sobre todo teniendo en cuenta que Lucifer también está buscando a Trin. Envió a guls y a un demonio de Nivel Superior a por ella.

Dez se acercó.

—¿Fue él quien envió a los guls?

Asentí con la cabeza.

—¿Qué puedo decir? Soy popular.

—Desde luego que sí —dijo Zayne mientras me tiraba con suavidad del moño.

—¿Por qué te busca Lucifer? —quiso saber Nicolai.

—No estoy segura. Quizá solo quiera ampliar su círculo de amigos.

—Ya sé que no tengo mucha experiencia con demonios —comentó Danika—, pero no creo que el hecho de que Lucifer te esté buscando sea algo bueno.

Suspiré.

—Probablemente no, y no sé si esa orden es reciente, si la dio después de que Roth y Layla hubieran hablado con él, o si viene de antes. Espero que fuera antes.

—Pero, aunque diera esa orden antes de que Roth y Layla se reunieran con él, sigue siendo un problema. —Las manos de Zayne regresaron a mis hombros—. Tenemos que solucionarlo.

—Ya lo he añadido a la lista cada vez más larga —murmuré.

Zayne me apretó los hombros de nuevo.

—Supongo que no sabemos dónde se esconde Gabriel, ¿no?

Nicolai negó con la cabeza.

—Hemos estado atentos por si aparecen Bael o cualquier indicio de Gabriel, pero no ha habido nada desde aquella noche en el instituto.

—¿No se han producido más muertes de Guardianes? —preguntó Zayne.

—No —respondió Dez—. También ha habido muy poca actividad demoníaca.

Mientras hablaban, mi mente vagó como solía hacer, y saltó de un pensamiento a otro, comenzando con los horribles momentos finales debajo del instituto, cuando Zayne apareció y mató a Sulien. Mi mente se quedó atascada en el recuerdo del otro Sangre Original. ¿Había sido él quien había abandonado las armas angelicales? ¿O Gabriel, ya que solo los arcángeles las portaban? En cualquier caso, había sido algo increíblemente imprudente por parte de cualquiera de ellos, hasta tal punto que parecía imposible que ninguno de los dos hubiera sido el responsable. Los pinchos dorados y luminosos eran dagas de ángel, que eran capaces de matar cualquier cosa, incluso ángeles...

Joder.

Me había olvidado por completo de las malditas dagas de ángel y del hecho de que, todo ese tiempo, teníamos a nuestro alcance un plan A y un plan B.

Y ese era uno de los extraños y maravillosos misterios de un cerebro propenso a divagar. No es broma. A veces, todos aquellos pensamientos aleatorios tenían una finalidad y estaban conectados. Otras veces no era así y simplemente me llevaban a hacer cosas bastante impulsivas o que carecían de sentido para la mayoría de la gente.

—Necesitamos las dagas de ángel —solté.

—¿Dagas de ángel? —repitió Nicolai, que ladeó la cabeza.

—Eso es lo que eran aquellos pinchos dorados. —Miré de nuevo a Zayne—. ¿Te acuerdas cuando Roth vio lo que había escrito en los túneles?

Le cambió la expresión al comprender a qué me refería y se giró bruscamente hacia Nicolai.

—Son armas angelicales que utilizan los arcángeles y pueden matar cualquier cosa con sangre angelical, incluido un ángel. Las necesitamos.

Dez dejó escapar un silbido bajo a la vez que Nicolai asentía con la cabeza.

—Os las haremos llegar lo antes posible.

—¿Por qué Gabriel las abandonaría si pueden matarlo? —Danika se preguntó lo mismo que yo—. ¿O alguien que trabaje con él?

—Las encontraron en el cuerpo de Morgan —dijo Zayne, refiriéndose a uno de los Guardianes que habían sido asesinados—. Gabriel fue quien mató a los Guardianes, y dudo mucho que las hubiera abandonado.

—A menos que sea así de arrogante —caviló Dez—. Y pensara que no descubriríamos lo que eran.

—Es posible —contestó Zayne mientras hundía los pulgares en los músculos tensos situados en la base de mi cuello.

La arrogancia podía conducir a alguien a tomar decisiones bastante pasmosas, pero ¿eso?

—¿Podría ser posible que no lo hiciera él? —dije—. Los arcángeles son rápidos y alguien había estropeado aquella grabación.

—¿Estás sugiriendo que otro arcángel podría haber dejado las dagas allí? —Danika se inclinó hacia delante—. ¿Que se las clavó al Guardián después de que Gabriel lo matara?

—Eso suena muy perturbador cuando lo dices así. —Arrugué la nariz—. Pero ¿tal vez era la única manera de hacerlo sin que nadie supiera quién lo hizo?

—¿Por qué le preocuparía que alguien supiera que lo hizo? —preguntó Dez.

—Probablemente debido a alguna estúpida norma celestial —masculló.

—En realidad, eso iría en contra de una norma —intervino Zayne—. El acuerdo al que llegaron los ángeles de no alzarse en armas unos contra otros. Tú eras ese vacío legal —me recordó—. Yo soy un vacío legal. Que un arcángel «abandonara» esas armas técnicamente podría considerarse otro vacío legal.

—Con esas dagas, ¿necesitamos siquiera la ayuda de Lucifer? —preguntó Danika.

—Creo que necesitaremos toda la ayuda que podamos conseguir —les dije—. Para usar esas dagas, tenemos que acercarnos a él, y es… muy fuerte y rápido.

—Pero ¿Lucifer? —repitió Dez.

—Con o sin Lucifer, todavía necesitamos encontrar a Gabriel…

—Yo sé cómo podemos encontrarlo —anuncié mientras la idea iba tomando forma poco a poco—. Lo único que necesitamos es a mí.

—Voy a necesitar más detalles al respecto —dijo Zayne.

—Gabriel ha enviado demonios a por mí. Como los imps, que envió antes, y apuesto a que envió a los demonios Buscadores. No me va dejar en paz de aquí a la Transfiguración. Así que le tendemos una trampa...

—Ya sé adónde quieres ir a parar con esto —me interrumpió Zayne—. Y la respuesta es no.

Las comisuras de mis labios se inclinaron hacia abajo.

—¿Cómo dices?

—Vas a sugerir hacer de cebo y no puedo apoyar esa idea.

—No sabía que necesitara que apoyaras... —Solté un chillido cuando Zayne me hizo girar junto con el taburete. Me lo quedé mirando, con los ojos muy abiertos—. Ha sido como una de esas atracciones de feria. De las que tienen esas tacitas de té que giran y...

—No vas a hacer de cebo, Trin. —Me fulminó con la mirada mientras el brillo en el fondo de sus ojos se volvía más intenso—. Ni hablar. Es demasiado peligroso.

—Todo lo que estamos a punto de hacer es demasiado peligroso —argumenté—. Necesitamos encontrar a Gabriel y, hasta donde yo sé, no hay un detective privado especializado en arcángeles al que podamos contratar.

—Tienes razón en que todo lo que tenemos que hacer es peligroso, así que no nos conviene ir por ahí con la mentalidad de ver cómo podemos aumentar aún más ese peligro.

—No me va a matar, Zayne. Alerta de *spoiler*: me necesita viva hasta la Transfiguración.

La luz blanca destelló en el fondo de sus pupilas.

—Que mueras no es lo único que me preocupa. Lo más probable es que Bael esté con él, y a ese demonio demente le encanta el dolor.

—Como si no supiera defenderme. Cuento con mi gracia y esas dagas de ángel. —Me esforcé por no enfadarme demasiado, ya que sabía que su negativa a escuchar esa idea se debía al amor y al miedo—. Sería muy fácil colocarme un rastreador o algo así, para que puedas seguirme hasta donde esté él...

—¿Y si algo sale mal? ¿Si el rastreador no funciona o te lo encuentran? —replicó. Mientras mantenía las manos a ambos lados del taburete, bajó la cabeza para que nuestros ojos estuvieran casi a la misma altura—. ¿Y si no llego a tiempo?

Respiré hondo y dejé salir el aire despacio.

—Para que no se te olvide: me necesita viva.

—Y para que no se te olvide: puede hacerte daño. Mucho. Podría hacerle daño a nuestro... —Se interrumpió con una inspiración brusca—. La muerte no es lo único de lo que tenemos que preocuparnos.

Pero no hizo falta que terminara la frase que iba a decir, porque supe en qué estaba pensando. Nuestro hijo. Nuestro posible hijo. El estómago me dio un vuelco de repente. Ni siquiera se me había ocurrido pensar en eso.

Lo cual era otro indicio más de que criar niños no iba a ser algo en lo que fuera a destacar.

Para nada.

Dios mío, ni siquiera estaba segura de si quería tener un hijo, tarde o temprano. Ni siquiera sabía si a Zayne de verdad le parecía bien la posibilidad de tenerlo o simplemente se estaba comportando como un buen... ángel caído, pero no quise que... eso sufriera ningún daño hasta estar segura.

Referirme a un bebé como «eso» probablemente fuera otro buen indicio de que ni siquiera debería plantearme tener un hijo.

—Zayne tiene razón —intervino Dez con aquella voz... demasiado amable. Se me tensó la espalda y, de inmediato, me arrepentí de haber acudido a él para preguntarle por el asunto del bebé, porque en ese momento pude reconocer esa voz—. Es demasiado peligroso, Trinity.

Abrí la boca, pero la cerré de golpe cuando mi estómago decidió dar otro vuelco hasta el suelo. ¿Dez estaba interviniendo porque había descubierto algo? El pánico me brotó en el pecho, pero lo reprimí antes de que pudiera arraigar. Aunque los Sangre Original pudieran reproducirse, eso no significaba que yo estuviera automáticamente embarazada después de tener relaciones sexuales sin protección una sola vez. Mi sistema reproductivo no era un vídeo cutre sobre educación sexual. Debía calmarme.

Porque, embarazada o no, seguía teniendo un deber, un deber peligroso, y Zayne tenía que entenderlo.

—Ya conozco los riesgos. Todos. —Coloqué mis manos sobre las suyas—. Y tú conoces los riesgos si fracasamos. Aunque logremos alterar las líneas ley, todavía tendremos que encargarnos de Gabriel. Hay que detenerlo, porque él no se detendrá. Seguirá matando y seguirá conspirando. Lo sabes.

Se le endureció la mandíbula.

—Sí, lo sé.

—Solo debemos tener cuidado.

—Eso es a lo que me refiero. —Su mirada escrutó la mía—. Que te atrapen no es tener cuidado.

—Es preferible a que me capturen sin estar preparada —señalé.

—No te va a capturar —protestó.

Me incliné hacia delante para que nuestras caras solo estuvieran a unos centímetros de distancia.

—Necesitamos toda la ventaja que podamos conseguir, Zayne. Tenderle una trampa es una forma de lograrlo.

—Ella tiene razón —dijo Danika.

Le dediqué una rápida sonrisa.

—Graci...

—Y no la tiene del todo —añadió luego, con lo que me hizo entornar los ojos—. Podemos tenderle una trampa, no para que la capture, sino para atraerlo.

Zayne me sostuvo la mirada un momento más, luego se enderezó y miró a Danika.

—Me gusta más cómo suena esto, pero ¿cómo podemos atraerlo? Dudo que vuelva a buscarla él mismo. Enviará demonios.

—Decís que es muy arrogante, ¿verdad?

—Y está un poco trastornado —añadí, ante lo que Zayne arqueó una ceja—. Vale. Está muy trastornado.

—Conozco a muchos varones arrogantes. —Danika hizo una pausa—. Evidentemente. Puedes conseguir que hagan casi cualquier cosa simplemente provocándolos. Dudo que Gabriel sea mucho mejor. Matad a los demonios que vengan a por ti y luego enviad a uno de regreso con un mensaje que Gabriel no pueda rechazar sin parecer un cobarde. También podemos ponerte un rastreador por si las cosas se tuercen.

—No sé si debería preocuparme por estar incluido en esa generalización —dijo Nicolai—. Pero ¿de verdad pensamos que es tan tonto?

Usé las puntas de los pies para girarme en dirección a Danika.

—Estamos hablando del arcángel que se refirió a Instagram como «libro de fotografías», así que, sí, creo que es muy tonto.

Pero se trataba del tipo de plan que probablemente requeriría múltiples intentos. Un plan que dependía de mantener vivo a un demonio, lo cual no resultaba precisamente fácil cuando querías matarlos.

Se quedaron un rato más después de eso, hablando de cómo introducir las gemas en el instituto, y, por supuesto, de la idea de que Lucifer subiera a la superficie. Ninguno de ellos parecía saber cómo procesar eso, y no pude culparlos. Después de que Zayne prometiera que nos pasaríamos por el complejo a cenar, algo que parecía completamente fuera de lugar con el resto de los temas de los que habíamos hablado, se dirigieron hacia la puerta.

Dez, sin embargo, se quedó atrás.

—Me reuniré con vosotros en el garaje dentro de unos minutos.

Una expresión de curiosidad se dibujó en la cara de Danika mientras Nicolai la guiaba hasta la puerta. Yo seguía sentada en el taburete cuando las puertas del ascensor se cerraron tras ellos. Para ser sincera, me había quedado allí clavada, porque sabía por qué se había rezagado.

—Bueno... —dijo Dez, alargando la palabra, mientras se metía las manos en los bolsillos.

—Estoy al tanto. —Zayne se situó detrás de mí y me rodeó los hombros con el brazo sin apretar—. De lo que se supone que debías preguntarle a Gideon.

Dez asintió con la cabeza mientras se acercaba. Sus facciones se volvieron más nítidas.

—Gideon ha estado tan absorto en alterar las líneas ley que no me hizo demasiadas preguntas cuando fui a verlo para preguntarle si un Sangre Original era capaz de reproducirse.

Fue todo muy raro mientras permanecía allí sentada. El corazón no me latía con fuerza. No tenía el estómago revuelto. Estaba preparada, al menos de forma superficial, para oír lo que iba a decirnos, fuera lo que fuese.

—¿Pudo encontrar algo? —le pregunté.

—Sacó algunos libros viejos y polvorientos en los que sabía que mencionaban a los Sangre Original. Tardó un par de horas en revisar lo que tiene a mano —nos explicó Dez—. Pero tengo una respuesta o no tengo respuesta, dependiendo de cómo lo veáis. Gideon no pudo encontrar ninguna alusión a que algún Sangre Original haya tenido un hijo.

No experimenté ninguna disminución ni aumento de la tensión.

—Eso podría significar que ningún Sangre Original ha tenido un hijo o que nunca se dejó constancia de ello —dije.

—Sí, pero sería extraño que no se mencionara en absoluto —contestó Dez—. Creo que vais a tener que averiguarlo a la antigua. Ahora fabrican pruebas que pueden decirte sí o no prácticamente el mismo día de la concepción.

Asentí despacio con la cabeza.

—Gracias por investigarlo —dijo Zayne, y pude notar su cálido cuerpo apretado contra mi espalda.

—No hay problema. Ojalá pudiera daros una respuesta más clara. —Pude ver que se le curvaban ligeramente los labios—. Y ojalá esto estuviera pasando en una época más fácil.

—Creo que todos estamos de acuerdo en eso —respondió Zayne.

—Dependiendo de lo que averigüéis, ¿me lo haréis saber? ¿Cuando estéis listos? Y, si es un sí, llámame cuando flipes, Zayne. Créeme cuando te digo que va a pasar sin ninguna duda.

Zayne debió haber hecho un gesto de asentimiento detrás de mí, porque Dez empezó a girarse hacia la puerta, pero luego se detuvo.

—Ah, por cierto, Trin, Gideon comprobó el nombre por el que preguntabas.

Parpadeé, como si saliera de un estado de estupor.

—¿Hay más información en ese sentido?

—En realidad, sí —contestó Dez—. Por suerte, este edificio de apartamentos exige que los nombres de todos los inquilinos estén archivados, incluyendo los niños. Gideon revisó los datos actuales y de la década pasada, aproximadamente. No pudo encontrar ninguna Gena ni ninguna variante de ese nombre en ninguno de los registros que guardan aquí.

Veinticuatro

—¿De qué iba eso de Gena? —me preguntó Zayne después de que Dez se marchara.

—Es la niña con la que se supone que Cacahuete ha estado pasando el rato. —Me giré hacia él, que estaba apoyado contra el respaldo del sofá—. Me contó que se llamaba Gena y, aparte de que tenía problemas con sus padres, me ha dado muy pocos detalles sobre ella. Quise investigarla para ver si todo va bien; pero, por lo visto, ¿no es una persona real?

—O Cacahuete te dio un nombre falso —sugirió, cruzando las piernas a la altura de los tobillos—. Pero ¿por qué haría eso?

—No tengo ni idea. —Negué con la cabeza—. Por lo general, le gusta hablar por los codos de todo, pero se ha estado comportando de manera extraña desde que llegamos aquí. Cada vez desaparece durante más tiempo.

—¿No iba y venía cuando estaba contigo en las tierras altas del Potomac?

—Sí, pero lo veía más a menudo. —Pensé en lo que me contó Cacahuete la última vez que lo vi—. Me dijo que le había ocurrido algo raro, más o menos al mismo tiempo que me parece que caíste. Dijo que, durante un momento, se vio arrastrado hacia lo que él cree que era el purgatorio.

—Vaya. Eso no me lo esperaba.

—Ni yo. —Me levanté del taburete—. Y no tengo ni idea de si lo que le pasó estuvo relacionado de algún modo con tu caída.

—Yo tampoco. —Se colocó el pelo detrás de la oreja—. Pero ¿tal vez mi caída creó algún tipo de atracción momentánea?

—Tal vez —murmuré, y alcé la mirada hacia la suya. Dejé escapar un fuerte suspiro al descubrir que me observaba con atención—. Tenemos que hablar, ¿no?

—Pues sí —contestó él, e hizo un gesto afirmativo con la cabeza.

—¿Puedo fingir que no tengo ni idea de qué quieres hablar?

Una comisura de sus labios se curvó hacia arriba.

—Me sorprende que no me estés gritando ya por no apoyar ese plan tan poco meditado.

Lo miré de forma inexpresiva.

—No te iba a gritar, pero ahora lo estoy reconsiderando.

—Es demasiado arriesgado, Trin. Aunque no hubiera ninguna posibilidad de que estuvieras embarazada.

El estómago me dio un vuelco.

—Y, como dije antes, todo lo que hacemos es arriesgado. Hacer de cebo es la forma más rápida de llegar hasta Gabriel.

—Y la más estúpida...

—¿Quieres que te grite? Porque estoy a punto.

—Lo siento. —No sonaba nada arrepentido—. Pero podrían salir mal demasiadas cosas con ese plan.

—Y podrían salir mal demasiadas cosas con la idea de Danika, empezando con que no funcione en absoluto.

Zayne frunció el ceño.

—Me dio la impresión de que estabas de acuerdo con su idea cuando la expuso.

—No estoy en contra. Pero no creo que sea la forma más rápida de llegar hasta Gabriel. ¿Cuántos demonios tendremos que matar para encontrar al que lleve el mensaje de vuelta? —Crucé los brazos sobre el pecho—. Y, aunque creo que Gabriel es lo bastante arrogante como para aceptar el reto, no sé si algún demonio al que dejemos con vida se arriesgará a que Gabriel lo mate para entregar el mensaje. Lo más probable es que ponga pies en polvorosa.

—Podría pasar eso, pero Gabriel tiene que venir a por ti antes de la Transfiguración. Si acabamos matando a todos los demonios o ellos acaban huyendo, estará tan desesperado que vendrá a buscarte en persona.

—¿Y no te preocupa que nos quedemos sin tiempo antes de

la Transfiguración? Lo único que necesita es mi sangre, Zayne. ¿Y si se las arregla para llevarme cerca de ese portal y derramar mi sangre? ¿Luego qué? —Encogí un hombro—. Tenemos que acabar con él antes de la Transfiguración.

—Estoy de acuerdo con la última parte, pero no puedo respaldar un plan para dejar que te capturen. —Descruzó los tobillos y se apartó del respaldo del sofá—. Y no tiene nada que ver con que tal vez estés embarazada.

—¿De verdad? —Alcé la barbilla cuando se detuvo delante de mí—. ¿Estás seguro de que te opondrías tanto si no fuera posible que estuviera embarazada?

—Sí. —No hubo ni una pizca de vacilación en su respuesta—. La simple idea de que estés en manos de Gabriel o cerca siquiera de Bael me da ganas de destruir algo... algo muy grande. —Levantó la mano despacio, para que lo viera, y me enderezó las gafas torcidas—. Y, si piensas que es porque creo que no puedes arreglártelas sola, te equivocas. Ya sé que puedes, pero...

—Te das cuenta de que todo lo que va antes de la palabra «pero» básicamente queda anulado, ¿verdad?

—Pero... —repitió mientras bajaba la mano hasta mi nuca— Gabriel también lo sabe. Sabe que puedes pelear. Estará preparado para ello.

—¿Estará preparado para que sea una trampa? Lo dudo.

—¿Te parecería bien que yo hiciera de cebo? —me preguntó en cambio—. ¿Si fuera a mí a quien le pusieran un rastreador que puede fallar y se llevaran a quién sabe dónde?

Abrí la boca, pero no logré que la palabra «sí» saliera de mis labios.

Los ojos de Zayne escrutaron los míos.

—No te gustaría. No porque creas que no sé defenderme, sino por los mismos motivos que yo. No podrías soportar la idea de que estuviera en manos de un ser que podría matarme, porque me quieres, y por eso querrías probar todas las otras vías antes de poner mi vida en peligro.

Sacudí la cabeza y apreté los labios.

—Tienes razón, y eso me fastidia mucho.

—Ya lo sé —contestó con una amplia sonrisa.

—Sonreír no ayuda. —Me acerqué y apoyé la mejilla contra

su pecho. Esa posición hizo que las gafas se me torcieran de nuevo, pero no me importó—. Vale. Probaremos las otras vías primero; pero, si no funcionan, luego tenemos que hacerlo así.

—Aunque no me gusta, puedo aceptarlo. —Me rodeó con los brazos y colocó la barbilla sobre mi coronilla—. Maldita sea, a veces desearía que no fueras tan valiente.

Eso me hizo sonreír.

—El sentimiento es mutuo.

Sus brazos se apretaron a mi alrededor.

—¿Qué piensas de lo que dijo Dez sobre que Gideon no pudo encontrar nada acerca de la reproducción de los Sangre Original? —me preguntó un momento después.

—No sé qué pienso ni qué pensar —admití mientras cerraba los ojos—. ¿Y tú?

—Igual. —Deslizó una mano hacia arriba por mi espalda—. Creo que tenemos que conseguir una de esas pruebas.

—Sí, yo también lo creo. —Me aparté y esbocé una leve sonrisa cuando me volvió a enderezar las gafas—. Pero tenemos que hacer otra cosa primero. Tenemos que ir a ver a la Bruja Suprema.

Zayne usó mi móvil para llamar a Stacey, de quien se había hecho muy amigo después de la muerte de su padre y los problemas con Layla. Al recordar lo celosa que me había puesto cuando los descubrí en la heladería, me dieron ganas de darme un puñetazo en plena cara. Intenté darle un poco de espacio, porque estaba segura de que sería una llamada emotiva, pero él tiró de mí hacia el sofá, donde estaba sentado, y me abrazó. Durante todo el tiempo que habló con ella, estuvo pasando la mano por mi pelo y mi espalda. De vez en cuando, se detenía para besarme en la sien o en la frente, y yo… absorbí todo aquel afecto como una esponjita feliz. Zayne parecía necesitar estar tan cerca de mí como yo de él y supuse que ese anhelo se debía al trauma de los últimos días. Stacey quería ver a Zayne, y no pude culparla por ello. Basándome solo en lo que él estaba diciendo, me di cuenta de que Stacey estaba en estado de *shock*, pero él opinaba que era demasiado peligroso. Y tenía razón. Puede que

Gabriel no supiera todavía que Zayne había regresado, pero se enteraría, y no me extrañaría que el arcángel fuera a por cualquiera cercano a alguno de los dos.

Después de la llamada, decidimos que era mejor proceder a quitarle una pluma a Zayne mientras estábamos en el apartamento. Eso evitaba que tuviera que hacer una demostración con las alas delante de la Bruja Suprema y cualquier otro brujo que hubiera presente. No es que no nos fiáramos de ella...

Vale, no nos fiábamos de ella.

No era nada personal. Simplemente, no nos fiábamos de ningún brujo.

Por supuesto, cuando Zayne se quitó la camiseta y desplegó las alas, me distraje un poco mirándolas. Aparté la mirada con dificultad de un elegante arco y fui a grano.

—Bueno, ¿cómo lo hacemos?

—Puedes agarrar una sin más —propuso.

—Un momento. ¿Qué? ¿Que quieres que haga qué? —Alcé las cejas de golpe—. ¿Que arranque una de un tirón?

—O puedo hacerlo yo —contestó, y se encogió de hombros.

—Sí, deberías hacerlo tú. —Arrugué la nariz—. Porque ni hablar, yo no puedo.

—Ni que te estuviera sugiriendo que me arrancaras una uña del pie.

—Uf —murmuré mientras él desplazaba un ala hacia delante.

Zayne se rio con suavidad al mismo tiempo que deslizaba los dedos por la parte inferior de su ala.

—¿Solo una?

Asentí con la cabeza.

—Que sea pequeña.

Me lanzó una sonrisa mientras rodeaba una pluma con el dedo.

—Tal vez quieras apartar la mirada.

Sin molestarme siquiera en fingir que podía soportarlo, me concentré en la encimera de la cocina, que estaba bastante ordenada.

—¿Te acuerdas de cuando estábamos en la piscina y fui a tocarte las alas? Entonces no pareció gustarte.

—Esa pregunta no viene muy a cuento.

—Ya, bueno, estoy intentando no concentrarme... —Me estremecí al oír un suave chasquido—. En eso.

—Apenas me ha dolido. Ya puedes mirar.

Le eché un vistazo y vi que había plegado las alas. Sostenía en la mano una pluma del tamaño de su palma. Podría haber sido cosa de mis ojos, pero la pluma parecía emitir un tenue brillo.

—El motivo por el que te detuve en la piscina no tuvo nada que ver con mis plumas —me dijo, y atrajo mi mirada hacia la suya—. Coge una bolsa hermética para guardarla.

—No está nada bien meter una pluma en una bolsa hermética. —Di media vuelta y fui hasta la pequeña despensa empotrada en los armarios—. Bueno, ¿y por qué me detuviste entonces?

—Cuando estaba contigo, en la piscina, durante unos minutos no me sentí... expuesto a todo ese odio y amargura. Lo único que sentía eran mis propias emociones. Estaba tranquilo. En calma —me explicó—. Pero luego empecé a sentir esas cosas otra vez. Fue algo insidioso, como si una serpiente se me deslizara por las venas, y no quise hacerte daño.

Con el corazón en un puño, abrí la puerta de la despensa y saqué una bolsa de la caja. Me giré hacia Zayne.

—¿Sientes eso ahora? ¿El odio y la amargura?

—No de esa forma desde que volví en mí después de que usaras la espada de Miguel. Pero todavía puedo sentir... las intenciones de los demás. Sus secretos más oscuros. Pero es controlable.

—¿Qué quieres decir? —le pregunté mientras le acercaba la bolsa.

—Es difícil de explicar. —La cogió—. Pero me recuerda un poco a lo que puede hacer Layla al ver auras: el color del alma de las personas. Es algo así, pero yo siento sus intenciones si quiero.

Arqueé las cejas.

—¿Y eso cómo funciona? ¿Simplemente miras a la gente y, bum, ya sabes si son buenos o malos o algo intermedio?

—Solo tengo que concentrarme en ellos... Tengo que querer saberlo. —Introdujo la pluma luminosa en la bolsa y luego cerró la parte superior—. Uno de los ángeles me explicó que podría sentir las verdaderas intenciones de los mortales. Que todos los ángeles pueden hacerlo. Supongo que esa es una de las razones por las que, cuando un ángel cae, ese sentido se ve abrumado. Hasta que estuvimos en el Uber con el conductor ni me acordé. Y se debió a que me di cuenta de que no estaba sintiendo sus intenciones cuando antes lo sentía todo sin intentarlo siquiera.

—Eso tuvo que ser... Dios mío, tuvo que ser abrumador.

—Lo fue, pero, con el conductor, no me vi bombardeado y entonces fue cuando me acordé de lo que me dijo el ángel —me explicó—. Así que probé y era verdad. Solo tenía que querer saberlo y concentrarme.

La curiosidad pudo más que yo.

—Bueno, ¿y qué descubriste?

—El conductor era un buen hombre.

—Me alegra oírlo, ya que no hacía más que aferrar aquella cruz cuando nos bajamos del coche. —Les eché un vistazo a sus alas, pero resistí el impulso de alargar la mano para acariciar una—. Así que, en realidad, a lo que te refieres cuando dices que sientes sus intenciones es que estás sintiendo sus almas.

Sus alas se echaron hacia atrás y luego desaparecieron mientras Zayne me entregaba la bolsa.

—Es que... me resulta raro decir eso.

Cogí la bolsa mientras procuraba no hacer una mueca.

—Tienes dos espadas y puedes saber si una persona es buena o mala. ¿Por qué tienes que ser tan especial?

Eso le sacó una sonrisa antes de que se diera la vuelta para coger la camiseta que había dejado sobre el sofá. Clavé la mirada en la marca en relieve de sus alas y pensé en lo que había dicho Layla cuando vio mi aura. Que era a la vez de color blanco puro y negro puro.

Buena y... ¿qué? ¿Mala? Layla había dicho que, cuanto más oscuro era el tono del aura, significaba que albergaba más pecado, pero ella nunca había visto a un humano con un aura negra.

Mientras sostenía la pluma embolsada, lo cual me hizo sentir como si estuviera sujetando un dedo o algo así, lo vi ponerse la camiseta y ajustarla en su sitio. Cuando se giró hacia mí, abrí la boca y la pregunta prácticamente salió disparada.

—¿Qué sientes cuando te concentras en mí? ¿Cuáles son mis «intenciones»?

—¿Aparte de volverme loco? —preguntó, y se echó el pelo hacia atrás por los lados.

Asentí con la cabeza.

—Aparte de eso.

—No lo sé. No he intentado averiguarlo. Ni sobre ti ni sobre los demás cuando estuvieron aquí. No me parece correcto hacerlo sin ningún motivo.

Lo miré y luego suspiré.

—¿Qué pasa?

—¿Por qué tienes que ser tan bueno? Yo le echaría un vistazo al alma de todo el mundo cada vez que tuviera la oportunidad.

Él se rio entre dientes mientras inclinaba la cabeza para besarme.

—Vamos a ocuparnos del tema de la pluma.

Lo seguí, y noté un hormigueo en los labios debido al breve contacto. Zayne cogió las llaves de la isla de la cocina, donde las había dejado por última vez, y luego se detuvo. Nadie las había tocado desde entonces. Se las quedó mirando mientras las sostenía en la palma de su mano.

—¿Estás bien? —le pegunté mientras le tocaba el brazo.

Carraspeó y me miró.

—Sí. Todo va bien. —Rodeó las llaves con los dedos—. Por cierto, ¿has visto mi móvil?

Negué con la cabeza.

—Lo... lo llevabas encima aquella noche. No lo he visto desde entonces.

—En ese caso, apuesto que lo tienen Nic o Dez. Ellos se encargarían de reunir mis... efectos personales. Supongo que no se les ocurrió traerlo cuando vinieron. Probablemente porque...

Supe en qué estaba pensando. Probablemente temían que Zayne no hubiera regresado con nosotros y traer sus pertenencias lo gafaría todo de algún modo. Me apreté la bolsa contra el pecho y le pregunté:

—¿Te resulta raro? ¿Pensar que moriste? Vale. Qué pregunta tan patética. Es evidente que tiene que ser raro.

—Pues sí. —Me tomó de la mano—. Sobre todo cuando pienso en el hecho de que mi cuerpo habrá hecho todo eso de convertirse en polvo y, sin embargo, aquí estoy.

Me estremecí.

—A mí me pasa lo mismo. No me cabe en la cabeza y ni siquiera se trata de mi cuerpo.

—Pues no le demos más vueltas, ¿vale?

—Hecho —contesté, y le apreté la mano mientras entrábamos en el ascensor.

Llegamos al garaje en un tiempo récord y, cuando Zayne vio su Impala, me recordó a mí misma al ver una hamburguesa con queso.

Colocó la palma de la mano sobre el maletero y la deslizó por el suave metal mientras me llevaba hasta la puerta del acompañante. Pude distinguir una amplia sonrisa con la tenue luz amarillenta del garaje, algo que sabía que no habría podido ver antes.

—¿Quieres quedarte un rato a solas? —le ofrecí mientras su mano recorría la puerta trasera—. Ya sabes, por si te apetece enrollarte con tu coche en privado.

Zayne se rio a la vez que abría la puerta del acompañante.

—Entra.

—Mandón. —Bajé la mirada hacia donde me sostenía la mano—. Vas a tener que soltarme.

—Ya lo sé.

Arqueé las cejas.

—Antes de que podamos subir al coche.

—Ya lo sé —repitió, pero, esta vez, bajó la boca hasta la mía mientras me rodeaba la nuca con la otra mano.

Fue un beso profundo y feroz que hizo que me invadiera una oleada de calor. Me pregunté si sería posible que me devorara con un solo beso. Estaba completamente dispuesta a participar en un poco de escándalo público y averiguarlo, ahí mismo, en el garaje. Pero Zayne levantó la cabeza mientras me mordisqueaba el labio inferior de una forma que provocó que se me contrajera el vientre.

—Dios mío —susurré cuando me soltó la mano—. Te alegras mucho de ver tu coche, ¿verdad?

—Después de hablar con la Bruja Suprema, ¿qué tal si lo averiguamos? —me sugirió.

Un aleteo me bajó del pecho hasta el vientre y luego más abajo.

—Me parece una idea buenísima.

—En ese caso, terminemos con esto lo antes posible.

Prácticamente me lancé en el asiento del acompañante. Me coloqué la pluma embolsada en el regazo y me abroché el cinturón mientras Zayne se situaba detrás del volante. Dedicó un momento a comprobar el retrovisor, agarrar el volante y enderezar la visera antes de girar la llave. La sonrisa que se le dibujó en la cara, cuando el motor se encendió con un ronroneo, hizo que se me contrajera el corazón.

Zayne me miró mientras metía la marcha atrás.

—¿Dónde están tus gafas de sol?

—Las perdí.

—¿Otra vez?

—Otra vez.

—Vaya, vamos a tener que empezar a pedirlas al por mayor.

—¿Para que pueda empezar a perderlas al por mayor?

—Entonces tal vez tengamos que conseguirte una suscripción para que te envíen gafas de sol a casa. —Alargó la mano para abrir la guantera y sacó unas gafas de sol plateadas de estilo aviador—. Estas no son tan oscuras, pero servirán hasta que podamos conseguirte otras.

—Gracias. —Cogí las gafas y me las puse—. ¿Qué pinta tengo? ¿De malota?

—Preciosa. —Sacó el Impala de la plaza de aparcamiento marcha atrás—. Y de malota.

La sonrisa que apareció en mi cara era tan grande que estaba segura de que parecía la mayor mema sobre la faz de la tierra, y prácticamente no se me borró mientras nos dirigíamos hacia el Hotel Brujeril. Charlamos sobre Cacahuete y planeamos pasar por el complejo de los Guardianes para recuperar su teléfono después de hacer una paradita técnica en una farmacia... para comprar una prueba de embarazo por primera vez en mi vida.

Qué divertido.

Al llegar al hotel, nos detuvimos en el aparcamiento situado cerca. Cuando entramos en el hotel e hice ademán de subirme las gafas de sol, Zayne me las quitó.

—Creo que yo tendré más suerte con ellas —dijo, y se colocó una patilla de las gafas en el cuello de la camiseta.

—Probablemente.

Mientras subíamos en el ascensor hasta el decimotercer piso y recorríamos el pasillo hasta el restaurante, no me preocupé en absoluto por si la Bruja Suprema estaría allí. Tenía el presentimiento de que ella sabía exactamente qué día regresaríamos.

Y, quién lo iba a decir, Rowena estaba detrás del atril de recepción. Antes de que ninguno de los dos pudiera hablar, la bruja salió de detrás del atril y dijo con el mayor tono de fastidio posible:

—Por aquí, por favor.

Arqueé una ceja mientras recorría con la mirada el interior iluminado con una luz tenue.

—Te encantan estas pequeñas visitas, ¿verdad?

—Las espero con el alma en vilo.

Esbocé una sonrisita de suficiencia mientras Zayne alzaba las cejas.

—Es verdad. Tú nunca has tenido el placer de que te reciba Rowena. Siempre le entusiasma verme por aquí.

—Se nota —respondió él con voz inexpresiva.

Rowena no dijo nada mientras nos conducía más allá del tabique. Como antes, lo habían retirado todo menos la mesa redonda situada en el medio de la sala. Solo había tres sillas junto a la mesa y, esta vez, la Bruja Suprema estaba sentada y nos miraba de frente. La mesa estaba desprovista de platos y vasos y tuve el repentino presentimiento de que, después de esa reunión, la mesa y las sillas desaparecerían.

Y también la Bruja Suprema.

La camiseta de la bruja era del tono rosado más brillante que había visto en mi vida y algo... brillaba en la parte delantera.

—¿Cuántos años tiene? —me susurró Zayne.

—Más de los que crees que aparento —respondió ella. Por lo visto, la edad no le había hecho mella en el oído—. Acercaos. Sentaos conmigo —nos llamó, y ladeó la cabeza hacia Zayne.

A medida que nos acercábamos, la expresión sobrecogida que se adueñó de la arrugada piel oscura mientras la bruja miraba fijamente a Zayne fue inconfundible.

Y también fue inconfundible lo que deslumbraba escrito en

su camiseta con cristales morados. «NO ME HAGAS COMPORTARME COMO UNA BRUJA».

Qué guay.

Zayne retiró la silla situada a la izquierda de la Bruja Suprema para que me sentara. Le di las gracias con un murmullo.

Ella se rio entre dientes mientras observaba cómo Zayne ocupaba la silla de su derecha.

—¿Un Caído con modales? —La piel de las comisuras de los ojos se le arrugó todavía más—. ¿O un Caído enamorado?

—Lo segundo sería probablemente un comentario más preciso —contestó Zayne, y el corazón me bailoteó en el pecho.

Los labios de la bruja se curvaron en una sonrisa mientras se inclinaba hacia Zayne.

—Eres algo que no había visto en toda mi vida, único antes incluso ahora. Un Guardián que se hizo amigo de unos demonios, algo que siempre te ha hecho destacar por encima de los demás. Lograste la restitución de tu gloria, una proeza casi imposible, y renunciaste a la aceptación celestial por amor. Ahora eres un Caído con fuego celestial corriéndote por las venas. He esperado mucho tiempo para decir esto. Siempre te han subestimado y menospreciado, pero eso ha cambiado. —Lo recorrió con la mirada—. Eres magnífico.

—Me cae muy bien —me dijo Zayne—. Debí haber venido antes.

La Bruja Suprema agitó sus pestañas de puntas blancas. No me lo podía creer... Le estaba haciendo ojitos a Zayne.

—Siempre eres bienvenido. —La bruja levantó su pequeña mano y de repente se detuvo de golpe antes de tocarle el brazo—. ¿Puedo?

A Zayne se le tensaron los músculos cuando le indicó con un gesto de la cabeza que continuara. No me parecía que la bruja fuera lo bastante estúpida como para intentar algo, aunque, claro, la gente era estúpida en general.

La Bruja Suprema apoyó la mano en el brazo de Zayne. Cerró los ojos un momento.

—Sí —dijo en voz baja—. Eres absolutamente único.

Puse los ojos en blanco.

—Va a acabar con un ego enorme si sigues así.

—Pero es un ego bien merecido —respondió ella mientras apartaba la mano de la piel de Zayne—. ¿No estás de acuerdo?
—Sí, claro —farfullé.
Zayne me lanzó una media sonrisa.
—Debemos darte las gracias, Bruja Suprema.
—Ah, ¿sí? —dijo ella mientras alzaba sus cejas blancas y tupidas.
Zayne asintió con la cabeza.
—Le proporcionaste a Trin los medios para ayudarme.
—Pero esos medios incluían condiciones —nos recordó.
—Ya lo sé. —Levanté la bolsa—. Tenemos tu pluma.
La sonrisa de la bruja se ensanchó mientras observaba la bolsa.
—Sabía que no fracasarías. —Aquellos ojos, tan agudos como los de alguien con la mitad de su edad (fuera cual fuese esa edad), se alzaron hacia los míos—. Temías fracasar. Nadie te culparía por ello. O lo restituías o acababas con él, y esa no es una acción que se lleve a cabo a la ligera.
—No. —Dejé la bolsa sobre la mesa—. No lo fue.
—Me gustas —dijo la Bruja Suprema.
—¿Tanto como él? —repliqué.
Ella soltó una risa áspera.
—Me gustáis los dos. Juntos. Sois dos mitades destinadas a estar unidas. Siempre ha sido así. Y siempre lo será.
Experimenté un revoloteo en el pecho mientras la bruja observaba la pluma.
—Qué triste, ¿verdad? Lo que Gabriel trama hacerle a este mundo y al cielo.
Me quedé inmóvil. Yo no le había contado nunca lo que planeaba Gabriel... ni que él era el Heraldo, pero no me sorprendió del todo que lo supiera.
—Podría ocurrírseme un adjetivo más fuerte para describir lo que planea hacer, pero sí —dije.
La bruja asintió despacio con la cabeza.
—He vivido muchos años, pero nunca creí que viviría para ver el fin de los tiempos.
Me quedé sin aliento.
—No permitiremos que ocurra —aseguró Zayne.

—No, no creo que lo hagáis —dijo ella, y la confusión se apoderó de mí mientras la bruja rodeaba la parte superior de la bolsa con sus dedos nudosos—. Ahora no, al menos.

Le eché un vistazo a Zayne y vi que su expresión de perplejidad probablemente coincidía con la mía.

—Creo que no te sigo —respondí.

—Supongo que no. Ni lo harás durante mucho tiempo.

Vaya, esa afirmación no aclaraba absolutamente nada.

La Bruja Suprema levantó la bolsa, la sostuvo con una mano y deslizó los dedos por el contorno de la pluma.

—¿Vas a decirnos qué planeas hacer con esa pluma? —le pregunté.

Me miró mientras abría la bolsa.

—Nada tan peligroso como lo que planeas hacer tú.

—¿Y qué crees que planeo? —contraataqué.

—Tiene una larga lista de cosas peligrosas —añadió Zayne, tan servicial como siempre.

La Bruja Suprema se limitó a sonreír.

—A veces tienes que mandarlo todo al infierno para lograr lo que te propones.

Veinticinco

La miré fijamente mientras se me ponía la piel de gallina.

—Gracias por esto —dijo la Bruja Suprema, haciendo un gesto con la cabeza en mi dirección y luego en la de Zayne, a la vez que aparecía el mismo hombre que vi la última vez que estuve ahí, todavía vestido con traje.

El hombre llevó una copa de champán a la mesa y la colocó delante de la bruja. El líquido era rosado y espumoso.

—Te dije que se pueden lograr todo tipo de cosas con una pluma de alguien que ha caído. —La bruja sacó dicho artículo de la bolsa—. Sobre todo, de alguien que todavía lleva gracia dentro. Solo existe otro ser así en este mundo y más allá, pero su… Bueno, no estoy muy segura de que se pueda lograr nada hermoso con una pluma suya.

—¿Te refieres a Lucifer? —le pregunté mientras la veía guardarse la pluma en la mano.

—¿A quién si no?

La Bruja Suprema situó la mano sobre la abertura del vaso. Movió los labios, hablando con voz demasiado rápida y baja para que yo pudiera entenderla, pero lo que fuera que dijo me sonó como una oración.

Zayne se movió en su asiento frente a mí y frunció el ceño mientras la observaba.

—Me marcho de la ciudad hoy —continuó la bruja, y abrió la mano. Motas de pluma desmenuzada, espolvoreadas con luz dorada, cayeron dentro de la copa—. Voy a ir al sur a visitar a mis nietitos.

—Parece un momento tan bueno como cualquier otro para salir de la ciudad —comenté mientras ella dejaba caer lo que quedaba de la pobre pluma sobre la mesa.

La Bruja Suprema cogió la copa de champán.

—Pero dudo que me reconozcan.

El corazón me latió con fuerza contra el pecho cuando la bruja se llevó el vaso a los labios. Empecé a echarme hacia delante...

—Está bien —dijo Zayne en voz baja—. Lo que sea que esté haciendo, está bien.

Sentía las intenciones de la Bruja Suprema, su alma, y, lo que fuera que estuviera sintiendo, no le preocupaba. Supuse que eso era algo bueno, ya que ella tomó un sorbo de lo que fuera que hubiera preparado... y siguió bebiendo.

Y bebiendo.

Abrí mucho los ojos cuando se terminó todo el vaso de un trago como si fuera una profesional bebiendo chupitos.

—Dios mío —susurró con voz ronca. Se presionó el dorso de la mano contra la boca mientras dejaba escapar un pequeño eructo—. Uy, tiene un sabor fuerte. Ácido.

Me giré hacia Zayne despacio. Él parpadeó y echó la cabeza hacia atrás bruscamente.

—Por el amor de...

Mi mirada regresó de golpe hacia la Bruja Suprema y me quedé estupefacta.

—Dios...

No sabría decir qué esperaba encontrar cuando la miré, pero lo que vi no estaba en la lista de posibles sorpresas pasmosas.

Fue como ver a alguien envejecer... al revés.

El pelo blanco como la nieve de la bruja se volvió más denso y se oscureció hasta adquirir el tono de la medianoche, alargándose a medida que los elásticos rizos se definían. La piel de su frente se alisó y las profundas arrugas situadas junto a sus ojos y alrededor de su boca desaparecieron. Sus mejillas y labios se rellenaron al mismo tiempo que su mandíbula se volvía más definida. Su cuerpo se estremeció y luego su espalda se enderezó y sus hombros se elevaron. El pecho se levantó dentro de la camiseta rosa brillante y las manchas oscuras que recorrían la mano que todavía sostenía la copa de champán se desvanecieron como si alguien las hubiera borrado con una goma.

Yo seguía boquiabierta cuando la bruja echó la cabeza hacia atrás y las arrugas que le rodeaban el cuello se difuminaron. La vi tragar saliva mientras agachaba la cabeza.

Sus cejas fueron lo último que cambió. Se volvieron más finas y oscuras, siguiendo la elegante curva del hueso de su frente, y ahora tenía ante mí a una mujer que no aparentaba más de veintimuchos o treinta y pocos años.

Una mujer de una belleza despampanante.

La Bruja Suprema dejó la copa vacía sobre la mesa.

—¿Por qué envejecer con elegancia cuando puedes borrar los años con una copa y un hechizo?

Cerré la boca, pues literalmente no tenía nada que decir en respuesta a lo que acababa de presenciar.

Ella sonrió y su mirada saltó entre nosotros dos mientras se levantaba de la silla con la fluidez de alguien que no parecía estar a punto de romperse una cadera.

—Es hora de que me vaya.

—Vale —farfullé.

—Os deseo suerte en las batallas que se avecinan —dijo.

Me encontré de pie al lado de Zayne. ¿Batallas? ¿En plural? Zayne colocó la mano en la parte baja de mi espalda y me hizo darme la vuelta.

—¿Sangre Original? —me llamó la Bruja Suprema, y me detuve y miré por encima del hombro—. Puede que ya no sea tu Protector, pero sigue siendo una fuente de tu fuerza. Recuérdalo cuando nieve.

—Vaya, ha sido interesante —comentó Zayne cuando regresamos al Impala—. Y muy inesperado.

Dejé escapar una risa temblorosa.

—Pues sí. Caray. Tus plumas son como un... un *lifting* de cuerpo completo.

—No creo que fuera solo mi pluma —señaló él, mirándome. Las líneas de su cara apenas eran visibles en el oscuro interior del coche—. Pero me alegro de que solo usara mi pluma para eso.

—Lo mismo digo. Todavía me cuesta creer lo que acabo de ver. Al principio, pensé que era cosa de mis ojos.

—Ya somos dos. —Alargó la mano y me arregló el dobladillo torcido de la camiseta—. Tuve la sensación de que nos estaba diciendo algo importante, pero soy demasiado idiota para averiguar de qué se trataba.

—Esa mujer ha convertido el hablar de forma vaga en un arte. ¿Las batallas que se avecinan? ¿Más de una? Sinceramente, espero que eso solo haya sido para darle un efecto dramático, porque estoy deseando tomarme unas vacaciones después de que derrotemos a Gabriel.

—¿A dónde te gustaría ir?

—No lo sé.

—Venga. —Me tiró de la camiseta con suavidad—. Estoy seguro de que hay gente y lugares que quieres ver.

—Pues… —Fruncí los labios—. Me gustaría ir a visitar a Jada y a Thierry.

—Podemos hacerlo. ¿Qué más? Algún lugar en el que no hayas estado.

Incliné la cabeza hacia atrás contra el asiento.

—¿Tal vez ir a… una playa? No a una superabarrotada. Nunca he estado en el mar y me gustaría ver el océano antes de… ya sabes, así que me gustaría hacer eso. Y siempre he querido ver el letrero de Hollywood. Ya sé que suena cursi.

—Para nada. ¿Dónde más?

—¿Cualquier sitio?

—Cualquier sitio.

Una sonrisa me tiró de los labios.

—Me encantaría ver Edimburgo y Roma con mis propios ojos y tocar los edificios. Oh… y Sicilia. Me gustaría visitar el lugar del que proviene mi familia… Bueno, del que proviene el lado materno de mi familia. ¿Y tú?

—Cualquier lugar al que quieras ir me parece bien.

Lo miré.

—Pero tiene que haber un lugar al que prefieras ir.

—Donde estés es donde prefiero ir. —Levantó una mano, y se aseguró de que la viera primero antes de acunarme la mejilla—. Lo digo en serio. Si quieres visitar la comunidad, podemos hacerlo. Si quieres encontrar una remota playa privada, podemos hacerlo. Si quieres alquilar una cabaña en las montañas, ese será mi nuevo lugar favorito. ¿Roma? ¿Sicilia? Me encantaría verlas contigo. —Deslizó el pulgar por mi labio inferior—. Mejor aún, deberíamos seguir ampliando la lista de lugares que quieres ver y lo haremos. Los veremos todos. Da igual que nos lleve meses o un año entero. Lo haremos y crearemos suficientes recuerdos.

Se me contrajo la garganta por la emoción. Supe qué se traía entre manos. Crear suficientes recuerdos para que, cuando perdiera la vista, pudiera rememorarlos en lugar de contar solo con lienzos desprovistos de color y forma.

—Lo estás haciendo otra vez.

—¿El qué?

—Ser perfecto. —Me incliné hacia él. No encontré su boca en el primer intento, pero localicé sus labios rápidamente después. Lo besé—. Te quiero.

Zayne me devolvió el beso. El roce de sus labios fue dulce y suave.

—Te quiero, Trinity.

Cerré los ojos con fuerza para contener el torrente de lágrimas tontas y apreté la frente contra la suya.

—Me gusta este plan.

—A mí también. —Me besó la comisura de los labios—. Pero primero…

—Pero primero tenemos que ir a la farmacia —dije, y el estómago me dio un vuelco.

—Así es.

—Y luego pasar por el complejo a recoger tu teléfono.

—Tal vez podamos convencerlos de que nos preparen la cena —sugirió.

Sonreí contra sus labios.

—Y luego ver si podemos atraer a algún demonio.

—No te olvides de reservar algo de tiempo para que te demuestre cuánto me alegré de ver mi coche.

Me reí mientras deslizaba la mano por la parte posterior de su cuello y hundía los dedos en su pelo.

—No lo he olvidado. Podemos encontrar tiempo para eso en

cualquier momento. —Lo besé rápido—. Y luego tenemos que cerrar el portal y matar a Gabriel.

—Me gustaría volver a lo de encontrar tiempo para eso en cualquier momento. —Apartó la mano de mi mejilla y la bajó por mi costado—. ¿Qué tal ahora?

Mi pulso salió disparado de inmediato hacia territorios inexplorados.

—En cualquier momento —susurré.

—En ese caso, ven aquí —dijo, y su voz sonó profunda y áspera mientras me rodeaba la cintura con el brazo.

Y fui allí.

Bueno, Zayne me llevó allí, porque requirió muchas maniobras imposibles para mí en el interior oscuro, pero me situó en su regazo en un nanosegundo y nuestros cuerpos quedaron alineados de formas divertidas y muy inapropiadas. Mis manos se desplazaron desde sus hombros hacia el centro de su pecho.

—Cuidado. —Su boca permanecía suspendida contra la mía—. Vas a romper las gafas de sol.

Le saqué las gafas del cuello de la camiseta y las lancé al asiento trasero.

—Ahora están a salvo.

Zayne se rio mientras afianzaba las manos en mis caderas.

—Eso habrá que verlo.

—Luego —insistí, y le rocé la nariz con la mía.

—Sí. —Sus labios se deslizaron sobre los míos—. Luego.

La presión de su boca aumentó contra la mía mientras me inclinaba hacia él y me deleitaba al sentirlo. Nunca me cansaría de...

Mi teléfono sonó y traqueteó en el portavasos en el que lo había metido.

—Podemos ignorarlo —sugerí.

Su mano ascendió y se posó sobre la curva de mi pecho. Su roce me abrasó a través de la fina camiseta.

—Deberíamos hacerlo —coincidió.

No sabría decir quién besó a quién entonces. Daba igual. La crudeza del beso me dejó sin aliento al mismo tiempo que el deseo, el amor y otras mil sensaciones alocadas y maravillosas se apoderaban de mí. La piel me ardió cuando Zayne arrastró el pulgar por el centro de mi pecho, creando un fuego en mi interior.

Mi teléfono avisó de que había recibido un mensaje, y luego otro. Me apreté más contra Zayne y deseé que el teléfono se callara. Quería ser irresponsable...

—Deberíamos ver quién es —dijo Zayne mientras giraba la cabeza, y gemí mientras apretaba la frente contra su mejilla. Sacó mi teléfono del portavasos.

Le besé la parte inferior de la mandíbula.

—¿Quién es?

—Bueno, el mensaje dice: «Coge el teléfono, Sangre Original insignificante». —Hizo una pausa—. ¿Voy a tener que matar a alguien por enviarte un mensaje así?

Me aparté.

—No. Tiene que ser Cayman. Dame. —Agité los dedos y entrecerré los ojos ante el brillo de la pantalla cuando me lo entregó. Me dispuse a presionar la opción para devolverle la llamada al demonio mientras miraba a Zayne—. Y, si no fuera Cayman, ¿de verdad matarías a alguien por llamarme Sangre Original insignificante?

—¿Con sinceridad? —me preguntó mientras ladeaba la cabeza.

Hice un gesto afirmativo.

—Probablemente.

—Hum... —Apreté los labios y ensanché las mejillas—. Eso podría ser una reacción excesiva.

—Ya lo sé.

Su mano regresó a mi cadera y se puso en movimiento.

—Y tengo la sensación de que te da igual —añadí.

—Así es.

Negué con la cabeza mientras marcaba el número.

—Vamos a tener que hablar de eso luego.

Al estar tan cerca, pude ver su sonrisa y entorné los ojos. Activé el altavoz del teléfono.

Cayman respondió al segundo tono.

—No me puedo creer que no lo cogieras...

—Ten cuidado. Zayne quería matarte porque me llamaste Sangre Original insignificante.

—Me da la impresión de que Zayne tiene problemas para controlar la ira —contestó Cayman—. Pero no tenemos tiempo para eso. Roth y Layla van a regresar y necesitan que os reunáis con ellos.

Miré bruscamente a Zayne mientras Cayman continuaba.

—Bueno, creen que solo van a reunirse contigo, Trinity. No tuve ocasión de contarles lo tuyo, angelito. La cobertura móvil en el infierno es horrible.

Sinceramente, a mí me asombraba el hecho de que hubiera siquiera cobertura móvil en el infierno cuando en una esquina del cuarto de baño del apartamento no había.

—¿Dónde debemos reunirnos con ellos? —preguntó Zayne mientras hacía gala de su habilidad para realizar varias tareas al mismo tiempo al deslizar la mano por la cara externa de mi muslo.

—Id a su casa, pero, en lugar de deteneros allí, seguid avanzando por el camino. Llegad hasta el final. Se reunirán con vosotros allí. Llamadme cuando lleguéis.

—¿Y tú dónde vas a estar? —le pregunté.

—Ya sabes, voy a estar ocupado —contestó el demonio—. Haciendo cosas.

Miré el teléfono con el ceño fruncido.

—Llamadme —repitió Cayman, y luego la llamada se cortó.

—Me pregunto si llegó a averiguar si Lucifer tiene de verdad demonios buscándome —dije mientras me retorcía para apartarme del regazo de Zayne y regresar al asiento del acompañante.

Puede que me provocara un tirón en un músculo del culo al hacerlo.

—Me pregunto si Roth y Layla lograron que Lucifer subiera a la superficie.

—Supongo que ya lo descubriremos —contesté.

Entonces me di cuenta de que las gafas de sol estaban en el asiento trasero. Dejé escapar un gruñido y trepé a medias entre los asientos para cogerlas.

—¿Estás lista? —me preguntó Zayne cuando el motor se puso en marcha con un estruendo.

—Sí. —Me puse las gafas—. ¿Estamos muy lejos de su casa? No me acuerdo.

—A unos treinta minutos en cuanto crucemos el puente —dijo, con una mano apoyada en mi rodilla mientras usaba la otra para conducir—. Tiempo más que suficiente.

—¿Tiempo más que suficiente para qué?

Me apretó la rodilla con suavidad.

—Ya lo verás.

Bajé la mirada hasta donde estaba apoyada su mano. Me gustaba eso, que él quisiera mantener el contacto físico entre nosotros. Zayne era así antes.

Matar a alguien por llamarme insignificante era algo nuevo.

Al menos, eso pensé mientras colocaba mi mano sobre la suya y miraba por la ventanilla. Cuando salimos del aparcamiento, me di cuenta de que casi había anochecido.

Observé las formas borrosas de las personas y los escaparates de las tiendas mientras el pulgar de Zayne se movía y trazaba círculos lentos, y procuré no preocuparme demasiado de si Roth y Layla habían tenido éxito o no. Ni siquiera estaba segura de si debería preocuparme o alegrarme en caso de que lo hubieran conseguido.

Los pensamientos sobre Lucifer se desvanecieron de mi mente cuando me concentré en Zayne: en su mano y sus dedos. Su mano había subido más por mi pierna y, aunque sus dedos simplemente dibujaban círculos lentos por la cara interna de mi muslo, todo mi ser se volvió hiperconsciente. Me invadió un intenso acaloramiento al mismo tiempo que mi pecho se elevaba al inspirar hondo. Bajé la mirada. Mi mano seguía apoyada con suavidad sobre la suya. Zayne no hacía nada. Esa era la verdad. Debía controlar mis hormonas...

Me mordí el interior del labio cuando sus dedos se deslizaron lentamente hacia arriba, hasta llegar al centro de mi cuerpo. Lo miré bruscamente mientras se me secaba la boca y mi cuerpo crepitaba.

Zayne me dedicó una mirada rápida. Sus labios formaban una leve curva.

—Tiempo más que suficiente —repitió.

—¿Para qué?

Me quedé sin aliento a medida que sus dedos continuaban trazando aquellos círculos lentos y firmes.

—Para demostrarte cuánto me alegré. —Se centró en la carretera—. ¿Quieres averiguarlo?

—Oh —susurré. El corazón me latía tan rápido que pensé que me iba a dar un infarto—. Sí.

Debería haber dicho que no. No tenía ni idea de si alguno de los vehículos con los que nos cruzamos podía ver dentro del Impala, pero no dije eso. Mi mirada saltó del parabrisas hasta la ventanilla del acompañante mientras cruzábamos el puente y Zayne...

Me volvió loca.

Así me sentí con cada círculo y con los roces ligeros como una pluma y los más fuertes. Las mallas y las bragas que había debajo no suponían una gran barrera, pero luego su mano se escabulló de la mía y se abrió paso debajo de la cintura de las mallas. Se detuvo allí, esperando... permiso, y, mientras yo miraba por la ventanilla sin ver nada en realidad, le rodeé el antebrazo con la mano, instándolo a continuar.

Y eso hizo.

No sabría decir a qué se debió. Si fue el roce de sus dedos contra mi piel desnuda o si fue lo que estábamos haciendo y lo maravillosamente travieso que me parecía. Si fue cuánto se implicó Zayne o si fueron todas esas cosas, pero cerré los ojos y me limité a existir, allí en ese momento, con él y lo que estaba haciendo con esos movimientos de su dedo, juguetones y superficiales, y luego implacables y profundos. Eché la cabeza hacia atrás y cerré los ojos mientras mis caderas se movían, persiguiendo su mano. Sentí que perdía el control mientras apretaba los muslos contra su muñeca al mismo tiempo que le clavaba los dedos en la piel del antebrazo. Todo mi cuerpo se arqueó a medida que él profundizaba más.

—Zayne —susurré y apenas reconocí mi propia voz mientras todo mi ser se tensaba y de contraía cada vez más.

La sensación que me invadió, desde los músculos de las manos hasta los dedos de los pies, me recordó a los momentos previos a dar un salto peligroso, cuando mis pies se separaban del suelo y experimentaba un instante de ingravidez en el que el corazón me daba un brinco: el mismo segundo en el que me sentía como si pudiera volar. Grité, perdida en las sensaciones, mientras mi cuerpo giraba y giraba antes de licuarse. No pude recobrar el aliento cuando el orgasmo se apoderó de mí, palpitando y haciéndome estremecer. Me tembló todo el cuerpo mientras me aferraba a su mano, y noté los tendones moviéndose bajo mis dedos. El eco de los murmullos que brotaban de mí hizo que se me sonrojaran las mejillas a medida que la avalancha de sensaciones disminuía.

Vagamente, fui consciente de que él apartaba la mano. Abrí los ojos y bajé la mirada. Abrí los dedos despacio. La piel se le había quedado más rosada donde lo había agarrado, pero no tenía ninguna herida. Me estremecí.

—Vaya... —Me costó un momento recordar cómo hablar—. Te alegraste mucho.

Él se rio entre dientes.

—No por el coche. Aunque estuvo bien reunirme con él —dijo y lo miré—. Eres preciosa, Trin. —Me echó un vistazo—. Dios mío, eres preciosa.

Me puse colorada.

—Gracias. Por el cumplido. —El sonrojo se hizo más intenso—. Y por lo que pasó antes de eso.

—Fue un placer. Un honor. —Se mordió el labio inferior—. Casi hemos llegado.

Giré la cabeza perezosamente, justo a tiempo de ver que dejábamos atrás el camino que supuse que conducía a la casa de Roth y Layla, que era prácticamente una mansión.

Yo seguía agarrando el brazo de Zayne cuando los árboles se volvieron más densos a nuestro alrededor y llegamos al final del camino, que no tenía salida.

—Supongo que es aquí —dijo Zayne mientras apagaba el motor del coche. Miré a mi alrededor y vi... árboles—. ¿Estás lista para comprobar de qué va esto?

—Ajá. —Me quité las gafas de sol y las coloqué en el salpicadero—. ¿Puedes coger mi teléfono?

—Ya lo tengo.

—Genial.

—Pero vas a tener que soltarme el brazo.

—Oh. —Lo solté. Abrí la puerta, bastante relajada, y salí. La grava crujió bajo mis botas cuando me dirigí hacia la parte delantera del Impala—. En estos momentos me vendría bien una siesta.

—Creo que eso va a tener que esperar.

Zayne se reunió conmigo, bajó la cabeza y me besó con suavidad.

—Aguafiestas. —Me acurruqué contra él unos segundos, inhalé su aroma a menta fresca, y luego me aparté. Era hora de ser madura y responsable o algo así—. Supongo que deberíamos llamar a Cayman.

La pantalla de mi móvil cobró vida con un destello cuando Zayne llamó al demonio. Observé el campo que se iba oscureciendo con rapidez. El terreno era bastante abierto salvo por unos cuantos robles gigantes. El único sonido aparte del timbre del teléfono era el zumbido de los saltamontes, las langostas o las cigarras. Para mí todos eran «asquerosos y enormes bichos voladores», así que no sabía distinguirlos.

—Ya estamos aquí —dijo Zayne cuando Cayman contestó al teléfono.

—Habéis tardado bastante —llegó la respuesta a través del altavoz.

Miré a Zayne y me sonrojé. Al contar únicamente con la creciente luz de la luna, apenas pude ver sus facciones, pero detecté un atisbo de sonrisa.

—Cogí la ruta paisajística —contestó, y la cara me ardió aún más—. Estamos aquí y, a menos que se hayan vuelto invisibles de pronto, no veo a Roth ni a Layla.

—Deberían llegar en cualquier momento. Cruzarán por un portal en algún lugar del campo.

Arqueé una ceja mientras me apartaba del asfalto con cuidado y me adentraba en la hierba que me llegaba hasta las pantorrillas.

—Espero que no tarden mucho, porque estoy segura de que estaré cubierta de garrapatas cuando acabe la noche.

—Te ayudaré a comprobarlo luego —me ofreció Zayne, que se encontraba unos pasos detrás de mí.

Se me dibujó una amplia sonrisa cuando Cayman dijo:

—Estoy seguro de que eso es justo lo que vas a ayudarla a hacer luego.

—Pareces celoso —comentó Zayne mientras me alcanzaba. Encontró mi mano y entrelazó sus dedos con los míos. Mi sonrisa aumentó de manera exponencial.

—Lo estoy un poco —respondió Cayman, y prácticamente pude verlo hacer un mohín.

—¿Este terreno le pertenece a alguien? —pregunté, examinando el campo en sombras y los árboles circundantes—. Si es así, avísanos por si aparece alguien con una escopeta.

—Es de Roth, ya que no quería tener vecinos —nos explicó el demonio—. Así que compró unos cien acres alrededor de la casa.

Parpadeé, asombrada.

—Ser un demonio debe estar bien pagado.

—Ser un príncipe demonio desde luego que sí —dijo Cayman—. Pero, en otras palabras, no hay nadie alrededor que pueda oírte gritar.

Me detuve, con el ceño fruncido, y miré el teléfono que Zayne sostenía en la palma de la mano.

—Vaya, eso es espeluznante.

—Lo sé —contestó Cayman con una risita, y eso fue aún más espeluznante.

Zayne sacudió la cabeza mientras me soltaba la mano y se adelantaba unos pasos.

—¿Sabes si traen a un amigo extraespecial con ellos?

—Ni idea. Como dije, la cobertura era horrible.

Crucé los brazos.

—¿Y, por casualidad, has averiguado algo sobre si es posible que Lucifer haya enviado demonios a por mí?

—Puesto que no ha sido fácil encontrar a nadie que estuviera al tanto, la respuesta es no. Y, sí, ya lo sé, soy muy útil últimamente.

—Y que lo digas. —Zayne giró la cara cuando el sonido de… agua corriendo llegó a través del teléfono—. ¿Qué estás haciendo?

—Dándome un baño.

—¿Te estás bañando ahora mismo? —le pregunté—. ¿Mientras hablas por teléfono con nosotros? ¿Cuando Roth y Layla podrían estar a punto de aparecer o no con Lucifer?

—Oye, no suelo disponer de tiempo para mimarme —protestó el demonio—. Así que, cuando encuentro ese tiempo, lo aprovecho. Además, es un baño de burbujas.

—Eres un desastre —le dije.

—Ya lo sé… Oh, acabo de recibir un mensaje. Dejad que lo compruebe. —Durante un momento se oyó algo que sonó como… salpicaduras y luego Cayman anunció—: ¿Capitán? Por la izquierda.

Zayne me miró.

—¿Acaba de citar a Falcon en *Endgame*?

—Eso parece. —Entrecerré los ojos y miré por encima del hombro de Zayne. El mundo estaba inmerso en esos minutos en los que todo era un tanto gris, y ese no era el mejor momento para mis ojos, pero el espacio situado detrás de Zayne pareció ondularse—. Podría ser cosa de mis ojos, pero puede que se esté abriendo un portal detrás de ti.

Zayne se giró.

—Sin duda es un portal, pero dudo que el rey de Wakanda esté a punto de aparecer.

—Aunque eso sería muy guay —murmuré.

Unas chispas rojas se extendieron por el aire ondulante al mismo tiempo que percibíamos un olor a azufre. Mi gracia palpitó a modo de respuesta y se me tensaron los músculos. Un momento después, una serie de hormigueos me recorrieron la nuca.

El Príncipe Heredero del Infierno y la hija de Lilith salieron del portal.

Como siempre, me quedé un poco estupefacta por el contraste en el aspecto entre ellos. Roth, con su pelo oscuro y alborotado y su afición a vestir de negro, y Layla, con su largo pelo rubio platino y su predilección por los tonos pastel, suponían una llamativa contradicción entre sí y, sin embargo, parecían encajar a la perfección, como el día y la noche.

Roth era inhumanamente guapo, como si un hábil artista lo hubiera moldeado con arcilla, pero había un rastro de frialdad en él que hacía que su belleza fuera casi brutal. Su atractivo no era ninguna sorpresa. Absolutamente todos los demonios de Nivel Superior eran atractivos, sin importar su género o la orientación sexual de quien los viera. Eran la encarnación de la tentación, y Layla era igual de preciosa, aunque de una manera etérea. Ella parecía más angelical que yo y eso que no tenía dentro sangre de ángel... Bueno, salvo por la sangre de Caído que, por lo visto, había bebido.

Avanzaron con las manos unidas. No sabría decir cuál vio a Zayne primero, pero los dos se detuvieron al mismo tiempo. Estaban demasiado lejos para que yo pudiera distinguir sus expresiones, pero apostaría que la sorpresa y el asombro estaban grabados en sus facciones mientras miraban fijamente a Zayne.

Ninguno de los dos se movió mientras yo buscaba la aterradora tercera llegada, pero estaban solos cuando el portal se cerró detrás de ellos. ¿Eso significaba que habían fracasado?

—Joder —susurró Roth, con la atención fija en Zayne.

Layla dio un paso adelante y soltó la mano de Roth.

—¿Zayne? —susurró, sin llegar muy lejos. Roth le apresó la mano y le impidió avanzar sin quitarle la vista de encima a Zayne—. ¿Eres...? —Se le quebró la voz—. ¿De verdad eres tú? ¿Cómo? —Giró la cabeza bruscamente hacia mí—. ¿Ángel te ayudó?

—No fue Ángel —contestó Zayne, con la voz más ronca—. Pero soy yo, bichito.

—¿Bichito? —susurró ella mientras yo repetía mentalmente aquel apodo bastante mono y luego su cara pareció contraerse.

Se me formó un nudo de emoción en la garganta mientras Layla tiraba de la mano de Roth, intentando llegar hasta Zayne.

—Hay algo raro en él. —Roth la detuvo—. ¿Qué ves a su alrededor, Layla?

—Pues... —El pelo rubio blanquecino se balanceó cuando ella negó con la cabeza. Oí la exclamación ahogada que soltó—. No veo nada.

—Es normal, porque ya no soy un Guardián —dijo Zayne, que se quedó inmóvil—. Roth sabe lo que soy. Por lo visto, siempre ha sabido lo que fuimos en otra época.

La cabeza de Layla se giró de golpe hacia Roth y luego de nuevo hacia Zayne.

—Los Guardianes fueron hace mucho tiempo ángeles que cayeron, pero tú no eres un ángel. No tienes aura...

—Eso es porque es un puñetero Caído. —Entonces Roth hizo retroceder a Layla de un tirón al mismo tiempo que se situaba delante de ella—. Con gracia.

—¿Qué? —exclamó Layla mientras esquivaba a Roth.

—Sí, es un Caído —intervine—. Y, sí, todavía tiene un montón de fuego celestial dentro, pero sigue siendo Zayne.

—Imposible —soltó Roth.

—Estoy plantado delante de ti, así que no sé por qué piensas que es imposible —respondió Zayne—. Pero para abreviar, fui restituido, me devolvieron mi gloria. Me permitieron caer y conservar mi gracia para ayudar a luchar contra Gabriel.

—¿Te lo permitieron? —El tono de Roth estaba cargado de incredulidad—. ¿Un ángel restituido cae y conserva su gracia cuando el otro único ser que iguala esa monumental mala decisión vital es...?

Un intenso estallido de luz blanca surcó el cielo y me sobresaltó. Levanté la mirada y me estremecí cuando otro rayo atravesó la oscuridad y se estrelló contra el suelo no muy lejos de donde estábamos. Un trueno me sacudió los huesos y luego el cielo se llenó de pronto de relámpagos. Retrocedí bruscamente, con el corazón desbocado.

—Tendremos que terminar esta conversación luego —dijo Roth.

Docenas de rayos chocaron contra el suelo y el impacto creó un estruendo continuo de truenos. El aire se cargó de electricidad estática que hizo que se me erizara todo el vello del cuerpo.

Zayne apareció de repente a mi lado mientras otro fuerte rayo impactaba en un árbol cercano. El roble se partió justo por la mitad y luego se incendió.

El cielo se llenó del rugido de los truenos y el suelo... el suelo se onduló y me hizo perder el equilibrio. Zayne me agarró por la cintura y me mantuvo lo más firme que pudo mientras la tierra parecía temblar hasta el mismo núcleo. Ni siquiera tuve tiempo de sentir miedo o preguntarme si estar en un campo rodeados de árboles era lo más adecuado en medio de un terremoto. Todo se detuvo tan rápido como empezó. Los relámpagos. Los truenos. El terremoto.

Miré a Zayne, con el corazón acelerado.

—Eh...

Dos luces brillantes aparecieron detrás de nosotros y se abrieron paso a través de la oscuridad. Un espeluznante hormigueo me recorrió la piel mientras Zayne y yo nos girábamos hacia donde estaba aparcado su Impala. Ahora los faros estaban encendidos. Al igual que la luz interior.

—Qué raro —comentó Zayne.

Un segundo después, la radio se encendió, a un volumen casi ensordecedor, y fue cambiando rápidamente de emisora como si hubiera alguien allí girando los diales.

Salvo porque no había nadie dentro, ni siquiera un fantasma muy aburrido. El coche estaba desprovisto de vivos y muertos.

—Muy raro —añadí.

—Pero ¿qué diablos...? —murmuró Zayne.

La radio dejó de cambiar de emisora y el sonido... el sonido de un *riff* de guitarra brotó del interior del Impala. Era una canción. Me sonaba vagamente. Una áspera voz masculina cantó:

—«*I'm on my way to the promised land...*»

Fruncí el ceño y empecé a articular las palabras en silencio. El coro retomó una letra muy reconocible.

—¿Eso es...?

—¿*Highway to Hell*? —terminó Zayne por mí mientras miraba por encima del hombro—. Por favor, decidme que no tiene su propia canción de entrada.

Antes de que alguien pudiera responder a esa pregunta, el suelo junto al árbol que ardía estalló. Un géiser de tierra y llamas salió disparado y se elevó varias decenas de metros en el aire.

Me giré despacio, ladeé la cabeza y clavé la mirada en la masa de llamas y tierra que se arremolinaban. Había sombras allí, una oscuridad que fue tomando forma, e incluso con mi mala vista pude distinguir unas alas y unos cuernos enormes: alas tan largas como dos Impalas y cuernos del tamaño de una persona.

—Ya está aquíííí —resonó la voz de Cayman de forma inquietante a través del teléfono que Zayne sostenía mientras AC/DC cantaba *Highway to Hell*.

Se me secó la boca.

La cosa que había dentro del fuego se estiró hacia nosotros. Se trataba de un monstruo hecho de llamas ondulantes, un tipo de demonio que yo no había visto nunca. Abrió la boca para soltar un rugido atronador al mismo tiempo que escupía fuego hacia el cielo y por el suelo. El calor nos azotó la ropa y el pelo.

Dios santo, ¿Lucifer era un gigante?

Probablemente no debería hacerle esa pregunta a Dios, pero ¿cómo rayos se suponía que íbamos a colaborar con algo así y tenerlo escondido?

Vaya, eso había sido mala idea.

El monstruo de fuego estiró los brazos mientras echaba la cabeza hacia atrás para soltar una risa abrasadora.

Muy mala idea.

Las llamas destellaron con intensidad y luego se evaporaron. Un pequeño suspiro escapó de mis labios cuando el monstruo de fuego se encogió hasta medir algo más de dos metros.

Desde luego, era un monstruo de fuego de un tamaño más manejable, pero seguía siendo un monstruo de fuego.

La hierba chisporroteaba y luego ardía a cada paso que daba la criatura al avanzar con aire amenazante.

—Eh… —repetí, y me obligué a quedarme quieta y a mantener mi gracia contenida.

—No pasa nada —nos aseguró Roth—. Simplemente le gusta hacer una entrada triunfal.

—El eufemismo del año —murmuró Zayne.

Justo cuando yo estaba a punto de preguntar si el tema del fuego era permanente, las llamas se desvanecieron y dejaron ver piel… Una piel que, sorprendentemente, mostraba el mismo tipo de brillo que la de Zayne, aunque más intenso. Me recordó a la de mi padre (un caleidoscopio de rosados y marrones en constante cambio) antes de asentarse en un tono leonado que no parecía ni blanco ni marrón. A medida que el brillo se apagaba, lo primero que noté fue que pude ver sus facciones con claridad… Bueno, con tanta claridad como era posible a la luz de la luna, pero sin duda eran más visibles que las de Roth o Layla. Lo segundo que noté fue lo mucho que se parecía a mi padre, incluso sus ojos. Eran de un tono azul vibrante y antinatural y las alas eran iguales (otra cosa que me sorprendió a pesar de que ya sabía que Lucifer había conservado sus alas después de caer, además de su gracia). Simplemente, no me había esperado que fueran tan blancas e impolutas, porque, después de todo, era el puñetero Lucifer. Sus alas eran tan grandes como las de mi padre y abarcaban tres metros por lo menos. La mandíbula y los pómulos esculpidos eran iguales. La frente prominente y la nariz recta eran casi idénticas. El pelo rubio hasta los hombros también se parecía. Podrían ser hermanos... Y entonces caí en la cuenta de que Miguel y Lucifer sí eran hermanos, al igual que Rafael, Gabriel y todos los demás.

Ay, vaya, menuda familia más disfuncional.

De la que yo formaba parte.

Un momento. ¿Eso significaba que Lucifer era... mi tío? Arrugué la nariz. Si nos hacíamos una prueba de ADN en una de esas páginas de internet seguro que localizábamos parientes superraros.

Pero la genealogía familiar no importaba nada en ese momento, porque, por último, la tercera cosa que noté, por desgracia, fue que estaba desnudo.

¿Por qué estaban siempre desnudos?

Sin embargo, mantener la mirada en alto no me supuso un problema. No quería ver nada de lo que él tuviera o no tuviera ahí abajo.

Lucifer se detuvo más o menos a un metro de Roth y Layla, y movió las alas en silencio detrás de él. Una sensación fría me empapó la piel y los huesos mientras aquellos ojos ultrabrillantes nos recorrían y, cuando habló, una capa de hielo me recubrió el alma. Su voz... era como una melodía, un himno. Era la clase de voz que podría convencerte para participar en cualquier pecado inimaginable.

—Inclinaos —nos ordenó Lucifer—. Inclinaos ante vuestro verdadero señor y salvador.

Ninguno de nosotros se movió.

Ni se inclinó.

Todos nos lo quedamos mirando, lo que probablemente significaba que estábamos a punto de ser brutalmente asesinados de formas muy horribles.

Lucifer dio una palmada, lo que me hizo dar un pequeño brinco.

—Es broma. —Se rio entre dientes y el sonido fue como

chocolate negro: suave y pecaminoso—. Bueno, tengo entendido que me necesitan para salvar el mundo.

—Sí —contesté con voz ronca.

Lucifer sonrió y yo no había visto nunca algo tan hermoso y tan aterrador al mismo tiempo. Se me puso la carne de gallina.

—En ese caso, armemos un pequeño pandemónium.

Veintiséis

—¿Puedes ponerte algo de ropa primero? —sugirió Roth.
Yo apoyaba por completo esa petición.
—¿Mi desnudez te hace sentir incómodo, príncipe?
—Sí —contestó Roth—. Así es.
—¿Y qué opináis vosotros dos...? —Lucifer nos miró de nuevo a Zayne y a mí. Ladeó la cabeza—. Por la fruta prohibida, ¿qué tenemos aquí?
No estuve del todo segura de a cuál de nosotros se refería.
—La hija de un ángel... —Echó la cabeza hacia atrás mientras inspiraba hondo—. Aunque no de cualquier ángel. —Volvió a bajar la barbilla de golpe y sus ojos ya no eran azules. Ardían con un intenso tono carmesí—. Miguel —dijo con desdén—. Apestas a Miguel. Te he estado buscando.
Zayne se situó delante de mí en un abrir y cerrar de ojos y oí el sonido de su camiseta rasgándose cuando sus alas se desplegaron a su espalda, de un blanco brillante y surcadas de gracia palpitante. Me pareció que Layla dejaba escapar una exclamación entrecortada.
—¿Y un Caído? ¿Un Caído con su gracia? ¿Qué ha sido de este mundo para que lo primero que vea sea una nefilim y un Caído que todavía posee gracia? —La risa de Lucifer sonó como carámbanos cayendo y no dije ni pío acerca del asunto de la nefilim—. ¿Crees que puedes derrotarme, Caído? He extirpado alas más grandes que las tuyas. ¿Quieres saber lo que se siente? —El olor a azufre me quemó las fosas nasales—. Accederé encantado.
—Preferiría que no, pero, si te acercas siquiera a ella, estoy

más que dispuesto a averiguarlo cuando te arranque las alas —le advirtió Zayne.

Abrí mucho los ojos.

Lucifer soltó otra carcajada siniestra.

—Engreído. Creo que me gusta.

—En realidad, eso no es algo bueno —comentó Roth, que se había mantenido al margen—. Suele coleccionar cosas que le gustan.

—Y meterlas en jaulas —confirmó Lucifer. ¿A qué diablos venía esa obsesión con meter cosas en jaulas?—. No me dijiste que había un Caído involucrado, Príncipe.

—No lo sabía —respondió el aludido mientras yo me asomaba por detrás de una de las alas de Zayne. Lucifer seguía observándolo como si quisiera zampárselo de cena—. Este es el Guardián del que te hablamos. Al que mató Gabriel.

—Ajá, así que te devolvieron tu gloria. Te restituyeron a la senda de la rectitud, pero caíste. Por ella. —La cabeza de Lucifer se desplazó bruscamente a la izquierda y aquellos relucientes ojos rojos se encontraron con los míos—. Cucú, te veo.

—¿Hola? —dije, y me estremecí.

Él bajó la barbilla con una sonrisa.

—¿Cómo le va a tu querido padre? Hace tiempo que no lo veo.

—La verdad es que no lo sé. —Me aparté a un lado y pasé por debajo del ala de Zayne. Él soltó una palabrota, pero lo ignoré—. Es más bien un padre ausente.

—Vaya, tenemos eso en común. —La mirada de Lucifer se desvió hacia Zayne—. Y tú y yo también tenemos cosas en común. Pero yo todavía conservo mi gloria, Caído. Acércate a mí y te apresaré con cadenas hechas con tus propios huesos y tendré a tu nefilim a mi lado y en mi cama.

Zayne se puso tenso a mi lado al mismo tiempo que la gracia me invadía y anulaba mi ya de por sí limitado sentido común. Di un paso adelante mientras los bordes de mi vista se volvían blancos.

—Como le toques un solo pelo de la cabeza —solté—, te cortaré eso que crees que vas a usar en esa cama y te lo haré tragar.

Las cejas de Lucifer se alzaron de golpe y su sonrisa se ensanchó.

—Oye, no deberías coquetear conmigo de forma tan evidente delante de tu chico. Eso podría herir sus sentimientos.

—¿Chico? —El gruñido que brotó de Zayne me recordó al sonido que haría un animal muy grande y con mucho instinto depredador.

—Amigos —suspiró Roth—. ¿Podemos olvidarnos de esto? Los dos tenéis las alas grandes y los tres tenéis un montón de gracia. Zayne no se va a acercar a ti. Lucifer no le va a hacer daño a Zayne y, Trinity, tú no vas a cortar ninguna parte innombrable. ¿Y, además, puedo dejar de ser la voz de la razón? No me gusta. Para nada.

—Pues creo que a mí me gusta —dijo Layla—. Es un cambio agradable.

—Ojalá estuviera ahí para verlo —llegó la voz de Cayman a través del teléfono—. Todo esto suena muy sexi, pero es mi momento de mimarme.

—¿Qué diablos haces todavía al teléfono? —le espeté.

—Viviendo mi vida —replicó Cayman—. No me juzgues...

Zayne interrumpió la llamada y sentí que sus alas descendían detrás de mí.

—Yo no participé en la decisión que te trajo aquí. Estoy seguro de que todos nos vamos a arrepentir.

—Probablemente —contestó Lucifer con una sonrisa de suficiencia.

—Pero Roth parece creer que puedes ayudarnos a derrotar a Gabriel —continuó Zayne, con una entonación tan escasa como su paciencia—. Si estás aquí para hacer eso, no tengo ningún problema contigo, pero como vayas a por ella...

—¿Me vas a hacer daño? —Lucifer hizo un mohín—. ¿Mucho daño? ¿Me vas a hacer pupa?

—Ella te va a hacer mucho daño —le advirtió Zayne—. Y yo me voy a quedar mirando y riéndome mientras lo hace.

—Para que lo sepas, Zayne —dije—. Si estuviéramos solos y, a ser posible, no estuviéramos a punto de vérnoslas con un Lucifer desnudo, me echaría encima de ti ahora mismo.

—Puedes hacerlo luego —contestó él—. Y habrá un luego.

Sonreí.

Lucifer se nos quedó mirando un momento y luego juraría que puso los ojos en blanco.

—Amor —soltó mientras sus ojos volvían a ser azules—. Qué curioso. Espero que, por lo menos, vosotros seáis algo menos empalagosos que estos dos.

Reprimí mi gracia al sentir que la amenaza inmediata de que Lucifer nos arrancaría la piel de los huesos se había reducido. Sin embargo, las alas de Zayne permanecieron a la vista, desplegadas detrás de mí.

—¿Enviaste demonios a por mí?

—¿Qué? —preguntó bruscamente Roth.

—Unos guls y un demonio de Nivel Superior vinieron a por Trinity —contestó Zayne—. Ahora están muertos.

—Qué pena —murmuró Lucifer con el que probablemente fuera el tono más falso que se pueda imaginar—. Me enteré de lo que Gabriel estaba planeando antes de que apareciera mi última y mayor decepción.

—Caray —masculló Roth.

—Bael llevaba algún tiempo comportándose de forma sospechosa —nos explicó Lucifer, y eso me hizo enarcar las cejas. ¿De forma sospechosa?—. Así que sentí curiosidad y decidí tantear el terreno. No tardé en averiguar lo que planeaba el más quejica de todos mis hermanos. Y supe que debía hacer algo para detenerlo.

Me quedé asombrada.

—¿Ya querías detener a Gabriel? —Les eché un vistazo a Roth y a Layla—. Antes incluso de que fueran a hablar contigo.

—¿Te sorprende? —Lucifer se giró para mirarlos—. Ella cree que quería ayudar a la humanidad, ¿verdad?

—No te conoce como yo —respondió Roth.

—Qué monada. —Lucifer se rio mientras volvía a centrarse en mí—. Que no te quepa la menor duda de que me importan una mierda la humanidad o el cielo, pero hay normas. Acuerdos. E incluso yo los cumplo. Lo que Gabriel planea hacer altera el equilibrio, y esa es una de las dos cosas que no puedo permitir.

—¿Y cuál es la otra cosa? —le pregunté, aunque sabía que probablemente no debería haberlo hecho.

—Que Bael o Gabriel lo eclipsen —aportó Layla.

—Así es —confirmó Lucifer, lo que me hizo alzar las cejas—. Yo soy el tío más duro del barrio; algo que, por lo visto, Gabriel necesita que le recuerden. No es a él a quien otros deberían temer y rezar en busca de protección. Sino a mí. Esa es mi labor. Y, como dicen en la mejor serie de televisión de todos los tiempos, *Los inmortales*, solo puede quedar uno.

Parpadeé una vez y luego dos.

—¿Conoces la serie *Los inmortales*?

Lucifer me miró como si fuera medio tonta mientras Roth comentaba:

—De vez en cuando, un iPad perdido llega al infierno y tiene algunas películas o series de televisión descargadas. Uno de ellos tenía *Los inmortales*.

—¿Has visto la película? —le pregunté.

—¿Hay una película? —dijo Lucifer mientras abría mucho los ojos con interés.

—Unas cuantas, en realidad. ¿Unas seis o siete? —contesté.

—No creo que este sea el momento de hablar de *Los inmortales* —intervino Zayne y la mirada que le lanzó Lucifer habría hecho que la mayoría de la gente saliera huyendo. Zayne se limitó a arquear una ceja—. ¿Por qué enviaste a esos demonios a por Trinity?

—¿Por lógica? No me seas tiquismiquis.

El diablo no acababa de usar la palabra «tiquismiquis». Me negué a aceptar que había oído eso.

—Supuse que podía hacer algo útil y salvar al cielo de sus propias creaciones e ignorancia al eliminar el componente clave que Gabriel necesita para completar su plan bastante ingenioso.

—Por desgracia, yo soy ese componente clave.

—Por desgracia para ti, así es. —Lucifer ladeó de nuevo la cabeza—. Eliminarte de la ecuación parecía el método más fácil y rápido de resolver este problema. No puedes discrepar con eso. Todo el mundo debería estar dándome las gracias.

—Yo puedo discrepar al cien por cien —contestó Zayne.

Lucifer entornó los ojos.

—Contigo fuera de la partida, problema resuelto. No es nada personal.

—Lo siento, pero me parece bastante personal —dije sin apartar la mirada de él.

—Tampoco es que fuera a matarte —añadió—. Solo tenían que llevarte ante mí.

—Lo que no ha mencionado es que, sin sangre demoníaca, no habrías sobrevivido mucho tiempo en el infierno —aclaró Roth.

Me crucé de brazos y miré fijamente a Lucifer.

Él puso los ojos en blanco.

—Vaya forma de cargarme el muerto, hijo.

—Un momento. ¿Es tu padre? —pregunté. ¿Eso significaba que también estaba emparentada con Roth?

—No en el sentido que estás pensando —dijo Roth—. Él me creó.

—¿Eso no me convierte en tu padre? ¿Al igual que hace que Dios sea el mío? —lo retó Lucifer—. Simplemente soy un padre que se implica más. A diferencia de ya sabes quién.

—No quiero tener esta conversación otra vez. Por favor —contestó Roth mientras negaba con la cabeza.

—Ahora que estás aquí, ¿tus planes para eliminar a Trinity de la ecuación han cambiado? —Zayne nos ayudó a volver a encaminar la conversación. Otra vez. Y, vaya, era agradable tenerlo cerca para que hiciera eso—. Porque solo nos faltaba tener que preocuparnos encima de que haya demonios intentando capturarla para llevártela.

—No enviaré a más demonios a por ella. —Lucifer se giró hacia mí—. A menos que, de algún modo, no logremos detener a Gabriel. Entonces puede pasar cualquier cosa.

Zayne abrió la boca, pero levanté la mano.

—Hecho.

Él giró la cabeza bruscamente hacia mí.

—No vamos a aceptar eso.

—Acabo de hacerlo. —Le dediqué una breve mirada—. Mira, si todos juntos no podemos detener a Gabriel, entonces no hay otra opción. Es así de simple. No podemos permitir que abra el portal. Pero esperemos que eso no sea necesario.

Zayne apretó la mandíbula de una manera que me indicó que no habría nada simple en eso.

—Es lista. Me cae bien —comentó Lucifer, y resistí el impulso de dar un paso atrás—. En fin, ahora he venido a ayudar, así que el hecho de que intentara secuestrarte es agua pasada. Sin rencores.

—Yo no diría tanto —masculle en voz baja—. Pero, sí, como quieras.

Lucifer curvó hacia arriba una comisura de los labios mientras retrocedía un paso para observarnos a todos.

—No os preocupéis, mis nuevos amigos. Evitaré la catástrofe. Incluso salvaré el cielo. Ahora bien, la cuestión es el problema que vamos a crear cuando matemos a Gabriel, pero ese no va a ser mi problema.

—Un momento —dije—. ¿Qué problema?

—Ya nos encargaremos de eso luego. —Lucifer le restó importancia a mi pregunta con un gesto de la mano—. Tengo que hacer algo enseguida.

Y se desvaneció.

Primero estaba allí y, un instante después, había desaparecido sin más.

Giré despacio, trazando un círculo completo, sin encontrar ni rastro de él. El corazón empezó a latirme con fuerza.

—Por favor —comentó Zayne—, decidme que simplemente le gusta volverse invisible para fastidiar a la gente y que no acaba de desaparecer.

Roth suspiró mientras echaba la cabeza hacia atrás.

—Me temía que fuera a pasar esto.

Mientras me encontraba de pie en la cocina de la casa de Roth y Layla, me preparé mentalmente para lo que menos me apetecía hacer. Y eso era mucho decir, ya que había un montón de cosas que no quería hacer en ese momento.

Pero llamar a Nicolai para contarle que Lucifer había desaparecido encabezaba la lista de «No me apetece nada».

Eché un vistazo por encima del hombro y vi a Zayne y a Layla. Estaban en una sombría terraza interior situada junto a la cocina, hablando entre ellos. Entorné los ojos para intentar distinguir sus expresiones, pero fue inútil. Por lo menos, ya no parecía que Layla estuviera llorando, así que esperé que eso fuera una buena señal. Bajé la mirada hasta la masa gruesa y oscura enroscada alrededor de la pierna de Zayne.

Bambi.

En cuanto entramos en la supermansión, Bambi se desprendió del brazo de Roth y prácticamente se pegó al costado de Zayne. Cuando salí de la terraza interior para ofrecerles a Zayne y a Layla un poco de intimidad, la familiar tenía la cabeza en forma de diamante apoyada en la rodilla de Zayne y lo observaba con una mirada de absoluta adoración.

Supuse que Bambi ya no querría acurrucarse conmigo.

Un momento después, una pequeña mancha rojiza cruzó la cocina correteando y entró en la terraza. Un zorro. El familiar de Layla, concretamente. Se llamaba Robin y era un bichito hiperactivo que se dedicaba a correr de un rincón a otro de la casa. Según Roth, era un familiar... bebé.

Yo tenía ganas de acariciarlo. Solo una vez. Encima de la cabecita peluda.

Solté un suspiro y volví a clavar la mirada en el contacto borroso de mi teléfono.

—Puedes hacerlo. —Roth se inclinó doblando la cintura y se apoyó contra la encimera—. Yo creo en ti.

—Cierra el pico.

Un brillo de diversión se reflejó en sus ojos dorados mientras me miraba.

—Maleducada.

—Si sabías que existía la posibilidad de que Lucifer desapareciera de repente, eso debería haber sido lo primero que saliera de tu boca —repliqué.

—Eso no habría cambiado nada. Nadie habría podido detenerlo. Deja de procrastinar y avísalos, porque les va a hacer mucha falta.

Me tragué una sarta de imprecaciones y llamé a Nicolai. Contestó al tercer tono.

—¿Trinity? Estaba a punto de llamarte.

—Ah, ¿sí? —Hice una mueca, y esperé que no fuera porque Lucifer ya había hecho algo que hubiera captado la atención de los Guardianes.

—Sí, tengo buenas noticias. Podemos conseguir las gemas de Yellowstone.

—¿Gemas? —murmuró Roth.

—¿De verdad? —Era una noticia estupenda—. Entonces ¿solo nos falta...?

—El ónice y la turmalina. Con suerte, pronto sabremos algo sobre eso. Y, bien, ¿qué pasa?

—Pues... —dije, alargando la palabra—. ¿Tienes un momento?

—Estoy hablando contigo por teléfono, así que sí.

—Solo quería asegurarme de que no estuvieras ocupado —añadí, y Roth me miró enarcando una ceja. Le enseñé el dedo corazón y me aparté de él—. No voy a andarme con rodeos. —Carraspeé—. Roth y Layla tuvieron éxito... Bueno, supongo que considerarlo un éxito sería algo subjetivo y dependería de si estabas de acuerdo o no con la idea de implicar a Lucifer en esto.

—Todavía no he tomado una decisión al respecto —respondió con tono inexpresivo.

Supuse que no era probable que lo que estaba a punto de contarle le hiciera apoyar el plan.

—Lucifer sí subió a la superficie, y la buena noticia es que ha accedido a ayudar. En realidad, le entusiasmó bastante la idea.

Hubo una pausa y luego Nicolai dijo:

—¿Vale?

—Pero resulta que... —La vergüenza invadió todo mi cuerpo y mi cerebro—. Se podría decir que hemos perdido a Lucifer.

—¿Qué?

—No te agobies...

—¿Que no me agobie? ¿Me estás tomando el pelo? ¿Habéis perdido a Lucifer y me dices que no me agobie? —gritó Nicolai al otro lado de la línea telefónica—. ¿Se puede saber cómo demonios habéis perdido a Lucifer?

—Bueno, es más fácil de lo que crees. Hizo eso tan irritante que suelen hacer los demonios de desvanecerse en la nada.

—No seas rencorosa —dijo Roth.

Me dio la impresión de que Nicolai trataba de respirar hondo varias veces.

—¿Me estás diciendo en serio que Lucifer, el mismísimo

Lucifer, anda suelto, deambulando por ahí, porque lo habéis perdido?

—Yo no diría que lo hemos perdido...

—¡Acabas de decir que lo habéis perdido!

—Vale. Me he expresado mal. Simplemente no estamos seguros de dónde está, pero vamos a encontrarlo. —Esperaba que pudiéramos encontrarlo—. Y parecía bastante tranquilo para ser... ya sabes, Lucifer y todo eso, así que no creo que vaya a causar muchos problemas.

—¿De verdad crees que Lucifer, que no ha pisado la tierra desde hace tantísimos años, no va a causar problemas? —me peguntó Nicolai—. ¿Estás colocada? ¿O lo estoy yo?

Las comisuras de mis labios se inclinaron hacia abajo.

—No estoy colocada y, oye, por lo menos no te he llamado para decirte que hemos puesto en marcha el bíblico fin de los tiempos.

—Todavía —gruñó él—. No me has llamado para decirme eso todavía.

Tuve que reconocer que tenía razón en eso.

—Mira, vamos a encontrarlo. Solo quería avisaros por si os encontráis por casualidad con Lucifer, que con suerte irá completamente vestido, para que no os enfrentéis a él. ¿Vale? Así que ahora me tengo que ir a buscarlo.

—Trinity...

—Me tengo que ir. Voy a estar muy ocupada —añadí a toda prisa—. ¡Cuidaos!

Colgué y a duras penas resistí el impulso de lanzar el teléfono hacia el otro lado de la cocina. En cambio, lo silencié y lo coloqué boca abajo en la encimera antes de que Nicolai pudiera devolverme la llamada; porque, si no podía ver que me estaba llamando, entonces en cierto sentido podía fingir que no estaba ocurriendo.

—Ha ido bien —comentó Roth.

Me giré hacia él.

—¿Cuánto tardaríamos en saberlo si hubiéramos provocado el apocalipsis?

El príncipe demonio alzó las cejas mientras se pasaba la mano por el pelo.

—Es difícil decirlo. Dudo que haya un límite de tiempo exacto, pero nos enteraremos si ocurre.

—¿Quiero saber cómo nos enteraremos?

Él resopló.

—Ya sabes que sí quieres.

Suspiré. Así era.

—Si hemos iniciado el gran fin de los tiempos, lo sabrás porque aparecerán ellos.

Un escalofrío me recorrió la columna.

—¿Y quiénes son «ellos» exactamente?

—Los jinetes. —Roth esbozó una sonrisa tensa—. Cabalgarán. Así lo sabrás.

—Ah. —Casi me siento en el suelo—. Vale. Estaré atenta por si veo a algún tipo montado en un caballo blanco.

—En realidad, deberás estar atenta por si se abren los Siete Sellos. Guerra no monta el caballo blanco, sino que llega con el segundo sello. Luego viene Hambre con el tercero. El cuarto sello es el realmente divertido —me explicó—. Ese hace venir a Peste y Muerte. Una oferta especial de dos por uno. Entonces las cosas se ponen muy divertidas.

Me lo quedé mirando fijamente.

—Estamos hablando de castigos divinos, la marca de la bestia, tribulaciones, fosos de fuego y caos en general.

Parpadeé despacio.

—Luego, ya sabes, Dios se pondrá en plan: «Papá ha llegado», y empezará a repartir leña o algo así. —Roth se encogió de hombros—. O eso dicen.

—Vaya, esto me ha hecho sentir mucho mejor. Muchas gracias.

—De nada. —Roth miró por encima del hombro, hacia la terraza interior—. Me alegro de que estén hablando.

—Y yo —coincidí en voz baja—. Durante un momento, cuando acababais de aparecer, pensé que ibas a atacar a Zayne.

—No sabía en qué se había convertido. Había algo raro en él. —Se giró hacia mí—. Ahora lo sé.

—Y ahora yo sé por qué hacías esos comentarios sarcásticos sobre los Guardianes.

Una sonrisa se dibujó con rapidez en su cara.

—No he visto caer a ningún ángel. Nunca. Y los únicos que he conocido ya habían sido despojados de sus alas y, por supuesto, no tenían gracia. —Una cierta sensación de complicidad llenó su mirada ambarina—. ¿Cómo estaba justo cuando regresó?

Solté un suspiro entrecortado mientras volvía a centrar mi atención en la terraza en penumbra.

—No muy bien.

—Parece que ahí hay una historia.

—Pues sí. Puede que te la cuente cuando encontremos a Lucifer. ¿Qué crees que está haciendo por ahí?

Roth se agachó y recogió algo que parecía un juguete para perros con forma de chocolatina.

—¿Conociendo a Lucifer? Probablemente haya buscado la iglesia más antigua de los alrededores y, en este momento, esté aterrorizando a sacerdotes desventurados al mismo tiempo que saca de quicio al de allá arriba.

Consideré esa información.

—Bueno, supongo que podría estar tramando cosas peores, ¿verdad?

—Verdad.

Roth apretó la parte central del juguete, que soltó un chirrido.

—Tenemos que salir a buscarlo. —Me pasé una mano por la cara—. Sobre todo, antes de que decida buscar cosas más creativas que hacer con su tiempo.

Sin previo aviso, el zorro de Layla pasó a toda velocidad por encima de la encimera y le arrebató el juguete de las manos a Roth. Robin bajó al suelo de un salto y se largó, con el juguete en la boca emitiendo chirridos, mientras se dirigía corriendo a la sala de estar.

—Tengo muchas ganas de acariciarlo —comenté.

—No te lo recomendaría. Le gusta morder. ¿Qué ibas a...?

Como estaba concentrada en Roth, no vi venir a Layla hasta que se estrelló contra mí. Solté un chillido, como los del juguete de Robin, cuando me abrazó, inmovilizándome los brazos a los costados.

—Gracias —me dijo—. Gracias.

—¿Por qué? —le pregunté.

Mi mirada asombrada recorrió la cocina hasta que se encontró con la de Zayne.

Él sonrió.

—Ya lo sabes —contestó Layla, y me apretó más fuerte.

—Yo no —señaló Roth.

—Trinity hizo volver a Zayne después de que cayera. Le clavó la espada de Miguel y lo hizo volver —le explicó Layla mientras se apartaba. Me agarró por los brazos—. Siento haberme mostrado tan distante cuando nos conocimos. Me comporté como una zorra, pero Zayne es importante para mí. Siempre lo ha sido, incluso cuando él no quería saber nada de mí, y yo no te conocía y...

—No pasa nada. Yo tampoco fui demasiado amigable —admití—. Y, la verdad, no hace falta que me des las gracias. Zayne se encargó del trabajo duro al recuperar su gloria y luego caer.

—Sé que lo que hiciste no pudo ser fácil. —Layla me sacudió—. Ni siquiera puedo pensar en lo que habría hecho yo de haber tenido que hacer eso. Debías estar aterrorizada, y el hecho de que aun así lo hicieras dice mucho de ti. —Su bonita cara empezó a contraerse de nuevo y, un segundo después, me rodeó con los brazos—. Gracias.

Zayne empezó a avanzar y captó la atención de Roth. El príncipe demonio rodeó la encimera con una amplia sonrisa en los labios.

—Vamos, enana. —Colocó las manos en los hombros de Layla y la alejó de mí—. Creo que ya sabe lo agradecida que estás sin que la estrujes hasta sacarle las entrañas.

Zayne se situó a mi lado y me rodeó los hombros con el brazo. Bajó la cabeza y me besó en la mejilla.

—Pareces sentirte muy cómoda cuando te abrazan —murmuró.

—Cierra el pico.

Él se rio entre dientes mientras me besaba en la sien.

—Me pareció oírte llamar a Nic. ¿Cómo se tomó la noticia?

—Ah, ya sabes, increíblemente bien. Con mucha calma...

Alguien llamó a la puerta principal de la casa y me interrumpió. Miré a Roth.

—¿Podríamos tener suerte y que sea Lucifer?

Roth resopló y contestó:

—Lo dudo.

—¡Yo abro! —llegó la voz de Cayman desde algún lugar de la casa.

—¿Lleva aquí todo el tiempo? —pregunté.

—Estaba arriba, metido en la bañera —dijo Layla mientras se apoyaba contra Roth—. Es martes. Siempre le toca mimarse los martes por la tarde.

Negué con la cabeza.

—Cabría esperar que hiciera una excepción.

Cayman apareció en la puerta de la cocina, con una mascarilla de arcilla de color azul verdoso untada en la cara.

—Alguien ha venido de visita... A veros a vosotros —anunció—. A mí no, porque yo no tengo nada que ver con que, por lo visto, hayáis perdido a Lucifer. Os advierto que no está contento.

Me puse tensa. ¿Quién sabría que estábamos todos ahí y que habíamos perdido a Lucifer? No podía ser Nicolai. No me parecía que supiera dónde vivía Roth.

Sentí que Zayne se ponía tenso a mi lado al mismo tiempo que un extraño hormigueo de reconocimiento se deslizaba por mi piel.

Un hombre entró en la cocina, un hombre que era casi tan alto como Lucifer. Tenía el pelo oscuro y barba y contaba con una mirada glacial que hizo que un gélido escalofrío de advertencia me recorriera la espalda. El mismo efecto que tuvo el hecho de que pude ver sus facciones con claridad... como las de Zayne y Lucifer. No se trataba de un demonio, pero de este hombre irradiaba poder (un poder supremo) y mi gracia despertó y me golpeó la piel.

Roth dio un paso adelante.

—¿A qué debemos el inesperado y dudoso honor de tu presencia, Ángel?

Ángel.

¡Ángel!

Casi se me salen los ojos de las órbitas al darme cuenta de que estaba mirando al mismísimo Ángel de la Muerte.

Veintisiete

Si hace un año alguien me hubiera dicho que conocería a Lucifer y al Ángel de la Muerte en un solo día, me habría reído directamente en su cara.

Pero ahí me encontraba, mirando fijamente al Ángel de la Muerte, también conocido como Azrael.

Y no me estaba riendo. Para nada. Ese ángel no respondía ante el cielo ni el infierno. O tal vez respondía ante ambos. No estaba segura, pero él podría acabar con la vida de cualquiera de nosotros con tan solo chasquear los dedos, y me refería a la clase de muerte definitiva que conllevaba la destrucción del alma.

—Qué encanto —le respondió Ángel a Roth—. ¿Crees que quiero estar aquí?

—Voy a suponer que no —contestó Roth mientras se cruzaba de brazos con aire despreocupado.

Fruncí el ceño. ¿Eran imaginaciones mías o Ángel tenía... acento británico?

El Ángel de la Muerte ladeó la cabeza en dirección a Layla.

—Me alegro de volver a verte.

Layla respondió con un saludo breve e incómodo de la mano con el que me sentí completamente identificada.

—Por la verde Tierra de Dios, ¿se puede saber que habéis hecho? —nos soltó y vi que Cayman se escabullía de la estancia—. ¿Habéis traído a Lucifer a la superficie?

—Ya tienes que saber por qué —dijo Roth—. ¿Y no vas a preguntar dónde está?

No me parecía nada prudente mencionar su ausencia, pero ¿qué sabía yo?

Ángel apretó los labios detrás de su barba recortada.

—Ya sé que no está aquí, que es lo que deberíais haberos imaginado que pasaría en cuanto llegara a la superficie.

—Lo encontraremos —respondió Roth.

—Faltaría más —replicó Ángel—. Porque toda la gente importante sabe que Lucifer está en el terreno de juego, ¿y sabéis qué significa eso?

—El fin del mundo, al estilo de los estudios bíblicos. Irónicamente, acabo de tener esa conversación. Tenemos la esperanza de que Dios se dé cuenta de lo que estamos haciendo y no se ponga en plan fin de los tiempos con todos —le dijo Roth—. Y, por cierto, estábamos a punto de ponernos a buscar a Lucifer antes de que nos interrumpieras. —El príncipe demonio esbozó una sonrisita de suficiencia incluso cuando Ángel entornó los ojos—. Solo lo comentaba; pero, ya que estás aquí, estoy seguro de que podrías decirnos dónde está.

—Sé dónde está exactamente esa prima donna, y tú sabes también que no puedo decir nada.

—¿Por qué no? —solté, y aquellos ojos muy fríos y brillantes se desplazaron hacia Zayne y yo. Uy. Resistí el impulso de dar un paso atrás—. Quiero decir que eso sería de gran ayuda, eh... señor Ángel... señor Azrael.

—¿Señor Ángel? —susurró Zayne entre dientes.

—Puedes llamarme simplemente Ángel. Y, para responder a tu pregunta, en cuanto Lucifer llegó a este reino, el potencial para el clásico fin de los tiempos se convirtió en una posibilidad. Lo que significa que no puedo interferir, aunque su presencia no tenga nada que ver con lo que suceda.

Eso... me pareció tan estúpido como cualquier otra norma angelical, así que no me sorprendió del todo. Sin embargo, se me ocurrió otra cosa.

—Entonces ¿la norma en contra de alzarse en armas contra otro ángel también se aplica a ti?

—Así es. —Me puse tensa cuando su mirada se posó en Zayne—. Te me escapaste de las manos, ¿no?

—Pues sí —dijo Zayne, que no parecía ni remotamente

preocupado, teniendo en cuenta que el Ángel de la Muerte podría intentar quitarle la gracia y las alas.

—Y, por lo que parece, no serás el único —respondió Ángel, y no tuve ni idea de a qué se refería con eso—. Los seres antinaturales provienen de tratos antinaturales. —Centró su atención en Layla—. Ella puede explicároslo.

No pude distinguir exactamente la expresión de Layla, pero parecía un poco ofendida por esa afirmación.

Pero luego la gélida mirada de Ángel se posó de nuevo en mí.

—Solo para que lo sepas, no lo habría hecho volver si, llegado el caso, me hubieras invocado.

Otra oleada de escalofríos me recorrió la piel.

—¿Sabías que planeaba hacer eso?

—Por supuesto que sí. —Una sonrisa tensa apareció en su cara—. Siempre lo sé. Soy como Papá Noel, pero con más muerte.

—Caray —murmuré—. Esa comparación acaba de estropearme la Navidad.

—Ninguna vida merece que la haga volver —añadió—. Ni siquiera la suya.

Ese comentario me provocó una punzada de irritación.

—No quisiera parecer maleducada, pero ¿por qué has venido? ¿Solo para sermonearnos?

Se hizo el silencio en la cocina al mismo tiempo que Zayne se acercaba más a mí.

Una comisura de los labios de Ángel se curvó hacia arriba.

—Más o menos. —Hizo una pausa—. Y creo que has sido maleducada a propósito.

Me crucé de brazos.

—Pues sí. No es nada personal —dije, y usé las propias palabras de Lucifer—. Pero es que estoy un poco harta de que los ángeles no hagan nada más que hablar y quejarse mientras los demás tienen que hacer el trabajo sucio.

—Oye —protestó Zayne—. Yo no me limito a hablar.

—Eres un Caído. Tú no estás incluido en esta generalización amplia y bastante precisa —le aclaré—. Y, por cierto, ¿por qué hablas como si tuvieras acento británico?

Ángel me miró fijamente.

—¿Por qué lo preguntas?
—Simple curiosidad.
—No deberías cuestionar aquello que no puedes llegar a entender.

Puse los ojos en blanco.

—Eso no tiene sentido.
—Bueno, por lo menos no hablo como un estadounidense. «Eh, vamos pa'l arroyo a pescar unos bagres pa' freírlos» —se burló—. Así habláis vosotros.
—No hablamos así.
—La verdad es que sí —intervino Roth.
—¿Qué? —exclamó Layla—. ¿Incluso yo?

Roth se encogió de hombros.

—Sí, aunque no se te nota tanto el acento como a Trinity. Culpo a Virginia Occidental de eso.
—Me siento ofendida —dije, y entorné los ojos.
—Tu acento es muy mono —me aseguró Zayne.
—Ni siquiera me había dado cuenta de que tenía acento —contesté.
—Y yo no me había dado cuenta de que había venido a hablar de acentos —replicó Ángel.
—Y tampoco me había dado cuenta de que había un motivo propiamente dicho —farfullé.

Ángel me miró enarcando una ceja oscura.

—¿Sabes a quién me recuerdas?
—¿A alguien a quien es probable que hayas matado en algún momento por incordiarte? —sugerí con un bostezo.
—Me recuerdas a tu padre —dijo con una sonrisita de suficiencia.

Torcí el gesto.

—Creo que prefiero recordarte a alguien a quien mataste.
—Los dos tenéis la lengua muy larga y carecéis de tacto. Tanto tú como tu padre tenéis suerte de que eso me resulte divertido.

Abrí la boca, pero Zayne me rodeó los hombros con el brazo y dijo:

—¿Había otro motivo?
—Sí. He venido a haceros entender la importancia de que encontréis a Lucifer lo antes posible.

—Ese es el plan —contestó Zayne mientras me apretaba los hombros antes de que yo pudiera decir eso mismo con... bueno, con menos tacto.

—No va a romper ninguna norma importante —intervino Roth—. No revelará lo que es más allá de fastidiar a la gente.

—Si crees que eso es lo que está haciendo, entonces he sobrestimado tu inteligencia —le espetó Ángel.

—Ay —dijo Roth mientras alzaba las cejas.

—Lo más probable es que Lucifer esté ahí fuera, en este mismo instante, intentando procrear un hijo real de carne y hueso que no suponga una decepción para él.

Me quedé boquiabierta.

—Estás bromeando, ¿verdad? —preguntó Layla—. Por favor, dime que no está ahí fuera intentando crear al...

—¿Anticristo? —terminó Ángel por ella—. Sí, eso es justo lo que estoy diciendo, y probablemente ya se haya puesto manos a la obra.

—¿Y por qué crear al Anticristo no supone romper una norma? —quiso saber Zayne.

—Porque eso forma parte del gran plan. —Ángel hizo una pausa cuando Robin entró trotando, con la chocolatina chirriante en la boca—. Un plan que no estaba previsto que comenzara en un futuro cercano; aunque, claro, no se esperaba que Lucifer deambulara libremente entre los mortales en un futuro cercano. Pero aquí estamos.

—¿Recuerdas que estuvimos hablando de los Sellos hace un momento? —dijo Roth, mientras me miraba—. Algunos tienen la teoría de que el Anticristo es el primer Sello.

—Hurra —contesté, dejando caer la cabeza hacia atrás. En serio, ¿no había ya suficientes líos en marcha?

—Un momento. Corregidme si me equivoco, pero, para que Lucifer traiga al mundo al peor niño posible, no puede usar ningún tipo de manipulación, ¿verdad? —dijo Layla, y Ángel asintió con la cabeza—. Entonces ¿cómo puede haberse puesto ya manos a la obra para lograrlo?

Las comisuras de los labios de Ángel se inclinaron hacia abajo.

—No te voy a explicar cómo es eso posible.

—¿Qué? —exclamó Layla levantando bruscamente las manos—. Me parece que es una pregunta válida.

Cayman asomó la cabeza en la cocina tras haberse lavado la mascarilla de la cara.

—¿No has visto a nuestro señor, el más oscuro entre los señores oscuros? Es un hombre guapo. Y puede ser encantador... cuando quiere. Lo único que tiene que hacer es ligarse a alguien. Ni que tuviera que decirle: «Hola, soy Lucifer y te voy a dejar preñada del Anticristo. ¡Felicidades! ¡Es un niño!».

—Eso suena increíblemente problemático —señaló Zayne mientras Cayman desaparecía de nuevo en la sala de estar.

—Se trata de Lucifer. —Ángel se inclinó y le rascó la parte superior de la cabeza a Robin sin que lo mordiera—. Su segundo nombre es problemático.

—Dios mío. —Me pasé una mano por la cara—. Sinceramente, no quiero pensar en la procreación más de lo que ya es necesario.

—¿Qué se supone que significa eso? —preguntó Roth mientras sus facciones borrosas formaban un ceño fruncido.

—Se refiere a la procreación en general —añadió Zayne, y luego redirigió rápidamente la conversación hacia Lucifer—. ¿Hay alguna posibilidad de que nos puedas indicar un buen punto de partida acerca de dónde podríamos encontrar a Lucifer? Técnicamente, ofrecer una suposición no es intervenir.

—Tiene razón en eso —dijo Roth, que se apartó de la encimera.

Ángel resopló mientras Robin trotaba hacia mí, con los ojos amarillos muy abiertos. El juguete chirrió en su boca.

—Lo único que puedo decir es que, si yo fuera Lucifer y buscara un ligue de una noche que se convierta en una vida de infierno, iría donde la gente se muestra más dispuesta a tomar malas decisiones vitales.

—Los bares —respondieron Zayne y Roth al mismo tiempo.

—Vamos a tener que dividirnos. —Layla suspiró mientras miraba su vestido—. Tengo que cambiarme de ropa.

—Y yo. Apesto a infierno —dijo Roth al mismo tiempo que yo empezaba a estirar la mano hacia Robin—. Si aprecias tus dedos, yo no haría eso, Trinity.

Me quedé inmóvil.

—Pero Ángel lo ha acariciado.

Robin apretó el juguete, que soltó un chillido.

—Eso es porque soy el Ángel de la Muerte —respondió el aludido mientras Roth salía de la cocina detrás de Layla.

Robin escupió el juguete y se sentó, meneando la tupida cola.

—Me morderás si te acaricio, pero ¿quieres que te lance tu juguete?

El zorrito dejó escapar un pequeño ladrido.

—No parece justo. —Recogí el juguete y lo lancé hacia la sala de estar. Sonreí cuando Robin salió disparado—. Parece tan suave. Me encantaría acariciarlo. Solo una vez.

—Es muy suave. —Ángel captó mi atención al acercarse más a Zayne y a mí—. Deberías ser más amable conmigo.

—Probablemente —admití—. Pero los últimos días han sido duros y me harté de ser amable con tipos siniestros más o menos cuando Lucifer apareció y abrió la boca.

—Suele tener ese efecto en la gente. —Ángel esbozó una leve sonrisa—. Puedo ofreceros la respuesta a una pregunta que a los dos os gustaría resolver.

Me quedé inmóvil a la vez que el corazón me daba un vuelco bruscamente.

—No estoy seguro de si debería preocuparme que sepas que necesitamos respuesta a alguna pregunta —dijo Zayne, y lo secundé.

—Soy la muerte. Como dije antes, siempre estoy observando, y hay muy pocas cosas que no sepa.

Levanté una mano.

—Por favor, no hagas otra referencia a Papá Noel. No creo que pueda soportar dos en una sola noche.

Aquella leve sonrisa se convirtió en una amplia sonrisa torcida.

—Os voy a hacer un resumen claro y conciso, y solo lo hago porque los dos debéis concentraros en el desastre que habéis provocado…

—Me gustaría señalar que yo no participé en el debate sobre traer a Lucifer a la superficie —comentó Zayne.

Cuando lo fulminé con la mirada, una comisura de sus labios se curvó hacia arriba.

—Y los dos debéis concentraros en la tarea que tenéis entre manos —continuó Ángel, que ignoró los comentarios de ambos—. Hay un motivo por el que no hay constancia de que ningún Sangre Original se haya reproducido.

Me quedé sin aliento al mismo tiempo que Zayne apartaba el brazo de mis hombros. Me tomó la mano, pero mis dedos estaban extrañamente entumecidos. Aquel comentario me había pillado demasiado desprevenida como para agobiarme siquiera por el hecho de que Ángel estuviera al tanto de eso.

—Ya sabéis por qué está prohibido que los Protectores y los Sangre Original se enamoren. Ese amor afecta a su deber de proteger a la humanidad, los debilita tanto mental como físicamente. O eso dicen. Yo opino que hay pocas cosas más fortalecedoras que el amor. Solo los que ya son débiles se verían aún más debilitados por su causa. Pero los Alfas tenían una opinión diferente. Ellos crearon esa norma. El mismo parecer se aplicó a su descendencia. La mayoría de los Sangre Original eran esterilizados al llegar a adultos. La edad en la que ocurría varió mucho durante los años en los que los Sangre Original lucharon junto a los Guardianes —nos explicó—. Era algo tan arraigado tanto en los Sangre Original como en los Guardianes que la idea de un embarazo se consideraba un tabú, casi un sacrilegio. Pero, entonces, una Sangre Original a la que todavía no habían esterilizado se enamoró de su Protector y, de esa unión prohibida, surgió un hijo. Este hecho no fue bien recibido.

—Esto es lo que provocó el fin de los Sangre Original y los Protectores —dijo Zayne mientras me apretaba la mano—. ¿Verdad?

Ángel asintió con la cabeza.

—Los Guardianes exigieron que se interrumpiera el embarazo antes de que los Alfas pudieran enterarse. Hubo algunos Sangre Original que estuvieron de acuerdo, pero hubo otros que no. Estos últimos apoyaron a la joven pareja y exigieron que su hijo pudiera vivir. Tal y como estaban las cosas, ese amor ya había debilitado físicamente al Protector. Ese fue el castigo divino infligido.

—Pero eso no fue suficiente —susurré tras aclararme la garganta—. Les pasó algo... Le pasó algo a su hijo, ¿no?

Aquellos ojos fríos y duros se encontraron con los míos.

—A su hijo nunca se le dio la oportunidad de venir al mundo. Tanto el Protector como la Sangre Original fueron asesinados mientras dormían por aquellos que creían que estaban llevando a cabo lo que Dios quería.

Me presioné la otra mano contra el pecho, horrorizada.

—Esto enfureció a quienes apoyaban a la pareja... Incluso enfureció a muchos de los que no lo hacían. Los Sangre Original y sus Protectores no solo se volvieron en contra de los Guardianes, sino también de los Alfas que habían intervenido al fin. Fue un desastre sangriento que se borró de la historia. —Ángel bajó la barbilla—. Como hacen con la mayoría de las cosas quienes no desean reconocer sus actos funestos. Por eso se extinguieron los Sangre Original. Por eso no consta que ninguno se reprodujera.

El corazón me comenzó a bombear rápido mientras miraba al ángel.

—Como ocurre con cualquier ser que lleva fuego celestial en la sangre, la procreación es algo extremadamente difícil, volátil e impredecible —continuó mientras yo sentía que estaba a punto de devorarme la ansiedad—. Aunque a algunos pueda parecerles injusta o extraña la facilidad con la que dos mortales pueden reproducirse, la verdad es que no es tan fácil para estos. Se trata de sincronización y suerte... buena o mala, dependiendo de cómo se mire; pero, francamente, sería insólito que un único momento acalorado de pasión no planeada entre una Sangre Original y un Caído tuviera como resultado un embarazo.

Repetí esas palabras y seguí sin estar segura de si nos estaba diciendo que estaba embarazada o no.

Por lo visto, Zayne tenía las mismas dudas.

—Entonces ¿no está embarazada?

—Tendríais que esforzaros mucho más si eso era lo que estabais intentando lograr —respondió Ángel, que volvió a posar su mirada en mí—. No, no estás embarazada.

—¿Qué? —exclamó Roth desde la puerta, sobresaltándome.

Volví la mirada hacia él y lo vi allí plantado junto con Layla.

Los dos parecían estar boquiabiertos.

Zayne cambió de postura de modo que me ocultó parcialmente de su vista.

—¿Podemos tener un poco de intimidad?

Me pareció ver que Roth levantaba el brazo cuando dijo:

—¿Sabéis?, de todos modos, la verdad es que no quiero formar parte de esta conversación.

—Pero ¿por qué están teniendo esta conversación? —protestó Layla.

—Ven conmigo, enana, y te explicaré lo que puede pasar cuando dos personas tienen relaciones sexuales. Mejor aún, puedo demostrártelo...

—Ya sé lo que pasa —soltó ella, y cualquier otra cosa que añadiera se perdió cuando Roth la sacó a rastras de allí.

Esperé hasta que se fueron.

—¿Cómo es que sabes si estoy embarazada o no? ¿Puedes ver dentro de mi útero?

—No me puedo creer que esas palabras hayan salido de tu boca —dijo Zayne, mirándome.

—Yo no me puedo creer que esas palabras hayan salido de mi boca, pero ha pasado.

—Esa tiene que ser una de las cosas más perturbadoras que he oído, y he oído muchas. —Ángel torció el gesto detrás de la barba—. La muerte y la vida son dos caras de la misma moneda. Puedo sentir cuándo ha echado raíces la vida más reciente y sé cuándo ha comenzado el proceso de la muerte mucho antes de que el cuerpo comience a pudrirse.

—Apuesto a que eres una pasada en las cenas —susurré mientras exhalaba despacio.

No estaba embarazada

Gracias, gárgolas bebé del mundo.

Me invadió el alivio, y me dejó un poco mareada y culpable. Es decir, ¿debería sentirme tan aliviada al saber que no estaba encinta?

Pensé en que acababa de mostrarme insolente con el Ángel de la Muerte.

Sí, debería sentirme así de aliviada.

Pero experimenté una pequeña, diminuta, minúscula sensación de decepción. Aunque tenía serias dudas sobre mis aptitudes como madre, Zayne habría sido un padre maravilloso. Habría sido fantástico haberlo presenciado.

Pero suponía una cosa menos por la que preocuparme... Por la que estresarme y preocuparme por tener que proteger.

—Podéis tener hijos —dijo Ángel, volviendo a captar mi atención—. Puede que algún día, si eso es lo que decidís que queréis. Será difícil, pero no imposible. Qué sería vuestro hijo... Bueno, eso sería interesante. Tal vez una clase de estirpe angelical completamente nueva. Evolución. ¿No es magnífico?

Yo le estaba dando vueltas a un montón de cosas en la cabeza en ese momento.

—¿Nuestro hijo no sería simplemente un... Sangre Original ya que ambos tenemos mucha gracia dentro? ¿O como esas personas con gracia muy diluida?

—Vuestro hijo habría sido así... como tú. Pero eso fue antes.

—¿Antes de qué? —preguntó Zayne.

La sonrisa de Ángel se ensanchó.

—Encontrad a Lucifer. Encargaos de Gabriel y preocupaos por eso luego. Mientras tanto, yo invertiría en anticonceptivos. —Su mirada ancestral pasó de Zayne a mí—. Volveremos a vernos.

Y, con las que probablemente fueran las palabras más inquietantes que podría pronunciar jamás el Ángel de la Muerte, desapareció de la cocina.

—Es... —Negué despacio con la cabeza—. Es de lo que no hay.

—Y que lo digas —contestó Zayne mientras se giraba hacia mí.

Cuando lo miré, la cabeza todavía me daba vueltas.

—El mismísimo Ángel de la Muerte acaba de aparecer para gritarnos y decirme que no estoy embarazada. Nuestras vidas son muy raras.

Se le dibujó una sonrisa en los labios mientras colocaba las manos en mis hombros.

—Desde luego que sí. ¿Qué opinas de lo que nos ha dicho?

—Pues... —Muchísimas emociones y pensamientos me rondaban por la mente, pero la tensión que notaba en el pecho había disminuido—. ¿Me siento aliviada? ¿Eso me convierte en una mala persona?

—No. Para nada. Yo también me siento aliviado. —Me rodeó los hombros con los brazos y se acercó a mí—. No me malinterpretes. Si estuvieras embarazada, todo habría ido bien. Habríamos salido adelante, pero ahora...

—Ahora no es buen momento en absoluto para nada de eso. —Apoyé la barbilla en su pecho—. Al menos, sabemos que puede pasar.

—Nos dio buenos consejos sobre anticonceptivos —comentó, y se le crisparon los labios.

—Ese ha sido un consejo que nunca necesité oír de parte del Ángel de la Muerte. Al igual que sus palabras de despedida. Aunque supongo que todos nosotros, o al menos la mayoría, volveremos a verlo algún día.

—Eso no va a pasar —afirmó Zayne con la mandíbula apretada.

Sonreí mientras apoyaba la mejilla en su pecho. Lo había dicho como si, de algún modo, pudiera evitar que la muerte me llevara. Él no podía hacer nada. De una forma u otra, me aguardaba la muerte. Con suerte, dentro de mucho tiempo.

—Pero está bien saber que es posible. ¿Sabes? —Deslizó los dedos por mi pelo—. Si más adelante decidimos que queremos hacerlo.

—¿El qué? ¿Echar a perder a un niño?

—Sí, eso —contestó, riéndose.

Otra sonrisa me curvó los labios. Todavía me sentía un poco culpable por experimentar un alivio tan enorme, pero no estaba lista para eso en absoluto. Y menos con todo lo que estaba pasando. Tal vez no lo estuviera nunca, pero al menos sería una decisión que podríamos tomar.

—¿A qué crees que se refería con la parte de «antes»? —me preguntó—. Sobre lo que sería nuestro hijo.

—Dios mío, vete tú a saber. Vamos a tener que obsesionarnos con eso luego.

Empecé a apartarme, pero Zayne me detuvo y bajó la barbilla de modo que, cuando habló, me rozó la mejilla con los labios.

—Lo que les pasó al Protector y a la Sangre Original... Eso no es nuestro caso. Nunca será nuestro caso.

—Ya lo sé. —Me estiré todo lo que pude y él bajó la cabeza

el resto del camino. Lo besé—. Quien fuera lo bastante estúpido como para intentarlo no saldría vivo de nuestro dormitorio.

—Estoy de acuerdo. —El beso que me dio fue más largo y profundo y, cuando terminó, deseé que tuviéramos más tiempo—. Tenemos que ir a buscar a Lucifer.

—Así es. —Salí de entre sus brazos—. Por lo menos, ya no tenemos que ir a una farmacia.

—Todavía tenemos que comprarte unas gafas de sol nuevas —me recordó mientras salíamos de la cocina.

Como la sala de estar estaba a oscuras, Zayne se las había arreglado para ir solo un paso por delante de mí y guiarme para rodear los muebles. Dios mío, había echado eso de menos. Alargué la mano y rodeé el borde de su camiseta con los dedos.

Roth nos estaba esperando en el vestíbulo, solo.

—¿Dónde está Layla? —le preguntó Zayne.

—Persiguiendo a Robin. Él cree que es hora de jugar, así que echó a correr escaleras arriba.

—¿Dónde está tu amiguita escamosa? —comenté mientras rodeaba a Zayne.

—¿Amiguita escamosa? —Roth se rio entre dientes—. Mi letal amiguita está en mi brazo. No es tan traviesa como Robin. Layla tardará un ratito en atraparlo, así que supongo que podéis ir adelantándoos. Si os encargáis de Dupont Circle, nosotros comprobaremos H Street.

—Me parece bien —contestó Zayne mientras nos encaminábamos hacia la puerta.

Yo estaba pensando que iba a ser una noche larga cuando salimos al bochornoso aire nocturno de julio.

—Por cierto... —empezó a decir Roth.

Zayne se volvió hacia él.

—Sinceramente, espero que no vayas a mencionar lo que oísteis que Ángel nos estaba diciendo.

—Para nada. Saber que no vais a ser padres no es asunto mío —afirmó Roth. Fruncí el ceño—. Pero hay algo que necesito decir.

—Estoy deseando oírlo —respondió Zayne.

—Ya sé que ahora puedes mandarme de una patada en el culo a la otra punta de la ciudad. —Roth se apoyó contra el umbral de la puerta—. Eres un Caído con gracia. Soy lo bastante demonio como para reconocer cuándo me superan en potencia de fuego; pero, si te enfrentas cara a cara con Lucifer, perderás.

—Y saber que no me ganarías no evitaría que vinieras a por mí si pensaras que suponía una amenaza para Layla —dijo Zayne—. ¿Verdad?

—Ni por un maldito segundo.

—En ese caso, entiendes por qué no me detendrá saber que es probable que me mate —contestó, y yo puse los ojos en blanco—. Pero me reconforta saber que te preocupas por mí.

—Lo que tú digas, Rocoso —soltó Roth con una sonrisita de suficiencia.

—Me echabas de menos. —Zayne mostró una amplia sonrisa—. Admítelo.

La sonrisa que apareció en la cara de Roth fue breve.

—Tú ten cuidado. Eso es lo único que digo. Si encuentras a Lucifer primero, no lo presiones. Es impulsivo y tiene tendencia a destruir cosas antes de pensar bien sus actos. Estaría encantado de tirar piedras contra su propio tejado. Si lo irritas, te matará. Os matará a los dos.

Veintiocho

Buscar a Lucifer fue como jugar una partida al Cluedo, si dicha partida incluyera cosas como un atractivo y semidesnudo Satanás encontrado con un chupito de vodka en el baño de una discoteca superturbia.

Zayne y yo nos habíamos pateado la mayor parte de Dupont Circle; nos habíamos detenido en todos los bares y discotecas que nos encontramos, y a saber por qué había tantos bares.

Curiosamente, nadie nos pidió el carné. Tuve el presentimiento de que fue cosa de Zayne. Una y otra vez, un portero o un camarero nos decía que nuestra descripción le sonaba familiar y nos informaba de que un hombre que se parecía mucho a quien estábamos buscando había entrado, sin camisa. Solían contarnos eso justo al lado de un cartel de «Prohibido entrar sin zapatos o camisa» pegado en una ventana o una puerta. Luego, nos indicaban que habláramos con un barman que juraba que un hombre que coincidía con nuestra descripción había entrado y pedido vodka de primera calidad, se había puesto a observar a la multitud como un auténtico mirón y luego había pedido recomendaciones sobre otros bares que debería visitar. La primera discoteca en la que nos detuvimos me pareció más bien un club de *striptease*, ya que había un montón de gente semidesnuda en la pista de baile; aunque, pensándolo bien, no creía que hubiera clubes de *striptease* unisex. Después del tercer establecimiento que habría encajado perfectamente en Sodoma y Gomorra, empezamos a darnos cuenta con rapidez de que, adondequiera que iba Lucifer, se sentía su presencia, dejaba tras de sí un aura de tentación que volvía el aire más denso a causa del pecado.

Eso sucedió una y otra vez. Dejé de contar al llegar a diez.

—¿Crees que simplemente se va a poner como una cuba y acabará desmayándose en algún sitio? —le pregunté a Zayne—. Porque ¿cuántos chupitos de vodka puede tomar?

—El alcohol no afecta a los demonios de la misma forma que a los humanos. Supongo que ocurre lo mismo con los ángeles —me explicó, como era tan listo y todo eso.

Horas después, había visto a un montón de gente involucrada en varios niveles de embriaguez en público, más piel y partes de cuerpos de las que necesitaba ver en toda mi vida y unas cuantas resacas realmente brutales en ciernes.

Pero no encontramos a Lucifer.

Ni tampoco Layla o Roth. Cayman también había sacrificado su tiempo para mimarse y se había unido a la búsqueda, pero él también acabó con las manos vacías. Por lo visto, Lucifer era selectivo, y pude apreciar el hecho de que tuviera estándares y todo eso, pero estaba cansada y tenía hambre. Tenía tanta hambre que estaba empezando a ponerme de mal humor.

Así fue como acabamos en la azotea de un edificio cercano. Me senté en la cornisa, con los pies colgando en la nada mientras comía con entusiasmo una hamburguesa con queso y patatas fritas. Zayne había pedido un sándwich de pollo a la plancha (puaj) del que se deshizo de inmediato del pan y se comió solo la pechuga de pollo antes incluso de que llegáramos a nuestro escondite en la azotea.

—¿Hay algún motivo por el que sientes la necesidad de comer en el mismo borde de una azotea? —me preguntó mientras se subía de un salto a la cornisa.

Me metí una patata frita en la boca.

—Así tengo una vista aérea de la ciudad.

Se arrodilló a mi lado, con las alas ocultas.

—¿Y qué ves de la ciudad desde aquí arriba?

Entorné los ojos mientras cogía mi bebida.

—Un montón de... masas borrosas identificables. —Tomé un sorbo al mismo tiempo que volvía la mirada hacia él. La luz de la luna se reflejaba en su cara. Antes se había recogido el pelo en un impecable moño—. Pero apuesto a que tú lo ves todo perfectamente.

Sacudió la cabeza mientras se le dibujaba una amplia sonrisa.

—Creo que quisiste subir aquí solo para tenerme al borde del infarto cada vez que te mueves.

—Tal vez —contesté con una sonrisita de suficiencia—. ¿Quieres una patata?

—No.

—Vamos. Solo es un palito de hidratos de carbono cortado en trocitos finos.

—No, gracias.

Le ofrecí la patata de todas formas, y entrecerré los ojos mientras apuntaba a su boca.

—Es un manjar delicioso y salado. —Le toqué la comisura del labio con la patata—. Quiere que te la comas.

—Dudo que esa patata sea lo único que quiere que me la coma.

Se me puso la cara muy colorada.

—Qué sugerencia tan pícara.

—Ajá. —Zayne me agarró la muñeca y giró la cabeza apenas unos centímetros. Cogió la patata frita y masticó despacio—. ¿Ya estás contenta?

Asentí.

Sus ojos se encontraron con los míos. El vibrante tono azul brilló a la luz de la luna mientras Zayne deslizaba la lengua por las puntas de mis dedos para limpiar los cristales de sal.

—Delicioso.

—Sí —susurré, y la parte baja del vientre se me contrajo de una forma maravillosa.

Me besó la yema de un dedo, sin apartar aquellos ojos ardientes de los míos.

—Te quiero, Trinity.

Me quedé sin aliento y el corazón me dio un vuelco. Nunca podría cansarme de oírle decir eso. Jamás. Cada vez que lo decía, era como oírlo por primera vez, al igual que comprender lo absolutamente maravilloso que era sentir algo tan profundo y saber que esa clase de amor era correspondido. Y estaba convencida de que no me detendría ante nada para proteger eso.

—Te quiero —susurré.

Zayne echó la cabeza hacia atrás y me pareció verlo sonreír mientras contemplaba el cielo. Seguí su mirada mientras me zampaba un puñado de patatas fritas. Lo único que vi fue el resplandor de la luna y diferentes tonos de negro.

—¿Hay estrellas? —le pregunté, con la esperanza de que dijera que no, pero ya sabía cuál sería la respuesta.

—Hay unas cuantas. Son brillantes. —Bajó la barbilla para mirarme—. ¿No ves ninguna?

Negué con la cabeza y me metí las patatas restantes en la boca.

—¿Las has visto desde aquella noche? —Zayne sacó una servilleta de la bolsa de comida rápida mientras me terminaba las patatas fritas—. ¿Cambiamos?

—Gracias. —Le entregué la caja vacía y cogí la servilleta—. No, no las he vuelto a ver.

Se quedó callado un momento y luego me quitó la servilleta estrujada de las manos.

—Aparte de eso, ¿cómo va tu vista?

—Más o menos igual, supongo. —Agarré el borde de la piedra caliente y balanceé los pies—. A ver, nunca me doy cuenta del momento exacto en el que empeora mi vista. Por lo general, es tan lento que no puedo precisar el cambio.

—Pero ¿antes de aquello te costaba cada vez más ver las estrellas?

—Sí. —Miré hacia abajo. Aparte de las farolas y los faros de los vehículos que pasaban, no había nada más que un vacío de oscuridad—. Aunque fue raro... el hecho de poder ver todas las estrellas con tanta claridad. Si fue real, me hace preguntarme si... tal vez, mi padre tuvo algo que ver con eso. —En cuanto las palabras salieron de mi boca, me sentí tonta, así que me tomé la mitad de la bebida de un ruidoso sorbo—. Ya sé que suena estúpido...

—No, para nada. —Me tocó el brazo primero y luego la mejilla—. Creo que es posible. Tu padre sabe lo de tu vista. Como dije antes, creo que tu padre encuentra formas de demostrar que se preocupa por ti... Formas que no siempre resultan evidentes.

Esbocé una leve sonrisa y bajé el vaso.

—Fue como... como un regalo.

—Me parece que lo fue. —Me recorrió la curva de la mandíbula con el pulgar—. Ojalá pudieras verlas ahora.

—Sí. —Lo miré—. Pero tengo la Constelación de Zayne.

Cuando sonrió, me asombró la claridad con la que podía ver en ese momento sus facciones a pesar de la falta de iluminación y mis ojos. Por supuesto, era probable que alguien a quien le funcionaran bien los ojos pudiera verlo aún mejor; pero, normalmente, su cara solo habría sido un borrón desenfocado para mí.

—Deberíamos ponernos en marcha —propuso—. Tenemos que...

Supe que notó la presencia de demonios en el mismo momento en el que sentí la presión en la nuca. Dejé mi bebida en la cornisa.

—¿Los ves?

—Estoy buscando. —Me tomó la mano y me ayudó a ponerme de pie mientras se giraba para mirar por encima del hombro—. Ya vienen.

Di media vuelta sobre la cornisa y entorné los ojos. Varias masas borrosas con forma de hombre pasaron bajo la luz de la luna. Su piel era como ónice brillante. Había cuatro pares de ojos de color rojo intenso. Eso fue lo único que me hizo falta ver para saber a qué me enfrentaba.

—Sicarios Infernales —gemí mientras saltaba hacia la azotea, que por suerte era plana.

Los Sicarios Infernales, que tenían prohibido subir a la superficie, habían sido creados por medio del dolor y el sufrimiento y, de algún modo, Gabriel había convencido a demasiados de ellos para que se sumaran a su causa.

—Déjame adivinar: están desnudos —añadí.

—Por desgracia.

—¿Por qué están siempre desnudos? —pregunté al mismo tiempo que invocaba mi gracia.

Con la falta de luz, no iba a ponerme a tontear con las dagas. Los bordes de mi vista se iluminaron a medida que un torrente de luz blanca me bajaba por el brazo. Cerré los dedos alrededor de la empuñadura cuando la espada brotó con una llamarada, entre chasquidos de fuego y energía.

—Procura dejar vivo a uno —me recordó Zayne.

Asentí con la cabeza mientras el débil brillo de la piel de Zayne palpitaba. El aire se cargó de electricidad estática. La parte posterior de la camiseta se le desgarró cuando sus alas se liberaron.

—Deberías echarle un vistazo a la camiseta que llevaba el Guardián Jordan —comenté—. Le había hecho dos cortes en la parte de atrás para las alas. Necesitarías menos camisetas si hicieras eso.

Encogió los hombros para deshacerse de la prenda destrozada.

—Pero entonces no podrías verme sin camiseta.

—Bien pensado —dije con una amplia sonrisa.

—Solo velo por ti —respondió mientras unas espirales de fuego dorado le bajaban por ambos brazos y formaban aquellas magníficas espadas en forma de hoz.

No sabría decir si alguno de los Sicarios Infernales vaciló al ver a Zayne ponerse por completo en plan Caído. Se abalanzaron sobre nosotros, y fue entonces cuando me di cuenta de que había más de cuatro.

Yo no había visto nunca tantos en el mismo sitio. Dios santo, tenía que haber una docena.

Zayne se lanzó hacia delante y le atravesó el pecho a un Sicario Infernal con una espada mientras sus alas lo elevaban en el aire. Aterrizó detrás del demonio mientras este estallaba en llamas y trazó un amplio arco a su alrededor con las espadas.

El Sicario Infernal situado delante de mí desapareció. Me di la vuelta rápidamente y, tras soltar una palabrota, le clavé la espada llameante en el vientre cuando apareció detrás de mí. El ser rugió mientras yo retrocedía con agilidad, girando.

—¿Es que no tenéis ropa en el infierno o qué?

—¿Te gustaría averiguarlo? —gruñó uno de los Sicarios Infernales, que se desplazó bruscamente hacia mi izquierda y luego salió disparado hacia delante, intentando adentrarse en mi zona de visión restringida.

Alguien se había ido de la lengua.

Ah, ni de coña, no íbamos a jugar a eso.

Solté un gruñido entre dientes y me situé de nuevo a toda

prisa a la luz de la luna, bajando la espada. Me quedé inmóvil y me concentré como me había enseñado Zayne. La risita áspera del Sicario Infernal provino de mi derecha. Oí sus pasos y me giré bruscamente. La espada de Miguel se hundió en el pecho del demonio.

—Buen intento —masculló mientras el Sicario Infernal estallaba en llamas. El hedor a azufre llenó la azotea.

—El Heraldo me recompensará bien —dijo una voz al mismo tiempo que un aliento fétido y caliente me tocaba la mejilla.

Mi corazón trastabilló mientras me ponía tensa para retroceder de un salto. Un destello de blanco llenó mi vista. Zayne descendió delante de mí y su hoz ardiente atravesó el cuello de un Sicario Infernal.

—¿Por qué te fascina tanto su falta de ropa?

Me giré y exhalé bruscamente.

—No me fascina *per se*. —Avancé a trompicones y clavé mi espada en la barriga de otro Sicario Infernal—. Solo tengo curiosidad por saber por qué rayos siempre están desnudos.

—Limítate a no pensar en ello.

Las alas de Zayne me agitaron los pelos sueltos alrededor de la cara cuando se movió a una velocidad vertiginosa.

—¿Que no piense en ello? —Me agaché para pasar por debajo del brazo de un demonio, teniendo en cuenta su dichosa boca. La mordedura de los Sicarios Infernales era venenosa: mataba a un humano en cuestión de segundos y paralizaba a un Guardián durante días. No estaba segura de qué le causaría su mordedura a alguien con sangre angelical, pero no pensaba averiguarlo—. Eso es complicado cuando están desnudos.

—¿Puedes ver algo traumatizante, Trin? —me preguntó Zayne.

Finté a la derecha y después giré hacia la izquierda.

—No, pero sé que tienen el tema al aire. —Apunté a dicho tema. El aullido de dolor y luego las llamaradas me indicaron que había dado en el blanco—. Eso es lo único que necesito saber.

Gemí cuando un Sicario Infernal se adentró corriendo en la abundante luz de la luna.

—Ahora puedo verlo... Puedo verlo todo.

—Sinceramente, preferiría que dejaras de comentarlo —dijo Zayne, que aterrizó aproximadamente a un metro de mí mientras hendía el aire con ambas hoces. Derribó a dos Sicarios Infernales.

—Quiero dos espadas —protesté con el ceño fruncido.

Zayne se rio mientras se incorporaba.

—No siempre puedes conseguir lo que quieres.

—Lo que tú digas. —Puse los ojos en blanco mientras un Sicario Infernal corría hacia mí—. ¿Este es el último?

—Sí.

Las alas de Zayne eran como dos relucientes faros blancos.

Me desplacé rápidamente hacia la izquierda y sostuve la espada en alto. El Sicario Infernal se detuvo con un patinazo. Empezó a darse la vuelta, pero vio a Zayne detrás de él. El demonio se puso en cuclillas mientras dejaba escapar un estruendoso gruñido.

—Yo no lo intentaría —le advirtió Zayne, cuyas espadas en forma de hoz desprendían chispas blancas y doradas.

—Es tu día de suerte —dije mientras sostenía la espada de Miguel con ambas manos—. Vas a poder vivir. Es decir, si eres listo, y espero que seas listo. Tenemos un mensaje que queremos que le entregues a Gabriel.

Unos ojos rojos se clavaron de golpe en los míos. Transcurrió un momento y luego el Sicario Infernal soltó una carcajada ronca e incoherente.

Arqueé una ceja mientras Zayne mascullaba:

—No creo que este sea listo.

—Más listo que vosotros —gruñó el demonio.

Unas garras arañaron la piedra a medida que una avalancha de formas oscuras y voluminosas pasaba por encima del borde de la azotea. Atisbé piel del color de la piedra lunar y cuernos parecidos a colmillos.

—Eh... —dije—. Hay una horda de Trepadores Nocturnos en la azotea.

—¿Cuántos son una horda? —me preguntó Zayne.

—Pues... —Tragué saliva mientras examinaba la hilera que se extendía a lo largo de toda la azotea. Tenía que haber... docenas—. Un montonazo, para ser exactos.

El Sicario Infernal se rio de nuevo.

—Cierra el pico. —Zayne se lo cargó y luego se giró para echarles un vistazo a los recién llegados—. Tengo el presentimiento de que Gabriel se ha enterado de mi actualización.

—¿Tú crees?

Observé la hilera de Trepadores Nocturnos al mismo tiempo que el corazón empezaba a latirme con fuerza. Ninguno llevaba correa esta vez, aunque tampoco es que eso hubiera supuesto mucha diferencia. Me gustaba pensar que tanto Zayne como yo éramos de armas tomar, pero ahí había muchísimos Trepadores Nocturnos.

—Matad al Caído —dijo uno de ellos—. La nefilim debe seguir viva.

Suspiré mientras levantaba mi espada.

—Estoy muy harta de señalar que «Sangre Original» es un término más apropiado.

—Qué pena. —Las alas de Zayne se alzaron y la gracia palpitó y fluyó a través de ellas—. Me gustan esos sermones.

No tuve ocasión de responder. Los Trepadores Nocturnos avanzaron en tropel, haciendo temblar la azotea bajo su peso. Quizá tuviéramos suerte y el techo se derrumbara. Invoqué la gracia y me preparé para la posibilidad de que tal vez tuviéramos que cortar por lo sano y salir huyendo.

De pronto, se oyó una corriente de aire. Un brillante destello de luz de color rojo anaranjado arrasó la azotea bañada por la luz de la luna. Abrí mucho los ojos mientras las llamas se derramaban sobre la cornisa y lamían el cemento. El fuego avanzó tan rápido, de forma tan inesperada, que ni siquiera me moví cuando se tragó a los Trepadores Nocturnos. Me quedé paralizada mientras sus gritos resonaban a nuestro alrededor.

Las espadas con forma de hoz de Zayne se desmoronaron al mismo tiempo que él giraba y me rodeaba rápidamente la cintura con un brazo. Mi espada llameó con intensidad y luego se hizo añicos transformándose en una lluvia de ascuas doradas. Zayne tensó los músculos y se preparó para echar a volar. El calor me quemó las mejillas y luego la ola de fuego se retiró, deslizándose hacia atrás.

—Pero ¿qué...? —exclamé, entornando los ojos, cuando una figura tomó forma en el centro de las llamas.

Un hombre atravesó el fuego, con el ondulado pelo dorado y el pecho desnudo intactos. El fuego se evaporó mientras el hombre continuaba avanzando y agitaba con los pies las cenizas de los Trepadores Nocturnos caídos.

Joder.

Sabía que me había quedado boquiabierta. Me daba igual. Esa clase de poder era algo inimaginable.

—No hace falta que me deis las gracias —dijo arrastrando las palabras—. No podía permitir que mis nuevos amigos sufrieran ningún daño.

—Lucifer. —El brazo con el que Zayne me rodeaba no se aflojó—. Te hemos estado buscando.

El diablo se situó bajo la luz de la luna y sonrió.

—Ya lo sé —contestó.

Lucifer estaba sentado en la sala de estar de Roth, estirado en el sofá modular, viendo la televisión. Por lo menos iba vestido. En realidad, parcialmente vestido. Había hecho aparecer de la nada unos pantalones de cuero negro, y eso era todo. No teníamos ni idea de si había logrado recrear *La profecía*. Se lo habíamos preguntado. Incluso yo me di cuenta de que la mirada que nos dedicó significaba que nos ocupáramos de nuestros propios asuntos.

Y, en ese momento, eso era lo que estábamos haciendo. Ocuparnos de nuestros propios asuntos.

Eso e intentar que Lucifer hiciera algo útil y nos contara cómo podría matar a Gabriel.

Pero él no se estaba mostrando demasiado útil.

Primero, tenía hambre. Así que Cayman hizo un pedido nocturno a domicilio. Mientras Lucifer esperaba a que llegara la comida, encontró el televisor, y yo no había visto nunca a alguien tan embelesado en toda mi vida. Zapeó continuamente y luego, de algún modo, acabó en una de las plataformas de *streaming*. Fui a usar el baño y, cuando regresé, alguien (supuse que era culpa de Cayman) había puesto *Sobrenatural*, en la temporada de Lucifer, y el de verdad estaba muy interesado. Prácticamente había obligado a Layla a buscar una página web para ofrecerle una descripción detallada desde la temporada uno hasta la que fuera esa. Cuando llegó la comida, ya se había puesto al día por completo. Luego comió. Luego vio dos capítulos más, mientras una caja de Pop-Tarts aparecía aparentemente de la nada. A esas alturas, tenían que ser casi las cuatro de la madrugada. Layla, que se había quedado dormida en el extremo del sofá, se despertó y yo estaba a puntito de lanzar el televisor a través de una pared.

—Lucifer —lo intentó Roth de nuevo, al final de otro capítulo—. Dijiste que, si matabas a Gabriel, crearíamos un problema completamente nuevo. ¿Puedes explicarnos de qué se trata?

—Si me dejáis ver un capítulo más en paz y tranquilidad, lo haré.

—Dijiste eso al final del último capítulo —protesté mientras me sentaba en el borde del sofá y me esforzaba por no perder la paciencia.

—Pero Lucifer está a punto de iniciar el apocalipsis...

—¡No lo consigue! —grité y, sí, fue superraro oír a Lucifer referirse a la versión ficticia de sí mismo—. ¡Acaba en la jaula con Miguel, que ha poseído al hermano Winchester del que se han olvidado todos! Pasarán unas siete temporadas más hasta que regrese.

Lucifer me miró fijamente.

Le devolví la mirada.

—Acabas de destriparme la trama —gruñó.

—¡Lo emitieron hace más de diez años! Hay un límite de tiempo. Lo siento. Ya no puedes quejarte de que es *spoiler*.

—Pero no hay televisión por cable en el infierno —replicó.

—Él tiene razón en eso —murmuró Zayne, que se encontraba detrás de mí.

Le lancé una mirada asesina que debería haberlo fulminado en el acto.

—Mira, Lucifer regresa una y otra vez. ¿Vale? Puedes ver muchas temporadas más. No te contaré lo que pasa si respondes a nuestras preguntas. —Respiré hondo—. Por favor.

—Estoy empezando a arrepentirme de haberte salvado la

vida antes. —Lucifer soltó un profundo suspiro—. ¿Alguno de vosotros tiene la más mínima idea de lo que pasa cuando matas a un ángel?

—No. Lo siento —contesté—. No tenemos por costumbre matar ángeles.

—Bueno, mi familiar se comió a dos una vez —intervino Roth—. Y no pasó nada.

—Nada de lo que fueras consciente. Cuando un ángel muere, su gloria regresa a su origen.

—¿A Dios? —supuse.

Él asintió con la cabeza.

—Como un niño que regresa a casa con papaíto.

Parpadeé sin saber qué decir.

—Vale. ¿Y eso es un problema? —preguntó Zayne.

—¿Que si es un problema? —Lucifer se rio entre dientes—. Normalmente no, pero dentro de Gabriel hay una mácula enconándose. Su gloria y su gracia están corrompidas, probablemente más que las mías, y sería como lanzarle napalm al cielo. Dios no va a permitir que eso regrese a casa. —Le echó un vistazo a la tele y, efectivamente, volvió a quedarse absorto. Se le dibujó una amplia sonrisa mientras desenvolvía otro Pop-Tart más—. Me gusta esta caracterización. Aunque Sam y Dean tienen que empezar a comunicarse mejor.

Respiré hondo e intenté contar hasta diez.

Roth se inclinó hacia delante, y la impaciencia invadía sus facciones. Casi esperé verle chasquear los dedos.

—Bueno, ¿y qué significa eso exactamente?

—¿Qué significa el qué? —preguntó Lucifer con la boca llena.

—Creo que le pasa lo mismo que a ti. Ya sabes, lo de ser incapaz de prestar atención —susurró Cayman, que se había desplomado en el sofá a mi lado, y asentí con la cabeza. No había suficiente anfetamina en el mundo para tratar a Lucifer.

Roth cerró los ojos un instante.

—¿Qué pasará si Dios no permite que regrese a casa?

—Ah. Eso. —Lucifer se echó hacia atrás y se sacudió las migas del pecho mientras colocaba los pies sobre la mesa de centro—. ¿Conociendo a Dios como lo conozco? Va a mandar esa mierda de una patada de regreso a la tierra. Toda esa porquería va a explotar sobre sus creaciones más preciadas... ¿Cuántas temporadas hay de esto?

—Un montón —contesté—. ¿Qué va a provocar? ¿Toda esa... porquería?

—¿Qué provocará?

Una lenta sonrisa se fue extendiendo por su cara, haciendo que se me erizara todo el vello del cuerpo. Sin duda, era increíblemente guapo, sobre todo cuando sonreía; pero, por Dios y todos los querubines del cielo, también era increíblemente espeluznante, sobre todo cuando sonreía de ese modo. Lucifer cerró los ojos y emitió un sonido que hizo que me ardieran las mejillas.

—No solo tendréis un problema con la calidad del aire. La mácula se extenderá por todo el mundo, hasta que todas las tierras, todos los mares y todas las montañas estén cubiertos de corrupción. Toda esa ira, ese odio, amargura y maldad acabarán introduciéndose en todas las personas. —Gimió, extasiado—. El hermano se volverá contra el hermano; la madre, contra el hijo. Será una interminable orgía de violencia y depravación. Solo se salvarán los más piadosos e incluso ellos sufrirán grandes pérdidas.

Oh.

—Eso... suena problemático —murmuré.

Lucifer le dio un mordisco al Pop-Tart mientras volvía a concentrarse en la pantalla.

—¿Para vosotros? Sí. ¿Para mí? Contaré con una gran afluencia de huéspedes a largo plazo con los que entretenerme.

Roth se echó hacia atrás y se pasó la mano por el pelo mientras Layla miraba boquiabierta a Lucifer.

Le eché un vistazo a Zayne, que en ese momento tenía pinta de ser él quien estaba a punto de lanzar el televisor a través de la pared.

—No podemos permitir que pase eso —dije—. Estamos intentando salvar el mundo, no destruirlo.

—No, no estáis intentando salvar el mundo. —Lucifer se giró de pronto hacia mí y tuve que esforzarme con todo mi ser para no retroceder al contar con toda su atención—. Estáis intentando salvar el mundo y lo que aguarda más allá de este reino.

Habrá bajas. Incontables. Se perderán almas. Vais a sacrificar mucho para salvarlo todo.

Sus palabras supusieron una pesada carga sobre mis hombros, y me di cuenta de que a Zayne le pasaba lo mismo. Aunque él tenía la mirada clavada en el televisor, estaba segura de que de ninguna manera era consciente de lo que aparecía en la pantalla.

Pero ¿Dios de verdad haría eso? ¿Ver cómo el mundo y el cielo se salvaban para que luego el primero se hiciera pedazos lentamente? Un Dios así parecía incluso peor que el del Antiguo Testamento.

—Entonces... —Layla se aclaró la garganta—. ¿Ese va a ser el resultado si matamos a Gabriel? ¿Que el mundo se suma en el caos?

—Más o menos. —Lucifer se terminó el Pop-Tart—. Salvo porque podría ocurrir una cosa.

Todos nos quedamos en ascuas mientras él arrugaba despacio el papel de aluminio y lo lanzaba a un lado. El envoltorio del Pop-Tart aterrizó en la montañita de envases de comida basura vacíos.

Después de que Lucifer se reclinara sin prisa en el sofá, colocara mejor las piernas y cruzara las manos detrás de la cabeza, dijo:

—Dios podría intervenir.

Todos nos lo quedamos mirando.

Él enarcó una ceja.

—¿Cómo podría intervenir Dios? —soltó Zayne con la mandíbula apretada.

—Muy buena pregunta, Caído —ronroneó Lucifer, y en ese momento Zayne tenía pinta de estar a punto de lanzar a Lucifer a través de la pared junto con el televisor.

La imagen de Lucifer atravesando la pared detrás de un televisor de pantalla plana hizo que se me dibujara una sonrisa bastante inquietante en la cara.

—Dios podría anular todas esas cosas malas. —Lucifer meneó los dedos de los pies—. Ponerle fin antes de que toda esa porquería pueda infectar las pequeñas, puras y valiosas almas humanas.

—¿Cómo haría Dios eso? —pregunté. Casi me daba demasiado miedo tener esperanzas.

Lucifer encogió un hombro.

—Dios podría chasquear los dedos e impedirlo.

—¿Eso es todo? —dijo Roth, con la voz cargada de incredulidad.

—Dios es Dios. —Lucifer miró al príncipe heredero—. Tú sabes mejor que nadie lo que puede hacer Dios exactamente. Y sabes mejor que nadie que, solo porque Dios pueda hacer cualquier cosa, no significa que vaya a hacer algo aparte de quedarse sentado y dejar que todo siga su curso. Libre albedrío y todo eso.

Roth echó la cabeza hacia atrás y suspiró un momento después.

—Sí, tienes razón en eso. ¿Qué probabilidades hay de que Dios intervenga?

—Más o menos las mismas que de que yo deje de cantar *Barbie Girl* mientras hago la ronda por los círculos del infierno.

Un momento. ¿Qué?

—Oh, rayos —masculló Roth.

—¿De verdad estás sugiriendo que Dios no haría nada? —peguntó Layla.

—Estoy sugiriendo lo que todos deberíais saber ya. Detesto decirlo, pero el argumento de Gabriel es válido. Aburrido, pero válido. La humanidad no está en su mejor momento. No me voy a aburrir enumerando todas las razones evidentes de por qué es así, pero sé que recibo más recién llegados que el cielo. Tal vez Dios se ha largado —dijo, y había una suavidad desconcertante en su tono. Cada palabra parecía envuelta en seda—. Tal vez Dios ha dejado de interesarse y ha abandonado a sus creaciones más preciadas. Fijaos a lo largo de la historia. Hubo muchas ocasiones en las que Dios pudo intervenir y ponerles fin a innumerables tragedias horribles y sin sentido, pero decidió no hacerlo. Dios se comporta como si las normas no pudieran romperse, cuando él mismo las creó.

Ninguno de los presentes habló. Ni siquiera Cayman. Todos, incluido Roth, nos habíamos quedado petrificados.

—Algunos dicen que yo soy el monstruo, la pesadilla en la oscuridad y el mal oculto a plena vista; pero, cuando un niño muere sin ninguna necesidad, no se trata de una vida que yo he arrebatado. Cuando una madre exhala su último aliento debido a la enfermedad, no es por mi voluntad. Cuando un hermano muere sin sentido, no es parte de mi plan. La muerte, la guerra y la enfermedad no son creaciones mías. No puedo detenerlas. No soy el creador. Esté bien o mal, a fin de cuentas, solo soy un oportunista —dijo Lucifer—. Pero ¿qué es Dios? Porque, a fin de cuentas, Dios podría acabar con todo ese dolor. Así que, decidme, ¿quién es el verdadero monstruo?

—El padre de las mentiras —murmuró Zayne, y yo parpadeé, como si reaccionara después de haberme quedado aturdida—. Sí, Dios tiene la culpa de todo: el verdadero lobo escondido entre las ovejas y los otros lobos. Claro. Además, yo soy el hada de los dientes y tú no eres el gran manipulador.

Una lenta sonrisa se abrió paso por la cara de Lucifer.

—¿Y habéis pensado en cuántos habrían escuchado mis palabras y me habrían creído? ¿Habrían creído a mis legiones?

—¿Teniendo en cuenta lo que he visto que la gente se cree en las redes sociales? —susurró Layla—. Millones.

Asentí despacio con la cabeza, pues de pronto fui hiperconsciente de nuevo de quién y qué estaba sentado en el sofá, viendo *Sobrenatural*. La gente necesitaba alguien a quien culpar, aunque nadie tuviera la culpa o la culpa recayera únicamente en sus propias manos.

—La gente ya ha creído tus palabras —dije.

—Así es. —La atención de Lucifer se centró una vez más en el televisor—. Así que, amigos míos, ¿de verdad tenéis que preguntaros por qué Dios no intervendría?

Veintinueve

Con los ojos empañados y todavía medio dormida, acuné la taza de café entre las manos como si contuviera las respuestas a la vida, mientras estaba acurrucada en el pequeño sofá acolchado situado en la terraza interior de la casa de Roth y Layla. Las gafas de sol de Zayne me protegían de los brillantes rayos de sol que entraban a raudales por las ventanas y el techo. Normalmente, me sentía rara al llevar gafas de sol dentro, pero estaba demasiado cansada para que me importara.

En realidad, no me importaba en absoluto. Todos a mi alrededor sabían que tenía problemas de vista; pero, aunque no lo supieran, a quién le importaba si pensaban que intentaba hacerme la guay. Ese era su problema. No el mío.

A mi lado, Zayne estiró sus largas piernas al mismo tiempo que tomaba un sorbo de agua embotellada. Incluso como Caído, sus hábitos para comer y beber eran mucho más saludables que los míos y hasta más que los de la mitad de la población del mundo.

—Aun así tenemos que intentarlo —dijo Layla, que reprimía un bostezo mientras retomaba la conversación que había terminado cuando todos estábamos a punto de quedarnos dormidos. Zayne y yo habíamos acabado durmiendo allí ya que era muy tarde y había un millón de habitaciones en la casa—. Aunque Dios envíe la esencia de Gabriel de una patada de regreso a la tierra, tenemos que intentarlo.

—Y luego, ¿qué? —preguntó Roth, que se pasó una mano por el oscuro pelo alborotado.

—Luego nos ocupamos de cualquier lío que surja de eso —sentenció Zayne—. Es lo único que podemos hacer.

—¿Podemos? ¿Nosotros? —resopló Roth mientras se recostaba y cruzaba los brazos.

—Sí. Nosotros. —Layla le dio un golpe en el brazo—. Porque no quiero pasarme los próximos cientos de años viviendo en un mundo sumido en el caos. Ni tampoco quiero ver cómo un montón de gente inocente sufre o muere a causa de ello.

Noté una punzada de celos en el pecho. Layla y Roth tenían un futuro real, en el que ninguno de los dos tenía que preocuparse de que uno envejeciera y muriera mientras que el otro seguiría vivo. Al menos tuve el sentido común de no culparlos por algo que no podían controlar.

—Yo tampoco quiero pasarme los próximos cientos de años luchando contra todos y contra todo —respondió Roth y, sinceramente, no pude culparlo por eso.

—En realidad, no tenemos otra alternativa —dijo Zayne, que apoyó el brazo sobre el respaldo de nuestro sofá—. O nos ocupamos de las posibles consecuencias o permitimos que el cielo básicamente eche el cierre.

—Y eso sería peor —añadí mientras agarraba la taza con más fuerza—. Cualquiera que muriera se quedaría atrapado aquí. Cada centímetro cuadrado de la tierra se convertiría en ese instituto. Así que tendríamos que lidiar con eso además de con los demonios, pero ya sabéis…

Una profunda carcajada procedente de la sala de estar me interrumpió. Puse los ojos en blanco y tomé un sorbo de café.

—¿Sabéis si ha dormido siquiera? —pregunté.

Layla suspiró mientras negaba con la cabeza.

—No lo creo. Ha estado viendo *Sobrenatural*.

—Supongo que no debería quejarme. Por lo menos está obsesionado con una serie buena. —Bajé la taza—. Lo que no entiendo es, si Lucifer respeta las reglas del juego, ¿por qué invadirían sus demonios luego la tierra si Gabriel tiene éxito?

—No lo harían todos, pero muchos sí. Ahora mismo hay demonios indecisos que están hartos de verse relegados al infierno o de que solo les permitan visitas limitadas a la superficie. Le hacen caso a Lucifer, pero, si Gabriel tiene éxito, la tierra se convertiría en un gigantesco patio de recreo —nos explicó Roth—. Les resultaría demasiado difícil ignorar eso.

—Y porque son idiotas. —Lucifer pasó con aire despreocupado por delante de la entrada de la terraza—. Y os seré sincero —añadió, y su voz llegó hasta nosotros—. No me disgustaré demasiado si ocurre. Sí, me repatearía saber que uno de los santurrones de mis hermanos logró lo que yo no pude, pero sería divertido ver la gigantesca cloaca en la que se convertiría la tierra.

Le eché un vistazo a Zayne mientras oíamos abrirse la puerta de la nevera y la anilla de una lata de refresco. Zayne negó con la cabeza.

—Por lo menos está siendo sincero —murmuró Layla.

Solté una risita.

Lucifer apareció en la entrada, con una lata de Coca-Cola en una mano y otro Pop-Tart más en la otra.

—¿Sabéis siquiera dónde están Gabriel o Bael?

—Estamos trabajando en ello —contesté.

—En otras palabras, ¿no tenéis ni idea de dónde están y cualquier plan que tengáis consiste prácticamente en jugar al «pito, pito, gorgorito»?

Añadí, con el ceño fruncido:

—Estamos intentando atrapar a uno de los demonios que trabajan para él para enviarle un mensaje...

—No me hace falta oír nada más. —Lucifer levantó la mano—. Haré que uno de mis secuaces lo investigue. De nada.

Alcé las cejas mientras lo miraba fijamente.

—Y, cuando averigüemos dónde está o consigamos sacarlo de su escondite, ¿cómo lo vas a matar?

—Cómo lo vamos a matar, quieres decir —me corrigió—. Dos de nosotros podríamos conseguirlo, pero será mucho más fácil con los tres, y probablemente ese sea el motivo por el que te permitieron caer y conservar tu gracia.

Ya sabíamos que ese era el caso, pero pregunté:

—¿Y cómo lo hacemos entre los tres?

—Lo único que tengo que hacer es arrancarle el corazón, y luego habría que cortarle la cabeza en el mismo momento en el que la gracia perfora el espacio donde antes estaba su corazón.

Me lo quedé mirando.

—¿Eso es todo? —preguntó Zayne.

Lucifer asintió.

—Hay que hacer las tres cosas lo más simultáneamente posible. Dispondréis de unos segundos para cortarle la cabeza y atravesarle el pecho antes de que su cuerpo regenere el corazón. Por cierto... —Empezó a darse la vuelta mientras miraba a Roth—. Se te han acabado los Pop-Tarts. Necesito más.

Roth le lanzó una mirada asesina a su espalda mientras se alejaba.

—Ni siquiera sé de dónde sacó esos Pop-Tarts. Ninguno de los dos los compró.

—Cayman —opinó Layla, que miraba por encima del hombro. Lucifer había regresado a la sala de estar—. ¿Sus secuaces?

—Le gustan ese tipo de palabras. —Roth tamborileó con los dedos sobre la mesa—. Bueno, ahora sabemos cómo matar a Gabriel.

Así era, y parecía casi imposible. Y parecía completamente imposible si no contábamos con Lucifer, porque ¿cómo diablos habríamos logrado Zayne y yo hacer eso? Tal vez por eso el bíblico fin de los tiempos no se había puesto en marcha... todavía. Dios sabía que necesitábamos la ayuda de Lucifer.

—Quién sabe si alguno de sus contactos resultará útil —prosiguió Roth—. Me sorprendería que fuera capaz de dejar de ver *Sobrenatural* el tiempo suficiente para comunicarse con alguien siquiera.

—Me encantaría tener su vida ahora mismo —murmuré mientras colocaba la taza sobre la mesa—. Ya sé que Dios no se ha implicado demasiado, pero ¿pensar que permitiría que la tierra se contamine sin más?

—Cuesta creerlo, ¿verdad? —Roth se restregó la mandíbula con la palma de la mano—. Pero el libre albedrío es una putada.

—Pero ¿qué tiene que ver el libre albedrío con esto? —razoné—. Si la gracia y la gloria de Gabriel son como una infección que corrompe a las personas, ¿cómo entra en juego el libre albedrío?

—Buena pregunta. —Zayne me apretó el hombro—. Eso no puede ser libre albedrío. Parece una violación de ese concepto.

—Esa es una forma de verlo. —Roth se inclinó hacia delante

y apoyó los brazos sobre la mesa—. Pero las infecciones se pueden vencer, ¿verdad? Al menos la mayoría, con medicamentos. Dios podría adoptar la postura de que esta infección se puede vencer mediante la fe.

—Eso es una estupidez —dije, y puse los ojos en blanco.

—Yo no hago las normas —respondió Roth.

—Gracias a Dios —murmuró Zayne.

Roth le guiñó un ojo.

—Lo único que digo es que yo no contaría con Dios, y no lo digo porque sea un demonio. Solo me baso en pruebas estadísticas e históricas.

Dejé escapar un profundo suspiro mientras inclinaba la cabeza hacia atrás contra el brazo de Zayne.

—De cualquier manera, da igual —dije—. Tenemos que arriesgarnos, aunque las consecuencias de matar a Gabriel sean potencialmente catastróficas. No tenemos más alternativa.

Era un poco después de la una cuando Zayne y yo regresamos al apartamento. Mientras él se daba una ducha rápida, enchufé mi teléfono para cargarlo y me dirigí a la secadora en busca de ropa limpia. Íbamos a volver a salir en un ratito, con la esperanza de poder atraer a más compinches de Gabriel. Al salir del pequeño pasillo, me pareció ver movimiento a mi derecha. Me giré bruscamente y divisé a Cacahuete junto al televisor.

—¡Cacahuete!

El fantasma chilló y se desvaneció un momento.

—¡No te atrevas a desaparecer! —Crucé la estancia a toda prisa—. Tú y yo tenemos que hablar.

Reapareció a un metro del televisor.

—¿Cómo te atreves a asustarme así? Casi me provocas un infarto.

—Estás muerto, Cacahuete. No puede darte un infarto. —Me crucé de brazos—. Tienes mucho que explicar.

—Solo te miré mientras dormías la otra noche para asegurarme de que respirabas. —Atravesó flotando la mesa de centro—. Ni siquiera fue tanto rato.

Parpadeé, confundida.

—Vale. No tenía pensado hablar contigo de eso, así que tendremos que dejar ese tema para otro momento.

—Oh. Culpa mía. —La mesa le ocultaba la mitad de las piernas—. También puedes olvidarte de eso.

—Claro. Ni lo sueñes.

—Oigo la ducha abierta —dijo, mirando hacia el pasillo.

—Ni se te ocurra —le advertí.

—¿Es Zayne? ¿Has hecho volver a Zayne?

—Sí. Lo sabrías si hubieras estado por aquí.

Cacahuete empezó a balancearse arriba y abajo al mismo tiempo que daba palmadas. Supuse que estaba saltando, pero no pude ver la parte inferior de su cuerpo.

—¡Hurra! ¡Lo conseguiste! —Dejó de dar brincos—. Ya no es un... ángel caído malvado, ¿verdad?

—No, ahora es un ángel caído sexi y superamable, y deja de distraerme.

—¿Cómo te distraigo? —me preguntó mientras se hundía hasta la mitad en la mesa de centro.

Arqueé una ceja.

—Me has estado mintiendo.

—¿Sobre lo de mirarte mientras duermes?

—No. Sobre eso no. Sobre Gena.

Sus ojos se abrieron mucho en su cabeza casi transparente.

—¿A qué te refieres?

—Aquí no hay nadie que se llame Gena ni cualquier variante de ese nombre. Hice que comprobaran los registros de los apartamentos.

El fantasma se elevó de la mesa de centro.

—¿Me has estado controlando?

—Sí.

—Me siento atacado. —Se apretó una mano contra el pecho—. Me siento...

—¿Por qué me has estado mintiendo, Cacahuete? —Lo interrumpí antes de que cayera en una espiral dramática—. ¿Y qué has estado haciendo de verdad?

—No te he estado mintiendo. No del todo, Trinnie. —Flotó hacia mí—. Lo juro. Verás, simplemente no aclaré algunas cosas.

—Estoy deseando oír de qué cosas se trata.

—Bueno, para empezar, Gena está... no está viva. Por eso no la encontrarás en ningún listado. Creo que murió hace cosa de un par de décadas.

No estaba segura de si me estaba diciendo la verdad.

—Dijiste que pasaba algo con sus padres.

—No son sus... padres biológicos. Es una pareja a la que supongo que siguió a casa un día y tienen problemas. —Se encogió de hombros—. O algo así. Sinceramente, creo que alguien ha estado teniendo una aventura. Ya sabes, poniendo los cuernos. Acostándose con otra persona...

—Ya lo pillo. —Lo estudié, sin estar todavía segura de si estaba siendo sincero. ¿Por qué me mentiría ahora? Aunque, ¿por qué me habría mentido antes? Oí que se cerraba el agua de la ducha—. ¿Por qué no me dijiste eso sin más? No tenías que inventarte una historia.

Se encogió de hombros de nuevo.

—La agobia la idea de que alguien la vea. Nadie ha podido hacerlo y, cuando le hablé de ti, alucinó. Cree que eres una especie de bruja o algo así.

—¿Qué?

Asintió con la cabeza con aire solemne.

—Gena proviene de la época de los antiguos puritanos o por ahí.

—¿La época de los puritanos? Eso pasó hace más de unas cuantas décadas.

—¿Y cómo se supone que voy a saber eso? —contraatacó—. Estoy muerto.

—Cacahuete... —suspiré.

—Lo siento, Trinnie. No pretendía disgustarte...

—¿Trin? —me llamó Zayne—. ¿Con quién estás hablando?

—¡Oh, recórcholis, viene hacia aquí! —exclamó Cacahuete—. No puedo permitir que me vea así.

—¿Que te vea así?

—Es un ángel con gracia. ¡Caído o no, ahora podrá verme!

—¿Qué? ¿Por qué estás flipando? —Lo vi girar en círculo, confundida—. ¿No querías que la gente pudiera verte? Y recuerdo con claridad oírte quejándote porque Zayne no podía hacerlo.

—Pero no estoy preparado para ese tipo de compromiso —protestó mientras se lanzaba sobre el sofá.

Y luego lo atravesó.

Alcé bruscamente las cejas.

—¿Cacahuete? —Cuando no obtuve respuesta, fui hacia el otro extremo del sofá. No estaba allí. Solté un gemido—. Dios mío, eres un desastre.

—¿Trin?

Me giré y, durante un momento, me olvidé por completo del estrafalario fantasma. Zayne se encontraba en el pasillo con solo una toalla envuelta alrededor de la cintura. Le chorreaba agua de las puntas del pelo, formando gotas que le bajaban por el pecho y los músculos duros y compactos de la parte baja del vientre.

Me dieron ganas de lanzarme también sobre el sofá.

—Estabas hablando con alguien, ¿no?

—Sí. —Localicé mi lengua y la hice funcionar—. Con Cacahuete. ¿Sabías que ahora podrías verlo?

Zayne levantó las cejas mientras miraba a su alrededor.

—No lo veo.

—Flipó y atravesó el sofá, y supongo que también el suelo y lo demás.

—Pues vale —contestó, mirándome—. Y no, no sabía que podría verlo.

—Dijo que es porque eres un ángel. Y eso tiene sentido. Los ángeles pueden ver fantasmas y espíritus.

—Por lo menos ahora sabré cuándo me está vigilando.

—No estoy segura de que eso sea algo que vayas a agradecer cuando aparezca de repente a través de una pared.

—Bien pensado.

Esbocé una sonrisa, absolutamente orgullosa de mí misma por mantener una conversación mientras él me distraía por completo de la manera más maravillosa posible.

—Pero pude preguntarle por el asunto de Gena.

—Cuéntame lo que dijo mientras busco algo de ropa —contestó mientras se pasaba una mano por el pelo mojado y se apartaba los mechones de la cara.

—Asegura que Gena es real, pero está muerta. —Lo seguí de regreso al dormitorio—. Puede que sea de la época puritana.

—¿En serio? —me preguntó mientras me miraba por encima del hombro.

—Conociendo a Cacahuete y su extraordinaria habilidad para reaccionar de forma exagerada ante cualquier cosa, quién sabe. —Me dirigí hacia la cama mientras él desaparecía en el armario—. Dijo que no me contó la verdad porque a la niña la agobia la idea de que alguien pueda verla.

—¿Te lo crees?

—¿Sinceramente? No me imagino por qué me mentiría ahora. —Cogí mi móvil y toqué la pantalla. Vi que tenía una llamada perdida y un mensaje de Dez—. Y qué sé yo. Tal vez sea bueno que pase el rato con otros fantasmas. Cuando vio a Sam, casi le da un patatús.

—¿Por qué me parece tan divertido que tu fantasma necesite socializar? —comentó y, un momento después, noté sus labios presionados contra mi mejilla.

Giré la cabeza hacia la suya y nuestras bocas se encontraron. Me besó con suavidad y provocó que un estremecimiento me danzara por la espalda.

Cuando se apartó, vi que se había puesto unos vaqueros azules. Una sencilla camiseta gris le colgaba de una mano al sentarse a mi lado.

—He recibido un mensaje. De Dez. Me pregunta si podemos pasarnos por allí lo antes posible.

—No hay problema. —Se pasó la camiseta por encima de la cabeza y no supe si debería sentirme decepcionada o agradecida—. ¿Dice para qué?

Negué con la cabeza.

—Espero que solo se trate de que Nicolai quiere que lo pongamos al día sobre el tema de Lucifer en persona para poder sermonearnos. La última vez que Dez se mostró tan impreciso, tuvimos que ir al instituto y la jefa de Policía le disparó a Gabriel.

Zayne me miró fijamente.

Me incliné y le di un beso rápido.

—Solo necesito unos minutos para prepararme.

En cuanto me cambié de ropa, volvimos a subirnos al Impala. Hicimos una paradita rápida en una farmacia para comprarme unas gafas de sol. Las únicas lo bastante oscuras daban la impresión de que alguien les había pegado diamantes de imitación en las patillas, pero servirían.

El trayecto hasta el complejo de los Guardianes no fue tan excitante como el último viaje en coche, pero fue rápido y, cuando me bajé del Impala, me las arreglé para no tropezar como me pasaba casi siempre que iba allí.

Zayne se situó a mi lado mientras subíamos los escalones. Dez nos recibió en la puerta.

—Me alegro de que hayáis podido venir avisándoos con tan poca antelación.

—Déjame adivinar: ¿Nicolai quiere que lo pongamos al día sobre Lucifer y gritarnos en persona? —dije mientras lo seguía por el vestíbulo vacío.

—Lo encontramos —añadió Zayne—. Prefiero aclararlo lo antes posible. Ahora mismo está en casa de Roth viendo *Sobrenatural*.

—Eso tiene que ser lo más raro que he oído en toda mi vida —comentó Dez. No pude verle la cara, pero capté el desconcierto en su voz.

—Le encanta la televisión —le expliqué—. Y, por lo visto, *Los inmortales*.

—Ni siquiera sé qué decir.

—Bienvenido a nuestro mundo —respondió entonces Zayne.

—Ya, bueno, tú formas parte de ese mundo —replicó Dez. Esbocé una sonrisita de suficiencia al mismo tiempo que Zayne me agarraba por la parte posterior de la camiseta y tiraba de mí para impedir que me chocara con una planta en una maceta—. Es cierto que Nicolai quiere que lo pongáis al día, pero no estáis aquí por eso. Supuse que querrías recuperar tu teléfono y tu cartera.

—Ha sido bastante agradable no tener que oírlo sonar —contestó Zayne—. Pero, sí, lo necesito.

—Y las dagas de ángel.

—Bueno, ese es uno de los motivos por los que os llamé.

Fruncí el ceño, pues eso me daba muy mala espina, mientras Dez me rodeaba y abría la puerta.

—¿Qué pasa con las dagas? —quise saber.

—Primero, hay alguien aquí que quiere verte —respondió, abriendo la puerta del despacho de Nicolai.

Lo único que vi fue el escritorio y el espacio vacío situado detrás, y luego alguien con una camiseta sin mangas de color naranja intenso se situó delante de la mesa, en mi campo visual.

Me detuve de golpe, sin dar crédito a lo que estaba viendo. Las Guardianas no viajaban solas a ningún sitio, sobre todo si ese lugar estaba a horas de distancia de su comunidad. Yo ni siquiera había visto salir sola a Danika. Pero tenía que ser ella. Era la única persona que conseguía que el naranja brillante le sentara bien.

—¿Jada? —susurré.

Ella me dedicó un leve saludo con la mano y le echó un vistazo a Zayne, que se encontraba detrás de mí.

—Hola.

—¿Qué estás...? —empecé a decir.

Al adentrarme en el despacho, me di cuenta de que Jada no estaba sola. Su novio, Ty, estaba en un rincón. Él también me saludó con la mano. Examiné el resto de la habitación, esperando encontrar a Thierry o a Matthew ocultos en otro rincón, pero no había nadie más allí. Aunque Ty la acompañaba, seguía sin tener sentido que ninguno de los dos estuviera ahí; pero, en ese momento, me dio igual. Jada estaba ahí.

Me lancé hacia delante y la rodeé con los brazos. Aunque ella era fuerte, como todos los Guardianes, aun así se tambaleó y retrocedió unos treinta centímetros.

Se rio mientras me devolvía el abrazo y, al oír tintinear sus brazaletes, comprendí que ni siquiera me había dado cuenta de que había echado de menos ese sonido.

—No me puedo creer que estéis aquí.

—Ni nosotros —contestó Jada—. Pero cuando me enteré de que Zayne había... bueno, que ya no estaba con nosotros, de ninguna manera iba a permitir que pasaras por eso sola. —Hizo una pausa—. Pero veo que está supervivo.

—Pues sí. Es una larga historia.

—Dez nos ha puesto al tanto —intervino Ty—. Seguimos un poco confundidos, pero supongo que no se nos pasará de momento.

—¿Por qué no me enviaste un mensaje para avisarme de que venías?

—Temía que no contestaras o me dijeras que no viniera.

Me eché hacia atrás mientras la culpa hacía que se me revolviera el estómago.

—Lo siento. He sido una amiga de mierda y...

—Mira, fue un asco. Quería estar a tu lado para apoyarte cuando pasó lo de Misha. Quería que estuvieras a mi lado para apoyarme, pero tú estabas más unida a él que yo. No sé cuál habría sido mi reacción. —Apoyó las manos contra mis mejillas—. Además, sé cómo funciona tu cerebro. Lo interiorizas todo y básicamente te cierras en banda. No estaba dispuesta a permitirte que hicieras eso esta vez.

—Eres la mejor. —La abracé de nuevo—. Pero lo siento. Yo no era la única que estaba sufriendo.

—Acepto tu disculpa. —Su voz sonó ronca y amortiguada—. Ya había aceptado tu disculpa. Eso es lo que hacen las amigas.

Jada tenía razón. Como siempre. Todavía me sentía fatal, pero las verdaderas amigas se comportaban así. Podías meter la pata, podías esfumarte, pero siempre estarías allí para brindar apoyo. Ambas lo estaríais.

Recobré la compostura y me eché hacia atrás.

—¿Thierry o Matthew están aquí? ¿Están reunidos con Nicolai o algo así?

—No están aquí.

Me quedé boquiabierta.

—¿Tu tío os permitió venir?

—Yo no diría que nos lo permitió —contestó Ty mientras se apartaba de la pared. Se acercó, alto y fornido como cualquier Guardián. Me dio un abrazo rápido—. Más bien le contamos lo que habíamos hecho después de llegar aquí.

Abrí los ojos de par en par.

—Y eso fue después de que cogiéramos prestado un coche —añadió Jada, reprimiendo una sonrisa mientras que Ty tenía pinta de estar a punto de vomitar—. No está muy contento, pero le dije que necesitaba verte. Además, puede que acaben destinando a Ty aquí.

—¿Qué? —Parpadeé—. ¿En serio?

Ty asintió con la cabeza.

—Sí, ese es el plan. O era el plan. Puede que Thierry me mate.

—No te va a matar. —Jada suspiró—. Demasiado.

Solté una carcajada cuando Ty se quedó lívido.

—Bueno, supongo que Thierry está de camino, ¿no?

—Dios, espero que no —farfulló Ty.

—No lo sé. Está hablando por teléfono con Nicolai ahora mismo. Le dije que no hacía falta que viniera. Estamos con los Guardianes y los dos sabemos defendernos.

Así era, pero Ty no había realizado la Investidura y Jada..., bueno, había razones evidentes por las que su tío debía estar volviéndose loco en ese momento.

Mi amiga le echó un vistazo a Zayne, que permanecía junto a la puerta del despacho.

—Me alegra ver que sigues aquí. —Las facciones de Jada se contrajeron—. ¿Eso ha sonado tan mal como me ha parecido?

—Ha sonado perfecto —contestó Zayne, y se rio.

—Lo siento —añadió ella, mirándome—. Todavía estamos procesando todo eso del ángel caído.

—Igual que yo —dijo Zayne con una sonrisa—. Pero me alegro de que estéis aquí. Trin os ha echado de menos.

—Lo sé. —Jada me sonrió—. Por eso hemos venido.

—Te abrazaría de nuevo, pero creo que eso solo hará que esto se vuelva incómodo. —La recorrí con la mirada—. Te está creciendo el pelo.

Se tocó un lado de la cabeza con los dedos. Solía llevar el pelo muy corto.

—Estoy pensando dejármelo crecer. Todavía no me he decidido.

Yo tenía tantas preguntas, tantas cosas de las que quería hablar, pero Dez se reunió de nuevo con nosotros.

—Detesto interrumpir, pero tengo que irme pronto.

—Las dagas de ángel —recordé mientras me giraba hacia él—. ¿Qué pasa con ellas?

—¿Dagas de ángel? —repitió Ty.

—En resumen, son armas angelicales que pueden matar literalmente cualquier cosa —le expliqué.

—Han desaparecido —anunció Dez, con tono severo.

Zayne se giró hacia él.

—¿Que qué?

—Ya no están. —Dez sacudió la cabeza con incredulidad—. Gideon fue a sacarlas de donde las tenía guardadas bajo llave en el sótano y ya no estaban.

No me podía creer lo que estaba oyendo.

—Estoy segura de que no les salieron alitas de ángel y se marcharon volando de aquí.

—No lo entiendo. Gideon tiene cámaras de vigilancia por todas partes.

—Sí, pero hay puntos ciegos en el sótano. Ya lo sabes. Y con todo el mundo entrando y saliendo para usar las instalaciones de entrenamiento, cualquiera podría haberse situado a hurtadillas en un punto ciego y haberse colado en la caja fuerte.

—Pero ¿por qué robaría un Guardián las dagas de ángel? —quise saber.

—Un Guardián no haría eso —afirmó Dez.

—Opino igual —dijo Zayne, que asintió con la cabeza.

—Así que ¿volvemos a la teoría de que a las dagas les salieron alas? —solté.

—Ya sé que no he estado por aquí —comentó Jada—. Pero voy a suponer que lo de que les salgan alas es imposible.

—Él tiene alas. —Señalé a Zayne—. Pero ahora mismo están ocultas.

—¿Qué? —Ty se giró hacia Zayne—. ¿No se suponía que los Caídos no tenían alas?

—Él es superespecial —añadí.

—Y que lo digas —contestó entonces Zayne, guiñándome un ojo.

—Ya sé que siempre queréis pensar lo mejor de los Guardianes, pero tiene que habérselas llevado uno —razoné.

—No obstante, estamos interrogando a todo el mundo —nos informó Dez mientras descruzaba los brazos—. Si siguen aquí, las encontraremos. —Miró a Ty—. Voy a salir en unos veinte minutos, por si quieres acompañarme.

Ty hizo un gesto afirmativo.

—Mierda, casi se me olvida. —Dez agarró algo de un estante

cercano y se lo entregó a Zayne—. Aquí tienes tu teléfono y tu cartera.

—Gracias, tío.

Dez se giró hacia mí.

—Y tengo algo para ti. Solo por si acaso. Es un rastreador. Gideon pensó que sería buena idea ya que han intentado capturarte. Solo necesito algo tuyo que siempre lleves encima.

—¿Mi teléfono?

Le eché un vistazo a Zayne. Su expresión era dura, pero asintió con la cabeza. Saqué el móvil y se lo entregué a Dez, que lo revisó y luego le quitó la funda.

—Seguirá funcionando debajo de la funda. Aquí no se notará tanto. —Miró bruscamente a Zayne cuando un sonido bajo y retumbante brotó de él—. Oye, tío, ya sé que no te gusta la idea de que alguien la capture, pero esto es buena idea.

—Ya lo sé —le espetó Zayne—. Y tienes razón: no me gusta la idea de que alguien la capture.

—Ni a mí. —Recuperé mi teléfono y me lo guardé en el bolsillo—. Pero gracias. Es una idea inteligente.

—No hay problema. Ojalá no haga falta.

Cuando Dez se marchó, me giré hacia Zayne.

—No me puedo creer que las dagas de ángel hayan desaparecido —dije.

Él seguía teniendo la mandíbula apretada.

—Ni yo, pero tampoco entiendo cómo pudo haberlo hecho uno de los Guardianes.

Me froté las sienes y solté una palabrota entre dientes.

—Bueno, por lo menos todavía contamos con Lucifer. —Dejé caer la mano y me giré hacia Jada—. Eh…

—Lo sabemos —contestó ella—. Nos han contado toda la historia de cómo lo trajisteis.

—Y lo perdisteis —añadió Ty.

—Yo no diría que lo perdimos —aclaré—. No supimos dónde estaba durante un corto período de tiempo, pero lo encontramos.

Jada negó con la cabeza.

—Si mi tío se enterara de lo de Lucifer, sin duda fliparía.

Yo estaba dispuesta a apostar que Thierry ya estaba flipando.

Me sonó el teléfono en el bolsillo trasero. Lo saqué y leí rápidamente el mensaje.

—Oye. —Miré a Zayne—. Roth dice que Lucifer ya tiene a alguien que podría saber dónde se esconde Bael.

—Vaya —contestó mientras alzaba las cejas—. Trabaja rápido.

—Pues sí.

Me volví a guardar el móvil en el bolsillo. Si Lucifer había encontrado a alguien, teníamos que ir lo antes posible. Detestaba tener que marcharme corriendo y dejar a Jada y a Ty.

—Lucifer —susurró Jada mientras sacudía la cabeza de nuevo—. No me puedo creer que estéis trabajando con el mismísimo Lucifer.

—Ya —dijo Zayne—. Nosotros tampoco, así que, cuando todo esto termine, vamos a fingir que nunca ocurrió.

Esbocé una sonrisa.

—Me parece bien.

—¿Cómo... cómo es? —preguntó Jada, y luego hizo una mueca—. No me puedo creer que esté preguntando eso.

—No creo que nadie pueda culparte por sentir curiosidad —respondió Zayne, y le sonrió.

¿Cómo describir a Lucifer?

—Es... eh... único —dije.

Zayne resopló.

—¿Único? —repitió Ty.

Asentí.

—No es lo que te esperarías y, en cierto sentido, es justo lo que te esperarías de Satanás. Ese tipo es un desastre. —Se me ocurrió una idea de pronto, una forma de averiguar a quién había reclutado Lucifer y pasar tiempo con mis amigos—. ¿Queréis conocerlo? —ofrecí, esperanzada—. Estaríais a salvo. O deberíais estarlo. A ver, no nos ha amenazado en serio ni nada por el estilo.

—¿No os ha amenazado en serio? —Ty nos miró a Zayne y a mí—. ¿Qué ha hecho? ¿Amenazaros de manera informal?

—Tuvimos unas palabras con él —le explicó Zayne—. Pero ahora todo va bien. —Hizo una pausa—. Más o menos.

—Qué tranquilizador —masculló Ty.

—¿Y bien? ¿Queréis venir con nosotros? Está en casa de Roth.

—¿Ese es el Príncipe Heredero del Infierno? —preguntó Jada.

Asentí con la cabeza.

—Y Layla estará allí. Es mitad Guardiana y... sí, también es la hija de Lilith. Y, sí, esa Lilith. Además, Cayman también podría estar allí. Es...

—Déjame adivinar —me interrumpió Ty—. También es un demonio.

—Es un mando intermedio, básicamente. Vaya, tenemos amigos muy raros —comenté.

—Vaya que sí —coincidió Zayne.

Suspiré.

—De cualquier forma, si no queréis venir, es totalmente comprensible. Puedo reunirme con vosotros luego.

Ty se pasó la mano por la cabeza.

—Sí, no te ofendas, pero voy a tener que rechazar tu oferta y aceptar la de Dez.

Jada miró a Ty y luego de nuevo a mí y dijo:

—Esto probablemente tenga escrito «mala decisión vital» por todas partes, pero, sí, quiero conocerlo.

Treinta

A Ty no le hizo ninguna gracia la decisión de Jada. Le recordó que a su tío le daría un infarto si se enterase, lo cual era cierto. Yo ni siquiera era capaz de imaginarme lo histérico que se pondría Thierry (con bastante razón), pero Jada argumentó que no había ningún motivo para que su tío se enterase. También tuve que estar de acuerdo en eso. Ty intentó ponerse firme, y la cosa no terminó bien para él. Discutieron. Fue una situación incómoda, pero Jada acabó ganando, y Ty iba a tener mucho que compensar luego.

—Me siento un poco mal —dije, y volví la mirada hacia Jada mientras Zayne guiaba el Impala por el camino que conducía a la casa de Roth—. Probablemente no debería haberme ofrecido a traerte.

Ella le restó importancia al asunto con un gesto de la mano.

—No te preocupes por Ty. Ya se le pasará. Además, estaba deseando explorar la ciudad con Dez. Creo que se muere de ganas de ser su amigo.

Me eché a reír, pero un repentino hormigueo de reconocimiento me obligó a girarme de nuevo. No estábamos lo bastante cerca de la casa de Roth como para que pudiera captar su presencia.

—¿Sientes eso? —me preguntó Zayne, y asentí con la cabeza.

Jada se inclinó hacia delante entre los dos asientos mientras Zayne doblaba la curva del camino.

—Joder —la oí exclamar con voz entrecortada—. ¿Cuántos demonios dijisteis que vivían aquí?

Abrí mucho los ojos al contemplar el patio delantero de la supermansión. Había demonios por todas partes. Sentados en los escalones. Tumbados en el césped. Bordeando el camino de acceso. Algunos parecían humanos. Podrían ser Esbirros, demonios como Cayman que eran más bien mandos intermedios o demonios de Nivel Superior. Otros, desde luego, no lucían piel humana... ni cabezas humanas, por lo visto, ya que algunos tenían dos o tres.

—Ay, Dios mío —murmuró sorprendida Jada—. ¿Qué es eso?

Al mirar por la ventanilla del acompañante, divisé una criatura de color carmesí que medía menos de un metro. Vi cuernos y una cola.

—No tengo ni idea —susurré. Aquel ser parecía un demonio de dibujos animados—. No estaba así para nada cuando nos fuimos esta mañana.

Zayne disminuyó la velocidad cuando varios de los demonios más grandes empezaron a prestarnos atención. Echó un vistazo por el retrovisor. Seguí su mirada y vi que varios demonios con apariencia humana habían acabado situándose detrás de nosotros.

—Jada —dijo Zayne—, probablemente sea mejor que te quedes en el coche.

Me eché hacia atrás y me llevé las manos a las dagas para entregárselas a mi amiga cuando oí:

—¡Eh! Alejaos de ese coche. ¡Ya! ¡Largo!

Al reconocer la voz de Layla, me incliné hacia delante y entorné los ojos. Vislumbré pelo rubio platino y luego el mar de demonios se separó y se apartó del camino de acceso arrastrando sus dos o cuatro... u ocho patas.

—¿Eso es... una araña gigante? —susurró Jada—. Si es así, me voy a catapultar lejos de la Tierra ahora mismo.

Me quedé mirando cómo aquella criatura, que se parecía mucho a una araña la mitad de grande que el coche, rodeaba a toda prisa el lateral de la casa.

—Voy detrás de ti.

Layla echó a andar hacia nosotros y luego se detuvo cuando el demonio de piel roja y aspecto de dibujos animados se puso a dar saltitos por el camino de acceso. La vi levantar las manos en un gesto de evidente frustración.

—¿Estoy alucinando? —preguntó Jada.

—Sinceramente, no hay otra explicación para nada de esto —contesté mientras sacudía la cabeza.

Zayne bajó la ventanilla cuando la cara de Layla apareció a su lado del coche y le soltó:

—¿Qué rayos está pasando aquí?

—¿La peor fiesta de barrio de la historia? —sugirió ella mientras se apartaba el pelo de la cara—. Empezaron a llegar hace una hora más o menos. Por lo visto, sienten la presencia de Lucifer y se están presentando todos a los que les va lo de «salve Satanás». —Echó un vistazo hacia el asiento trasero y luego miró de nuevo—. Eres una Guardiana.

—Sí —contestó Jada con voz vacilante.

—Jada, te presento a Layla —intervine—. Es de la comunidad de las tierras altas del Potomac.

—¿Y te dejaron marcharte? —preguntó Layla, con tono de sorpresa.

—Bueno... —dijo Jada, alargando la palabra.

—¿Son peligrosos? —nos interrumpió Zayne—. ¿Están causando problemas?

—No muchos. —Layla frunció el ceño—. Pero, sin lugar a dudas, yo metería el coche en el garaje para que uno de los demonios no acabe sentándose encima. O comiéndoselo.

Zayne la miró fijamente.

—Si alguno se come mi coche, los mato.

—No les dejamos entrar en el garaje ni en la casa, así que tu tesoro debería estar a salvo —dijo ella con una amplia sonrisa—. Iré a abrir la puerta.

Layla se giró entonces y emprendió el regreso hacia la casa.

—Tenéis que manteneros fuera del camino de acceso. De lo contrario, os van a atropellar y a nadie le importará.

Se oyeron algunos refunfuños a modo de respuesta, pero los demonios se dispersaron mientras Layla regresaba trotando a la casa.

—He visto muchas cosas raras —dije—. Pero esto es superraro. Incluso podría encabezar la lista.

—Pero, al menos, todos están vestidos —comentó Zayne, y me sonrió.

—Menos esas criaturillas rojas —señalé—. Ni siquiera sé qué clase de demonios son.

—Creo que son duendes —contestó Zayne—. Nunca había visto ninguno.

Vi cómo el demonio rojo daba brincos por el camino de acceso.

—¿Ese tiene... unos cuatro años?

—Pues... a mí me parece mono —admitió Jada—. De una forma rara y demoníaca.

Una de las puertas del garaje se abrió sacudiéndose y Zayne guio el coche con cuidado hacia delante, sin quitarles la vista de encima a los demonios en ningún momento. Me dio la impresión de que no respiró hasta que el Impala estuvo aparcado dentro.

Layla nos esperaba en la puerta.

—Normalmente, nuestra casa no se parece nada a esto —dijo en cuanto nos reunimos con ella—. Ya sé que puede resultar difícil de creer, pero no solemos tener demonios por todas partes.

Jada asintió con la cabeza. Me pareció que estaba manejando todo eso sumamente bien, pero siempre había sido una chica curiosa.

—Está bien —contestó Jada, y sonrió—. Salvo por la araña gigante que hay fuera. Eso no está bien.

—Y que lo digas. —Layla nos miró a Jada y a mí, con los ojos muy abiertos—. Le pregunté a Roth qué era, ¿y sabéis qué me respondió? Me dijo que solo era una araña doméstica.

—¿Una araña doméstica? —exclamé—. ¿Para la casa de quién? ¿De Godzilla?

—Exactamente. —Nos guio por un pasillo corto y estrecho—. Luego procedió a contarme que había arañas aún más grandes.

—Me prendería fuego a mí misma, literalmente, si viera una araña más grande que esa —opinó Jada, y me estremecí.

—Pero ¿qué está haciendo aquí? —pregunté mientras Zayne me rodeaba los dedos con los suyos—. ¿Vino del infierno?

Layla volvió la mirada hacia mí.

—No sé si quieres saber la respuesta.

—Yo sí —dijo Zayne.

—Se supone que ha estado viviendo en los túneles del metro. Se come a los DAF.

—No pienso ir nunca a esos túneles —le dije a Zayne—. Jamás. Me da igual. Nada de patrullar por allí.

—Entendido —contestó él, y me sonrió—. Pero, oye, por lo menos se come a los DAF.

—Pues tiene que esforzarse más —mascullé—. Bueno, ¿Lucifer logró encontrar a alguien? ¿Dejó de ver *Sobrenatural* el tiempo suficiente para conseguirlo?

—Sí, y eso lo ha puesto de mal humor. —Layla nos condujo a través de la cocina y hacia otro pasillo estrecho—. Por eso estamos en el salón. El suelo es de baldosas allí.

No me hizo falta preguntar por qué era importante que el suelo fuera de baldosas, porque vi lo suficiente de lo que estaba pasando en el salón. Había un humano de pie en el centro de la habitación, temblando. Unos hilitos de sangre le brotaban de las mangas de la chaqueta del traje y goteaban en el suelo. La parte posterior de sus pantalones parecía húmeda y tuve el presentimiento de que eso no era sangre.

Lucifer se encontraba delante de él, con los brazos cruzados sobre el pecho desnudo. No pareció percatarse de nuestra presencia cuando entramos en el salón y se mantuvo concentrado por completo en el hombre. Le eché un rápido vistazo a la habitación con forma ovalada. Roth y Cayman permanecían de pie en el lado opuesto. El demonio negociante se estaba zampando una porción de pizza.

Jada se detuvo por completo y abrió mucho los ojos mientras miraba fijamente a Lucifer.

—Bueno, Johnny, has sido muy útil con la mínima motivación necesaria —dijo Lucifer, cuya voz envolvió la habitación como seda fría—. Y no quiero que las cosas se pongan feas delante de mis nuevos amigos. Johnny, saluda a mis nuevos amigos.

El hombre nos dedicó una mirada temblorosa.

—Ho-hola.

Zayne me soltó la mano.

—¿Qué le estás haciendo a este hombre?

—Ah, no te preocupes, Caído. Aquí el amigo Johnny siempre estuvo destinado a encontrarse cara a cara conmigo. —Lucifer sonrió y aquella sonrisa fue tan deslumbrante que sentí una punzada en el pecho—. Simplemente está ocurriendo antes de lo previsto. Veréis, Johnny trabajaba codo con codo con un tal senador Josh Fisher.

Mi mirada se dirigió bruscamente hacia el hombre. No había vuelto a ver el fantasma de Fisher desde aquella noche fuera de la iglesia.

—Johnny ya nos ha dicho los nombres de todas las personas vivas que colaboraron con Fisher para ayudar a Gabriel. Se están ocupando de ellas. —Lucifer levantó un dedo y lo presionó contra la mejilla del hombre—. No quieres que se ocupen de ti, ¿verdad, Johnny?

Brotó humo de la piel situada debajo de su dedo. Un olor a carne chamuscada llenó el aire al mismo tiempo que un trozo de piel se quemaba. El hombre se sacudió y dejó escapar un gemido bajo.

—Jesús —susurró Jada, y supuse que se estaba arrepintiendo de haber decidido venir.

Yo también estaba empezando a arrepentirme de esto.

—Ni de coña —respondió Lucifer mientras se dejaba caer en la silla que había junto a la ventana—. No me parezco en nada a ese niño mimado quejica al que se le va toda la fuerza por la boca.

Jada se sentó en un sofá. Creo que lo hizo para no caerse.

Me giré hacia él.

—¿Conociste a… Jesús?

Aquellos ojos insondables se encontraron con los míos mientras Lucifer colocaba una pierna sobre el brazo de la silla.

—¿Quién crees que le susurraba al oído a Judas?

Abrí mucho los ojos. Las comisuras de sus labios se curvaron y se extendieron formando una lenta sonrisa.

—Tío —susurré, y me senté al lado de Jada—. Das muy mal rollo.

—Gracias.

—No era un cumplido —murmuré—. Pero da igual.

Lucifer volvió a concentrarse en el hombre.

—Lo que necesito saber es dónde está Gabriel.

—No lo... lo sé.

—¿De verdad? —Lucifer ladeó la cabeza—. ¿Y Bael?

—N-no sé dónde está ninguno de los dos ahora. Estaban en e-ese hotel. En el que se quedaba el s-senador —dijo el hombre de forma atropellada—. Pero ya n-no están allí.

Tuve la sensatez de permanecer en silencio mientras Lucifer observaba al hombre.

—Entonces ¿lo que estás diciendo es que no me sirves prácticamente para nada?

—¡N-no! No digo eso en absoluto —respondió el hombre enseguida—. No sé dónde están, pero sé que están planeando algo.

—¿En serio? —dijo Lucifer con tono seco.

El hombre asintió con la cabeza.

—Sí. Tienen un portal...

—Me aburres —lo interrumpió Lucifer y chasqueó los dedos.

La piel del hombre... simplemente se le desprendió del cuerpo, dejando a la vista los músculos y los huesos.

—¡Ay, Dios mío! —exclamé y me levanté de un salto, pero el cojín me hizo perder el equilibrio. Me caí sobre el respaldo del sofá mientras Jada se quedaba paralizada. Zayne se movió increíblemente rápido y me atrapó mientras el hombre se desplomaba formando una masa temblorosa y extrañamente sin sangre de tejido... en carne viva.

Layla tuvo arcadas y se vio obligada a cubrirse la boca con las manos.

—¡No! —exclamo Cayman, señalándola—. No hagas ese sonido. Soy un... —Sacudió los hombros cuando ella tuvo arcadas de nuevo. El hombre había dejado de moverse—. Soy un vomitador empático.

—Ay, Dios mío —dijo ella con voz entrecortada—. Ese olor...

—¡Para! —gritó Cayman.

Layla dio media vuelta y salió corriendo del salón.

—Bueno, está supermuerto. —Roth fulminó a Lucifer con la mirada—. Buen trabajo.

—¿Qué? No puede... Ah, claro. No estaba muerto ya. —Lucifer se encogió de hombros—. Culpa mía.

—¿Cómo has podido olvidarte de que no estaba muerto ya?

—El pecho de Zayne se elevó al respirar hondo—. A ver, ¿en serio? Quiero saberlo.

—Bueno, en realidad mentí. No me olvidé. —Lucifer cogió el mando a distancia—. Ese tipo me estaba aburriendo muchísimo y el último capítulo de *Sobrenatural* terminó con un *cliffhanger* enorme.

Me lo quedé mirando y luego pronuncié una frase que nunca pensé que tendría que decir:

—No puedes desollar a la gente simplemente porque te aburra.

—Ah, ¿no?

—¡No!

—Pero acabo de hacerlo. —Miró a Jada—. ¿No es así?

Salí de mi estupor. Me liberé de las manos de Zayne y me planté entre Jada y Lucifer. La sonrisa del diablo se ensanchó un poco.

—¿De qué nos sirve si está muerto? —le pregunté.

—¿De qué servía vivo? —Lucifer se levantó de la silla con la elegancia de un bailarín entrenado—. Nos dijo todo lo que sabía, que eran los nombres de los otros humanos. Ellos también serán interrogados.

—¿Desollándolos? —preguntó Roth.

—Si es necesario.

Sacudí la cabeza al mismo tiempo que un demonio aparecía en la puerta. Entró dando grandes zancadas, con toda la pinta de ser un demonio de Nivel Superior. Ni siquiera nos miró cuando recogió lo que quedaba de Johnny y lo sacó del salón.

El olor tardó en marcharse.

—Voy a buscar un ambientador —refunfuñó Roth mientras salía de la habitación con aire indignado—. Y desinfectante.

—¿Crees que alguno de los nombres que te dio sabrá dónde están Gabriel o Bael?

Lucifer pareció considerarlo.

—Voy a ser sincero con vosotros. Como siempre —añadió, y me esforcé por no poner los ojos en blanco—. Puede que antes demostrara un exceso de confianza en cuanto a averiguar su ubicación. Tengo serias dudas de que alguien sepa dónde están esos dos. Así que, el plan que tengáis para atraerlo, sea cual sea, más vale que funcione.

Y, con eso, Lucifer salió tranquilamente de la habitación.

—¿Me recordáis cuál era vuestro plan? —preguntó Cayman.

—Hacerlo salir desafiando su ego —explicó Zayne.

—Hay un plan B —le recordé.

—El plan B no está sobre el tapete.

—Pero tampoco hay que descartarlo. —Aparté la mirada del lugar donde había caído el hombre y me giré hacia Jada—. ¿Estás bien?

Ella asintió con la cabeza.

—De haber sabido que iba a hacer eso, no te habría traído —le dije.

Jada me miró.

—A ver, me traías a ver a Lucifer. Tampoco me esperaba que estuviera tejiendo.

—Le gusta hacer eso, aunque con piel humana —decidió contarnos Cayman—. Por cierto, soy Cayman. A tus amigos se les dan fatal las presentaciones.

—Jada —contestó ella.

Roth regresó con el ambientador. Layla iba con él, y llevaba una mopa y un bote de toallitas desinfectantes.

—Tengo una noticia —le dijo Zayne a Roth mientras Layla se ponía a fregar el suelo—. ¿Te acuerdas de esas dagas de ángel? Pues han desaparecido.

El príncipe demonio dejó de pulverizar ambientador.

—¿Qué?

Mientras Zayne y Roth debatían si un Guardián se habría llevado las dagas o no, Jada se puso de pie por fin y se acercó a una de las ventanas. No me había dado cuenta de que le estaba prestando atención a la conversación hasta que dijo:

—¿Sabéis?, no me sorprendería que un Guardián se las hubiera llevado.

Todos nos giramos hacia ella.

—No te conozco —dijo Roth—. Pero me caes bien.

Ella parecía un poco incómoda.

—A lo que me refiero es que no me sorprendería que un Guardián se las hubiera llevado y las hubiera escondido. Después de todo, la mayoría de los Guardianes no... se llevan bien con los demonios, aunque eso parece ser... diferente aquí. No lo juzgo —se apresuró a añadir—. Pero supongo que no todos los Guardianes de por aquí están de acuerdo.

—Pues no —confirmó Layla mientras miraba a Zayne—. Y lo sabes.

Él soltó un profundo suspiro y asintió con la cabeza.

—Es posible que alguno de ellos pensara que las dagas estarían más seguras ocultas sin que Gideon o Nic supieran dónde están.

—O quieren usarlas contra uno de nosotros —afirmó Roth—. Tenemos que encontrar esas dagas.

—Lo añadiremos a la lista cada vez más larga de cosas que debemos hacer —comentó Zayne.

Roth recorrió la habitación con la mirada con el ceño fruncido.

—¿Dónde está Lucifer?

—Creo que está en la sala de estar. —Bostecé—. Supongo que se habrá puesto a ver *Sobrenatural* otra vez.

—Hum. Me imagino que esto se parece a criar a un bebé realmente insufrible —comentó Roth.

Layla cerró los ojos mientras respiraba hondo y dijo:

—No creo que hoy pueda pasar nada más raro.

—Eh... ¿chicos? —Jada estaba mirando por la ventana—. Creo que aquí fuera hay una legión de demonios jugando... ¿al bádminton? Con una... —Se apartó un paso de la ventana—. Están jugando con la cabeza de ese tipo. Al que Lucifer despellejó. —Se giró hacia nosotros—. Están jugando al bádminton, usando la cabeza de ese tipo como volante.

Todos miramos a Layla.

—Lo siento —dijo ella, abriendo los ojos—. No volveré a hablar nunca.

Resultó extraño que, después de lo que le habíamos visto hacer a Lucifer, los tres pudiéramos sentarnos a cenar temprano en uno de los restaurantes de la ciudad.

No sabría decir qué indicaba eso sobre nosotros, pero me alegré de poder pasar más tiempo con Jada. Nos pusimos al día, charlando sobre cosas no relacionadas con el Heraldo, y fue agradable verla relacionarse con Zayne.

Aquello parecía tan... tan normal.

Parecía un futuro y, aunque mi futuro con Zayne no sería fácil teniendo en cuenta todo el asunto del envejecimiento, me hizo sentir bien. Me aferré a ese sentimiento después de llevar a Jada de regreso al complejo y mientras Zayne y yo caminábamos por la ciudad, con la esperanza de atraer a uno de los matones de Gabriel.

—¿Has pensado qué te apetecería desayunar? —me preguntó Zayne mientras pasábamos por delante de varias tiendas cerradas durante la noche.

Quedé con Jada en que nos reuniríamos con Ty y ella para desayunar. Siempre y cuando no siguieran peleados. Aunque dudaba que ese fuera el caso. Yo era consciente de que tendrían que regresar a la comunidad en un día o dos. Todavía estaba esperando que Thierry o Matthew aparecieran en cualquier momento.

—No lo sé. —Examiné los árboles oscuros. No había sentido ni un solo demonio. Todos debían estar congregándose alrededor de Lucifer o de Gabriel—. Sé que no son quisquillosos. Ni yo tampoco, así que, si se te ocurre un buen sitio, estoy segura de que estará bien.

—¿Y si eligiera un sitio donde solo preparan claras de huevo y espinacas?

—Dejaría de hablarte.

—Pero seguirías queriéndome.

—De mala gana —bromeé.

Zayne se rio mientras se agachaba y me besaba en la mejilla.

—Buscaré un sitio con todo el beicon frito que puedas comer.

—Y gofres.

—¿Qué tal crepes?

—Puaj. No.

—¿Qué? —Me miró—. ¿Cómo pueden gustarte los gofres y no los crepes?

—Porque no.

—Qué rara eres.

—No soy yo quien come claras de huevo voluntariamente.

—¿Y eso qué tiene de raro? Es saludable...

—Eso es lo único que tienes que decir para demostrar que tengo razón. —Nos acercamos a un cruce—. No vas a morir de una obstrucción de arterias, así que vive un poco y cómete la yema.

Zayne se rio mientras colocaba la mano en la parte baja de mi espalda y cruzábamos la calle. Esperó hasta que hubo unos metros entre nosotros y cualquiera que pudiera escuchar nuestra conversación.

—He estado pensando en cómo atraer a Gabriel. La última vez que lo viste estaba en ese instituto. Evidentemente fue una trampa, pero ¿y si esa trampa funcionara en ambos sentidos?

Comprendí de inmediato a qué se refería.

—¿Estás pensando en ir a ese instituto... al portal, para intentar llamar la atención de Gabriel?

—Tiene que tener ese sitio vigilado.

—No me cabe duda. Yo también he estado pensando en eso. —Hice una pausa cuando Zayne me agarró del brazo y me detuve, ya que alguien se interpuso justo en mi camino para entrar a toda prisa en una tienda—. Pero el instituto sigue lleno de fantasmas, espectros y gente sombra. De hecho, es probable que ahora haya más que antes.

—Pero la diferencia es que, esta vez, puedo verlos. No tendrás que mantenerlos vigilados tú sola.

Pensé en eso mientras aminorábamos el paso al acercarnos a varias formas abstractas de piedra, que imaginé que se suponía que eran obras de arte, situadas en la entrada de un parque de la ciudad.

—Ese instituto es el último lugar que quiero visitar. Incluso me pone los pelos de punta —admití—. Pero puede que tengamos más suerte haciendo algo así que deambulando sin rumbo por las calles. —Me detuve cerca de una piedra que parecía una rosquilla ovalada y miré a Zayne—. Sobre todo porque Gabriel ya tiene que saber que no estás muerto.

—Y que ahora soy una versión nueva y mejorada.

Esbocé una sonrisa.

—Y, si los demonios que están en casa de Roth sintieron a Lucifer, entonces me imagino que los que han estado colaborando con Gabriel también habrán sentido su llegada.

—Por no mencionar su llameante alarde de anoche.

Asentí con la cabeza, sorprendida de que eso hubiera pasado

la noche anterior. Tenía la sensación de que había transcurrido una semana.

—Es probable que ahora Gabriel tenga más cuidado.

—Ya tenemos un plan. —Zayne se cruzó de brazos—. Y es mejor que hacer de cebo y dejar que te atrapen.

—Eso no es mala idea y todavía no está descartado —respondí, y vi cómo Zayne apretaba la mandíbula bajo el resplandor de la farola—. Sé que no te gusta, pero, si no conseguimos atraerlo a él o a Bael al ir al instituto, tenemos que intentarlo. No quiero esperar hasta que apenas falten unos días para la Transfiguración para intentar detenerlo. Eso supone ir muy justos de tiempo y es...

Me detuve al ver un pequeño grupo de personas en el cruce. Se encontraban demasiado lejos y no había suficiente luz para permitirme distinguir sus facciones, pero se me erizó la piel de los brazos mientras las observaba.

Tres de ellas estaban hablando y riendo entre sí, pero había alguien detrás..., alguien cuya sombra me pareció que tenía algo raro.

Zayne siguió mi mirada. El grupo pasó bajo la luz que brotaba del parque. Tres personas continuaron avanzando. Una no lo hizo.

Entorné los ojos cuando quien iba detrás del grupo se detuvo y nos miró.

—Joder —susurró Zayne.

Di un paso adelante y luego otro para poder ver mejor.

Y, de inmediato, deseé no haberlo hecho.

Solo la mitad de la cabeza del hombre tenía buen aspecto. El otro lado estaba deformado, hundido y, por lo que pude ver, hecho una masa ensangrentada.

Lo reconocí.

El senador Fisher.

Treinta y uno

—No sé si quiero que confirmes o niegues lo que estoy viendo —dijo Zayne.
—Lo estás viendo de verdad —susurré, todavía un poco asombrada de que pudiera verlo.
—¿Siempre tienen esa pinta?
—Algunos sí, por desgracia. —Rodeé a Zayne—. Senador Fisher.

El fantasma no se movió, pero hizo eso que recordaba a un televisor viejo con mala recepción: su imagen se distorsionaba y luego se volvía nítida de nuevo.

—He estado intentando encontrarte —dijo, y su voz sonó como si se encontrara en un largo túnel, aguardando en el otro extremo—. Pero siempre termino aquí, una y otra vez.

Zayne giró la cintura y dejó escapar un silbido bajo.
—El hotel está justo al otro lado de la calle. Ni siquiera me había dado cuenta.
—¿Serendipia? —cavilé, y crucé los brazos, mientras me concentraba en el senador—. Siempre terminas aquí porque este es el sitio donde moriste.

El fantasma flotó hacia delante.
—También es donde lo conocí.
—¿A Bael?

Negó con la cabeza y verlo me revolvió el estómago.
—No. A él. Al Heraldo.
—¿No dijiste que solo habías hablado con Bael? —le preguntó Zayne.

—Dijo que vino a verlo —le recordé.

—Solo vi al Heraldo una vez y luego a Bael —contestó el senador, que se acercó aún más. Deseé que no lo hubiera hecho—. Creí que era un ángel que respondía a mis plegarias. Es un ángel. Creí que me ayudaría. Que haría volver a Natashya.

Antes había sentido lástima por aquel hombre, aunque sobre todo había sentido ira. Pero ¿ahora? ¿Ahora que comprendía cómo se sentía? Predominaba la lástima más que cualquier otra cosa.

—Lo siento —le dije—. Siento que te mintiera. Siento que le creyeras.

Un ojo se centró en mí. El otro ojo... Bueno, ni siquiera me apetecía saber dónde había terminado.

—Ella lo era todo: mi fuerza, mi valor. Mi temple y la voz de la razón. Yo nunca habría llegado hasta donde llegué si ella no me hubiera elegido...

Un joven atravesó al senador e hizo que el fantasma se dispersara. Me puse tensa y contuve la respiración hasta que el fantasma reapareció.

Zayne tenía la mirada clavada en la espalda del joven.

—Ni siquiera se ha dado cuenta de que lo atravesó. —Me miró—. ¿Cuántas veces he atravesado fantasmas?

—No creo que quieras saber la respuesta —le dije, y luego volví a centrarme en Fisher.

—No la volveré a ver nunca, ¿verdad? —preguntó, titilando—. Lo comprendí cuando os marchasteis. No me quedaba nada.

Noté una opresión en el pecho.

—¿Te...?

—Fue el que era como tú. Sulien. Nos había estado vigilando. Siempre estaba vigilando. —Su voz se desvaneció y luego regresó—. Decidí ir a buscaros... Iba a buscaros para contaros lo que sabía, pero llegó Sulien... y ahora hay una cosa que no deja de seguirme. Es una luz.

—Y no quieres ir hacia ella —conjeturé.

No estaba segura de si me sentía aliviada o no al saber que lo habían arrojado por la ventana del hotel. Y no podía culparlo por evitar la luz. Ahora el senador sabía lo suficiente como para comprender qué le esperaba y probablemente no fuera a ser agradable. Quise mentir, y no solo porque así podría ser más probable que nos brindara información útil que nos había ocultado antes, sino porque a Fisher se la habían jugado de la peor forma posible. Tal vez si no se hubieran aprovechado de él, no habría podido hacer el daño que había hecho. Pero, aun así, tomó esa decisión y sentir pena por él no significaba que lo que hizo estuviera bien.

Y yo nunca mentía cuando se trataba de eso.

—No creo que veas a tu mujer —le dije, y solté un profundo suspiro—. El Heraldo se aprovechó de tu pena y la usó en tu contra, pero tomaste esas decisiones, incluso después de empezar a presentir que algo no iba bien. Tendrás que responder por eso, porque no puedes quedarte aquí. Si lo haces, acabarás incluso peor de lo que estás ahora.

—Pero... ¿Dios es indulgente? —Fisher levantó sus manos a medio formar—. Siempre he creído que sí. Es lo que me enseñaron, pero...

Pero conoció a un arcángel homicida, así que probablemente estaba poniendo en duda todo lo que sabía sobre Dios y todo eso. Le eché un vistazo a Zayne, indecisa sobre cómo responder.

—No lo sabemos —contestó Zayne—. Y no creo que nadie sepa realmente qué se puede perdonar y qué no. Pero ¿evitarlo? Es probable que eso no te vaya a ayudar en nada.

El senador se quedó callado mientras desviaba la mirada hacia el hotel situado al otro lado de la calle.

Respiré hondo.

—¿Me... nos estabas buscando? ¿Tenías algo que decirnos? Si es así, probablemente quieras hacerlo. Sé que lo más seguro es que no te quede mucho tiempo antes de que pierdas el control...

—Y flote. A veces, simplemente floto.

—Eso suena... perturbador —murmuró Zayne.

—Mentí. Les mentí muchas veces a las personas a las que representaba, a las familias de esos niños que tenían tanta esperanza —continuó Fisher, y empecé a perder la paciencia—. Le mentí a Natashya. Le dije que seguiría adelante... que no me perdería a mí mismo ni perdería la fe. Os mentí a vosotros. —Siguió mirando fijamente hacia el otro lado de la calle—. Está allí. La luz.

Zayne se giró y, por Dios, como él fuera capaz de verla podría írseme la olla. Por suerte para él, no me pareció que viera nada porque, cuando se giró de nuevo, estaba frunciendo el ceño.

—¿Por qué nos estabas buscando? Dijiste que ibas a venir a vernos antes de que apareciera Sulien. —Intenté que no se desviara del tema—. Si sabes algo que podría ayudarnos a detener al Heraldo...

—Eso no deshará todo lo que he hecho. No arreglará las cosas.

—No —contesté con suavidad—. No creo que lo haga, pero esto es más importante que tú... Es más grande que todos nosotros. Lo que planea el Heraldo destruirá este mundo y partes del cielo. Será el final de todo. Tenemos que impedirlo.

—Están juntos. —La forma del senador Fisher se distorsionó—. El Heraldo y Bael. Mentí cuando dije que no sabía dónde estaban. Tenía miedo. Era un cobarde. Ya no puedo seguir teniendo miedo.

Creo que tanto Zayne como yo dejamos de respirar.

—El Heraldo se ha estado quedando en una granja en Gaithersburg. —Soltó de un tirón una dirección desconocida—. Ahí deberíais encontrarlos. —Se estremeció de nuevo y esta vez se volvió más sólido—. Lamento todo lo que he hecho y es hora de que coseche lo que he sembrado.

El senador Fisher avanzó otro paso y desapareció antes de que pudiera darle las gracias siquiera.

—Ya no está. —Zayne giró trazando un círculo lento—. ¿Se...?

—Fue hacia la luz. —Tragué saliva y noté un nudo la garganta—. Fue a ser juzgado.

Nos encontrábamos en medio de la puñetera conferencia telefónica más rara de la historia. Roth, Layla y Lucifer estaban en un extremo de la línea, y Nicolai y varios Guardianes más, en el otro.

Me sentí agradecida de que no se tratara de una videollamada.

—Está como a una hora de aquí, dependiendo del tráfico —dijo Zayne.

Había buscado la dirección en su teléfono justo después de

que el senador Fisher hubiera ido hacia la luz. En ese momento tenía su portátil abierto y apoyado en el regazo mientras estábamos sentados en el sofá. Supusimos que era mejor llamar a ambos grupos a la vez. Por ahora, todos se habían estado portando bien.

Probablemente porque, al parecer, Lucifer estaba viendo *Sobrenatural*.

Qué sorpresa.

—Resulta que la casa estuvo en venta hace poco —añadió Zayne—. El anuncio todavía está en la página web de una inmobiliaria.

—No creo que a nadie le interese comprar en este momento —comentó Roth sin venir a cuento.

—Vaya, y yo que pensaba que querías una casa mejor —replicó Zayne, y sonreí mientras me subía las gafas, que se me habían deslizado por la nariz—. El motivo por el que lo menciono es porque, en el apartado de detalles de la propiedad, se incluye videovigilancia de última generación. Entrar en la propiedad ya va a ser bastante difícil sin que Gabriel se entere; pero habría que tener en cuenta que, por lo visto, hay cámaras en todas partes, incluido el granero.

—¿Y estamos seguros de que Gabriel está allí? —preguntó Nicolai.

—En la medida de lo posible —intervine—. Pero creo que el senador Fisher nos dijo la verdad. Es la mejor pista que tenemos.

Llegaron murmullos por el teléfono desde el lado de los Guardianes y luego oí que Nicolai preguntaba:

—Bueno, ¿y cuál es el plan?

Zayne me miró.

«¿Qué?», articulé para que me leyera los labios.

Él alzó las cejas mientras señalaba el teléfono con un gesto de la barbilla para indicarme básicamente que eso era asunto mío.

Lo cual agradecí.

Pero me retorcí un poco en el sofá, pues no estaba acostumbrada a… bueno, a estar al mando de algo tan importante.

—Creo que tenemos… —Carraspeé mientras me concentraba en el teléfono—. Tenemos que ir a por él rápido. Aprovechar al máximo el factor sorpresa, sobre todo porque Gabriel ya tiene que estar al tanto de lo que ha pasado con Zayne y de que Lucifer está en la superficie. Cuanto más esperemos, más tiempo tendrá para reunir todas las fuerzas necesarias y prepararse para lo que venga.

Los ojos de Zayne se encontraron con los míos cuando levanté la vista. Asintió con la cabeza y dijo:

—Estoy de acuerdo. Tenemos que ir a por él rápido y duro.

—Eso suena guarro, Rocoso —ronroneó Roth.

Sacudí la cabeza mientras miraba el teléfono.

—Así pues, ¿qué proponéis? ¿Lo hacemos mañana? —preguntó Nicolai.

El estómago me dio un pequeño vuelco. Mañana. Menos de veinticuatro horas, y eso no me parecía en absoluto tiempo suficiente para prepararme para encontrarme cara a cara con Gabriel de nuevo.

Pero la verdad era que me había estado preparando para eso toda mi vida.

Mis pensamientos se calmaron, junto con mi estómago.

—Mañana —repetí, y asentí con la cabeza—. Probablemente cerca del anochecer. Nos será más fácil acercarnos a la propiedad entonces en lugar de a plena luz del día. Hay muchos árboles alrededor, según las fotos que encontró Zayne, así que eso debería ayudar.

—Hasta cierto punto —apuntó Zayne—. Estoy seguro de que Gabriel tiene el lugar vigilado; pero, según el anuncio, parece que la propiedad comunica con un camino de acceso privado en una zona bastante boscosa.

—Lo que me hace pensar que deberíamos reunirnos en el punto más cercano, pero más seguro —opiné.

—De acuerdo —contestó Nicolai—. Contáis con el apoyo de todo el clan.

—Y tenemos a todos los demonios que han venido —dijo Roth—. ¿Eso va a ser un problema? ¿Guardianes y demonios trabajando juntos?

Zayne y yo intercambiamos una mirada mientras esperábamos a que Nicolai hablara.

—Tenemos problemas más grandes que los demonios en este momento —respondió Nicolai—. No nos enfrentaremos a ningún demonio que trabaje para lograr el mismo objetivo que nosotros, siempre y cuando se comporte.

—Se comportarán —le aseguró Roth.

—Bien —dijo Nicolai con voz cortante.

Sonreí. Demonios y Guardianes colaborando para detener a un arcángel empeñado en acabar con el mundo. ¿Quién lo habría adivinado?

—Creo que lo mejor será que Gabriel me vea solo a mí primero —propuse—. Ya sabrá que hay otros conmigo; pero, con suerte, no todos los que están de nuestro lado. Necesitamos ese factor sorpresa.

Cuando Zayne no se opuso, continué:

—A partir de ahí, dependerá de nosotros ocuparnos de él.

La conversación se prolongó un poco más después de eso y luego fijamos la hora. Cuando concluimos la llamada con todos los demás, Zayne cerró el portátil y me miró.

—¿Qué te parece? —me preguntó.

Lo medité.

—Bien, creo. Soy optimista. Dentro de veinticuatro horas, esto podría haber terminado.

Me recorrió la cara con la mirada mientras asentía.

—Es un buen plan. Detendremos a Gabriel.

—Así es —coincidí.

Mi mirada se encontró con la suya y me invadió la desazón.

Eso terminaría al día siguiente por la noche. O lo lográbamos o fracasábamos, pero se acabaría, porque no habría segundas oportunidades después de eso.

Entonces fui consciente de pronto de la realidad de ese hecho mientras miraba a Zayne. Si no lo lográbamos, no podríamos lanzar otro ataque, porque habría heridos en ese. Fracasar significaba que Gabriel me capturaría, y me negaba a permitir que pasara eso. Así que o moría Gabriel o…

No dejé que ese pensamiento terminara de formarse, pero la pesadez seguía presente. Ya llevaba a cuestas el peso de lo que me vería obligada a hacer si fracasábamos.

Mientras el corazón me latía con fuerza en el pecho, me quité las gafas, doblé las patillas con cuidado y las coloqué sobre la mesa de centro.

No estaba segura de en qué estaba pensando Zayne cuando cogí el portátil, lo lancé sobre el cojín de al lado y ocupé su lugar. Aunque había fuego en sus ojos. Había un resplandor blanco y dorado en el fondo de sus pupilas que ardía con intensidad.

Las yemas de sus dedos me rozaron la línea del pómulo y la curva de la mandíbula mientras yo deslizaba los dedos por su labio inferior.

—Te quiero —susurró.

Bajé la cabeza y mis labios reemplazaron a mis dedos. Ese beso empezó siendo lento y suave y nos lo tomamos con calma, como si estuviéramos trazando el mapa de nuestros labios y memorizando su forma. El beso se volvió feroz, lleno de un anhelo desgarrador y con una pizca de desesperación, y nos consumió a ambos. De algún modo, logramos llegar al dormitorio y nos quitamos la ropa a una velocidad bastante impresionante y luego... luego nuestros cuerpos se fusionaron.

Detrás de cada caricia y cada beso estaba la certeza a la que yo no quería dotar de vida. Así que usé mi boca, mis manos y mi cuerpo para decir lo que nunca podría decirle a Zayne.

Si no deteníamos a Gabriel, yo no volvería a casa con él. Esa sería la última vez que estuviéramos juntos.

El día siguiente empezó como cualquier otro buen día normal.

Zayne y yo desayunamos con Jada y Ty y la reunión se prolongó hasta el almuerzo. Ellos querían estar allí esa noche; pero, por mucho entrenamiento con el que contara Ty y aunque Jada sabía defenderse, ninguno de los dos estaba listo para eso. No les hizo ninguna gracia, pero lo entendieron.

Darle un abrazo de despedida a Jada cuando nos separamos fue difícil, porque aquellas palabras a las que no quise darles vida la noche anterior me perseguían. Podría ser la última vez que la viera.

Zayne y yo pasamos el resto del tiempo solos. Vimos varios capítulos de *El príncipe de Bel Air*. Conseguí que Zayne se bebiera una lata de refresco mientras compartíamos un cuenco de superdelicioso helado italiano con sabor a frutos del bosque y luego nos compartimos el uno con el otro.

Y, mientras me vestía una hora antes de cuando se suponía que debíamos reunirnos con todos los demás, no dejé de buscar a Cacahuete. Mientras me ataba las dagas y luego me trenzaba el pelo, estuve atenta por si oía cualquier indicio de él. Mientras salíamos por la puerta, me detuve a buscarlo una vez más... por si acaso.

Cacahuete no estaba allí.

El trayecto en coche hasta la casa de campo transcurrió en silencio, al igual que el trayecto a pie hasta donde se suponía que debíamos reunirnos con los demás. Nos tomamos de la mano en cuanto salimos del Impala, ambos alargamos la mano hacia el otro al mismo tiempo. Cuando nos acercamos al grupo, Zayne me hizo detenerme.

Me besó.

Y fue la clase de beso que contenía todo lo que sentíamos el uno por el otro. Fue un beso profundo, reivindicativo y con un toque de desesperación. Fue un beso que prometía más... que exigía más. Me quedé un poco aturdida cuando apartó su boca de la mía y ninguno de los dos se movió durante un buen rato. Creo que ambos queríamos quedarnos allí, allí mismo, pero no podíamos. Lo sabíamos, así que echamos a andar de nuevo.

A medida que Zayne y yo nos acercábamos a ellos, solo vi allí a Dez y a Nic, y me mantuve lo más lejos posible de los otros tres. En realidad, no podía culparlos, ya que uno de ellos era Lucifer, el cual... Entorné los ojos. El cual, por lo visto, estaba viendo algo en un iPad.

—Ya habéis llegado —dijo Nicolai mientras se giraba hacia nosotros, y el alivio fue inconfundible en su voz.

—¿Dónde están los demás? —pregunté.

—Supusimos que sería mejor que los otros se quedaran atrás —nos explicó Nicolai, que echó un vistazo hacia el árbol caído en el que estaba encaramado Lucifer—. Así será menos probable que las cosas se tuerzan.

—Bien pensado —dijo Layla—. Su legión de huéspedes indeseados también se ha quedado atrás.

—No creo que nada de eso sea realmente necesario —comentó Roth—. Como si Lucifer fuera consciente siquiera de lo que está pasando en este momento.

Lucifer ni siquiera pareció escucharnos.

—Lleva auriculares puestos —me explicó Zayne—. Déjame adivinar: ¿*Sobrenatural*?

Layla asintió con la cabeza.

—No me puedo creer que Lucifer esté ahí sentado con un iPad —murmuró Dez—. Esto parece un sueño lúcido.

—Los últimos días de mi vida han sido como un sueño lúcido —contestó Layla.

Roth le dedicó una amplia sonrisa y luego se giró hacia mí.

—¿Estás lista para hacer esto?

El corazón me dio un vuelco.

—Sí. ¿Y él?

—También. Lucifer conoce el plan. Los refuerzos están aquí. Bueno, casi todos los refuerzos. —Roth se pasó una mano por el centro del pecho—. Hora de jugar.

Un tenue humo negro salió flotando de debajo de su camiseta y se propagó por el aire a su lado. Las sombras se transformaron en miles de puntitos negros que giraban en el aire, como miniciclones.

Bambi fue la primera en desprenderse de su piel y tomar forma. La serpiente gigante se arrastró de inmediato hacia Zayne y yo.

Tres sombras se formaron a partir de los puntos giratorios y cayeron al suelo: una negra, otra blanca y otra de una mezcla de ambos colores. Por encima de ellas, vi unas irisadas... escamas azules y doradas que aparecieron a lo largo del vientre y la espalda de un dragón.

Joder, se trataba del dragón del que había oído hablar. La emoción se apoderó de mí, porque... era un dragón.

Abrí mucho los ojos cuando le brotaron unas alas de color rojo oscuro, junto con un hocico largo e imponente y patas traseras con garras. Sus ojos eran del mismo color que los de Roth: amarillo brillante.

Pero... pero el dragón era casi del tamaño de un perro pequeño.

Bajé la mirada. Tres gatitos paseaban por allí: uno todo blanco, otro completamente negro y el tercero era blanco y negro. El gatito blanco se abalanzó sobre el blanco y negro, lo derribó y cayó sobre el lomo en el proceso. El negro saltó y rozó la cola del dragón bebé.

Levanté la cabeza despacio para mirar a Roth. Nunca me había sentido más decepcionada en toda mi vida.

—No salen mucho —dijo él mientras se encogía de hombros.

—¿Gatitos? —susurré—. ¿Y un dragón bebé? ¿En serio? ¿Has traído gatitos y un dragón bebé como refuerzos? ¿Son un tentempié para Bambi?

El gatito negro me bufó.

—Espera y verás —me dijo Layla.

Bambi se deslizó sobre mi pie y levantó la cabeza con forma de diamante. No estaba segura de a qué se suponía que debía esperar mientras la serpiente me daba un golpecito en la mano, pues era evidente que quería caricias. Le di unas palmaditas en la cabeza y luego mi mano se quedó inmóvil cuando el gatito blanco estiró sus diminutas patitas y bostezó.

Para mi sorpresa, bostezó.

—Nitro está calentando —comentó Roth mientras Dez y Nicolai miraban.

—¿Crees que podrían darse más prisa? —preguntó Zayne entre dientes—. Porque esto se está volviendo incómodo.

La bolita de pelo maulló al mismo tiempo que se le erizaba el pelaje a lo largo del centro del lomo. Cuando abrió la boca de nuevo, juré por Dios que, si volvía a bostezar, me iba a encargar de darle una patada a Roth.

En la cara.

Y luego agarraría a aquellos pequeñines y los escondería antes de que acabaran matándolos de un pisotón.

Salvo porque lo que salió del gatito fue un maullido que se volvió más fuerte y profundo hasta convertirse en un rugido gutural que hizo que se me erizara todo el vello del cuerpo. El negro dejó escapar un gruñido que no se correspondía con su cuerpo y el blanco y negro bufó como un depredador muy grande y muy furioso.

Y luego se transformaron.

La bola de pelo blanco creció y se expandió, sus patas se alargaron y sus hombros se ensancharon. Se le formaron músculos robustos y las frágiles garras se volvieron gruesas y afiladas.

Aquel maullido mono se convirtió en un rugido a medida que el hocico de Nitro se alargaba y su boca se abría para mostrar unos colmillos del tamaño de dientes de tiburón.

Sobre cuatro patas, los gatitos me llegaban a la cintura. Eran, sin lugar a dudas, lo bastante grandes como para devorarme.

—Joder —susurré.

Roth deslizó la mano por la parte central del gatito blanco y negro mientras el dragón, que seguía siendo de tamaño bolsillo, estaba posado en el hombro de Layla.

—Este es Furia. El negro es Thor —dijo Roth—. Y les gusta comer cosas que normalmente no deberían comer, ¿no es así? ¿Como Guardianes?

—Roth —le advirtió Layla antes de volverse hacia los Guardianes—. Solo está bromeando.

La forma en la que el que se llamaba Furia miraba fijamente a los dos Guardianes me indicó que eso no estaba del todo claro.

Hora de desviar la atención.

—¿Qué hay de Robin? —pregunté—. ¿Aumenta de tamaño?

La imagen de un zorro gigante me dio mal rollo.

—Lo hará cuando sea mayor —contestó Layla mientras se tocaba el brazo cubierto—. Pero todavía es un bebé. Si lo dejo salir, lo único que haría sería perseguirse la cola.

Me reí.

—¿Ya habéis terminado de holgazanear, pensando que no estoy prestando atención? —preguntó Lucifer, y nos sobresaltó a todos. Nos miró sosteniendo el iPad contra el pecho—. El sol se está poniendo. Ya es la hora.

La siguiente inspiración que realicé se me quedó atascada en el pecho mientras las sombras continuaban aumentando dentro del bosque. Lucifer tenía razón.

Ya era la hora.

Treinta y dos

Las onduladas colinas de exuberante césped verde tenían un aspecto tan pintoresco como una postal al anochecer; sin embargo, en cuanto salí de la densa línea de árboles, mi sentido arácnido antidemonios se puso como loco.

Y no tenía nada que ver con el hecho de que Lucifer se encontraba un metro detrás de mí, aunque resultara sorprendente.

Avancé, mientras notaba la mirada de Zayne posada en mí, y escudriñaba la borrosa casa situada más adelante. No vi ningún movimiento, pero se me puso la piel de gallina en los brazos. Me detuve a unos cincuenta metros de la amplia casa de campo de estilo colonial. Entrecerré los ojos mientras los últimos rayos de sol se disipaban y las sombras aumentaban con rapidez a lo largo del porche delantero de la casa, presionando contra las columnas blancas y las paredes del primer piso.

Salvo porque no se trataba de sombras normales. Se movían demasiado rápido, saltando de una columna a otra como pelotas de *ping-pong*.

Gente sombra.

—¡Eh! —exclamé a la vez que el caliente hormigueo que notaba en la base del cuello aumentaba.

Las sombras se quedaron inmóviles.

Eso resultó un tanto inquietante.

—¿Está en casa el Heraldo de los monólogos demasiado largos?

Me llegaron susurros arrastrados por la brisa. Las voces de la gente sombra eran demasiado bajas para entenderlas.

—Si está aquí —grité—, decidle que es de mala educación hacer esperar a las visitas, aunque sea una sorpresa.

—¿Una sorpresa? —La voz de Gabriel resonó por todas partes, pero no lo vi—. Nefilim estúpida.

Me puse tensa mientras mi mirada saltaba de la casa a los delgados árboles que bordeaban el camino de acceso. Gabriel podría encontrarse en cualquier sitio y, con mi vista, nunca me daría cuenta, pero contaba con el apoyo de otros ojos que veían mucho mejor.

Sin previo aviso, se encendieron docenas de focos en la casa y los patios laterales. Una brillante luz blanca se abrió paso a través de la creciente oscuridad. Deslumbrada, no resistí el impulso de protegerme los ojos. Levanté una mano mientras los ojos me lloraban y me ardían debido a la intensa luz. Unas manchas turbias se acumularon en mi campo visual al mismo tiempo que la gracia me tensaba la piel. Mis ojos se adaptarían (con suerte), pero tardarían un par de minutos.

Una forma apareció detrás de la casa y se elevó en el aire. Pude distinguir unas alas desplegadas. El corazón me dio un vuelco. Ahí estaba Gabriel. Respiré hondo y casi me atraganto debido al olor dulce y empalagoso a... a putrefacción.

¿De dónde provenía? Miré rápidamente a mi alrededor y, por lo que pude ver, no había nada cerca. Si hubiera algo de lo que yo no fuera consciente, Zayne se presentaría ahí en un nanosegundo. ¿Ese olor podría venir de Gabriel?

Bajé la mano y deseé poder verlo. Lo único que conseguí distinguir fue que estaba flotando sobre la casa como un ángel de la guarda demente.

Hice caso omiso del insulto mientras me obligaba a mantener los brazos relajados a los costados.

—Me has estado buscando, por lo que me he decidido a venir a verte.

—Te lo agradezco. —Las alas de Gabriel se movieron en silencio en el aire—. Eso me facilita mucho las cosas.

—¿Estás seguro?

Su risa llegó hasta mí e hizo que me recorriera un gélido escalofrío.

—Sí, estoy seguro. —Pasó por encima de la casa y se detuvo

delante del porche—. Igual que estoy seguro de que no has venido sola.

Noté un hormigueo de advertencia en la piel a pesar de que no me sorprendió que lo supiera.

—Venir sola habría sido una estupidez, y no soy estúpida.

—Tendremos que acordar que discrepamos en eso, hija de Miguel.

Entorné los ojos.

—¿Cómo llevas esas heridas de bala, Gabriel?

Sus alas se quedaron inmóviles.

—Me aseguraré de enseñártelo con todo detalle luego.

—Creo que paso —contesté—. Pero te he traído un regalo. Alerta de *spoiler*: no soy yo.

—¿Alerta de *spoiler*? —repitió el arcángel, y percibí la confusión en su voz.

Suspiré.

—¿Ni siquiera sabes qué es una alerta de *spoiler*? A ver, venga ya, esto se está volviendo ridículo.

Gabriel voló hacia delante de repente y, un instante después, sentí la calidez de Zayne a mi espalda. El resplandor blanco y dorado de sus alas me envolvió.

Gabriel se detuvo, todavía a varios metros de distancia.

—¿Eso es lo que me has traído? ¿Un Caído que necesita que lo despojen de sus alas y de su gracia? Estaré encantado de matarlo. —Hizo una pausa—. Otra vez.

Me invadió la ira, pero sabía que no debía ceder ante ella. Lo había aprendido por las malas.

—Él es un regalo —dije, manteniendo la voz inexpresiva—. Pero no para ti.

Zayne me rozó la espalda con el ala derecha cuando se situó a mi lado.

—No tienes muy buen aspecto, Gabriel —comentó Zayne, y la repulsión se reflejó en su voz. Me di cuenta de que tenía razón. Como el arcángel se encontraba lo bastante cerca, pude ver que tenía más bien un brillo aceitoso en las alas y la piel que un resplandor luminoso—. ¿Y eres tú el que huele a descomposición?

—¿Tú también lo hueles? —pregunté—. Porque me estaba

preguntando si Gabriel se habría cagado encima o algo por el estilo.

—Mi hermano no se ha cagado encima —intervino Lucifer, haciéndome apretar los puños. Por supuesto que no me había hecho caso. Se situó a mi izquierda—. Todavía.

—Esa es tu sorpresa —anuncié, con la sensación de que en ese momento resultaba muy decepcionante—. ¡Sorpresa! —exclamé, y agité las manos de paso.

—No acepto este regalo —gruñó Gabriel.

—Qué pena —respondí—. No se admiten cambios ni devoluciones.

Gabriel se centró en su hermano.

—Sabía que sentía la mácula de tu presencia.

—¿La mácula de mi presencia? ¿Te has olido últimamente? —Lucifer alzó la mirada hacia él—. Tu esencia... tu gloria se está pudriendo.

—Mi gloria no se está pudriendo —le espetó el arcángel.

—Hum... —murmuré, alargando la palabra—. No hay duda de que algo se está pudriendo dentro de ti.

—Ni siquiera la mía olió nunca tan mal. —Un atisbo de asombro se reflejó en la voz de Lucifer mientras continuaba mirándolo fijamente—. Ya sabes lo que significa.

—No tienes ni idea de lo que hablas —respondió Gabriel con tono cortante.

—¿Qué significa? —pregunté, y le eché un vistazo a Lucifer. El diablo sonrió.

—Tengo el presentimiento de que lo vamos a averiguar.

Gabriel retrocedió un poco más.

—Ya sabes lo que tengo planeado, hermano. Tú, más que nadie, deberías estar celebrando lo que hay que hacer. Acabaré con esto... Acabaré con la corrupción en la que se ha convertido este reino. Haré lo que hay que hacer. Y, sin embargo, ¿te pones en mi contra en lugar de apoyarme?

—Sí, bueno, lo que planeas es el tipo de fiestas que me gustan —dijo Lucifer—. Pero no es mi fiesta. ¿Me sigues?

—Es probable que no entienda tu analogía —comenté.

—La entiendo perfectamente —soltó Gabriel—. Te ofrezco esta única oportunidad, Lucifer. Que es más de lo que nuestro padre te ofreció nunca. Únete a mí y juntos acabaremos con esto.

Lucifer ladeó la cabeza.

—Bueno, sabes perfectamente que padre me ofreció tantas oportunidades que fue absurdo. Incluso yo puedo admitirlo, ¿pero tú? Oh, Gabe, ¿qué te has hecho a ti mismo?

El matiz de verdadera tristeza en la voz de Lucifer me llamó la atención. Lo vi negar con la cabeza.

—Se suponía que solo debías ser la voz de Dios. Nada más. Nada menos. Y, sin embargo, eso no te bastó. Te volviste resentido. Celoso. Tan lleno de orgullo.

—¿Tú me hablas de querer más? ¿De orgullo? —bramó Gabriel y, a ver, tenía motivos para estar estupefacto—. ¿Tú? ¿Tú, que querías gobernar al lado de Dios?

—¿Y qué? Sigo sin ver qué tiene eso de malo. Lo que yo quería era el poder que me correspondía y por eso me arrojaron a la tierra. —Un resplandor empezó a filtrarse a través de su piel—. Pero nunca fui desterrado del cielo. Dime, hermano, ¿cuándo fue la última vez que pudiste entrar en el cielo? ¿Cuándo fue la última vez que hablaste con Dios? ¿Que oíste la voz divina? Yo la oigo ahora. ¿Y tú?

Un momento. ¿Qué?

—Mentira —dijo Gabriel entre dientes—. Tú no oyes la voz divina.

—Cree lo que quieras, pero te voy a matar esta noche. —Lucifer cerró los ojos un instante—. Quiero que sepas que lamentaré profundamente tu muerte, aunque solo sea durante un momento.

Arqueé las cejas. ¿Un momento? ¿Lamentaría su muerte un momento? Vaya.

Gabriel se echó hacia atrás como si lo hubiera abofeteado.

—Que así sea, Satanás.

Un destello carmesí surcó los ojos de Lucifer.

—Oh, no, no me acabas de llamar así.

El arcángel voló hacia atrás y levantó los brazos.

—Sabía que vendrías, hija de Miguel, esta misma noche.

Giré la cabeza bruscamente hacia él mientras la tensión se iba apoderando de mis músculos.

—Así que he preparado mi propio regalo para ti. Aunque es una lástima que tengas que presenciar cómo perecen tantos de tus seres queridos.

Un movimiento a ras del suelo atrajo mi mirada hacia las zonas adyacentes a la casa. Desde esa distancia no eran más que manchas borrosas de diferentes colores y formas, pero vi lo suficiente como para saber que eran demonios y que había muchos.

—¿Cuántos? —le pregunté a Zayne.

—Cientos —respondió él mientras miraba a Lucifer—. Eso supone un montón de demonios cabreados contigo.

—Siempre habrá demonios descontentos con las normas. —La masa cada vez mayor seguía saliendo a borbotones de la casa—. Gabriel sabía que tendríais tiempo para prepararos si os enterabais —añadió Lucifer—. Está claro que sabía que vendríamos esta noche. Alguien os ha traicionado.

Noté una opresión en el pecho. No cabía ninguna duda de que nos habían traicionado.

—No puedo evitar pensar en esas dagas de ángel —comentó Zayne.

—Ni yo —susurré, y luego respiré hondo y exhalé despacio—. ¿A cuántos de tu legión conseguiste reunir?

—Suficientes —respondió Lucifer.

—¿Y cuándo van a llegar? —preguntó Zayne.

—Espero que pronto.

—Matad al Caído —ordenó Gabriel—. La nefilim debe seguir viva.

—Me siento un poco decepcionado. —Lucifer hizo un mohín—. ¿Qué pasa conmigo?

No hubo respuesta mientras una oleada de demonios se lanzaba hacia delante: la mayoría por el suelo, pero algunos por el aire. Unos cuantos parecían imps, pero otros... Sus alas emitían destellos blancos a la luz de la luna.

—¿Y qué pasa con nosotros? —anunció Roth, que salió con aire decidido de la línea de árboles.

Layla se encontraba a su lado y, como siempre, me impresionó ver sus alas con plumas negras, pero no tanto como me distrajo el dragón bebé posado en el hombro del príncipe demonio. No vi a los gatitos gigantes.

Esperé que no se estuvieran comiendo a los Guardianes.

—Vaya montón de demonios —dijo Layla, dagas de hierro en mano.

—Podemos con esto —afirmó Zayne mientras me miraba—. ¿Verdad?

Asentí con la cabeza incluso mientras el corazón empezaba a latirme con fuerza.

—Verdad —contesté.

La línea de demonios avanzó y me disponía a invocar mi gracia cuando Tambor echó a volar del hombro de Roth mientras soltaba un chillido de advertencia: un chillido que se convirtió en un rugido tan fuerte que sentí que me vibraban los huesos.

Me quedé sin aliento al ver cómo Tambor crecía y le brotaban patas del tamaño de troncos de árboles y garras más grandes que mis propias manos.

Zayne me agarró y me apartó de en medio cuando aquellas alas de color carmesí se desplegaron y se alargaron hasta ser el triple de grandes que las de Zayne. La cola golpeó el suelo y abrió una grieta en la capa superior de hierba y tierra.

Observé, con los ojos abiertos como platos, cómo el dragón del tamaño de dos tanques estiraba el cuello y abría la boca para soltar otro rugido. Salieron volando chispas de sus orificios nasales al mismo tiempo que el aire se llenaba de olor a azufre.

Sicarios Infernales y Trepadores Nocturnos se abalanzaron sobre nosotros. No aflojaron el paso al divisar a Tambor. En cambio, se dividieron y se desviaron en dos direcciones.

Los familiares de Roth no iban a permitirlo.

Tambor giró la cabeza hacia la derecha y abrió la boca de golpe. Brotó fuego, que alcanzó al grupo de demonios y los incineró.

Retrocedí tambaleándome y choqué contra Zayne.

—Es un dragón.

Zayne me ayudó a recobrar el equilibrio mientras Roth se reía entre dientes. Tambor atrapó a otro demonio con la boca. Se oyó un crujido de huesos.

—Y tiene hambre —comentó Zayne.

—Mucha —coincidió Roth.

—Cuidado. —Las alas de Layla se alzaron—. Ya vienen.

El gatito blanco, que en ese momento era del tamaño de un caballo pequeño, salió como un rayo del bosque y saltó en el aire. Nitro aterrizó sobre un Sicario Infernal y clavó los colmillos en el cuello del demonio y lo derribó. Tambor se elevó y se llevó a un demonio enganchado.

—Los imps —gritó Roth mientras avanzaba dando grandes zancadas. Su piel se volvió más fina a la vez que le brotaban alas de la espalda y le asomaban cuernos de la parte superior de la cabeza—. Cómete a los deliciosos imps, Tambor.

Ni siquiera tuve tiempo de pensar en eso. Un resplandor dorado y blanco descendió por los brazos de Zayne y las dos espadas con forma de hoz aparecieron al mismo tiempo que una masa de demonios nos alcanzaba.

—Acordaos del plan —dijo Lucifer—. Tenemos que debilitar a Gabriel.

—Entendido —contestó Zayne, y yo asentí con la cabeza.

Desenfundé una daga e invoqué mi gracia. El peso de la espada de Miguel se formó contra la palma de mi mano mientras Zayne le cortaba la cabeza a un demonio Feroz.

Un Sicario Infernal pasó corriendo junto a los gatitos y el dragón e intentó agarrarme, pero me agaché para pasar por debajo de su brazo y luego me di la vuelta y deslicé la espada ardiente por su espalda. Me giré rápidamente y vi cómo Lucifer hundía la mano en el pecho de un Trepador Nocturno.

—La has cagado —gruñó Lucifer mientras le arrancaba el corazón. Surgieron llamas de su mano y luego del Trepador Nocturno.

Bambi salió disparada de la niebla que se estaba acumulando entre la hierba, atrapó a un imp y lo arrastró hacia el suelo.

Eché a correr y lancé una patada que golpeó a un demonio Feroz en el vientre. El demonio retrocedió a trompicones, con la boca abierta y chasqueando los dientes. Arremetí hacia delante y le clavé la daga en el pecho sin pelo. Un chorro de sangre caliente me salpicó la cara al extraer la daga de un tirón. Seguí avanzando y me perdí un poco en la pelea y el torrente de adrenalina. Los demonios fueron cayendo a nuestro alrededor mientras Tambor surcaba el cielo y atrapaba imps a diestro y siniestro.

—Va a acabar con dolor de tripa —comenté.

Roth le desgarró el cuello a un Trepador Nocturno.

—Para eso están los antiácidos.

Resoplé.

—Te va a hacer falta una botella enorme...

Roth se lanzó hacia mí cuando unos dedos se enredaron en mi trenza y me hicieron echar la cabeza hacia atrás. Se me escapó una exclamación entrecortada al encontrarme, de pronto, mirando la cara joven de una especie de demonio alado.

—Te pillé —bramó, y movió las alas hacia abajo mientras se elevaba...

Sin previo aviso, la cabeza del demonio se desprendió sin más. La mano que me agarraba el pelo se relajó a la vez que el demonio se desplomaba.

—Y yo a ti —gruñó Zayne desde arriba.

—Qué sexi —susurré mientras Roth me agarraba del brazo y me apartaba de la trayectoria del demonio al estrellarse contra el suelo—. Gracias.

—Agradécemelo luego —contestó Zayne mientras aterrizaba a mi lado.

—Planeo hacerlo —dije con una sonrisa.

—Dais asco, chicos —soltó Roth antes de elevarse en el aire para reunirse con Layla.

Los árboles se sacudieron detrás de nosotros, como si un centenar de pájaros estuvieran emprendiendo el vuelo. Me giré y vi las formas oscuras de los Guardianes desperdigándose por el aire mientras la legión de Lucifer salía en tropel de entre los árboles y avanzaba a la carrera.

A Zayne se le dibujó una amplia sonrisa mientras su mirada se encontraba con la mía. Mi sonrisa se ensanchó un poco al mismo tiempo que un Guardián descendía hasta el suelo.

Una barrera de llamas se alzó más atrás, y se extendió tan alto que no pude ver los árboles situados detrás. Una vaharada de calor nos abrasó la piel. Al principio, pensé que se trataba de Lucifer, pero él se encontraba por delante de nosotros.

Entonces oí los gritos... los chillidos, y el corazón me dio un vuelco. Los Guardianes. Dez, Nic, Jordan...

Les puse fin a esos pensamientos antes de que pudieran arraigar en mi mente. No podía centrarme en eso en ese momento.

—¡Bael! —gritó Lucifer, que se giró bruscamente—. ¿Dónde estás, maquinador y traicionero…?

Una bola de fuego llegó girando desde un rincón y casi golpeó las patas traseras del gatito negro. Otra bola de fuego surcó el cielo. Tambor descendió en picado, pero no fue lo bastante rápido. El dragón chilló cuando las llamas le chamuscaron las alas.

Roth dio media vuelta.

—¡Familiares! —gritó—. Volved conmigo. ¡Ya!

Los familiares se transformaron en sombras mientras regresaban volando hasta Roth y fueron formando puntitos a medida que caían sobre su piel desnuda. Roth se giró y, mientras rugía, hundió las manos en el pecho de un demonio situado cerca.

Zayne se dio la vuelta y examinó el patio.

—¿Dónde está Teller?

—¿Era él? —dije mientras me agachaba y luego me incorporaba de un salto detrás de un demonio Feroz. Le corté la cabeza.

—Estaba aquí mismo. —Zayne siguió buscando—. No lo veo.

—¿Lo alcanzaron las llamas? —pregunté al tiempo que le clavaba la daga en el pecho a un imp.

Zayne negó con la cabeza y se giró hacia mí.

—Reprime tu gracia —me ordenó—. Estás empezando a debilitarte. —Se acercó a mí con paso decidido y me pasó los dedos por debajo de la nariz—. Reprímela, Trin.

Me toqué la cara, pero él ya me había limpiado la sangre. Quise negarlo, pero Zayne tenía razón. Recurrir a la gracia me estaba debilitando. Dejé de usarla y maldije cuando la espada de Miguel se desmoronó y se transformó en ascuas ardientes.

Layla aterrizó en el suelo en cuclillas y se incorporó despacio.

—Dios mío —dijo jadeando. Tenía la cara y el pelo salpicados de sangre oleaginosa—. Es como si ni siquiera hubiéramos hecho mella. —Miró por encima del hombro—. Los necesitamos. —Se giró hacia donde se encontraba Lucifer—. Necesitamos a tus refuerzos.

Lucifer gruñó mientras le arrancaba las alas a un imp que había atrapado y contestó:

—No pueden pasar.

Con el corazón acelerado, miré hacia la niebla y la luz brillante y distinguí unas formas más densas y oscuras más adelante.

Eso era malo.

Malo de narices.

Pero no cambiaba lo que teníamos que hacer.

Tragué saliva con dificultad, luego me giré hacia Zayne y me estiré para rodearle la parte posterior del cuello con la mano. Tiré de su cabeza hacia la mía y lo besé. Y no fue un beso casto. Ni tierno. Nuestros labios se magullaron mutuamente. Nuestros cuerpos se fusionaron entre sí. Me embebí de él con ese beso, igual que él hizo conmigo.

Cuando nuestros labios se separaron, Zayne respiraba de forma entrecortada mientras apretaba la frente contra la mía.

—Solo tenemos que llegar hasta Gabriel. —Bajó la mano y desenfundó mi otra daga—. Eso es todo. Llegamos hasta él y acabamos con esto.

—Vamos allá —contesté mientras asentía con la cabeza.

—Os apoyaremos —afirmó Layla cuando nos separamos—. Los mantendremos alejados de vosotros.

—Gracias —respondí mientras cogía la daga que me entregó Zayne.

Él se giró hacia Layla y le tocó la mejilla con suavidad.

—Ten cuidado.

—Y tú también —dijo ella, y luego se elevó hacia el cielo.

Nos abrimos paso entre los demonios y alcanzamos a Lucifer.

El diablo tenía la piel salpicada de color carmesí cuando volvió la mirada hacia nosotros.

—Solo necesitamos una oportunidad, pero tenemos que pasar entre un montón de demonios. —Sus alas eran visibles, pero las mantenía echadas hacia atrás y cerca del cuerpo—. Pase lo que pase, Bael es mío.

—Puedes quedártelo —contestó Zayne mientras hendía el aire con una espada y cortaba en dos a un Trepador Nocturno.

Hundí la daga en el pecho de un Sicario Infernal y dejé que la rabia se apoderara de mí entonces y me proporcionara fuerzas, mientras atravesaba el cuello de otro con la daga. No dudé ni retrocedí cuando las puntas de unas garras me arañaron los brazos y me provocaron una oleada de dolor. No me detuve ni miré hacia atrás cuando oí a Roth gritar una sarta de palabrotas. Los tres seguimos avanzando. Me elevé de un salto y estrellé la daga contra la pierna de un demonio alado que descendía rápidamente con la intención de agarrar a Zayne. El demonio cayó de espaldas y luego Lucifer lo pisoteó. Aceleré el paso, salté por encima de un cuerpo que se estaba desintegrando y agarré un puñado del pelaje de un demonio Feroz. Le eché la cabeza hacia atrás de un tirón al mismo tiempo que le clavaba la daga en el centro de la espalda. El demonio Feroz chilló cuando lo solté y su cuerpo se incendió.

Otra barrera de fuego se elevó peligrosamente cerca de Zayne. Las llamas alcanzaron a Lucifer, e hicieron que el corazón se me detuviera al oírlo bramar.

Lucifer retrocedió tambaleándose mientras el fuego le envolvía el cuerpo y dejaba al descubierto músculos y tejidos.

—¡Eso me cabrea mucho! —exclamó a voz en grito.

Su cuerpo ya parecía haberse reparado, pero sus alas…

La mitad de sus alas había desaparecido.

El pánico me burbujeó en la garganta, pero lo reprimí mientras la barrera de fuego continuaba avanzando. Al seguir su trayectoria, supe lo que vería.

Ahora Layla y Roth estaban bloqueados y solo quedábamos nosotros tres.

—Rendíos —nos dijo Gabriel—. No vais a ganar. Perdisteis el primer día que el hombre pecó. Ya es demasiado tarde. Siempre ha sido demasiado tarde.

Detesté aquella situación… la detesté muchísimo, porque Gabriel… podría tener razón. Miré a mi alrededor. El suelo estaba invadido de niebla y humo y pude ver una masa de demonios acercándose. Quedaba prácticamente un ejército de demonios y nosotros solo éramos tres.

Zayne aterrizó a mi lado al mismo tiempo que yo comprendía de pronto algo horrible y descorazonador. Bajé la vista hacia mi daga, con un nudo en el estómago. Me giré hacia Zayne y escruté aquellos preciosos ojos azules con la mirada.

Los ojos de Zayne descendieron y luego ascendieron de nuevo hasta los míos. Se le notó en la cara que lo había comprendido.

—No.

—Tengo que hacerlo —contesté. Me ardía el fondo de la garganta.

—No, Trin. Rotundamente no...

Me ardían los ojos.

—No puede usarme para abrir el portal, Zayne. No podemos permitirlo. Tengo que acabar con esto y puedo hacerlo. Si no puede usarme para abrir el portal...

—Me importa un carajo el portal. —Se lanzó hacia delante y me agarró las muñecas—. No te permitiré hacerlo.

Empezó a formárseme una grieta en el pecho.

—No quiero hacerlo, pero es la única forma.

—Si nos marchamos ahora... si huimos, no vamos a ganar el segundo asalto —nos advirtió Lucifer—. Es ahora o nunca. De una forma u otra.

—Cierra el pico —le espetó Zayne, y me sorprendió que Lucifer no contestara nada—. Olvídalo. Olvídate de todo esto. Huiremos. Seguiremos huyendo y escondiéndonos hasta que todo el puñetero mundo se haga pedazos.

—Pero ¿tú oyes lo que estás sugiriendo? —le pregunté mientras abría mucho los ojos.

—Me da igual. No me importa nada de esto. Tú eres lo único que me importa.

—No lo dices en serio...

—Y una mierda que no —gruñó.

Me retorcí, sin lograr gran cosa, mientras Zayne continuaba sujetándome las muñecas. Mi mirada se encontró de nuevo con la de Lucifer y la expresión de su cara lo decía todo. Tenía que ser en ese momento. No habría un luego. Gabriel me capturaría. Mataría a Zayne. Mataría a Roth y a Layla y a quienquiera que todavía siguiera con vida. No podía permitir que ocurriera eso.

—Te quiero, Zayne. Te quiero con cada fibra de mi ser —dije, y luego le hice una señal con la cabeza a Lucifer.

El diablo arremetió hacia delante y se estrelló contra el costado de Zayne mientras yo tiraba con todas mis fuerzas para liberarme. Zayne y Lucifer cayeron al suelo y fue...

Fue surrealista, como una experiencia extracorporal. Como si ni siquiera fuera yo quien se encontraba allí de pie, con la mano derecha firme, mientras Zayne gritaba, mientras Lucifer lo sujetaba y giraba la cabeza hacia un lado, lejos de mí, en un gesto que no me habría esperado de Satanás. No sentí nada cuando levanté la daga. O tal vez lo estaba sintiendo todo y fue demasiado, de modo que anuló mis sentidos. Alcé los ojos, pues no quería ver nada, pero lo único que vi fue humo gris cuando...

Sonó una trompeta. El repentino y atronador sonido parecía provenir de todas partes a nuestro alrededor. El suelo y el propio aire que nos rodeaba se sacudieron y lanzaron a Lucifer a un lado. Zayne se puso en pie de un salto y, un segundo después, me rodeó con los brazos y me sujetó con fuerza, pero no luché contra él mientras mantenía la mirada clavada en el cielo.

En las estrellas.

Treinta y tres

—Alguien se ha metido en un lío —canturreó Lucifer, que estaba sentado en el suelo—. Y no soy yooo.

Zayne y yo lo miramos mientras él echaba la cabeza hacia atrás y se reía.

Gabriel se elevó por el aire y apareció por encima de la cambiante horda de demonios y ángeles.

—¡No! ¡No! —gritó—. Tiene que ser una broma.

La trompeta sonó por tercera vez y miré hacia arriba de nuevo. Los brillantes destellos de luz repartidos por el cielo se estaban acercando con rapidez.

—¿Ves eso? —pregunté con voz entrecortada.

—Sí —contestó Zayne, que me abrazaba con fuerza.

Las estrellas cayeron del cielo, una tras otra.

Eso era lo que parecían mientras descendían a toda velocidad hacia la tierra. Eran docenas y docenas. Ángeles. Auténticos ángeles de batalla.

No me podía creer lo que estaba viendo.

La gracia brillaba en sus alas y de sus armas brotaban ardientes llamas doradas. Los demonios empezaron a darse la vuelta, a huir, pero fue demasiado tarde a medida que los ángeles se abrían paso entre la horda que nos separaba de Gabriel.

—¡Tiene que ser una broma! —gritó Gabriel de nuevo mientras se elevaba en el aire—. ¿Ahora? ¿Ahora decides hacer algo?

—A alguien está a punto de darle un ataque —comentó Zayne.

Gabriel arrancó varios árboles.

—¿A punto? —pregunté.

Un árbol cayó sobre el tejado de la casa al mismo tiempo que el terreno situado delante se iluminaba con un resplandor celestial.

—Esto no ha terminado —dijo Lucifer—. Todavía no.

Tenía razón.

—Tenemos que actuar rápido —añadió—. Dudo que los ángeles de batalla vayan a quedarse mucho rato. Ni tampoco Gabriel.

Las motas de luz brillante que rodeaban a los ángeles ya estaban desapareciendo, y regresaban rápidamente al cielo.

—¿Estás lista para acabar con esto? —Zayne inclinó la cabeza hacia la mía—. ¿De la forma correcta?

—Lo que iba a hacer era la forma correcta en ese momento —afirmé mientras el corazón me aporreaba las costillas—. Ahora no lo es.

—Ya hablaremos de esto luego —me prometió, y puse los ojos en blanco—. Lo he visto.

—De eso nada.

—Has puesto los ojos en blanco —dijo, y me soltó los brazos.

—No es verdad. —Era absolutamente verdad.

—También hablaremos luego de tu costumbre de mentir.

—Cuando hayáis terminado con los preliminares, avisadme —comentó Lucifer mientras agitaba un ala que se estaba reparando despacio.

No me molesté en responder a eso mientras comenzábamos a avanzar e íbamos cogiendo velocidad a medida que corríamos por el campo.

Ni siquiera vi al demonio hasta que Lucifer se elevó en el aire y descendió junto a un olmo estrecho. Sacó de un tirón a un demonio alto de detrás del árbol.

—Hola, Bael —dijo Lucifer mientras le hundía la mano en…

Di un traspié. La mano de Lucifer había atravesado directamente la cabeza de Bael. La cabeza propiamente dicha. La cara. El cráneo. Ay, Dios mío.

La barrera de llamas se desmoronó cuando Lucifer dejó caer al demonio.

—Adiós, Bael.

Zayne alargó la mano para agarrarme al mismo tiempo que Gabriel salía de pronto del humo, gritando, con una espada llameante en la mano.

—Madre mía —dije mientras me detenía de golpe e invocaba mi gracia.

La gracia parpadeó y luego ardió con intensidad. Me invadió. La espada de Miguel apareció de repente en mi mano.

—¡Increíble! —gritó Gabriel mientras atacaba a Zayne en un gesto de pura rabia. Él bloqueó el golpe con sus espadas en forma de hoz—. ¿De verdad creéis que ganaréis si me matáis? La humanidad está condenada de todas formas...

—¿Es que no puedes cerrar el pico? —le solté.

Gabriel se echó hacia atrás y giró la cabeza bruscamente hacia mí. Un momento después, un Guardián descendió hasta el suelo detrás de él. Tardé un momento en darme cuenta de quién era.

Teller.

Y sostenía una daga de ángel en las manos.

—Mátalos —le ordenó Gabriel—. Mátalos, pero deja viva a la nefilim.

De pronto, comprendí dos cosas al mismo tiempo.

Que Teller le había obedecido. Se lanzó hacia delante tan rápido, blandiendo la daga de ángel, que ninguno de nosotros respondió de inmediato.

Y recordé aquel día en el instituto, cuando la persona sombra se estrelló contra Teller y lo dejó inconsciente. Se había introducido en él y nunca había vuelto a salir.

Yo me sobrepuse primero y le di la vuelta a la daga que tenía en la mano. Eché el brazo hacia atrás y la lancé con todas mis fuerzas. La daga dio en el blanco y se le clavó en la base del cráneo. Teller se desplomó antes de poder llegar siquiera hasta Zayne.

No hubo tiempo para celebrarlo ni para encontrar la maldita daga de ángel en el suelo cubierto de niebla. Gabriel se me vino encima.

Me agaché cuando su espada llameante hendió el aire. Me lancé hacia delante, agachándome y girando, al mismo tiempo que lanzaba una patada y le golpeaba la rótula. Gabriel tropezó y arremetió con el puño mientras me levantaba de un salto. No tuve tiempo suficiente para esquivar el golpe por completo. Lo intenté, saltando hacia atrás, pero un ramalazo de dolor me recorrió el vientre. Inspiré bruscamente con los dientes apretados.

—Creo que ya es hora de que lo dejes. Se acabó.

—¿En serio? —Gabriel soltó una carcajada a la vez que Lucifer aparecía detrás de él. El arcángel adoptó un aire despectivo—. Ya estás muerta.

—Solo es un moretón —contesté, e hice caso omiso del ardor que me subía por el vientre y me recorría la espalda—. Pero no puedo decir lo mismo de ti.

Mientras Gabriel fruncía el ceño, Lucifer vio su oportunidad. Y la aprovechó.

Se abalanzó sobre él justo al mismo tiempo que Gabriel se daba la vuelta. Vi el impacto y casi me caigo de rodillas por el alivio cuando Lucifer echó la mano ensangrentada hacia atrás. Incluso yo pude ver la masa carnosa y palpitante que sostenía en el puño.

—¡Ahora! —gritó.

Zayne descendió en picado desde lo alto y aterrizó, con sus llameantes espadas con forma de hoz, mientras yo me lanzaba hacia delante. La espada de Miguel me pesó más que antes cuando la levanté, su peso no me resultó tan agradable. Agarré la empuñadura con ambas manos y asesté una estocada, soltando un grito, mientras Zayne blandía sus espadas por el aire.

La espada de Miguel se hundió en la espalda de Gabriel y la atravesó de lado a lado. El arcángel sufrió un espasmo, con los brazos extendidos. Su espada se desintegró y dejó caer la daga que sostenía. Un instante después, las espadas en forma de media luna de Zayne atravesaron el cuello de Gabriel y le cortaron la cabeza.

Ay, Dios mío.

El aire escapó bruscamente de mis pulmones mientras observaba caer la cabeza del arcángel.

Una luz intensa brotó del muñón en el que se había convertido el cuello de Gabriel. Era tan brillante que me cegó hasta que levanté una mano para protegerme los ojos. Incluso así, me lloraron mientras veía cómo la columna de luz manaba hacia arriba. La luz... contenía unos fragmentos negros que se arremolinaban en su interior. Aquello no tenía muy buena pinta. Mi gracia se replegó y la espada de Miguel se evaporó. El cuerpo de Gabriel estalló en llamas, sin que quedara ningún rastro de él, a la vez que la luz surcaba el cielo y se extendía cada vez más alto, más allá de lo que yo sabía que ni siquiera Zayne podía ver. Unas oleaginosas vetas negras se retorcían y palpitaban dentro del torrente de luz.

Se trataba de la gracia de Gabriel, que regresaba a la fuente. La siguiente inspiración que realicé me pareció demasiado escasa.

El fuego celestial se estrelló contra algo que no creí que ninguno de nosotros pudiera ver. Era como un... ¿campo de fuerza invisible? Sonaba estúpido, pero chocó contra algo. El fuego de color dorado blanquecino explotó y provocó un trueno retumbante. La gracia se propagó hacia fuera formando ondas.

Ahí estaba.

Di un vacilante paso atrás, tambaleándome. Dios lo estaba haciendo. A pesar de que había enviado a esos ángeles para luchar contra la horda de demonios, Dios lo había hecho. Había enviado la gracia mancillada de regreso a la tierra de una patada. Mareada por el horror, la vi arrastrarse por el cielo formando una interminable oleada que se extendía hasta donde me alcanzaba la vista.

¿Cómo diablos se las iba a arreglar alguien para explicar esa imagen?

Una risita histérica brotó dentro de mí y solo pude contenerla a base de pura fuerza de voluntad mientras la masa retorcida se extendía. Lo logramos. Habíamos detenido a Gabriel. Habíamos salvado el cielo.

Y, ahora, una clase diferente de infierno reinaría en la tierra.

Hice ademán de girarme hacia Zayne y noté el cuerpo increíblemente cansado. Fui vagamente consciente de que otros se acercaban a nosotros y oí que Zayne inspiraba bruscamente.

—Dios mío —susurró, con la mirada clavada en el cielo.

Levanté la cabeza de golpe y parpadeé, porque no estaba segura de si estaba viendo lo que creía o si se trataba de una especie de truco de la imaginación.

La gracia había dejado de moverse.

—¿Puedes verlo? —me preguntó Zayne, que se había situado a mi lado—. Es como si... se hubiera congelado.

—Puedo verlo. —No me atreví a apartar los ojos de aquello—. ¿Qué es eso, Lucifer?

El diablo no respondió.

O tal vez lo hizo y su respuesta quedó ahogada por el ruido. El sonido me recordó al de los fuegos artificiales cuando crepitaban y chisporroteaban al salir disparados hacia el cielo... si un millar de ese tipo de fuegos artificiales estallara a la vez. Eso fue lo único que pude oír durante un rato y luego la masa de gracia mancillada se dividió en millones de chispas de luz.

Di un respingo mientras alargaba la mano para agarrar el brazo de Zayne. Noté su piel firme y caliente bajo mi mano cuando le clavé los dedos.

—¿Trin? —dijo Zayne.

¿Era eso? ¿El fin del mundo tal y como lo conocíamos llegaba con un hermoso despliegue de luz dorada?

—¿Qué? —pregunté a la vez que las chispas empezaban a descender.

—Tu mano. —Zayne se giró hacia mí y una de sus alas me rozó el brazo. Me envolvió las manos con las suyas—. Está fría como el hielo.

Cómo estuviera mi mano no me parecía una gran prioridad en ese momento. Fui vagamente consciente de que Zayne me frotaba los dedos entre los suyos y me esforcé por permanecer de pie bajo el peso de lo que estábamos viendo. Los relucientes filamentos eran preciosos, me recordaron a luciérnagas; pero, en cuanto se posaran... en cuanto uno de ellos tocara a un humano, lo que había dentro de Gabriel lo corrompería.

—No se te calienta la mano. —Zayne deslizó la palma de la mano por mi brazo—. Tu brazo...

—Dios lo ha hecho —dijo Lucifer, con tono de asombro—. Dios lo ha hecho de verdad. Fijaos. —Alargó la mano cuando uno de los copos, que en ese momento eran blancos en su mayor parte, flotó hacia nosotros—. ¿Esto... es nieve?

Me dispuse a preguntarle cómo era posible que no supiera qué aspecto tenía la nieve, pero entonces caí en la cuenta de que llevaba en el infierno… ¿cuánto tiempo? ¿Miles de años? Dudé que nevara en el infierno. O que Lucifer pudiera recordar cómo era la nieve.

—Es… nieve. —Las manos de Zayne seguían en mi brazo—. Mira, Trin. Es nieve.

Aparté la mirada de la nevisca y la posé en mi brazo, en sus manos. Unos copitos blancos se posaron en su piel y se evaporaron al entrar en contacto, dejando atrás una mancha brillante.

—¿Está contaminada? —pregunté.

—No me parece maligna. —Aquellos ojos ultrabrillantes se encontraron con los míos—. ¿Y a ti?

Negué con la cabeza mientras la nieve continuaba cayendo sobre mis brazos.

—Me parece nieve.

—No es maligna —nos aseguró Lucifer, y pude percibir la sonrisa en su voz—. Sé reconocer el mal. Es nieve y es… —Soltó un gemido de indignación—. Ah, maldita sea.

—¿Qué pasa? —le pregunté.

Dirigí la mirada hacia él mientras el corazón me daba un vuelco.

Lucifer se encontraba de pie con las manos en las caderas.

—No está contaminada.

—¿Por qué lo dices como si eso fuera algo malo? —quiso saber Zayne.

Mejor aún, ¿por qué, de repente, la voz de Zayne sonaba como si se encontrara en un túnel a pesar de que estaba a mi lado? Lo miré. Sus facciones estaban borrosas… bueno, más borrosas de lo normal, y me…

—Está llena de bondad —soltó Lucifer—. Es pura y me está cubriendo por completo. Voy a tener que ducharme para quitarme esta mierda de encima.

Eso estaba bien… Estaba más que bien y era más de lo que ninguno de nosotros se había atrevido a esperar. Dios había intervenido. Él o ella o lo que fuera había intervenido de verdad. Se me llenaron los ojos de lágrimas, pero…

—Apuesto a que estás ahí arriba riéndote, ¿verdad? —gritó Lucifer—. ¿Espolvorearme con el equivalente a una bomba de purpurina celestial? ¿En serio?

Observé la nieve que se me iba acumulando en el brazo. No se derretía.

—Después de todo lo que he hecho por ti, ¿así es como me lo pagas? —añadió Lucifer, hecho una furia—. Voy a tener que ducharme cinco veces y sé que no lograré quitarme de encima el hedor a humanidad y bondad.

Zayne se giró hacia mí y noté la risa en su voz cuando dijo:

—Lo conseguimos, Trin.

Así era, pero...

Intenté tragar saliva, pero noté la garganta rara, como si se estuviera estrechando.

—No me siento bien.

Oí el sonido de las alas de Zayne al echarse bruscamente hacia atrás y luego el grito que brotó de él. No sabía por qué Zayne gritó mi nombre, pero de repente me encontré en sus brazos y él estaba encima de mí. Su cara se enfocaba y se desenfocaba continuamente.

—¡Trin! ¿Qué te pasa? —No esperó a que le respondiera. Me pasó la mano por el pecho y el vientre. Se detuvo y luego me levantó la camiseta de golpe y soltó una palabrota—. Estás herida.

—Solo es... un puñetazo.

Le tembló la mano contra mi vientre cuando giró la cabeza.

—¡Lucifer! ¡Deja de refunfuñar y ven aquí!

—¿Qué pasa? —pregunté, o eso me pareció.

No estaba segura de haberlo hecho mientras me esforzaba por levantar la cabeza el tiempo suficiente para echar un vistazo. Vi mi vientre, pero tenía un aspecto extraño. Como si la piel estuviera... como si estuviera volviéndose gris y eso se propagara.

—¿Qué es esto? —exigió saber Zayne—. ¿Qué está pasando?

La cara borrosa de Lucifer apareció por encima de una de las alas de Zayne. El diablo ladeó la cabeza y luego dio media vuelta y desapareció de la vista.

La cabeza... me pesaba demasiado. La dejé caer hacia atrás y acabé mirando más allá de Zayne y las puntas de sus preciosas alas, hacia la nieve que seguía cayendo. Me invadió un entumecimiento. Una insondable certeza.

—¿Qué estás haciendo? —gritó Zayne mientras me hacía inclinarme ligeramente de costado—. ¡Lucifer!

—Estoy buscando... Las he encontrado. —Hubo una pausa—. Maldita sea.

—¿Maldita sea? ¿El qué? —El pánico se apoderó de la voz de Zayne.

La voz de Lucifer sonó más cerca cuando me preguntó:

—¿Te apuñalaron con esto? ¿Con una de estas dagas de ángel?

Un tenue resplandor dorado brotaba del pincho que sostenía en la mano.

—La tenía Teller —logré decir—. Y Gabriel... solo me dio un puñetazo.

—Ese Guardián debió de darle una a Gabriel, o él siempre tuvo una —opinó Lucifer—. No te dio un puñetazo. Te hizo un corte con una de estas dagas.

—Pero... —Zayne se quedó callado y luego sus alas se desplegaron de repente—. ¡No! No. —Se giró hacia mí y me apretó más fuerte con el brazo—. Te vas a poner bien, Trin.

—¿Qué ha pasado? —preguntó Layla con voz entrecortada.

—No le pasa nada. Me aseguraré de ello —dijo Zayne—. Estás bien. Solo tengo que encontrar...

—No hay nada que encontrar —lo interrumpió Lucifer—. No hay nada que hacer.

—Tiene que haber algo —soltó Roth, y me alegré al saber que aquel estúpido príncipe demonio y Layla estaban bien.

—Es una daga de ángel —argumentó Lucifer—. Es...

—No lo digas —gruñó Zayne—. Ni se te ocurra decirlo, joder.

Lucifer se calló, pero no hizo falta que dijera lo que yo ya sabía, lo que sentía en los lentos latidos de mi corazón. ¿Qué había dicho Roth? Las dagas de ángel eran mortíferas. Podían matar cualquier cosa, incluido otro ángel.

Incluido un Sangre Original.

Ya lo sabíamos.

—Te vas a poner bien. —Zayne me acunó la mejilla. Me daba cuenta de que su mano estaba allí, pero no podía sentirla—. Tienes que ponerte bien. ¿Vale? Solo necesito que aguantes. Por mí. ¿Me oyes, Trin? Solo necesito que resistas y encontraré una solución.

«Ya estás muerta».

Eso fue lo que Gabriel había dicho después de golpearme. Salvo porque no había sido un puñetazo. Él lo sabía. Se dio cuenta de que iba a perder y...

Y se aseguró de que yo acabara como él.

Qué cabrón.

Había estado dispuesta a morir para detenerlo. Eso era lo que tenía planeado antes de que llegaran los ángeles, pero ¿después de ganar? No estaba lista.

Pero sabía que ya era demasiado tarde. Todo mi ser parecía... parecía estar rindiéndose, echando el cierre definitivamente.

Me estaba muriendo, y siempre había pensado que morir sería doloroso, pero eso era... era como quedarme dormida. Se me cerraron los ojos.

—¡No! —Zayne me sacudió, sobresaltándome—. No cierres los ojos. No te duermas. Mírame. Trinity, por favor. Mírame. Mantén los ojos abiertos. Trin, mírame.

Lo miré. Parpadeé hasta que sus facciones se enfocaron con dificultad y me embebí de cada línea de su cara, de cada plano y de cada ángulo. ¿Volvería a verlo? El pánico estalló como una perdigonada, pero ya era demasiado tarde.

—Te... te quiero. —Me obligué a pronunciar esas palabras, cada una requirió mucho esfuerzo—. Te quiero.

—Ya lo sé. Sé que me quieres, Trin, y tú sabes que te quiero. Me voy a pasar la eternidad diciéndotelo. Te hartarás de oírlo. —Se le quebró la voz—. Te lo prometo. No me vas a dejar. Me niego a permitirlo.

Pero eso era lo que iba a ocurrir, y no podía sentir sus brazos a mi alrededor. Un instante después, no pude verlo. El pánico dio paso al terror.

—¿Dónde estás?

—Estoy aquí mismo, Trin. Te tengo. Estoy aquí mismo. Te tengo.

Así era. Me tenía. No estaba sola. Parte del miedo se disipó.

—No me... sueltes.

—Nunca —me prometió.

—Por favor.

—Siempre.

Su voz sonaba muy lejana.

Sentí que mi pecho se elevaba, pero no había aire. No había sonido. No había luz.

Solo estaba la nada.

Y caí en ella.

Desaparecí.

Treinta y cuatro

—Trinnie, despierta.

Aparté la cabeza de la voz, pues quería regresar al sueño. O, al menos, creía haber estado soñando, porque me encontraba en brazos de Zayne y notaba su calidez mientras me abrazaba con fuerza. Y eso tenía que ser un sueño, porque habíamos estado luchando contra Gabriel. Lucifer lo había matado y Dios… Dios había hecho algo glorioso y yo…

—Trinnie—dijo de nuevo la voz, y me di cuenta de que la reconocía—. Te estoy mirando. Observándote.

Cacahuete.

¿Qué le había dicho sobre mirarme mientras dormía?

Pero eso no tenía sentido. Cacahuete no había estado allí y no podía estar dormida. Técnicamente no. Tal vez en sentido figurado. La semántica no importaba en ese momento.

Morí.

Me morí, joder.

Me invadió la ira. Aquel arcángel cabrón y psicópata había conseguido matarme de verdad. Estaba muerta y Zayne estaba vivo… Ay, Dios mío, Zayne. Noté una opresión en el pecho que me impedía respirar. Él había estado allí, abrazándome para que no estuviera sola, y ahora él seguía allí y yo estaba… bueno, dondequiera que estuviera. Estaba muerta.

—¡Trinity! —gritó Cacahuete.

Abrí los ojos de golpe y dejé escapar una exclamación ahogada. La puñetera cara transparente del fantasma estaba allí mismo, a escasos centímetros de la mía.

—Pero ¿qué diablos...? —exclamé, e hice ademán de sentarme.

Bajé las manos y las planté en... algo suave y seco. No en hierba húmeda.

Parpadeé varias veces mientras Cacahuete se apartaba flotando de mi campo visual. La confusión se apoderó de mí al darme cuenta de que estaba viendo el tenue brillo de la Constelación de Zayne.

Estaba tumbada en nuestra cama.

Las comisuras de los labios se me inclinaron hacia abajo.

—¿Cacahuete? —lo llamé con voz ronca.

—Sí —respondió él desde dondequiera que estuviera.

—¿Estoy en nuestro apartamento?

—Sí.

¿De qué iba eso?

Me senté y recorrí el dormitorio con la mirada. Cacahuete se encontraba a la izquierda, suspendido en el aire, con las piernas cruzadas. A mi derecha, la lámpara de la mesita de noche estaba encendida. Había un ajado y maltrecho ejemplar del libro favorito de mi madre sobre la mesita. Alargué la mano y deslicé los dedos por la cubierta blanda. ¿Me... me había convertido en un fantasma? ¿Por eso estaba ahí? Eso tenía bastante sentido. Ni de coña estaba lista para avanzar y quienes acababan de... fallecer solían regresar a lugares donde se sentían cómodos. El corazón me dio un vuelco...

Un momento.

Me apreté el pecho con la misma mano y noté los inestables latidos de mi corazón. Si hubiera muerto y ahora fuera un fantasma, ¿sentiría los latidos de mi corazón? ¿Podría sentir algo?

Giré la cabeza hacia Cacahuete.

Él me saludó con la mano.

—Puedo sentir la cama. Sentí el libro —le dije, y luego me golpeé el pecho con la mano. Hice una mueca. Eso hizo que me doliera una teta... me dolió de verdad. ¿Los fantasmas sentían dolor? Ay, Dios, de ser así, ¿cómo diablos Cacahuete se permitía flotar a través de los ventiladores del techo y esas cosas?—. Puedo sentir mi corazón.

Él enarcó las cejas.

—Eso espero.

Lo miré fijamente.

—¿Tú puedes sentir tu corazón?

—Qué pregunta tan estúpida.

—¿Por qué es una pregunta estúpida? —le solté—. Estoy muerta. Me morí, Cacahuete. Estoy supermuerta y, si soy un fantasma, ¿cómo puedo sentir mi...?

—No eres un fantasma —me interrumpió—. No estás muerta.

Me lo quedé mirando.

Él me devolvió la mirada.

Seguí mirándolo. Probablemente transcurrió un minuto entero antes de que fuera capaz de procesar siquiera lo que me acababa de decir e, incluso entonces, no lo entendí. En absoluto.

—¿Cómo? —susurré—. ¿Cómo es que no estoy muerta? —Volví a recorrer la habitación con la mirada, simplemente para asegurarme de que seguía siendo el dormitorio. Lo era—. ¿Cómo es que estoy aquí?

—Bueno, es una historia un tanto enrevesada.

Me puse de rodillas a toda prisa.

—Bueno, pues intenta darle sentido a la historia. —La cara de Zayne llenó de pronto mi mente y me dirigí hacia el borde de la cama—. ¿Sabes qué? Da igual. Tengo que encontrar a Zayne. Tiene que estar...

—¿Fuera de sí? —sugirió Cacahuete—. ¿Tan desconsolado que le exigió a Lucifer que te hiciera volver?

Me quedé inmóvil mientras mi mirada se desplazaba bruscamente hacia donde flotaba el fantasma.

—Y, cuando Lucifer le explicó que dar vida no estaba a su alcance, que él no es el guardián de las almas, exigió que el mismísimo Azrael le respondiera —continuó.

Pero... le pasaba algo muy raro a su voz, y no se trataba únicamente de que se hubiera referido a Ángel por su nombre angelical, lo cual ya era extraño de por sí. Su voz se había... fortalecido, se había vuelto menos «etérea». Ya no hablaba de esa forma cantarina como solía hacer.

—Azrael no respondió, porque sabía que no había ningún motivo para ello. No había nada que él pudiera hacer. Estabas más allá de su alcance.

Se me erizó todo el vello del cuerpo.

—Estás empezando a darme mal rollo, Cacahuete.

Él ladeó la cabeza.

—Creo que, cuando esta conversación termine, todo esto te va a dar mucho más mal rollo.

Noté un hormigueo en la piel mientras me ponía de pie de modo que la cama se interpusiera entre nosotros.

—¿Que está pasando?

Podría deberse solo a mis imprevisibles ojos, pero me dio la impresión de que la ventana situada detrás de él se veía menos a través de su cabeza.

—¿Sabes en qué se equivoca completamente la gente sobre Dios? En que es un padre ausente. Que no se preocupa por sus hijos, no vela por ellos meticulosamente, día tras día. Que no interfiere en pequeñas formas... formas que se pasan por alto a menudo y con facilidad. ¿Esa elección fortuita de girar a la izquierda en lugar de a la derecha de camino al trabajo? ¿La decisión inesperada de quedarse en casa o no regresar hasta tarde? ¿El viaje, la llamada telefónica, la compra o el regalo no planeados? Nada de eso es casual o un misterio. Es Dios, haciendo lo que hace un buen padre. Interviniendo cuando puede y aceptándolo cuándo no hay nada que pueda hacer. Nunca entendí del todo cómo Dios podía hacer todo eso: estar dispuesto a hacer cualquier cosa para estar cerca de sus hijos y, sin embargo, ser capaz de desentenderse. —Sus hombros parecieron alzarse al suspirar—. Siempre hay tantas normas, Trinity, tantas expectativas, incluso para Dios, y desde luego para un gran príncipe.

Un escalofrío me recorrió la piel. No. Era imposible...

Cacahuete me miró y, sí, su cara sin duda era más sólida.

—Tenías razón, ¿sabes? Cuando dijiste que tuvo que haber indicios de que a Gabriel le pasaba algo terriblemente malo. Que tuvo que haber señales.

Retrocedí hasta chocar contra la pared.

—Y las hubo. También tenías razón cuando dijiste que eras un vacío legal. Un arma que podría sortear el juramento de no herir a nadie. Al principio, al menos, solo eras eso; pero luego comprendí cómo y por qué Dios podría y estaría dispuesto a hacer cualquier cosa por sus hijos. —Se le dibujó una sonrisa—. Que, a veces, incluso Dios hace excepciones con las normas.

Me encontraba completamente pegada contra la pared y el corazón me latía tan rápido que no había ninguna duda de que estaba muy viva.

—Un arcángel no puede permanecer en la tierra y entre las almas durante mucho tiempo. Hay demasiadas responsabilidades y demasiadas consecuencias. La presencia de uno llamaría demasiado la atención de todo tipo de seres —me explicó, y un leve resplandor blanco empezó a aparecer en el centro de su pecho—. Pero, al igual que Dios, no pude desentenderme de mi propia creación. De mi carne y mi sangre.

El resplandor del centro de su pecho se extendió por el resto de su cuerpo. Una luz celestial palpitó con un intenso tono blanco: la clase de luz que yo sabía que veían las almas antes de avanzar. Era cálida y pude soportar mirarla, presenciarla.

Cacahuete cambió.

Su cuerpo se alargó y sus hombros se ensancharon. La mata de pelo castaño se aclaró y se volvió del color del sol. Sus facciones se endurecieron y se despojaron de la redondez de la juventud con la que yo estaba familiarizada. La vieja camiseta de Whitesnake se transformó en una túnica blanca sin mangas y los vaqueros raídos se convirtieron en unos pantalones de lino de color perlado. Y su piel… fue cambiando continuamente entre los tonos de la piel humana antes de establecerse en algún punto intermedio.

—Así que —dijo con esa voz que no le pertenecía a Cacahuete—, hice lo que pude para velar por ti.

Mi padre, el arcángel Miguel, se encontraba frente a mí.

—Joder —susurré.

Él se rio… se rio de verdad, y fue un sonido extraño, familiar y, sin embargo, desconocido. Me recordó a la risa de Cacahuete, si esa risa hubiera madurado.

—No me sorprende esa respuesta.

Tuve la sensación de que los ojos estaban a punto de salírseme de las órbitas.

—¿Tú…? ¿Hay…? —Negué con la cabeza—. ¿Esto es real?

Él asintió.

—Pero ¿dónde está Cacahuete?

Aquellos ojos completamente blancos reflejaron calidez. No sabría decir cómo era posible, pero lo era, porque pasó.

—Yo soy Cacahuete.

—Eso es imposible. Cacahuete era un adolescente. Es un adolescente que murió en los años ochenta...

—¿En un concierto de Whitesnake, después de subirse encima de una torre de sonido y luego matarse al caer? —terminó por mí—. ¿Has oído alguna vez algo más ridículo?

Pues no.

—Te lo aseguro, los humanos han encontrado formas increíblemente extrañas de morir, y hubo alguien que murió así, salvo que era mayor. Y la historia de su muerte me hizo gracia. Se me quedó grabada durante muchos años.

—¿La... historia de su muerte... te hizo gracia?

—Sí, así que cogí prestada su muerte. —Ladeó la cabeza... Ay, Dios mío, la ladeó como solía hacer Cacahuete cuando me miraba—. Deberías sentarte.

No podía moverme.

—¿Cacahuete no era real?

—Cacahuete es real —me corrigió—. Es... bueno, un reflejo de mí. Una manifestación o proyección de mí, cuando era un... ángel más joven y mucho más insufrible, proclive a todo tipo de cosas.

—¿Como colarse en el baño cuando Zayne se duchaba? —chillé como un auténtico pterodáctilo.

—Cuando lo expresas así, haces que parezca algo propio de un pervertido.

—Porque lo es.

Dios mío, ¿por qué sería necesario tener que explicarle eso a alguien, y mucho menos a un arcángel?

—Sentía curiosidad por el hombre que sabía que acabaría siendo el dueño del corazón de mi hija. Tampoco es que mirase donde no debía. —Se encogió de hombros—. Además, no hay nada en este mundo que no hayamos visto ya un millón de veces.

—De algún modo, eso lo empeora aún más —murmuré.

Una comisura de sus labios se curvó.

—Es muy humano de tu parte insinuar que existe una motivación sexual literalmente detrás de todo. Avance informativo, Trinnie —dijo, y se me tensaron todos los músculos del cuerpo, pues me recordó muchísimo a Cacahuete—: no la hay.

—Creo que necesito sentarme.

—Estoy de acuerdo.

No me senté.

—¡Me mirabas mientras dormía! ¿Y tu forma de hablar? ¿Las cosas que salían de tu boca?

—Como te dije, Cacahuete es un reflejo de mi juventud. Yo era bastante odioso cuando era un ángel joven. Pregúntaselo a Lucifer. Puede confirmártelo.

—Pero todas esas cosas de los ochenta...

—Los años ochenta siempre me han parecido divertidos. La música. Los peinados. —Hizo una pausa—. Los maillots. Fue una década muy interesante que demostró que... bueno, que no lo has visto todo cuando crees que sí.

Ay, Dios.

Cacahuete era mi padre.

Mi padre era Cacahuete.

Entonces me senté, allí mismo, en el suelo.

—¿Es posible que me haya dado... qué se yo, un derrame cerebral y eso explique todo esto?

—Eso ni siquiera tiene sentido. —Transcurrió un momento y luego mi... padre se asomó por un lado de la cama—. ¿Sería más fácil para ti verme como Cacahuete? Puedo volver a convertirme en él. Pero no puedo mantener la proyección durante mucho tiempo.

Caí en la cuenta de pronto.

—¡Por eso desaparecías constantemente! Incluso allá en la comunidad. Yo creía que simplemente te ibas a hacer... cosas de fantasmas.

—La proyección requiere mi atención. No mucha, pero la suficiente como para que pueda suponer una distracción. ¿Quieres que vuelva a transformarme en él?

—No. Sería... sería aún más raro, y no creo que pueda lidiar con eso.

Él asintió con la cabeza y luego se sentó a los pies de la cama. Guardó silencio.

Yo no.

—¿Y qué pasa con todo ese asunto del purgatorio? Cuando dijiste que te viste arrastrado hacia allí.

—Pasó de verdad cuando Zayne cayó. No a mí, sino a aquellos que no habían avanzado. —Apoyó las manos en las rodillas—. Pensé que sería importante que comprendieras el impacto de su caída, aunque fuera temporal.

Vale. Bueno, impacto comprendido. No estaba segura de qué cambiaba eso y, por algún motivo, me pareció algo aleatorio y absurdo que un padre intentaría enseñarle a su hijo.

—Evitaste a Zayne después de que cayera porque él lo habría sabido, ¿verdad?

—No habría sabido qué era yo, pero habría sentido que algo no era lo que parecía. Eso habría supuesto una complicación innecesaria.

—¿Y Gena? No es un fantasma. Solo era una excusa para explicar por qué no podías estar por aquí. —Se hizo evidente—. ¿Porque Gabriel estaba cerca? ¿Por eso estabas... lejos más tiempo del que pasabas aquí?

Hizo un gesto afirmativo.

Se me ocurrió otra cosa.

—¿Mi madre...?

—Está en paz —respondió rápidamente—. Feliz y cómoda.

El corazón me latía con fuerza de nuevo y ni siquiera sabría decir si había llegado a ralentizarse.

—¿Sueles verla?

—Sí —dijo, y me sorprendió—. Me cae bien. No fue elegida al azar.

—¿No?

—No —contestó Miguel mientras negaba con la cabeza.

Me dispuse a hacer más preguntas sobre ese tema y luego decidí que, en ese momento, no creía ser capaz de soportar oír hablar del *affaire* de mis padres.

No podía lidiar con tantas cosas a la vez.

Pero había algo que necesitaba preguntar.

—¿Por qué mi madre no me ha visitado nunca?

—Por la misma razón por la que el padre de Zayne no fue a verlo cuando estuvo en el cielo —me dijo, y di un respingo—.

Porque ella sabía que no podrías dejarla ir. Te quedarías estancada, y ese dolor, esa pena, ese amor y ese anhelo la habrían atrapado. Tu madre no te haría eso.

Se me formó un nudo en la garganta.

—¿Sabe cuánto lamento…?

—Lo que le pasó no fue culpa tuya. Nunca lo ha pensado, ni por un segundo, y se pondría furiosa si supiera que crees eso.

Las lágrimas me empañaron los ojos. Se pondría superfuriosa.

—Los actos de otros provocaron su muerte. Solo fuiste un punto débil en ese sentido, igual que ella. Los que se aprovecharon de ello fueron los que tuvieron la culpa. En el fondo, lo sabes. —Su tono se suavizó—. Pero, a veces, no ser el responsable del resultado final es peor que la culpa de ser la causa.

Puf.

Sus palabras parecían tan… tan sabias, y eso me resultó raro y maravilloso, pero sobre todo raro.

Me sequé las lágrimas.

—¿Por qué?

Él pareció saber a qué me refería.

—Porque era la única forma de poder mantener alguna relación contigo. La única forma de poder conocerte.

El nudo se hizo más grande en mi garganta.

—¿Y Zayne? —le pregunté con voz ronca—. Te aseguraste de que pudiera caer para que pudiera estar conmigo.

—Fue un pequeño regalo que pude proporcionarte.

¿Un pequeño regalo? Se me escapó una carcajada húmeda.

—¿Y las estrellas? Fuiste tú.

Asintió con la cabeza.

—Y tú… tú eres la razón por la que estoy viva ahora mismo.

—En parte.

Parpadeé, confundida.

—¿En parte?

—Conté con la ayuda de cierta humana con energías renovadas.

—La Bruja Suprema —comprendí.

Miguel inclinó la cabeza.

—La poción que te dio no solo atrajo a Zayne hasta ti. Te

unió a él. Se parece al vínculo del Protector, pero es más fuerte. Llevas una parte de la esencia de Zayne dentro de ti. Mientras él viva, tú vivirás. Estás marcada.

Me hormigueaban los dedos cuando los apreté contra mi pecho, donde se había formado la extraña cicatriz, justo donde la luz que brotó de Zayne me había golpeado. De repente, recordé la mirada que Tony le había dirigido a la Bruja Suprema cuando me dijo que debía derramar mi propia sangre.

Dirigí bruscamente mis ojos muy abiertos hacia donde estaba sentado Miguel.

—Entonces ¿no... no me morí?

Él negó con la cabeza.

—Te debilitaste y perdiste el conocimiento mientras el vínculo reparaba el daño causado.

—Pero ¿no se suponía que una daga de ángel podría matar cualquier cosa?

—El vínculo entre Zayne y tú lo desbanca todo. —Hizo una pausa—. Bueno, casi todo. Si te decapitan...

Parpadeé despacio.

—Tu vida será tan larga como la suya, Trinity. —Aquellos ojos completamente blancos se clavaron en los míos—. ¿Comprendes lo que significa eso?

El corazón me dio un vuelco.

—¿Soy... soy inmortal?

Entonces él sonrió y se me formó un nudo en el pecho. Había mucho afecto familiar en la curva de sus labios.

—Eres tan inmortal como cualquier ser angelical.

—¿No voy a... envejecer?

Volvió a negar con la cabeza.

—La mayoría de los ángeles dejan de envejecer cuando alcanzan cierta madurez —me dijo, lo cual explicaba por qué muchos de ellos aparentaban veintitantos años—. Pero tú dejaste de envejecer en cuanto se forjó el vínculo.

Lo único que pude hacer fue quedarme mirándolo, y lo hice probablemente durante varios minutos mientras intentaba asimilar el hecho de que no envejecería ni me rompería las caderas mientras Zayne permanecía joven y gloriosamente libre de huesos rotos. No envejecer después de los diecinueve años significaba que probablemente seguirían pidiéndome el carné eternamente...

Ay, Dios mío, eternamente en sentido literal. O hasta que me cortaran la cabeza, al estilo de *Los inmortales*, o hasta que Zayne... Ni siquiera iba a pensar en eso. Había cosas mucho peores que nunca parecer mayor que entonces.

Como morir en ese instante o por la vejez, en brazos de Zayne...

—¡Un momento! —exclamé mientras acercaba las piernas al pecho para ponerme de pie—. ¿Ahora tengo dos cuerpos? ¿El que estaba allá en aquel campo y este de ahora?

Una expresión de perplejidad se dibujó en las facciones de Miguel.

—Tu mente funciona de una forma de lo más extraña. No tienes dos cuerpos.

—En ese caso, ¿Zayne sabe que estoy aquí? Porque cuando me morí... o me desmayé, lo que sea, estaba con él.

—Estabas allí, pero simplemente te hice aparecer aquí.

—¿Simplemente me hiciste aparecer aquí? —repetí como una tonta—. ¿Como por arte de magia?

—Sí —contestó mientras enarcaba una ceja.

—¡Ay, Dios mío, Zayne debe de estar flipando!

—Probablemente.

Lo dijo como si fuera algo sin importancia. Como si la gente desapareciera sin más de los brazos de otras personas todos los días.

Y tampoco me cabía en la cabeza el hecho de que Miguel pudiera hacerme desaparecer a voluntad de un lugar y aparecer en otro.

—¿Todos los arcángeles pueden hacer eso? —le pregunté, y pensé que, si ese era el caso, entonces ¿por qué Gabriel no se había limitado a hacerme aparecer donde se encontraba?

—Eres de mi carne y mi sangre —contestó, y deseé que dejara de expresarlo de ese modo—. Ese es el motivo.

Tenía tanto sentido como todo lo demás. Me pasé una mano por la cara, por los ojos. Mis ojos. Se me contrajo el estómago mientras bajaba la mano. Casi me daba miedo preguntar, pero tenía que saberlo.

—¿Mis ojos seguirán empeorando?

—¿Cambiaría algo de ser así? ¿Si hubieras sabido que el vínculo significaba una eternidad de oscuridad para ti?

—No. —Ni siquiera tuve que pensarlo—. Estar ciega no es peor que la muerte. Contar con este regalo de vida, una vida más larga de lo que soy capaz de comprender, al lado de Zayne, significa mucho más que poder ver. Puedo aprender a vivir sin mi vista. —Y Zayne estaría allí para ayudarme—. No puedo aprender a regresar de entre los muertos.

—Esa mente tuya... —Sacudió la cabeza y se rio con suavidad—. El vínculo interrumpió tu envejecimiento. No puedo estar cien por cien seguro, ya que esto no se había hecho nunca, pero también podría haber interrumpido el deterioro de tus ojos.

—¿De verdad? —susurré mientras me invadía un cosquilleo de asombro.

—No es una cura mágica. Tu vista no mejorará y, por lo que tengo entendido sobre tu enfermedad genética en concreto, la ceguera total no está garantizada —dijo, y tenía razón.

Eso era cierto. La retinosis pigmentaria solía progresar de manera diferente en cada persona. Me sorprendió un poco que lo supiera.

Entonces caí en la cuenta de que lo sabía porque Cacahuete lo sabía todo acerca de mi enfermedad.

Y él era Cacahuete.

No me extrañaría que acabara desmayándome.

—O podría empeorar, Trinity. Tu envejecimiento se ha interrumpido y ni siquiera yo comprendo las consecuencias genéticas de ello. Se desconocen, al igual que otras cosas, como tu capacidad para concebir...

—No hablemos de eso.

Él frunció el ceño.

—La concepción es, simplemente, parte de la vida, Trinity. No es nada de lo que avergonzarse. ¿Crees que no estoy al tanto de tu reciente susto?

—Vale. Madre mía. Dejemos ese tema de lado. No creo que mi cerebro pueda procesarlo.

Me estremecí, pero mi cerebro no pudo dejar el tema de lado. Ángel lo sabía cuando habló con Zayne y conmigo. Había dicho que un hijo nuestro sería un Sangre Original, pero eso fue «antes». No había entendido a qué se refería entonces, pero lo entendí en ese momento.

Eso fue antes de que yo hubiera asimilado una parte de la esencia de Zayne... Antes del vínculo.

—¿Qué soy ahora? ¿Sigo siendo una Sangre Original?

—Sí —me confirmó—. Pero también eres algo completamente diferente. Algo nuevo y sin etiquetas. Eres, como has dicho tú misma antes, única y especial.

Se me escapó una risa temblorosa mientras inclinaba la cabeza hacia atrás contra la pared. Le había dicho eso muchas veces a... Cacahuete. Todo esto era demasiado... en el buen sentido, pero seguía resultando rematadamente abrumador. Al mirarlo, sentí que la garganta se me cerraba de nuevo.

—No sé qué decir aparte de «gracias» y eso me parece insuficiente...

—No es necesario que me des las gracias. Esto no es una recompensa por cumplir con tu deber. Fue simplemente la única forma que tuve de demostrarte que no eres solo un arma. Eres Trinity Marrow, una guerrera tanto mental como física, con gustos gastronómicos cuestionables, pero certeros cuando se trata de televisión. Salvo por *Sobrenatural*. No me gusta cómo me representan. Pero eres muchas cosas, incluyendo mi hija.

Ay, Dios.

Las lágrimas me fueron subiendo poco a poco por la garganta y se me acumularon en los ojos.

—No te comportes así... Como un padre.

—No lo entiendo —dijo, con la voz cargada de confusión.

—Es más fácil pensar que no te importo o que simplemente te desagrada todo en general —solté atropelladamente—. Porque así no parece tan injusto que no puedas ser mi padre. No me estoy perdiendo nada. No te estás perdiendo nada, ¿entiendes? Porque te vas a marchar después de esto, ¿verdad? No puedes quedarte aquí. No te tendré a mi lado.

—No, no puedo quedarme.

Las lágrimas se escaparon y me humedecieron las mejillas.

—¿Y Cacahuete?

Entonces se movió y se arrodilló a mi lado. Alargó la mano con cuidado y me secó las lágrimas.

—Creo que ya no necesitas a Cacahuete.

Pero sí lo necesitaba.

Echaría de menos a aquel cretino y, en ese momento, me daba igual que Cacahuete fuera Miguel.

—Puede que te resulte difícil aceptarlo en este momento; pero, en el fondo, siempre supiste que llegaría un día en el que tendrías que despedirte de él. Querías que fuera hacia la luz, ¿no?

Asentí con la cabeza.

—En realidad, esto es lo mismo. Cacahuete no ha dejado de existir. Siempre estará ahí. Siempre estaré aquí —dijo, y me quedé sin aliento—. Esta no será la última vez que me veas. Te lo prometo.

Tragué saliva con dificultad mientras asentía de nuevo. Comprendí a qué se refería. Cacahuete no había muerto. Él era Cacahuete. Lo entendí. Y era hora de que yo avanzara.

—Además —añadió mientras apoyaba su cálida mano contra mi mejilla—. Todavía tienes un propósito. Tanto tú como Zayne. Más pronto de lo que probablemente esperas.

Centré mi atención en eso, sorbiéndome la nariz.

—¿Q-qué quieres decir?

—Mi hermano fue muy muy travieso durante su breve estancia —contestó con una ceja enarcada.

—Oh —susurré y luego me puse tensa—. Oh, nooo.

Miguel asintió con la cabeza.

—¿Me estás diciendo que vamos a tener que cazar y matar a un bebé Anticristo?

Él se quedó inmóvil.

—No entiendo cómo tu cerebro conecta el punto A con el punto B.

—Pero...

—Ningún niño, ni siquiera uno creado por Lucifer, carece de esperanza. Es el hijo de la gente. Y la gente decidirá qué será de él.

Vaya, eso no presagiaba nada bueno, entonces.

—Siempre hay esperanza —repitió.

—¿Has conocido gente? —le pregunté—. Por lo general, la gente es un asco.

Él sonrió.

—La gente posee una asombrosa capacidad para cambiar. A algunos les resulta imposible, sí, y responderán de todo al ser juzgados, pero la mayoría... la mayoría puede cambiar. La mayoría ya son buenos, pero si este niño cumple el destino de su padre... entonces, bueno, llegará la gran guerra definitiva.

—Genial —murmuré.

—De cualquier manera, todavía queda bastante tiempo para eso. Pasarán décadas antes de que el niño tenga que tomar una decisión. Hasta entonces, vive tu vida con tanta valentía y tenacidad como hasta ahora. Vive tu vida con propósito, hija mía.

Treinta y cinco

En un abrir y cerrar de ojos, me desvanecí del dormitorio, pero no antes de que mi... mi padre hiciera venir a Lucifer.

Dicha habilidad nos habría venido de perlas cuando Lucifer había desaparecido.

Pero no me iba a cabrear por eso en ese momento.

Estaba bastante segura de que mi padre iba a estar muy ocupado devolviéndolo al lugar que le correspondía. También estaba segura de que ese tema iba a ir extraordinariamente bien teniendo en cuenta que las primeras palabras que salieron de la boca de Lucifer fueron:

—Así que has venido a darme las gracias en persona por salvar el cielo. Me siento honrado.

Lucifer no pareció sorprenderse en absoluto de verme con vida. Me miró en plan «¿Qué tal?» y luego volvió a centrarse en Miguel.

Y entonces me encontraba plantada en medio de...

—Pero ¿qué diablos...? —susurré mientras intentaba girar despacio.

Miguel no me había enviado de vuelta al campo, sino a... ¿la azotea del apartamento?

Recorrí con la mirada las guirnaldas de luces que brillaban con suavidad, las tumbonas de playa cuidadosamente alineadas y las mesitas. ¿Por qué me había enviado ahí? Zayne no estaba cerca de la azotea del apartamento. Se encontraba en el campo que apestaba a azufre y a putrefacción dulzona.

Levanté las manos bruscamente y me di la vuelta de nuevo,

hacia la puerta de acceso. Iba a tener que pedir un taxi y hacer que me dejara... en medio de la nada.

O podía llamar a Zayne. Qué tonta. Hice ademán de coger el móvil y entonces me di cuenta de que no lo había visto desde mi secuestro.

—Maldita sea.

Pasé dando fuertes pisotones junto a una mesa y contuve a duras penas el impulso de agarrarla y lanzarla al otro lado de la azotea.

Estaba superagradecida y contenta por todo lo que había hecho mi padre, aunque algunas de esas cosas me resultaran difíciles de asimilar y me dieran un poquito de mal rollo, pero ¿en serio? ¿Me hacía aparecer en la azotea en lugar de donde estaba Zayne?

Se me presentaban dos opciones: regresar caminando a aquel puñetero campo o esperar a Zayne en el apartamento. Vale. En realidad, no había dos opciones. Era imposible que pudiera regresar caminando a ese campo y, con el tiempo, Zayne tendría que volver a casa. Pero me iba a volver loca esperándolo.

Crucé la azotea, indignada, con la sensación de que ya me estaba volviendo loca debido a todas las emociones que se arremolinaban en mi interior. Había muchas cosas que iba a tener que solventar; pero, en ese preciso instante, solo podía pensar en Zayne. Sabía exactamente por lo que él tenía que estar pasando, porque yo había pasado por lo mismo, y no me gustaba que tuviera que experimentar esa clase de sufrimiento más tiempo del necesario. Y, por lo menos, Zayne no se había desvanecido delante de mí. El pánico tenía que haberse apoderado de él y...

—¿Trinity?

Tropecé con mis propios pies al mismo tiempo que me quedaba sin respiración. Recobré el equilibrio y me giré rápidamente.

Al otro lado de la azotea, Zayne se encontraba sobre una de las anchas columnas. La brisa le agitaba y le levantaba el pelo y las plumas de aquellas alas magníficas, y dejaba ver las vetas de resplandeciente gracia palpitante. En ese momento, me asombró cuánto me recordó a los ángeles de batalla que adornaban el techo del Gran Salón, allá en las tierras altas de Potomac. Casi parecía un ser irreal.

—Trinity —repitió, y su voz sonó ronca, pero aun así fue uno de los sonidos más hermosos que había oído en toda mi vida.

Avancé a trompicones, con el corazón aporreándome el pecho.

—Soy yo.

Zayne fue tan rápido que ni siquiera lo vi moverse de la cornisa. Primero estaba allí y luego delante de mí y, apenas un instante después, me rodeó con los brazos. Me apretó contra su pecho, y hundió la mano y la cara en mi pelo mientras sus alas se plegaban a mi alrededor.

—Eres tú de verdad. Estás aquí de verdad. —Lo recorrió un estremecimiento a la vez que yo inhalaba su aroma a menta fresca—. Esto es real. No es una especie de sueño. Te estoy abrazando de verdad. Estás viva.

—Así es.

Zayne me tocó los lados de la cara con actitud reverente y luego deslizó los dedos por el lateral de mi cuello. Se detuvo donde mi pulso latía desenfrenadamente, luego buscó más abajo y presionó la palma de la mano contra el centro de mi pecho, sobre mi corazón.

Otro estremecimiento se apoderó de él y cayó de rodillas delante de mí. Se me partió el corazón. Las hermosas alas se extendieron por el suelo de baldosas mientras Zayne me agarraba por la cintura y levantaba la mirada hacia mí.

—Eres todo lo que siempre quise, incluso antes de saber lo que quería. Eras tú. Siempre fuiste tú —susurró con voz descarnada—. Y te perdí.

—Pero no me has perdido.

Me puse de rodillas delante de él y le acuné las mejillas. Sus vibrantes ojos azules relucieron cuando se encontraron con los míos y todo mi pecho se contrajo cuando vi que estaban húmedos: el pánico y la pena, la chispa de esperanza y, lo más duro de todo, el miedo. Reconocí esas emociones y deseé más que nada en el mundo poder librar a Zayne de todo eso.

—Esto no es un sueño. Desde luego, es tan disparatado que lo parece, pero es real. Estoy bien. Estoy viva. Muy viva, por lo visto, y te quiero. Te quiero muchísimo. No te lo digo lo suficiente. Soy consciente de ello, porque soy rara y torpe, pero te quiero...

La boca de Zayne se cerró sobre la mía con un beso que borró todo el miedo y el pánico de cuando creí que me estaba muriendo. Hizo a un lado la confusión y los pensamientos por igual, sin dejar espacio para nada más que la sensación de sus labios contra los míos, su sabor y la intensidad de lo que Zayne sentía por mí. Todo el miedo y la pena que él había experimentado alimentaron aquel beso, al igual que todo su amor, y ese amor no solo eclipsó lo desagradable: lo hizo desaparecer. Y me asombró cuánto podía desvelar un beso cuando tenía lugar entre dos personas que se querían.

Y nos besamos una y otra vez mientras las lágrimas de mis mejillas se mezclaban con las que cubrían las suyas. Zayne acabó sentándose y yo me situé en su regazo de algún modo, mientras su pecho se apretaba contra el mío y sus alas se curvaban a mi alrededor. Creí que nunca dejaríamos de besarnos, porque había dicha en ello, un dulce alivio tras haber estado ambos demasiado cerca de no volver a experimentar eso nunca más demasiadas veces. Nos besamos durante una eternidad, y aun así no sería suficiente.

—Eres tú. —La calidez de su aliento me rozó los labios cuando apoyó la frente contra la mía. El pecho le subía y le bajaba trabajosamente—. Nadie consigue pronunciar tantas palabras en unos pocos segundos como tú.

—Es un talento.

Su risa estaba cargada de alivio.

—¿Cómo es esto posible, Trin? Te... —La voz se le volvió más áspera—. Te estaba abrazando. Apenas podía sentirte respirar y parecía que no me oías. Y, entonces, desapareciste. —Deslizó las manos por mis mejillas—. Te esfumaste sin más.

—Lo siento...

—Dios mío, Trin. No te disculpes. No hiciste nada malo.

—Ya lo sé, pero también sé por lo que has pasado, y ojalá no hubieras tenido que experimentarlo. —Giré la cabeza y le besé el centro de la palma—. Lo cambiaría si pudiera.

Me rozó el puente de la nariz con el suyo.

—¿Qué ocurrió?

—Mi padre —contesté mientras le tocaba la curva de la mandíbula—. Es... es de locos, pero tenías razón. Lo que hizo por ti fue su forma de demostrarme que le importo, y esto..., la razón por la que no morí es él. ¿Recuerdas el hechizo que me dio la Bruja Suprema? Hizo más que traerte hasta mí. Nos unió. Esa marca en mi pecho es una marca de unión. Es como el vínculo del Protector, pero al revés y más fuerte. Por eso la daga de ángel no me mató. Solo me hirió. No envejeceré. No moriré a menos que te pase algo. —Presioné un dedo contra el centro de su labio inferior—. Así que no vas a poder librarte de mí durante... ¿una eternidad? Enhorabuena.

Zayne se apartó lo suficiente para que nuestros ojos pudieran encontrarse.

—¿Estás...? Si estás... No me mentirías sobre algo así, ¿no?

—Claro que no —contesté.

Nunca había visto a Zayne tan nervioso. Tenía los ojos muy abiertos.

—Yo... Dios mío, Trin. No sé qué decir, aparte de ¿cómo diablos se te ocurre sugerir que querría librarme de ti?

Me reí y la rigidez de mis músculos comenzó a aliviarse.

—¿No se suponía que el hecho de que envejeciera no tenía importancia? ¿Que me querrías con caderas rotas y todo?

—Te querría con caderas rotas y todo —afirmó, completamente en serio—. Te querría tanto como ahora cuando tuvieras ochenta años. Ni de coña iba a permitir que nada de eso se interpusiera en el tiempo que tuviera contigo, pero no iba a ser nada fácil presenciar cómo me dejabas poco a poco, día tras día, año tras año. Y, cuando llegara ese día, habría encontrado la forma de reunirme contigo. Te habría seguido. Nada me lo habría impedido.

La emoción hizo que se me formara un nudo en la garganta.

—Lo sé.

Su mirada escrutó la mía.

—Pero ¿no tener que preocuparme por eso? ¿No temer ese día? ¿Saber que estarás a mi lado dentro de cincuenta años? ¿De cien?

Probablemente ese no fuera un buen momento para mencionar todo el asunto del Anticristo. Luego.

—Casi me cuesta creer que esto sea real. Que tengamos tanta suerte. —Su mirada recorrió entonces mis facciones—. Que tengamos esto. Un futuro real en el que yo no tema el día que te pierda y tú, por tu parte, ya no estés obsesionada con las caderas rotas.

Me reí de nuevo y me abandonó más tensión.

Zayne me dio un beso, rápido y profundo.

—Me encanta ese sonido.

—Se nota —suspiré.

Sus labios se curvaron y formaron una sonrisa contra los míos.

—Ni siquiera sé qué decir.

—Bueno, no te lo he contado todo.

—No creo que nada pueda sorprenderme más —dijo, y me besó la mejilla.

—Cacahuete era Miguel. O es mi padre.

Zayne se echó hacia atrás.

—Mi padre es Cacahuete —repetí—. Ha sido Cacahuete todo el tiempo. Un reflejo de sus… años de juventud o una manifestación. Algo extremadamente raro y confuso.

—¿Qué?

Asentí con la cabeza.

—Has oído bien. Era la única forma de poder formar parte de mi vida —le expliqué, exhalando bruscamente, y luego le conté todo lo que me había dicho mi padre.

Todo aquello sonó igual de ridículo al salir de mi boca.

—Vale. Tenías razón —dijo Zayne cuando terminé—. Eso es… No sé qué decir.

Resoplé.

—Pero ¿no solía… irrumpir en el cuarto de baño mientras me duchaba?

Hice una mueca.

—Él asegura que no tenía nada de morboso y que no lo hizo la mitad de las veces que dijo haberlo hecho, pero no sé yo.

—Me voy a limitar a no pensar en eso.

—Probablemente sea lo mejor.

Deslizó una mano por mi mejilla y atrapó los mechones de pelo suelto.

—¿Qué opinas de todo esto? —Depositó un ligero beso en la comisura de mis labios—. ¿Qué te parece?

—Pues... Dios, no lo sé. Creo que ni siquiera he empezado a procesarlo —admití mientras jugaba con las puntas de su pelo—. Sobre todo, cuánto ha hecho Miguel... mi padre por mí. Cuántas cosas han pasado sin que yo lo supiera nunca, y aquí estaba, despotricando de él... despotricando de él delante de Cacahuete. Y eso me hace sentir como una imbécil de primera.

—No te sientas como una imbécil de primera —contestó Zayne, y oírle decir eso me hizo esbozar una sonrisa—. Creo que él entiende por qué te sentías así. Es tu padre. Te quiere.

—Así es —susurré, y exhalé un profundo suspiro mientras alzaba la mirada hacia la suya. Tenía muchas cosas en la cabeza, pero dispondría... dispondría de una eternidad para procesarlo todo—. Derrotamos a Gabriel.

—Sí. —Me besó la punta de la nariz—. Salvamos el cielo.

—Y Dios salvó a la humanidad.

—Creo que también nos merecemos algo de mérito por eso. —Sus labios me rozaron la frente—. Lucifer ha desaparecido otra vez.

—Eso fue cosa de Miguel. —Me pregunté si alguna vez dejaría de sentirme rara al referirme a él como mi padre—. Lo va a acompañar de regreso al infierno. Por cierto, ¿cómo supiste que estaba aquí?

—Después de que Lucifer se desvaneciera, apareció Ángel. —Apretó los labios contra mi sien—. Me dijo que encontraría lo que estaba buscando si regresaba a casa. Supe que tenía que referirse a ti, aunque me diera demasiado miedo tener esperanza.

Apoyé la frente contra la suya.

—Tengo entendido que exigiste que Lucifer me hiciera volver y luego llamaste a Ángel. Odio que tuvieras que pasar por eso.

—Por lo que pasaste tú cuando morí fue mucho peor. Sí, esos minutos me parecieron una eternidad, pero en tu caso fueron días. —Me rodeó el cuello con la mano—. Pero ya no tenemos que preocuparnos de que eso vuelva a ocurrir. Ahora estamos juntos.

—Para siempre.

—Para siempre —repitió, y luego me besó con suavidad.

Sonreí.

—Tenemos que avisar a los demás de que estoy bien.

—Lo haremos. —Su mano se deslizó por mi espalda al mismo tiempo que sus alas se abrían—. Pero no ahora mismo. Tengo otras prioridades que nos involucran a ti y a mí, y me da igual que eso sea muy egoísta.

Me quedé sin aliento en el momento en que su mano me recorrió la cadera.

—Creo que me gusta que seas egoísta.

Zayne se puso de pie y me llevó en brazos.

—Cuando termine contigo, te va a encantar.

Y no se equivocó.

En absoluto.

En nuestro dormitorio, bajo el resplandor de la Constelación de Zayne, no nos limitamos a hacernos el amor el uno al otro. Nos lo demostramos el uno al otro mientras nos desnudábamos. Estaba presente en cada roce de nuestra piel y en cada caricia prolongada y seductora. El amor se notó en cada beso y suspiro suave y quedó a plena vista cuando nuestros cuerpos se unieron; fue imposible no percibirlo cuando empezamos a movernos a la vez, avivado por la certeza de que disponíamos de toda una vida (varias vidas) de eso, de amor y aceptación, de respeto y pasión. Y, aun así, de algún modo, incluso eso no parecía tiempo suficiente.

Después, mientras me encontraba tumbada sobre su pecho y un ala me cubría la espalda, Zayne me preguntó:

—¿Sabes qué pasará con tu vista?

—No. Se lo pregunté, pero él tampoco lo sabía. Existe la posibilidad de que la muerte de las células se haya interrumpido o de que continúe. Es cuestión de esperar a ver qué pasa.

—Como antes.

—Pues sí.

Zayne siguió trazando círculos perezosos por mi brazo.

—Sea como sea, puedes con esto.

—Podemos con esto —lo corregí con una gran sonrisa.

—Así es. —Estiró el cuello y me besó la coronilla. Transcurrió un momento de silencio—. ¿Te he dicho alguna vez a qué me olía el cielo?

Levanté la cabeza y me esforcé por distinguir sus facciones bajo la tenue luz.

—No, no me lo dijiste.

—A jazmín. El cielo olía a jazmín.

Tardé un momento... vale, probablemente tardé más tiempo del que debería en comprenderlo, pero luego lo logré.

—Mi gel de baño es de jazmín.

—Ya lo sé —me confirmó—. El cielo olía a ti.

El corazón me dio un vuelco y después se puso a bailotear.

—Te quiero —le dije.

Nos besamos y luego nos pasamos el resto de aquellas horas en penumbra demostrándonos el uno al otro una vez más cuánto nos queríamos.

—Nunca pensé que iría a una barbacoa con demonios —comentó Jada mientras se dejaba caer a mi lado, en la mesa de pícnic, la noche siguiente. Sacudió la cabeza—. Por Dios, nunca pensé que vería Guardianes y demonios pasando el rato juntos.

Nos habíamos reunido en la casa de Roth y Layla, en el jardín trasero, junto a una ostentosa piscina apropiada para un... príncipe demonio. ¡Aquella cosa contaba con una cascada de rocas!

—Y no te olvides del ángel caído —añadí.

Le di un golpecito con el hombro mientras mi mirada se posaba en Zayne. Él se encontraba en el patio, cerca de la piscina, hablando con Ty y Roth.

Me había quedado asombrada al ver aparecer a Ty y me sorprendió aún más que este les estrechara la mano a Roth y luego a Cayman cuando los presentaron. Y puede que hubiera dejado de respirar un poco cuando Nicolai llegó con Danika y Dez, que había traído a su mujer. El hecho de que el líder del clan de D. C. acudiera y viniera acompañado de dos Guardianas resultaba asombroso. De acuerdo, aquellos dos Guardianes no odiaban a los demonios de forma indiscriminada, pero eso no significaba que pasaran el rato con ellos.

Y estaban haciendo eso mismo en ese momento, allí de pie con los demás, hablando y riéndose y todo. Jasmine y Danika estaban sentadas en el borde de la piscina, con las piernas colgando dentro del agua, mientras Cayman jugaba al voleibol con Stacey.

Tal vez el mundo sí se había acabado.

Pero había motivos para celebrar. Gideon había conseguido localizar suficientes gemas para alterar las líneas ley. Estarían en nuestro poder al final de la semana.

—Parece un nuevo comienzo —dijo Jada—. Una nueva era.

—Es verdad. —Le eché un vistazo a mi amiga. Se había tomado bastante bien todo lo que le había contado. Incluso la parte de que Cacahuete era mi padre. Tuve la sensación de que procesó todo eso mejor que yo, pero Jada siempre había sido increíblemente pragmática—. ¿Cuándo crees que destinarán oficialmente a Ty al clan de D. C.? ¿Van a esperar hasta la próxima Investidura?

—Ojalá que no, pero ¿de verdad crees que mi tío haría otra cosa?

—Probablemente no —contesté con una amplia sonrisa.

—Vas a venir a visitarnos, ¿verdad?

—Por supuesto. Zayne y yo nos merecemos un respiro, y nos lo tomaremos en cuanto nos ocupemos del portal.

Vi cómo Zayne le devolvía la pelota de playa a Cayman. Íbamos a ver todos los lugares de los que habíamos hablado: Roma, Edimburgo, el letrero de Hollywood… Iríamos a todas partes. Y luego regresaríamos ahí. De momento, teníamos planeado quedarnos en esa zona, sobre todo porque el Anticristo estaba por ahí, en algún sitio, pero tal vez nos marcháramos. Todavía no estábamos seguros y había algo emocionante en no tener el futuro planeado. No siempre sería fácil. Ya lo sabía. Teníamos que volver a entrar en aquel instituto y alterar el portal. Estaba el tema de los fantasmas y la gente sombra, y todavía debíamos averiguar cómo romper las barreras de protección angelicales que los retenían allí. Habría más demonios que no querrían seguir las normas y más humanos estúpidos que, de algún modo, crearían más problemas que cualquier fuerza demoníaca. Luego estaba el Anticristo del que tal vez tendríamos que ocuparnos y el hecho de que todavía era posible que me quedara ciega. Las cosas no siempre serían seguras o divertidas. Habría riesgos y noches nada parecidas a esa, pero nos teníamos el uno al otro. Teníamos a nuestros amigos.

Y eso era lo único que importaba.

Algún tiempo después, las llamas crepitaban en el brasero.

Había malvaviscos tostándose para comerlos con chocolate y galletas y yo me encontraba en los brazos de Zayne, con mi cabeza apoyada contra su pecho, mientras observaba el cielo oscuro.

No podía ver ninguna estrella, pero no pasaba nada. Podía contemplar la Constelación de Zayne todas las noches. Siempre recordaría aquel hermoso mar de luces deslumbrantes y centelleantes. Ese recuerdo nunca se desvanecería. Siempre estaría presente cuando levantara la mirada hacia el cielo. Siempre vería las estrellas pasara lo que pasase, gracias a él.

A Cacahuete.

A mi padre.

«Gracias, papá». Articulé las palabras sin otorgarles sonido, pero me pareció que él las oyó de todas formas.

«Gracias».

Agradecimientos

Llegar al final de una serie siempre supone un momento agridulce, especialmente en este caso. Trinity siempre ocupará un lugar especial en mi corazón y espero que, a través de ella, hayas aprendido un poco más acerca de cómo es vivir con retinosis pigmentaria.

Gracias a mi agente, Kevan Lyon; a las editoras Natashya Wilson y Melissa Frain; al asombroso equipo de Inkyard Press; y a mi ayudante, Stephanie Brown, por su arduo trabajo y apoyo. Un agradecimiento enorme para Jen Fisher, Malissa Coy, Stacey Morgan, Lesa, Jillan Stein, Liz Berry, J. R. Ward, Laura Kaye, Andrea Joan, Sarah Maas, Brigid Kemmerer, K. A. Tucker, Tijan, Vonetta Young, Mona Awad, Kayleigh Gore, Krista y Valerie (por su amor eterno por Zayne) y muchas más personas que han ayudado a mantenerme cuerda y riendo. Gracias al grupo de lectura anticipada por vuestro apoyo y vuestras reseñas sinceras y un agradecimiento especial para los JLAnders por ser el mejor grupo de lectores que pueda tener un escritor.

Nada de esto sería posible sin ti, lector. Gracias.

Tu opinión es importante.

Por favor, haznos llegar tus comentarios a través
de nuestra web y nuestras redes sociales:
www.plataformaneo.com
www.facebook.com/plataformaneo
@plataformaneo

Plataforma Editorial planta un árbol
por cada título publicado.

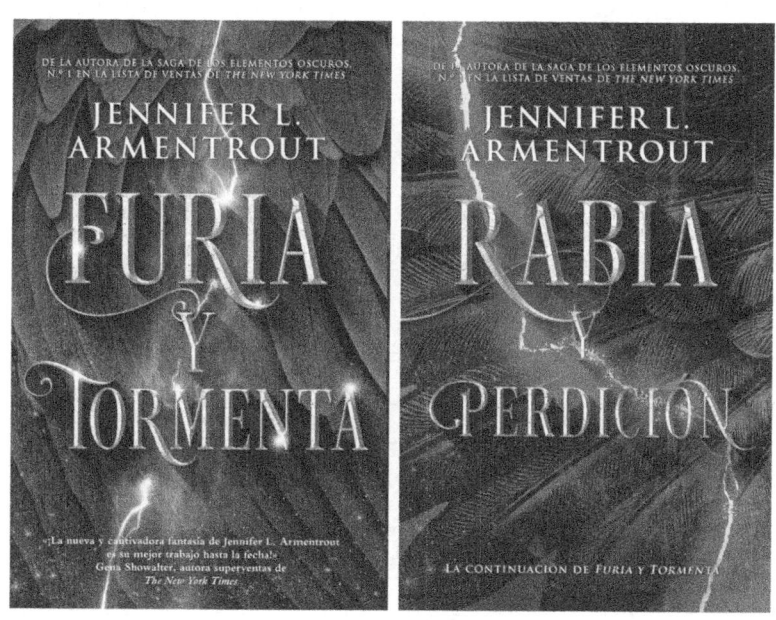

TRILOGÍA EL HERALDO